Kolory pawich piór

JOJO MOYES

Kolory
pawich piór

tłumaczenie
Agnieszka Myśliwy

między__
słowami

Tytuł oryginału
The Peacock Emporium

Copyright © Jojo Moyes 2004

Copyright © for the translation by Agnieszka Myśliwy

Projekt okładki
Katarzyna Borkowska
kb-design@o2.pl

Fotografia na okładce
© SanneBerg/iStock

Redaktor inicjujący
Anna Steć

Redaktor prowadzący
Joanna Bernatowicz

Opracowanie tekstu i przygotowanie do druku
CHAT BLANC Anna Poinc-Chrabąszcz

ISBN 978-83-240-5637-8

Między Słowami
ul. Kościuszki 37, 30-105 Kraków
e-mail: promocja@miedzy.slowami.pl

Książki z dobrej strony: www.znak.com.pl
Dział sprzedaży: tel. 12 61 99 569, e-mail: czytelnicy@znak.com.pl

Wydanie I, Kraków 2019
Druk: CPI Moravia Books s.r.o.

Dla moich rodziców, Lizzie Sanders i Jima Moyesa.
Z miłością i wdzięcznością

Podziękowania

Chciałabym podziękować Sophie Green i Jacquie Bounsall, które – choć w niczym nie przypominają moich głównych postaci – razem z prowadzonym przez Sophie sklepem Blooming Mad Sophie Green stały się dla mnie inspiracją do napisania *Kolorów pawich piór*. Dziękuję też wszystkim klientom, których osobiste historie, plotki, skandale i żarty pomogły mi nadać kształt tej książce. Do dziś zdumiewa mnie, co można usłyszeć od ludzi, jeśli dostatecznie długo stoi się za kasą...

Jestem bardzo wdzięczna wszystkim w Hodder and Stoughton za niesłabnące wsparcie i entuzjazm. Szczególne podziękowania składam Carolyn Mays, Jamiemu Hodder-Williamsowi, Emmie Longhurst i Alex Bonham oraz Hazel Orme.

Dziękuję Sheili Crowley i Jo Frank, agentkom, których umiejętności doprowadziły do wydania tej książki, a także Vicky Longley i Lindzie Shaughnessy z AP Watt. Słowa podziękowania kieruję do Briana Sandersa za jego wędkarskie mądrości i Cathy Runciman za to, że podzieliła się ze mną swoją znajomością Argentyny. Jill i Johnowi Armstrongom dziękuję za przestrzeń do pracy z dala od stert brudnego prania, a Jamesowi i Di Potterom – za ich wiedzę na temat rolnictwa i hodowli zwierząt. Dziękuję również Julii Carmichael i ekipie Hartów z Saffron Walden za wsparcie oraz Hannah Collins za Bena, najlepszą wymówkę od pracy na świecie.

Spóźnione podziękowania należą się Grantowi McKee i Jill Turton, którzy wciągnęli mnie w świat druku – przepraszam, że sprzedałam wasz samochód.

Przeprosiny i podziękowania składam też Saskii i Harry'emu, którzy już rozumieją, że gdy mama gada do siebie i czasami zapomina zrobić kolację, nie oznacza to, że przejawia pierwsze symptomy szaleństwa, lecz że nareszcie spłaca hipotekę.

A przede wszystkim dziękuję Charlesowi, który cierpliwie znosi to, że okresowo zakochuję się w swoich męskich bohaterach, i który wie już tak dużo o procesie pisania powieści, że równie dobrze mógłby opublikować własną. Dziękuję za wszystko.

Część pierwsza

Rozdział pierwszy

Buenos Aires, rok 2001

Dzień, w którym odebrałem swój pierwszy poród

Po raz trzeci w tym tygodniu wysiadła klimatyzacja w Hospital de Clinicas, a upał był taki, że pielęgniarki musiały trzymać nad pacjentami na oddziale intensywnej terapii plastikowe wiatraki na baterie. Przyszło ich trzysta w kartonie – prezent od wdzięcznego pacjenta po udarze, który działał w branży import-eksport i był jednym z niewielu użytkowników państwowej służby zdrowia na tyle zasobnym w dolary (według własnego mniemania), by rozdawać różne rzeczy.

Niebieskie plastikowe wiatraki okazały się jednak niemal równie godne zaufania jak jego obietnice kolejnych transportów leków i sprzętu medycznego i teraz w całym szpitalu, który ociekał potem w zgiełkliwym żarze lata w Buenos Aires, ni stąd, ni zowąd z ust pielęgniarek – nawet tych bogobojnych – padały okrzyki „Hijo de puta!", gdy uderzeniami przywracały je do życia.

Ja nie zwracałem uwagi na upał. Trząsłem się z lodowatego strachu świeżo upieczonego położnego, któremu właśnie powiedziano, że zaraz odbierze swój pierwszy poród. Beatriz, starsza położna, która nadzorowała moje szkolenie, ogłosiła to ze zwodniczą swobodą w głosie, mocno klepiąc mnie w ramię swoją pulchną ciemną dłonią, zanim wyszła, by się przekonać, czy zdoła ukraść jakieś jedzenie z oddziału geriatrycznego, żeby nakarmić jedną z młodych matek.

– Są w dwójce – oświadczyła, wskazując salę gestem. – Wieloródka, ma już troje dzieci, ale to jakoś nie chce wyjść. Ja się mu nie dziwię, a ty? – Roześmiała się ponuro, po czym popchnęła mnie w kierunku drzwi. – Wracam za parę minut. – Zauważyła, że zawahałem się na progu, gdy w środku rozległy się zdławione okrzyki bólu. – No dalej, Turco, tylko jedna droga prowadzi do wyjścia, przecież wiesz.

Wszedłem do sali przy wtórze śmiechu innych położnych.

Zamierzałem przedstawić się zdecydowanym tonem, żeby dodać otuchy zarówno swoim pacjentom, jak i sobie, ale kobieta klęczała na podłodze, wciskając w twarz męża pobladłą od zaciskania pięść, i muczała jak krowa, uznałem więc, że uścisk dłoni byłby nie na miejscu.

– Ona potrzebuje czegoś od bólu, doktorze, proszę – powiedział ojciec, próbując przedrzeć się przez dłoń przyciśniętą do jego brody.

Nagle uświadomiłem sobie, że w jego głosie pobrzmiewa taki sam szacunek, z jakim zwracałem się do swoich szpitalnych przełożonych.

– O słodki Jezu, dlaczego tak długo? Dlaczego tak długo? – zawodziła kobieta, kołysząc się w tył i w przód w przysiadzie. Jej podkoszulek był mokry od potu, a włosy zebrane w koński ogon na tyle wilgotne, by przebijały się przez nie blade zarysy czaszki.

– Poprzednie urodziły się bardzo szybko – dodał mężczyzna, głaszcząc żonę po włosach. – Nie rozumiem, dlaczego to nie chce wyjść.

Sięgnąłem po kartę zawieszoną w nogach łóżka. Kobieta rodziła już niemal osiemnaście godzin: długo jak na pierwsze dziecko, a co dopiero czwarte. Zwalczyłem pokusę wezwania na pomoc Beatriz. Zamiast tego utkwiłem wzrok w notatkach, udając, że wiem, co robię, a w myślach wyliczałem kolejne punkty procedury medycznej przy wtórze zawodzenia kobiety. Na ulicy na dole ktoś głośno odtwarzał muzykę w samochodzie, uporczywy syntetyzowany rytm cumbii. Przyszło mi do głowy, żeby zamknąć okno, ale wtedy w małej ciemnej sali zrobiłoby się jeszcze duszniej, nie do zniesienia.

– Czy może mi pan pomóc położyć ją na łóżku? – zwróciłem się do męża, gdy już nie mogłem dłużej wpatrywać się w notatki.

Od razu podskoczył, zadowolony, jak sądzę, że ktoś coś wreszcie zrobi.

Gdy pomogliśmy kobiecie się podnieść, zmierzyłem jej ciśnienie, a gdy chwyciła mnie za włosy, odliczyłem też czas pomiędzy skurczami i zbadałem brzuch. Skórę miała rozpaloną i śliską. Główka dziecka była już ustalona. Wypytałem męża o historię porodów, ale nie natknąłem się na żadne wskazówki. Zerknąłem na drzwi, przyzywając w myślach Beatriz.

– Nie ma powodów do obaw – oświadczyłem, ocierając twarz. Taką miałem nadzieję.

Dopiero wtedy dostrzegłem drugą parę – stali w niemal całkowitym bezruchu w kącie sali przy oknie. Nie wyglądali jak typowi goście państwowego szpitala – w swoich wielobarwnych drogich ubraniach lepiej pasowaliby do szwajcarskiej kliniki po drugiej stronie placu. Jej włosy, poddane kosztownemu farbowaniu, były zebrane do tyłu w elegancki węzeł, ale jej makijaż nie poradził sobie z parnym czterdziestostopniowym upałem, zwarzył się w zmarszczkach i pod oczami, spływał po jej błyszczącej twarzy. Wbijała palce w ramię męża i uważnie obserwowała rozgrywającą się przed nimi scenę.

– Czy ona potrzebuje środków przeciwbólowych? – zapytała, zwracając się do mnie. – Eric mógłby jej załatwić środki przeciwbólowe.

Matka ciężarnej?, pomyślałem z roztargnieniem. Wydawała się jednak zbyt młoda.

– Już za późno na środki przeciwbólowe – odparłem, siląc się na przekonanie w głosie.

Wszyscy wpatrywali się we mnie z wyczekiwaniem. Beatriz się nie pojawiała.

– Jeszcze raz szybko ją zbadam – dodałem.

Nikt nie zamierzał mnie powstrzymać, nie pozostało mi więc nic innego, jak wykonać badanie.

Przycisnąłem pięty kobiety do jej pośladków, by kolana opadły. Zaczekałem na kolejny skurcz i najdelikatniej, jak potrafiłem, zbadałem brzegi szyjki macicy. Może to być bolesne przy zaawansowanym porodzie, ale kobieta była taka zmęczona, że ledwie jęknęła. Stałem tak przez chwilę, próbując się w tym wszystkim połapać. Rozwarcie było pełne, a mimo to nie wyczuwałem główki dziecka… Przez chwilę zastanawiałem się, czy to kolejny żart położnych – jak lalka, którą kazały mi ogrzewać w inkubatorze. Nagle poczułem przypływ podekscytowania. Uśmiechnąłem się do wszystkich krzepiąco i podszedłem do szafki z narzędziami z nadzieją, że to, czego szukam, nie zostało jeszcze ukradzione przez inny oddział. Znalazłem jednak – małe stalowe szydełko, moja magiczna różdżka. Wziąłem je do ręki, odczuwając rodzaj euforii na myśli o tym, co się zaraz wydarzy… Dzięki mnie.

Powietrze rozdarł kolejny jęk kobiety na łóżku. Trochę się bałem przeprowadzić ten zabieg bez nadzoru, ale wiedziałem, że nieuczciwie byłoby czekać dłużej. A że monitor tętna płodu nie działał, nie miałem jak sprawdzić, czy dziecko jest zagrożone.

– Proszę ją przytrzymać – powiedziałem do męża, po czym dokładnie pomiędzy skurczami włożyłem do środka haczyk i zrobiłem nim dziurkę w dodatkowych błonach płodowych, które, jak sobie uświadomiłem, blokowały postępy dziecka. Przez zawodzenia kobiety i hałasy uliczne przebił się cudowny odgłos pęknięcia, gdy miękka błona się poddała, a zaraz potem trysnął płyn.

Kobieta usiadła i powiedziała z odrobiną zdumienia i dużą dawką zniecierpliwienia:

– Muszę przeć.

W tej samej chwili weszła Beatriz. Zauważyła narzędzie w mojej dłoni i nową determinację na twarzy kobiety, do której podeszła, by wesprzeć ją z mężem, po czym głową dała mi znak, że powinienem kontynuować.

Słabo pamiętam, co wydarzyło się potem. Pamiętam miękką, zaskakująco gęstą kępkę ciemnych włosów, pamiętam, że chwyciłem kobietę za rękę i położyłem ją tam, by zachęcić ją do współpracy. Pamiętam, że mówiłem jej, kiedy przeć i kiedy oddychać, i że gdy dziecko zaczęło się wynurzać, krzyczałem tak głośno, jak gdy chodziłem na mecze piłkarskie z ojcem – z ulgi, szoku i radości. Pamiętam też widok ślicznej dziewczynki, która wyślizgnęła mi się w dłonie, pożyłkowany błękit jej skóry, która szybko zaczęła różowieć jak u kameleona, zanim mała wydała wyczekiwany, donośny okrzyk oburzenia z powodu swojego opóźnionego przyjścia na ten świat.

Ze wstydem przypominam sobie, że musiałem odwrócić głowę, ponieważ gdy przeciąłem pępowinę i położyłem dziecko na piersi matki, uświadomiłem sobie, że zacząłem płakać, a nie chciałem, by Beatriz dała potem innym położnym kolejny powód do wyśmiewania mnie.

Stanęła obok mnie, ocierając skronie, i objęła gestem to, co działo się za jej plecami.

– Jak już skończysz – powiedziała cicho – skoczę na górę poszukać doktora Cardenasa. Straciła dużo krwi, nie chcę jej przenosić, dopóki ktoś jej nie obejrzy. – Praktycznie jej nie słyszałem, a ona to wiedziała. Kopnęła mnie w kostkę. – Niezła robota, Ale – dodała z szerokim uśmiechem. Po raz pierwszy zwróciła się do mnie po imieniu. – Następnym razem może będziesz nawet pamiętał, żeby zważyć dziecko.

Już miałem się odgryźć w podobnym tonie – uniesienie po raz pierwszy dodało mi odwagi, by się bronić – jednak gdy rozmawialiśmy, uświadomiłem sobie, że atmosfera w sali się zmieniła. Beatriz też to zauważyła i nagle przystanęła. Zamiast tradycyjnego zachwyconego szczebiotania świeżo upieczonej matki i łagodnego pomrukiwania pełnych podziwu krewnych rozlegało się tylko ciche błaganie:

– Diego, nie, nie, Diego, proszę...

Elegancko ubrana para podeszła bliżej łóżka. Zauważyłem, że blondynka cała się trzęsie z osobliwym półuśmieszkiem na twarzy i z wahaniem wyciąga rękę w stronę noworodka.

Matka przycisnęła dziecko do piersi i zamknęła oczy, szepcząc do męża:

– Diego, nie, nie, nie mogę tego zrobić.

Mąż głaskał ją po twarzy.

– Luisa, zgodziliśmy się. Wiesz, że się zgodziliśmy. Nie stać nas na wykarmienie tych dzieci, które już mamy, a co dopiero kolejnego.

Kobieta nie otworzyła oczu, kościstymi dłońmi otoczyła sprany szpitalny kocyk.

– Sytuacja się poprawi, Diego. Znajdziesz więcej pracy. Proszę, *amor*, proszę, nie...

Diego spochmurniał. Wyciągnął ręce i zaczął powoli odrywać palce żony od dziecka, jeden po drugim. Matka zaczęła zawodzić:

– Nie. Nie, Diego, proszę.

Cała radość porodu wyparowała, poczułem mdłości, gdy zrozumiałem, co się dzieje. Już miałem interweniować, ale Beatriz z nietypowym dla niej ponurym grymasem na twarzy powstrzymała mnie, lekko kręcąc głową.

– To trzecie w tym roku – wymamrotała.

Diego zdołał zabrać dziecko. Mocno przytulił córeczkę, nawet na nią nie patrząc, po czym z zamkniętymi oczami odsunął ją od siebie. Blondynka podeszła bliżej.

– Będziemy ją bardzo kochać – zadeklarowała. Jej piskliwy głos z arystokratycznym akcentem drżał od wstrzymywanych łez. – Tak długo czekaliśmy...

Matka wpadła w szał, próbowała wstać z łóżka. Beatriz skoczyła na nią, by ją do niego przycisnąć.

– Nie wolno jej się ruszać – oświadczyła ostro, gdy uświadomiła sobie swój przypadkowy współudział w tym, co się dzieje. – To bardzo ważne, żeby się nie ruszała, dopóki nie przyjdzie lekarz.

Diego wziął żonę w ramiona. Trudno było powiedzieć, czy ją pociesza czy może unieruchamia.

– Oni zapewnią jej wszystko, Luiso, a pieniądze pomogą nam wykarmić nasze dzieci. Musisz myśleć o naszych dzieciach, o Paoli, o Salvadorze... Pomyśl, jak było...

– Moje dziecko – krzyczała matka, nie słysząc niczego, drąc paznokciami twarz męża, bezsilna pod ciężarem dręczonej wyrzutami Beatriz. – Nie możecie jej zabrać. – Jej paznokcie zostawiały zakrwawione koleiny, ale Diego chyba tego nie czuł.

Stałem przy zlewie, gdy para zaczęła się cofać do drzwi, w moich uszach dźwięczał dziki jęk bólu, którego miałem już nigdy nie zapomnieć. Nie mogłem już nawet patrzeć na dziecko, które z taką radością sprowadziłem na świat.

Do dziś nie potrafię dostrzec nawet odrobiny piękna w swoim pierwszym porodzie. Pamiętam tylko krzyki tamtej matki,

wyraz bólu, który wyrył się na jej twarzy, bólu, którego nigdy
nic nie ukoi, co wiedziałem mimo braku doświadczenia. Pamiętam też blondynkę, przerażoną, ale zdeterminowaną, gdy
uciekała z sali ukradkiem niczym złodziej, powtarzając cicho:

– Będziemy ją kochać.

Musiała to powiedzieć setki razy, choć nikt jej nie słuchał.

– Będziemy ją kochać.

Rozdział drugi

Framlington Hall, hrabstwo Norfolk, rok 1963

Pociąg musiał się zatrzymać aż sześć razy pomiędzy Norwich a Framlington, bezkresne niebo w odcieniu lodowatego błękitu pociemniało, choć nie nadeszła jeszcze nawet pora podwieczorku. Vivi kilkakrotnie obserwowała konduktorów, którzy wyskakiwali z wagonów z łopatami, by odgarnąć z torów kolejną warstwę śniegu – czuła wtedy zniecierpliwienie na myśl o opóźnieniu, równoważone przez przekorną satysfakcję.

– Mam nadzieję, że ten, kto nas odbierze, będzie miał łańcuchy na koła – oświadczyła. Jej oddech osadził się na szybie wagonu, musiała więc zetrzeć parę palcem w rękawiczce, by coś widzieć. – Nie mam ochoty na pchanie samochodu w taką pogodę.

– Nie musiałabyś pchać – odparł Douglas zza gazety. – Mężczyźni by pchali.

– Okropnie by się ślizgali.

– W takich butach jak twoje na pewno.

Vivi spojrzała na swoje nowe obuwie od Courrègesa w duchu zadowolona, że zauważył. Całkowicie nieodpowiednie na taką pogodę, oświadczyła jej matka, dodając ze smutkiem do ojca, że „absolutnie nic nie jest w stanie jej przekonać" w tej chwili. Vivi, zazwyczaj bardzo posłuszna we wszystkim, z nietypową dla siebie determinacją odmówiła włożenia kaloszy. To miał być jej pierwszy bal bez przyzwoitki i nie zamierzała się na nim pojawić ubrana jak dwunastolatka. Nie była to jedyna bitwa, którą stoczyła: jej włosy, misterne upięcie z loków piętrzących się na czubku głowy, nie pozwalały na włożenie porządnej wełnianej czapki, a matka nie mogła się zdecydować, czy cała ciężka praca, którą włożyła w tę konstrukcję, jest warta ryzyka wypuszczenia jedynej córki w najgorszą zimę stulecia w samym szalu zawiązanym na głowie.

– Nic mi nie będzie – skłamała Vivi. – Jest cieplutko.

W myślach dziękowała losowi, że Douglas nie może wiedzieć, iż pod spódnicę włożyła kalesony.

Siedzieli w pociągu już od dwóch godzin, z czego godzinę bez ogrzewania: konduktor powiedział im, że grzejnik w ich wagonie wyzionął ducha jeszcze przed nadejściem mrozów. Zamierzali podróżować samochodem z matką Frederiki Marshall, ale Frederica zachorowała na mononukleozę (nie bez powodu, oświadczyła matka Vivi zgryźliwie, nazywają to chorobą pocałunków), tak więc rodzice niechętnie zezwolili, by udali się na miejsce pociągiem, wielokrotnie podkreślając, jakie to ważne, by Douglas „opiekował się” Vivi. Od wielu lat Douglas przy różnych okazjach wysłuchiwał takich pouczeń – ale tym razem fakt, że Vivi zamierzała samotnie wziąć udział w jednym z towarzyskich wydarzeń roku, nadał im dodatkowej wagi.

– Nie przeszkadza ci, że podróżuję z tobą, D? – zapytała Vivi, próbując swoich sił we flircie.

– Nie bądź głupia. – Douglas nie wybaczył jeszcze ojcu, który nie zgodził się pożyczyć mu swojego vauxhalla victora.

– Naprawdę nie rozumiem, dlaczego rodzice nie pozwalają mi podróżować w pojedynkę. Są tacy staroświeccy…

Z Douglasem nic jej się nie stanie, oświadczył ojciec z przekonaniem. Jest dla niej jak starszy brat. W głębi zrozpaczonego serca Vivi wiedziała, że ojciec ma rację.

Oparła jedną obutą stopę na siedzeniu obok Douglasa. Miał na sobie płaszcz z grubej wełny, a jego buty, jak u większości mężczyzn, były poplamione błotem i śniegiem.

– Podobno będzie tam dzisiaj każdy, kto jest kimś – kontynuowała. – Mnóstwo osób spragnionych zaproszeń ich nie otrzymało.

– Mogli sobie wziąć moje.

– Podobno będzie też ta cała Athene Forster. Ta, która niegrzecznie potraktowała księcia Edynburga. Spotkałeś ją może na potańcówkach, w których brałeś dotąd udział?

– Nie.

– Z opisów wydaje się okropna. Mama widziała wzmianki o niej w plotkarskich gazetach i powiedziała, że za pieniądze nie da się jednak kupić wychowania albo coś w tym stylu. – Urwała i potarła nos. – Matka Frederiki uważa, że wkrótce nie będzie już typowych sezonów. Jej zdaniem zabijają je dziewczyny takie jak Athene i właśnie dlatego nazywają ją Ostatnią Debiutantką.

Douglas prychnął śmiechem, nie odrywając wzroku od gazety.

– Ostatnia Debiutantka. Co za brednie. Cała ta idea sezonu to bzdura, odkąd królowa przestała przyjmować ludzi na dworze.

– Ale to wciąż miły sposób poznawania nowych ludzi.

– Miły sposób, żeby mili chłopcy i dziewczęta mieli okazję znaleźć odpowiedni materiał na żonę lub męża. – Douglas złożył gazetę i położył ją na siedzeniu obok. Odchylił się i splótł dłonie za głową. – Świat się zmienia, Vee. Za dziesięć lat nie będzie już takich balów i polowań. Nie będzie eleganckich sukien i fraków.

Vivi nie miała co do tego pewności, ale stwierdziła, że może się to łączyć z obsesją Douglasa na punkcie tego, co nazywał „reformą społeczną", a co wydawało się obejmować wszystko od edukacji ludu pracującego George'a Cadbury'ego po komunizm w Rosji. Przez muzykę popularną.

– A gdzie wtedy będą poznawać się ludzie?

– Będą mogli się spotykać, z kim tylko zechcą, niezależnie od pochodzenia. Będzie to społeczeństwo bezklasowe.

Z jego tonu trudno było wywnioskować, czy uważa to za coś dobrego czy może ją ostrzega. Vivi, która rzadko zaglądała do gazet i rzadko wyrażała własne zdanie, prychnęła więc coś na zgodę, po czym znów wyjrzała przez okno. Pomyślała, nie po raz pierwszy tego dnia, iż ma nadzieję, że jej fryzura przetrwa cały wieczór. Matka powiedziała, że nic nie powinno się stać podczas quickstepa i gay gordonsa, ale że powinna bardziej uważać podczas dashing white sergeanta*.

– Douglasie, wyświadczysz mi przysługę?

– Jaką?

– Wiem, że tak naprawdę nie chciałeś tu przyjeżdżać…

– To nic takiego.

– I wiem, że nienawidzisz tańczyć, ale jeśli podczas kilku pierwszych utworów nikt mnie nie poprosi, obiecasz mi taniec? Chyba nie zniosłabym podpierania ścian przez całą noc. – Wyjęła dłonie z względnie ciepłych kieszeni. Na paznokciach miała równo nałożony lakier w odcieniu pearl frost. Mienił się, opalizował, naśladując kryształowy welon okrywający szybę wagonu. – Bardzo dużo ćwiczyłam. Nie przyniosę ci wstydu.

Uśmiechnął się i na przekór spadającej temperaturze w przedziale Vivi poczuła, że robi jej się ciepło.

---

* Gay gordons i dashing white sergeant to tradycyjne szkockie zbiorowe, figurowe tańce towarzyskie (wszystkie przypisy pochodzą od tłumaczki).

– Nie będziesz podpierać ścian – powiedział, opierając stopy na siedzeniu obok niej. – Ale tak, głuptasie. Oczywiście, że z tobą zatańczę.

Framlington Hall nie był jednym z klejnotów architektonicznego dziedzictwa Anglii. Jego staroświecka atmosfera stanowiła ułudę: każdy, kto posiadał choćby podstawową wiedzę na temat architektury, mógł szybko zauważyć, że gotyckie wieżyczki nie pasują do palladiańskich kolumnad, że wąskie okna z szybkami w ołowianych ramkach kłócą się z dwuspadowym dachem ogromnej sali balowej, że niespokojna czerwień cegieł przetrzymała zaledwie kilka zmian pór roku. Mówiąc krótko, był to konstrukcyjny mieszaniec, hybryda najgorszych nostalgicznych tęsknot za mitycznymi dobrymi czasami opierająca przekonanie o własnej wyjątkowości na nijakim krajobrazie wokół.

Ogrody, kiedy nie przykrywała ich gruba warstwa śniegu, były urządzone jak od linijki. Trawniki, gęste niczym kosztowne dywany, schludnie koszono, krzewy w ogrodzie różanym nie tworzyły delikatnie splątanego gąszczu, lecz sztywne, brutalnie przycięte rzędy identyczne pod względem rozmiaru i kształtu. Nie było tam bladego różu ani brzoskwini, tylko krwawa czerwień skrupulatnie hodowana i szczepiona w laboratoriach w Holandii i we Francji. Naokoło rosły w równych szeregach zielone cyprysowce, od posadzenia przygotowywane do tego, by odseparować dom i otaczający go teren od zewnętrznego świata. Nie był to ogród, jak zauważył jeden z gości, lecz coś na kształt ogrodniczego obozu koncentracyjnego.

Nie żeby takie rozważania niepokoiły napływających stałym strumieniem, z małymi walizkami w dłoniach gości, których na posypany solą podjazd wypluwały kolejne samochody. Nieliczni otrzymali osobiste zaproszenia od Bloombergów, którzy samodzielnie zaprojektowali dom (i których dopiero niedawno odwiedziono od pomysłu kupienia tytułu do kompletu), innych zaprosili wyżej plasujący się na drabinie społecznej przyjaciele gospodarzy, za ich wyraźnym przyzwoleniem, by stworzyć odpowiednią atmosferę. Byli też tacy, którzy pojawili się tak po prostu w nadziei, że przy tej skali przedsięwzięcia kilka dodatkowych osób o odpowiednich obliczach i akcentach nie będzie nikomu przeszkadzać. Bloombergowie, którzy niedawno zbili majątek na bankowości i zamierzali podtrzymać tradycję debiutowania w towarzystwie przez wzgląd na córki bliźniaczki, cieszyli się opinią hojnych gospodarzy. A normy nieco się przecież poluzowały – nikt nie zamierzał nikogo wygnać na śnieg. Zwłaszcza jeśli można było się pochwalić niedawno wyremontowanymi wnętrzami.

Vivi snuła takie rozważania, siedząc w swoim pokoju (wyposażonym w ręczniki, przybory toaletowe i suszarkę o dwóch prędkościach) co najmniej dwa korytarze od Douglasa. Należała do wybrańców dzięki powiązaniom biznesowym ojca Douglasa z Davidem Bloombergiem. Większość dziewcząt ulokowano w hotelu odległym o kilka kilometrów, ona tymczasem otrzymała pokój niemal trzy razy większy niż jej sypialnia i dwa razy bardziej luksusowy.

Lena Bloomberg, wysoka elegancka kobieta roztaczająca wokół siebie cyniczną aurę kogoś, kto od dawna wie, że jej męża pociągają tylko jej pieniądze, lekko uniosła brwi, widząc, jak wylewnie małżonek wita gości, po czym oświadczyła, że w salonie czeka herbata i zupa dla tych, którzy muszą się rozgrzać, i że gdyby Vivi czegokolwiek potrzebowała, powinna wołać... Oczywiście nie panią Bloomberg. Następnie gospodyni poleciła służącemu, by pokazał Vivi jej pokój – dla mężczyzn przewidziano oddzielne skrzydło – a Vivi wypróbowała każdy słoiczek kremu i powąchała każdą buteleczkę szamponu, gdy siedziała przez jakiś czas przy toaletce i rozkoszowała się swoją niezapowiedzianą wolnością, zastanawiając się przy tym, jak to jest, kiedy żyje się tak na co dzień.

Gdy wkładała suknię (wąski stanik i długa liliowa spódnica uszyte przez jej matkę z wykroju Buttericka) i zamieniała botki na czółenka, słyszała w oddali głosy ludzi przechodzących obok jej drzwi, aura wyczekiwania sączyła się przez ściany. Na dole rozgrzewał się zespół, słyszała anonimowe pospieszne ruchy służby, która przygotowywała pokoje, i okrzyki znajomych, którzy witali się na schodach. Czekała na ten bal od tygodni. Gdy w końcu nadszedł, przepełniło ją ponure przerażenie jak przed wizytą u dentysty. Nie tylko dlatego, że Douglas był jedyną osobą, którą tutaj znała, i nie dlatego, że choć w pociągu towarzyszyło jej przekonanie, że jest szalenie wyzwolona i wyrafinowana, nagle poczuła się bardzo młoda, ale to dlatego, że w porównaniu z tymi dziewczętami, które nadjeżdżały – patykowate i jaśniejące blaskiem w wieczorowych strojach – nagle wydała się sobie niezdarna i nie dość dobra, jej nowe botki utraciły swój połysk. Veronica Newton nie należała do osób, które błyszczą w towarzystwie. Pomimo kobiecych rekwizytów, takich jak wałki do włosów i modelująca bielizna, musiała przyznać, że zawsze będzie dość przeciętna. Miała krągłości w czasach, kiedy miarą piękna była chudość. Miała zdrowe rumieńce, choć powinna być blada i wielkooka. Nosiła klasyczne sukienki i szmizjerki, choć moda narzucała nowoczesną linię trapezu. Nawet jej włosy w odcieniu naturalnego blond były niesforne, kędzierzawe i przypominały słomę, nie pozwalając układać się w geometryczne fryzury jak u modelek w „Honey" lub „Petticoat" – zamiast tego wiły się wokół jej twarzy. Upięte tego wieczoru w sztuczne skręty, wyglądały sztywno i nienaturalnie, niczym nie przypominały miodowej wspaniałości, którą sobie wyobraziła. Jakby tego wszystkiego było mało, rodzice w nietypowym dla nich przypływie fantazji nazywali ją

Vivi, przez co ludzie, którzy ją poznawali, szybko robili rozczarowaną minę, gdy okazywało się, że nie posiada egzotycznego uroku sugerowanego przez to zdrobnienie.

– Nie każda dziewczyna może być królową balu – powtarzała matka, by ją pocieszyć. – Ty staniesz się dla kogoś uroczą żoną.

Ja nie chcę być czyjąś uroczą żoną, myślała Vivi, przeglądając się w lustrze i czując znajome ukłucie zawodu. Pragnę być namiętnością Douglasa. Pozwoliła sobie na króciutką powtórkę swojej fantazji, teraz już znanej tak dobrze jak kartki ulubionej książki – tej, w której Douglas, zaskoczony tym, jak Vivi pięknie wygląda w sukni balowej, porywa ją na parkiet i tańczy z nią walca, dopóki nie zakręci się jej w głowie, stanowczo trzymając silną dłoń na jej krzyżu i przyciskając policzek do jej policzka… (Była gotowa przyznać, że zaczerpnęła inspirację z Disnejowskiego *Kopciuszka*. Musiała, ponieważ wszystko nieco się rozmazywało po pocałunku). Odkąd jednak się tutaj zjawiła, jej sny na jawie przerywały szczupłe enigmatyczne sobowtóry Jean Shrimpton, które odwodziły go od niej znaczącymi uśmieszkami i papierosami sobranie, dlatego też musiała stworzyć nową wersję – w tej pod koniec wieczoru Douglas odprowadza ją do wielkiej sypialni, posyła jej tęskne spojrzenie, stając w otwartych drzwiach, po czym w końcu z czułością podchodzi z nią do okna, zerka na jej skąpaną w blasku księżyca twarz i…

– Vee? Jesteś ubrana? – Podskoczyła z miną winowajcy, gdy mocno zapukał do drzwi. – Pomyślałem, że może zejdziemy ciut wcześniej. Wpadłem na starego kumpla ze szkoły, który zachowa dla nas trochę szampana. Jesteś już gotowa?

Radość płynąca z tego, że po nią przyszedł, ścierała się w niej ze zdumieniem na myśl o tym, że już znalazł partnera do konwersacji.

– Dwie sekundy – zawołała w odpowiedzi, nakładając tusz na rzęsy i modląc się, by to właśnie tego wieczoru Douglas nareszcie spojrzał na nią inaczej. – Już idę.

Wyglądał doskonale w smokingu, rzecz jasna. W przeciwieństwie do jej ojca, na którego brzuchu szeroki pas naprężał się niczym wydęty żagiel, Douglas wydawał się wyższy i bardziej wyprostowany, szerszy w ramionach w wyprasowanym ciemnym suknie marynarki. Jego skóra nabrała elektryzującego odcienia na tle monochromatycznej koszuli. Vivi uznała, że Douglas na pewno zdaje sobie sprawę z tego, jak przystojnie wygląda. Powiedziała mu to żartem, by ukryć intensywną tęsknotę, którą obudził w niej jego wygląd, a on roześmiał się szorstko i odparł, że czuje się jak skrępowany głupiec. Potem, jakby zawstydziwszy się, że o tym zapomniał, odwzajemnił jej komplement.

– Ty również umiesz się odstawić, staruszko.

Objął ją ramieniem i uścisnął po bratersku. Nie zachował się może jak książę z bajki, ale był to bądź co bądź jakiś kontakt. Odczuła go jak radioaktywną falę na swojej nagiej skórze.

– Wiesz, że oficjalnie zostaliśmy zasypani?

Alexander, blady piegowaty kolega Douglasa ze szkoły, podał jej kolejnego drinka. Był to jej trzeci kieliszek szampana, paraliż, który odczuła, gdy stanęła naprzeciwko morza wytwornych twarzy, w końcu osłabł.

– Co? – odparła.

Pochylił się tak, by usłyszała go pomimo hałaśliwego zespołu.

– Śnieg. Znów zaczął sypać. Podobno nikt nie zdoła wyjechać z podjazdu, dopóki nie dowiozą jutro żwiru. – Jak większość mężczyzn miał na sobie czerwoną marynarkę ("Różową", podkreślił), a jego woda po goleniu pachniała wyjątkowo mocno, jakby nie był pewien, ile powinien jej użyć.

– Gdzie przenocujesz? – Nagle nawiedziła ją wizja tysiąca ciał biwakujących na podłodze sali balowej.

– Och, poradzę sobie. Mieszkam w domu, jak ty. Nie wiem jednak, co pocznie reszta. Pewnie będą się bawić przez całą noc. Niektórzy i tak pewnie by to zrobili.

W przeciwieństwie do niej większość otaczających ją osób faktycznie wyglądała tak, jakby zabawa do świtu była dla nich oczywistością. Wszyscy wydawali się tacy pewni siebie i swobodni, wystawne wnętrza nie robiły na nich żadnego wrażenia. Ich opanowanie i rozmowność sugerowały, że nie ma nic szczególnego w przebywaniu w tym okazałym domu, choć wokół krążyła cała chmara osób gotowych podawać im jedzenie i picie, ani w tym, że w wieczór, który obie płcie najprawdopodobniej spędzą pod jednym dachem, nie towarzyszą im przyzwoitki. Dziewcząt nie krępowały eleganckie suknie, ich niefrasobliwość świadczyła o tym, że odświętne wieczorowe stroje są dla nich równie znajome jak płaszcze.

Nie wyglądali też jak statyści z filmu Disneya. Pomiędzy diademami i perłami wyróżniały się oczy obwiedzione mocną kreską, papierosy, czasami spódniczka marki Pucci. Pomimo absurdalnej elegancji przypominającej tort weselny sali balowej, pomimo wirujących sukni balowych i strojów wieczorowych zespół szybko dał się przekonać do porzucenia listy tradycyjnych utworów tanecznych na rzecz nowocześniejszych rytmów – instrumentalna wersja *I Wanna Hold Your Hand* wywołała piszczący zachwyt dziewcząt, które potrząsały misternie ułożonymi włosami i kręciły biodrami, wywołując zdumienie i przerażoną dezaprobatę matron siedzących pod ścianami. Vivi doszła do smutnego wniosku, że raczej nie będzie jej dany ten walc z Douglasem.

Nie była nawet pewna, czy pamiętał o swojej obietnicy. Odkąd zeszli do sali balowej, wydawał się rozkojarzony, jakby wyczuwał coś, czego nie pojmowała. W sumie w ogóle nie przypominał siebie, palił cygara z kolegami, sypał żartami, których nie rozumiała. Nie miała najmniejszych wątpliwości, że nie porusza w rozmowach tematu rychłego upadku systemu klasowego – wręcz przeciwnie, niepokojąco pasował do smokingów i kurtek myśliwskich. Vivi kilkakrotnie próbowała powiedzieć mu coś na osobności, coś, co potwierdziłoby łączące ich więzi, wprowadziło jakiś stopień intymności. W pewnym momencie śmiało zażartowała na temat jego cygara, ale nie wzbudziła jego zainteresowania – słuchał jej tylko „półuchem", jak mawiała jej matka. A zaraz potem najuprzejmiej, jak to tylko możliwe, wrócił do poprzedniej rozmowy.

Zaczęła czuć się śmiesznie, ucieszyła się więc, gdy Alexander zaczął jej poświęcać uwagę.

– Masz ochotę pokręcić się na parkiecie? – zaproponował, a wtedy wyznała mu, że nauczyła się tylko kroków klasycznych tańców. – To proste – odparł, prowadząc ją na środek sali. – Zduś papierosa palcami stóp, a potem potrzyj ręcznikiem zadek. Widzisz?

Wyglądał tak komicznie, że wybuchnęła śmiechem, po czym obejrzała się przez ramię, by sprawdzić, czy Douglas to zauważył. On jednak zniknął, nie po raz pierwszy tego wieczoru.

O dwudziestej wodzirej ogłosił otwarcie bufetu i Vivi, w nieco lepszym nastroju niż tuż po przyjeździe, ustawiła się w długiej kolejce do soli w sosie véronique i wołowiny po burgundzku, zastanawiając się, jak zaspokoi wilczy głód ze świadomością, że żadna z dziewcząt wokół niej nie zje nic poza paroma kawałkami rozgotowanej marchewki.

Niemal bezwiednie przyłączyła się do grupy znajomych Alexandra. Przedstawił ją z nieco zaborczą nutą w głosie, a ona zaczęła poprawiać stanik sukni, czując, że odsłania całkiem sporo zaróżowionego dekoltu.

– Odwiedziłaś kiedyś Ronnie Scott? – zapytał ktoś, nachylając się nad nią tak, że musiała odsunąć talerz.

– Nie znam jej, przykro mi.

– To klub jazzowy. Na Gerrard Street. Powinnaś powiedzieć Xandrowi, żeby cię tam zabrał. Zna Stana Tracy'ego.

– Naprawdę nie sądzę… – Odsunęła się i przeprosiła, gdy potrąciła czyjegoś drinka.

– Boże, umieram z głodu. Byłem w zeszłym tygodniu u Atwoodów, podali tylko mus z łososia i bulion. Musiałem płacić dziewczętom, żeby oddawały mi swoje porcje. Bałem się, że zemdleję z cholernego głodu.

– Nie ma nic gorszego niż słaby bufet.

– Święte słowa, Xander. Jedziesz w tym roku na narty?

– Do Verbier. Rodzice wynajęli dom Alfiego Baddowa. Pamiętasz Alfiego?

– Trzeba będzie się rozejrzeć za nartami, żeby się stąd wydostać.

Vivi usłużnie usuwała się coraz bardziej na bok, gdy wokół niej toczyły się rozmowy. Zaczynała odczuwać konsternację, ilekroć dłoń Xandra „przypadkiem" dotykała jej pośladków.

– Czy ktoś widział Douglasa?

– Gawędził z jakąś blondynką w galerii obrazów. Zrobiłem mu mokrego palucha, gdy przechodziłem. – Chłopak udał, że oblizuje palec, po czym wsadził go sąsiadowi w ucho.

– Zatańczymy jeszcze, Vivi? – Alexander wyciągnął do niej rękę, by poprowadzić ją z powrotem na parkiet.

– Chyba… Chyba muszę trochę odpocząć. – Uniosła dłoń do włosów i z przerażeniem uświadomiła sobie, że jej loki nie są już gładkie i poskręcane, oklapły w sztywnych strąkach.

– No to chodźmy spróbować swoich sił przy stolikach – zaproponował i podał jej ramię. – Będziesz moim talizmanem.

– Czy możemy się spotkać na miejscu? Naprawdę muszę... Przypudrować nos.

Roztrajkotana kolejka wiła się przed łazienką na dole. Vivi stanęła w niej samotnie, gdy szum rozmów wznosił się i opadał wokół niej, i nagle doszła do wniosku, że zanim nadejdzie jej kolej, naprawdę będzie musiała skorzystać. Ogarnęło ją niemiłe zdziwienie, gdy nagle ograniczona przestrzeń pomiędzy nią a drzwiami do toalety się wypełniła.

– Vivi! Skarbie! To ja, Isabel. Izzy? Od pani de Montfort? Wyglądasz cudownie!

Dziewczyna, którą Vivi pamiętała jak przez mgłę (powodem mogła być ilość szampana, którą wypiła, albo faktyczny kłopot z rozpoznaniem koleżanki), wepchnęła się przed nią, nieelegancko zadzierając długą różową spódnicę jedną dłonią, i wycisnęła pocałunek tuż za jej uchem.

– Skarbie, może mogłabym skorzystać przed tobą, co? Naprawdę umieram! Zaraz narobię sobie wstydu, jeśli... Wspaniale.

Gdy tuż przed nimi otworzyły się drzwi, Isabel zniknęła w środku, a Vivi skrzyżowała nogi, jej rozczarowany pęcherz dał bowiem o sobie znać ze zdwojoną siłą.

– Głupia krowa – mruknął ktoś za jej plecami.

Vivi oblała się rumieńcem, przekonana, że te słowa odnoszą się do niej.

– Ona i ta dziewczyna od Forsterów całkowicie zmonopolizowały Toby'ego Duckwortha i Horseguardów. Margaret B-W jest okropnie rozczarowana.

– Athene Forster nawet nie lubi Toby'ego Duckwortha. Zwodzi go tylko, bo wie, że chłopak ma do niej słabość.

– On i połowa przeklętych kensingtońskich koszarów.

– Pojęcia nie mam, co oni w niej widzą.

– Na pewno ma to coś wspólnego z tym, ile im pokazuje. – Kolejka wybuchnęła śmiechem, a Vivi zdobyła się na odwagę, by obejrzeć się za siebie.

– Podobno jej rodzice praktycznie z nią nie rozmawiają.

– Dziwisz się? Wyrobiła sobie całkiem niezłą reputację.

– Plotki mówią, że nie jest...

Głosy za jej plecami zniżyły się do szeptów, a Vivi znów odwróciła się do drzwi, by nikt nie pomyślał, że podsłuchuje. Starała się nie myśleć o swoim pęcherzu, ale bez powodzenia. Podobną porażkę poniosła, gdy starała się nie myśleć o tym, gdzie się podziewa Douglas. Martwiła się, że może błędnie zinterpretować naturę jej relacji z Alexandrem. Rozczarowało ją to, że bawiła się na balu o wiele gorzej, niż zakładała. Praktycznie nie widywała Douglasa, a gdy już się spotkali, zachowywał się jak nieosiągalny nieznajomy, jak nie jej Douglas.

– Idziesz? – Dziewczyna stojąca za nią wskazała gestem otwarte drzwi.

Isabel musiała opuścić pomieszczenie bez słowa. Poirytowana tym i sobą Vivi weszła do środka, a potem zaklęła, gdy brzeg jej spódnicy pociemniał przez niezidentyfikowaną ciecz rozlaną na marmurowej podłodze.

Skorzystała z toalety, z rozczarowaniem pociągnęła się za włosy, zmatowiła pudrem błyszczącą cerę i amatorskim gestem dołożyła jeszcze jedną warstwę tuszu na już posklejane rzęsy. W moim wyglądzie nie ma teraz nic bajkowego, pomyślała. Chyba że wprowadzimy na scenę brzydkie przyrodnie siostry.

Niecierpliwe pukanie do drzwi stało się zbyt uporczywe, by mogła je ignorować. Wyszła na korytarz, gotowa przeprosić za to, że zamarudziła w środku. Nikt jednak na nią nie patrzył.

Dziewczęta spoglądały na pokój gier, gdzie zapanowało poruszenie, które zaparło im dech w piersiach. Upłynęło kilka chwil, zanim Vivi zorientowała się w sytuacji, a potem razem z resztą podążyła za odgłosami stukotania i pojedynczymi okrzykami. Atmosfera całkiem się zmieniła. Rozległo się zduszone dęcie w róg, doszła więc do wniosku, że musiał rozpocząć się konkurs gry na rogach myśliwskich, o którym opowiadał jej Xander. W róg dęto jednak bez żadnej finezji, powietrze wydobywało się z niego z trudem, jakby komuś brakowało tchu, może ze śmiechu.

Vivi przystanęła na progu pokoju gier za grupą mężczyzn i rozejrzała się wokół. Po drugiej stronie przestronnego pomieszczenia ktoś otworzył drzwi tarasowe wiodące na frontowe trawniki. Do środka pod ostrym kątem nawiewał śnieg. Objęła się ramionami, czując gęsią skórkę. Zauważyła, że nadepnęła komuś na stopę, odsunęła się więc na bok i przepraszająco zerknęła na twarz mężczyzny. On jednak nawet tego nie zauważył. Patrzył prosto przed siebie, lekko otwierał usta, jakby w oparach alkoholowego upojenia nie był pewien, co naprawdę widzi.

Pomiędzy stołami do ruletki i blackjacka stał wielki szary koń, miał rozdęte nozdrza, wodził oczami wokół, stąpając nerwowo w przód i w tył, kopyta miał nadal oblepione śniegiem, otaczało go morze radośnie oburzonych twarzy. Na jego grzbiecie siedziała najbledsza dziewczyna, jaką Vivi kiedykolwiek widziała. Zadarta spódnica odsłaniała jej długie alabastrowe nogi, na stopach miała wyszywane cekinami balowe pantofelki, długie ciemne włosy spływały na jej plecy, jedną nagą dłoń unosiła, wprawnie prowadząc zwierzę za kantar i uwiąż pomiędzy stolikami, w drugiej trzymała mosiężny róg, który przykładała do ust. Vivi zauważyła nieprzytomnie, że choć jej ręce już pokryły się plamami z zimna, dziewczyna w żaden sposób nie pokazywała po sobie, że marznie.

– Heco! Heco! – Jeden z młodych mężczyzn w różowym smokingu zadął we własny róg. Dwaj inni wspięli się na stoliki, by lepiej widzieć.

– Nie wierzę, że to się dzieje naprawdę.

– Przeskocz stoły do ruletki! Złączymy je wszystkie razem!

Vivi zauważyła w kącie Alexandra, śmiał się i unosił kieliszek w żartobliwym toaście. Za nim naradzały się nerwowo starsze panie, gestami wskazując sobie środek pokoju.

– Mogę być lisem? Pozwolę ci się złapać...

– Uch. Boże, ta dziewucha zrobi wszystko, żeby znaleźć się w centrum uwagi.

Athene Forster. Vivi rozpoznała pogardliwy głos dziewczyny z kolejki do toalety. Tak jak wszyscy inni wpatrywała się ona w nieprawdopodobną scenę rozgrywającą się na ich oczach. Athene zatrzymała konia, po czym pochyliła się lekko nad jego szyją i zwróciła się do grupy młodych mężczyzn proszącym niskim tonem:

– Macie może drinka, chłopcy?

W jej głosie pobrzmiewała nuta wiedzy o rzeczach smutniejszych i dziwniejszych, niż ktokolwiek mógłby zrozumieć. Żal, który byłby słyszalny nawet w najszczęśliwszym momencie jej życia. Niemal od razu otoczyło ją morze kieliszków, które zaśniły w blasku kryształowych żyrandoli. Athene opuściła róg, uniosła dłoń, sięgnęła po jeden z kieliszków, po czym opróżniła jego zawartość jednym haustem, za co została nagrodzona burzą oklasków.

– A który z was, kochaniutcy, zapali dla mnie papierosa? Mój gdzieś mi wypadł, gdy przeskakiwałam ogród różany.

– Athene, staruszko, może zgodziłabyś się odstawić dla nas lady Godivę, co?

W sali rozeszła się fala śmiechu. Nagle jednak wszyscy umilkli. Zespół przestał grać, a Vivi obejrzała się za siebie, podążając za stłumionymi okrzykami.

– Co ty wyprawiasz, do diaska? – Lena Bloomberg stanęła pośrodku pokoju, szmaragdowa suknia otulała jej wyprostowaną postać. Kobieta patrzyła prosto na nerwowo drobiącego konia, dłonie pobielałe od zaciskania oparła na biodrach. Jej twarz zaróżowiła się od powstrzymywanej furii, jej oczy migotały takim blaskiem jak masywne kamienie na jej szyi.

Vivi poczuła ucisk w żołądku.

– Zadałam ci pytanie.

Athene Forster nawet się nie stropiła.

– To bal myśliwski. Stary Forester poczuł się nieco wykluczony.

Kolejny wybuch śmiechu.

– Nie masz prawa…

– O ile wiem, on ma większe prawo tu być niż pani, pani Bloomberg. Pan B powiedział mi, że pani nawet nie poluje.

Mężczyzna stojący obok Vivi przeklął pod nosem z podziwem.

Pani Bloomberg otworzyła usta, żeby coś powiedzieć, ale Athene niedbale machnęła na nią dłonią.

– Och, nie ma o co się pieklić. Uznaliśmy z Foresterem, że nadamy temu przyjęciu nieco… autentyzmu. – Sięgnęła po kolejny kieliszek szampana i opróżniła go leniwie, po czym dodała tak cicho, że tylko ci najbliżej niej zdołali ją usłyszeć: – Temu domowi też by się to przydało.

– Złaź… Natychmiast zejdź z konia mojego męża! Jak śmiesz w taki sposób nadużywać naszej gościnności? – Lena Bloomberg onieśmielała nawet w zwyczajnej sytuacji. Jej wzrost i otaczająca ją aura władzy, której towarzyszyło prawdziwe bogactwo, sprawiały, że rzadko kiedy ktoś się jej sprzeciwiał. Choć nie poruszyła się ani o centymetr, odkąd przemówiła po raz pierwszy, jej widoczna wstrzymywana furia wyssała z pomieszczenia wszelkie resztki rozbawienia. Ludzie zerkali teraz na siebie nerwowo, zastanawiając się, która z dwóch kobiet ulegnie pierwsza.

Zapadła ciężka cisza.

W końcu skapitulowała Athene. Przez krótką wieczność wpatrywała się spokojnie w panią Bloomberg, po czym odchyliła się i zaczęła powoli zawracać konia pomiędzy stolikami. Zatrzymała się tylko po to, by wziąć od kogoś papierosa.

Martwą ciszę przeciął głos gospodyni:

– Ostrzegano mnie, by cię nie zapraszać, ale twoi rodzice zapewnili mnie, że nieco dojrzałaś. Byli w błędzie, o czym ich poinformuję, gdy tylko to się skończy, możesz być tego pewna.

– Biedny Forester – zamruczała Athene, układając się na szyi konia. – A taką miał ochotę na partyjkę pokera.

– Tymczasem nie chcę cię oglądać przez resztę wieczoru. Masz szczęście, że pogoda nie pozwala na to, by wyrzucić cię na bruk, młoda damo. – Lodowaty ton pani Bloomberg podążał za Athene, gdy wyprowadzała konia przez drzwi balkonowe.

– Och, proszę się o mnie nie martwić, pani Bloomberg. – Dziewczyna odwróciła głowę z leniwym czarującym uśmiechem. – Wyrzucano mnie już na bruk z o wiele elegantszych lokali niż ten. – Spięła konia piętami w błyszczących pantoflach, przeskoczyła na nim przez wąskie kamienne stopnie, po czym pocwałowała niemal bezszelestnie w zaśnieżony mrok.

W pokoju zapadła głucha cisza, po chwili wściekła gospodyni nakazała zespołowi podjąć instrumenty. Grupy ludzi krzyczały do siebie, wskazując ślady ośnieżonych kopyt na wypolerowanych podłogach, gdy bal powoli ożył. Wodzirej ogłosił, że za pięć minut w wielkim holu odbędzie się konkurs gry na rogach, a dla głodnych gości podano kolację w jadalni. Po paru minutach po Athene zostało tylko przerażające piętno odciśnięte w wyobraźni tych, którzy ją widzieli – choć już zaczynało się ono zacierać w obliczu nowych rozrywek – oraz kilka kałuż roztopionego śniegu na podłodze.

Vivi wpatrywała się w Douglasa. Stał przy masywnym kominku i nie odrywał oczu od zamkniętych już okien balkonowych, tak jak nie zdołał oderwać ich od Athene Forster, gdy siedziała na swoim ogromnym koniu parę kroków od niego. Ci, którzy go otaczali, byli oburzeni, zszokowani lub śmiali się z nerwowego podekscytowania, na twarzy Douglasa Fairleya-Hulme'a malowało się jednak coś innego. Coś nieruchomego i nabożnego. Coś, co napełniło Vivi przerażeniem.

– Douglasie? – zawołała, podchodząc do niego. Musiała uważać, by nie pośliznąć się na mokrej podłodze.

Chyba jej nie usłyszał.

– Douglas? Obiecałeś, że ze mną zatańczysz.

Upłynęło kilka sekund, zanim ją zauważył.

– Co? O, Vee. Tak. Oczywiście. – Jego wzrok znów pobiegł do drzwi. – Ja… Muszę się najpierw czegoś napić. Przyniosę ci kieliszek. Zaraz wracam.

To była wymówka, uświadomiła sobie Vivi potem, gdy w końcu musiała przyznać, że jej wieczór nie będzie miał bajkowego finału. Douglas nie wrócił z napojami, a ona stała przy kominku przez prawie czterdzieści minut z bladym fałszywym uśmiechem na twarzy, próbując wyglądać tak, jakby na kogoś czekała, a nie została porzucona jak zapasowa część. Najpierw nie chciała się ruszać, ponieważ w sali było tłoczno, a dom był taki duży, że obawiała się, iż Douglas nie znalazłby jej, nawet gdyby sobie o niej przypomniał. Gdy jednak zauważyła, że grupa przy kompozycji kwiatowej dyskutuje o jej samotnym trwaniu w miejscu i gdy ten sam kelner przeszedł obok niej trzy razy, dwukrotnie proponując jej coś do picia, a za trzecim

37

razem pytając, czy nic jej nie jest, ostatecznie zgodziła się znów zatańczyć z Alexandrem.

O północy wzniesiono toast, a potem zaczęła się jakaś osobliwa nieformalna gra, w której młody człowiek z ogonem lisa przypiętym do marynarki biegał po domu, a za nim uganiało się kilku jego znajomych w różowych smokingach z myśliwskimi rogami. Jeden z nich poślizgnął się i mocno uderzył o wypastowaną podłogę, tracąc przytomność przy głównych schodach. Wtedy inny przelał zawartość strzemiennego w jego usta, a nieprzytomny ożył, charcząc i dławiąc się, po czym wstał i wznowił pościg, jakby nic się nie stało. O pierwszej Vivi, która marzyła tylko o tym, by wrócić do swojego pokoju, zgodziła się towarzyszyć Alexandrowi przy stole do blackjacka, gdzie niespodziewanie wygrał siedem funtów. W przypływie wylewności oświadczył, że powinna zatrzymać wygraną. Ton, jakim dodał, że „przyniosła mu szczęście", przyprawił ją o mdłości... Chyba że była to wina szampana. O wpół do drugiej zauważyła panią Bloomberg, która z ożywieniem dyskutowała z mężem w miejscu, które wyglądało jak jego prywatny gabinet. Zauważyła też dwie rozłożone kobiece nogi w mieniących się perłowych rajstopach. Należały one do rudowłosej dziewczyny, którą widziała wcześniej, a która teraz wymiotowała przez okno.

O drugiej zegar na jakiejś niewidocznej wieży kościelnej oznajmił godzinę, a Vivi pogodziła się z tym, że Douglas nie dotrzyma słowa, że nie weźmie jej łagodnie w ramiona i że nie będzie upragnionego pocałunku na zakończenie wieczoru. Otaczał ją chaos, dziewczęta piszczały, twarze miały zaczerwienione i opuchnięte, chłopcy leżeli pijani na sofach albo niezdarnie okładali się pięściami, a ona chciała już tylko zamknąć się samotnie w swoim pokoju i wypłakać się, nie musząc się martwić tym, co ktoś o niej pomyśli.

– Xander, chyba już pójdę do siebie.

Otaczał ją swobodnie ramieniem w talii, rozmawiając z jednym ze swoich kolegów. Odwrócił do niej zaskoczoną twarz.

– Co?

– Jestem naprawdę zmęczona. Mam nadzieję, że to ci nie przeszkadza. Cudownie się bawiłam, bardzo ci dziękuję.

– Nie możesz iść teraz do łóżka. – Teatralnie zatoczył się do tyłu. – Impreza dopiero się zaczyna.

Jego uszy były niemal szkarłatne, powieki ciężko opadały mu na oczy.

– Przykro mi. Byłeś dla mnie bardzo miły. Jeśli wpadniesz na Douglasa, powiedz mu, proszę, że... Że już się położyłam.

Za plecami Alexandra ktoś ryknął:

– Douglas? Nie sądzę, żeby Douglasa to obeszło.

Kilku mężczyzn wymieniło znaczące spojrzenia, po czym wybuchnęli głośnym śmiechem.

Na ich twarzach odmalowało się coś, co sprawiło, że Vivi nie poprosiła o wyjaśnienie. A może nie poprosiła dlatego, że przez cały wieczór czuła się jak czyjaś naiwna, pozbawiona gustu kuzynka i nie chciała umacniać tego wizerunku. Zaczęła torować sobie drogę do drzwi, żałośnie obejmując się ramionami. Nie dbała już o to, jak wygląda. Ludzie wokół niej i tak byli zbyt pijani, by zwracać na to uwagę. Zespół zrobił sobie przerwę, zajadał się kanapkami, instrumenty stały podparte krzesłami, a z głośników płynął Dusty Springfield. Melancholijna melodia sprawiła, że do oczu Vivi napłynęły łzy.

– Vivi, nie możesz jeszcze iść na górę. – Alexander podążał za nią krok w krok. Wyciągnął rękę i odwrócił ją do siebie, chwyciwszy ją za ramię. Kąt nachylenia jego głowy powiedział jej wszystko, co musiała wiedzieć o tym, ile już wypił.

– Naprawdę mi przykro, Alexandrze. Serio, świetnie się bawiłam. Ale jestem zmęczona.

– Chodź… Chodź ze mną, zjedz coś. Lada chwila w pokoju śniadaniowym podadzą potrawkę z ryżu. – Trzymał dłoń na jej ramieniu, ściskał nieco mocniej, niż wypadało. – Wiesz… Wyglądasz bardzo ładnie w tej… W tej sukience. – Utkwił wzrok w jej krągłościach, alkohol pozbawił go wszelkich zahamowań. – Bardzo ładnie – powtórzył. A potem dodał jeszcze, na wypadek gdyby go nie zrozumiała: – Bardzo, bardzo ładnie.

Ogarnęło ją niezdecydowanie. Zostawić go teraz byłoby szczytem braku wychowania wobec kogoś, kto tak się starał, by dobrze się bawiła. Z drugiej strony sposób, w jaki wpatrywał się w jej stanik, budził w niej niepokój.

– Xander, może spotkamy się na śniadaniu.

Chyba jej nie usłyszał.

– Problem z chudymi kobietami jest taki – mówił prosto do jej piersi – a cholernie dużo jest teraz chudych kobiet…

– Xander?

– …że nie mają biustu. Żadnego biustu. – Wypowiadając te słowa, z wahaniem uniósł rękę. Tyle że nie po to, by dotknąć jej dłoni.

– Och! Ty… – Wychowanie uniemożliwiło jej adekwatną reakcję. Odwróciła się na pięcie i szybkim krokiem wyszła z pokoju, jedną dłonią zasłaniając dekolt i ignorując pijackie błagania Xandra.

Musiała odszukać Douglasa. Nie zaśnie, dopóki go nie znajdzie. Musiała się upewnić, że choć przez cały wieczór był nieosiągalny, gdy już opuszczą to miejsce, znów stanie się jej Douglasem: uprzejmym, poważnym Douglasem, który łatał dętki w jej pierwszym rowerze i który, zdaniem jej taty, był „na wskroś przyzwoitym młodym człowiekiem", który zabrał ją dwa razy do kina na *Toma Jonesa*, nawet jeśli wcale nie siedzieli w ostatnich rzędach. Chciała mu powiedzieć, jak okropnie potraktował ją Alexander (a w jej sercu na nowo rozkwitła nadzieja, że to podłe zachowanie stanie się dla Douglasa impulsem, który uświadomi mu jego prawdziwe uczucia).

Teraz łatwiej się szukało, tłumy przerzedziły się do niewielkich sennych skupisk, które stawały się coraz mniej niespójne, cementowały się w znużone grupki. Starsi goście rozeszli się do swoich pokojów, niektórzy ciągnąc za sobą protestujących podopiecznych, a na zewnątrz co najmniej jeden pług odśnieżał drogę do domu. Douglasa nie było w pokoju gier, w głównej sali balowej ani w przyległym korytarzu, obok głównych schodów ani w towarzystwie różowych smokingów pijących w barze Reynarda. Nikt nie zwracał na nią uwagi – późna pora i wypity alkohol okryły ją peleryną niewidką. Douglas stał się jednak równie niewidzialny. Zastanawiała się raz po raz w stanie wyczerpania, czy biorąc pod uwagę, że często wyrażał swoją dezaprobatę wobec takich pompatycznych klasowych zgromadzeń, nie uciekł przypadkiem do domu. Nieszczęśliwa, pociągnęła nosem, uświadamiając sobie, że nie zapytała go, gdzie znajduje się jego pokój. Taka była pochłonięta własnymi fantazjami, myślą o tym, że on odprowadzi ją pod drzwi, że nie wzięła nawet pod uwagę, iż mogłaby go szukać. Znajdę go, postanowiła. Odszukam panią Bloomberg i ona mi powie. Albo zapukam do wszystkich drzwi w tym drugim skrzydle, aż ktoś zgodzi się go znaleźć.

Przeszła obok głównych schodów ponad parami, które siedziały, opierając się o poręcze, nasłuchiwała napływających z oddali pisków dziewcząt, gdy zespół dzielnie znów sięgnął po instrumenty. Zmęczona, mijała rzędy portretów przodków, które nie zdążyły jeszcze pokryć się patyną czasu, a których złocone ramy błyszczały podejrzanie. Pluszowy czerwony dywan pod jej stopami nosił ślady bezmyślnie zgaszonych papierosów i niedbale porzuconych serwetek. Przed kuchnią, z której unosił się zapach pieczonego chleba, minęła Isabel – dziewczyna śmiała się bezradnie, wspierając się na ramieniu zaintrygowanego nią młodego mężczyzny. Tym razem nie rozpoznała Vivi. Po kilku krokach korytarz się skończył. Vivi zerknęła na ciężkie dębowe drzwi, obejrzała się za siebie, by się upewnić, że nikt jej nie widzi, po czym ziewnęła szeroko. Pochyliła się, by zdjąć buty, kilka godzin po pierwszym obtarciu. Włoży je z powrotem, gdy już go znajdzie.

Gdy podniosła głowę, usłyszała coś: odgłosy przepychanki, dziwaczne stęknięcie, jakby ktoś pijany upadł na zewnątrz i teraz próbował się podnieść. Spojrzała na drzwi, zza których dobiegał hałas, i zauważyła, że są lekko uchylone, smuga arktycznej bryzy snuła się pod ścianą holu. Bez butów podkradła się bliżej, obejmując się ramieniem, by nie czuć potęgującego się zimna. Sama nie wiedziała, dlaczego po prostu nie zawołała, by sprawdzić, czy wszystko jest w porządku. Przystanęła, po czym bezszelestnie uchyliła drzwi szerzej i rozejrzała się na zewnątrz.

Najpierw pomyślała, że kobieta musiała upaść, ponieważ mężczyzna ją podtrzymywał, próbował oprzeć ją o ścianę. Vivi zaczęła się zastanawiać, czy powinna zaproponować pomoc. Jej zmysły były tak przytępione ze zmęczenia lub szoku, że dopiero po chwili uderzyła ją pewność, iż rytmiczne dźwięki, które słyszała, wychodzą od tych ludzi. Że długie, blade nogi kobiety nie są zwiotczałymi, bezużytecznymi kończynami osoby pijanej, ale ciasno oplatają mężczyznę w pasie niczym żmije. Gdy jej oczy przywykły do półmroku i odległości, ze zdumieniem rozpoznała długie ciemne włosy kobiety, chaotycznie opadające na jej twarz, i samotny, wyszywany cekinami pantofel zasypany płatkami śniegu.

Poczuła równocześnie odrazę i fascynację, przez chwilę wpatrywała się w parę, zanim w przypływie wstydu zrozumiała, czego jest świadkiem. Stała plecami do uchylonych drzwi, odgłosy

odbijały się groteskowym echem w jej uszach, kłóciły się z łomotaniem jej serca.

Chciała się poruszyć, ale im dłużej tak stała, tym bardziej
sparaliżowana się czuła, jakby przykleiła się do szorstkiego
drewnianego skrzydła. Jej ramiona pokryły się plamami z zimna, jej zęby szczękały. Zamiast uciekać, oparła się o chłodne
dębowe drzwi, poczuła, że nogi się pod nią uginają. Pojęła, że
choć nigdy nie słyszała takich jęków, głos mężczyzny nie jest
jej obcy. Nie były jej obce także głowa mężczyzny, jego zaróżo-
wione uszy, ostre linie w miejscu, w którym jego włosy opadały
na kołnierzyk – wszystko to było dla niej równie znajome jak
dwanaście lat temu, kiedy po raz pierwszy się w nim zakochała.

Rozdział trzeci

Może nie została Debiutantką Roku (a odkąd stała się kobietą godną szacunku, nikt nie wracał do dywagacji, dlaczego miała nią zostać), ale niewielu było obserwatorów życia towarzyskiego wątpiących w to, że zaślubiny Athene Forster – nazywanej też między innymi Ostatnią Debiutantką, It Girl i różnymi mniej pochlebnymi epitetami przez mniej wyrozumiałe matrony – oraz Douglasa Fairleya-Hulme'a, syna uprawiających ziemię Fairleyów-Hulme'ów z Suffolk, będą nosić miano Ślubu Roku.

Na listę gości trafiło dość zamożnych dwuczłonowych nazwisk, by zapewnić mu prominentne miejsce we wszystkich kolumnach plotkarskich razem z ziarnistymi czarno-białymi zdjęciami. Przyjęcie odbywało się w jednym z lepszych klubów dla dżentelmenów w Piccadilly – charakterystyczną dla niego przesiąkniętą aromatem tytoniu pompatyczną atmosferę złagodziły tego dnia wiosenne kwiaty i zwoje białego jedwabiu. Ojciec panny młodej, który na skutek rezygnacji pana Profumo ze stanowiska zaczął wierzyć, że społeczeństwo chyli się ku upadkowi, uznał, iż najlepszą linią obrony przeciwko moralnemu zepsuciu będzie zebranie grona godnych szacunku jegomościów, aby utworzyli warowny szaniec. Skutkowałoby to zaawansowanym wiekowo i dość ponurym przyjęciem z licznymi mężami stanu, starymi weteranami wojennymi oraz biskupem, który w swoim przemówieniu tyle razy nawiązał do „konieczności stanowczego trzymania się określonych standardów", że wzbudził u niektórych młodszych gości dyskretny chichot. Młodzi ludzie na szczęście wprowadzili radośniejszą atmosferę – co do tego powszechnie się zgodzono. Panna młoda tylko uśmiechała się słabo u szczytu stołu i zerkała z uczuciem na swojego świeżo poślubionego męża, choć niektórzy liczyli na to, że potraktuje tę okazję jako wyzwanie i zachowa się skandalicznie.

Pan młody, powszechnie uważany za niezłą partię dzięki swojej powadze, schludnej męskiej urodzie i rodzinnej fortunie, złamał serce niejednej potencjalnej teściowej w promieniu kilku hrabstw. Nawet gdy stał, oficjalny i sztywny w swojej marynarce, czując ciężar powagi okazji na swoich szerokich barkach, jego ewidentna radość przedzierała się przez tę fasadę w widoczny dla wszystkich sposób – jego oczy łagodniały, ilekroć spoglądał na swoją młodą żonę. Było też widać, że choć otaczała go rodzina, a także najlepsi przyjaciele i setka gości, którzy pragnęli przekazać mu swoje najserdeczniejsze życzenia i gratulacje, on wolałby zostać z oblubienicą sam.

Wilgotne ze wzruszenia oczy i ukośnie cięta jedwabna suknia opływająca sylwetkę rzeczonej oblubienicy, którą niejeden uznałby za zbyt szczupłą, skłoniły nawet jej najzagorzalszych krytyków do odnotowania, że kimkolwiek była (a na ten temat nie brakowało opinii), na pewno nie można jej nie uznać za piękność. Jej włosy, które zazwyczaj swobodnie spływały w dół pleców, zostały ujarzmione i nabłyszczone, a następnie upięte w koronę na czubku głowy i ozdobione diademem z prawdziwych brylantów. Cerze innych dziewcząt biel jedwabiu mogłaby nadać szarego odcienia, jej skóra natomiast miała gładkość marmuru. Jej oczy w kolorze bladej akwamaryny zostały profesjonalnie podkreślone i błyszczały pod warstwą srebra. Wargi układały się w nikły tajemniczy uśmieszek, który nie odsłaniał zębów, chyba że odwracała się do męża – wtedy uśmiechała się szeroko, bez zahamowań, albo wręcz przeciwnie, ukradkiem, sugerując mu rodzaj intymnej rozpaczliwej namiętności, na której widok ludzie wokół śmiali się nerwowo i odwracali wzrok.

Jeśli twarz jej matki, kiedy goście podkreślali, że to „uroczy dzień i cudowna uroczystość", ujawniała nieco więcej niż typową przy takich okazjach ulgę, nikt nic nie mówił. W taki dzień nie wypadało nawet pamiętać, że jeszcze kilka miesięcy temu jej córkę wszyscy uważali za „nienadającą się na żonę". A jeśli ktokolwiek się zastanawiał, dlaczego taki wystawny ślub zaplanowano w takim pośpiechu – zaledwie cztery miesiące po pierwszym spotkaniu młodych – choć panna młoda na pewno nie cierpiała na przypadłość zazwyczaj wywołującą taką gorączkowość, mężczyźni szturchali się porozumiewawczo i odpowiadali, że jeśli jedynym sposobem na to, by legalnie doświadczać pewnych przyjemności, jest ślub, a panna młoda to tak urocza kandydatka na żonę, to po co czekać.

Justine Forster siedziała u szczytu stołu i dzielnie się uśmiechała. Próbowała ignorować fakt, że jej z natury choleryczny mąż nadal jest zły na to, iż data ślubu uniemożliwiła mu doroczny wyjazd weteranów do Ypres (jakby to była jej wina!), o czym nie omieszkał napomknąć już co najmniej trzy razy (w tym raz podczas przemówienia!), a teraz usiłowała ignorować też córkę, która dwa krzesła dalej najwyraźniej zdawała własnemu mężowi dosłowną relację z pogawędki z przyjaciółkami z poprzedniego wieczoru.

– Ona myśli, że pigułka jest niemoralna, kochanie – szeptała Athene, parskając śmiechem. – Mówi, że jeśli pójdziemy do starego doktora Harcourta po receptę, rozwrzeszczana gorąca linia powiadomi o tym nowego papieża, zanim się zorientujemy, i w rezultacie padniemy ofiarą płomieni wiecznego potępienia.

Douglas, który nie przywykł jeszcze do takich szczerych rozmów na temat tego, co dzieje się w sypialni, robił, co w jego mocy, by zachować spokój, jednocześnie walcząc ze znajomym przypływem pragnienia wobec kobiety siedzącej tuż obok niego.

– Powiedziałam jej, że moim zdaniem papież ma za dużo na głowie, by martwić się o mnie i o to, że łykam środki antykoncepcyjne jak cukierki, ale podobno nie. Tak jak Bóg Paweł VI... albo VIII, czy któryś tam z kolei... wie wszystko: czy chodzą nam po głowie nieczyste myśli, czy rozważamy kopulację dla samej przyjemności, czy dajemy dostatecznie dużo na tacę. – Pochyliła się ku mężowi i dodała szeptem, lecz na tyle głośno, by matka to usłyszała: – Douglas, kochanie, on wie pewnie nawet, gdzie teraz trzymasz rękę.

Po lewej stronie Douglasa ktoś się nagle zakrztusił. Douglas próbował uciszyć żonę, co mu się nie udało, po czym, z obiema rękami na widoku, zapytał swoją teściową, czy może podać jej szklankę wody.

Zawstydzenie Douglasa, jako że nie było bardzo szczere, nie trwało długo – od razu doszedł do wniosku, że kocha w swojej żonie jej brak zahamowań, jej obojętność wobec norm moralnych i zasad, które decydowały dotąd o całym ich życiu. Athene podzielała jego rodzące się przekonanie, że socjeta traci na znaczeniu i że mają szansę stać się pionierami – wyrażać siebie, jak tylko chcą, robić to, na co mają ochotę, nie zważać na konwenanse. On musiał to pogodzić z pracą dla ojca w jego majątku,

Athene natomiast beztrosko żyła po swojemu. Nie interesowało jej urządzanie nowego domu – nasze matki są dobre w takich sprawach, powtarzała – lubiła za to jeździć na swoim nowym koniu (przedślubny prezent od męża), leżeć przed kominkiem i czytać, gdy Douglas nie pracował, wyprawiać się do Londynu na potańcówki i do kina, a przede wszystkim spędzać możliwie jak najwięcej czasu z nim w łóżku.

Douglas nie miał dotąd pojęcia, że może się tak czuć: spędzał całe dnie w stanie rozkojarzonego obrzmienia, po raz pierwszy w życiu nie potrafił skupić się na pracy, na obowiązkach związanych z rodziną i swoim dziedzictwem. Zamiast tego jego antena była nastrojona na częstotliwość miękkich krągłości, zwiewnych tkanin i słonawych zapachów. Starał się, ale nie potrafił wykrzesać z siebie ognia na myśl o tym, co dotychczas go inspirowało, co karmiło jego narastające zaabsorbowanie złem, które wyrządza klasa posiadaczy, i rodziło rozważania, czy redystrybucja dóbr oznacza, iż powinien oddać część swojej ziemi. Nic nie było już równie ważne, równie interesujące jak dawniej. Nie w porównaniu z cielesnymi rozkoszami, których dostarczała mu żona. Douglas, który wyznał kiedyś przyjaciołom, że kobiety budzą w nim takie samo zaangażowanie jak nowy samochód (generalnie, wyznał zgodnie z płytkim przekonaniem młodości, należy je wymieniać co roku na lepszy model), nagle został porwany przez wir uczuć, w którym nic nie mogło zastąpić tej jednej konkretnej osoby. Młody człowiek, który zawsze zachowywał sceptyczny dystans wobec skomplikowanej materii prawdziwej miłości i szczycił się swoją pozycją bezstronnego obserwatora, dał się jakimś cudem wciągnąć w próżnię... No właśnie, czego? Pożądania? Obsesji? Świat wydawał się z jakiegoś powodu niewystarczający wobec ślepej bezmyślności tego wszystkiego, cielesnej konieczności, rozkosznie złaknionej zmysłowości. Twardej, naglącej...

– Szybki numerek ze staruszką?

– Co? – Z wypiekami spojrzał na ojca, który znienacka stanął tuż obok niego. Jego drobna żylasta postać wyglądała sztywno jak zwykle w marynarce, jego ogorzałe, zazwyczaj wyrażające czujność rysy złagodziły alkohol i duma.

– Z twoją matką. Obiecałeś jej taniec. Lubi szybsze kawałki, muszę tylko przekonać zespół, żeby zagrał quickstepa. Musisz wypełnić swoje obowiązki, chłopcze. Twój samochód zjawi się lada chwila.

– Och. Tak. Oczywiście. – Douglas wstał, próbując poukładać myśli. – Athene, kochanie, wybaczysz mi?

– Tylko jeśli twój przystojny ojciec obieca szybki numerek również tej staruszce. – Jej uśmiech, migoczący w głębi niewinnych oczu, sprawił, że Douglas aż się skrzywił w duchu.

– Będę zachwycony, moja droga. Tylko nie obraź się, jeśli parę razy okrążymy starego Dickiego Bentalla. Lubię mu pokazać od czasu do czasu, że w tym starym dziadzie jeszcze tli się życie.

– Wychodzę, mamo.

Serena Newton oderwała wzrok od swojego sznycla po wiedeńsku (pięknie podany, ale nie była pewna co do musu z grzybów) i z zaskoczeniem spojrzała na córkę.

– Nie możesz wyjść przed nimi, kochanie. Nie przyjechał jeszcze nawet ich samochód.

– Obiecałam pani Thesiger, że wieczorem zajmę się dziećmi. Najpierw chcę wpaść do domu i się przebrać.

– Nic nie mówiłaś. Myślałam, że wracasz do domu z tatą i ze mną.

– Nie w ten weekend, mamo. Obiecuję, że przyjadę za tydzień lub dwa. Wspaniale było się z wami spotkać.

Policzek matki był miękki, słodki i lekko przypudrowany, przypominał piankę. Miała w uszach kolczyki z szafirami, te same, które ojciec kupił dla niej w Indiach, gdy stacjonowali tam w pierwszych latach małżeństwa. Zignorował radę jubilera, powtarzała matka z dumą, rezygnując z rzekomo cenniejszych kamieni na rzecz tych dwóch, które, jak oświadczył, doskonale pasowały do oczu Sereny Newton. Otoczone brylantami szafiry nadal miały w sobie egzotyczną kosztowną głębię, choć wiek i zmartwienia odebrały już blask ich inspiracji.

Za ich plecami rozległy się oklaski, gdy pan młody poprowadził małżonkę na parkiet. Vivi oderwała wzrok od wyrażających zdumienie oczu matki, nawet się nie wzdrygnąwszy. W ostatnich miesiącach nabrała całkiem niezłej wprawy w ukrywaniu swoich uczuć.

Matka wyciągnęła do niej rękę.

– Nie było cię w domu przez całe wieki. Nie mogę uwierzyć, że tak po prostu uciekasz.

– Nie uciekam. Mówiłam ci, mamo. Wieczorem opiekuję się dziećmi. – Uśmiechnęła się szeroko, pewnie.

Pani Newton pochyliła się, położyła dłoń na kolanie Vivi i zniżyła głos.

– Wiem, że to dla ciebie potwornie trudne, skarbie.

– Co? – Vivi nie zdołała ukryć nagłego rumieńca.

– Ja też byłam kiedyś młoda, wiesz?

– Na pewno byłaś, mamo. Ale ja naprawdę muszę już iść. Pożegnam się z tatą w drodze do wyjścia.

Obiecawszy, że zadzwoni, czując wyrzuty sumienia na widok urażonej miny matki, Vivi odwróciła się i przeszła przez salę ze wzrokiem utkwionym przed siebie. Rozumiała niepokój matki: wiedziała, że wygląda dojrzalej, żal kładł się cieniem rozwianych złudzeń na jej twarzy, utrata wyostrzyła kiedyś pucołowate rysy, tworząc płaszczyzny. Co za ironia, rozmyślała, że nabrałam cech, których zawsze tak bardzo pragnęłam – szczupłości, swego rodzaju znużonego wyrafinowania – utraciwszy przyczynę tych pragnień.

Chociaż z natury była domatorką, w ostatnich miesiącach robiła, co w jej mocy, by wracać do domu najrzadziej, jak tylko się dało. Ograniczała rozmowy telefoniczne, unikała wszelkich wzmianek o osobach spoza rodziny, wolała kontaktować się z rodzicami poprzez krótkie, wesołe wiadomości na zabawnych pocztówkach, raz po raz powtarzała, że nie może przyjechać na urodziny taty, wiejski jarmark, doroczne przyjęcie tenisowe u Fairleyów-Hulme'ów, wymawiała się zobowiązaniami w pracy, zmęczeniem, zmyślonymi stosami zaproszeń od znajomych. Znalazła pracę biurową w fabryce tekstyliów położonej niedaleko Regent's Park i rzuciła się w wir nowej kariery z misjonarską wręcz żarliwością, dzień po dniu zaskakując pracodawców swoim oddaniem, rodziny, których dziećmi się opiekowała, swoją stuprocentową dyspozycyjnością, a siebie samą zmęczeniem uniemożliwiającym jej rozmyślania, gdy w końcu wracała do domu. To ostatnie ją nawet cieszyło.

Po balu myśliwskim uświadomiła sobie, że ilekroć wspomina o Douglasie inaczej niż z siostrzanym zainteresowaniem, rodzice próbują delikatnie zmienić temat rozmowy. Chyba już wtedy wiedzieli, że mężczyzna żywi pragnienia, których ona nie zdołałaby zaspokoić. Ona jednak ich nie słuchała, być może doszła potem do wniosku, że nie słuchała nawet jego. Bądź co bądź nigdy w żaden sposób nie dał jej do zrozumienia, że jego uczucie do niej to coś więcej niż najbardziej niewinna braterska troska.

Gdy w końcu zobaczyła go w zupełnie innym świetle, z rezygnacją pogodziła się ze swoim losem. Nie zamierzała jednak szukać sobie innego, co bezustannie sugerowała matka. Nie, Vivi Newton znała siebie na tyle, by wiedzieć, że należy do nieszczęsnej mniejszości: dziewcząt, które utraciwszy jedynego mężczyznę, jakiego kiedykolwiek kochały, uważnie rozważyły wszystkie opcje i w rezultacie doszły do wniosku, że wolą przeżyć życie w samotności.

Nie zamierzała informować o tym rodziców, którzy martwiliby się, protestowali i zapewniali ją, że jest o wiele za młoda, by podejmować takie decyzje. W głębi ducha czuła, że nigdy nie wyjdzie za mąż. Nie chodziło o to, że została tak zraniona, iż nie byłaby w stanie nigdy więcej pokochać (choć niewątpliwie została zraniona – nadal nie mogła zasnąć bez niewielkiej pomocy benzodiazepin na receptę), ani o to, że postrzegała siebie jako nieszczęsną bohaterkę romansów. Doszła po prostu do wniosku, w taki sam prostolinijny sposób, w jaki dochodziła do większości wniosków, że woli żyć samotnie ze swoją stratą, niż poświęcić całe życie na zmuszanie kogoś, by dorównał ideałowi.

Obawiała się tej podróży, tysiące razy zastanawiała się nad wiarygodną wymówką, która uniemożliwiłaby jej przyjazd. Rozmawiała z Douglasem tylko raz, gdy poprosił ją o spotkanie w Londynie. Jego ewidentne szczęście i otaczająca go aura nowo odnalezionej seksualnej pewności siebie, jak to sobie wyobrażała, były niemal nie do zniesienia. Nie dostrzegając jej skrępowania, ujął ją za ręce i kazał jej obiecać, że przyjedzie na ślub.

– Jesteś moją najdawniejszą przyjaciółką, Vee. Naprawdę chcę, żebyś była ze mną tego dnia. Musisz przyjechać. No dalej, bądź dobrą koleżanką.

Przyjechała więc do domu, płakała przez kilka dni, a potem zachowała się jak dobra koleżanka. Uśmiechała się, choć pragnęła wyć i uderzać się w piersi niczym bohaterki greckich tragedii, pragnęła zedrzeć brokatowe zasłony i ślubne proporce ze ścian, pragnęła przeorać paznokciami twarz tej paskudnej, paskudnej dziewuchy, okładać pięściami jej głowę, jej dłonie i serce, by zniszczyć to, co Douglas pokochał w niej najmocniej. A potem, zszokowana swoją zdolnością do snucia takich ponurych planów wobec innej istoty ludzkiej (raz przepłakała całe popołudnie, bo przypadkiem zabiła zająca), znów zaczynała się uśmiechać. Szeroki, łagodny uśmiech nie schodził z jej twarzy, jakby liczyła na to, że jeśli dostatecznie długo będzie prezentować spokojną fasadę, jeśli uda się jej nadal przekonywać samą siebie, że wiedzie pozornie normalne życie, pewnego dnia choć część tej rzekomej równowagi stanie się realna.

Matka przyłapała Athene na paleniu na schodach. W sukni ślubnej, z rozkraczonymi nogami, buchając dymem niczym sprzątaczka, zaciągała się papierosem wyłudzonym od jednego z barmanów. Pani Forster z oburzeniem poinformowała o swoim odkryciu męża, przy czym zdołała zaskoczyć nawet jego, gdy przytoczyła barwną odpowiedź Athene.

– Cóż, to już nie jest mój problem, Justine. – Pułkownik Forster odchylił się na pozłacane oparcie krzesła, nabijając fajkę i nie patrząc małżonce w oczy, jakby ona również była współwinna tej sytuacji. – Wypełniliśmy nasz obowiązek wobec tej dziewczyny.

Żona wpatrywała się w niego przez chwilę, po czym zwróciła się do Douglasa, który ogrzewał w dłoni brandy, rozmyślając o aurze dojrzałości, którą nadawała mu czasza kieliszka.

– Rozumiesz, co na siebie wziąłeś? – Jej ton sugerował, iż nie wybaczyła jeszcze córce wcześniejszych niedyskrecji.

– Najwspanialszą dziewczynę w całej Anglii, jeśli o mnie chodzi.

Douglas, pełen alkoholu, życzliwości i seksualnego zniecierpliwienia, czuł wielkoduszność nawet wobec swoich skwaszonych teściów. Wspominał tę noc, kiedy się oświadczył, noc, która rozdzielała jego życie na to Przed i na to Po Athene, przy czym był to bardziej rytuał przejścia niż fundamentalna zmiana tego, kim był i jak się czuł w otaczającym go świecie. Dla żonatego mężczyzny, którym teraz się stał, dzień ten oznaczał przekroczenie pewnej granicy – przeskok od kogoś poszukującego, nieśmiało wypróbowującego nowe podejścia i przekonania, nowe sposoby na życie do kogoś, kogo nazywa się po prostu Mężczyzną. Tym właśnie obdarzyła go Athene. Czuł się jak opoka dla jej zmiennej, niestałej natury, jej niezależność dawała mu poczucie solidności, pewności. Owinęła się wokół niego niczym bluszcz, niesamodzielna i piękna, utęskniony pasożytniczy duszek. Od pierwszej nocy, kiedy ją zobaczył, wiedział, że jest mu przeznaczona: obudziła w nim tęsknotę, zaskakujące poczucie, że czegoś mu brakuje, że jakaś jego fundamentalna część pozostaje pusta, nawet jeśli dotąd o tym nie wiedział. To ona obudziła w nim takie myśli – liryczne, fatalistyczne. Nie wiedział, że takie słowa w ogóle funkcjonują w jego słowniku. Do tej pory wizja małżeństwa prowokowała go do ponurych rozmyślań o końcu dotychczasowego życia – było to coś, co wypadało zrobić, gdy znalazła się odpowiednia dziewczyna. Tego po nim oczekiwano, a Douglas zawsze takie oczekiwania spełniał. Ona jednak, stojąc w windzie londyńskiej restauracji, w której właśnie zjedli, nie zważając na tłoczących się za nimi w kolejce ludzi, wsunęła swoją dziecinną stopę pomiędzy drzwi i zanosząc się śmiechem – jakby zasugerował coś szalenie zabawnego, gdy słowa nieoczekiwanie wytrysnęły spomiędzy jego drżących warg – powiedziała „tak". Dlaczego nie? Świetna zabawa. Pocałowali się więc radośnie, chciwie, gdy drzwi windy gorączkowo przesuwały się tam i z powrotem, próbując ominąć przeszkodę, a kolejka ludzi za nimi rosła, mamrotała coś gniewnie pod nosem, aż w końcu przeniosła się na schody. To wtedy uświadomił sobie, że jego życie nie toczy się już z góry ustalonym trybem, że właśnie z niego zboczyło dzięki tej fantastycznej możliwości.

– Musisz jej wlać trochę oleju do głowy – dodał pułkownik Forster.

Douglas poderwał głowę.

– Anthony! – Justine Forster zacisnęła wargi. Otworzyła puderniczkę, by sprawdzić, czy nie rozmazały się jej oczy. – Ona... Po prostu czasami bywa krnąbrna.

– To właśnie w niej lubię. – Ton Douglasa wyrażał zadowoloną wojowniczość.

Zaciągała go do klubów prowadzonych przez czarnoskórych w nieciekawych dzielnicach Londynu, beształa go, jeśli wyrażał dręczący go niepokój, nakłaniała go, by z nią tańczył, by razem z nią pił, śmiał się, żył. A ponieważ wydawała się idealnie pasować do takich miejsc, jego najgorsze obawy rzadko się materializowały, dzięki niej musiał się konfrontować z własnymi przekonaniami o ludziach biednych, czarnych, o ludziach innych niż on sam. Wraz z lękami opuściły go też niektóre zahamowania – zaczął palić i pić ciemny rum, a gdy zostawali sami, pozwalał sobie zbliżać się do Athene w sposób, który, jak mu wpojono, był nie tylko śmiały, ale wręcz nielegalny.

Ona nie miała nic przeciwko temu. Nie zaprzątała sobie głowy zakupami, modą, urządzaniem wnętrz ani innymi rzeczami, które tak go nudziły we wszystkich dziewczętach, które dotąd znał. Nie dbała o dobra materialne – pod koniec potańcówki zdejmowała buty, narzekając, że są nudne, a potem zapominała wziąć je ze sobą do domu. Gdy ktoś wypominał jej brak obuwia, nie okazywała łzawego poczucia straty jak inne dziewczęta ani też obawy przed tym, jak wróci teraz do domu, po prostu wzruszała ramionami i wybuchała śmiechem. Śmiech ten mówił, że zawsze będzie jakaś inna para butów. Że martwienie się takimi drobiazgami jest nudne.

– Tak. No cóż, mój drogi, nie mów potem, że cię nie ostrzegaliśmy. – Justine Forster wpatrywała się w kawałek weselnego tortu, jakby miał zaraz na nią skoczyć i ją ugryźć.

– Bardzo głupiutka dziewczyna – powiedział pułkownik Forster, zapalając fajkę.

– Co?

– Nasza córka. Nie ma co owijać w bawełnę. Ma piekielne szczęście, że w ogóle wyszła za mąż.

– Anthony! – Pani Forster zerknęła na Douglasa lękliwie, jakby obawiała się, że obciążające komentarze męża mogą nakłonić świeżo upieczonego zięcia do nagłej zmiany zdania.

– Och, daj spokój, Justine. Otacza się bezmyślnymi młodymi ludźmi, przez co sama stała się bezmyślna. Niewdzięczna, bezmyślna i głupia.

– Moim zdaniem ona nie jest bezmyślna. – Douglas, który byłby oburzony, gdyby rodzice o nim rozmawiali w taki sposób, poczuł potrzebę, by stanąć w obronie małżonki. – Moim zdaniem jest dzielna, oryginalna i piękna.

Ojciec Athene zmierzył go takim wzrokiem, jakby Douglas właśnie przyznał, że jest komunistą.

– Tak. No cóż, lepiej nie mów tego wszystkiego przy niej. Nie wiadomo, do czego mogłoby to doprowadzić. Postaraj się ją tylko trochę usadzić. W przeciwnym razie nic z niej nie będzie dla nikogo.

– On wcale tak nie myśli, Douglasie, mój drogi. Chce powiedzieć, że…. Cóż, zapewne bywaliśmy wobec niej nieco zbyt pobłażliwi.

– Pobłażliwi wobec kogo? – Athene stanęła obok Douglasa. Wyczuł aromat perfum joy i papierosowego dymu, aż wszystko się w nim zacisnęło. Jej ojciec stęknął i odwrócił głowę.

– Rozmawiacie o mnie?

– Mówiliśmy właśnie, jak bardzo się cieszymy, że się ustatkowałaś – oświadczyła Justine Forster pojednawczo, sygnalizując gestem, że wolałaby zakończyć tę rozmowę.

– Kto mówi, że się ustatkowaliśmy?

– Nie wygłupiaj się, moja droga. Wiesz, o co mi chodzi.

– Nie, nie wiem. Nie zamierzamy z Douglasem się ustatkować, prawda, kochanie?

Douglas poczuł jej chłodną dłoń na karku.

– Nie, jeśli miałoby to oznaczać, że skończymy jak wy.

– Nie będę z tobą rozmawiać, Athene, jeśli zamierzasz być celowo niegrzeczna.

– Nie jestem celowo niegrzeczna, mamo. Nie tak niegrzeczna, jak wy najwyraźniej byliście, rozmawiając o mnie pod moją nieobecność.

– Bardzo głupia dziewczyna – wymamrotał jej ojciec.

Douglas poczuł się wyjątkowo skrępowany.

– Myślę, że jesteście wobec Athene nie do końca sprawiedliwi – wtrącił.

– Douglasie drogi, jesteś pełen najlepszych intencji, ale nie masz pojęcia, co przeżyliśmy przez Athene.

Athene pochyliła się, sięgnęła po kieliszek brandy, jakby chciała tylko zbadać jego zawartość, po czym przełknęła bursztynowy płyn jednym haustem.

– Och, Douglasie, nie słuchaj ich – powiedziała, odstawiając kieliszek i biorąc męża za rękę. – To tacy nudziarze. Bądź co bądź to jest nasz dzień.

Po kilku minutach na parkiecie niemal zapomniał o tej wymianie zdań, zatracił się w swoim własnym świecie jej odzianych w jedwab krągłości, zapachu jej włosów, lekkiego dotyku jej dłoni na swoich plecach. Gdy podniosła na niego wzrok, jej oczy były wilgotne, migotały od łez.

– Nie musimy się z nimi więcej spotykać. – To nie było pytanie, ale chyba domagała się od niego jakiegoś zapewnienia. – Nie musimy spędzać połowy naszego czasu jak sztywne kukły, przesiadując na okropnych rodzinnych przyjęciach.

– Możemy robić, co tylko chcemy, najdroższa – wyszeptał w jej szyję. – Teraz liczymy się tylko my. Możemy robić, co tylko chcemy. – Podobał mu się dźwięk własnego głosu, jego autorytarność i otucha, którą obiecywał.

Przyciągnęła go do siebie bliżej w zaskakująco mocnym uścisku i ukryła twarz na jego ramieniu. Muzyka zagłuszyła jej odpowiedź.

– To zajmie tylko chwilę – oświadczyła dziewczyna w szatni. – Część numerków oddzieliła się od okryć. Potrzebujemy paru minut, żeby to wszystko ogarnąć.

– Dobrze – odparła Vivi, poruszając stopą z niecierpliwością.

Odgłosy przyjęcia niemal do niej nie docierały, stłumione przez połacie wykładzin w korytarzach i na schodach. Obok niej przechodziły starsze wdowy, które eskortowano do łazienek, małe bose dzieci biegały wokół, śledzone oburzonym wzrokiem przez milczący, sztywny, umundurowany personel. Prędzej nadejdzie Boże Narodzenie, niż ona wróci do domu w takim tempie. Bardzo możliwe, że Douglas i ta kobieta – nadal nie mogła się zmusić do wyartykułowania jej imienia, nie mówiąc już o nazywaniu jej jego żoną – wyjadą na święta. Jego rodzina zawsze przecież uwielbiała jeździć na nartach.

Może tak byłoby łatwiej, teraz, kiedy stało się jasne, że jej matka rozumie. A gdyby tęsknota za rodzicami stała się nie do zniesienia, zawsze mogła zaprosić ich do Londynu, przekonać ojca, by przyjechali na cały weekend. Mogłaby pokazać im targ staroci za Lisson Grove, zabrać ich do zoo, pojechać taksówką do kawiarni w St. John's Wood, napoić ich tam kawą z pianką i nakarmić ciastkami korzennymi. Do tego czasu może nawet przestanie myśleć o Douglasie. Może nawet przestanie odczuwać ten fizyczny ból.

Odbiór płaszcza trwał całe wieki. Za jej plecami dwaj mężczyźni palili pogrążeni w rozmowie, z numerkami w dłoniach.

– Alfie postarał się, żeby w tym czasie wyjechać na Wimbledon. Z drugiej strony trzeba przyznać, że całkiem nieźle sobie poradził. No bo jeśli już musisz iść z kimś do ołtarza…

Nawet się nie wzdrygnęła. Udawała, że intryguje ją grawerunek na ścianie, a w duchu zastanawiała się po raz kolejny, ile jeszcze upłynie czasu, zanim ten pozorny spokój spłynie również na jej wnętrze.

Niemal dwadzieścia minut później naprzeciwko niej stanęła matka w swoim odświętnym kostiumie z bouclé. Kopertówkę przyciskała do piersi niczym tarczę.

– Wiem, że to nie jest łatwe – oświadczyła – ale uważam, że nie powinnaś dzisiaj uciekać. Jedź do domu ze mną i z tatą.

– Mówiłam ci przecież…

– Nie pozwól, żeby oni stanęli ci na drodze do domu. Samochód odjechał. Nie będzie ich co najmniej dwa tygodnie.

– Nie o to chodzi, mamo.

– Nic więcej nie powiem, Vivi. Nie mogłam jednak pozwolić, żebyś wyszła, dopóki porządnie nie porozmawiamy. Przestań nas unikać. Nie lubię myśleć o tym, jaka samotna jesteś w Londynie. Nadal jesteś taka młoda. A poza tym tęsknimy za tobą, tata i ja. Zgubiłaś swój numerek?

Vivi wbijała nieobecne spojrzenie w swoją pustą dłoń.

– Myślałam, że już wyszłaś. Przecież na pewno rozpoznamy twój płaszcz.

Vivi z zadumą pokręciła głową.

– Przepraszam. Musiałam… Byłam w łazience.

– Tata naprawdę chce się z tobą zobaczyć. Chce, żebyś pomogła mu wybrać psa. W końcu się zgodził, jak wiesz, ale uważa, że byłoby miło, gdybyście wybrali go razem. – Na twarzy matki odmalowała się nadzieja, jakby dziecięce przyjemności mogły zagłuszyć dorosły ból. – Może spaniela? Wiem, że zawsze lubiłaś spaniele.

– Jest zielony?

– Słucham?

Szatniarka spróbowała ukryć swoją frustrację za zasłoną uśmiechu.

– Czy pani płaszcz jest zielony? Ma duże guziki?

Wskazywała rząd za swoimi plecami. Vivi dostrzegła przebłysk znajomego butelkowego odcienia.

– Tak – odszepnęła.

– Och, Vivi, skarbie, uwierz mi, ja naprawdę rozumiem.

Oczy pani Newton pociemniały ze współczucia. Pachniała jak dzieciństwo i Vivi musiała zwalczyć nagłe pragnienie, by rzucić się matce na szyję i pozwolić pocieszyć. Nie było dla niej jednak żadnej pociechy.

– Wiem, co czułaś do Douglasa. Ale Douglas… Cóż, to już koniec, odnalazł swoją… swoją drogę w życiu, a ty musisz ruszyć dalej. Zostawić to za sobą.

Głos Vivi był nienaturalnie sztywny.

– Zostawiłam to za sobą, mamo.

– Nie podoba mi się, w jakim jesteś stanie. Taka smutna… i… Cóż, chcę, żebyś wiedziała… Nawet jeśli nie masz ochoty ze mną rozmawiać… bo wiem, że dziewczęta nie zawsze zwierzają się ze wszystkiego swoim matkom… że rozumiem. – Wyciągnęła rękę i pogłaskała Vivi po włosach, odsunęła je z jej twarzy instynktownym macierzyńskim gestem.

Nie, mamo, nie rozumiesz, pomyślała Vivi, jej dłonie wciąż się trzęsły, jej twarz nadal była blada po tym, co usłyszała. Ten ból nie brał się z uczuć, o które podejrzewała ją matka. Tamten ból był niemal łatwy. Spokój jawił się bowiem jako osiągalny, dopóki mogła się pocieszać myślą, że Douglas będzie szczęśliwy. Na tym przecież polegała miłość, prawda? Na świadomości, że ta druga osoba będzie przynajmniej szczęśliwa.

Matka mogła rozumieć w jakimś stopniu jej ból, jej tęsknotę, żałobę po utracie Douglasa, nie zrozumiałaby natomiast rozmowy, której Vivi właśnie była zmuszona wysłuchać. Nie zrozumiałaby, choć Vivi już wiedziała, a ból przeszywał jej wnętrze, że nigdy nie będzie mogła nikomu jej powtórzyć.

– Z drugiej strony trzeba przyznać, że całkiem nieźle sobie poradził – powiedział mężczyzna. – No bo jeśli już musisz iść z kimś do ołtarza…

– Racja. Ale…

– Ale co?

– Powiedzmy sobie szczerze, będzie musiał mieć na nią oko, no nie?

– Co?

– Daj spokój… Przecież to mała puszczalska.

Vivi znieruchomiała. Mężczyzna zniżył głos do szeptu, chyba odwrócił głowę, zanim podjął wątek.

– Tony Warrington spotkał się z nią we wtorek. Na drinka za stare czasy, jak mu powiedziała. Chodzili kiedyś ze sobą, gdy jeszcze mieszkał w Windsorze. Tyle że jej wizja starych czasów za bardzo wiązała się z dobrymi czasami, jeśli wiesz, co mam na myśli.

– Żartujesz.

– Niecały tydzień przed ślubem. Tony utrzymuje, że nawet nie chciał. To w złym stylu i w ogóle. Ale zaatakowała go jak wysypka.

Vivi zaczęło dzwonić w uszach. Wyciągnęła przed siebie rękę, żeby nie stracić równowagi.

– O cholera.

– No właśnie. Ale zachowaj to dla siebie, stary. Nie ma sensu psuć tego dnia. W każdym razie… Biednemu Fairleyowi-Hulme'owi trzeba raczej współczuć.

Rozdział czwarty

Douglas odchylił się na oparcie krzesła, gryząc w zamyśleniu końcówkę pióra kulkowego, i spojrzał na gęsto zapisane planami kartki, które leżały przed nim. Zajęło mu to kilka tygodni wytężonej wieczornej pracy, ale był niemal pewien, że zawarł w nich wszystko, co chciał.

Oparł swoje pomysły częściowo na zbiorze idei wielkich reformatorów społecznych, swego rodzaju utylitarystycznej filozofii życia i czymś, co podobno funkcjonowało w Ameryce – bardziej wspólnotowym sposobie robienia różnych rzeczy. Rezultat wypadł dość radykalnie, fakt, ale uznał, że wszystko powinno się udać. Nie, poprawił sam siebie, wiedział, że się uda. I fundamentalnie odmieni oblicze posiadłości.

Zamiast utrzymywać ogromne stado krów holsztyno-fryzyjskich – zasady ich hodowli od wprowadzenia powszechnej polityki rolnej każdego zdrowego na umyśle człowieka przywiodłyby do szaleństwa, jak powtarzał ojciec – czterdzieści hektarów zamierzał przeznaczyć na samofinansującą się wspólnotę. Jej członkowie mieli zamieszkać w opuszczonych domkach, które sami by wyremontowali, korzystając z drewna z lasów Mistley. Niedaleko znajdowały się ujęcie wody, a także stare stodoły nadające się do hodowania w nich niewielkiej ilości bydła. Gdyby udało się ściągnąć rzemieślników, rękodzielników, mogliby nawet założyć tam pracownie i sprzedawać ceramikę lub inne wyroby, a w zamian oddawać niewielki procent swoich dochodów.

Cztery pola na Page Hill, te, na których obecnie rosły buraki cukrowe, Douglas chciał rozparcelować na mniejsze działki, by miejscowi mogli na nich uprawiać własne warzywa. Rynek domowej produkcji rolnej rósł, coraz więcej osób pragnęło „powrotu do natury". Fairleyowie-Hulme'owie pobieraliby za to niewielki czynsz, a także część zbiorów jako opłatę. Jawił mu się powrót do systemu dzierżawczego, do rodzinnych korzeni, ale bez feudalistycznego skażenia. Wszystko to byłoby oparte na zasadzie samofinansowania. Może nawet przyniosłoby niewielki zysk. Gdyby się udało, nadwyżkę gotówki można by przeznaczyć na inne projekty, być może programy edukacyjne. Na wzór tego w mieście, gdzie przestępcy uczyli się pożytecznych umiejętności. A może na szkolenie o zarządzaniu ziemią.

Posiadłość była za duża, by zarządzał nią jeden człowiek. Ojciec powtarzał to setki razy, jakby w ogóle nie brał pod uwagę, że jest jeszcze Douglas. Oczywiście zatrudniali zarządcę, głównego pasterza i robotników rolnych, leśniczego i inne osoby do pomocy, ale całkowita odpowiedzialność za wszystko, co działo się w majątku, spoczywała na Cyrilu Fairleyu-Hulmie, i to już od prawie czterdziestu lat. Miał na swoich barkach nie tylko samo zarządzanie ziemią, ale też skomplikowane wyliczenia, w tym subwencje, co oznaczało więcej maszyn, mniejszą dywersyfikację, więcej chemicznych środków chwastobójczych i nawozów. To wszystko sprawiało, że ojciec często mamrotał ponuro pod nosem, iż jeśli będzie musiał wykopać kolejny żywopłot, sprzeda wszystkie zwierzęta, zamieni posiadłość w jedną z tych amerykańskich farm ornych i na tym się skończy, podczas gdy jego starsi robotnicy, ci, którzy uczyli się orać ziemię końmi, spekulowali, że pal sześć zwierzęta, w tym tempie ludzie niedługo przestaną być potrzebni.

Krótki etap pogłębionej autorefleksji, który przyszedł po spotkaniu Athene, uświadomił Douglasowi, że nigdy nie czuł się w pełni swobodnie na myśl o odziedziczeniu Dereward. Wydawało mu się to niezasłużone – w erze, w której nepotyzm i feudalizm umierały powolną śmiercią, nie wypadało brać na siebie tych chełpliwych oków, nie wypadało, by on, który nie ukończył jeszcze trzydziestu lat, przejął prawo do posiadłości i odpowiedzialność za życie wszystkich z nią związanych ludzi.

Kiedy po raz pierwszy poruszył ten temat z ojcem, staruszek spojrzał na niego jak na komunistę. Chyba nawet użył tego słowa. A Douglas, mądry na tyle, by wiedzieć, że ojciec nie weźmie na poważnie nieprzemyślanego planu, ugryzł się w język i poszedł nadzorować dezynfekcję dojarek.

Teraz miał już jednak zestaw konkretnych rozwiązań, na których widok nawet jego ojciec będzie musiał przyznać, że przeniosą posiadłość w przyszłość i uczynią ją wzorem nie tylko rolniczej doskonałości, ale też zmiany społecznej. Mógł pójść w ślady wielkich reformatorów, Rowntreego i Cadbury'ego, tych, którzy uważali, że zarabianie pieniędzy to za mało, jeśli nie prowadzi do doskonalenia społecznego i środowiskowego. Widział oczami wyobraźni zadowolonych robotników, którzy spożywali wyprodukowane przez siebie produkty i uczyli się, by się doskonalić, zamiast przepijać tygodniówkę w Białym Jeleniu. Był rok 1965. Świat zmieniał się coraz szybciej, nawet jeśli mieszkańcy Dere Hampton nie byli gotowi, by to zauważyć.

Schludnie złożył kartki, w skupieniu umieścił je w papierowej teczce i wsunął ją sobie pod pachę. Zignorował stos listów czekających na jego odpowiedź. Większość minionego miesiąca spędził na odpisywaniu na skargi spacerowiczów i właścicieli psów niezadowolonych z tego, iż postawił płot wzdłuż środka dwunastohektarowego pola pod lasem, aby stworzyć pastwisko dla owiec. (Zawsze lubił owce. Nadal czule wspominał swój młodzieńczy pobyt u kumbryjskiego pasterza owiec, który liczył swoje zwierzęta w starożytnym i niezrozumiałym dialekcie: *yan, tan, tethera, pethera, pimp, sethera, lethera, hovera, covera, dik*...) Fakt, że mieszkańcy wioski nadal mogli spacerować po polu, ich nie zadowalał – nie podobało im się, że zostali „zamknięci w zagrodzie". Douglas odczuwał pokusę, by odpowiedzieć, że mają szczęście, iż w ogóle udostępniono im pola, i że jeśli posiadłość nie będzie zarabiać między innymi przez takie posunięcia, zostanie podzielona na działki i sprzedana deweloperom, jak jeszcze do niedawna wspaniała, położona sześć kilometrów dalej Rampton. Ciekawe, czy to by im się spodobało.

Był jednak świadomy, że jako Fairley-Hulme musi przynajmniej oficjalnie wyrażać szacunek dla opinii sąsiadów, i dlatego też zasugerował, by spisali swoje wnioski w formie listownej, a on zrobi, co w jego mocy, by jak najlepiej na nie odpowiedzieć.

Zerknął na zegarek i zabębnił palcami w burko, czując mieszaninę zdenerwowania i podekscytowania. Matka powinna szykować lunch. Gdy ojciec zamknie się w swoim biurze na poobiednie pół godziny „papierkowej roboty" (co często oznaczało krótką drzemkę – trzeba czasami wypocząć, sami rozumiecie), wtedy zaprezentuje mu swoje pomysły. I może odciśnie własny, bardziej współczesny ślad na posiadłości Dereward.

Niewiele dalej matka Douglasa Fairleya-Hulme'a zdjęła rękawiczki i kapelusz, zapędziła psy do przedsionka, zerknęła na zegar w holu i uświadomiła sobie, że wróciła do domu niemal pół godziny przed porą lunchu. Nie żeby musiała cokolwiek w tej sprawie robić. Wyszła z myślą o tym, że zostanie zaproszona przynajmniej na kawę, i wcześniej wszystko przygotowała. Jednak mimo iż przebyła cały ten dystans pieszo i zjawiła się w drzwiach zziębnięta – co roku zapominała, jak marzec potrafi człowieka zaskoczyć – ewidentnie potrzebując drobnego poczęstunku, synowa odmówiła wpuszczenia jej za próg. Wiedziała, że nie najlepiej rozpoczęła się jej znajomość z Athene. Jak chyba jej znajomość z większością osób. Dziewczyna była męcząca, wiecznie stawiała szalone wymagania Douglasowi, lecz sama rzadko robiła w zamian coś żoninego i ofiarnego. Cyril oświadczył jednak, że powinna włożyć więcej wysiłku w nawiązanie porozumienia z synową.

– Zaproś ją na poranną kawę czy coś takiego. Douglas mówi, że ona się nudzi. Będzie mu łatwiej, jeśli się zaprzyjaźnicie.

Nigdy nie przepadała za towarzystwem innych kobiet. Za dużo plotek i roztrząsania kwestii bez znaczenia. Jedną z wad roli pani posiadłości był fakt, że ludzie oczekiwali od niej, by toczyła rozmowy bezustannie, by gawędziła o głupotach podczas spotkań dobroczynnych i przyjęć, podczas gdy ona pragnęła tylko uprawiać swój ogród. Cyril rzadko ją jednak o cokolwiek prosił, posłusznie odbyła więc trzykilometrowy spacer przez pola do Philmore House, dużej rezydencji w stylu królowej Anny, którą Cyril podarował jedynemu synowi dwa lata temu z okazji ślubu.

Athene była jeszcze w negliżu, choć dawno minęła jedenasta. Nie żeby przejęła się tym, iż została w takim stanie przyłapana.

– Bardzo mi przykro – powiedziała, choć wcale tak nie wyglądała. Przez jej twarz przemknął grymas zaskoczenia, a zaraz potem uśmiechnęła się obojętnie i czarująco. – Nie przyjmuję dzisiaj gości. – Uniosła dłoń, by stłumić ziewnięcie, a jej bawełniany szlafrok rozchylił się, odsłaniając cieniutką koszulę nocną i, co gorsza, całkiem duży fragment bladego *décolletage* pod spodem, choć przecież obok mogli przechodzić robotnicy.

Matka Douglasa poczuła się całkiem wytrącona z równowagi tak wyjątkowym złamaniem zasad.

– Pomyślałam, że może wypijemy razem kawę – odparła, zmuszając się do uśmiechu. – Niemal nie widujemy cię w domu.

Athene obejrzała się za siebie, otoczyła ją aura rozkojarzonej irytacji, jakby teściowa przyprowadziła cały tabun gości domagających się herbaty i konwersacji.

– Cyril… Oboje zastanawialiśmy się, jak się miewasz.

– Szalenie miło z waszej strony. Po prostu dużo się ostatnio u mnie dzieje. – Jej uśmiech nieco zbladł, gdy zauważyła, że teściowa nie zamierza ustąpić. – A dziś czuję się nieco zmęczona. I dlatego nikogo nie przyjmuję.

– Pomyślałam, że może porozmawiamy. O sprawach…

– Och, nie sądzę. Ale to bardzo miło, że o mnie pomyślałaś.

– Jest kilka spraw, które chcielibyśmy…

– Uroczo było cię zobaczyć. Jestem przekonana, że niedługo znów się spotkamy.

Po tej krótkiej wymianie uprzejmości i mało wylewnym pożegnaniu Athene bez cienia skruchy zamknęła drzwi. Tak mocno zaskoczyła tym teściową, która zazwyczaj nazywała rzeczy po imieniu, iż kobieta nie zdążyła poczuć oburzenia.

Matka Douglasa była kobietą stanowczą, lecz teraz nie wiedziała nawet, jak opisze taki obrót spraw mężowi. Jakimi słowami mogłaby potępić zachowanie synowej? Dziewczyna przyjęła ją w nocnej koszuli. Cyril mógłby to uznać za czarujące… Gorzej, mógłby zacząć sobie coś wyobrażać, a wiedziała, jak to może się skończyć. Athene nie zaprosiła jej na kawę? Cyril uzna, że należało ją uprzedzić, zapowiedzieć się przez telefon. To właśnie irytowało ją w nim najbardziej – determinacja męża, by zawsze być sprawiedliwym. Postanowiła, że nic nie powie, ale gdy nadszedł Douglas, poprosiła go na stronę i oświadczyła wprost: Jeśli twoja żona nie zamierza ubierać się z odrobiną godności, nie powinna otwierać drzwi. Trzeba mieć na uwadze rodzinne nazwisko. Gdy Douglas spojrzał na

nią z konsternacją, poczuła nagły przypływ lękliwej opiekuń-
czości połączonej z nutą irytacji na myśl o tym, że chłopak jest
taki sam jak jego ojciec. Przez całą ich młodość ich ostrzegasz.
Latami wręcz. Wszystko to jednak traci znaczenie, gdy na ich
drodze staje taka dziewczyna.

Cyril Fairley-Hulme odłożył serwetkę i zerknął na zegar – robił tak codziennie w tym krótkim okresie pomiędzy zakończe-
niem posiłku a chwilą, kiedy jego małżonka wstawała i pytała, czy wypije kawę, zanim uda się do swojego gabinetu. Radio
za jego plecami podawało wyważonym tonem prognozę pogody, jak zawsze pod koniec lunchu. Wszyscy troje umilkli, by
mógł jej wysłuchać.

– Bardzo dobre – powiedział cicho. Po czym dodał, jakby
dzielił się z nimi wieloletnią obserwacją: – Nie ma to jak dobra dziczyzna zapiekana w cieście.

– Wyborna. Dziękuję, mamo. – Douglas zdjął serwetkę z kolan i zmiął ją w kulkę, którą położył na stole.

– To dzieło Bessie. Przekażę jej, że wam smakowało. Macie czas na kawę? – Stół w jadalni jak zwykle został nakryty
ze schludną formalnością porządną porcelaną, mimo że okazja była prozaiczna. Matka zebrała talerze i wyszła z pokoju.

Douglas odprowadził ją wzrokiem, czując słowa ciążące mu
na ustach. Kontrastowały z lekkim nerwowym łomotaniem serca w jego piersi.

Ojciec przez kilka minut spokojnie nabijał fajkę, po czym
ją zapalił; jego chuda, opalona, pomarszczona twarz wyrażała
nabożną koncentrację. Podniósł wzrok na syna, jakby zaskoczył go fakt, że chłopak nie wyszedł w trakcie tego etapu jego
codziennej rutyny.

– Po południu Dennis sadzi bulwy.

– Tak – odparł Douglas. – Zaraz tam pójdę.

Ojciec zgasił krótką zapałkę i przeklął cicho pod nosem, nieświadomie zerkając na drzwi, przez które wyszła jego żona.

– Chcę mieć pewność, że dobrze wyliczy odległości. W zeszłym roku zasadził je zbyt blisko siebie.

– Tak, ojcze, mówiłeś. Porozmawiam z nim na ten temat.

Ojciec znów utkwił wzrok w swojej fajce.

– Czekasz na zbiory? – zapytał lekkim tonem.

– Co? Och… – Czasami trudno było poznać, kiedy ojciec żartuje. – No nie. W zasadzie, ojcze, chciałem z tobą o czymś porozmawiać.

Fajka się tliła. Ojciec odchylił się na oparcie krzesła i wypuścił spomiędzy warg cienką smużkę dymu, jego twarz przez chwilę wyrażała stan zrelaksowania.

– Śmiało – zachęcił go serdecznie.

Douglas spojrzał na niego, po czym opuścił wzrok, próbując sobie przypomnieć, gdzie zostawił teczkę. Wstał, podszedł do komody, zaczął wyciągać kartki i ostrożnie ułożył je na stole przed ojcem.

– Co to jest?

– O tym właśnie chciałem z tobą porozmawiać. O pewnych moich pomysłach. W związku z posiadłością.

Zamienił dwie kartki miejscami, po czym odsunął się, patrząc, jak ojciec się pochyla, by się im przyjrzeć.

– Pomysły na posiadłość?

– Myślę o tym od wieków. To znaczy, od całej tej sprawy z powszechną polityką rolną, bo wtedy zacząłeś mówić, że zrezygnujesz z mleka. Można by rozważyć wprowadzenie pewnych zmian.

Cyril obojętnie wysłuchał urywanych wyjaśnień syna, po czym pochylił głowę nad kartką.

– Podaj mi okulary.

Douglas podążył wzrokiem w kierunku, który ojciec wskazał mu palcem, zauważył okulary i podał mu je. Z kuchni dobiegały odgłosy naczyń ustawianych przez matkę na tacy, a także otwieranych i zamykanych szafek. Słyszał szum krwi w swoich uszach. Wcisnął dłonie do kieszeni, po czym je wyjął, walcząc z pokusą doskoczenia do stołu i wskazywania kolejnych paragrafów palcami.

– Pod spodem jest mapa – dodał, nie mogąc się powstrzymać. – Pokolorowałem pola zgodnie z ich przeznaczeniem.

Czas płynął coraz wolniej, aż w końcu całkiem się zatrzymał. Douglas wpatrywał się w ojca metodycznie przeglądającego kartki, ale jego twarz niczego nie wyrażała. Psy na podwórzu zaczęły szaleńczo oszczekiwać jakiegoś intruza.

Ojciec zdjął okulary, po czym wyprostował się powoli. Jego fajka zgasła, gdy to zauważył, położył ją na stole.

– Tego właśnie nauczyli cię na studiach rolniczych, tak?

– Nie – odparł Douglas. – W sumie prawie wszystko to moje własne pomysły. To znaczy, czytałem trochę i w ogóle, o kibucach… No wiesz, i o Rowntreem, rzecz jasna, ale…

– Bo jeśli tak, okazałoby się, że zmarnowaliśmy każdego cholernego pensa, posyłając cię na nie.

Padło to z taką siłą, jakby słowa zostały wystrzelone z pistoletu, a Douglas podskoczył, jakby rzeczywiście poczuł uderzenie.

Twarz jego ojca jak zwykle niemal nic nie zdradzała. Tylko jego oczy płonęły, a bladość pod opalenizną sugerowała tłumiony wielki gniew.

Przez chwilę siedzieli w milczeniu, patrząc sobie w oczy.

– Myślałem, że masz rozum. Myślałem, że wychowaliśmy cię w poczuciu tego, co jest dobre, a…

– To jest dobre. – Douglas usłyszał, że sam podnosi głos na znak protestu. – Dobrze jest oddać coś ludziom. Dobrze jest, jeśli wszyscy otrzymają udział w tej ziemi.

– Czyli mam to wszystko oddać? Rozparcelować i wręczyć każdemu, kto tylko zechce? Poprosić, żeby ustawili się w kolejce?

– To nadal byłaby nasza ziemia, tato. Tyle że pozwolilibyśmy innym ludziom na niej pracować. Przecież nawet nie korzystamy z niej całej.

– Myślisz, że ludzie w okolicy chcą uprawiać ziemię? Czy zadałeś sobie trud, żeby ich o to zapytać? Młodzi nie chcą orać i siać. Nie chcą przy każdej pogodzie plewić ani rozrzucać obornika. Chcą mieszkać w miastach, słuchać muzyki popularnej i tym podobne. Wiesz, ile czasu zajęło mi zwerbowanie odpowiedniej liczby rąk do pracy, żeby zebrać siano w zeszłym roku?

– Znajdziemy ludzi. Ludzie zawsze potrzebują pracy.

Ojciec z odrazą dźgnął papiery palcami.

– To nie jest jakiś eksperyment społeczny. To nasza krew, nasz pot w tej ziemi. Nie mogę uwierzyć, że wychowałem sobie syna, nauczyłem go wszystkiego, co sam wiem o tej posiadłości, po to, żeby on zechciał to wszystko rozdać. Nawet nie sprzedać. Rozdać. Jesteś… Jesteś gorszy niż dziewczyna.

Wypluwał z siebie słowa, jakby zalewała go żółć. Douglas rzadko słyszał, by ojciec podnosił na niego głos, nagle poczuł, że cały się trzęsie. Próbował zebrać myśli, by odpowiedzieć jakoś na koncentrujący się na nim gniew ojca, gdy w progu zobaczył matkę – stała nieruchomo z tacą w dłoni.

Ojciec wstał bez słowa, wyminął ją stanowczym krokiem, wcisnął kapelusz na głowę i wyszedł.

Matka Douglasa postawiła kawę na stole i spojrzała na syna, na którego twarzy malował się taki sam wstrzymywany szok i smutek, jak gdy miał osiem lat, a ojciec sprawił mu lanie za to, że wpuścił psa do zagrody dla cieląt. Zwalczyła pokusę, by go pocieszyć – zamiast tego zapytała ostrożnie, co się wydarzyło.

Douglas przez kilka minut nie odpowiadał, a ona zaczęła się zastanawiać, czy nie wstrzymuje łez. Objął gestem papiery leżące na stole.

– Miałem trochę planów dla posiadłości. – Urwał, po czym dodał zduszonym głosem: – Ojcu się nie spodobały.

– Mogę spojrzeć?

– Nie krępuj się.

Usiadła na krześle męża i przebiegła wzrokiem kartki. Kilka minut zajęło jej zrozumienie synowskiej propozycji, przeanalizowała też kolorową mapę, powoli odtwarzając wizję syna w głowie.

Pomyślała o mężu, o nietypowym dla niego wybuchu gniewu, o swoim początkowym współczuciu dla syna, które szybko zastąpił jej własny wzmagający się gniew. Młodzi ludzie bywają tacy bezmyślni. Nigdy nie biorą pod uwagę tego, z czym musiały się mierzyć poprzednie pokolenia. Świat stawał się coraz bardziej samolubny, a ją, oprócz głębokiej miłości, którą czuła do syna, przepełniała też wściekłość na jego brak rozwagi... Na jego nieodpowiedzialną, bezwstydną żonę i całe to ich pokolenie.

– Sugeruję, żebyś wrzucił to do kominka – oświadczyła, zbierając kartki na stos.

– Co?

– Pozbądź się tego. Jeśli będziesz miał szczęście, twój ojciec zapomni, że ta rozmowa kiedykolwiek się odbyła.

Na twarzy jej syna odmalowały się frustracja i niedowierzanie.

– Nawet się nad nimi nie zastanowisz?

– Zastanowiłam się nad nimi, Douglasie, i są... niestosowne.

– Mam dwadzieścia siedem lat, mamo. Zasługuję na to, by mieć coś do powiedzenia w kwestii zarządzania majątkiem.

– Zasługujesz? – Poczuła ucisk w piersi, jej głos zaczął się rwać: – Tylko to zaprząta całą waszą generację: to, na co rzekomo zasługujecie. Twoje pomysły to obraza dla twojego ojca i dopóki nie zdołasz tego pojąć, sugeruję, byśmy nie wracali do tej rozmowy.

Douglas położył obie dłonie na stole, opierał się na wyprostowanych rękach, jakby niemal powaliła go jej odpowiedź.

– Nie mogę uwierzyć, że oboje reagujecie w taki sposób.

Resztki macierzyńskiej sympatii wyparowały.

– Siadaj, Douglasie – nakazała mu, po czym stanęła naprzeciwko niego. Wzięła głęboki oddech, próbując opanować głos. – Powiem ci teraz coś o twoim ojcu, młody człowieku. Nie masz pojęcia, co przeżył, żeby utrzymać ten majątek. Nie masz pojęcia. Gdy go odziedziczył, był praktycznie bankrutem. Mieliśmy najniższe ceny pszenicy w historii, robotnicy przenosili się do miasta, ponieważ nie było nas stać, żeby im płacić, nie mogliśmy też oddać nigdzie tego przeklętego mleka. Sprzedał niemal wszystkie swoje rodzinne meble, wszystkie obrazy poza portretami, rodową biżuterię własnej matki, jedyną pamiątkę po niej, pragnę dodać, tylko po to, by utrzymać ziemię.

Spojrzała na syna, zamierzając sprawić, by zrozumiał powagę tego, co właśnie słyszy.

– Jesteś za młody, by to dobrze pamiętać, ale podczas wojny majątek został zarekwirowany... Mieliśmy tu nawet niemieckich jeńców wojennych. Wiedziałeś o tym? Brat twojego ojca zginął w powietrzu, a my musieliśmy przyjąć Niemców – wypluła to słowo – tylko po to, żeby się utrzymać. To byli brudni złodzieje, kradli jedzenie i co tylko się dało. Nawet część maszyn rolniczych.

– Niczego nie ukradli. To byli chłopcy Millerów.

Pokręciła głową.

– Douglas, on uprawiał tę ziemię dzień po dniu, w deszczu i w śniegu, na mrozie i w gradzie przez całe swoje dorosłe życie. Wracał do domu z rękami obtartymi do żywego mięsa od wyrywania chwastów, jego plecy płonęły krwistą czerwienią od harowania po dwanaście godzin w słońcu. Pamiętam noce, kiedy jadł kolację, a potem zasypiał przy stole. Gdy go budziłam, szedł naprawiać dachy dzierżawców, budować im kanalizację. Po raz pierwszy mamy dość pieniędzy, żeby nieco odpoczął. Po raz pierwszy pozwolił na to, by pomogli mu inni ludzie. I teraz ty, jego nadzieja, jego duma, jego dziedzic, mówisz mu, że chcesz to wszystko oddać bandzie bitników czy kim oni tam są.

– To nie tak. – Douglas oblał się rumieńcem.

Jego matka powiedziała to, co miała do powiedzenia. Wstała i nalała kawy do filiżanki. Dodała mleka, po czym popchnęła filiżankę w kierunku syna.

– Życzę sobie, byśmy nigdy więcej do tego nie wracali – skwitowała już bez żaru w głosie. – Jesteś młodym człowiekiem pełnym wielkich planów. Tyle że ten majątek to coś większego niż twoje plany. Nie utrzymywaliśmy go przez te wszystkie lata po to, by pozwolić ci zaprzepaścić wszystko, co osiągnęliśmy. Douglasie, ty nie masz nawet prawa do rozporządzania nim według swojej woli. Jesteś powiernikiem, strażnikiem. Twoje zadanie polega na tym, by wprowadzać tylko niezbędne zmiany, by to wszystko nie upadło.

– Ale powiedzieliście…

– Powiedzieliśmy, że posiadłość przypadnie tobie. Nigdy natomiast nie mówiliśmy, że wolno ci zmienić kierunek jej naturalnego rozwoju. Po pierwsze, to uprawa roli, po drugie, zapewnienie domu i bytu kolejnym pokoleniom Fairleyów-Hulme'ów.

Zapadła długa cisza. Matka upiła długi, orzeźwiający łyk kawy. Gdy znów przemówiła, jej ton zabrzmiał ugodowo:

– Gdy będziesz miał dzieci, lepiej to zrozumiesz.

Radio zatrzeszczało, kiedy nad ich głowami przeleciał samolot. Matka odwróciła się na krześle i przekręciła gałkę. Zakłócenia ucichły.

Douglas siedział z opuszczoną głową, wbijając wzrok w swoją filiżankę.

Gdy wrócił do domu, w środku było pusto. Nawet jej nie zawołał, gdy zamknął za sobą drzwi. Rzadko pamiętała, by zostawić dla niego włączone światło, wszędzie panował nieruchomy chłód świadczący o wielu godzinach bez lokatorów.

Powiesił kurtkę w holu i skierował kroki do kuchni. Jego stopy absorbowały zimno linoleum. W pierwszym roku małżeństwa często okazywało się, że jego kolacja składa się z płatków śniadaniowych albo chleba z serem. Athene nie była urodzoną gospodynią, a po kilku pierwszych zwęglonych próbach straciła wszelkie zainteresowanie udawaniem, że się na nią nadaje. Niedawno więc, nie mówiąc o tym matce, zatrudnił Bessie, jedną z najdłużej mieszkających w majątku żon dzierżawców, by zaopatrywała kuchnię i od czasu do czasu włożyła do lodówki zapiekankę albo gulasz. Wiedział, że kobieta uważa zachowanie Athene za skandaliczne. By chronić reputację żony, wyjaśnił jej, że od mąki jej skóra pokrywa się pokrzywką.

Na półce czekała tarta z serem. Postawił ją na kuchence, zamknął drzwi i zerknął na stół, szukając na nim jakiegoś wyjaśnienia. Jej wiadomości były zazwyczaj lakoniczne: „Najdroższy Douglasie, wrócę niedługo. A". Albo: „Wyskoczyłam na haust świeżego powietrza", lub też: „Muszę się przejechać". Ostatnio coraz częściej jednak w ogóle nie zostawiała kartki. Tego wieczoru mu to nie przeszkadzało. Nie był pewien, czy w tej chwili chciałby rozmawiać z kimkolwiek, nawet z żoną.

Wyjął z szafki talerz, spoglądając na oprawione w ramki zdjęcie Athene, które zrobił we Florencji. Ten pierwszy rok był wspaniały. Trzy miesiące spędzili we Włoszech, jeździli czerwonym MGB roadsterem Douglasa, nocowali w maleńkich *pensione*, często urażając swoje *padrona* nieskrępowanymi dowodami wzajemnej miłości. Dzięki Athene czuł się jak król, krzyczała z radości, gdy prowadził samochód po krętych górskich drogach, tuliła się do niego, gdy pili kawę w kawiarnianych ogródkach, owijała wokół jego ciała złakniona w ciemnościach. Odkąd wrócili, pomimo świeżo wyremontowanego domu, nowego konia, lekcji jazdy i własnego samochodu, które jej podarował – okazała się beznadziejnym kierowcą, szybko przestał się denerwować na widok wgniecionego zderzaka – stopniowo stawała się coraz mniej kochająca, coraz trudniejsza do zadowolenia. Nie interesowały jej jego plany redystrybucji dóbr. Miał nadzieję, że to ją zainspiruje. Bądź co bądź pomysł wyszedł od niej.

– Oddajmy to wszystko – oświadczyła pewnego letniego popołudnia, gdy urządzili sobie piknik nad strumieniem. – Zastanówmy się, kto w wiosce najbardziej na to zasługuje, i rozparcelujmy ziemię pomiędzy te osoby. Tak jak z niewolnikami w Ameryce. – Żartowała, rzecz jasna. Jak wtedy, gdy zadeklarowała, że czuje rozdzierającą potrzebę, by nauczyć się śpiewać jazz, a on zamówił dla niej lekcje w ramach niespodzianki.

W zasadzie w ostatnich tygodniach, nie żeby lubił o tym myśleć, Athene była coraz bardziej wymagająca. Nigdy nie wiedział, na czym stoi – w jednej chwili flirtowała z nim, przytulała się, próbowała go oczarować i namówić na jakiś dziwaczny plan, a w następnej stawała się zimna, pełna rezerwy, jakby złamał jakąś niepisaną zasadę. Gdy ośmielał się zapytać, co takiego zrobił, wybuchała złością i pytała, dlaczego nie zostawi jej w spokoju. Nie ośmielał się też zbliżać do niej w ciemnościach. Nadal boleśnie odczuwał tę chwilę sprzed dwóch tygodni, kiedy obcesowo go z siebie zepchnęła i oskarżyła, że zachowuje się jak „jakieś śliniące się zwierzę".

Spojrzał na zdjęcie swojej roześmianej nieskomplikowanej żony. Od drugiej rocznicy ślubu dzieliły ich dwa tygodnie. Może mogliby wrócić do Włoch na tydzień lub dwa, zmienić klimat.

Potrzebował odpoczynku od posiadłości, czasu, by pogodzić się z niepowodzeniem. Może wakacje sprawią, że Athene będzie mniej poirytowana, mniej zmienna.

Zjawiła się tuż przed ósmą, uniosła brwi ze zdziwieniem, gdy zobaczyła na stole pusty talerz po kolacji. Miała na sobie sukienkę w odcieniu zimnego błękitu i nowy biały płaszcz ze stójką.

– Nie wiedziałam, że wrócisz do domu tak wcześnie.

– Pomyślałem, że może przyda ci się towarzystwo.

– Och, kochanie, przepraszam. Gdybyś powiedział, że wrócisz, postarałabym się tu być. Pojechałam na popołudnie do Ipswich porobić zdjęcia.

Ewidentnie była w dobrym nastroju. Złożyła pocałunek na jego czole, pozostawiając za sobą smugę swojego zapachu.

– Mama mówiła, że wpadła do ciebie w odwiedziny.

Zaczęła zdejmować płaszcz, stojąc plecami do niego.

– Chyba nadal ma ochotę zaprezentować mnie jak trofeum podczas wiejskiego festynu. Mówiłam jej już, że to nie moje klimaty.

Wstał i podszedł do szafki z alkoholami. Nalał sobie whisky na dwa palce.

– Mogłabyś spróbować, Athene. Ona nie jest taka zła. Mogłabyś się postarać dla mnie.

– Och, nie kłóćmy się. Wiesz, że nie mam cierpliwości do rodzin, Douglasie.

Była to bezsensowna dyskusja, którą toczyli już zbyt wiele razy.

– Widziałam cudowny film. Francuski. Też musisz go obejrzeć. Tak mnie porwał, że niemal nie wróciłam do domu. – Jej śmiech, chyba zamierzony, przytępił ostrze jej słów.

Douglas obserwował ją, gdy poruszała się lekko po pomieszczeniu: stanowiła jego serce, lecz do niego nie należała. Może już zawsze miała dla niego tak wyglądać – jak coś nie z tego świata, coś ulotnego, czego nie da się spętać okowami udomowienia. Przez chwilę żałował, że nie może jej powiedzieć o rozmowie z ojcem. Że nie może wyrazić swojego upokorzenia, swojego rozczarowania reakcją człowieka, którego opinię cenił nade wszystko. Że nie może położyć głowy na jej ramieniu, by pozwolić się pocieszyć. Gorzkie doświadczenie nauczyło go jednak, że Athene wykorzysta każdy potencjalny rozłam w jego stosunkach z rodzicami i zrobi, co w jej mocy, by go powiększyć. Nie chciała, by był tak blisko związany z rodziną, pragnęła, by oboje się odseparowali.

Upił długi haust swojej whisky.

– A może byśmy wyjechali?

Odwróciła się do niego z nieodgadnioną miną.

– Dokąd?

– Do Włoch.

Jakby zaproponował, że ukoi jakiś ukryty głód. Podeszła do niego, nie odrywając od niego wzroku.

– Do Florencji?

– Jeśli chcesz.

Pisnęła cicho, a potem zarzuciła mu ręce na szyję z rodzajem dziecięcego zapamiętania.

– Och, tak. Tak, jedźmy do Włoch. Och, Douglasie, jaki cudowny pomysł.

Odstawił szklankę i pogłaskał ją po włosach, oszołomiony tym, jak łatwo udało mu się naprawić ich relacje. Poczuł jej kończyny owijające się wokół niego, poczuł budzące się w nim na nowo pożądanie. Uniosła ku niemu twarz, a on ją pocałował.

– Kiedy wyjeżdżamy? Wkrótce? Spakujemy się w parę chwil. – Jej głos brzmiał chciwie, nagląco.

– Pomyślałem, że moglibyśmy pojechać na naszą rocznicę.

Jej oczy koncentrowały się już na jakimś odległym horyzoncie, myślami była już za oceanem. Jej twarz zmieniła kształt, złagodniała, rozmyła się na krawędziach, jakby patrzył na nią przez obiektyw posmarowany wazeliną.

– Moglibyśmy nawet przenocować w Via Condolisa.

– Ale gdzie zamieszkamy?

– Zamieszkamy?

– We Włoszech.

Wysunął podbródek i zmarszczył brwi.

– Nie przeprowadzamy się, Athene. Uznałem, że moglibyśmy pojechać tam na naszą rocznicę.

– Ale myślałam… – Jej twarz spochmurniała, jakby właśnie pojęła znaczenie jego słów. – Nie chcesz się tam przeprowadzić?

– Wiesz, że nie mogę się tam przeprowadzić.

Nagle odezwała się w niej desperacja.

– Ale wyprowadźmy się stąd, kochany. Z dala od twojej rodziny. I mojej. Nienawidzę rodzin. Wiecznie ciągną nas w dół swoimi obowiązkami i oczekiwaniami. Wyjedźmy. Nawet nie do Włoch. Tam już byliśmy. Do Maroka. Podobno w Maroku jest cudownie. – Zaciskała dłonie wokół jego pasa, wbijała w niego płonące spojrzenie.

Nagle poczuł się bardzo zmęczony.

– Wiesz, że nie mogę jechać do Maroka.

– Nie rozumiem dlaczego nie. – Jej uśmiech był urażony, drżący.

– Athene, ja mam obowiązki.

Odsunęła się od niego. Cofnęła się i posłała mu zimne spojrzenie.

– Boże, brzmisz tak samo jak twój ojciec. Gorzej. Brzmisz jak mój ojciec.

– Athene, ja…

– Muszę się napić.

Odwróciła się do niego plecami i nalała sobie dużą porcję whisky. Gdy nalewała, zauważył, że jak na nową butelkę poziom alkoholu szybko spada. Stała tyłem do niego przez jakiś czas. Zazwyczaj w takich sytuacjach podchodził do niej, kładł dłoń na jej ramieniu, by ją pocieszyć, szeptem zapewniał o swoim uczuciu. Tego wieczoru był jednak na to zbyt zmęczony. Zbyt wyczerpany, by bawić się w takie gierki ze swoją nieznośną, lekkomyślną żoną.

Odwróciła się do niego.

– Douglas. Kochanie. Nigdy cię o nic nie proszę. Prawda? Sam powiedz.

Nie było sensu się sprzeciwiać. Spojrzał na jej bladą, nieodgadnioną twarz, na malujący się na niej smutek. Nie mógł znieść myśli, że ponosi porażkę jako mąż, że to on jest za to odpowiedzialny.

– Wyjedźmy. Wyjedźmy stąd. Powiedz tak, Douglasie. Proszę.

Nagle opanował go przelotny, szalony impuls, by wrzucić cały ich dobytek do jednej walizki i odjechać z rykiem silnika jego MG. Zachwycona Athene zarzuciłaby mu ręce na szyję i razem zniknęliby w technikolorze przyszłości na jakiejś egzotycznej obcej ziemi.

Athene nie odrywała od niego wzroku.

– Muszę się wykąpać – mruknął, po czym ociężale odwrócił się w kierunku schodów.

Rozdział piąty

Dzień, w którym złamałam komuś serce

Och, wiem, że nie wyglądam na taką. Pewnie sobie myślicie, że nigdy nie obudziłam w nikim namiętności. Ale obudziłam, dawno temu, zanim wiek średni i siwe włosy przesłoniły te nieliczne atrybuty, które posiadałam. Miał na imię Tom i był słodkim, kochanym chłopcem. Może nie najprzystojniejszym, ale absolutnie wspaniałym. Był prawdziwą opoką. Z dobrej rodziny. Ubóstwiał mnie.

Nie należał do gadatliwych. W tamtych czasach mężczyźni nie mówili wiele. Przynajmniej według mojego doświadczenia. Ale wiedziałam, że mnie ubóstwia, ponieważ co wieczór czekał na rogu, by odprowadzić mnie z biura do domu, bo odkładał dla mnie piękne kawałki wstążek i koronki ze stosów resztek w fabryce ojca. Jego rodzina parała się pasmanterią, pewnie nie wiecie. Uczył się biznesu od ojca. Tak się poznaliśmy. Nieszczególnie męskie środowisko, myślicie sobie zapewne, i owszem, zdarzały się kukułcze jaja, jak nazywał ich pan Holstein, ale gdybyście go zobaczyli... Cóż, nie miał w sobie niczego zniewieściałego. Był postawny, szeroki w barach. Dźwigał dla mnie bele materiału, układał sobie po trzy lub cztery na rękach z taką łatwością, z jaką nosił przewieszoną przez ramię kurtkę.

Przychodził z tacami guzików i skrawkami lamówki, uroczymi wiktoriańskimi koronkami – ratował je z kartonów, które zaczynały nasiąkać wilgocią. Zostawiał je dla mnie bez słowa niczym pies aportujący kość. Widzicie, wtedy sama szyłam sobie ubrania, a on zawsze potrafił wskazać jeden ze swoich guzików albo kawałek swojej aksamitnej wstążki. Mam wrażenie, że był z tego dumny.

I nigdy mnie nie ponaglał. Nigdy nie złożył żadnej wielkiej deklaracji ani nie ogłosił swoich intencji. Widzicie, powiedziałam mu, że w życiu nie wyjdę za mąż. Byłam o tym przekonana, więc uznałam, że uczciwie będzie poinformować go o tym na samym początku. Tylko pokiwał głową, jakby rozumiał moją decyzję, lecz postanowił uwielbiać mnie mimo to. A ja z czasem coraz mniej martwiłam się tym, czy go zwodzę, czy traktuję go nieuczciwie, i po prostu cieszyłam się jego towarzystwem.

Lata sześćdziesiąte stanowiły grząski grunt dla samotnej dziewczyny. Och, wiem, że w waszych myślach ta epoka to Mary Quant, wolna miłość, kluby nocne i tym podobne, ale zaledwie kilka z nas faktycznie wiodło takie życie. Dla dziewcząt takich jak ja, z szacownych rodzin, które nie miały w sobie takiej swobody, były to skomplikowane czasy. Były dziewczyny, które to robiły, i takie, które tego nie robiły. A ja nigdy nie byłam pewna, do której z grup powinnam należeć. (Prawie się do jednej z nich zapisałam, z Tomem. Kilkakrotnie. Zareagował ze zrozumieniem, biorąc wszystko pod uwagę, nawet kiedy oświadczyłam, że postanowiłam pozostać do końca życia dziewicą). Panowała też presja, by być *à la mode*, by nosić najmodniejsze ubrania, czy to od Biby, z King's Road, czy, tak jak ja, uszyte ze wzorów „Buttericka" i „Vogue". Nasi rodzice wydawali się jednak tym wszystkim raczej zgorszeni, więc dziewczyna czuła tę ogromną presję, by nosić mini i tym podobne, ale jednocześnie była zawstydzona, gdy to robiła.

Może po prostu nie byłam dość wyzwolona. Mnóstwo było takich, które bardzo się wyzwoliły. Tom mnie jednak rozumiał i lubił, kimkolwiek byłam lub kimkolwiek starałam się być, i wspaniale się razem bawiliśmy przez dwa lata.

Trochę więc szkoda, że musiał się tak bardzo nacierpieć przy tej pierwszej okazji, kiedy przedstawiłam go rodzicom. Zaprosiłam ich do Londynu na przedstawienie. Matka naprawdę się ucieszyła, tata również, choć tego nie powiedział. Przez tamten rok rzadko bywałam w domu. Kupiłam nam bilety na *Hello, Dolly!* w Theatre Royal, a potem zamierzałam podjąć wszystkich lekką kolacją w jednej z nowych restauracji Golden Egg, ponieważ pan Holstein postanowił dać mi podwyżkę i awans z sekretarki na kierowniczkę biura, co było szalenie ekscytujące. Myślałam nad tym przez całe wieki, aż ostatecznie doszłam do wniosku, że powinnam zaprosić również Toma, bo jest takim kochanym chłopcem. Wiedziałam, jakie to dla niego ważne, by poznać moich rodziców, i czułam, że oni go polubią. Musieli. Nie było w nim nic, czego można by nie polubić. Przedstawienie było cudowne. Mary Martin grała Dolly Levi – nigdy nie zapomnę, jak pięknie wyglądała, nawet jeśli w skrytości ducha wszyscy marzyliśmy, by zobaczyć Eve Arden. Mama była taka zadowolona, że mnie widzi, iż bezustannie chwytała mnie ukradkiem za rękę i ściskała ją. Rzucała też znaczące spojrzenia na Toma. Wiem, że odetchnęła z ulgą, gdy zobaczyła mężczyznę u mojego boku po tak długim czasie. Kupił jej pudełko new berry fruits. Wieczór układał się więc pomyślnie aż do kolacji. Och, niczego nie brakowało Golden Egg (rozglądając się wokół, mama powiedziała, że to „bez wątpienia bardzo... barwne miejsce") – jedzenie było smaczne, a ja wykosztowałam się nawet na butelkę wina, choć tata oświadczył, że nie pozwoli mi wydawać mojej nowej pensji na rozrywki „staruszków". Tom siedział przy stoliku i milcząco promieniał w typowy dla siebie sposób, godzinami rozmawiał z mamą o wstążkach, rzeczach sprzed wojny i o tym, jak jego ojciec poznał kiedyś małżonkę premiera, gdy zamawiała u niego doskonałą belgijską koronkę.

Aż w końcu to powiedziała.

– Byłabym zapomniała, kochanie. Źle się dzieje w domu Fairleyów-Hulme'ów.

Przez chwilę wpatrywałam się w swoją rybę, po czym podniosłam wzrok, siląc się na obojętną minę.

– Och?

Tata prychnął śmiechem.

– Zwiała.

– Kto zwiał?

– Och, Henry. To takie obcesowe określenie. Athene Forster. Przepraszam, Fairley-Hulme. Uciekła z jakimś domokrążcą z północy, wyobraź sobie. Narobiła potwornego zamieszania. Rodziny rozpaczliwie próbują ukryć to przed prasą.

Jakby doszła do wniosku, że jej słowa nie mają na mnie żadnego wpływu.

– Nie czytam gazet. – Ryba urosła mi w ustach. Zmusiłam się do przełknięcia, po czym popiłam ją wodą.

Tom, biedactwo, z zapałem rozprawiał się ze swoim daniem, nie mając pojęcia, co się dzieje.

– Jak… Jak się miewa Douglas? – spytałam.

– Ma nadzieję, że żona do niego wróci, biedny chłopak. Jest całkowicie zdruzgotany.

– Ja tam zawsze wiedziałem, że ta dziewczyna oznacza kłopoty.

– No tak. Ale przecież się ustatkowała.

– Takie dziewczyny nigdy się nie ustatkują.

Ich głosy ucichły, a ja zaczęłam się zastanawiać, czy zaraz nie zemdleję. Podniosłam wzrok na Toma i po raz pierwszy zauważyłam z pewną odrazą, że nie zamyka ust podczas jedzenia.

– Jej rodzice są oczywiście wściekli. Autentycznie ją wydziedziczyli. Powtarzają wszystkim, że wyjechała na jakiś czas za granicę, dopóki sytuacja się nie uspokoi. No cóż, przecież nieraz kusiła los, jeszcze zanim wyszła za Douglasa. Nie miała żadnych prawdziwych przyjaciół, prawda? Ani żadnej reputacji, skoro już o tym mowa.

Matka refleksyjnie pokręciła głową i strzepnęła nieistniejące okruchy z obrusa.

– Rodzice Douglasa bardzo źle to znieśli. To stawia ich wszystkich w okropnym świetle. Chłopak sprzedawał odkurzacze, pukając od drzwi do drzwi, możesz w to uwierzyć? Odkurzacze. Kilka tygodni po swoim zniknięciu dziewczyna miała czelność zadzwonić do teściów i poprosić o pieniądze. Biedna Justine. Widziałam ją na wieczorku brydżowym u Trevelyanów dwa tygodnie temu, prawie całkiem osiwiała.

To wtedy musiała dostrzec moją minę. Posłała mi zatroskane spojrzenie, które szybko stało się zimne, po czym zerknęła na Toma.

– Ale przecież nie chcesz, żebyśmy głędzili o ludziach, których nawet nie znasz, prawda, Tom? Zachowałam się potwornie nieuprzejmie.

– Proszę sobie nie przeszkadzać – mruknął Tom. Nadal miał otwarte usta.

– Tak. Cóż. Zastanówmy się nad puddingiem. Ktoś ma ochotę na pudding? Ktokolwiek? – Jej głos uniósł się niemal o oktawę. Posłała mi kolejne surowe spojrzenie, takie, które może przekazać tylko matka córce.

Wydaje mi się, że nie usłyszałam żadnego słowa, które potem wypowiedziała.

Nie wróciłam do domu. Nie od razu. Ale postąpiłabym nieuczciwie wobec Toma, gdybym nadal się z nim spotykała. Nie w takich okolicznościach.

To wystarczy, czy chcecie usłyszeć też o dziecku?

Część druga

Rozdział szósty

Rok 2001

Jeszcze się nie zdarzyło, żeby nie pokłócili się w drodze na imprezę. Suzanna nigdy nie była pewna dlaczego, choć zawsze potrafiła to czemuś przypisać: temu, że się spóźniali, jego nawykowi czekania do ostatniej chwili, żeby sprawdzić, czy drzwi od tyłu są zamknięte, własnej wiecznej niemożności znalezienia czegoś przyzwoitego do ubrania. Może była to świadomość wysiłku, który będą musieli włożyć w to, by traktować się z sympatią przez cały wieczór. Czasami miała wrażenie, że to jej sposób na zasygnalizowanie jak najwcześniej, że nie będzie pomiędzy nimi żadnej intymności później, kiedy już wrócą do domu. Ten wieczór był pierwszy – jednak się nie pokłócili. Nie było to żadne wielkie zwycięstwo – po prostu dotarli do domu Brookesów oddzielnie. Suzanna odnalazła drogę we wsi dzięki szczegółowym wskazówkom gospodyni, Neil przyjechał prosto z pracy pociągiem i taksówką na tyle spóźniony, że witając go przy stole, Suzanna poczuła, jak uśmiech tężeje na jej twarzy, gdy żartobliwie syknęła przez zaciśnięte zęby: „Już myśleliśmy, że się nie pojawisz".

– Och. Poznaliście już drugą połowę Peacocków*? Neil, prawda?

Gospodyni łagodnie ponagliła go, by zajął miejsce. Perły, kosztowna, lecz nie najnowsza jedwabna bluzka, spódnica za kolano – jej strój od razu powiedział Suzanne wszystko, co powinna wiedzieć o tym wieczorze. Że będą na nią patrzeć z góry, a nie podziwiać za jej wielkomiejskość. Że zaprosili ją tu prawdopodobnie tylko przez wzgląd na jej rodziców.

– Spotkanie się przeciągnęło – wyjaśnił Neil przepraszająco. – Po co robić z tego wielką sprawę? – szepnął później, gdy beształa go w holu. – Nikt inny się nie przejął.

– Ja się przejęłam – oświadczyła, po czym zmusiła się do uśmiechu, gdy gospodyni wyszła z salonu i taktownie nie patrząc prosto na nich, zapytała, czy ktoś ma ochotę na dolewkę.

Wieczór dłużył się bez końca. Neil ukrywał swoje skrępowanie za maską trochę niestosownej wesołości. Całe towarzystwo ewidentnie się znało i często napomykało w rozmowie o ludziach, którzy byli Suzanne obcy, o „osobistościach" z wioski, o wydarzeniach z poprzednich lat – o letnim festynie, który przerwał deszcz, o turnieju tenisowym, podczas którego finaliści zderzyli się głowami, o nauczycielce z podstawówki, która uciekła do Worcester z mężem biednej Patricii Ainsley. Podobno urodziło im się dziecko. Podobno Patricia Ainsley została mormonką. W pokoju było gorąco, a Suzanna siedziała plecami do ogromnego kominka, więc zanim podano danie główne, jej twarz zrobiła się cała czerwona, a po jej kręgosłupie spływały pojedyncze krople potu ukryte pod przesadnie strojną koszulą.

---

* *peacock* – paw (ang.)

Wszyscy wiedzieli, była tego pewna. Czuła, że pomimo jej uśmiechów, zapewnień, że tak, jest szczęśliwa, iż znów może mieszkać w Dere Hampton, że ma teraz więcej wolnego czasu, że jest bliżej rodziny, wszyscy wyczuwali, że kłamie. Że wystudiowane niezadowolenie jej męża, dzielnie próbującego nawiązać rozmowę z zadufanym w sobie weterynarzem i małomówną żoną leśniczego, musi promieniować na zewnątrz niczym jaśniejący neon, który unosił się nad ich głowami. Jesteśmy Nieszczęśliwi. To Moja Wina.

Przez miniony rok stała się ekspertką w ocenianiu stanów małżeństw innych ludzi, rozpoznawała napięte uśmiechy kobiet, ich zjadliwe komentarze, obojętne miny zamykających się w sobie mężczyzn. Czasami poprawiała jej humor myśl, że są pary ewidentnie o wiele bardziej nieszczęśliwe niż oni, czasami budziło to w niej smutek, jakby był to dowód, że przed tym kipiącym gniewem i rozczarowaniem nikt nie ucieknie.

Najgorsze jednak były te pary, które najwyraźniej wciąż się kochały. Nie te, które niedawno się zeszły – wiedziała, że urok nowości szybko pryśnie – ale te, których staż zdawał się pogłębiać uczucie, wiązać dwoje ludzi ze sobą jeszcze mocniej. Znała wszystkie objawy: używanie zaimka „my" w rozmowie, częsty kontakt – dłoń na krzyżu lub na policzku, dyskretne uśmiechy uważnej satysfakcji, gdy to drugie zabierało głos. Czasami nawet ognista dyskusja przerwana śmiechem, jakby wciąż byli w stanie ze sobą flirtować, ukradkowy uścisk, który dowodził czegoś jeszcze innego. W takich chwilach wpatrywała się w nich, zastanawiając się, czego brakuje jej i Neilowi i czy zdoła jeszcze odnaleźć to coś, co utrzyma ich razem.

– Chyba nieźle nam poszło – oświadczył dzielnie Neil, odpalając samochód.

Wyszli jako drudzy, czyli dopuszczalnie. Zaproponował, że będzie prowadzić, by mogła się napić. Ugodowy gest, wiedziała, ale z jakiegoś powodu nie wykrzesała tyle wspaniałomyślności, by to przyznać.

– Było w porządku.

– Ale to dobrze… Znaczy, poznawanie naszych sąsiadów. Nikt nie złożył ofiary ze świni. Nikt nie rzucił kluczyków na środek pokoju. Ostrzegano mnie przed tymi imprezami na wsi.

Wiedziała, że Neil zmusza się do wesołości. Spróbowała stłumić znajomą irytację.

– To nie są nasi sąsiedzi. Mieszkają dwadzieścia minut drogi od nas.

– Wszyscy mieszkają dwadzieścia minut drogi od nas. – Umilkł. – Po prostu cieszę się, że zawierasz przyjaźnie w okolicy.

– Mówisz to tak, jakbym miała za sobą pierwszy dzień w nowej szkole.

Zerknął na nią, oceniając chyba, jak bardzo zacięta postanowiła być tego wieczoru.

– Chodziło mi tylko o to, że to dobrze, że… Zapuszczasz korzenie.

– Ja mam korzenie, Neil. Zawsze miałam cholerne korzenie, o czym dobrze wiesz. Po prostu nigdy nie chciałam zapuszczać ich tutaj.

Westchnął. Przeczesał włosy palcami.

– Nie róbmy tego dzisiaj, Suzanna. Proszę.

Zachowywała się okropnie, wiedziała o tym, i to jeszcze bardziej ją zirytowało, jakby to z jego winy musiała się tak zachowywać. Utkwiła wzrok w szybie, za którą przemykały czarne żywopłoty. Krzak, krzak, drzewo, krzak. Nigdy niekończąca się interpunkcja wiejskiego krajobrazu. Doradca finansowy przeprowadzający ich upadłość zasugerował im terapię małżeńską. Neil zrobił zainteresowaną minę, jakby był na to gotowy.

– Nie będzie nam potrzebna – odparła dziarsko. – Jesteśmy razem od dziesięciu lat.

Jakby to czyniło ich związek niezniszczalnym.

– Dzieci były słodkie, co nie?

O Boże, był taki przewidywalny.

– Ta mała dziewczynka rozdająca chipsy była urocza. Opowiedziała mi o swoim szkolnym przedstawieniu i o tym, jakie to niesprawiedliwe, że dostała rolę owcy zamiast dzwonka. Odparłem, że ktoś tu ewidentnie jest baranem, bo...

– Chyba umówiliśmy się, że nie będziemy tego dzisiaj robić?

Zapadła krótka cisza. Neil zacisnął dłonie na kierownicy.

– Powiedziałem tylko, że moim zdaniem dzieciaki były miłe. – Zerknął na nią z ukosa. – Była to całkowicie niewinna uwaga. Po prostu chciałem nawiązać rozmowę.

– Nie, Neil, nie ma czegoś takiego jak niewinna uwaga, jeśli chodzi o ciebie i dzieci.

– Jesteś trochę niesprawiedliwa.

– Znam cię. Jesteś beznadziejnie oczywisty.

– Ojej, no to co? Czy to naprawdę taki grzech, Suzanno? Przecież nie pobraliśmy się pięć minut temu.

– A jakie to ma znaczenie? Od kiedy jest jakiś limit czasowy na posiadanie dzieci? Nie ma żadnej zasady, która mówi: „jesteście małżeństwem od iluś tam lat, lepiej weźcie się do rozmnażania".

– Wiesz równie dobrze jak ja, że to się staje trudniejsze po trzydziestym piątym roku życia.

– Och, nawet nie zaczynaj. I nie mam trzydziestu pięciu lat.

– Trzydzieści cztery. Masz trzydzieści cztery.

– Cholernie dobrze wiem, ile mam lat.

Przez samochód przetoczyła się fala adrenaliny. Jakby przebywanie sam na sam wyzwoliło ich z oków konieczności udawania, że są szczęśliwi.

– To dlatego, że się boisz?

– Nie! I nie waż się mieszać w to mojej matki.

– Jeśli nie chcesz dzieci, dlaczego po prostu tego nie powiesz? Przynajmniej będziemy wiedzieli, na czym stoimy... Ja będę wiedział, na czym stoję.

– Nie mówię, że nie chcę dzieci.

– No to ja już nie mam pojęcia, co mówisz. Od pięciu lat za każdym razem, gdy poruszam ten temat, skaczesz mi do gardła, jakbym sugerował ci coś potwornego. To tylko dziecko.

– Dla ciebie. Dla mnie to będzie całe życie. Widziałam, jak dzieci przejmują życie innych ludzi.

– W pozytywny sposób.

– Jeśli jesteś mężczyzną. – Wzięła głęboki oddech. – Posłuchaj, nie jestem jeszcze gotowa, okej? Nie mówię, że nigdy nie będę. Po prostu jeszcze nie jestem. Nic jeszcze nie osiągnęłam, Neil. Nie mogę tak po prostu zacząć rodzić dzieci bez żadnych osiągnięć. Nie jestem taką kobietą. – Skrzyżowała nogi. – Szczerze mówiąc, cała ta perspektywa wydaje mi się przygnębiająca.

Neil pokręcił głową.

– Poddaję się, Suzanno. Nie wiem, co mam robić, żebyś była szczęśliwa. Przepraszam, że musieliśmy się tu przeprowadzić, okej? Przepraszam, że musieliśmy wyjechać z Londynu, przepraszam, że nie podoba ci się, gdzie mieszkamy, że się nudzisz i że nie lubisz ludzi. Przepraszam cię za dzisiaj. Przepraszam, że jestem dla ciebie takim cholernym rozczarowaniem. Nie wiem, co jeszcze mogę powiedzieć. Nie wiem, czy mogę powiedzieć coś, czego nie uznasz za atak.

Cisza się przedłużała. Zazwyczaj nie kapitulował tak szybko, co obudziło w niej niepokój.

Zjechał z głównej drogi na nieoświetloną ścieżkę, przełączył światła na długie, strasząc tym zające, które pierzchły w żywopłot.

– Pozwól mi otworzyć sklep. – Powiedziała to, nie patrząc na niego, ze wzrokiem utkwionym w przedniej szybie, żeby nie widzieć jego reakcji.

Usłyszała jego głębokie westchnienie.

– Nie mamy pieniędzy. Wiesz, że nie mamy.

– Jestem pewna, że mi się uda. – Dodała z nadzieją: – Myślałam o tym. Możemy sprzedać mój obraz, żeby mieć na depozyt.

– Suze, dopiero wyszliśmy z długów. Nie stać nas na to, żeby znów ich narobić.

Odwróciła się twarzą do niego.

– Wiem, że to ci się nie podoba, ale ja tego potrzebuję, Neil. Muszę się czymś zająć. Czymś własnym. Czymś innym niż cholerna kawa z rana, wiejskie plotki i moja przeklęta rodzina.

Nie odpowiedział.

– To mi naprawdę pomoże. – Jej głos stał się błagalny, ugodowy. Jego gorączkowość zaskoczyła nawet ją samą. – Pomoże nam.

Musiało być coś w jej tonie. Zjechał na pobocze i spojrzał na nią. Wokół zbierała się mgła, reflektory przedzierały się przez nią na oślep, rozpraszając wilgoć.

– Daj mi rok – dodała, biorąc go za rękę. – Daj mi rok, a jeśli się nie uda, urodzę dziecko.

Zrobił oszołomioną minę.

– Ale jeśli się uda…

– I tak urodzę dziecko. Ale wtedy przynajmniej będę miała coś jeszcze. Nie zamienię się w jedną z nich. – Machnęła ręką za siebie, mając na myśli inne kobiety z kolacji, które spędziły większość wieczoru na wymienianiu się makabrycznymi opowieściami o porodzie i karmieniu piersią albo z zawoalowaną pogardą krytykowały okropne dzieci innych ludzi.

– Ach. Noworodkowe nazistki.

– Neil...

– Mówisz serio?

– Tak. Proszę, naprawdę myślę, że to mnie uszczęśliwi. Chcesz, żebym była szczęśliwa, prawda?

– Wiesz, że tak. Jedyne, czego pragnę, to żebyś była szczęśliwa.

Gdy patrzył na nią w taki sposób, nadal wracały do niej ulotne wspomnienia tego, co kiedyś do niego czuła, echo satysfakcji płynącej z bycia z kimś, kto wywołuje nie tylko twoją irytację albo ponurą niechęć, lecz także wdzięczność i sympatię oraz nieprzemijające seksualne pragnienie. Nadal był przystojny – potrafiła spojrzeć na niego pod kątem estetyki i stwierdzić, że należy do gatunku, który ładnie się starzeje. Nie groziły mu piwny brzuch ani przedwczesne łysienie. Wiedziała, że pozostanie wyprostowany, szczupły, a jedynym jego ustępstwem na rzecz upływu lat będą siwizna na skroniach i atrakcyjne zmarszczki na twarzy.

W takich chwilach przypominała sobie, jakie to uczucie, gdy są blisko siebie.

– Wiesz co, nie musisz sprzedawać swojego obrazu. To zbyt cenna pamiątka. Poza tym lepiej będzie go zatrzymać jako inwestycję.

– Nie chciałabym jednak, żebyś musiał pracować więcej niż do tej pory. – To nie życie bez niego ją przerażało, raczej to, jaka dobra się w tym stawała.

– Nie o to mi chodziło. – Przechylił głowę, jego niebieskie oczy złagodniały, stały się zamyślone. – Zawsze możesz

poprosić ojca o pieniądze. Na depozyt. Ciągle powtarza, że odłożył ich trochę dla ciebie.

Czar prysł. Odsunęła dłoń od jego dłoni i przesiadła się tak,
by na niego nie patrzeć.

– Nie będziemy znów o tym rozmawiać. Już dość musieliśmy od niego pożyczyć. Nie chcę jego pieniędzy.

Z początku nie uważali tego za długi – żyli po prostu jak wszyscy wokół, nieco ponad stan. Dwie pensje, bez dzieci. Przejęli
styl życia promowany przez czasopisma z wyższej półki, styl,
do którego czuli się powołani. Kupili ogromny zestaw wypo-
czynkowy z zamszu w pastelowych odcieniach, spędzali weekendy z podobnie myślącymi znajomymi w zatłoczonych restauracjach na West Endzie i dyskretnych hotelach, czuli, że mają
prawo, by „pocieszać się" po każdym, najbłahszym nawet rozczarowaniu: kiepskim dniu w pracy, niemożności kupienia bi-
letów na koncert, deszczowej pogodzie. Suzanna, dzięki do-
chodom Neila, a także temu, iż oboje w skrytości ducha cenili
sobie to, ile czasu spędza w domu, imała się różnych dorywa-
czych prac – zatrudniła się w sklepie z ubraniami dla kobiet,
rozwoziła zamówienia koleżance, która otworzyła kwiaciar-
nię, sprzedawała specjalistyczne drewniane zabawki. Nic nie
porwało jej na tyle, by zapragnęła zostać na dłużej, by chciała pozbawić się przyjemności wypicia porannej kawy z przyjaciółkami w ogródku, wielogodzinnego serfowania w sieci czy
radości gotowania wyszukanych dań. Potem, jakby w ciągu
jednej nocy, wszystko się zmieniło. Neil stracił pracę w banku,
zastąpił go ktoś, kogo opisywał potem jako Modliszkowatego
Babochłopa z Piekła Rodem. Jego poczucie humoru zniknęło
razem ze stałym dopływem gotówki.

A Suzanna zaczęła kupować.

Z początku robiła to po to, by wyrwać się z mieszkania. Neil popadł w przygnębienie i złość, zaczął wszędzie dostrzegać dowody kobiecych spisków – w tym, że dziewczęta w miejscowej szkole mają lepsze oceny niż chłopcy, w sprawach o molestowanie seksualne, o których czytał na głos w gazetach, w tym, że menedżer HR dzwoniący do niego, by powiedzieć mu, iż przysługuje mu tylko trzymiesięczna, a nie sześciomiesięczna odprawa, jak się spodziewał, przez przypadek okazał się kobietą. Miotając się pomiędzy małostkową wściekłością a pełną żalu pogardą do samego siebie, stał się najgorszą wersją Neila, postacią, z którą Suzanna nie była w stanie się uporać. Zostawiała go więc w domu, a sama poprawiała sobie humor drogimi kosmetykami, posiłkami w restauracjach, bukietem kwiatów od czasu do czasu – liliami z powodu ich zapachu, amarylisami i strelicjami, by zaspokoić swoją potrzebę wyrafinowania. Powtarzała sobie, że na to zasługuje, paskudny humor Neila tylko podsycał jej przeświadczenie o własnej wyjątkowości.

Przekonywała samą siebie, że nabywa rzeczy, których potrzebują – nową pościel, bo to przecież inwestycja, najkosztowniejsza egipska bawełna, pasujące do niej zasłony, zabytkowe szkło. Wymyślała niezbędne usprawnienia, które należało poczynić w mieszkaniu – położyć nową podłogę w kuchni, dokończyć remont dodatkowego pokoju. Przecież to podnosiło wartość nieruchomości – wszystkie zainwestowane w nią środki miały się zwrócić w dwójnasób.

Od tego dzielił ją już tylko krok do własnej metamorfozy. Nie mogła przecież ubiegać się o nową posadę ze starą garderobą, jej włosy potrzebowały cięcia i koloryzacji, stres związany z utratą pracy przez Neila sprawił, że jej skóra rozpaczliwie domagała się specjalistycznych zabiegów. Przyjaciółki szybko zaczęły żartować z jej rozrzutności, je również objęła więc zakupami. Hojność miała we krwi, powtarzała sobie, że to jedna z niewielu prawdziwych radości, które jej pozostały.

Najpierw poczuła się przez to lepsza, zyskała cel. Zakupy zapełniły pustkę. Jednak im więcej pieniędzy wydawała, tym częściej czuła, że to rodzaj szaleństwa, że rzęsiście oświetlone wnętrza, stosy kaszmirowych swetrów, przymilne ekspedientki i pięknie zapakowane pudełka coraz gorzej radzą sobie z odwracaniem jej uwagi od ponurej rzeczywistości w domu. Coraz mniej satysfakcji czerpała ze swoich zakupów – początkowa radość mijała coraz szybciej i szybciej, aż Suzanna siadała w domu otoczona nowymi torbami i ze zdumieniem mierzyła wzrokiem to, co przyniosła, a potem płakała, gdy poczuła przypływ odwagi, by policzyć, ile wydała. Zaczęła wcześnie wstawać, by złapać listonosza w drzwiach.

Uważała, że nie ma sensu niepokoić Neila.

Upłynęło niemal sześć miesięcy, zanim się zorientował. Trzeba powiedzieć, co przyznali oboje jakiś czas później, że nie była to najwspanialsza chwila ich małżeństwa, zwłaszcza gdy, wyrwawszy się z marazmu, zakwestionował jej zdrowie psychiczne i oświadczył, że to ona, a nie utrata pracy, uczyniła z niego impotenta. W odpowiedzi pozwoliła sobie na uwolnienie gniewu, który wzbierał w niej od jakiegoś czasu – a który jeszcze spotęgowało jej własne nieuświadomione poczucie odpowiedzialności – i oznajmiła, że jest nie tylko okrutny, ale też niesprawiedliwy i nierozsądny. Dlaczego jego problemy muszą tak potwornie odciskać się na jej życiu? Czy nie dotrzymała jakiejkolwiek swojej części umowy? Zmiany we własnym życiu wprowadziła dla nich. Nadal gratulowała sobie w duchu, że nie powiedziała, co naprawdę myśli. Że nie użyła słowa „porażka", nawet jeśli to właśnie widziała, gdy na niego patrzyła.

Wtedy jej ojciec wspomniał o domu i choć nadal była na niego wściekła z powodu testamentu, Neil przekonał ją, że nie mają wyboru. Chyba że zamierzają ogłosić upadłość. Okropieństwo tego słowa ją zmroziło.

Dlatego też niemal dziewięć miesięcy później Suzanna i Neil sprzedali swoje londyńskie mieszkanie. Dzięki temu mogli spłacić długi na kartach kredytowych i lojalnościowych Suzanny, a także mniejszy dług, który zaciągnął Neil, zanim znalazł nową posadę. Kupili też mały skromny samochód – sprzedawca opisał go przepraszającym tonem jako „nadający się do dojazdów na stację". Skuszeni perspektywą dużego domu z trzema sypialniami i z fasadą z krzemienia, niemal bezczynszowego i wyremontowanego przez jej ojca, przeprowadzili się do Dere Hampton, gdzie Suzanna dorastała, nie bacząc na to, że przez piętnaście ostatnich lat robiła wszystko, co w jej mocy, by tego uniknąć.

Gdy weszli do małego domku, poczuli ziąb: zapomniała nastawić programator ogrzewania. Wciąż zaskakiwało ją to, jak zimno jest na wsi.

– Wybacz – wymamrotała, gdy Neil zagwizdał i zaczął chuchać w dłonie. Była mu wdzięczna, że nic nie powiedział. Neil z entuzjazmem odnosił się do wszystkich aspektów życia na wsi, przekonał sam siebie, że w ich przeprowadzce chodziło o jakość życia, a nie oszczędzanie, postanowił dostrzegać tylko zalety domków przypominających pudełka czekoladek i pofałdowanych zielonych łąk, a ignorować rzeczywistość, której doświadczała jego żona: ludzi wiedzących o nich wszystko, klaustrofobii długich lat wspólnej historii, subtelnego nadzoru kobiet dysponujących zbyt dużą ilością pieniędzy i zbyt małą ilością czasu.

Lampka automatycznej sekretarki pulsowała, a Suzanna z poczuciem winy zwalczyła w sobie ukłucie nadziei, że to któraś z jej londyńskich przyjaciółek. Dzwoniły coraz rzadziej, jej brak dostępności na kawę czy wieczornego drinka w winiarni stopniowo nadszarpywał więzi tego, co, wiedziała już, musiało być wątłą przyjaźnią. To jednak nie koiło tęsknoty za nimi, za swobodną koleżeńskością, nieskrępowaniem, które narosło przez lata. Była już zmęczona tym, że musi się zastanawiać nad każdym wypowiedzianym zdaniem, coraz częściej uznawała, tak jak tego wieczoru, że łatwiej nie mówić prawie nic.

– Witajcie, kochani. Mam nadzieję, że oboje dobrze się bawicie. Zastanawiałam się, czy mieliście czas ustalić już coś w sprawie urodzinowego lunchu Lucy szesnastego. Bardzo byśmy się z tatą cieszyli, gdyby udało się wam wpaść, choć oczywiście rozumiemy, że możecie mieć inne plany. Dajcie znać.

Zawsze uważa, by nie zasugerować żadnego zobowiązania ani się nie narzucać. Ten radosny, ale też nieco przepraszający ton. Subtelna nuta „wiemy, że macie problemy, i trzymamy za was kciuki". Suzanna westchnęła, wiedziała, że wymówiwszy się od wielu świąt Bożego Narodzenia i licznych rodzinnych zgromadzeń, straciła niemal wszystkie powody, dla których mogłaby unikać swojej rodziny teraz, gdy byli sobie tacy bliscy, przynajmniej geograficznie.

– Powinniśmy wpaść. – Neil zdjął płaszcz, nalewał sobie drinka.

– Wiem, że powinniśmy.

– Twój tata i tak pewnie znajdzie jakąś wymówkę, żeby wyjść. Oboje jesteście całkiem nieźli w unikaniu siebie nawzajem.

– Wiem.

Lubił czuć się częścią jej rodziny. Własną miał nieliczną, tylko rzadko odwiedzaną matkę, za którą nieszczególnie tęsknił, a od której dzieliło go teraz kilkaset kilometrów. To był jeden z powodów, dla których przyjmował taką ugodową postawę wobec jej krewnych.

Odstawił szklankę i podszedł do żony. Wziął ją w ramiona i delikatnie przyciągnął do siebie. Poczuła, że mu ulega, choć nie zdołała całkowicie otrząsnąć się z naturalnej dla siebie sztywności.

– To by wiele znaczyło dla twojej mamy.

– Wiem, wiem. – Położyła dłonie na jego biodrach, nie wiedząc, czy go przytula, czy może trzyma na dystans. – I wiem, że to dziecinne. Po prostu mierzi mnie myśl, że wszyscy będą ględzić, jaka fantastyczna jest Lucy i jaką ma świetną pracę, i jaka jest piękna, i tak dalej, i tak dalej, i wszyscy będą udawać, że jesteśmy tą superszczęśliwą rodziną.

– Wiesz, mnie też nie jest łatwo tego wszystkiego słuchać. Nie czuję się wtedy jak superzięć.

– Przepraszam. Może nie powinniśmy tam iść.

Suzanna była ozdobą tej rodziny. Genetyczna mitologia przypisała jej urodę i finansową bezradność, jej młodszemu bratu Benowi mądrość mieszkańca wsi wykraczającą poza jego wiek, Lucy natomiast – inteligencję, dzięki której jako trzylatka recytowała poezję albo z powagą zadawała pytania typu: dlaczego taka to a taka książka nie jest równie dobra jak poprzednie dzieło tego autora. Potem powoli zaszła jakaś metamorfoza i podczas gdy Ben stał się, tak jak wszyscy oczekiwali, młodszą, weselszą wersją bezpośredniego, stoickiego, czasami pompatycznego ojca, Lucy nie została odludkiem w okularach, lecz rozkwitła, nabyła przerażającej asertywności i teraz, tuż przed trzydziestką, stała na czele działu internetowego jakiegoś zagranicznego konglomeratu medialnego.

Suzanna tymczasem uświadamiała sobie stopniowo, że dekoracyjność to za mało, gdy przekracza się trzydziestkę, że jej styl życia i brak przedsiębiorczości przestały być urocze, a zaczęły być postrzegane jako zwyczajny sybarytyzm. Nie chciała teraz myśleć o swojej rodzinie.

– Możemy jechać jutro oglądać sklepy – zaproponowała. – Widziałam w miasteczku miejsce na wynajem. To dawna księgarnia.

– Nie tracisz czasu.

– Nie ma co zwlekać. Nie, jeśli mam tylko rok.

Ewidentnie rozkoszował się tą nietypową dla nich intymnością, cieszył się, że może mieć ją blisko. Ona już by usiadła, ale chyba nie zamierzał jej puścić.

– Znajduje się w jednej z tych bocznych uliczek, brukowanych, które odchodzą od rynku. I ma georgiańskie witryny. Jak Magazyn Osobliwości*.

– Nie chcesz czegoś takiego. Jeśli już masz to zrobić, zrób to porządnie, z wielką szklaną witryną. Czymś, przez co ludzie zobaczą twój asortyment.

– Ale to nie będzie taki sklep. Już ci mówiłam. Posłuchaj, jedźmy tam i go zobaczmy, zanim cokolwiek powiesz. W torebce mam numer do agencji nieruchomości.

– A to niespodzianka.

– Mogę zadzwonić nawet teraz. Zostawić wiadomość. Tylko dam znać, że jestem zainteresowana. – Słyszała podekscytowanie w swoim głosie. Dziwnie brzmiało w jej uszach, jakby dochodziło z jakiegoś innego miejsca.

---

* Powieść Charlesa Dickensa (w oryg. *The Old Curiosity Shop*), a także tytułowy sklep ze starociami i osobliwościami prowadzony przez główną bohaterkę Nell i jej dziadka. Inspiracją dla Dickensa był prawdziwy sklep o tej nazwie, który znajdował się (i nadal znajduje) w londyńskiej dzielnicy Clare Market.

– Zadzwonisz rano. Raczej nikt tego nie wynajmie o wpół do dwunastej w nocy.

– Nie chcę, żeby mi przepadło.

– Nie chcesz też podejmować pochopnych decyzji. Musimy być ostrożni, Suze. Mogą zażądać za dużo. Mogą chcieć wyjątkowo długiego okresu najmu. Mogą zawrzeć w umowie przeróżne rodzaje kar. Musisz zwolnić i najpierw zadać parę pytań.

– Ja tylko chcę już zacząć.

Przytulił ją. Pachniał mydłem i nieco stęchłym, lecz jeszcze nieszkodliwym aromatem ludzkiego ciała na koniec dnia.

– Wiesz, Suze, powinniśmy iść na ten lunch. Mamy się dobrze. Znów zarabiamy. Będziesz mogła im powiedzieć o swoim sklepie.

– Ale nie o dziecku.

– Nie o dziecku.

– Nie chcę im jeszcze o tym mówić. Zaraz zaczną gadać, mama się ucieszy i będzie próbowała to ukryć, a potem, jak nic się nie wydarzy, będą chodzić wokół nas na palcach, zastanawiając się, czy mogą coś powiedzieć. Dlatego żadnych rozmów o dzieciach.

– Założę się, że Lucy nie planuje dzieci – szepnął w jej włosy.

– Nie, Neil.

– Tylko żartuję. Posłuchaj, zadzwoń do nich z samego rana. Pojedziemy tam, będziemy cholernie pogodni i miło spędzimy dzień.

– Będziemy udawać, że miło spędzamy dzień.

– Może sama siebie zaskoczysz.

Prychnęła pogardliwie.

– O, to na pewno.

Co ciekawe, biorąc pod uwagę, że upłynęło prawie osiem miesięcy od ostatniego razu, tej nocy się kochali. Po wszystkim

Neil niemal się rozpłakał, powiedział, że naprawdę ją kocha, że wie, iż to oznacza, że wszystko się ułoży.

Suzanna leżała w ciemnościach, wpatrując się w belkowany sufit, którego nienawidziła, i nie podzielając ani ułamka jego emocjonalnego spełnienia. Czuła tylko łagodną ulgę, że to zrobili. I wzmagającą się nadzieję, czego nie chciała przyznać nawet przed sobą, że oznacza to, iż zasłużyła sobie na parę miesięcy przerwy, zanim znów będzie musiała to zrobić.

Rozdział siódmy

Dere Hampton było powszechnie opisywane w przewodnikach jako „najpiękniejsze miasto targowe w Suffolk" z zabytkami drugiej klasy, normańskim kościołem i sklepami z antykami, które kusiły przechadzających się turystów w miesiącach letnich i okazjonalnych spacerowiczów zimą. Starsi mieszkańcy nazywali je krótko „Dere", natomiast młodsi, którzy piątkowe wieczory spędzali na piciu taniego cydru i wygwizdywaniu się na rynku – „przeklętą norą, gdzie nie ma nic do roboty". Ich narzekania miały swoje podstawy. Należy powiedzieć, że było to miasto bardziej zakochane w swojej przeszłości niż zapatrzone w przyszłość, co jeszcze się pogłębiło, odkąd zasiedliły je rodziny dojeżdżających, wypchnięte z Londynu i zielonej strefy szalejącymi cenami nieruchomości i gnane nadzieją, że znajdą „jakieś miłe miejsce, w którym można wychować dzieci". Wysokie, eleganckie georgiańskie budynki w pastelowych kolorach współgrały z domami w stylu Tudorów o małych okienkach i belkowaniach, które wyrastały ponad chodnikiem niczym statki na wzburzonym morzu. Wszystko to łączyła chaotyczna sieć wąskich brukowanych uliczek i małych dziedzińców, które rozchodziły się od rynku. W centrum znajdowały się co najmniej dwa niezbędne mieszkańcom sklepy każdego rodzaju – rzeźnik, piekarnia, kiosk z gazetami, sklep żelazny – a jak grzyby po deszczu wyrastały inne: z olejkami do aromaterapii, magicznymi kryształami, koszmarnie drogimi poduszkami i zapachowymi mydłami, których nikt raczej nie potrzebował.

Upłynęły niemal dwa miesiące, zanim Suzanna uświadomiła sobie, co najbardziej przeszkadza jej w tym miasteczku – w godzinach pracy stawało się niemal całkowicie kobiece. Matrony w chustkach na głowie i zielonych pikowanych bezrękawnikach odbierały mięso na pieczeń od rzeźników, z którymi były po imieniu, młode matki pchały wózki, starannie ufryzowane damy w pewnym wieku na pozór nie robiły nic wielkiego, tylko zabijały czas. Poza tymi, którzy pracowali w sklepach, dostawcami i uczniami nie było tam jednak praktycznie żadnych mężczyzn. Podejrzewała, że przed świtem wsiadają do pociągów do City i wracają do ugotowanych posiłków i skąpanych w sztucznym świetle domów już po zmroku. Czuła się tak, mamrotała do siebie gniewnie pod nosem, jakby cofnęła się w czasie do lat pięćdziesiątych. Nawet już nie liczyła, ile razy ktoś ją zapytał, co robi jej mąż, i od prawie roku czekała, by ktoś się zainteresował, co robi ona sama.

Choć głośno by zaprotestowała, gdyby ktoś powiedział, że coś ją łączy z tymi kobietami, dostrzegała siebie w niektórych z nich – w tym, jak robiły zakupy, spacerując po jedynym centrum handlowym w miasteczku spokojnym krokiem kogoś, kto ma zarówno pieniądze, jak i czas, w tym, że w tych godzinach nie sposób było zamówić wizyty w żadnym z dwóch tutejszych salonów piękności, w tym, jak kryształy, aromatyzowane świece i testy na nietolerancje pokarmowe stały się nie tyle „alternatywą", ile sposobem na życie.

Sama nie była jeszcze pewna, do której kategorii powinien należeć jej sklep. Gdy siedziała w otoczeniu kartonów z towarem, myśląc o tym, że nie tylko nie działa jej kasa, ale też że elektryk zapomniał jej powiedzieć, jakich żarówek będzie potrzebowała do reflektorów punktowych, nie była nawet pewna, czy w ogóle będzie jakiś sklep. Neil dzwonił dwa razy z pytaniem, czy na pewno musi kupować tyle towaru na zapas, a wodociągi już przesłały kilka listów z żądaniem zapłaty, choć nawet jeszcze nie otworzyła.

Jak na kogoś, kto niedawno wyszedł z długów, Suzanna nieszczególnie się tym martwiła. Odkąd dostała klucze, rozkoszowała się samym przebywaniem tutaj, powolnym zamienianiem obrazów, które od miesięcy nosiła w głowie, w rzeczywistość. Uwielbiała podróżować po okolicy w poszukiwaniu potencjalnych dostawców, zwiedzać wystawy i wąskie pakamery za londyńską Oxford Street, spotykać się z młodymi twórcami pragnącymi pokazywać swoje prace i z tymi bardziej uznanymi, którzy mogli się z nią podzielić swoją znajomością branży. Uwielbiała mieć cel, móc rozmawiać o „swoim sklepie", podejmować decyzje zgodne z własnym gustem, wybierać tylko to, co sama uznała za piękne i wyjątkowe.

Był też sam sklep. Fasadę pokryła świeżą warstwą białej farby, a wnętrze powoli nabierało kształtów, ponaglane wizytami miejscowych hydraulików, stolarzy i jej własnymi amatorskimi umiejętnościami. Wiedziała, że wszyscy uważają ją za grymaśną i wybredną, ale decyzje, co gdzie powinno się znaleźć, były skomplikowane, ponieważ to nie miał być konwencjonalny butik. Wymarzyła sobie mieszaninę różnych rzeczy: kawiarnię, na którą przeznaczyła przy jednej ze ścian starą ławkę kościelną, kilka stolików, krzeseł i odnowiony włoski ekspres do kawy. Sklep z używanymi przedmiotami oferujący skromny i bardzo zróżnicowany asortyment, który dobrała pod kątem tego, co jej się spodobało. Były tam ubrania, trochę biżuterii, kilka obrazów i innych ozdóbek. Oferowała też rzeczy nowoczesne. I to tyle, jeśli chodzi o konkrety.

Zaczęła ustawiać różne bibeloty w witrynie. Najpierw – by było widać, że lokal został wynajęty – ułożyła tam co ładniejsze drobiazgi, które zakupiła podczas swojej fazy zakupoholizmu i których nigdy nie użyła: wyszywane koralikami torebki, masywne pierścionki ze szkła, zabytkową ozdobną ramkę ze współczesną abstrakcyjną grafiką. Gdy nadszedł towar, poczuła, że nie ma ochoty nic zmieniać, więc zaczęła po prostu dodawać różne rzeczy: piękne koncentryczne koła indyjskich bransoletek, stare szuflady pełne błyszczących metalowych długopisów, wielokolorowe buteleczki na przyprawy ze srebrnymi pokrywkami.

– To trochę jak domek dla lalek. Albo jaskinia Aladyna – powiedział Neil, gdy wpadł do sklepu w weekend. – Wygląda bardzo… Hm… Ładnie. Ale czy jesteś przekonana, że ludzie zrozumieją, o co ci chodzi?

– W jakim sensie?

– No w takim, co to za sklep.

– Mój sklep – odparła, rozbawiona jego skonsternowaną miną.

Ona tworzyła coś pięknego, coś, co stanowiło tylko i wyłącznie jej wizję, pozbawioną wpływów męża lub partnera. Mogła robić, co tylko chciała, zaczęła więc wieszać na półkach kupione za bezcen kolorowe światełka, ustawiała wszędzie tabliczki, na które sama naniosła hasła wymyślnym charakterem pisma, pomalowała deski podłogowe na odcień jasnego fioletu, ponieważ taki kolor się jej spodobał. Stoliki i krzesła zakupione okazyjnie na wyprzedaży i pomalowane próbkami farb ustawiła w sposób, który uznałaby za wygodny, gdyby wybrała się na kawę z koleżankami. To krzesła sprawiły, że to dostrzegła – patrząc na nie, uświadomiła sobie, że tworzy dla siebie mały kąt czegoś magicznego, może nieco kosmopolitycznego, miejsce, gdzie znów poczuje się jak w domu, z dala od prowincjonalnych spojrzeń i postaw, które ją teraz otaczały.

– Co to będzie za sklep? – zapytał jeden z handlarzy antykami, zobaczywszy ramkę w witrynie. W jego głosie pobrzmiewała drwina.

– To będzie… taki sklepowy zakątek – odparła, ignorując jego uniesione brwi, zanim wyszedł, by wrócić do siebie. I tak go właśnie nazwała: Pawi Zakątek. Namalowała szyld niebieską i białą farbą kredową, a obok nazwy umieściła wyrysowane z szablonu pawie pióro, nawiązując do swojego nazwiska. Neil obserwował to wszystko z mieszaniną dumy i lęku. Wyznał potem, że na widok tego symbolu nad drzwiami zaczął się zastanawiać, czy będzie musiał znów mierzyć się z widmem bankructwa, jeśli sklep upadnie.

– Nie upadnie – odparła Suzanna stanowczo. – Nie bądź czarnowidzem.

– Będziesz musiała cholernie ciężko pracować – zaznaczył.

Nawet jego obawy nie psuły jej nastroju. Nie chciała się z nim kłócić. Coraz lepiej spała.

Poza towarem nie kupiła niczego od wielu tygodni.

– Już otwarte?

Siedząca na podłodze Suzanna podniosła wzrok. Kościelne świece wydawały się dobrym pomysłem u londyńskiego hurtownika, ale teraz, gdy za szybą przechadzały się w obu kierunkach zielone pikowane bezrękawniki, całkowicie ignorując witrynę bądź też mierząc ją nieco pogardliwym wzrokiem, zaczęła się zastanawiać, czy nie jest jednak zbyt kosmopolityczna w swoich wyborach. Świece wyglądały pięknie obok koralikowych torebek, ale, jak powtarzał Neil, bez sensu, by kupowała piękne rzeczy, jeśli nikt nie zechce ich od niej tutaj odkupić.

– Jeszcze nie. Prawdopodobnie od poniedziałku.

Kobieta i tak weszła do środka, zamknęła za sobą drzwi i zaczęła się rozglądać z urzeczoną miną. Nie miała na sobie zielonego pikowanego bezrękawnika, lecz rdzawoczerwony anorak i ręcznie robioną kolorową wełnianą czapkę, spod której wystawały siwe włosy. Na pierwszy rzut oka Suzanna zbyłaby ją jako potencjalną włóczęgę, ale gdy przyjrzała się bliżej, zauważyła buty i torebkę wysokiej jakości.

– Ależ to wszystko urocze. Całkiem inne niż wcześniej.

Suzanna podniosła się z ziemi.

– Tak. To był sklep spożywczy, gdy byłam małą dziewczynką, wiesz? Po tamtej stronie leżały owoce... – kobieta objęła gestem stoliki i krzesła – a po tej warzywa. Och, i zawsze mieli świeże jajka. Hodowali własne kury na zapleczu, wiesz? Ty pewnie nie będziesz tego robić. – Roześmiała się, jakby powiedziała coś zabawnego.

– No tak. Cóż, powinnam...

– Po co są te stoliki? Będziesz serwować jedzenie?

– Nie.

– Ludzie lubią coś zjeść.

– Na to potrzeba specjalnego zezwolenia. Ja będę podawać kawę. Na przykład espresso.

– Espresso?

W takich chwilach optymizm Suzanny słabł. Jak miała sprzedawać kawę w miasteczku, którego mieszkańcy nie wiedzieli nawet, co to jest espresso?

– To rodzaj kawy. Dość mocna. Podawana w małych filiżankach.

– Cóż, to pewnie dobry sposób, by podnieść sobie zyski. Herbaciarnia na Long Lane podaje herbatę w bardzo małych filiżankach, zawsze to powtarzam. Oni pewnie też dbają o swój zysk.

– Tak należy tę kawę podawać.

– Jestem przekonana, że oni mówią to samo, skarbie. – Kobieta podeszła do witryny i zaczęła mamrotać pod nosem, wskazując palcem kolejne przedmioty. – A to co ma być? – Sięgnęła po abstrakcyjną grafikę.

– To w założeniu ma chyba nie być nic. – Suzanna usłyszała pierwszą nutę złości w swoim głosie.

Kobieta przyjrzała się grafice z bliska.

– Czy to sztuka współczesna? – Powiedziała to takim tonem, jakby przemawiała w obcym języku.

– Tak. – Proszę, niech tylko nie powie, że dziecko mogłoby to namalować, pomyślała Suzanna.

– Sama mogłabym coś takiego namalować. Jeśli namaluję, sprzedasz to dla mnie?

– W sumie nie jestem galerią. Powinna się pani skontaktować z galerią.

– Ale to sprzedajesz.

– To jednorazowa sprawa.

– Ale jeśli sprzedasz to, nie ma powodu, żebyś nie sprzedała kolejnego. Znaczy się, to dowiedzie, że jest popyt.

Suzanna czuła, że traci cierpliwość. Nawet w najlepszych momentach bywała porywcza. A to nie był dobry moment.

– Miło się z panią rozmawiało, ale obawiam się, że muszę wracać do pracy. – Wyciągnęła rękę, jakby chciała pokierować kobietę do drzwi.

Nieznajoma stała jednak niewzruszona na środku pomieszczenia. Skrzyżowała ramiona na piersi.

– Dorastałam w tym miasteczku, o tak. Jestem z zawodu krawcową, ale wyprowadziłam się, gdy wyszłam za mąż. Wiele osób tak wtedy robiło.

O Boże. Postanowiła podyskutować o historii. Suzanna zaczęła rozpaczliwie rozglądać się wokół w poszukiwaniu jakiegoś praktycznego zajęcia, które mogłaby wykorzystać jako wymówkę, by pozbyć się gościa.

– Mój mąż zmarł trzy lata po ślubie. Gruźlica. Spędził niemal sześć miesięcy w szwajcarskiej klinice, a potem i tak umarł.

– Przykro mi.

– A mnie nie. Był dość głupim człowiekiem. Zrozumiałam to, dopiero gdy za niego wyszłam. Nie mieliśmy dzieci, wiesz? Wolał swoje organy.

Suzanna prychnęła śmiechem.

– Co?

Kobieta niedbałym gestem poprawiła włosy.

– Nie wiedział, jak się do tego zabrać, skarbie. Ja wiedziałam, ponieważ matka mi powiedziała. Wytłumaczyłam mu to w naszą noc poślubną i tak go tym przeraziłam, że powiedział: nie, dziękuję, wolę grać na organkach. I to właśnie robiliśmy co wieczór przez dwa lata. Ja czytałam w łóżku książkę, a on grał na organkach.

Suzanna nie zdołała się powstrzymać i wybuchnęła śmiechem.

– Przepraszam. Czy… Czy znalazła pani sobie kogoś innego?

– Oj nie. Nikogo, kogo pragnęłabym poślubić. Miałam mnóstwo romansów, co było bardzo miłe, ale nie chciałam mieć kogoś w łóżku każdej nocy. Istniało ryzyko, że im też zachce się grać na jakimś instrumencie. Bóg jeden wie, jak by się to skończyło. – Kobieta, którą naszły najwyraźniej przelotne wizje bębnów i tub, lekko pokręciła głową. – Tak, wszystko się zmienia. Wróciłam sześć miesięcy temu i wszystko się zmieniło. Jesteś stąd?

– Tutaj się urodziłam, ale aż do zeszłego roku mieszkaliśmy w Londynie. – Nie była pewna, dlaczego powiedziała prawdę, miała wrażenie, że im mniej ta kobieta wie, tym lepiej.

– Czyli ty też niedawno wróciłaś! Jakie to ekscytujące. No cóż, obie znalazłyśmy pokrewną duszę. Nazywam się Creek. Johanna Creek. Możesz mi mówić: pani Creek. A ty jak się nazywasz?

– Peacock. Suzanna Peacock.

– Mieliśmy pawie w domu, kiedy dorastałam. To było tuż za miastem, przy drodze na Ipswich. Paskudne ptaki, wydają okropne dźwięki. Miały w zwyczaju załatwiać potrzeby na naszych parapetach.

Odwróciła się i podniosła rękę do swojej czapki, jakby sprawdzała, czy nadal ma ją na głowie.

– No cóż, Suzanno Peacock, nie mogę tutaj stać i gawędzić przez cały dzień. Niestety muszę iść dalej. Muszę jeszcze odebrać zapiekankę ze sklepu Instytutu Kobiet. Uszyję dla nich trochę fartuszków i worków na spinacze. Nieszczególnie ambitne wyzwanie, ale przynajmniej zajmę czymś ręce. Wrócę, gdy otworzysz, i wypiję jedną z tych twoich małych kaw.

– Och, świetnie – odparła Suzanna sucho.

Przed wyjściem pani Creek jeszcze raz spojrzała na abstrakcyjną grafikę, jakby zapamiętywała ją w ramach przygotowań do stworzenia własnej wersji.

Suzanna dotarła do domu o wpół do dziesiątej. Neil siedział na kanapie ze stopami opartymi na stoliku do kawy, obok niego stały pusta miska i talerz pokryty okruchami.

– Już miałem rozpocząć akcję poszukiwawczą – powiedział, odrywając wzrok od telewizora.

– Chciałam odpowiednio poukładać towar.

– Mówiłem ci, że potrzebujesz więcej półek od frontu.

– Co na kolację?

Na jego twarzy odmalowało się zaskoczenie.

– Nic nie zrobiłem. Założyłem, że wrócisz na czas, by coś ugotować.

Zdjęła płaszcz, czując przypływ irytacji i zmęczenia.

– Za trzy dni otwieram sklep, Neil. Padam z nóg. Pomyślałam, że ten jeden raz ty ugotujesz coś dla mnie.

– Przecież mogłaś coś zjeść w ciągu dnia. Poza tym nie wiedziałem, o której wrócisz.

– Mogłeś zadzwonić.

– Ty mogłaś zadzwonić.

Rzuciła płaszcz na oparcie krzesła i weszła do małej kuchni. W zlewie nadal stały naczynia po śniadaniu.

– Cóż, dopóki ty sobie radzisz, Neil, nie musisz się martwić o mnie, prawda?

Jego głos dobiegający przez okienko pomiędzy kuchnią a jadalnią podniósł się na znak protestu:

– Zjadłem cholerny chleb z serem. Nie zorganizowałem tutaj dla siebie bankietu.

Zaczęła trzaskać drzwiczkami szafek, szukając czegoś łatwego w przygotowaniu. Od kilku tygodni nie znalazła czasu na zakupy w supermarkecie, na półkach mieli więc tylko plamy po soczewicy i otwartą kostkę rosołową.

– Mogłeś przynajmniej pozmywać.

– Och, na litość boską! Wychodzę z domu za piętnaście szósta rano. Od jutra mam czekać, aż zjesz śniadanie?

– Nieważne, Neil. Troszcz się o siebie, ja będę się troszczyć o siebie i w końcu się przekonamy, na czym oboje stoimy.

Zapadła krótka cisza, po chwili pojawił się w kuchennych drzwiach. Niewiele było tam miejsca dla nich obojga, przesunął się więc tak, jakby chciał skierować ją do salonu.

– Nie dramatyzuj, Suze. Wiesz co, usiądź, a ja ci coś ugotuję.

– Nie zostawiłeś mi nawet kromki chleba. – Zajrzała do foliowego worka.

– Były tylko dwie.

– Och, idź sobie, Neil. Idź, połóż się na kanapie.

Uniósł ręce w wyrazie rozdrażnienia. Dopiero wtedy zauważyła, jaki jest zmęczony, jego cera przybrała szarawy odcień.

– Och, sama sobie idź – odgryzł się. – I nie rób z siebie pieprzonej męczennicy. Jeśli to przez ten sklep jesteś taka cholernie marudna, już żałuję, że go otwierasz.

Rzucił się na kanapę, która wydawała się za duża na ich salon, sięgnął po pilot i zaczął przełączać kanały w telewizji.

Stała w kuchni przez parę minut, po czym z niej wyszła i usiadła w fotelu naprzeciwko niego z miską płatków śniadaniowych w dłoni. Nie patrzyła na męża. Był to najmniej męczący sposób na okazanie mu, jak bardzo ma go dość.

Nagle Neil wyłączył telewizor.

– Przepraszam – powiedział, przerywając milczenie. – Mogłem pomyśleć o chlebie. Po prostu zanim wysiądę wieczorem z pociągu, potrafię myśleć już tylko o tym, żeby dotrzeć do domu.

Rozbroił ją.

– Nie, to ja przepraszam. To zmęczenie. Zrobi się lepiej, jak już otworzę sklep.

– Cieszę się, że masz swój sklep. Nie powinienem tak mówić. Miło widzieć cię taką... Taką...

– Zajętą?

– Ożywioną. Lubię, jak jesteś taka ożywiona. Wydaje mi się wtedy, że mniej męczy cię to... co było.

Płatki śniadaniowe stały się wyzwaniem. Czuła się zbyt zmęczona. Postawiła miskę na stoliku.

– Mniej czasu na myślenie, jak sądzę.

– Tak. Za dużo czasu na myślenie to zawsze przepis na katastrofę. Sam staram się tego unikać. – Uśmiechnął się słabo. – Chcesz, żebym zapytał, czy dadzą mi dzień wolny na twoje otwarcie?

Westchnęła i odwzajemniła jego uśmiech.

– Nie… Nie przejmuj się. Chyba nie będę organizować wielkiego otwarcia. Nie wiem nawet, czy to będzie poniedziałek, biorąc pod uwagę, jak to się wszystko toczy. A ty nie powinieneś denerwować szefa. Za krótko masz tę robotę.

– Jeśli tego właśnie chcesz. – Posłał jej kolejny niepewny uśmiech, po czym znów usiadł na kanapie, sięgnął po gazetę i zaczął ją przeglądać.

Siedziała naprzeciwko niego, zastanawiając się, dlaczego instynktownie go tam nie chciała. Brzmiało to głupio nawet dla niej. Małodusznie. Pragnęła jednak czegoś, co należało tylko do niej, czegoś czystego i przyjemnego, nieskażonego ich historią. Czegoś, czego nie skomplikują ludzie.

Rozdział ósmy

W drzwiach do kuchni stanęła starsza pani w odświętnym tweedowym płaszczu, słomkowym kapeluszu ozdobionym czereśniami i przekrzywionym pod zawadiackim kątem i z torebką z lakierowanej skóry, na której zaciskała sękate palce.

– Chciałabym – oświadczyła – jechać do Dere.

Vivi odwróciła się z pieczenią niebezpiecznie skwierczącą w dłoniach zabezpieczonych rękawicami ochronnymi. Właśnie rozglądała się gorączkowo za wolnym miejscem na kuchence, na którym mogłaby ją położyć. Zauważyła kapelusz i torebkę i poczuła ucisk w sercu.

– Co?

– Nie mów „co". To niegrzeczne. Jestem gotowa, by jechać do miasta. Gdybyś była tak łaskawa i przyprowadziła samochód.

– Nie możemy jechać do miasta, Rosemary. Dzieci przychodzą na lunch.

Przez twarz Rosemary przemknęła konsternacja.

– Jakie dzieci?

– Wszystkie. Przyjeżdżają. Na urodzinowy lunch Lucy, pamiętasz?

Kot Rosemary, który był tak kościsty i wyliniały, że gdy leżał na zewnątrz, kilkakrotnie został mylnie uznany za padlinę, wdrapał się na blat kuchenny i chwiejnym krokiem zbliżył się do pieczeni. Vivi zdjęła rękawicę i delikatnie odłożyła niemo protestujące zwierzę na podłogę, a zaraz potem oparzyła się, dotknąwszy blachy.

– W takim razie obrócę na tyle szybko, by zdążyć przed nimi.

Vivi westchnęła w duchu. Przykleiła do twarzy uśmiech i odwróciła się do teściowej.

– Bardzo mi przykro, Rosemary, ale muszę przygotować lunch i nakryć do stołu. A nie odkurzyłam jeszcze salonu. Może zapytasz…

– Och, on jest zbyt zajęty, aby mnie wozić. Nie będziemy mu zawracać głowy. – Starsza pani królewskim gestem uniosła podbródek i wyjrzała przez okno. – W takim razie podwieź mnie tylko do Tall Trees. Resztę drogi pokonam pieszo. – Odczekała chwilę, po czym dodała znaczącym tonem: – Z laską.

Vivi sprawdziła temperaturę wołowiny, po czym włożyła blachę do piekarnika. Podeszła do zlewu i polała zimną wodą pulsujące palce.

– Czy to coś pilnego? – zapytała, siląc się na lekki ton. – Czy może jednak zaczekać do podwieczorku?

Teściowa zesztywniała.

– Och, nie zwracaj na mnie uwagi. Moje sprawy nigdy nie są pilne, prawda, moja droga? Nie, jestem już za stara, żeby mieć coś ważnego do zrobienia. – Zerknęła pogardliwie na inną blachę leżącą na blacie. – Nic tak ważnego jak potrzeby kilku ziemniaków.

– Och, daj spokój, Rosemary, wiesz, że…

Trzasnąwszy drzwiami na tyle energicznie, by zadać kłam swojej rzekomej kruchości, Rosemary zniknęła już jednak z powrotem w babcinym aneksie.

Vivi zamknęła oczy i wzięła głęboki oddech. Wiedziała, że zapłaci za to później. Ale też rzadko zdarzały się dni, kiedy za coś nie płaciła.

W normalnych okolicznościach skapitulowałaby, rzuciła wszystko, żeby tylko spełnić życzenie starszej pani i uniknąć nieprzyjemności, zadbać o to, by wszyscy byli szczęśliwi. Ten dzień był jednak inny: od kilku lat nie miała w domu wszystkich swoich dzieci naraz, a skoro już dotarła tak daleko, nie zamierzała narażać urodzinowego lunchu Lucy wożeniem Rosemary po okolicy, kiedy powinna polewać tłuszczem wołowym ziemniaki. W wypadku teściowej nigdy nie chodziło o zwyczajne podrzucenie jej do miasta – Rosemary zaproponowałaby dodatkowe atrakcje w postaci nowego centrum handlowego kilkanaście kilometrów dalej albo zażyczyłaby sobie, by Vivi gdzieś zaparkowała i razem z nią odebrała pranie z pralni (a potem zaniosła je do samochodu). Albo oświadczyłaby, że w zasadzie potrzebuje wizyty u fryzjera, w związku z czym czy Vivi mogłaby zaczekać? Stała się wyjątkowo wymagająca, odkąd przekonali ją, że nie powinna już siadać za kółkiem. Nadal załatwiali kwestię ubezpieczenia za staranowany płot na farmie Pageta.

Zza drzwi do aneksu dobiegł ją odgłos telewizora podkręcony niemal do maksimum – Rosemary upierała się, że tylko tak może usłyszeć, co mówią ci dzisiejsi prezenterzy.

– Daj mi pół godziny – mruknęła pod nosem Vivi, przyglądając się czerwonym palcom i przygotowując się do kolejnej potyczki z piekarnikiem. – Jeśli zostanie tam przez najbliższe pół godziny, zdążę wszystko ogarnąć, zanim przyjadą dzieci.

– Jest jakaś szansa na kubek herbaty? Zawsze chce mi się pić, jak fałszuję księgi.

Vivi siedziała przy stole kuchennym. Znalazła gdzieś kolekcję zużytych ołówków i cieni, które uchodziły za jej zestaw do makijażu, i teraz próbowała nieco się upiększyć, zamaskować rumieniec i mgiełkę potu, które pokrywały jej skórę, ilekroć za dużo czasu spędziła na gotowaniu.

– Zaraz ci przyniosę – odparła, posyłając swojemu odbiciu w małym lusterku pokonane spojrzenie. – Tata też chce?

– Nie wiem. Pewnie tak. – Jej syn, metr dziewięćdziesiąt trzy wzrostu, z wypraktykowaną swobodą uchylił się przed nadprożem, wychodząc z kuchni na korytarz. – Och, byłbym zapomniał – zawołał przez ramię. – Nie odebraliśmy kwiatów. Wybacz.

Vivi znieruchomiała, odłożyła puder w kamieniu na stół, po czym podeszła do niego szybkim krokiem.

– Co?

– Nie mów „co". To niegrzeczne. – Jej syn z uśmiechem przedrzeźnił babcię. – Nie odebraliśmy z tatą dziś rano kwiatów. Trochę nam zeszło w sklepie z paszą. Wybacz.

– Och, Ben. – Stanęła w progu gabinetu, załamując ręce.

– Przepraszam.

– Jedna rzecz. Jedna rzecz, o którą was poprosiłam, a wy oznajmiacie, że o niej zapomnieliście, pięć minut przed przyjazdem wszystkich.

– O czym zapomnieliśmy? – Jej mąż podniósł głowę znad ksiąg rachunkowych. Sięgnął po ołówek. – O herbacie? – dodał z nadzieją.

– O kwiatach na stół. Nie odebraliście ich, chociaż prosiłam.

– Och.

– Mogę jakieś dla ciebie zerwać, jeśli chcesz. – Ben wyjrzał przez okno. Spędził w gabinecie ponad godzinę i już odczuwał niepokój, marzył, by wyjść na powietrze.

– Nie ma żadnych kwiatów, Ben. Jest luty, na miłość boską. Och, jestem taka rozczarowana.

– A po co nam ozdoby na stół? Normalnie ich nie zamawiamy.

– Na lunch. – W jej głosie zabrzmiała nietypowa dla niej irytacja. – Chciałam, żeby dzisiaj wszystko było idealne. To wyjątkowy dzień.

– Lucy nie zwróci uwagi na to, czy na stole są kwiaty. – Jej mąż wzruszył ramionami i podkreślił jakieś liczby.

– Cóż, ale ja zwrócę uwagę. Poza tym to marnowanie pieniędzy, wydawanie ich na kwiaty, których nie chce nam się nawet potem odebrać. – Wiedziała, że nie dojdzie z nimi do ładu. Zerknęła na zegar, zastanawiając się, czy zdoła podjechać do miasteczka i osobiście załatwić sprawę. Przy odrobinie szczęścia, gdyby znalazła przyzwoite miejsce parkingowe, wystarczyłoby jej dwadzieścia minut.

Nagle przypomniała sobie o Rosemary, która albo również zechce jechać, albo potraktuje krótką przejażdżkę Vivi jako kolejny dowód, że jej potrzeby nie tylko są uznawane za mało ważne, ale wręcz deptane w najbardziej barbarzyński sposób.

– No cóż, równie dobrze możesz za nie zapłacić – oświadczyła, wycierając ręce w fartuch, po czym sięgnęła za plecy, by rozwiązać tasiemki – i wyjaśnić panu Bridgmanowi, dlaczego zamawiamy kwiaty, których najwyraźniej nie potrzebujemy.

Mężczyźni spojrzeli na siebie, wymienili znaczące spojrzenie.

– Wiesz co – mruknął Ben. – Ja pojadę. Jeśli pozwolicie mi wziąć range rovera.

– Weźmiesz samochód matki – rozległ się głos jej męża. – Kup też przy okazji butelkę sherry dla babci… Pamiętasz o tej herbacie, prawda, kochanie?

Vivi była mężatką dokładnie od dziewięciu lat, gdy jej teściowa przeprowadziła się do nich, a od piętnastu, gdy jej mąż skapitulował i zgodził się dobudować dla niej aneks, aby mogli oglądać amerykańskie seriale policyjne bez konieczności pauzowania co pięć minut, by wytłumaczyć akcję, gotować potrawy zawierające czosnek i przyprawy, a od czasu do czasu poczytać gazety w łóżku w niedzielny poranek bez władczego pukania do drzwi i pytań o to, dlaczego sok pomarańczowy nie stoi na swojej półce w lodówce.

Nie było nawet mowy o domu opieki. Posiadłość należała do niej – być może się tutaj nie urodziła, jak lubiła powtarzać, ale nie widziała powodu, by tutaj nie umrzeć. Choć ziemia została wydzierżawiona i nie hodowali już tyle inwentarza, lubiła wyglądać przez okno i wspominać przeszłość. Stanowiło to dla niej wielką pociechę. Poza tym ktoś musiał nauczyć młodsze pokolenie historii rodziny i tego, jak było dawniej. Większość jej znajomych już nie żyła, pozostała jej tylko rodzina. Poza tym, rozmyślała czasami Vivi w okazjonalnym przypływie buntu, dlaczego miałaby chcieć się stąd wyprowadzić, skoro miała do całodobowej dyspozycji kucharkę, sprzątaczkę i szofera w jednej osobie? Nawet pięciogwiazdkowe hotele nie zapewniały takiej obsługi.

Dzieci, dorastając z babcią na końcu korytarza i tak jak ojciec pozostawiając ją głównie na głowie matki, traktowały staruszkę z mieszaniną życzliwości i lekceważącej wesołości – na szczęście często nie słyszała ich żartów. Vivi beształa syna i córki za wykpiwanie jej ulubionych powiedzonek i za aluzje na temat jej zapachu, który wcale nie przypominał fiołków parmeńskich, lecz coś bardziej gryzącego i organicznego – cały czas nie wiedziała, jak poruszyć ten temat – ale kochała ich też za to, że nie narzekali w te męczące dni, kiedy wieczne wymagania Rosemary czyniły z niej potwora nie do zniesienia.

Nawet syn Rosemary przyznawał, że nie złagodniała ona z wiekiem, a raczej wręcz przeciwnie. Wybuchowa i nieznosząca sprzeciwu, ślepo wierząca w tradycję i często wyrażająca swoje rozczarowanie rodziną, która nie jest w stanie żyć z nią w zgodzie, nadal traktowała Vivi jak pracującego gościa, nawet po ponad trzydziestu latach.

Słaba i roztargniona, nie wycofała się jednak na koniec korytarza z cichą godnością. Emocje, które się w niej rozszalały, gdy usłyszała o budowie aneksu, potem zaczęły się wahać pomiędzy upartą niechęcią, ponieważ „wypychano ją z domu", a sekretną dumą na myśl o powrocie do niezależności i nowym otoczeniu. Vivi pieczołowicie urządziła nowe pokoje za pomocą czerwonych marynarskich pasów i *toile de Jouy* (nawet Rosemary musiała przyznać, że dobór materiałów to jedyne, w czym Vivi jest dobra), a niezrozumiała muzyka młodych, niekończące się pochody ich monosylabicznych znajomych, psów, hałasu i zabłoconych butów nie miały tam wstępu.

To jednak nie powstrzymywało Rosemary przed czynieniem Vivi dyskretnych uwag na temat tego, że została wygnana i odrzucona. Czasami robiła to przy swoich jeszcze żyjących znajomych. Jej babka, zaznaczała z naciskiem, co najmniej raz w tygodniu zajmowała cały reprezentacyjny salon, gdy już się zestarzała, a dzieciom raz dziennie pozwalano do niej wchodzić, by złożyć jej wizytę i od czasu do czasu poczytać.

– Ja mam *Przewodnik po klubach Ibizy* – wtrącił pewnego razu wesoło Ben. – To albo *Podstawy konserwacji traktorów*.

– Moglibyśmy poszukać *Radości seksu*. – Lucy zachichotała. – Pamiętacie, jak mama i tata chowali to przed nami w garderobie?

– Kto się chowa w garderobie? – zapytała Rosemary z irytacją.

– Lucy! – zawołała Vivi, oblewając się rumieńcem. Kupiła tę książkę na swoje trzydzieste urodziny, podejmując ostatnią rozpaczliwą próbę, by zostać uwodzicielką, kiedy jeszcze starali się o Bena. Mąż był z początku dość zaszokowany, a ilustracje do końca go zraziły.

– Nic dziwnego, że zapuścił taką brodę – mruknął pogardliwie, mając na myśli autora. – Ja też bym się ukrywał po czymś takim.

Vivi starała się nie zwracać na to uwagi. Bezustannie przypominała sobie te wszystkie dobre rzeczy w swoim życiu: piękny dom, cudowne dzieci, kochającego męża, znosiła więc dzielnie złośliwość Rosemary i jej kaprysy, a męża nie wtajemniczała w ich zakres. Nie lubił konfliktów w rodzinie – w ich obliczu chował się w swojej skorupie niczym ślimak i wychylał się z niej, nieco poirytowany, dopiero gdy „wszystko się już ułożyło”. To dlatego nie podobała mu się ta sprawa z Suzanną i pozostałą dwójką.

– Cóż, moim zdaniem powinieneś się z nią umówić i wszystko jej wyjaśnić – proponowała Vivi przy niejednej okazji.

– Już ci mówiłem, nie chcę znów do tego wracać – odpowiadał gniewnie. – Nie muszę się nikomu tłumaczyć. Na pewno nie komuś, kto właśnie dostał przeklęty dom, żeby w nim zamieszkać. Będzie musiała nauczyć się z tym żyć.

Zaczęło kropić. Suzanna stała na stopniu, chowając się pod nadprożem na tyle, na ile było to możliwe, podczas gdy Neil wyjmował butelkę wina i kwiaty z bagażnika samochodu.

– Kupiłeś goździki – powiedziała z grymasem niezadowolenia.

– I?

– Są paskudne. To takie wredne kwiaty.

– Może ci to umknęło, Suze, ale nie do końca stać nas teraz na kupowanie rzadkich storczyków. Twoja mama ucieszy się ze wszystkiego, co jej wręczymy.

Suzanna wiedziała, że to prawda, ale wcale nie poczuła się przez to lepiej. Była w złym humorze, odkąd wjechali na podjazd i zobaczyła rozłożysty dom w kolorze musztardy z masywnymi dębowymi drzwiami do jej dzieciństwa. Nie pamiętała czasów, kiedy ten dom oznaczał dla niej coś nieskomplikowanego i dodającego otuchy. Wiedziała, że musiał to oznaczać, zanim różnice pomiędzy nią a rodzeństwem zaczęły rzucać się w oczy, zanim dostrzegła ich odbicie w wieloznacznym spojrzeniu ojca, w przesadnych wysiłkach matki, która udawała, że wcale ich nie widać. Zanim zostały oficjalnie wpisane w przyszłość rodziny. Teraz ten dom wydawał się skażony, samym swoim istnieniem rzutował na jej życie, przyciągał ją i odpychał jednym niezrozumiałym gestem. Poczuła ucisk w żołądku i zerknęła na samochód.

– Wracajmy do domu – szepnęła, gdy Neil stanął obok niej.

– Co?

W środku rozległo się wariackie ujadanie.

– Jedźmy stąd… Po prostu jedźmy.

Neil uniósł wzrok do nieba i opuścił ręce po bokach w geście rozdrażnienia.

– Och, na miłość…

– Będzie strasznie, Neil. Nie jestem w stanie poradzić sobie z nimi *en masse*. Nie jestem gotowa.

Było już jednak za późno. W środku rozległy się kroki, potem ktoś zaczął się mocować z zasuwką, aż w końcu drzwi się otworzyły, wypuszczając na zewnątrz aromat pieczonego mięsa i szalejącego jacka russella. Vivi zapędziła ujadającego psa do środka, po czym wyprostowała się i uśmiechnęła szeroko. Wytarła dłonie w fartuch i szeroko otworzyła ramiona.

– Witajcie, kochani. Och, jak dobrze was widzieć. Witajcie w domu.

*

– Tylko nie podawaj mi żadnych skorupiaków. Od tych krewetek wargi mi spuchły jak u Hotentota.

– Nie możesz mówić „Hotentot", babciu. To obraźliwe określenie.

– Prawie wylądowałam u lekarza. Mało mi skóra nie popękała. Przez dwa dni nie mogłam wychodzić z domu.

– Bardzo źle wyglądałaś. – Vivi nakładała ziemniaki. Zebrała resztki z brzegów widelcem i z satysfakcją zauważyła, że tłuszcz wołowy nadał im odpowiednią barwę i strukturę.

– Niektóre kobiety płacą teraz za to niezłą kasę, babciu – wtrącił Ben. – Mogę jeszcze ziemniaczka? Tamtego, mamo. Przypalonego.

– Implanty – dodała Lucy.

– Co?

– Kobiety. Wkładają je sobie w wargi, żeby wydawały się pełniejsze. Może powinny zamiast tego zjeść trochę krewetek mamy. Mnie nie dawaj mięsa, mamo. Obecnie nie jadam czerwonego. Nie miałaś ich kiedyś, Suze?

– Nigdy nie miałaś implantów.

– Nie chodzi mi o implanty, tylko o zastrzyki. Ostrzykiwałaś sobie usta. Podczas swojej fazy samodoskonalenia.

– Wielkie dzięki, Lucy.

– Ostrzykiwałaś sobie wargi?

– Efekt był tymczasowy. – Suzanna wbiła wzrok w talerz. – To tylko kolagen. Dzięki niemu ma się bardziej odęte wargi.

Przerażona Vivi odwróciła się do zięcia z łyżką w dłoni.

– I ty jej na to pozwoliłeś?

– Myślisz, że miałem coś do powiedzenia w tej sprawie? Pamiętasz, jaka wtedy była. Nic, tylko doczepiane włosy, sztuczne paznokcie... Nigdy nie wiedziałem, czy po powrocie do domu zastanę Cher czy Annę Nicole Smith.

– Och, nie przesadzaj, Neil. To były tymczasowe zmiany. I tak mi się nie podobały. – Poirytowana Suzanna zaczęła przesuwać widelcem warzywa na talerzu.

– Widziałam cię z nimi. Wyglądałaś, jakby ktoś zamocował ci na twarzy dwie dętki. Przerażające.

– Dętki? – wtrąciła Rosemary. – Na twarzy? A po co jej coś takiego?

Suzanna zerknęła na swojego ojca, który siedział z pochyloną głową, zachowując się tak, jakby nie słyszał tej wymiany zdań. Przez większość czasu rozmawiał z Neilem, którego jak zwykle traktował z niedorzeczną uprzejmością, jakby nadal był wdzięczny temu młodemu człowiekowi za ogromną przysługę, jaką mu oddał, przejmując odpowiedzialność za Suzannę. Neil wiecznie powtarzał, że zachowuje się śmiesznie, gdy to mówiła, ale ona nie potrafiła zrozumieć, dlaczego jej rodzice zawsze tak się zachwycają tym, że jej mąż potrafi uprasować sobie koszulę, wynieść śmieci albo zaprosić ją gdzieś na kolację. Jakby ona była genetycznie predestynowana do przejęcia wszystkich obowiązków domowych.

– Cóż, ja uważam, że Suzanna jest bardzo ładna bez żadnych... ulepszeń. – Vivi usiadła i sięgnęła po sos do pieczeni. – Moim zdaniem nie potrzebuje takiej pomocy.

– Ładne włosy, Suze – wtrąciła Lucy. – Podobają mi się, jak wracasz do swojego koloru. – Włosy Lucy, o wiele jaśniejsze, były obcięte na rzeczowego boba i poprzeplatane pasemkami.

– Jak Morticia Addams – dodał Ben.

– Kto? – Rosemary pochyliła się nad swoim talerzem. – Czy ktoś mi pomoże z ziemniakami? Nie dostałam ziemniaków.

– Już podają, babciu – zapewniła ją Lucy.

– Morticia Addams. Z *Rodziny Addamsów*.

– Tych Adamsów ze Stoke-by-Clare?

– Nie, babciu. Oni są z telewizji. Byłaś na koncercie Radiohead, Luce?

– Wiecie, że on był faszystą? Podczas wojny. Okropna rodzina.

– Tak. Byli świetni. Mam płytę w samochodzie, jeśli chcesz sobie wypalić kopię.

– Na kolację co wieczór podawali tylko zimne mięsa. Nigdy żadnego przyzwoitego posiłku. I hodowali świnie.

Vivi zwróciła się do Suzanny.

– Musisz opowiedzieć mi wszystko o swoim sklepie, kochanie. Nie mogę się doczekać. Wyznaczyłaś już datę otwarcia?

Suzanna utkwiła wzrok w talerzu, wzięła głęboki oddech, po czym zerknęła na Neila, który wciąż rozmawiał z jej ojcem.

– Cóż, już jest otwarty.

Zapadła cisza.

– Otwarty? – powtórzyła Vivi z konsternacją. – Myślałam, że zorganizujesz z tej okazji jakieś przyjęcie.

Suzanna posłała skrępowane spojrzenie Neilowi, który wbił wzrok w swój talerz z miną wyrażającą pragnienie, by go w to nie wciągała. Przełknęła ślinę.

– To nie było nic wielkiego.

Vivi spojrzała na córkę, po czym oblała się rumieńcem tak delikatnym, że tylko ci, którzy uważnie ją obserwowali – czyli jej syn, zięć i druga córka – zdołali go zauważyć.

– Och – odparła, metodycznie polewając swoją pieczeń sosem. – Cóż. Pewnie nie chciałaś, żebyśmy robili sztuczny tłok. Wolisz prawdziwych klientów, prawda? Ludzi, którzy będą kupować różne rzeczy... Czy było... Wszystko się udało?

Suzanna westchnęła, dręczona poczuciem winy, lecz jednocześnie poirytowana faktem, że choć do posiłku zasiedli zaledwie parę minut temu, ktoś już zdołał obudzić w niej to uczucie. Decyzja wydawała jej się całkowicie racjonalna, gdy ją sobie tłumaczyła. Wystarczyło, że musiała powrócić w cień swojej rodziny, nie prosiła więc chyba o zbyt wiele, próbując wykroić dla siebie nieco przestrzeni z dala od nich? W przeciwnym razie nie będzie to jej sklep, lecz kolejna gałąź rodzinnych interesów. Teraz jednak, słuchając, jak Vivi stara się ukryć urazę w swoim głosie za serią mechanicznych uwag, świadoma ciężaru oskarżycielskich spojrzeń rodzeństwa, nie potrafiła odnaleźć sensu w swoich wcześniejszych argumentach.

– Gdzie to jest, Suze? – Usłyszała lodowatą uprzejmość w tonie Bena.

– Zaraz za Water Lane. Dwie przecznice od jedzenia na wynos.

– To fajnie – skwitował chłodno.

– Musisz kiedyś wpaść – zaproponowała z dzielnym uśmiechem.

– Jesteśmy obecnie nieco zajęci. – Spojrzał na ojca. – Mamy nowe pomysły na stodoły, co, tato?

– Jestem pewien, że wszyscy wkrótce znajdziemy czas, by cię odwiedzić. – Ton ojca był neutralny.

Z jakiegoś powodu oczy Suzanny wypełniły się łzami.

Vivi wstała od stołu, oświadczywszy, że musi zrobić coś jeszcze w kuchni. Słyszeli, jak idzie korytarzem, mamrocząc coś do psa.

– Bardzo jesteś miła, Suze. – Ciszę przeciął głos Lucy.

– Lucy… – mruknął ojciec ostrzegawczo.

– A to dla niej takie wielkie poświęcenie, żeby zaprosić mamę? Nawet gdyby reszta z nas nie przyszła, mogła zaprosić mamę. Była naprawdę dumna, wiesz? Wszystkim powiedziała o twoim cholernym sklepie.

– Lucy.

– Przez ciebie wyjdzie na idiotkę przed znajomymi.

– Kto jest idiotką? – Rosemary podniosła głowę znad talerza. Rozejrzała się wokół, szukając Vivi. – Dlaczego nie dostałam musztardy? Czy tylko ja nie mam musztardy?

– Nie chciałam jej zranić.

– No, nigdy nie chcesz.

– To nie było nawet typowe otwarcie. Nie serwowałam drinków ani nic takiego.

– Tym bardziej nic by ci się nie stało, gdybyś ją zaprosiła. Boże, po wszystkim, co mama i tata dla ciebie zrobili...

– Lucy...

– Posłuchajcie, nie zaczynajmy... – wtrącił Neil, wskazując gestem drzwi, w których znów pojawiła się Vivi. – Nie teraz...

– Prawie zapomniałam nastawić pudding. Ależ ze mnie głuptas – oświadczyła Vivi, siadając, po czym rozejrzała się wokół, oceniając wszystko wzrokiem doświadczonej gospodyni. – Wszyscy wszystko mają? Smakuje wam?

– Wyborne danie – odparł Neil. – Przeszłaś samą siebie, Vivi.

– Nie mam musztardy – mruknęła Rosemary oskarżycielsko.

– Ależ masz, babciu – zauważyła Lucy. – Tutaj.

– Co powiedziałaś?

Ben pochylił się ponad stołem i wskazał swoim nożem żółtą plamę.

– Tutaj – powtórzył głośniej. – Musztarda.

Vivi była na skraju łez – Suzanna zauważyła charakterystyczne zaczerwienienie wokół jej oczu. Zerknęła na Neila i zrozumiała, że on również to dostrzega. Nagle poczuła, że straciła apetyt.

– Mamy nowiny – oświadczył Neil.

Vivi uśmiechnęła się do niego.

– Tak? – zapytała. – Jakie?

– Suzanna postanowiła po raz pierwszy w życiu pomyśleć o kimś innym niż o sobie – mruknęła Lucy. – To dopiero byłaby nowina.

– Och, na miłość boską, Lucy. – Sztućce ojca z hukiem wylądowały na stole.

– Będziemy mieć dziecko. Jeszcze nie teraz – dodał Neil pośpiesznie. – W przyszłym roku. Ale uznaliśmy, że to odpowiednia pora.

– Och, kochani, to cudownie. – Vivi się rozpromieniła, po czym zerwała się z krzesła, by objąć Suzannę.

Suzanna, sztywna jak deska, w milczeniu wbiła wściekłe spojrzenie w męża. Nie patrzył jej w oczy.

– Och, tak się cieszę. To wspaniale!

Lucy i Ben wymienili spojrzenia.

– Co się dzieje? Życzyłabym sobie, byście wszyscy mówili nieco głośniej.

– Suzanna będzie mieć dziecko – powtórzyła Vivi.

– Jeszcze nie. – Suzanna odzyskała głos. – Jeszcze nie będę mieć dziecka. Na pewno nie do przyszłego roku. W sumie to miała być… niespodzianka.

– Cóż, moim zdaniem to cudowne – oświadczyła Vivi, siadając.

– Jest w ciąży? – Rosemary pochyliła się nad stołem. – Najwyższa pora.

„Zabiję cię", wymamrotała Suzanna pod adresem Neila.

– Czyż to nie cudowne, kochanie? – Vivi położyła dłoń na ramieniu męża.

– Nie, w sumie nie – odparł.

W pokoju zapadła cisza – wszędzie poza końcem stołu zajmowanym przez Rosemary. Tam jakiegoś rodzaju eksplozja gastryczna sprawiła, że Ben i Lucy zaczęli się krztusić od wstrzymywanego śmiechu.

Ich ojciec odłożył sztućce na talerz.

– Nadal są w zasadzie bankrutami. Mieszkają w wynajętym domu. Suzanna właśnie założyła własny biznes, choć nie ma absolutnie żadnego doświadczenia w zarządzaniu czymkolwiek, nawet domowym budżetem. Moim zdaniem ostatnie, co powinni teraz robić, to wprowadzać do tego równania dzieci.

– Kochanie – zaprotestowała Vivi.

– Co? Teraz nie wolno nam mówić prawdy? Na wypadek gdyby postanowiła znów odseparować się od rodziny? Wybacz, Neil. W każdych innych okolicznościach byłaby to wspaniała wiadomość. Dopóki jednak Suzanna nie dojrzeje i nie nauczy się wypełniać swoich zobowiązań, moim zdaniem to cholernie zły pomysł.

Lucy przestała chichotać. Spojrzała na Suzannę, a potem na Neila, który oblał się rumieńcem.

– Jesteś trochę zbyt surowy, tato.

– Tylko dlatego, że niełatwo jest czegoś słuchać, nie musi to być od razu surowe. – Ojciec najwyraźniej przekroczył normę wypowiedzianych słów na ten dzień, ponieważ wrócił do jedzenia.

Vivi sięgnęła po puddingi z twarzą napiętą z niepokoju.

– Nie rozmawiajmy o tym dzisiaj. Tak rzadko jesteśmy wszyscy razem. Postarajmy się zjeść miły lunch, dobrze? – Sięgnęła po swój kieliszek. – Może wzniesiemy toast za Lucy? Dwadzieścia osiem lat. Wspaniały wiek.

Tylko Ben do niej dołączył.

Suzanna podniosła głowę.

– Myślałam, że się ucieszysz, jak usłyszysz, że otworzyłam swój biznes, tato – powiedziała powoli. – Myślałam, że ucieszysz się, widząc, że próbuję zrobić coś dla siebie.

– Cieszymy się, kochanie – wtrąciła Vivi. – Bardzo się cieszymy, prawda? – Znów położyła dłoń na ramieniu męża.

– Och, przestań udawać, mamo. Jego zdaniem nigdy nie robię nic dobrze.

– Przekręcasz moje słowa, Suzanno. – Jadł dalej, regularnie unosząc do ust małe kęsy. Nie podniósł głosu.

– Ale nie ich znaczenie. Dlaczego choć raz nie możesz mi odpuścić?

Czuła się tak, jakby mówiła w pustkę. Wstała gwałtownie, czekając, by na nią spojrzał.

– Wiedziałam, że tak będzie – zawołała, po czym wybuchnęła płaczem i uciekła.

Słuchali echa jej kroków cichnącego w korytarzu, aż w oddali trzasnęły drzwi.

– Wszystkiego najlepszego, Luce – mruknął Ben, z ironią podnosząc kieliszek.

Neil odsunął krzesło od stołu i otarł usta serwetką.

– Wybacz, Vivi – powiedział. – To było pyszne. Naprawdę pyszne.

Jego teść nawet nie podniósł głowy.

– Siadaj, Neil. Nikomu nie pomożesz, pędząc za nią.

– A tej co się stało? – zapytała Rosemary, sztywno odwracając się w stronę drzwi. – Poranne mdłości, tak?

– Rosemary... – Vivi odsunęła pasmo włosów z czoła.

– Zostań – powiedziała Lucy, kładąc dłoń na ramieniu Neila. – Ja pójdę.

– Jesteś pewna? – Neil zerknął na swoje jedzenie, nie umiejąc ukryć ulgi na myśl o tym, że mógłby w spokoju dokończyć lunch.

– Wiadomo było, że zdominuje imprezę Lucy.

– Nie bądź niemiły, Ben – zbeształa syna Vivi. Zerknęła tęsknie za oddalającą się córką.

Rosemary sięgnęła po kolejny ziemniak.

– Tak chyba będzie najlepiej. – Wbiła w warzywo drżący widelec. – Oby tylko nie zachowała się jak jej własna matka.

Stodoły bardzo się zmieniły. Na tyłach farmy, tam, gdzie dawniej stały trzy rozpadające się kreozotowe szopy na siano, słomę i zbędne elementy rdzewiejących maszyn, wyrosły teraz dwa budynki z podwójnymi szybami w oknach, otoczone żwirowymi parkingami i reklamowane dyskretnymi znakami jako „biura all-inclusive". W oknie dawnego składziku na zboże Suzanna zauważyła spacerującego tam i z powrotem mężczyznę, który z ożywieniem mówił do telefonu. Przez kilka minut szukała jakiegoś miejsca, gdzie mogłaby usiąść, a on nie zobaczyłby jej łez.

– W porządku?

Lucy pojawiła się po jej lewej stronie i usiadła obok niej. Przez dłuższą chwilę obserwowały przechadzającego się faceta z komórką. Suzanna zauważyła, że cera siostry pała blaskiem świadczącym o zimowym słońcu i kosztownym wyjeździe na narty, i nagle z przerażeniem uświadomiła sobie, że Lucy właśnie dołączyła do ciągle rosnącej listy osób, którym zazdrościła.

– No to kiedy to wszystko się stało? – Odchrząknęła, obejmując stodoły gestem.

– Zaczęło się dwa lata temu. Odkąd tata wydzierżawił ziemię, szukają z Benem nowych sposobów na to, by reszta posiadłości dawała większe zyski.

Opowiadała o współpracy taty i Bena w taki sposób, że oczy Suzanny znów wypełniły się łzami.

– Po drugiej stronie lasu urządzają też polowania. Hodują bażanty.

– Nie wyobrażam sobie taty ze strzelbą.

– Och, nie robi tego sam. Zatrudnia Dave'a Moona. To on ma psy i wszystko inne. A mama przygotowuje lunche. To dla tych wszystkich straganiarzy z City, którzy mają ochotę wypróbować swoje purdeye. Biorą za to fortunę – dodała Lucy z aprobatą. – Poprzedni sezon był sponsorem nowego samochodu taty. – Wyrwała z ziemi kępkę mchu obok swojego buta, po czym podniosła głowę i uśmiechnęła się. – Pewnie nie masz o tym pojęcia... Jak tata był młodszy, przelotnie opętała go obsesja, by to wszystko rozdać. Całą ziemię. Babcia mi mówiła. Wyobrażasz sobie tatę, wielkiego obrońcę tradycji, jako kogoś w rodzaju komunistycznego Robin Hooda?

– Nie.

– Ja też nie. Myślałam, że to alzheimer przez nią przemawia, ale zarzekała się, że to prawda. Wyperswadowali mu to z dziadkiem. – Objęła swoje kolana. – Ojej, naprawdę chciałabym być muchą na ścianie podczas tej rozmowy.

W oddali, wzdłuż wąskiego pola tuż nad rzeką pasło się mniej więcej dwadzieścia czarnych i białych owiec – na pozór trwały nieruchomo. Ojciec nigdy nie miał ręki do tych zwierząt. Mawiał, że są zbyt podatne na odrażające choroby. Świerzb i pęcherze, ataki much i motylicy wątrobowej, przypadłości o średniowiecznych nazwach i makabrycznych objawach, o których jako dzieci słuchali z podekscytowanym przerażeniem.

– Bardzo się tu pozmieniało – mruknęła Suzanna słabo.

– Powinnaś częściej przyjeżdżać do domu – padła dziarska odpowiedź Lucy. – Przecież nie mieszkasz na drugim końcu świata.

– Ale cholernie bym chciała. – Suzanna znów ukryła twarz w dłoniach. Płakała jeszcze parę minut, po czym pociągnęła nosem i zerknęła z ukosa na młodszą siostrę. – On tak cholernie źle mnie traktuje, Luce.

– Po prostu się wkurzył, bo zraniłaś uczucia mamy.

Suzanna wytarła nos.

– Wiem, że powinnam ją zaprosić. Po prostu... Mam już dość życia w ich cieniu. Wiem, że mi pomogli, jak straciliśmy wszystkie pieniądze i w ogóle, ale nic nie jest takie samo, odkąd...

Lucy odwróciła się do niej twarzą, a potem pokręciła głową.

– Chodzi o testament, tak? Ty ciągle jeszcze gadasz o tym testamencie.

– Wcale nie gadam o tym ciągle.

– Będziesz musiała to sobie odpuścić, wiesz? Przecież nie chcesz zarządzać posiadłością. Nigdy nie chciałaś. Powiedziałaś mi kiedyś, że to by cię doprowadziło do szaleństwa.

– Nie o to chodzi.

– Pozwalasz, żeby to wszystko zatruło. I naprawdę unieszczęśliwiasz tym mamę i tatę.

– A oni unieszczęśliwiają mnie.

– Nie mogę uwierzyć, że tak obsesyjnie myślisz o tym, co się stanie z pieniędzmi taty po jego śmierci. Nie mogę uwierzyć, że jesteś gotowa rozbić tę rodzinę przez coś, co nawet nie należy do ciebie. Przecież on nie zostawi nas z niczym, wiesz?

– Nie chodzi o pieniądze taty. Chodzi o to, że on nadal wierzy w jakiś przestarzały system, w którym chłopcy są ważniejsi niż dziewczynki.

– Primogenitura.

– Jak zwał, tak zwał. Tak nie powinno być, Lucy. Jestem starsza od Bena. Tak nie powinno być, to tworzy podziały i nie powinno do tego dochodzić we współczesnym świecie.

Poirytowana Lucy podniosła głos.

– Ale ty nie chcesz zarządzać posiadłością. Nigdy nie chciałaś.

– Nie o to chodzi.

– Czyli wolałabyś to wszystko podzielić, a potem sprzedać, tylko po to, żeby otrzymać swój równy udział?

– Nie… Nie, Lucy. Ja tylko chcę dowodu, że… Jestem… Jesteśmy równie ważne jak Ben.

Lucy zrobiła taki ruch, jakby chciała się podnieść.

– To twój problem, Suze. Ja czuję się równie ważna jak Ben. Mężczyzna zakończył rozmowę. Zobaczyły, jak obchodzi biurko i znika. Potem drzwi do biura się otworzyły i stanął w słońcu. Skinął im głową i wsiadł do samochodu.

– Posłuchaj, nikt inny ci tego nie powie, ale ja naprawdę myślę, że powinnaś nabrać dystansu, Suze. To nie ma żadnego związku z tym, co myśli o tobie tata. Skoro już o tym mowa, gdy byliśmy mali, na tobie skupiało się znacznie więcej uwagi niż na mnie czy Benie. – Uniosła dłoń, uciszając protesty Suzanny. – I w porządku. Pewnie jej bardziej potrzebowałaś. Ale nie możesz winić go za wszystko, co stało się od tamtej pory. Podarował ci dom, na miłość boską.

– Nie podarował go nam. Wynajmujemy go.

– Za śmieszne pieniądze. Wiesz równie dobrze jak ja, że dostaniesz go na zawsze, jeśli tylko zechcesz.

Suzanna zwalczyła dziecinną pokusę powiedzenia, że na pewno nie zechce. Nienawidziła tego małego domu z jego brzydkimi pokojami i wiejskimi belkami na suficie.

– Tylko dlatego, że czuje wyrzuty sumienia. I próbuje mi to jakoś wynagrodzić.

– Boże, ależ ty jesteś rozpieszczona. Nie mogę uwierzyć, że masz trzydzieści pięć lat.

– Trzydzieści cztery.

– Wszystko jedno.

Być może Lucy uświadomiła sobie, że jej ton był nieco za ostry, bo lekko szturchnęła Suzannę łokciem w porozumiewawczym geście. Suzanna, która zaczynała marznąć, otoczyła kolana rękami, zastanawiając się, jakim cudem jej siostra w wieku dwudziestu ośmiu lat dysponuje taką pewnością siebie i opanowaniem.

– Posłuchaj. Tata ma prawo podzielić wszystko tak, jak będzie chciał. Ma do tego prawo. A różne rzeczy mogą się zmienić, wiesz? Po prostu potrzebujesz czegoś więcej we własnym życiu i to przestanie mieć znaczenie.

Suzanna zdusiła zgryźliwą ripostę. Było coś wyjątkowo irytującego w tym, że młodsza siostra traktowała ją protekcjonalnie, że powtarzała rodzinne dyskusje, które toczyły się pod nieobecność Suzanny. Zwłaszcza że wiedziała, iż Lucy ma rację.

– Jak ci się uda z tym sklepem, tata będzie musiał spojrzeć na ciebie inaczej.

– Jak mi się uda z tym sklepem, tata umrze ze zdumienia. Zaczęła się trząść. Lucy podniosła się ze swobodną pewnością kogoś, dla kogo aktywność fizyczna to codzienny rytuał. Suzanna była gotowa przysiąc, że usłyszała, jak strzelają jej kości, gdy zrobiła to samo.

– Przepraszam – mruknęła, by dodać po chwili: – Wszystkiego najlepszego z okazji urodzin.

Lucy podała jej rękę.

– Chodź, wracajmy do domu. Pokażę ci puszkę ciastek, którą dostałam na urodziny od babci. Dokładnie taką samą pani Popplewell podarowała jej na Gwiazdkę dwa lata temu. Poza tym, jeśli zostaniemy tu jeszcze trochę, babcia uzna, że już rodzisz.

Vivi osunęła się ciężko na krzesło, sięgnęła do słoiczka i zaczęła ścierać dzień ze swojej twarzy. Nie była kobietą próżną – na jej toaletce stały tylko dwa słoiczki: jeden do demakijażu, a drugi do nawilżania, z półki w supermarkecie – ale gdy tego wieczoru spojrzała na swoje odbicie, poczuła się potwornie zmęczona, jakby ktoś położył nieznośny ciężar na jej barkach. Równie dobrze mogłabym być niewidzialna, pomyślała, biorąc pod uwagę, jakie mam wpływy w tej rodzinie. Gdy była młodsza, woziła troje dzieci po całym hrabstwie, nadzorowała je podczas czytania, jedzenia i mycia zębów, rozsądzała spory i dyktowała im, jak mają się ubierać. Wypełniała swoje macierzyńskie obowiązki pewną ręką, zbywała protesty, wyznaczała granice, całkowicie ufając swoim umiejętnościom.

Z czasem stała się bezsilna, niezdolna do interweniowania w ich kłótnie, do ulżenia im w nieszczęściu. Starała się nie myśleć o otwarciu sklepu Suzanny – o tym, jak to odkrycie sprawiło, iż poczuła się tak nieistotna, że niemal zaparło jej dech.

– Ten twój pies znów dobrał się do moich kapci.

Odwróciła się. Jej mąż przyglądał się pięcie skórzanego pantofla, którą ktoś ewidentnie przeżuł.

– Moim zdaniem nie powinnaś wpuszczać go na górę. Miejsce psów jest na dole. Nie wiem, dlaczego nie mieszka w budzie.

– Na zewnątrz jest za zimno. Biedactwo by zamarzło. – Na powrót odwróciła się do lustra. – Skoczę jutro do miasta i kupię ci drugą parę.

Dokonywali swoich ablucji w milczeniu. Wkładając nocną koszulę, Vivi pożałowała, że właśnie skończyła książkę. Tego wieczoru przydałaby się jej taka wymówka.

– Och. Matka pytała, czy możesz jej wyjąć blachę do pieczenia. Jutro chce robić rogaliki i nie wie, gdzie posiała swoją.

– Zostawiła ją w ogrodzie za murem. Wykorzystywała ją do karmienia ptaków.

– Cóż, może więc mogłabyś ją przynieść.

– Kochanie, moim zdaniem byłeś dzisiaj nieco zbyt surowy wobec Suzanny. – Zdobyła się na lekki ton, próbując uniknąć jakiegokolwiek krytycyzmu.

Jej mąż prychnął lekceważąco, jakby wypuścił powietrze z trzewi. Brak werbalnej odpowiedzi dodał jej odwagi.

– Wiesz, moim zdaniem dziecko może stać się dla niej przełomem. Mieli z Neilem tyle problemów. Dziecko nadałoby ich życiu nowy sens.

Jej mąż wpatrywał się w swoje bose stopy.

– Douglas? Ona tak bardzo się stara. Oboje się starają.

Jakby jej nie słyszał.

– Douglas?

– A jeśli moja matka ma rację? Jeśli ona skończy jak Athene?

Tak rzadko wypowiadał na głos jej imię. Vivi poczuła, jak głoski krzepną, unosząc się pomiędzy nimi.

– Musisz o tym pomyśleć, Vivi. Naprawdę. Zastanów się nad tym. Bo kto zostanie tutaj, żeby potem posprzątać?

Rozdział dziewiąty

Posiadłość Dereward należała do największych w tej części Suffolk. Położona w „Constable country", czyli okolicy uwielbianej przez malarza Johna Constable'a, sięgała swymi korzeniami wieku XVII i była o tyle wyjątkowa, że stanowiła siedzibę jednego rodu niemal nieprzerwanie od tamtej pory, a jej areał, dość górzysty jak na ten region, służył przez lata różnym celom, od rolnictwa po połowy łososiowatych. Stała też na nim wyjątkowo duża – niektórzy mawiali wręcz, że nieekonomiczna – liczba chat dla dzierżawców. Domy wybudowane, by nadzorować ponad sto osiemdziesiąt hektarów, w większości były pokaźnych rozmiarów, miały galerię portretów albo salę balową, które dowodziły znaczenia urzędującej w nich rodziny. Dereward szczyciło się swoją historią – portrety rodzinne słynęły nie tylko z tego, iż ukazywały każdego dziedzica z ostatnich czterystu lat, lecz także ze szczegółowego odzwierciedlenia dość śmiałymi środkami wyrazu przyczyn ich śmierci – ale dom z fasadą w odcieniu musztardy, ciężkimi belkami na sufitach i ośmioma sypialniami rozbudowywał się nieco chaotycznie, a przez to nieharmonijnie łączył różne style architektoniczne.

Trzeba jednak zaznaczyć, iż pierwsza siedziba Fairleyów-
-Hulme'ów stała na zaledwie dwudziestu czterech hektarach,

powiększyła się zaś dopiero w wyniku zakładu zawartego pomiędzy Jacobem Hulme'em (1743–1790, zginął, wszedłszy w zbyt bliski kontakt z jedną z pierwszych w Suffolk młockarni) a wiecznie pijaną głową sąsiedniego majątku Philmore. Rodzina uwielbiała chełpić się swoją historią, ale o tym fakcie dość często zapominano. Szczerze mówiąc, gdy Jacob Hulme upomniał się o swoją wygraną, niemal wybuchły zamieszki wśród miejscowej ludności, która obawiała się o swoje życie i dochody, aż w końcu Jacob, wyjątkowo przebiegły jak na członka klasy panującej, obiecał, że pod jego rządami dziesięcina zostanie obniżona i powstanie nowa szkoła zarządzana przez pannę Catherine Lees. (Panna Lees urodziła później dziecko w niewyjaśnionych okolicznościach, Jacob okazał natomiast niespotykaną hojność, oferując wsparcie niezamężnej dyrektorce szkoły i zapewniając jej dach nad głową).

Posiadłość Philmore pozostała niezamieszkana i podobno często służyła za miejsce dyskretnych schadzek męskim członkom rodziny Hulme'ów, aż niejaka Arabella Hulme (1812–1901, udławiła się migdałem w cukrze), której brat, dziedzic, zginął na Krymie i która była odpowiedzialna poprzez małżeństwo za dodanie przedrostka Fairley do rodowego nazwiska, położyła temu kres, postrzegając dom jako zbędną pokusę dla swojego męża. Zatrudniła tam wyjątkowo surową gospodynię i zaczęła rozpowszechniać makabryczne plotki o pozbawiających męskości duchach, które tam zamieszkały. Nie bardzo miała wyjście: do tego czasu dom stał się niemal miejscową legendą, podobno wystarczyło, by mężczyzna przekroczył jego próg, a od razu obezwładniały go lubieżne myśli. Podróżujące rodziny zatrzymywały się niedaleko, by towarzyszące im dziewczęta mogły wykorzystywać tę słabość.

Arabella Hulme stanowiła odziany w krynolinę wyjątek w pochodzie stuprocentowo męskich postaci – choć surowa linia jej szczęki i nieszczególnie delikatny profil często prowokowały drugie spojrzenie, tak na wszelki wypadek. Na przełomie dziewiętnastego i dwudziestego wieku podejmowano wysiłki na rzecz częstszego portretowania żeńskich członków rodziny, wzmagały się też protesty na wzmiankę o tym, że majątek mogłaby kiedyś odziedziczyć żeńska linia rodu. Małżonki i córki nosiły jednak na portretach wymuszone uśmiechy, jakby same nie były przekonane do swojego prawa do uwiecznienia na płótnie. Przypadały im mniej ozdobne złocone ramy i mniej prominentne miejsca, a często znikały bez śladu. Fairleyowie-Hulme'owie, jak lubiła podkreślać Rosemary, nie przetrwali czterystu lat, ulegając modom i poprawności politycznej. Aby tradycja nie przepadła, musieli być silni, podparci zasadami i pewnością. Jak na taką zagorzałą wojowniczkę w tej kwestii rzadko mówiła o historii własnej rodziny... I miała powód. Ben przejrzał pewnego razu bazę danych genealogicznych w internecie i odkrył, że rodzina Rosemary wywodziła się z rzeźni w Blackburn.

Biorąc jednak pod uwagę ewolucję obyczajów społecznych i nastanie epoki, w której górnolotność mniej się ceniło niż dawniej, zaistniało prawdopodobieństwo, że tradycja malowania portretów zakończy się na ojcu Suzanny, którego przerażająca w tej interpretacji olejna maska wisiała w mniej wystawnym miejscu na ścianie pomieszczenia nazywanego przez kolejne pokolenie gawrą: w pokoju o niskim belkowanym suficie z ogromnym, grubo ciosanym, kamiennym kominkiem, gdzie dzieci rozrzucały zabawki, nastolatki oglądały telewizję, a psy odpoczywały. Ostatni portret, który tam zawisł, przedstawiał matkę Suzanny. Na jej osiemnaste urodziny zlecono namalowanie go młodemu artyście, który kilka dekad później stał się sławny. Teraz obraz należał jednak do Suzanny i z nią zamieszkał, choć Vivi raz po raz zapewniała córkę, że z radością umieści Athene na należnym jej miejscu na ścianie.

– Jest bardzo piękna, kochanie, i jeśli chciałabyś ją tam zawiesić, tam ją umieścimy. Możemy odnowić ramę i będzie wyglądać uroczo. – Vivi wiecznie wychodziła ze skóry, by wszystkich zadowolić, robiła, co mogła, by nie urazić czyichś uczuć. Jakby własnych nie posiadała.

Suzanna powiedziała jej, że chciałaby mieć portret u siebie w domu głównie z powodu jego urody. Nie pamiętała przecież Athene. Vivi była jedyną matką, jaką znała. Nie mogła podać prawdziwej przyczyny. Tej opartej na poczuciu winy, niechęci oraz fakcie, że odkąd pamiętała, jej ojciec nie był w stanie rozmawiać o swojej pierwszej żonie, a ona nie potrafiła skonfrontować go z dowodem na to, że ją posiadał. Odkąd wróciła do swojego naturalnego ciemnego koloru włosów, odkąd nabyła, jak nazywał to Neil, więcej ognistej urody matki, ojciec już nawet na nią nie patrzył. „Athene Forster", głosił napis, ledwie widoczny pod łuszczącą się pozłotą ramy. Z szacunku dla uczuć Suzanny nie umieszczono tam dokładnej przyczyny śmierci.

– Wystawisz to? Jest na sprzedaż?

Suzanna zmierzyła wzrokiem młodą kobietę, która z przechyloną głową stała w drzwiach.

– Podobna do ciebie – dodała dziewczyna radośnie.

– To moja matka – odparła Suzanna niechętnie.

Obraz nie wyglądał dobrze w ich małym domku – był zbyt wspaniały. Athene ze swoimi błyszczącymi oczami i bladą kanciastą twarzą wypełniła salon, nie pozostawiając przestrzeni na nic więcej. Wpatrując się w nią w sklepie, Suzanna uświadomiła sobie, że tutaj również nie pasuje. Już sam fakt, że ta nieznajoma osoba się jej przygląda, sprawił, iż Suzanna poczuła się skrępowana, obnażona. Odwróciła obraz do ściany i podeszła do kasy.

– Właśnie miałam zabrać obraz do domu – dodała, próbując zasugerować tonem, że temat uważa za zamknięty.

Dziewczyna zdejmowała płaszcz. Blond włosy rozdzieliła na dwa warkocze jak uczennica, choć była wyraźnie starsza.

– Prawie straciłam cnotę na twoich schodach. Byłam pijana jak bela. Podajesz kawę?

Suzanna przesunęła się bliżej ekspresu, nawet się nie odwracając.

– Chyba coś się pani pomyliło. Dawniej była tu księgarnia.

– Dziesięć lat temu była tu winiarnia. Czerwony Koń. Przez jakiś czas w każdym razie. Gdy miałam szesnaście lat, umawialiśmy się całą grupą w sobotę wieczorem, upijaliśmy się cydrem diamond white na rynku, a potem zaszywaliśmy się tutaj, żeby się obmacywać. To tutaj poznałam swojego faceta. Całowałam się z nim na tych schodach. Ech, gdybym wtedy wiedziała… – Urwała ze śmiechem. – Poproszę o espresso. Parzysz kawę?

– Och. Tak. – Suzanna zaczęła się siłować z dźwigniami i odmierzaniem kawy, ciesząc się, że maszyna tymczasowo uniemożliwia rozmowę. Wyobrażała sobie, że ludzie będą tutaj przychodzić, siadać i gawędzić ze sobą nawzajem. Ona miała nad tym wszystkim czuwać zza swojej bezpiecznej lady. Przez te dwa miesiące, odkąd otworzyła, przekonała się jednak, że ludzie częściej wolą rozmawiać z nią, czy była w nastroju czy też nie.

– Ostatecznie zamknęli lokal. W sumie nic dziwnego, biorąc pod uwagę, ilu nieletnich się tu upijało.

Suzanna postawiła pełną filiżankę na spodeczku, położyła obok dwie kostki cukru i ostrożnie zaniosła to wszystko do stolika.

– Pachnie cudownie. Przechodzę obok od tygodni, nieraz miałam ochotę wejść. Szalenie mi się podoba, jak się tu urządziłaś.

– Dziękuję.

– Poznałaś Arturra z delikatesów? Wielki facet. Chowa się za salami, gdy kobiety wchodzą do sklepu. Zrezygnował z podawania kawy jakieś półtora roku temu, bo jego ekspres ciągle się psuł.

– Wiem, o kim mówisz.

– A Liliane? Z Unikatowego Butiku? To tuż obok. Sklep z ubraniami. Na rogu.

– Jeszcze nie.

– Oboje są samotni. Oboje w średnim wieku. Moim zdaniem od lat robią do siebie maślane oczy.

Suzanna, wiedząc, że nie chciałaby, żeby ktoś o niej tak rozmawiał, nie odpowiedziała. Dziewczyna piła kawę. Potem odchyliła się na oparcie krzesła i zerknęła na stos kolorowych magazynów w kącie.

– Mogę rzucić okiem?

– Po to są – odparła Suzanna. Kupiła je tydzień temu w nadziei, że dzięki nim klienci przestaną chcieć rozmawiać.

Dziewczyna posłała jej osobliwe spojrzenie, potem uśmiechnęła się lekko i zaczęła kartkować „Vogue". Oglądała strony z zachwytem sugerującym, że nieczęsto miała w rękach takie czasopisma.

Siedziała przy stoliku niemal przez dwadzieścia minut; w tym czasie dwaj mężczyźni prowadzący sklep z częściami do motocykli wpadli, by szybko i w milczeniu wychylić mocną kawę, a pani Creek odbyła jedną ze swoich dwóch cotygodniowych wizyt, by przejrzeć zawartość półek. Nigdy niczego nie kupowała, zdołała jednak opowiedzieć Suzannie większość swojego życia. Suzanna przysłuchiwała się kolejom jej kariery krawcowej w Colchester, Niefortunnemu Incydentowi z Pociągiem, sprawozdaniu z różnorodnych alergii, między innymi na psy, wosk pszczeli, niektóre włókna syntetyczne i miękkie sery. Pani Creek przez większość życia nie wiedziała, że cierpi na takie alergie, rzecz jasna. Nic na to nie wskazywało. Ale odwiedziła jednego z homeopatów w małym sklepiku na rogu, który zrobił jej jakieś testy z użyciem dzwonków i małych fiolek, w wyniku czego odkryła, że lista rzeczy do unikania nie ma w jej wypadku końca.

– Nie masz tu pszczelego wosku, prawda? – zapytała, pociągając nosem.

– Ani miękkiego sera – odparła Suzanna spokojnie.

Pani Creek kupiła jedną kawę, po czym orzekła z grymasem na twarzy, że jest dla niej nieco za gorzka.

– W Trójnogu na końcu ulicy dodają do kawy coffee mate, jeśli chcesz wiedzieć. No wiesz, śmietankę w proszku. I serwują też darmowe ciasteczko – oświadczyła z naciskiem. Gdy Suzanna ją zignorowała, zaznaczyła: – Nie trzeba mieć zezwolenia na ciasteczka.

Wyszła tuż przed dwunastą, złożyła bowiem, o czym poinformowała nieznajomą dziewczynę, obietnicę, że rozegra partyjkę remika z jedną ze starszych pań w centrum.

– To trochę nudziara – zwierzyła się jej scenicznym szeptem – ale chyba czuje się samotna.

– Na pewno ucieszy się z pani wizyty – odparła dziewczyna. – W tym mieście jest dużo samotnych osób.

– To prawda, moja droga, to prawda. – Pani Creek poprawiła czapkę, zerknęła na Suzannę znacząco, po czym wyszła dziarskim krokiem na wilgotne wiosenne słońce.

– Czy mogę prosić o jeszcze jedną kawę? – Dziewczyna wstała i podeszła do lady ze swoją filiżanką.

Suzanna ponownie napełniła ekspres. Już miała go uruchomić, gdy poczuła na sobie wzrok nieznajomej. Uznała, że jest dyskretnie oceniana.

– To dziwny pomysł, prowadzenie kawiarni – powiedziała dziewczyna. – To znaczy, dla kogoś, kto nie lubi ludzi.

Suzanna znieruchomiała.

– To nie jest kawiarnia – odparła krótko. Zerknęła na swoje dłonie, w których trzymała filiżankę, i dodała po chwili: – Nie jestem fanką pogawędek o niczym.

– Lepiej nią w takim razie zostań – doradziła jej dziewczyna. – W przeciwnym razie się tu nie utrzymasz, niezależnie od tego, jaki piękny jest twój sklep. Pewnie przyjechałaś z Londynu. Londyńczycy nigdy nie rozmawiają w sklepach. – Rozejrzała się wokół. – Potrzebna ci muzyka. Muzyka zawsze rozwesela.

– Czyżby? – Suzanna walczyła z przypływem irytacji.

Dziewczyna musiała być o dziesięć lat młodsza od niej, a ośmielała się ją pouczać, jak prowadzić biznes.

– Jestem zbyt obcesowa? Przepraszam. Jason wiecznie powtarza, że jestem zbyt obcesowa. Chodziło mi o to, że to naprawdę ładny sklep, magiczny, i myślę, że świetnie sobie poradzisz, jeśli tylko przestaniesz traktować klientów jak zło konieczne. Czy mogę prosić o cukier?

Suzanna popchnęła w jej stronę cukiernicę.

– Tak się zachowuję?

– Nie witasz ludzi z otwartymi ramionami. – Na widok oburzenia na twarzy Suzanny dziewczyna dodała: – Mnie to nie przeszkadza, bo ja mogę rozmawiać z każdym. Na przykład z tamtą starszą panią. Ale mieszka tu wiele osób, które poczułyby się tym zniechęcone. Czyli jesteś z Londynu?

– Tak – potwierdziła Suzanna. Było to łatwiejsze niż wdawanie się w wyjaśnienia.

– Ja dorastałam na osiedlu niedaleko szpitala. Meadville, znasz tę okolicę? To takie zabawne stare miasteczko. Bardzo w stylu zielonych kaloszy. Bardzo z siebie dumne. Wiesz, o co mi chodzi? Szczerze mówiąc, jest tutaj wiele osób, które nawet nie wejdą do środka przez twoją witrynę… Uznają ją za dziwną. Ale są też ludzie, którzy czują, że tutaj nie pasują. Ludzie, którzy nie mają ochoty na przesiadywanie nad herbatnikami owsianymi i lapsang souchong obok fioletowowłosej damy z chustką na głowie zaśmiewającej się do rozpuku. Uważam, że gdybyś była nieco milsza, zaczęliby przychodzić do ciebie.

Suzanna poczuła, że kąciki jej ust unoszą się wbrew jej woli, gdy usłyszała, jak dziewczyna opisuje mieszkanki miasteczka.

– Uważasz, że powinnam stać się czymś w rodzaju usługi towarzyskiej?

– Jeśli to przyciągnie kasę. – Dziewczyna wrzuciła kostkę cukru do ust. – Przecież musisz zarabiać, prawda? – Zerknęła na Suzannę z ukosa. – Chyba że sklep to twoje małe hobby?

– Co?

– Nie wiem, możesz być jedną z tych kobiet, no wiesz… Mężuś pracuje w City, więc żona musi mieć jakieś małe hobby.

– Nie jestem jedną z nich.

– Kiedy twoi klienci przekonają się już, że są tu mile widziani, możesz wystawić jakiś znak w stylu: „Nie rozmawiać ze mną". Jeśli przyciągniesz właściwy rodzaj stałych klientów, zrozumieją… Znaczy, jeśli rozmawianie z ludźmi naprawdę jest dla ciebie takie bolesne…

Ich oczy się spotkały, uśmiechnęły się do siebie. Dwie dorosłe kobiety, które coś połączyło, zbyt dojrzałe, by przyznać, że właśnie zawierają przyjaźń.

– Jestem Jessie.

– A ja Suzanna. Nie jestem pewna, czy poradzę sobie z tym gadaniem.

– A masz dość klientów, by obejść się bez tego?

Suzanna się zamyśliła. Jej kasa świeciła pustkami. Neil marszczył brwi, przeglądając księgi.

– Nie bardzo.

– Jeśli zapłacisz mi kawą, przyjdę jutro na parę godzin, żeby ci pomóc. Mama zabiera Emmę do siebie, bo chodzę do szkoły wieczorowej, a wolałabym zająć się tym niż odkurzaniem. Miło byłoby zrobić coś innego.

Suzanna zesztywniała, zbita z tropu myślą, że właśnie została wmanewrowana.

– Nie sądzę, żeby było tu dość pracy dla dwóch osób.

– Och, już ja dopilnuję, żeby było. Widzisz, znam tutaj wszystkich. Posłuchaj, muszę lecieć. Zastanów się nad tym, a ja wrócę jutro. Jak nie będziesz mnie chciała, wypiję kawę i sobie pójdę. Okej?

Suzanna wzruszyła ramionami.

– Jeśli chcesz.

– O cholera. Już jestem spóźniona. Jaśnie pan będzie niezadowolony. No to do zobaczenia.

Położyła na ladzie trochę pieniędzy – odliczoną kwotę, jak się okazało – zarzuciła płaszcz na ramiona i wybiegła na ulicę. Była taka drobna. Odprowadzając ją wzrokiem, Suzanna uznała, że wygląda jak dziecko. Jak ktoś taki może już mieć własne dziecko, rozmyślała, podczas gdy ja nadal nie czuję się gotowa?

Niechętnie to przyznawała, nawet przed samą sobą, ale Suzanna się zadurzyła. Była tego świadoma, ponieważ codziennie przed pójściem do delikatesów po kanapkę przeglądała się w lustrze, nakładała nową warstwę szminki i strzepywała poranny kurz z ubrań. Nie był to pierwszy raz – będąc żoną Neila, zadurzała się średnio raz w roku. Był jej trener tenisa, który miał najbardziej pociągająco umięśnione przedramiona, jakie kiedykolwiek widziała. Był brat jej przyjaciółki Diny, był szef agencji marketingowej, dla której pracowała, a który powiedział jej, że przez takie kobiety jak ona mężczyźni nie śpią po nocach. Była niemal pewna, że to miał być komplement.

Nigdy nic się jednak nie wydarzyło. Wielbiła ich z oddali, tworząc dla nich w swojej wyobraźni równoległe życie i osobowość, bardzo często o wiele bardziej pociągające niż w rzeczywistości, albo zawierała z nimi bliską przyjaźń, a w powietrzu zawsze wisiało niewypowiedziane pytanie, które znikało, gdy mężczyzna przekonywał się, że nie jest gotowa pójść dalej. Raz, z szefem marketingowcem, pozwoliła sobie na rozkosz skradzionego pocałunku – było to bardzo romantyczne, gdy zamknął drzwi do gabinetu i spojrzał na nią w milczącym skupieniu... Szybko jednak stało się przerażające, gdy zadeklarował, że ją kocha, więc nigdy już tam nie wróciła. (Za perwersyjnie niesprawiedliwy uważała fakt, iż Neil uznał to za kolejny dowód jej niepoważnego podejścia do obowiązków zawodowych). Nie była niewierna, powtarzała sobie, po prostu lubiła się rozglądać, ceniła sobie ten dreszcz, który znikał, gdy pojawiały się bezpieczeństwo i stabilizacja.

Tyle że tym razem nie była pewna, w kim dokładnie się zadurzyła. Delikatesy Arturra – o ich wielkim nieśmiałym właścicielu opowiadała jej Jess – zatrudniały trzech najprzystojniejszych młodych mężczyzn, jakich Suzanna kiedykolwiek widziała. Gibcy, ciemnowłosi, przepełnieni tą radosną pewnością siebie facetów przekonanych nie tylko o swojej atrakcyjności, ale też o tym, że nie mają w tym mieście konkurencji, wykrzykiwali do siebie wesołe obelgi i podawali sobie sery i słoje oliwek z wyrafinowanym wdziękiem, podczas gdy Arturro skromnie krył się za ladą.

Kiedy Suzanna weszła do środka, usłyszała, że znów przerzucają się jakimiś miarami, chyba wagą.

– Siedem koma osiem!

– Nie, nie. Osiem koma dwa.

W miasteczku, które na pozór wszystko bardziej obce niż propozycje miejscowego chińskiego baru z jedzeniem na wynos uważało za zbyt duże wyzwanie i które nadal miało opory co do restauracji tandoori, delikatesy Arturra cieszyły się wyjątkowym powodzeniem. Miejscowe damy stały w długich kolejkach po sery i wymyślne ciasteczka, wdychając ciężkie aromaty salami z pieprzem, stiltona oraz kawy i mierząc wzrokiem młodych mężczyzn z uprzejmym rozbawieniem (czasami podnosiły dłonie, by odsunąć z twarzy zbłąkane pasmo włosów). Młodsze dziewczęta chichotały i szeptały do siebie, a o tym, że nie mają pieniędzy, przypominały sobie, dopiero gdy podeszły do kasy.

Byli piękni, gibcy i ciemni jak foki. W ich oczach często pojawiał się znaczący błysk przywodzący na myśl letnie wieczory wypełnione śmiechem, szalone przejażdżki na stylowych mopedach i noce pełne zakazanych obietnic. Jestem dla nich za stara, powtarzała sobie Suzanna z determinacją matrony, zastanawiając się jedocześnie, czy wytworność i wyrafinowanie przeważają nad wyraźnymi zmarszczkami na jej twarzy i coraz bardziej spłaszczonym zarysem jej pośladków.

– Dziewięć. Dziewięć przecinek jeden.

– Masz dysleksję. Albo jesteś ślepy. Wszystko ci się pokręciło.

– Poproszę kanapkę z mortadelą, pomidorem i oliwkami na ciemnym pieczywie. Bez masła.

Arturro oblał się rumieńcem, przyjmując zamówienie. Było to nie lada osiągnięcie dla kogoś o tak ciemnej karnacji.

– Duży dzisiaj ruch – dodała Suzanna, gdy jeden z młodych mężczyzn wspiął się na drabinkę, by sięgnąć po panettone owinięte w kolorowy papier.

– A u pani? – zapytał Arturro cicho.

Suzanna musiała się pochylić, by go usłyszeć.

– Taki sobie. Dzisiaj. Ale to dopiero początek. – Uśmiechnęła się szeroko.

Arturro wręczył jej papierową torebkę.

– Jutro przyjdę zobaczyć. Mała Jessie wpadła dziś rano i nas zaprosiła. Może być?

– Co? Och, tak. Jasne, oczywiście. Jessie mi pomaga.

Z aprobatą pokiwał głową.

– Miła dziewczyna. Od dawna ją znam.

Gdy Suzanna zastanawiała się, który z trzech młodych mężczyzn wejdzie w skład wspomnianych przez Arturra „nas", Włoch podszedł na koniec lady i zdjął z półki ozdobną puszkę ciasteczek amaretti. Wrócił do Suzanny i wręczył jej puszkę.

– To do kawy – oświadczył.

Suzanna zerknęła na ciastka.

– Nie mogę tego przyjąć.

– To na szczęście. W interesach. – Uśmiechnął się nieśmiało, odsłaniając dwa rzędy drobnych zębów. – Spróbujesz, jak przyjdę później. Bardzo dobre.

– Oho, Arturro rusza na łowy – rozległ się głos za ich plecami. Dwaj młodzi mężczyźni obserwowali ich, krzyżując ramiona na białych fartuchach, z udawaną dezaprobatą na twarzach. – Uważajcie, drogie panie. Lada dzień Arturro będzie wam proponował bezpłatne próbki swojego salami...

W kolejce rozległy się zduszone śmiechy. Suzanna oblała się rumieńcem.

– A wiesz, co się mówi o włoskim salami, co, Arturro?

Wielkolud odwrócił się do kasy, uniósł rękę olbrzymią jak szynka i wykonał nią gest wyrażający, jak założyła Suzanna, włoską obelgę.

– *Ciao, signora.*

Suzanna wyszła z delikatesów z rumieńcem na twarzy. Próbowała nie uśmiechać się zbyt szeroko, aby nie przypominać kobiet, które popadają w nadmierne podekscytowanie, gdy ktoś okaże im odrobinę zainteresowania.

Dopiero gdy wróciła do swojego sklepu, zorientowała się, że zapomniała o kanapce.

Jessie Carter przyszła na świat na oddziale położniczym szpitala Dere jako jedyna córka Cath, pracownicy piekarni, i Eda Cartera, który pełnił obowiązki miejscowego listonosza aż do swojej śmierci na zawał serca dwa lata temu. Mówiąc wprost, jej życie nie miało nic z egzotyki. Dorastała w otoczeniu przyjaciół na osiedlu Meadville, uczęszczała do szkoły podstawowej w Dere, a potem do liceum Hampton, które opuściła jako szesnastolatka po dwóch egzaminach GCSE z historii sztuki i ekonomii domowej, i z chłopakiem Jasonem, przyszłym ojcem swojej córki. Emma urodziła się dwa lata później. Nie była zaplanowana, ale bardzo chciana, a Jessie nigdy nie żałowała jej narodzin, zwłaszcza że Cath Carter okazała się wyjątkowo oddaną babcią, dzięki czemu Jessie miała więcej wolnego czasu niż narzekające dziewczęta w podobnej sytuacji.

Nie, to nie Emma stanowiła ograniczenie w jej życiu. Mówiąc szczerze, był nim Jason. Okazał się szalenie zaborczy, co było doprawdy głupie, ponieważ był jej pierwszym i jedynym facetem, a ona nie zamierzała szukać innego. Nie chciała jednak sprawiać mylnego wrażenia. Świetnie się z nim bawiła, gdy nie zachowywał się jak dupek, i był wspaniałym tatą, a do tego naprawdę ją kochał. Chodziło o namiętność. To był klucz. Owszem, kłócili się, ale też często się godzili. Czasami dochodziła do wniosku, że kłócą się po to, by móc się potem pogodzić. (No bo przecież musiał być jakiś powód). A odkąd rada miejska przyznała im dom niedaleko jej mamy, a Jason oswoił się z myślą, że Jessie uczy się wieczorowo, i sam zaczął zarabiać za kierownicą furgonetki, którą dostarczał zamówienia dla miejscowego sklepu ze sprzętem elektronicznym, zaczęło im się lepiej układać.

Suzanna dowiedziała się tego wszystkiego przez pierwszych czterdzieści minut pracy Jessie w sklepie. Początkowo nie przeszkadzał jej potok słów – Jessie posprzątała cały sklep niemal bez żadnego wysiłku, gdy mówiła, przesunęła wszystkie krzesła i zamiotła pod nimi, przeorganizowała dwie półki i umyła wszystkie kubki po kawie z rana. Dzięki niej w sklepie zrobiło się cieplej. A Pawi Zakątek mógł się pochwalić najbardziej dochodowym popołudniem w swojej historii, przyciągnął bowiem niemal niekończący się sznur miejscowych z magnetyczną wręcz skutecznością. Przyszedł Arturro, jednak sam, by wypić kawę z uważnym skupieniem konesera i odpowiadać na nieustępliwe pytania Jessie z nieśmiałą radością. Po jego wyjściu Jessie mruknęła znacząco, że przez większość czasu wpatrywał się w witrynę Unikatowego Butiku, jakby miał nadzieję, iż Liliane wynurzy się zza przyciemnionych drzwi i do niego dołączy.

Przyszły panie z domu towarowego, w którym pracowała ciotka Jessie – zachwycały się dekoracjami na ścianie, oglądały błyszczące mobile i cmokały nad szklanymi mozaikami, aż w końcu każda z nich kupiła po jednej, głośno podkreślając ich ekstrawagancję. Przyszli Trevor i Martina z zakładu fryzjerskiego za pocztą, znajomi Jessie jeszcze ze szkoły. Kupili jedną z miotełek do kurzu z kruczoczarnych piór, bo uznali, że dobrze wyglądałaby w ich salonie. Przyszli młodzi ludzie, których Jessie znała po imieniu, zapewne z osiedla, zjawiły się też matka oraz córka Jessie i przesiedziały w sklepie dobrych czterdzieści pięć minut, podziwiając wszystko w zasięgu wzroku. Emma stanowiła niemal idealną kopię swojej matki – pewna siebie siedmiolatka w kilku odcieniach różu, która oświadczyła, że ciasteczka amaretti są „dziwne, ale dobre, zwłaszcza ten cukier", i dodała, że gdy dorośnie, otworzy swój sklep, dokładnie taki sam. „Tyle że w moim sklepie będę rozdawać ludziom kartki, żeby mogli rysować rzeczy, a ja potem powieszę je na ścianach".

– Świetny pomysł, słoneczko. Mogłabyś wieszać rysunki ulubionych klientów w najlepszych miejscach. – Jessie wszystkie wypowiedzi córki traktowała z powagą.

– I oprawiać je w ramki. Ludzie lubią oglądać swoje obrazki w ramkach.

– Proszę bardzo. – Jessie skończyła czyścić ekspres do kawy. – Esencja psychologii handlu. Jak sprawić, by klient poczuł się ważny.

Suzanna, doceniając korzyści płynące ze zwiększonego ruchu, walczyła z uczuciem przytłoczenia przez Jessie i jej bliższą oraz dalszą rodzinę. Nie potrafiła sobie poradzić z widokiem kogoś innego za ladą, z reorganizacją półek... Nawet jeśli teraz zdecydowanie lepiej wyglądały. Sklep przestał w jakiś sposób należeć do niej, odkąd pojawiła się Jessie.

W zasadzie po leniwych pierwszych tygodniach odwiedziło ją tego popołudnia tak wiele osób, że musiała walczyć też ze wzmagającym się poczuciem niższości i pełzającą zazdrością wobec dziewczyny, która bez wysiłku osiągnęła sukces tam, gdzie ona zawodziła.

To głupie, powiedziała sobie, schodząc do piwnicy po więcej torebek. To jest sklep. Nie stać cię na to, by zachować go w całości dla siebie. Osunęła się ciężko na schody – teraz skażone przez duchy obmacujących się nastolatków – i spojrzała na ustawione tam regały, na których dawniej trzymano podobno nielegalnie upolowaną dziczyznę, często zamawianą z warzywami. Może to nie Jessie była w tym lepsza, może to ona buntowała się przed wrażeniem, że wszyscy tu pasują, przed groźnymi zobowiązaniami i oczekiwaniami, jakie niesie ze sobą większa zażyłość z klientami. Wszystko to stawało się zbyt bliskie idei rodziny.

Nie jestem pewna, czy zostałam do tego stworzona, rozmyślała. Może podobało mi się tylko urządzanie wnętrza, tworzenie czegoś pięknego. Może powinnam robić coś, przy czym nie będę miała żadnego kontaktu z ludźmi.

Podskoczyła, gdy u szczytu schodów pojawiła się głowa Jessie.

– Wszystko w porządku tam na dole?

– Tak.

– Mama przyniosła nam całkiem niezły sok pomarańczowy. Doszła do wniosku, że masz już pewnie dość kawy.

Suzanna zmusiła się do uśmiechu.

– Dzięki. Zaraz przyjdę.

– Potrzebujesz pomocy?

– Nie, dziękuję. – Tonem spróbowała przekazać, że wolałaby mieć pięć minut dla siebie.

Jessie zerknęła na lewo, po czym znów na Suzannę.

– Przyszedł ktoś, kogo musisz poznać. Liliane z naprzeciwka... Kiedyś dla niej sprzątałam. Właśnie kupiła kolczyki, te w kasetce.

Był to najdroższy towar w jej sklepie. Szybko zapominając o swoich niedawnych oporach, Suzanna niemal wbiegła po schodach.

Twarz Liliane MacArthur była tak nieprzenikniona, jak twarz Jessie wyrazista. Ta wysoka, szczupła kobieta o włosach w odcieniu przygaszonej rudości uwielbianej przez żeńską populację Dere Hampton zmierzyła Suzannę wypraktykowanym spojrzeniem kogoś, kto na własnych błędach nauczył się, że kobiety, zwłaszcza te o dobre dwie dekady młodsze od ciebie, generalnie nie są godne zaufania.

– Dzień dobry – powiedziała Suzanna, którą nagle ogarnęło skrępowanie. – Cieszę się, że zauważyła pani te kolczyki.

– Tak. Lubię topazy. Zawsze lubiłam.

– Są wiktoriańskie, ale to pewnie poznała pani po etui.

Jessie owijała je właśnie misternie rafią i bibułkowym papierem.

– Kupiłaś je dla siebie, Liliane?

Starsza kobieta pokiwała głową.

– Będą świetnie pasować do tego twojego niebieskiego płaszcza. Tego ze stójką.

Twarz Liliane złagodniała.

– Tak właśnie pomyślałam.

– Jak się miewa twoja mama, Liliane? – Matka Jessie pochyliła się ku nim, aby mieć lepszy widok na ladę.

– Och, w zasadzie bez zmian… Ostatnio miewa problemy z utrzymaniem kubka.

– Biedactwo. Teraz można dostać różne rodzaje specjalnych uchwytów i innych pomocy, które jej to ułatwią. Widziałam w telewizji. Specjalnie dla ludzi z artretyzmem. Porozmawiaj z ojcem Lennym, on umie coś takiego załatwić – poradziła Jessie.

– To nasz pastor – wyjaśniła Cath – ale też trochę nasz spec od problemów. Wszystko dla ciebie załatwi. Jeśli o czymś nie słyszał, wytropi to w internecie.

– Zobaczę, co da się zrobić.

– To bardzo okrutna choroba, artretyzm. – Cath pokręciła głową.

– Tak – potwierdziła Liliane, pochylając swoją. – Tak, okrutna. Cóż, muszę już wracać do siebie. Miło było panią poznać, pani Peacock.

– Proszę mi mówić Suzanna. Wzajemnie. – Jej dłonie dygotały bezużytecznie po bokach. Spróbowała rozluźnić usta, gdy Liliane cicho zamknęła za sobą drzwi. Czuła, nawet jeśli już nie słyszała, to „biedactwo" wiszące w powietrzu, gdy kobieta wyszła.

– Pierwszy mąż zmarł – wymamrotała Jessie. – Był miłością jej życia.

– Nie. To był Roger.

– Roger? – zapytała Suzanna.

– Drugi mąż – wyjaśniła Cath. – Powiedział jej, że nie chce mieć dzieci, a ona kochała go tak bardzo, że się na to zgodziła. Dwa dni przed jej czterdziestymi szóstymi urodzinami zwiał z dwudziestopięciolatką.

– Dwudziestoczterolatką, mamo.

– Na pewno? Była w ciąży. Boże, nie ma sprawiedliwości na tym świecie. Liliane poświęciła temu mężczyźnie osiemnaście lat. Do dzisiaj się z tego nie otrząsnęła.

– Teraz mieszka z mamą.

– Nie miała wyboru, biorąc pod uwagę, jak się to wszystko poukładało...

Gdy Liliane przechodziła przez ulicę, zauważyła ociężałą postać Arturra, który zmierzał w jej stronę. Na jej widok przyspieszył, jego ręce zaczęły się kołysać po bokach, jakby nie przywykły do takiego tempa. Może nawet odezwałby się do niej, ale ona tylko skinęła głową i praktycznie się nie zatrzymując, zniknęła w swoim sklepie.

Arturro podzielił zatrzymywanie się na niezgrabne etapy niczym duży pojazd, który potrzebuje więcej przestrzeni po wciśnięciu hamulców. Wzrok nadal miał utkwiony w drzwiach Unikatowego Butiku. Przeniósł go na Pawi Zakątek z niemal skruszoną miną i po chwili niezdecydowania przekroczył próg sklepu.

Jessie, która to wszystko widziała, włączyła ekspres do kawy i zawołała niewinnie:

– Przyszedłeś po dolewkę, Arturro?

– Jeśli ci to nie przeszkadza – odparł cicho, po czym ciężko osunął się na krzesło.

– Wiedziałam, że wrócisz po drugi kubek. Włosi uwielbiają kawę, prawda?

Suzanna, której ta wymiana zdań sprawiła niemal fizyczny ból, poczuła, że jej wcześniejsze uprzedzenia bledną. Przez szybę dostrzegała zarys starszej kobiety, na powrót bezpiecznej na swoim terenie, zapiętej pod szyję i wciągającej brzuch damy otoczonej arsenałem kosztownych tkanin. Szorstka fasada Liliane miała w sobie coś intrygującego, jej niechęć do lekkich pogawędek, ból ledwie widoczny w zachowaniu sprawiały, że wydawała się przestraszona, jakby odwiedził ją Duch Przyszłych Świąt.

– Chcesz znów tu przyjść? – zwróciła się potem do Jessie, gdy Arturro i Cath już wyszli. Ustawiły krzesła na stolikach, a Jessie zamiotła podłogę, gdy Suzanna podliczała utarg. – Bardzo bym chciała, żebyś przyszła – dodała, próbując dodać swojemu głosowi przekonania.

Jessie uśmiechnęła się do niej szeroko, bez zahamowań.

– Mogę pracować przy kasie do zakończenia lekcji w szkole, jeśli to ci odpowiada.

– Po tym, co się stało dzisiaj, nie wiem, jak miałabym sobie poradzić bez ciebie.

– Och, poradziłabyś sobie. Po prostu musisz wszystkich poznać. Nakłonić ich, by codziennie przekraczali twój próg.

Suzanna odliczyła kilka banknotów i wyciągnęła rękę przed siebie.

– Nie zdołam dużo ci płacić na początek, ale jeśli zwiększysz nasze obroty, na pewno ci to wynagrodzę.

Po chwili wahania Jessie sięgnęła po banknoty i włożyła je do kieszeni.

– Nie spodziewałam się niczego za dzisiaj, ale dzięki. Jesteś pewna, że nie zanudzę cię na śmierć tym swoim bezustannym głędzeniem? Jasona doprowadzam do szału. Mówi, że jestem jak zdarta płyta.

– Ja to lubię. – Uznała, że w końcu w to uwierzy. – A jeśli przestanę, wywieszę jeden z tych znaków, o których wspomniałaś… „Nie rozmawiaj ze mną", czy co tam miało być napisane.

– Pogadam jeszcze z Jasonem. Ale przecież nie powie, że nie potrzebujemy tych pieniędzy. – Jessie zaczęła zdejmować krzesła ze stolików.

Suzanna zamknęła kasę i zauważyła, że to był pierwszy raz, odkąd zaczęła wieczorami wychodzić do domu, kiedy na horyzoncie migotało jeszcze brzoskwiniowe światło dnia. Stopniowo przybierało ono coraz ciemniejszy odcień, oblewało wnętrze sklepu, zamieniając błękity w neutralne odcienie, przesycając swoim bogatym blaskiem dokumenty, które powiesiła na ścianach, przecinając je krzyżami okiennych szprosów. Wąska uliczka na zewnątrz była już niemal pusta, życie w miasteczku wcześnie zamierało, tylko właściciele sklepów zostawali do zapadnięcia zmroku, by powiedzieć sobie dobranoc. Uwielbiała tę część dnia: uwielbiała ciszę, uczucie, że poświęciła dzień na pracę na własny rachunek, świadomość, że to, co zostawi w sklepie, pozostanie tam, dopóki następnego ranka nie otworzy. Poruszała się niemal bezszelestnie, wdychając miriady aromatów unoszących się w powietrzu znad owiniętych woskowanym papierem mydeł i bizantyjskich buteleczek z perfumami, wsłuchując się w ciszę po całym dniu śmiechów i pogawędek klientów, jakby każda z nich pozostawiła po sobie swego rodzaju widmowe echo. Pawi Zakątek stanowił dla niej przyjemne marzenie, ale tego dnia wydawał się niemal magiczny, jakby zostało w nim to, co najlepsze z samego sklepu i jego klientów. Oparła się o krzesło, dostrzegając przed sobą coś więcej niż rozczarowania i ograniczenia, które wyobrażała sobie jako swoją przyszłość, widząc miejsce pełne możliwości, przyciągające piękne przedmioty i ludzi. Miejsce, w którym mogła być sobą, lepszą wersją siebie.

Przez to miejsce zaczynasz bujać w obłokach, pomyślała, po czym odkryła, że uśmiecha się do siebie. W niektóre wieczory takie jak ten nie chciała wracać do domu, skrycie marzyła, by w miejsce ławki wstawić starą kanapę i to na niej spędzać noce. Sklep należał do niej w znacznie większym stopniu niż jej domek.

Gdy przenosiła do środka potykacz reklamowy, obok przeszedł Arturro, zawrócił, bez słowa wziął go od niej i ostrożnie ustawił go w środku.

– Piękny wieczór – powiedział, chowając twarz w miękkim czerwonym szaliku.

– Cudowny – odparła. – Zachód słońca jak w Marsali.

Roześmiał się i uniósł masywną dłoń na pożegnanie.

– Arturro – zawołała za nim – co wy tak ważycie całymi dniami? Co tak do siebie krzyczycie? No bo przecież nie sery, prawda? Zauważyłam wcześniej, że ważysz je dopiero przy kasie.

Wielkolud spuścił wzrok. Nawet w brzoskwiniowym wieczornym świetle dostrzegła jego zawstydzenie.

– To nic takiego.

– Nic?

– Nie chodzi o wagę... – wymamrotał.

– Całe to „siedem koma dwa", „osiem przecinek jeden". Oni muszą coś ważyć.

Na jego twarzy, gdy w końcu na nią spojrzał, odmalowało się skruszone rozbawienie.

– Muszę już iść. Naprawdę.

– Nie chcesz mi powiedzieć?

– To nic ważnego.

– To dlaczego mi nie powiesz?

– To nie ja, okej? To chłopaki... Mówię im, żeby tego nie robili, ale nie słuchają...

Czekała.

– Oni... Hm...

Uniosła brew.

– ...oceniają klientki.

Jej oczy zogromniały, poczuła ostre ukłucie, jakby to z niej osobiście zrobiono idiotkę. Potem wróciła pamięcią do tej kolejki kobiet, które cierpliwie czekały na swoją ocenę, i nagle wybuchnęła śmiechem. Gdy Arturro odszedł, chichocząc, w głąb ciemniejącej ulicy, próbowała sobie przypomnieć, jakie liczby padały, kiedy to ona wchodziła do sklepu. Wiedziała, że powinna wracać do domu. Neil zadeklarował, że przyjedzie wcześniej specjalnie po to, by coś dla niej ugotować, choć wiedziała, że to z powodu ważnego meczu, który zaczynał się przed standardową porą jego powrotu. Ale w porządku. I tak miała ochotę na długą kąpiel.

Obeszła sklep dookoła, poprawiając drobiazgi, przecierając półki, by na koniec położyć ściereczkę obok zlewu. Upewniła się, że wyłączyła kasę, a gdy stanęła za ladą, zauważyła, że obraz nadal stoi przy ścianie. Poczuła pragnienie, by go odwrócić, tak by Athene od razu rozbłysła, zapłonęła. Wieczorne słońce pałające gwałtowną intensywnością zapowiadającą jego nieuniknione zniknięcie odbiło się od płótna, zamigotało w odpryskach starej złoconej ramy.

Suzanna spojrzała na nią.

– Dobranoc, mamo – powiedziała.

Po raz ostatni rozejrzała się po sklepie, wyłączyła światła i podeszła do drzwi.

Rozdział dziesiąty

Majtki leżały na środku stołu w jadalni. Nadal owinięte celofanem, ułożone w stos niczym śniadaniowe naleśniki, nadal reklamujące „dyskretne, wygodne bezpieczeństwo", równie nietknięte, jak kiedy pani Abrahams zostawiła je przed drzwiami Rosemary tego ranka, teraz, pod weneckim żyrandolem, wybrzmiewały niczym niemy, pełen wściekłości protest.

Vivi i Rosemary miewały różnice zdań przez te wszystkie lata, ale Vivi nie pamiętała takiej kłótni, jaką wywołała wizyta ekspertki od nietrzymania moczu. Nie pamiętała, by kiedykolwiek ktokolwiek krzyczał na nią tak długo i głośno, nie pamiętała takiego poziomu purpurowej, jąkającej się furii na twarzy Rosemary, gróźb, obelg, trzaskania drzwiami. Rosemary zamknęła się u siebie już dwie godziny temu i tylko poziom głośności telewizora potwierdzał, że nadal jest w domu.

Vivi zdjęła majtki ze stołu, a przechodząc przez korytarz, wepchnęła je pod starą ławkę. Dotarła do końca korytarza i delikatnie zapukała do drzwi.

– Rosemary, czy będziesz jadła dzisiaj lunch? – Stała na progu przez parę minut z uchem przyciśniętym do drewnianego skrzydła. – Rosemary? Może zjesz gulasz?

Zapadła krótkotrwała cisza, po czym poziom głośności telewizora jeszcze się podniósł, a Vivi cofnęła się, mierząc drzwi nerwowym wzrokiem.

Uznała, że to rozsądny pomysł. Nie czuła się na tyle mocna, by osobiście poruszyć ten temat z Rosemary, ale jako osoba odpowiedzialna za pranie w domu szybko zauważyła, że kontrola teściowej, z braku innego słowa, nie jest już taka, jaka była. Błogosławiąc w duchu pana Hoovera za pralkę automatyczną, kilka razy w tym miesiącu musiała nastawiać pościel Rosemary w gumowych rękawicach i ze zbolałą miną. Nie chodziło tylko o pościel, od jakiegoś czasu spadała też liczebność bielizny teściowej. Vivi zaczekała, aż zapasy całkiem się jej wyczerpią, po czym przeszukała aneks, zastanawiając się, czy nie leżą przypadkiem zapomniane w koszu na brudy. Początkowo znajdowała dowody namoczone w umywalce. Potem, jakby wysiłek umysłowy wkładany w pranie ręczne przerósł staruszkę, Rosemary zaczęła je chować. Ostatnio Vivi znajdowała je pod kanapą Rosemary, w szafce pod zlewem, a nawet w pustych puszkach po krojonych pomidorach, wysoko na półce w łazience.

Próbowała rozmawiać o tym z Douglasem, ale spojrzał na nią z wyrazem takiego nieskrywanego przerażenia na twarzy, że od razu się wycofała, obiecując, że sama to załatwi. Kilkakrotnie zasiadła z Rosemary do lunchu, próbując zebrać się na odwagę, by zapytać, czy wystąpiły u niej jakieś problemy z „hydrauliką". Powstrzymywały ją jednak cięte uwagi teściowej, agresja w wykrzykiwanym przez nią „co?", ilekroć Vivi chciała zainicjować niewinną rozmowę. A potem jej lekarka, rzeczowa młoda Szkotka, przejrzała papiery na swoim biurku i przedstawiła jej cały wachlarz dofinansowywanych przez państwo opcji, co oznaczało, że Vivi będzie mogła zaradzić tej sytuacji, nie musząc rozmawiać o tym bezpośrednio z teściową.

Pani Abrahams – pulchna, konkretna osoba o ciepłym nastawieniu, które dowodziło, że nie tylko widziała już wszystko, ale też miała na to zapakowane w plastik, nieprowokujące potów, dyskretne rozwiązanie – zjawiła się tuż przed jedenastą. Vivi uczuliła ją na delikatność sytuacji i wyznała, że sama nie miała odwagi, by zdradzić teściowej naturę wizyty gościa.

– Jest o wiele łatwiej, jeśli zajmie się tym ktoś spoza rodziny – zapewniła ją pani Abrahams.

– Nie chodzi o to, że przeszkadza mi pranie... – Vivi urwała, boleśnie odczuwając własną nielojalność.

– W grę wchodzą również kwestie zdrowia i higieny.

– Tak...

– A pani nie chce, by starsza dama straciła godność.

– Nie.

– Proszę zostawić to mnie, pani Fairley-Hulme. Często okazuje się, że po początkowych oporach większość pań odczuwa ulgę, otrzymując pomoc.

– Och... To dobrze. – Vivi zapukała do drzwi Rosemary i przyłożyła ucho do skrzydła, by sprawdzić, czy starsza pani ją usłyszała.

– Zdarza się, że młodsze kobiety, takie w wieku średnim, również biorą ode mnie kilka paczuszek.

Vivi nie usłyszała znajomego odgłosu kroków teściowej.

– O, tak?

– Po kilku porodach nie wszystko działa tak, jak powinno. Niezależnie od tego, jak często ćwiczy się mięśnie dna miednicy. Wie pani, o co mi chodzi?

Drzwi otworzyły się na pochyloną niezręcznie Vivi.

– Co ty wyprawiasz? – Rosemary zmierzyła synową gniewnym spojrzeniem.

Vivi się wyprostowała.

– Przyszła do ciebie pani Abrahams.

– Co?

– Zostawię was teraz, zaparzę kawę. – Uciekła do kuchni cała czerwona i świadoma swoich spoconych dłoni.

Spokój panował przez prawie trzy minuty. Potem ziemia się rozstąpiła, wybuchły wulkany, a chwilę później przy akompaniamencie najgorszych przekleństw, jakie Vivi kiedykolwiek słyszała, wyjąkanych z arystokratycznym akcentem, pani Abrahams wybiegła na żwirowany podjazd, kierując się prosto do swojego schludnego hatchbacka z torebką przyciśniętą do piersi. Nerwowo oglądała się za siebie, uchylając się przed pociskami z owiniętych w plastik paczuszek.

– Douglas, kochanie, musimy porozmawiać o twojej matce.

Ben wyszedł na lunch. Rosemary na dobre zamknęła się w swoim aneksie. Vivi uznała, że nie zdoła zachować tego dla siebie aż do pory snu.

– Mhm? – Czytał gazetę, podnosząc do ust kęsy jedzenia w takim tempie, jakby jak najszybciej chciał znów wyjść. Nadeszła pora siewu, w tym okresie rzadko bywał w domu.

– Przyszła tutaj pewna pani, do Rosemary. By porozmawiać o… o tej sprawie, o której ci mówiłam.

Podniósł głowę i uniósł brew.

– Rosemary kiepsko to zniosła. Chyba nie chce żadnej pomocy.

Douglas opuścił głowę i dłonią wykonał niedbały gest.

– Wysyłaj to wszystko do pralni w takim razie. Zapłacimy. Tak będzie najlepiej.

– Nie wiem, czy pralnia przyjmie rzeczy, które są tak… zabrudzone.

– No to jaki jest sens ogłaszania się jako pralnia, do diaska? Przecież nie oczekują chyba, że będziesz tam wysyłać tylko czyste rzeczy.

Vivi nie była pewna, czy zniesie myśl o personelu pralni komentującym stan pościeli Fairleyów-Hulme'ów.

– Moim zdaniem… Moim zdaniem to nie jest dobry pomysł.

– Cóż, powiedziałem ci, co myślę, Vivi. Jeśli nie chcesz tego odsyłać i nie chcesz robić tego sama, naprawdę nie wiem, co jeszcze mógłbym zasugerować.

Vivi również nie była pewna. Wiedziała, że jeśli powie, iż potrzebuje odrobiny współczucia, zrozumienia, choćby słabego sygnału, że nie jest w tym wszystkim sama, Douglas tylko zmierzy ją pustym wzrokiem.

– Coś wymyślę – mruknęła ponuro.

Suzanna i Neil nie pokłócili się od prawie pięciu tygodni. Ani jednego złego słowa, żadnych kąśliwości, bezmyślnej sprzeczki. Nic. Gdy Suzanna to sobie uświadomiła, zaczęła się zastanawiać, czy coś się zmienia, czy ich małżeństwo przez jakąś osobliwą osmozę zaczyna odzwierciedlać satysfakcję, którą czerpała z prowadzenia sklepu – to, że od chwili, kiedy się budziła, po raz pierwszy w swoim zawodowym życiu odczuwała coś graniczącego z niecierpliwym wyczekiwaniem, gdy myślała o swoim dniu i obecnych w nim ludziach. Gdy tylko włożyła klucz do zamka w drzwiach sklepu, poprawiał się jej humor na widok radosnego zagraconego wnętrza, wielokolorowych ozdób, cudownych zapachów miodu i frezji. Nie sposób było się złościć w tych ścianach. Wbrew jej obawom obecność Jessie poprawiła sytuację ekonomiczną sklepu, na dodatek jej radosna natura w jakiś sposób udzieliła się też Suzannie. Już kilka razy przyłapała się na pogwizdywaniu.

Gdy pozwalała sobie na wolną chwilę, by się nad tym zastanowić, uświadamiała sobie, że wcale nie czuła się bliższa mężowi, że chodziło najzwyczajniej w świecie o to, iż oboje dużo pracowali i nie mieli ani czasu, ani energii na kłótnie. W tym tygodniu Neil trzy razy wrócił do domu tuż przed dziesiątą. Kilka razy ona wyszła z domu tuż przed siódmą, nawet nie zauważywszy, że spędzili jakiś czas razem w tym samym łóżku. Może właśnie dzięki temu trwają małżeństwa takie jak mamy i taty, rozmyślała. Po prostu pary wynajdują sobie tyle zajęć, by o tym wszystkim nie myśleć. Istniały bardziej przekonujące sposoby na utrzymywanie życiowego komfortu.

Neil popsuł to, rzecz jasna, poruszając temat ich rzekomo nieuniknionych dzieci.

– Dużo czytałem o opiece nad dzieckiem – powiedział. – Przy szpitalu jest żłobek, który przyjmuje nie tylko dzieci personelu. Jeśli teraz umieścimy nasze nazwisko na liście, jest duża szansa, że dostaniemy miejsce. Mogłabyś dalej pracować, tak jak chciałaś.

– Nawet jeszcze nie jestem w ciąży.

– Nie zaszkodzi zaplanować pewnych rzeczy, Suze. Tak sobie myślałem, że mógłbym nawet zawozić tam dziecko w drodze do pracy każdego ranka, żeby tobie nie zakłóciło to rytmu dnia. To miałoby sens, zwłaszcza że sklep coraz lepiej sobie radzi.

Nie potrafił ukryć podekscytowania w głosie. Wiedziała, że Neil przymyka teraz oczy na wiele rzeczy, które dawniej go w niej irytowały – na jej zaaferowanie ekspozycją towaru, na jej permanentny brak uprzejmości wobec Vivi, na fakt, że przemęczenie psuło jej humor i zabijało libido – ponieważ miała mu oddać najwspanialszą przysługę… Za mniej więcej siedem miesięcy.

Wbrew swojej obietnicy Suzanna nie podzielała jego radości, mimo iż Jessie zachwyconym tonem zapewniała ją, że to najlepsza rzecz, jaka ją w życiu spotkała, że dzieci sprawiają, że więcej się śmiejesz, czujesz, że kochasz bardziej, niż wydawało ci się to możliwe. Nie tylko seks ją martwił – wiedziała, że by zaszła w ciążę, będą musieli wznowić regularne stosunki małżeńskie – lecz także poczucie, że ta obietnica ją osacza, że zobowiązała się wyprodukować to coś, nosić to w ciele, które przecież zawsze i ku jej zadowoleniu należało tylko do niej. Starała się nie rozmyślać zbyt dużo o swojej matce. Co jeszcze bardziej komplikowało jej uczucia.

W jednym ze swoich bardziej irytujących momentów Neil wziął ją w ramiona i oświadczył, że „zawsze może przecież iść na terapię", a ona musiała się z całych sił powstrzymywać, by go w odpowiedzi nie uderzyć.

– To byłoby całkowicie zrozumiałe. No wiesz, nic dziwnego, że masz opory – dodał.

Uwolniła się z jego objęć.

– Jedyne opory, jakie mam, Neil, biorą się stąd, że cały czas o tym gadasz.

– Mogę zapłacić za twoją wizytę. Całkiem nieźle sobie teraz radzimy.

– Och, daj wreszcie spokój, co?

Na jego twarzy malowało się współczucie. Z jakiegoś powodu to jeszcze bardziej ją wkurzyło.

– Wiesz – mruknął – jesteś o wiele bardziej podobna do swojego taty, niż ci się wydaje. Oboje bezustannie ukrywacie swoje uczucia.

– Nie, Neil. Ja chcę po prostu żyć i nie rozmyślać obsesyjnie o jakimś nieistniejącym dziecku.

– Małym Peacocku – dumał na głos. – O Neilu Peacocku Juniorze.

– Nawet o tym nie myśl – ostrzegła go.

We wszystkich szkołach w Dere Hampton obowiązywała przerwa na lunch pomiędzy dwunastą trzydzieści a trzynastą czterdzieści pięć – cechą wyróżniającą tę porę dnia za szybami Pawiego Zakątka były pochody długonogich nastolatek w niestosownie poprzerabianych mundurkach, zrozpaczone matki odrywające swoich młodych podopiecznych od drzwi sklepu ze słodyczami i napływ nieszczęśliwie samozatrudnionych stałych klientów szukających na pozór tylko kawy, a w rzeczywistości odrobiny kontaktu z drugim człowiekiem, by urozmaicić sobie dzień. Suzanna zrobiła właśnie pierwszy oficjalny remanent i by to uczcić, a także dlatego, że nastał pierwszy naprawdę gorący dzień tego roku, otworzyła drzwi do sklepu na oścież i wystawiła na chodnik (zapewne nielegalnie) jeden stolik i parę krzeseł. Meble zostały wykorzystane zgodnie z ich przeznaczeniem dwa razy, w pozostałych wypadkach posłużyły za miejsce krótkiego odpoczynku kilku staruszkom i za tor przeszkód sporej liczbie małych i większych dzieci.

Wyglądało to, powiedziała sobie Suzanna, niemal jak na kontynencie. Jeszcze nie zmęczyło jej wpatrywanie się w widoczną pomiędzy przemyślanymi aranżacjami szybę, która rozszczepiała światło, nadal lubiła stać za ladą w czystym białym fartuchu, któremu krochmal nadawał staroświecką sztywność. Czasami zastanawiała się, czy jej nienawiść do Dere Hampton przypadkiem nie zmalała. Stworzyła sobie własną przestrzeń, odcisnęła na niej swoje piętno, czasami czuła wobec niej wręcz zaborczość – i nie chodziło tu tylko o sklep.

Jessie szybko nauczyła się, że współpraca układa im się najlepiej, kiedy wykorzystują swoje mocne strony, i tego dnia w sukience w kwiaty i ciężkich botkach stanęła za ladą, często wychylając się zza niej, by porozmawiać z budowlańcami w pobrudzonych cementem butach i starszymi paniami, podczas gdy Suzanna spacerowała po sklepie z notesem, kończąc remanent i z pewnym rozczarowaniem myśląc o tym, jak niewiele sprzedała w ostatnich tygodniach. Nie wzięła świata handlu szturmem, ale, jak często sobie powtarzała, przynajmniej sklep był na dobrej drodze do tego, by opłacać towar i koszty personelu. Gdyby sytuacja poprawiła się jeszcze odrobinę, oświadczył Neil, mogliby zacząć spłacać nakład kapitałowy. Neil uwielbiał takie frazy. Jej zdaniem finanse stanowiły jedną z nielicznych dziedzin, w której czuł się niezagrożonym autorytetem w ich związku.

Wpadł Arturro, wypił szybko dwa espresso, po czym wyszedł. Ojciec Lenny zajrzał do środka, rzekomo po to, by zapytać Jessie, czy Emma wróci do szkółki niedzielnej, ale też po to, by przedstawić się Suzannie i dodać, że gdyby chciała więcej światełek, zna kogoś w okolicach Bury St. Edmunds, kto prowadzi hurtownię.

Pani Creek zamówiła kawę z mlekiem i spędziła przy stoliku na zewnątrz pół godziny bez czapki – jej rzadkie, rozwichrzone włosy wyglądały na słońcu jak delikatne źdźbła zmarzniętej trawy. Wyznała Jessie, że pogoda przypomina jej pierwszy wyjazd za granicę, do Genewy, gdzie w szpitalu leżał jej mąż. Samolot okazał się wspaniałą przygodą – wtedy stewardesami były prawdziwe pielęgniarki, a nie wymalowane dzierlatki, które zatrudniają obecnie – a jej przylot do obcego kraju był tak ekscytujący, że niemal zapomniała, z jakiego powodu odbyła tę podróż, i pierwszego dnia nie zdążyła z odwiedzinami w klinice. Suzanna, która od czasu do czasu wychodziła na zewnątrz, by pozbierać kubki po kawie i poczuć pierwsze promienie słońca na twarzy, słuchała tych wspominków razem z Jessie – dziewczyna opierała podbródek na dłoni i rozkoszowała się szczegółami tak jak pogodą. Mąż pani Creek tak się pogniewał, że potem przez dwa dni z nią nie rozmawiał. Dopiero później przyszło jej do głowy, że mogła coś zmyślić, powiedzieć mu, że lot się opóźnił. Ale ona nigdy nie kłamała. Bardzo trudno wtedy zapamiętać, co się komu powiedziało.

– Jason myśli, że kłamię, nawet gdy tego nie robię – odparła Jessie wesoło. – Kiedyś strasznie się pokłóciliśmy, bo nie odkurzyłam, jak byłam chora. Jason lubi widzieć na dywanie te wyżłobione linie, no wiecie, na dowód tego, że odkurzałam. Ale ja się wtedy zatrułam, chyba kurczakiem, i po prostu leżałam w łóżku. Zanim wrócił do domu, poczułam się trochę lepiej, a on oskarżył mnie o to, że całymi dniami siedzę na tyłku, chociaż zrobiłam mu herbatę. Byłam na niego taka zła, że zdzieliłam go patelnią. Nawet sobie nie wyobrażacie, jak bardzo chciało mi się wymiotować, kiedy obierałam dla niego ziemniaki. – Roześmiała się ze skruchą.

– Tacy są mężczyźni, moja droga – mruknęła pani Creek oględnie, jakby mężczyźni byli jednostką chorobową.

– I co zrobił? – wtrąciła Suzanna, zaszokowana tak swobodną wzmianką o przemocy. Nie była pewna, czy wierzyć w to, co mówi Jessie.

– Oddał mi. No więc znów walnęłam go patelnią i wybiłam mu pół zęba. – Jessie wskazała palcem miejsce z tyłu ust, gdzie dokonała zniszczeń.

Pani Creek wpatrywała się w drugą stronę ulicy, jakby tego nie usłyszała. Po chwili milczenia Suzanna uśmiechnęła się słabo, zrobiła taką minę, jakby o czymś zapomniała, po czym odwróciła się i weszła do sklepu.

– Boisz się go? – zapytała jakiś czas później, gdy pani Creek sobie poszła. Próbowała sobie wyobrazić Neila tak przepełnionego agresją, by ją uderzyć. Wydawało jej się to niemożliwe.

– Kogo?

– Swojego… Jasona.

– Bać się go? Skąd. – Jessie pokręciła głową, jej mina wyrażała czułą pobłażliwość. Zerknęła na Suzannę i chyba uznała, że troska na twarzy przyjaciółki wymaga dodatkowego wyjaśnienia. – Posłuchaj, jego problem polega na tym, że ja jestem bardziej elokwentna. I dobrze wiem, jak go naprawdę wkurzyć. Jak zaczyna mnie atakować, wykręcam kota ogonem, wypaczam jego słowa, przez co czuje się głupi. Wiem, że nie powinnam, ale... Wiesz, jak oni potrafią czasami działać nam na nerwy?

Suzanna pokiwała głową.

– I bywa, że trochę mnie ponosi. I chyba nie zostawiam... – Jej uśmiech zbladł. – Wydaje mi się, że naprawdę nie pozostawiam mu wyboru.

Zapadła cisza.

Na chodniku dwaj chłopcy wymieniali między sobą podania plecakiem jednego z nich.

– Uwielbiam ten sklep. Twój sklep – dodała Jessie. – Nie wiem, co on w sobie ma, bo Czerwonego Konia wcale tak nie lubiłam, gdy tu był, ale twój sklep ma naprawdę dobrą atmosferę. Wiesz, o co mi chodzi?

Suzannę wciąż przepełniały emocje wszelkiego rodzaju.

– No tak. Jak po raz pierwszy tu przyszłam, myślałam, że chodzi tylko o zapach kawy i w ogóle. Albo może o te wszystkie śliczne rzeczy. Tu jest trochę jak w jaskini Aladyna, prawda? Ale wydaje mi się, że to ta przestrzeń coś w sobie ma. Zawsze... – Urwała. – Poprawia mi humor.

Dwaj chłopcy przystanęli, by przyjrzeć się czemuś, co jeden z nich wyciągnął z kieszeni. Mówili coś po cichu do siebie.

Kobiety obserwowały ich przez szybę.

– To nie to, co myślisz – mruknęła w końcu Jessie.

– Nie. – Suzanna poczuła się nagle bardzo drobnomieszczańska i naiwna. – Oczywiście, że nie.

Jessie sięgnęła po płaszcz, cofnęła się o krok i spojrzała na półki za jej plecami.

– Chyba przyda im się potem porządne mycie. Ścieranie kurzy w sumie nie przynosi rezultatów, prawda?

Jessie wyszła za piętnaście druga, by wcześniej odebrać córkę ze szkoły za zgodą dyrekcji i zrobić jej urodzinową niespodziankę.

Jeśli Emma zechce, powiedziała, kupimy lody i usiądziemy przy stoliku przed sklepem, żeby je zjeść.

– W przyszłym roku jadą na wycieczkę szkolną do Francji – dodała jeszcze przed wyjściem. – Powiedziałam jej, że tak właśnie jadają Francuzi, i teraz ciągle chce wyciągać nasze meble na zewnątrz.

Suzanna była w połowie drogi do piwnicy, gdy usłyszała, że otwierają się drzwi. Zawołała, że zaraz wróci. Potknęła się na ostatnim stopniu i zaklęła cicho, niemal wypuszczając z rąk stos notesów w zamszowych oprawach. Wszystko wydawało się łatwiejsze, gdy obok była Jessie.

Na środku sklepu stał jej ojciec, ramiona niezręcznie skrzyżował na piersi, jakby wolał nie zostać przyłapany zbyt blisko czegokolwiek. Wpatrywał się w coś za ladą. Gdy pojawiła się Suzanna, aż podskoczył.

– Tata – powiedziała, oblewając się rumieńcem.

– Cześć, Suzanno. – Skinął głową.

Zapadła cisza. Suzanna zaczęła snuć nieprawdopodobne rozważania, czy przyjechał przeprosić ją za swoje komentarze sprzed paru dni. Była już jednak na tyle dorosła, by rozumieć, że jego wizyta w sklepie to jedyny pojednawczy gest, na jaki może liczyć.

– Prawie się minęliśmy – zaczęła trajkotać, siląc się na uśmiech. – Wróciłam dopiero pół godziny temu. Wcześniej zastałbyś Jessie… Moją asystentkę.

Zdjął kapelusz, trzymał go w dłoniach w osobliwie uprzejmym geście.

– Przechodziłem tędy. Przyjechałem do miasteczka na spotkanie z księgowym, więc uznałem, że… Obejrzę też twój sklep.

Suzanna stała, ściskając w ramionach notesy.

– No cóż, oto i on.

– Faktycznie.

Zerknęła, czy ktoś nie stoi za nim.

– Nie ma mamy?

– Została w domu.

Odłożyła notesy na stolik i objęła spojrzeniem przedmioty wokół, próbując zobaczyć je oczami ojca. Pewnie powiedziałby, że to ozdóbki i bzdury. Kto chciałby wydawać takie sumy na mozaikowy świecznik albo stos haftowanych serwetek z drugiej ręki?

– Neil ci mówił? Radzimy sobie całkiem nieźle. – Łatwiej było udawać, że to również przedsięwzięcie Neila. Wiedziała, że ojciec uważa go za bardziej rozsądną osobę.

– Nie mówił, ale to dobrze.

– Obroty wzrosły o... hm... mniej więcej trzydzieści procent w porównaniu z pierwszym kwartałem. I... właśnie zrobiłam swój pierwszy remanent. – Te słowa brzmiały solidnie, godnie, nie mogłyby się znaleźć w słowniku nieodpowiedzialnej, nieudolnej trzpiotki.

Pokiwał głową.

– Chyba niedługo poproszę cię o jakąś radę w sprawie VAT-u. Dla mnie to nie do pojęcia. Nie wiem, jak sobie z tym radzisz.

– To kwestia wprawy.

Wpatrywał się w portret jej matki. Zerknęła za ladę i zobaczyła, że jest odwrócony do sali, widoczny pomiędzy wąskimi drewnianymi nóżkami. Enigmatyczny uśmiech matki, który nigdy nie wydawał się szczególnie macierzyński, teraz wyglądał niestosownie intymnie w przestrzeni publicznej. Jessie uwielbiała ten portret, powtarzała, że to najcudowniejsza kobieta, jaką kiedykolwiek widziała, i namawiała Suzannę, by powiesić go na ścianie. Teraz Suzanna poczuła się winna, choć nawet nie była pewna dlaczego.

– Co to tutaj robi? – zapytał ojciec, odchrząknąwszy.

– Nie sprzedaję go, jeśli to cię martwi.

– Miałem…

– Nie potrzebujemy pieniędzy aż tak bardzo.

Ojciec zamilkł, jakby rozważał potencjalne odpowiedzi. Powoli wypuścił powietrze z płuc.

– Byłem tylko ciekaw, Suzanno, co obraz robi w sklepie.

– Nie „w sklepie", tato. Brzmi to tak, jakbym próbowała go przehandlować. W moim sklepie… Zamierzałam powiesić go na ścianie. – Warczała, gdy musiała przejść do defensywy.

– Dlaczego chciałabyś zrobić coś takiego?

– Uznałam, że to będzie dobre miejsce. Nie… Tak naprawdę nie pasuje do domu. Dom jest dla niego za mały. – Nie zdołała się powstrzymać.

Ojciec zerkał na płótno z ukosa, mrużąc powieki, jakby nie był w stanie patrzeć na nie wprost.

– Moim zdaniem nie powinnaś go tu zostawiać.

– Cóż, nie wiem, gdzie go powiesić.

– Możemy oddać go z powrotem do banku, jeśli chcesz. Przechowają go dla ciebie. – Zerknął na nią z ukosa. – Jest chyba sporo wart, a wątpię, żebyś go ubezpieczyła.

Nigdy nie okazywał żadnych emocji, gdy z nią rozmawiał. Czasami zastanawiała się, czy gdy Athene umarła, postanowił, że żona będzie miała od teraz dla niego takie znaczenie jak jakiś daleki krewny albo generacje przodków wiszące w galerii na górze. Skąpe fakty, jakimi się podzielono z Suzanną i jej rodzeństwem, dowodziły, że dość szybko przeniósł swoje uczucia na Vivi. Bywały chwile, kiedy dochodziła do wniosku, że odepchnął od siebie emocje, ponieważ pamięć o Athene okazała się zbyt bolesna – odczuwała wtedy znajome ukłucie swojej domniemanej winy. Nie było żadnych skrzyń z ubraniami, żadnych fotografii wytłuszczonych od ciągłego oglądania. Tylko Vivi zachowała jakieś pamiątki po niej – pożółkły wycinek z gazety o ślubie Ostatniej Debiutantki, parę zdjęć Athene na koniu. Pokazywała je, tylko gdy Douglasa nie było w pobliżu.

Obecność ojca w sklepie, tak ewidentnie wyzutego z wszelkich emocji, podziałała na Suzannę całkiem odwrotnie. Jak to możliwe, że nie okazujesz żadnych uczuć?, pragnęła zawołać. Nawet jeśli to rzekomo dla mojego dobra, czy musisz udawać, że ona nigdy nie istniała? Czy ja muszę udawać, że nigdy nie istniała?

– Mógłbyś powiesić obraz w galerii. – Wypowiedziane zbyt głośno słowa zawisły w powietrzu pomiędzy nimi. Głos Suzanny zadrżał od skrywanego wyzwania. – Vivi na pewno się zgodzi.

Ojciec odwrócił się do niej plecami, pochylał się nad kuponem chińskiego jedwabiu.

– Powiedziałam, że Vivi na pewno się zgodzi. W zasadzie ona to zasugerowała. Renowację ramy i powieszenie obrazu. Jakiś czas temu.

Sięgnął po jedną z miniaturowych jedwabnych torebek, spojrzał na cenę, po czym odłożył ją delikatnie na stos. Moment, w którym to zrobił, echo krytyki wybrzmiewające w tym geście sprawiły, że coś w niej zawrzało, nieproszone i niepowstrzymane.

– Słyszałeś, co powiedziałam, tato?

– Bardzo wyraźnie, dziękuję. – Nadal na nią nie patrzył. Ta zwłoka była przytłaczająca. – Po prostu… Nie sądzę, by to było właściwe.

– No nie. Pewnie nawet jeśli to tylko płótno, nie chcesz, aby kobiety zaśmiecały ci linię przodków, prawda?

Nie była pewna, skąd się to wzięło. Ojciec odwrócił się bardzo powoli i wyprostował plecy z nieprzeniknioną miną. Nagle poczuła się jak małe dziecko, uznane za winne jakiegoś wykroczenia, czekające w niemym przerażeniu, by poznać wymiar kary.

On jednak tylko włożył kapelusz na głowę spokojnym gestem i odwrócił się do drzwi.

– Zaraz mi wygaśnie bilet parkingowy. Chciałem tylko powiedzieć, że twój sklep wygląda bardzo ładnie. – Uniósł rękę i lekko skinął jej głową.

Jej oczy wypełniły się łzami.

– To wszystko? Nic więcej nie powiesz? – Usłyszała w swoim głosie piskliwą nastolatkę i z wściekłością pojęła, że on również ją usłyszał.

– To twój obraz, Suzanno – rzucił jeszcze przed wyjściem. – Zrób z nim, co chcesz.

Opuchlizna prawie całkiem zeszła z jej twarzy, zanim Jessie wróciła. Weszła do sklepu tak rozgadana, jakby właśnie toczyła ożywioną dyskusję, choć ewidentnie była sama.

– Nie uwierzysz, jakie lody teraz sprzedają. Gdy byłam w jej wieku, miało się szczęście, jak człowiek trafił na strawberry mivvi albo rocketa. Pamiętasz? Miały takie kolorowe paski? A teraz marsy z zamrażarki, bounty i cornetto. Niewiarygodne. I wszystkie powyżej funciaka. Z drugiej strony są takie wielkie, że lunchu już nie musisz jeść. – Podchodząc do kasy, niemal nieświadomie zebrała okruchy ze stolika, gdy pochyliła się, by sięgnąć po zostawiony paragon. – Tobie kupiłyśmy crunchie. Wiedziałaś, że robią crunchie? Uznałyśmy z Emmą, że będzie ci najbardziej smakować.

– Dzięki – odparła Suzanna ukryta za segregatorem z fakturami. – Możesz go włożyć do lodówki? – Wpatrywała się w nie od dwudziestu minut, nie wiedząc, po co w ogóle je wyjęła. Wizyta ojca wytrąciła ją z równowagi, wyssała z niej całą energię i entuzjazm.

– Tylko nie czekaj za długo. Roztopi się tam. – Jessie spacerowała pomiędzy stolikami, szukając pustych kubków. – Ktoś do nas zaglądał?

– Nikt specjalny.

Właśnie dlatego płacz jest taki wkurzający. Poświęcasz mu parę minut, a twoja cera i nos zdradzają wiele pół godziny później.

Spojrzenie Jessie zatrzymało się na niej o ułamek sekundy dłużej niż w normalnych okolicznościach.

– Wpadłam na pewien pomysł, jak mnie nie było. W sprawie Arturra – powiedziała.

– O?

– Zeswatam go z Liliane.

– Co?

– Widzisz, przyszła mi do głowy taka myśl. Powiedz, co sądzisz…

Suzanna słyszała odgłos ściereczki płukanej w bieżącej wodzie, gdy Jessie trajkotała.

– Wiesz co, Jess? – mruknęła w swój segregator. – Sądzę, że ludzi powinno się zostawiać w spokoju.

– Tak, ale Arturro i Liliane już za długo są sami. Stało się to dla nich nawykiem, z którym oboje boją się zerwać.

– Może dzięki temu są szczęśliwsi.

– Wcale tak nie myślisz.

Och, idź sobie już, pomyślała wyczerpana Suzanna. Przestań przekonywać mnie, że jestem kimś, kim wcale nie jestem. Przestań zamieniać wszystkich w lepsze, szczęśliwsze wersje nich samych. Nie wszyscy postrzegają świat tak jak ty. Nic jednak nie powiedziała.

– Suzanna, oni są dla siebie stworzeni. Sami się przekonają, jeśli tylko ktoś im trochę pomoże.

Zapadła cisza, a potem rozległy się kroki Jessie, która podeszła do półek.

– Nie szkodzi, wiesz? Nie musisz się angażować. Chciałam ci tylko powiedzieć, co planuję, żebyś się nie wygadała. – W jej głosie nie było urazy.

– Nie wygadam się.

Jessie wpatrywała się w Suzannę przez chwilę.

– Może zrobisz sobie przerwę? Idź na spacer. Jest taki piękny dzień.

– Nic mi nie jest, Jessie. Daj mi spokój, dobrze? – Zabrzmiało to ostrzej, niż zamierzała. Dostrzegła na twarzy dziewczyny rozżalenie, które od razu zamaskował wyrozumiały uśmiech. – Och, okej, masz rację. Pójdę. – Sięgnęła po portfel, czując perwersyjną urazę na myśl o tym, że znów ktoś wywołuje w niej wyrzuty sumienia. – Wiesz co, przepraszam... Nie zwracaj na mnie uwagi. To tylko hormony czy coś w tym rodzaju. – Zaraz znienawidziła samą siebie za użycie takiej wymówki.

Chodziła naokoło rynku przez prawie dwadzieścia pięć minut – był to dzień targowy, krążyła więc w cieniu pomiędzy ciasno upchanymi kramami, rozkoszując się chwilą niewidzialności, oglądając tanie słodycze z importu, stoisko ze zdrową żywnością, niezmienne aranżacje warzywniaków, a jednocześnie walcząc z wewnętrznym głosem, który przypominał jej, że londyńskie targi są o wiele ciekawsze, o wiele żywsze, o wiele lepiej zaopatrzone.

To się nigdy nie uda, powiedziała sobie, mijając stoisko dla zwierząt z preparowanymi kośćmi, kilogramami karm i przysmaków. Nieważne, co tu robię. Nieważne, jaki sukces odniesie sklep, ja zawsze będę marzyła, byśmy mieszkali gdzieś indziej. Zawsze będę niezadowolona z życia w cieniu Fairleyów-Hulme'ów. I choć nigdy przecież nie chciałam tu wrócić, Neil i tata, cała rodzina, uznają to po prostu za kolejny dowód mojego braku konsekwencji.

Nieraz zastanawiała się, czy czułaby to samo, gdyby żyła jej matka. A może czuła się tak właśnie dlatego, że Athene zmarła.

– Kupujesz coś, skarbie?

– Och. Nie. Dziękuję.

Wepchnęła dłonie do kieszeni i poszła dalej; wewnętrzna lekkość, z którą rozpoczynała dzień, zamieniła się w coś tępego, ciężkiego jak ołów. Może Neil miał rację. Może powinna po prostu skapitulować i urodzić dziecko. Wtedy przynajmniej zrobiłaby to, czego wszyscy oczekiwali. Na pewno by je pokochała, gdyby się pojawiło. Większość ludzi kocha swoje dzieci, prawda? Przecież nic innego nie dało jej dotąd szczęścia.

Jeśli to moje przeznaczenie, moja biologia, pytała samą siebie, wracając powoli do sklepu, dlaczego ilekroć o tym myślę, każda kość w moim ciele buntuje się z krzykiem?

– Wiesz, co powinnaś zrobić?

Suzanna zamknęła oczy i otworzyła je powoli. Nakazała sobie stanowczo nie wyładowywać więcej swoich frustracji na Jessie, ponieważ do zamknięcia zostały już tylko dwie godziny. Nawet jeśli Jessie przypięła małe anielskie skrzydła, a na czubek głowy włożyła doprawdy niedorzeczne różowe okulary.

– Co? – zapytała spokojnie.

– Myślałam o tym, co powiedziała Emma. O rysunkach.

– Myślisz, że powinnam nakłonić ludzi do rysowania? – Uzupełniając cukiernice, robiła, co mogła, by powstrzymać sarkastyczny ton.

– Nie. Ale myślałam o naszej wcześniejszej rozmowie, o tym, żeby bardziej zaangażować ludzi w sklep, zbudować bazę stałych klientów. Bo właśnie tego tutaj potrzebujesz. Mogłabyś zrobić coś w stylu Tygodnia Stałego Klienta.

– Żartujesz?

– Nie, skąd. Spójrz na swoje ściany, te stare nuty i testamenty, które powiesiłaś. Ilekroć ktoś nas dzisiaj odwiedził, podszedł tam, żeby przeczytać testamenty, prawda?

Był to jeden z jej lepszych pomysłów. Zwitek pożółkłych kaligrafowanych testamentów znalazła w kontenerze na śmieci w Londynie, trzymała je w teczce od lat, czekając na okazję, by użyć ich jako tapety.

– A jak już spędzili w sklepie więcej czasu, zawsze ostatecznie coś kupowali, prawda?

– No i?

– No i zrobisz coś podobnego w witrynie. Ale o kimś, kto przychodzi do sklepu. Ludzie tutaj są wścibscy, lubią mówić, lubią dużo wiedzieć o życiu innych. Zrobisz więc małą wystawę o, powiedzmy, Arturze. Sama nie wiem, coś na piśmie o jego życiu we Włoszech, jak to się stało, że otworzył delikatesy. A może weźmiesz jeden fakt z jego życia, na przykład najlepszy albo najgorszy dzień, jaki pamięta, i zrobisz wystawę wokół tego. Ludzie będą przystawali, by to przeczytać, a jeśli są próżni, a większość na pewno jest, może zechcą nawet mieć swoją wystawę.

Suzanna zwalczyła chęć uświadomienia Jessie, że biorąc pod uwagę jej obecny nastrój, sklep może się nie utrzymać długo.

– Nie sądzę, żeby ludzie chcieli oglądać swoje życie w witrynie.

– Ty możesz nie chcieć. Ale nie jesteś jak większość ludzi.

Suzanna obrzuciła przyjaciółkę ostrym spojrzeniem. Twarz Jessie dowodziła, że za jej słowami nie kryły się złe intencje.

– To przyciągnie ludzi. Sprawi, że zainteresują się sklepem. Założę się, że zdołałabym ludzi do tego nakłonić... Tylko pozwól mi spróbować.

– Nie wiem, jak miałoby to działać. To znaczy, co zrobisz z Arturrem? On wypowiada nie więcej niż dwa słowa naraz, a ja nie chcę witryny wypełnionej salami.

– Pozwól mi spróbować.

– Poza tym w tym mieście i tak wszyscy wszystko już o sobie wiedzą.

– Zrobię to sama. A jeśli uznasz, że to nie działa, przestanę. To cię nic nie będzie kosztować.

Suzanna wykrzywiła twarz w sceptycznym grymasie. Dlaczego wszyscy muszą tu żyć na pokaz? Dlaczego wszyscy muszą się wtrącać? Egzystencja w tym miasteczku okazałaby się o wiele znośniejsza, gdyby ludzie mieli tu prawo do odrobiny prywatności.

Jessie stanęła przed nią, uśmiechała się szeroko i z empatią. Druciane skrzydełka podskakiwały wesoło za jej plecami.

– Pokażę ci, jak to może wyglądać. Następną osobę, która tu wejdzie, przekonam, żeby pozwoliła mi to zrobić. Obiecuję, że dowiesz się przeróżnych rzeczy, o których nie miałaś pojęcia.

– Wyobrażam sobie.

– No proszę, będzie fajnie.

– O Boże, jeśli padnie na panią Creek, będzie trzeba powiększyć witrynę.

Gdy Suzanna sięgnęła po pusty karton po mleku, drzwi się otworzyły. Wymieniły z Jessie znaczące spojrzenia. Dziewczyna zawahała się, po czym uśmiechnęła szeroko.

Mężczyzna spojrzał na nie, jakby zastanawiał się, czy wejść dalej.

– Ma pan ochotę na kawę? Jeszcze obsługujemy.

Miał włoski typ urody, ale był wysoki, jego postawa wyrażała konsternację kogoś, kto uważa ciepły dzień w Anglii za zimową pogodę. Miał na sobie niebieski fartuch miejscowego szpitala, a na nim starą skórzaną kurtkę. Jego twarz, podłużna i kanciasta, praktycznie zastygła, jakby był zbyt zmęczony, by nią poruszać.

Suzanna uświadomiła sobie, że się na niego gapi, i nagle zerwała się z krzesła.

– Podajecie espresso? – Miał obcy akcent, ale nie włoski. Podniósł wzrok na tablicę, po czym przeniósł go na dwie kobiety, próbując zrozumieć, dlaczego ta młodsza jest taka wesoła i jak sam nieświadomie przyczynił się do stworzenia tej dziwnej atmosfery.

– Och, jasne – odparła Jessie, uśmiechając się szeroko najpierw do Suzanny, a potem do niego. Sięgnęła po filiżankę, uroczystym gestem postawiła ją na podstawce ekspresu, a gościowi gestem poleciła usiąść. – W sumie jeśli poświęci mi pan kilka minut, espresso będzie na koszt firmy.

Rozdział jedenasty

Pielęgnica pawiooka to agresywna, wojownicza ryba. Na przekór swemu zwodniczemu, opalizującemu urokowi jest na tyle silna, by wyprostować haczyk i wygiąć wędkę niemal na pół. Osobnik powyżej dwóch kilogramów może męczyć wędkarza przez prawie godzinę. Ewoluowała w tych samych wodach co pirania, aligator, pokryta pancerzem z łusek piraruku – stworzenia wielkie jak samochody, które często walczą z rywalami większymi i bardziej niebezpiecznymi niż one same. W przeciwieństwie jednak do innych ryb Ameryki Południowej im większa urośnie, tym bardziej zagorzale walczy – w swoim naturalnym środowisku łagodnych wód Amazonki może osiągać masę czternastu kilogramów, stając się przez to adwersarzem godnym samego Moby Dicka.

Podsumowując, to wredna ryba, a gdy wyskakuje z wody na wysokość nawet metra, w jej prehistorycznym oku łatwo dostrzec głód walki. Widać więc, dlaczego może stanowić wymarzony łup dla młodego człowieka, który pragnie udowodnić swoją wartość w oczach innych. Albo też dla człowieka starszego, który chce zachować szacunek syna.

Może właśnie dlatego Jorge i Alejandro de Marenas lubili łowić ryby. Pakowali wędki, jechali dużą terenówką Jorgego na lotnisko, łapali samolot do Brazylii, by spędzić dwa, może trzy dni na zapasach z rybami, i wracali do domu z satysfakcjonująco połamanym sprzętem i zakrwawionymi dłońmi, zaspokoiwszy elementarną potrzebę doświadczenia odwiecznej walki człowieka z naturą. Pielgrzymowali tak dwa razy do roku, choć nie opisaliby tego w ten sposób. Tylko podczas tych wycieczek, rozmyślał często Alejandro, czuli się ze sobą całkowicie swobodnie.

Jorge de Marenas był jednym z najlepszych chirurgów plastycznych w Buenos Aires, lista jego klientów obejmowała ponad trzy tysiące nazwisk prominentnych polityków, muzyków i gwiazd telewizyjnych. Tak jak jego syn był znany jako Turco przez swój bliskowschodni wygląd, choć gdy tak go nazywano, często towarzyszyło temu zachwycone westchnienie. Kobiety przychodziły do niego po przedłużenie młodości, jędrniejsze biusty, szczuplejsze uda, nosy jak u prezenterek telewizyjnych i odęte usta jak u celebrytek. Z manierami równie gładkimi jak skóra po jego zabiegach zaspokajał wszystkie kaprysy, nakłuwając, naciągając, wypełniając, wygładzając, często przerabiając raz po raz te same osoby, aż zaczynały przypominać zdumione wersje samych siebie sprzed dziesięciu lat. Wszystkie poza matką Alejandra. Nie dotykał własnej żony. Jej obfitych pięćdziesięcioletnich ud, zmęczonych gniewnych oczu ukrytych pod kosztownym makijażem i pieczołowicie nakładanymi warstwami drogich kremów. Nie pochwalał u niej nawet farbowania włosów. Z dumą opowiadała przyjaciółkom, że to dlatego, iż uważał ją za idealną. Wierzyła, o czym powiedziała synowi, że tak jak w wypadku budowlańców i hydraulików to, co czekało w domu, znajdowało się na samym końcu listy. Alejandro nie potrafił określić, która wersja jest prawdziwa – jego ojciec traktował matkę z takim samym obojętnym szacunkiem, z jakim odnosił się do wszystkich innych.

Podczas gdy jego matka zachowywała się jak stereotypowa *latina* – teatralna, namiętna, podatna na oszałamiające wzloty i upadki – on i ojciec byli emocjonalnym rozczarowaniem, obaj wyjątkowo zrównoważeni, emanujący, zwłaszcza Alejandro, czymś, co często opisywano jako niemal onieśmielającą rezerwę. Ojciec bronił go przed tym (dość częstym) zarzutem, powtarzając, że mężczyźni z rodu Marenas nigdy nie czuli potrzeby komunikowania się jak w operach mydlanych – gniewnymi pozowanymi konfrontacjami i ekstrawaganckimi wyznaniami miłości. Zapewne dlatego Alejandro został odesłany do szkoły z internatem jako siedmiolatek, zapewne dlatego Jorge sam nieczęsto dawał upust emocjom – co czyniło go jeszcze lepszym chirurgiem. Wyjazdy na ryby dwa razy do roku stanowiły jedyną okazję zarówno dla ojca, jak i syna do odprężenia się, do uwolnienia emocji na wzburzonych wodach, do śmiechu, gniewu, radości i rozpaczy wyrażanych w bezpiecznych objęciach woderów i kamizelek pełnych haczyków.

W każdym razie zazwyczaj. Tym razem jednak, przynajmniej w wypadku Alejandra, nieskomplikowane fizyczne przyjemności podróży przytłaczała rozmowa, która miała dopiero nadejść, świadomość, że choć obrana przez niego ścieżka kariery została potraktowana przez rodziców jako najgorsza zdrada, on zamierzał zranić ich jeszcze bardziej.

Wycieczka skomplikowała się już na samym początku – Jorge nie był pewien, czy w ogóle powinien jechać, wiedział bowiem, że wielu jego przyjaciół nie tylko rezygnuje z wypraw na ryby na rzecz odpoczynku w rodzinnych *estancia*, ale w obliczu kurczących się fortun i odcięcia od oszczędności rozważa wręcz opuszczenie kraju na zawsze. On radził sobie całkiem nieźle, ale nie chciał kłuć tym w oczy znajomych. Nie wypadało się chełpić zamożnością, gdy tak wiele osób wokół cierpiało.

Może ja jakoś wyrównam te szale, pomyślał Alejandro, czując ukłucie niepokoju.

Zamierzał wyznać ojcu prawdę po wyjściu z chaty, ale Jorgego pochłonęło ugryzienie, przez które spuchła mu stopa, powodując dyskomfort podczas chodzenia, Alejandro niósł więc jego sprzęt i nic nie mówił, nasunął kapelusz na czoło, by osłonić oczy przed słońcem, a w jego umyśle wirowały potencjalne argumenty, gdy oczekiwał na konfrontację. Zamierzał powiedzieć Jorgemu, gdy ten założy już wobler, jarmarczne brzydactwo rozmiarów podkowy z przywieszkami jak z indiańskiego festiwalu, rodzaj przynęty, na której widok europejscy wędkarze kręciliby głową z niedowierzaniem… dopóki nie złapaliby na nią własnej pielęgnicy, rzecz jasna.

Zamierzał mu powiedzieć, gdy dotarli nad wodę, ale szmer strumienia i intensywne skupienie ojca odwiodły go od tego, każąc mu czekać, i odpowiednia chwila minęła. Na ich ulubionej zacisznej plaży pomiędzy zrujnowaną chatą a wysoką stertą drewna już miał wyrzucić z siebie słowa, które uformowały się w jego ustach, gdy ojciec złapał na haczyk wielką bestię, która przelotnie spojrzała im w oczy z odległości dziesięciu metrów. Malowała się w nich ta sama niema furia co u matki Alejandra, gdy Jorge informował ją, że znów wróci późno do domu. (Nie ma co się zanadto denerwować, mawiała, odkładając słuchawkę. Nie, biorąc pod uwagę sytuację, w której tylko on nadal wiedział, jak zarabiać pieniądze. Nie, kiedy kręciły się wokół niego te wszystkie *putas* z plastikowymi cyckami wielkości grejpfrutów i młodzieńczymi tyłkami).

Ta *tucunare*, jak nazywali ją Brazylijczycy, była duża nawet jak na standardy ojca Alejandra. Ogłosił jej przybycie piskiem zaskoczonego dziecka, gdy wobler zanurkował pod wodę przy wtórze erupcji fal. Wezwał syna na pomoc gorączkowymi ruchami głowy – obie ręce musiał zaciskać na wędce, żeby jej nie stracić. Przepadła szansa na jakąkolwiek rozmowę.

Alejandro wypuścił swoją wędkę i podbiegł do ojca, wzrok utkwił we wściekle kłębiącej się wodzie. Pielęgnica wyskoczyła w górę, jakby chciała oszacować przeciwników, a obaj mężczyźni krzyknęli cicho, widząc jej rozmiary. W tym ułamku sekundy, kiedy trwali nieruchomo, zaszokowani tym widokiem, ryba rzuciła się do ucieczki w labirynt gnijących pni drzew, a szarpnięcie sprawiło, że kołowrotek zawył niczym pikujący samolot.

– *Más rápido! Más rápido!* – krzyknął Alejandro do ojca, gdy ten siłował się z linką, zapominając o wszystkim poza wojowniczą rybą.

Kręcąc łbem, pielęgnica zdołała oderwać co najmniej jeden haczyk z przynęty, jej jaskrawopomarańczowe i szmaragdowozielone łuski migotały, gdy szarpała linkę, czarne oko w złotej obwódce na jej płetwie ogonowej prowokowało ich, wynurzając się ponad powierzchnią, równie napastliwe i intrygujące jak pawi ogon, po którym zwierzę otrzymało swoją nazwę. Alejandro poczuł, że ojciec słabnie, zakręciło mu się w głowie od brutalności tego starcia, poklepał Jorgego po ramieniu, ciesząc się, że to on złapał tę wspaniałą rybę, że to on będzie miał szansę udowodnić swoją wyższość na wodzie.

Nie było to jednak szybkie zwycięstwo. W zasadzie przez dłuższy czas nie mieli nawet pewności, czy to w ogóle będzie zwycięstwo. Zwijali i rozwijali linkę, zmieniali się przy wędce, gdy jeden z nich opadał z sił. Zwijali i rozwijali, powoli przyciągając rybę, która kręciła masywnym łbem, by uwolnić się od kolorowych haczyków, rzucała się coraz bardziej, zamieniała przejrzystą taflę wody w pianę, gdy ciągnęli ją do brzegu.

W pewnym momencie Alejandro chwycił ojca w pasie, przytulił się do jego szerokich pleców, naprężając mięśnie z wysiłku, by go utrzymać, próbując zaprzeć się stopami na śliskim brzegu rzeki, i nagle uderzyła go myśl, że nie pamięta, kiedy po raz ostatni trzymał go w taki sposób. Jego matka uwielbiała wykorzystywać dłonie i usta do wyrażania czułości – do tego stopnia, że czasami czuł do niej odrazę, dorastając – i nagle pojął, że potrzebowała czegoś, czego ojciec jej odmawiał, czy to ze szczerej niezdolności do takich gestów, czy też z czystej złośliwości: męskiej uwagi od czasu do czasu, zalotnego szacunku, miłości. Biorąc pod uwagę, jakim rozczarowaniem był dla nich w innych dziedzinach, to jedno mógł jej dać.

– *Mierda*, Ale, masz aparat?

W końcu, zmęczeni, osunęli się razem na brzeg, ryba leżała pomiędzy nimi niczym śpiące dziecko pomiędzy dumnymi młodymi rodzicami. Jorge złapał oddech, po czym z trudem się podniósł. Gdy sięgnął po pielęgnicę, pustooką i wściekłą nawet po śmierci, jego dojrzałą opaloną twarz opromienił zasłużony triumf, rzadka u niego niepowstrzymywana radość. Jego zmęczone ręce uginały się, gdy uniósł łup wysoko ku niebu. To najlepszy dzień, jaki miałem od lat, oświadczył. Pamiętny dzień. Zaczekaj, aż opowiem chłopakom w klubie. Na pewno zrobiłeś zdjęcia?

Alejandro nieraz zadawał sobie potem to pytanie: Jak miałem wtedy mu powiedzieć?

Jorge de Marenas postanowił zajrzeć do biura, zanim pojedzie do domu. O tej porze tworzyły się straszne korki na drodze wyjazdowej z Zona Norte, a odkąd zaczęły się kłopoty, nawet mężczyzna taki jak on nie czuł się bezpiecznie w unieruchomionym samochodzie.

– Luísowi Casiro ukradli nowego mercedesa, mówiłem ci? Nie zdążył nawet wyjąć pistoletu z kieszeni, zanim go z niego wyciągnęli. Uderzyli go tak mocno, że trzeba było założyć czternaście szwów. – Pokręcił głową, rozglądając się wokół. – Fernando de la Rúa ma się z czego tłumaczyć.

Po prawej przez przyciemnioną szybę Alejandro widział Matki z Plaza de Mayo, ich białe chusty wybijały się na tle otaczającej je zieleni, przyozdobione nazwiskami Zaginionych. Ich pozornie spokojne zachowanie było zwodnicze, przeczyło tysiącom zdjęć, którymi ubierały park od ponad dwudziestu lat – fotografie przedstawiały synów i córki zamordowanych przez osoby, które mogły mijać je na ulicy, o czym każda z nich wiedziała. Kryzys ekonomiczny ich nie powstrzymał, ale przekierował zainteresowanie pozostałych mieszkańców w inną stronę, a one wyglądały na zmęczone i ignorowane niczym heroldowie wczorajszych nowin.

Alejandro pomyślał o małej dziewczynce, którą przyjął na świat przed prawie trzema miesiącami, o innych dzieciach, które oddawano potem na jego oczach, o narodzinach ochrzczonych łzami. Szybko odepchnął od siebie te myśli.

– Tato?

– Tylko nie mów matce, ile wczoraj wypiliśmy. Głowa i tak mi już pęka. – W głosie ojca nadal pobrzmiewała satysfakcja po udanym połowie.

Colectivo za nimi, głośno czkając wyziewami diesla, zwolnił do siedmiu, ośmiu kilometrów na godzinę, na tyle, by pasażerowie, którzy wysiadali, wyskoczyli na chodnik, a ci czekający wskoczyli do środka. Jeden z mężczyzn potknął się i przewrócił, a potem krzyknął i pogroził pięścią oddalającemu się autobusowi.

– Chyba przechodzi przemianę – dodał ojciec w zamyśleniu. – Kobiety stają się wtedy bardziej nerwowe.

– Muszę z tobą porozmawiać.

– Tak paranoicznie się o siebie boi, że prawie nie wychodzi z domu. Oczywiście się do tego nie przyzna. Nawet jak ją zapytasz. Będzie wymyślała wymówki, powie, że panie przychodzą do niej, by pracować charytatywnie, albo że jest za gorąco na spacery, ale w ogóle przestała wychodzić. – Urwał, nadal miał dobry humor. – Doprowadza mnie tym do szału. – Rozmiary pielęgnicy sprawiły, że się rozgadał. – Ponieważ nie wychodzi, zaczyna myśleć o różnych rzeczach, wiesz? Nie tylko o sytuacji ekonomicznej. Nie tylko o bezpieczeństwie, choć z tym też nie jest dobrze. Wiesz, że teraz łatwiej o napad w Zona Norte niż w slumsach? Łajdacy wiedzą, gdzie znaleźć pieniądze, nie są głupi. – Jorge wypuścił powietrze z płuc, nie odrywał wzroku od drogi. – Nie, ona zadręcza się tym, gdzie jestem. Dlaczego wracam z biura dziesięć minut później. Przecież wiem, jak się boi, że będę miał wypadek.

Zerknął w lusterko, sprawdzając podświadomie, czy nie przewróciła się lodówka turystyczna, w której spoczywała ryba.

– Ona chyba myśli, że mam romans. Za każdym razem kiedy pyta, dlaczego się spóźniłem, od razu pyta też o Agostinę. Agostinę! Jakby taka kobieta mogła w ogóle spojrzeć na takiego starca jak ja! – W jego głosie zabrzmiała pewność siebie kogoś, kto tak naprawdę nie wierzy w swoje słowa.

Alejandro poczuł ciężar na sercu.

– Tato, wyjeżdżam za granicę.

– Wszystko wyolbrzymia, wiesz? Bo ma za dużo czasu na siedzenie i myślenie. Zawsze taka była.

– Do Anglii. Wyjeżdżam do Anglii. Pracować w szpitalu.

Tym razem Jorge na pewno go usłyszał. Zapadła przedłużająca się cisza, której nie zagłuszały nawet raporty drogowe w radiu. Alejandro siedział w skórzanym fotelu, wstrzymując oddech przed nadchodzącą burzą. W końcu, czując, że dłużej tego nie zniesie, dodał cicho:

– Nie planowałem tego… – Podejrzewał, że tak będzie, a mimo to nie czuł się przygotowany na ciężar winy, który go przygniótł, na wyjaśnienia, przeprosiny, które domagały się wyartykułowania. Wbił wzrok w swoje dłonie, pokryte pęcherzami i wściekłoczerwonymi krzyżakami zadrapań od nylonowych linek.

Ojciec zaczekał, aż dobiegnie końca raport drogowy.

– Cóż… Moim zdaniem to dobry pomysł.

– Co?

– Nic tu na ciebie nie czeka, Ale. Nic. Lepiej wyjedź i ciesz się życiem gdzieś indziej. – Ukrył głowę w ramionach i wydał przeciągłe, zmęczone westchnienie.

– Nie masz nic przeciwko temu?

– To nieistotne… Jesteś młodym mężczyzną. Masz prawo podróżować. Masz prawo szukać nowych możliwości, poznawać nowych ludzi. Bóg jeden wie, że w Argentynie nic nie ma. – Uciekł wzrokiem w bok, co nie umknęło jego synowi. – Musisz trochę pożyć.

Słowa, które napłynęły Alejandrowi do ust, wydawały się niestosowne, więc ugryzł się w język.

– Kiedy porozmawiasz z matką?

– Dzisiaj. Papiery przyszły w zeszłym tygodniu. Chcę jak najszybciej wyjechać.

– To tylko… To tylko sytuacja ekonomiczna, prawda? Nic innego… Nic innego nie zmusza cię do wyjazdu?

Alejandro wiedział, że czeka ich jeszcze inna rozmowa.

– Tato, państwowe szpitale padają. Krążą plotki, że nie ma dość pieniędzy, by nam zapłacić do końca roku.

Jorge odetchnął z ulgą.

– Nie pojadę do biura. Musisz porozmawiać z matką. Zawiozę cię.

– Kiepsko to przyjmie, co?

– Poradzimy sobie z tym – odparł Jorge krótko.

Okrążyli plac z trzech stron i utknęli w korku przed budynkami rządowymi. Jorge po ojcowsku poklepał syna po udzie.

– No to kto pomoże mi teraz łowić pielęgnice, co? – Niewymuszone ożywienie zniknęło. Wróciła maska profesjonalisty, łagodna, uspokajająca.

– Przyjedź do Anglii, tato. Będziemy łowić pstrągi.

– Hm. Ryba dla dzieci. – Powiedział to bez urazy.

Matki Zaginionych zakończyły swój cotygodniowy marsz. Odjeżdżając, Alejandro obserwował, jak składają zalaminowane plakaty i chowają je do torebek, poprawiają haftowane chustki na głowach, wymieniają pożegnania i przytulają się ze swobodną sympatią długoletnich sojuszniczek, zanim rozejdą się do różnych bram, by podjąć samotną podróż do domu.

Dom Marenasów, jak wiele innych w Zona Norte, nie wyglądał ani jak charakterystyczna dla centralnego Buenos Aires posiadłość o gładkiej fasadzie pełnej okiennic w stylu hiszpańskim, ani też jak nowoczesna struktura ze szkła i betonu. Był to osobliwy, bogato zdobiony budynek położony dalej od ulicy, a jeśli chodzi o styl architektoniczny, najbardziej przypominał szwajcarski zegar z kukułką.

Granice starannie utrzymanej działki wyznaczały przystrzyżone żywopłoty, w których skrywała się elektroniczna brama, w oknach niedawno zainstalowano kraty, a na końcu drogi stała dyskretnie ukryta budka strażnika. Drewniane podłogi we wnętrzach dawno ustąpiły miejsca lśniącym przestworzom chłodnego marmuru, na którym stały kosztowne meble w stylu francuskiego rokoko, wypolerowane na wysoki połysk i bogato złocone. Nie był to dom przytulny, ale choć pokoje reprezentacyjne świadczyły o chłodnej wyższości statusu społecznego, zapraszając gości raczej do podziwiania niż odpoczynku, w kuchni, w której rodzina spędzała najwięcej czasu, nadal stały stary, podrapany stół i kilka wytartych wygodnych krzeseł. Ich zniknięcie, oświadczyła pokojówka Milagros, za-kończyłoby natychmiast jej dwudziestosiedmioletni staż przy tej rodzinie. Jeśli państwo myślą, że po dniu ciężkiej pracy bę-dzie wciskała tyłek w jedno z tych nowoczesnych plastikowych paskudztw, niech się nie zdziwią. A było powszechnie wiado-mo, że tylko dzięki Milagros matka Alejandra nie wylądowała jeszcze w zakładzie, dlatego też krzesła zostały ku milczącemu zadowoleniu wszystkich zainteresowanych. Kuchnia stała się tym samym najczęściej używanym pomieszczeniem w domu z siedmioma sypialniami.

To tutaj Ale postanowił porozmawiać z matką, podczas gdy ojciec wycofał się do swojego gabinetu pod pozorem pra-cy, a Milagros zmywała marmurowe podłogi mopem, by pod-słuchiwać i od czasu do czasu wtrącić celne wykrzyknienie. Matka usiadła sztywno przy stole. Blond kask na głowie spra-wiał, że niczym nie przypominała ciemnowłosej piękności ze ślubnych fotografii w pozłacanych ramkach rozrzuconych po całym domu.

– Dokąd wyjeżdżasz? – zapytała po raz drugi.

– Do Anglii.

– Uczyć się? Zmieniłeś zdanie? Zostaniesz lekarzem?

– Nie, mamo, nadal będę położnym.

– Będziesz pracował w prywatnym szpitalu? Żeby robić ka-rierę?

– Nie. W szpitalu państwowym.

Milagros przestała udawać, że sprząta, i stanęła nierucho-mo na środku pomieszczenia, by niczego nie uronić.

– Wyjeżdżasz na drugi koniec świata, żeby tam robić to samo, co robisz tutaj?

Pokiwał głową.

– Ale dlaczego tam? Dlaczego tak daleko?

Odpowiedzi przećwiczył w głowie wiele razy.

– Tutaj nie ma żadnych perspektyw. W Anglii proponują dobrą posadę, odpowiednią pensję. Będę mógł pracować w najlepszych szpitalach.

– Przecież możesz pracować tutaj! – Coraz wyższy ton matki świadczył o narastającej panice lub histerii. – Nie dość, że straciłam jedno dziecko? Muszę też stracić drugie?

Wiedział, że do tego dojdzie, ale ta świadomość nie osłabiła ciosu. Poczuł przy sobie czyjąś złowróżbną obecność, jak zawsze, kiedy rozmawiali o Esteli.

– Nie tracisz mnie, mamo. – Mówił głosem lekarza, który uspokaja pacjenta.

– Przeprowadzasz się piętnaście tysięcy kilometrów stąd! I mówisz, że cię nie tracę? Dlaczego przeprowadzasz się tak daleko ode mnie? – Zerknęła na Milagros, która pokiwała głową, potakując z żalem.

– Nie przeprowadzam się od ciebie.

– Ale dlaczego nie Ameryka? Dlaczego nie Paragwaj? Brazylia? Dlaczego nie Argentyna, na litość boską?

Próbował jej wytłumaczyć, że w angielskich szpitalach brakuje położnych, że specjalistom z innych krajów oferuje się tam pokaźne zachęty finansowe, by uzupełniali braki. Próbował jej tłumaczyć, że to będzie dobre dla jego kariery, że być może trafi do jednego ze znanych szpitali uniwersyteckich, że opieka nad noworodkami stoi tam na światowym poziomie. Wiecznie mówiła o swoich europejskich przodkach – uznał, że dobrze mu zrobi poznanie Europy.

Zastanawiał się, czy powiedzieć jej o trojgu dzieciach, które na jego oczach oddano tuż po narodzinach, ponieważ argentyński kryzys ekonomiczny sprawił, że ich rodzice stali się zbyt biedni, by je utrzymać, o zrozpaczonych łkaniach zakrwawionych matek i boleśnie zaciśniętych szczękach ojców.

O tym, że choć z wyboru pracował w najbiedniejszych dzielnicach, choć doświadczył oszałamiającego nieszczęścia, do którego dochodzi, gdy nędza i choroby idą ręka w rękę, nic nie mogło go przygotować na ten niesłabnący smutek, na poczucie, że stał się mimowolnym wspólnikiem zbrodni, oddając te dzieci.

Nigdy jednak nie rozmawiali z nią z ojcem o dzieciach. Nigdy.

Uklęknął przed nią i wziął ją za rękę.

– Co mnie tu czeka, mamo? Szpitale umierają. Nie byłoby mnie stać nawet na mieszkanie w slumsach z moją pensją. Chcesz, żebym do końca życia mieszkał z tobą? – Pożałował tych słów, gdy tylko padły, ponieważ wiedział, że taki układ wręcz by ją uszczęśliwił.

– Wiedziałam, że ten twój pomysł... Ten pomysł nie przyniesie nam nic dobrego.

Gdy zdał na medycynę, jego matka była taka dumna. Bądź co bądź czy są w Buenos Aires zawody o wyższym statusie? Tylko chirurdzy plastyczni i terapeuci, a tych już mieli w rodzinie. Po dwóch latach wrócił jednak do domu i oświadczył, że zmienił zdanie – źle się czuł pomiędzy lekarzami, jak sobie uświadomił. Jego przyszłość czekała gdzieś indziej. Postanowił, że będzie się specjalizował w położnictwie.

– Chcesz zostać położnikiem? – zapytała matka, marszcząc brwi z obawą.

– Nie, zostanę położnym.

To wtedy po raz drugi Milagros zobaczyła, że jej pani mdleje. (Pierwszy raz zemdlała, gdy poinformowali ją, że Estela nie żyje). Nie była to odpowiednia profesja dla syna najsłynniejszego chirurga plastycznego w Buenos Aires, niezależnie od tego, jakie czuł powołanie. Nie był to zawód dla prawdziwego mężczyzny, niezależnie od tego, co się teraz mówi o równości płci i wyzwoleniu seksualnym. Zdecydowanie nie było to coś, o czym mogłaby swobodnie rozmawiać z przyjaciółkami, którym do niedawna mówiła, że syn studiuje medycynę. To nie było stosowne. Co istotniejsze, zwierzyła się Milagros, to chyba jest prawdziwy powód, dla którego jej piękny syn nigdy nie przyprowadził do domu żadnej dziewczyny, nigdy nie przejawiał aroganckiego *machismo*, którym powinien emanować jako pierworodny syn takiej rodziny. Jego męskie instynkty, dowodziła w rozmowie z pokojówką, zostały przytępione przez nieustanne wystawianie ich na działanie brutalniejszego aspektu kobiecej biologii. A do tego wszystkiego postanowił jeszcze zatrudnić się w państwowym szpitalu.

– A kiedy zamierzasz wyjechać?

– W przyszłym tygodniu. We wtorek.

– W przyszłym tygodniu? W tym najbliższym? Po co ten pośpiech?

– Oni potrzebują personelu na wczoraj, mamo. Trzeba korzystać z okazji, kiedy się nadarza.

Zesztywniała pod wpływem szoku. Uniosła dłoń do twarzy, a potem się załamała.

– Gdyby to twoja siostra chciała wykonywać taki zawód, przenosić się na inny kontynent... Z tym bym sobie poradziła. Ale ty... To niewłaściwe, Ale.

A co jest właściwe?, zapragnął zapytać. Czy to niewłaściwe, że postanowiłem poświęcić się sprowadzaniu dzieci bezpiecznie na ten niebezpieczny świat? Czy to niewłaściwe, że moją zawodową walutą są emocje, prawdziwe życie, prawdziwa miłość, podczas gdy cały kraj, w którym mieszkamy, jest zbudowany na sekretach i czci to, co fałszywe? Czy to właściwe, że niezależnie od tego, w co chcesz wierzyć, drugą najpopularniejszą usługą oferowaną przez mojego szacownego ojca jest „upiększanie" najintymniejszych części kobiecych ciał? Jak zwykle jednak nie powiedział nic. Zamknął oczy, uodporniając się na cierpienie matki.

– Będę cię odwiedzał dwa, może nawet trzy razy w roku.

– Mój syn będzie tylko gościem w moim domu. I to ma mnie uszczęśliwić? – Nie patrzyła na Alejandra, zwracała się do Milagros, która cmokała z dezaprobatą. Zapadła długa cisza. W końcu, tak jak się spodziewał, matka wybuchnęła głośnym płaczem. Wyciągnęła do niego rękę, jej palce dygotały słabo w powietrzu. – Nie wyjeżdżaj, Ale. Obiecuję, że nie będę krytykować tego, gdzie pracujesz. Możesz zostać w Hospital de Clinicas. Nic więcej nie powiem.

– Mamo…

– Proszę!

Usłyszała stalową pewność w jego milczeniu. Gdy znów przemówiła, w jej głosie pobrzmiewała gorzka nuta. Zamrugała, by odpędzić łzy.

– Ja chciałam tylko, abyś odniósł sukces, ożenił się, chciałam opiekować się twoimi dziećmi. A teraz odmawiasz mi nie tylko tego, ty odmawiasz mi siebie!

Nieuniknione rozstanie obudziło w nim wspaniałomyślność. Uklęknął i wziął ją za rękę, czując na skórze chłód jej wysadzanych klejnotami pierścionków.

– Wrócę. Myślałem, że uznasz to za szansę dla mnie.

Zmarszczyła brwi, odsunęła włosy, które opadły mu na oczy.

– Jesteś taki zimny, Ale. Taki nieczuły. Nie widzisz, że łamiesz mi serce?

Nigdy nie potrafił znaleźć odpowiedzi w obliczu bezkompromisowej logiki swojej matki.

– Powinnaś się cieszyć, że mam taką szansę, mamo.

– Jak może mnie cieszyć twoja szansa, jeśli opłakuję swoją?

I właśnie dlatego od ciebie uciekam, oświadczył w duchu. Bo odkąd cię znam, coś opłakujesz. Bo moja głowa jest tego pełna, zawsze była. Bo może w końcu zaznam przez to trochę spokoju.

– Później porozmawiamy. Teraz muszę już iść. – Rozciągnął usta w cierpliwym obojętnym uśmiechu, który rezerwował dla matki, ucałował ją w skroń i zostawił ją płaczącą cicho w objęciach pokojówki.

Mimo iż jedynym celem istnienia Venus Love Hotel i innych tego typu obiektów było ułatwianie seksualnych ekscesów i szerzenie nieprzyzwoitości, przybytki te nakładały na siebie niezliczone zasady i regulacje. Choć obsługa hotelowa mogła poza posiłkami dostarczyć do pokoju wszelkie erotyczne pomoce, a rozpustne skłonności widywane tylko na filmach dla dorosłych były tutaj dostępne do wynajęcia, hotel przejawiał osobliwą pruderię, ściśle przestrzegając określonego kodeksu postępowania i utrzymując atmosferę przyzwoitości. Budynek miał ponurą fasadę prywatnego domu, na zewnątrz nie było nawet szyldu. Ani mężczyznom, ani też kobietom nie wolno było czekać samotnie w pokojach, nawet jeśli potajemne schadzki w pobliskich kawiarniach narażały zdradzające pary na spojrzenia ciekawskich oczu. Przyciemniona szyba recepcji oznaczała, że ani recepcjoniści, ani goście nie byli w stanie się rozpoznać.

Tyle że mężczyzna za szybą znał tego akurat klienta, który hojnie zapłacił mu przy niejednej okazji, by zapewnić sobie dyskrecję. Klient ten pojawiał się na łamach plotkarskich gazet tak często, że można go było rozpoznać nawet zza podwójnej bariery szyby i okularów przeciwsłonecznych.

Oznaczało to, że Alejandro musiał tylko nieznacznie skinąć głową rysującej się przed nim postaci, po czym mógł od razu wbiec na górę, pokonując po dwa, trzy stopnie naraz, by o umówionej godzinie dyskretnie zapukać do drzwi, które stanowiły jego schronienie dwa, trzy razy w tygodniu od niemal osiemnastu miesięcy.

– Ale? – Nigdy nic romantycznego. Nigdy żadnego *amor*. Tak wolał.

– To ja.

Eduardo Guichane był jednym z najlepiej opłacanych argentyńskich prezenterów telewizyjnych. Podczas jego talk-show nadawanego kilka razy w tygodniu otaczały go w studiu prawie nagie południowoamerykańskie dziewczęta, które czyniły częste, źle napisane aluzje do jego owianego legendą apetytu seksualnego. Był wysoki, miał ciemną cerę i włosy, nosił doskonałe ubrania i chlubił się swoją aparycją, która podobno nie zmieniała się od lat dzięki temu, iż zawodowo uprawiał futbol. Popularny argentyński brukowiec „Gente" często zamieszczał na swoich łamach „kradzione" zdjęcia gwiazdora trzymającego w objęciach jakąś młodą dziewczynę, którą nie była Sofia Guichane, często też spekulował, czy tak jak w wypadku poprzednich żon Eduardo zdradza również byłą finalistkę konkursu Miss Wenezueli. Wszystko to podrzucał do mediów jego rzecznik prasowy.

– Wszystko to kłamstwa – mamrotała Sofia zgorzkniale, zapalając jednego ze swoich nieodłącznych papierosów.

Eduardo miał libido mebla ogrodowego. Choć zazwyczaj wymawiał się zmęczeniem, zastanawiała się, czy jego zainteresowania nie kierują się gdzieś indziej.

– Ku chłopcom? – zapytał Alejandro ostrożnie.

– Nie! Z chłopcami bym sobie poradziła. – Sofia wydmuchała dym ku sufitowi. – Obawiam się, że bardziej interesuje go golf.

Poznali się w klinice jego ojca dzień po zamieszkach, kiedy to Alejandro pojawił się tam na życzenie matki, by upewnić się, że ojciec bezpiecznie dotarł do pracy. Sofia odbywała właśnie jedną ze swoich licznych wizyt – żyjąc w celibacie przez cztery z sześciu lat swojego małżeństwa, doszła do wniosku, że mniejszy, jędrniejszy tyłek i kilka centymetrów mniejszy obwód ud na nowo rozpalą namiętność jej męża. („Wyrzuciłam tyle dolarów amerykańskich w błoto", powiedziała potem). Alejandro, oszołomiony jej urodą i niezadowoleniem malującym się na jej twarzy, wpatrywał się w nią przez chwilę, po czym wyszedł, nie poświęcając jej dalszych myśli. To ona wpadła na niego w holu na dole, spojrzała na niego z takim samym osobliwym głodem, po czym oświadczywszy, że zazwyczaj tego nie robi, zapisała swój numer na wizytówce i wcisnęła mu ją w rękę.

Trzy dni później spotkali się Fenixie, spektakularnie wyzywającym hotelu schadzek, w którym na ścianach wisiały szczegółowe ryciny z *Kamasutry*, a łóżka wibrowały na życzenie. To ona zasugerowała miejsce spotkania, czym nie pozostawiła żadnych wątpliwości co do swoich intencji, przeszli więc niemal od razu do gorączkowego zbliżenia, po którym Alejandro chodził oszołomiony przez prawie tydzień.

Stopniowo ich schadzki ułożyły się w pewien schemat. Ona zarzekała się, że więcej się nie spotkają, że Eduardo coś podejrzewa, wypytuje ją, że tym razem cudem udało się jej wyrwać. On siadał przy niej, pocieszał ją, powtarzał, że rozumie, gdy wybuchała płaczem, pytała, dlaczego ona, młoda kobieta, musi doświadczać małżeństwa bez miłości, życia bez namiętności, choć nie skończyła jeszcze nawet trzydziestu lat. (Oboje byli świadomi, że to nie do końca prawda – przynajmniej ten wiek – ale Alejandro wiedział, że lepiej nie przerywać). Gdy ją tak pocieszał, przytakiwał, że to niesprawiedliwe, że jest zbyt piękna, zbyt namiętna, by marnować się i usychać jak stara figa, ona ujmowała jego twarz w dłonie i oświadczała, że jest taki przystojny, taki miły, jedyny mężczyzna, który ją rozumie. A potem się kochali (choć to łagodne określenie dla tego, co się pomiędzy nimi faktycznie rozgrywało). Po wszystkim, zaciągając się gniewnie papierosem, odsuwała się i mówiła, że to już naprawdę koniec. Ryzyko jest za duże. Alejandro musi to zrozumieć.

Po kilku dniach, najdalej tygodniu, znów dzwoniła.

Jego uczucia co do tego układu często bywały ambiwalentne: zawsze przejawiał dyskretną wybredność, dobierając sobie partnerki, nie czuł się komfortowo z myślą, że mógłby się zakochać. Choć żywił współczucie dla jej kłopotliwego położenia, wiedział, że nie kocha Sofii. Nie był nawet pewien, czy ją lubi. Wyczuwał, że jej zapewnienia o miłości stanowią swego rodzaju usprawiedliwienie dla dobrej katolickiej dziewczyny, która robi coś złego – jej religijność mieściła w sobie zgodę na romantyczne uniesienia, zmysłowe pożądanie wykraczało jednak poza jej ramy. To, co ich połączyło, choć żadne z nich nie zdobyło się nigdy na odwagę, by powiedzieć to na głos, było gwałtowną seksualną chemią – pozwalało Sofii wierzyć, że nadal jest godna pożądania, a Alejandra wyrywało z charakterystycznej dla niego powściągliwości, nawet jeżeli tego po sobie nie pokazywał.

– Dlaczego nigdy na mnie nie patrzysz, kiedy dochodzisz?

Cicho zamknął za sobą drzwi i stanął nad leżącą na łóżku Sofią. Przywykł już do tych jej konwersacyjnych gambitów – jakby skrótowa forma ich spotkań nie pozostawiała miejsca na żadne uprzejmości.

– Patrzę na ciebie. – Już miał zdjąć marynarkę, ale zmienił zdanie.

Przetoczyła się na brzuch, żeby sięgnąć po popielniczkę. Ten ruch sprawił, że spódnica podsunęła się jej na uda. Telewizja nadawała film pornograficzny, zerknął na ekran, zastanawiając się, czy oglądała go, gdy na niego czekała.

– Nie, nie patrzysz. Nie, gdy dochodzisz – odparła. – Obserwuję cię.

Wiedział, że miała rację. Nigdy nie otwierał oczu w tym momencie, będąc z kobietą. Jego wujek psychoterapeuta z pewnością powiedziałby, że zdradza to jego małoduszność, determinację, by się przed nikim nie obnażyć.

– Nie wiem – mruknął. – Nie myślałem o tym.

Sofia usiadła i uniosła kolano, odsłaniając długie udo. Normalnie to by wystarczyło, by wyzwolić w nim potężną falę pożądania, tego dnia czuł się jednak osobliwie obojętny, jakby już znalazł się tysiące kilometrów stąd.

– Eduardo uważa, że powinniśmy mieć dziecko.

W pokoju obok ktoś otworzył okno. Alejandro słyszał przez ścianę dyskretny pomruk głosów.

– Dziecko – powtórzył.

– Nie zapytasz jak?

– Chyba rozumiem już biologię tego procesu.

Nie uśmiechnęła się.

– Chce to zrobić w klinice. Mówi, że to najlepszy sposób, by się upewnić, że to się stanie szybko. Moim zdaniem to dlatego, że nie chce się ze mną kochać.

Alejandro usiadł na krawędzi łóżka. Para w telewizji popadła w orgiastyczną gorączkę, a on zaczął się zastanawiać, czy Sofia zaprotestowałaby, gdyby to wyłączył. Wielokrotnie mówił jej, że takie filmy nie mają na niego żadnego wpływu, ale ona tylko się uśmiechała, jakby wiedziała lepiej, jakby powtarzająca się ekspozycja miała zmienić jego opinię.

– Dzieci chyba nie da się robić w pojedynkę.

Kopnęła swoje buty w przeciwległe końce pokoju – Eduardo lubił schludność, porządek, wyznała kiedyś. Gdy była z Alejandrem, lubiła rozrzucać swoje ubrania w wyrazie potajemnego buntu.

– To ci nie przeszkadza?

– Tylko jeśli tobie to przeszkadza.

– Moim zdaniem on wcale nie chce mieć dzieci. Wszystkie te pieluchy... Wszędzie plastikowe zabawki, wymiociny na ramieniu. On chce po prostu wyglądać męsko. Wiesz, że wypadają mu włosy? Powiedziałam, że taniej będzie, jeśli zrobi sobie przeszczep. Ale on mówi, że chce mieć dziecko.

– A ty czego chcesz?

Zmierzyła go ostrym spojrzeniem, uśmiechnęła się drwiąco, słysząc ten psychoanalityczny ton.

– Czego ja chcę? – Wykrzywiła wargi, gasząc papierosa. – Nie wiem. Chyba jakiegoś innego życia. – Odepchnęła się od materaca i przysunęła do niego, na tyle blisko, by poczuł zapach jej perfum, po czym dotknęła jego policzka chłodną dłonią i przesunęła ją powoli po skórze. Jej włosy, swobodnie spływające na ramiona, były nieco zmatowiałe, jakby przez jakiś czas leżała na łóżku, zanim przyszedł. – Myślałam o tobie – dodała. Pochyliła się ku niemu i pocałowała go, zostawiając na jego wargach smak szminki i papierosów. Przechyliła głowę. – Coś się stało?

Od czasu do czasu zaskakiwała go w taki sposób – był przekonany, że jest rozpieszczona i samolubna, a jednak czasami wyczuwała subtelną zmianę atmosfery. Niczym pies.

Zastanawiał się przez chwilę, czy zdoła jakoś złagodzić ten cios.

– Wyjeżdżam.

Szeroko otworzyła oczy. Kobieta na ekranie zwinęła się w taką pozycję, że Alejandro aż poczuł dyskomfort. Marzył o tym, by wyłączyć telewizor.

– Na długo?

– Na rok... Jeszcze nie wiem.

Spodziewał się eksplozji, był na nią gotowy. Sofia jednak znieruchomiała tylko, po czym westchnęła, usiadła na łóżku i sięgnęła po papierosy.

– To praca. Dostałem pracę w szpitalu w Anglii.

– W Anglii.

– Wyjeżdżam w przyszłym tygodniu.

– Och.

Przysunął się do niej, położył dłoń na jej ramieniu.

– Będę za tobą tęsknił.

Siedzieli tak przez parę minut, ledwie świadomi odgłosów stłumionego uprawiania miłości w pokoju obok. Kiedyś uznałby to za krępujące.

– Dlaczego? – Odwróciła się do niego. – Dlaczego wyjeżdżasz?

– Buenos Aires… Za dużo tu duchów.

– Zawsze było tu dużo duchów. Zawsze będzie. – Wzruszyła ramionami. – Musisz po prostu postanowić, że nie będziesz ich dostrzegał.

Przełknął ślinę.

– Nie potrafię.

Wyciągnął do niej rękę, być może dlatego, że nie zareagowała tak, jak się spodziewał, nagle poczuł przypływ pożądania, rozpaczliwie zapragnął się w niej zatracić. Ona jednak wyswobodziła się z jego objęć, wykręcając się zwinnie, i wstała. Uniosła dłoń do włosów, wygładziła je, podeszła do telewizora i wyłączyła go.

Gdy się odezwała, w jej oczach nie było ani łez, ani infantylnej wściekłości, tylko pełna rezygnacji mądrość, której nigdy dotąd nie widział.

– Powinnam być na ciebie zła za to, że mnie tak zostawiasz – powiedziała, zapalając kolejnego papierosa. – Ale się cieszę, Ale. – Pokiwała głową, jakby na potwierdzenie. – Po raz pierwszy widzę, że coś robisz, podejmujesz prawdziwą decyzję. Zawsze byłeś taki... pasywny.

Poczuł przelotny dyskomfort, nie wiedząc, czy to krytyka jego umiejętności w łóżku. Ale gdy zapaliła papierosa, wzięła go za rękę, podniosła ją i pocałowała. Osobliwy gest.

– Pędzisz ku czemuś? Czy tylko uciekasz? – Mocno uścisnęła jego dłoń.

Nie potrafił odpowiedzieć szczerze, więc nic nie powiedział.

– Idź, Turco.

– Tak po prostu?

– Idź już. Nie chcę, byśmy zaczęli składać głupie obietnice, że znów się spotkamy.

– Napiszę, jeśli chcesz.

– Daj spokój...

Spojrzał na jej piękną rozczarowaną twarz, czując przypływ emocji, które go zaskoczyły. Słowa, które przygotował, wydały mu się banalne.

Zrozumiała. Uścisnęła jego dłoń i gestem wskazała mu drzwi.

– Idź. Wiesz, że i tak zamierzałam to zakończyć. Jednak nie jesteś w moim typie.

Usłyszał, że jej ton staje się szorstki, i podszedł do drzwi.

– Takie moje szczęście, co? – dodała jeszcze, śmiejąc się ponuro. – Mąż, który jest martwy za życia i kochanek zbyt udręczony przez duchy, aby żyć.

Heathrow i jego peryferie okazały się najbrzydszym miejscem, jakie kiedykolwiek widział. Szpital położniczy Dere był ładniejszy, ale jeszcze mniej przyjazny – zwłaszcza dla tych o ciemniejszej skórze, co szybko sobie uświadomił. Większość położnych tygodniami nie odzywała się do niego, ewidentnie z niechęcią witając męskiego uzurpatora w swojej kobiecej domenie. Dwa tygodnie po przyjeździe przespał się z samotności z młodą pielęgniarką, a gdy ją potem przeprosił, usłyszał gorzkie: „Boże, wy, mężczyźni, wszyscy jesteście tacy sami". Wiecznie było mu zimno. Gdy zadzwonił do matki, od razu zapytała, czy ma już dziewczynę.

– Młody mężczyzna w twoim wieku – oświadczyła smutno – powinieneś się rozglądać.

Zauważył szyld przed Pawim Zakątkiem i przepełniony tęsknotą za domem niemal równie silną jak wyczerpanie po czternastogodzinnym dyżurze (inne położne uznały, że jest szalony, nie kończąc dyżuru w trakcie porodu, ale on uważał, że to nieuczciwe zostawiać kobietę w tak trudnym momencie), pchnął drzwi i wszedł do środka. Nie był przesądny, ale wierzył, że czasami należy posłuchać znaków. Odcinanie się od nich niczego dobrego mu dotąd nie przyniosło.

Nie powiedział tego, rzecz jasna, dwóm nieznajomym kobietom. Nie powiedział im o Sofii. Ani o Esteli, skoro już o tym mowa. Gdyby nie blondynka z uśmiechem na ustach, pierwsza osoba w tym kraju, która zachowywała się tak, jakby naprawdę chciała go wysłuchać, zapewne nic by nie powiedział.

Rozdział dwunasty

Problem ze starzeniem się nie był taki, że człowiek utykał w przeszłości, rozmyślała często Vivi, lecz taki, że tej przeszłości było aż tyle, by się w niej zagubić. Przeglądała zawartość starej sekretery w salonie, zamierzając przełożyć wszystkie sepiowe fotografie do albumu i zdążyć z tym, zanim wrócą jej mężczyźni, aż tu nagle zrobiło się wpół do piątej. Leżała nieruchomo na małej kanapie, pochłonięta obrazami dawnej siebie, zdjęciami, których nie oglądała od lat: pozowała na nich u boku Douglasa na różnych wydarzeniach towarzyskich, nieśmiało w sukienkach, z dumą, trzymając nowo narodzone dzieci. Zauważyła, że gdy dzieci zaczęły rosnąć, na jej twarzy malowało się coraz mniej pewności siebie, jej uśmiech stawał się coraz bardziej wymuszony z każdym rokiem. Może była wobec siebie zbyt surowa. A może stawała się sentymentalna, może przenosiła na zdjęcia emocje, w których tonęła obecnie.

Suzanna była takim grzecznym dzieckiem. Gdy Vivi myślała o wstrząsach pierwszych lat życia córki, o swoim braku doświadczenia w roli matki, zdumiewało ją, jak dobrze sobie ostatecznie poradzili. Dzieciństwo Suzanny nigdy nie stanowiło problemu, to dojrzewanie – kiedy te niezdarne, za długie kończyny osiągnęły pewien stopień eterycznej elegancji, kiedy te niemal słowiańskie kości policzkowe zaczęły wynurzać się z okrągłych do niedawna rysów twarzy – obudziło echo, które zakłóciło spokój umysłu Douglasa. A Suzanna, być może w reakcji na niewyczuwalne niemal w atmosferze wibracje, zaczęła się buntować.

Patrząc na to racjonalnie, Vivi wiedziała, że nie była to jej wina – nikt nie zdołałby obdarzyć Suzanny taką bezwarunkową miłością, nikt nie zrozumiałby lepiej jej skomplikowanej natury. Ale macierzyństwo nie jest racjonalne – nawet teraz, choć Suzanna się ustatkowała, a Neil okazał się wspaniałym mężem, Vivi często czuła przygniatający ciężar winy, bo w jakimś sensie zawiodła i nie wychowała swojej córki tak, by była szczęśliwa.

– Nie ma powodu, żeby była nieszczęśliwa – mawiał Douglas. – Zawsze miała wszystko.

– Tak, cóż, czasami to nie jest takie proste. – Vivi rzadko zagłębiała się w rodzinną psychologię.

Douglas nie śledził takich dyskusji z zainteresowaniem, a poza tym poniekąd miał rację. Suzanna miała wszystko. Wszyscy mieli. Fakt, że pozostała dwójka ich dzieci odczuwała zadowolenie z życia, nie łagodził jednak jej poczucia odpowiedzialności, a wręcz przeciwnie, jeszcze je zaostrzał. Vivi przez długie lata zastanawiała się w skrytości ducha, czy traktowała swoje dzieci inaczej, czy podświadomie wpoiła Suzannie przekonanie, że jest gorsza.

Wiedziała, jakie przemożne potrafi być takie przekonanie.

Douglas uważał, że to nonsens. Jego poglądy na relacje międzyludzkie były proste – ludzi należy traktować uczciwie i w zamian oczekiwać tego samego. Jeśli kochasz swoje dzieci, one odwzajemniają tę miłość. Wspierasz je na tyle, na ile zdołasz, a one w odpowiedzi starają się dać ci powody do dumy.

Albo, jak w wypadku Suzanny, kochasz je, a one robią, co w ich mocy, by się unieszczęśliwić.

Chyba już dłużej tego nie zniosę, pomyślała, a jej oczy wypełniły się łzami, gdy spojrzała na jedenastoletnią Suzannę obejmującą ją ciasno w nieco za szerokiej talii. Ktoś musi coś w końcu zrobić. Znienawidzę samą siebie, jeśli przynajmniej nie spróbuję.

Co zrobiłaby Athene? Vivi szybko przestała zadawać sobie to pytanie – Athene była taką niepoznawalną zmienną, że nikt nie potrafił przewidzieć jej czynów, kiedy żyła. Teraz, ponad trzydzieści lat później, wydawała się taka nieznacząca, wspomnienie o niej, równie namacalne, co efemeryczne, uniemożliwiało nawet wyobrażenie jej sobie w roli matki. Czy rozumiałaby skomplikowaną naturę córki, która stanowiła odbicie jej własnej natury? Czy może narobiłaby jeszcze więcej szkód, pojawiając się w życiu Suzanny i znikając, a jej niechęć do wytrwania w macierzyństwie stałaby się kolejnym bolesnym przykładem jej niepoprawnie zmiennego temperamentu?

Masz szczęście, powiedziała Vivi niewidzialnej matce na fotografii, czując nagły przypływ zazdrości na myśl o tym, jak Douglas ją zbył, gdy znów próbowała poruszyć temat Rosemary i jej prania. Łatwiej być duchem. Można cię romantyzować, uwielbiać, możesz rosnąć we wspomnieniach, zamiast karłowacieć w rzeczywistości. W końcu Vivi podniosła się z sofy i zerknąwszy na zegar, zbeształa samą siebie za dziwaczne marnowanie czasu na zawiść wobec zmarłych.

Alejandro przyszedł piętnaście po dziewiątej. Przychodził prawie codziennie, ale zawsze o innej porze, zgodnie ze swoim ewidentnie bardzo przypadkowym grafikiem. Niewiele mówił. Nie patrzył w gazetę. Siedział w kącie i pił kawę, od czasu do czasu uśmiechając się w odpowiedzi na wesołe trajkotanie Jessie.

Jessie, która nie miała żadnych oporów przed nawiązaniem rozmowy, powzięła sobie za cel dowiedzieć się wszystkiego, czego się da, o mężczyźnie ochrzczonym przez nią mianem „Gaucho Gynae", zadawała mu więc takie pytania, że Suzanna aż czasami truchlała. Czy zawsze chciał zostać położnym? Dopiero gdy pojął, że nie zdoła zagrać w narodowej reprezentacji piłkarskiej. Czy lubi odbierać porody? Tak. Czy kobietom przeszkadza położnik zamiast położnej? Zazwyczaj nie. Jeśli przeszkadzał, z szacunkiem się wycofywał. Zdradził, że przekonał się, iż jeśli tylko ma na sobie biały fartuch, nikt nawet na niego nie mrugnie. Czy ma dziewczynę? Nie. Suzanna odwróciła wzrok, gdy padła odpowiedź, wściekła na siebie za delikatny, lecz widoczny rumieniec.

Nie przeszkadzały mu chyba pytania Jessie, choć często nie odpowiadał na nie wprost. Siedział na tyle blisko lady, co zauważyła Suzanna, że musiało to świadczyć o pewnym stopniu swobody, którą przy nich czuł. Sama bardzo się pilnowała, by się do niego za bardzo nie zbliżać. Miała wrażenie, że w jakiś sposób należy już do Jessie. I gdyby spróbowała zaprzyjaźnić się z nim w tym samym stopniu, wszyscy poczuliby się niekomfortowo.

– Ile porodów dzisiaj odebrałeś?

– Tylko jeden.

– Jakieś komplikacje?

– Tylko ojciec, który zemdlał.

– Fantastycznie. I co zrobiłeś?

Alejandro wbił wzrok w swoje dłonie.

– Zrobił to w nie najlepszej chwili. Mogliśmy tylko usunąć go z drogi.

– Co… Odciągnęliście go?

Na twarzy mężczyzny odmalowało się zawstydzenie.

– Ręce były nam potrzebne. Musieliśmy odsunąć go stopami.

Jessie uwielbiała takie historie. Suzanna, nieco wrażliwsza na takie rzeczy, często podkręcała głośność muzyki albo wynajdowała sobie jakieś zadanie w piwnicy. Nie mogła tego słuchać.

Nieraz przyłapywała się jednak na tym, że się na niego gapi, bardzo dyskretnie – jego egzotyczna uroda nie przykułaby jej uwagi w Londynie (w zasadzie tam stałby się dla niej całkowicie niewidzialny, założyłaby zapewne, że to kiepsko opłacany emigrant), lecz w tym przerażająco kaukaskim miasteczku w Suffolk, na niewielkiej przestrzeni jej sklepu stanowił mile widziany powiew egzotyki, dowód na to, że istnieje gdzieś jakiś szerszy świat.

– Przegapił poród?

– Nie cały. Ale chyba był trochę skołowany. – Alejandro uśmiechnął się do siebie. – Zamachnął się na mnie, gdy się ocknął, a potem nazwał mnie „mamą".

Opowiedział im też o mężczyźnie, który siedział na krawędzi łóżka i spokojnie czytał gazetę, podczas gdy jego żona krzyczała z bólu. Alejandro uginał się pod ciężarem kobiety, ocierał jej pot z czoła i łzy, a tymczasem jej mąż ani razu nie oderwał się od lektury. Zanim dziecko się urodziło, Alejandro marzył już tylko o tym, by faceta uderzyć. Co ciekawe, jego żona nie miała do niego żadnych pretensji. Gdy w końcu ułożyli noworodka w jej ramionach, mężczyzna wstał, spojrzał na nich oboje, pocałował żonę w mokre od potu czoło, po czym wyszedł z sali. Alejandro, zaszokowany i wściekły, zapytał kobietę tak taktownie, jak tylko potrafił, czy jest zadowolona z reakcji męża.

– Spojrzała na mnie – powiedział – i uśmiechnęła się szeroko. „O tak", odparła. Zdumienie musiało się odbić na mojej twarzy, bo wyjaśniła mi, że jej mąż paranoicznie boi się szpitali. Potrzebowała go jednak obok. Umówili się, że jeśli tylko zdoła pozostać w sali, tak by widziała, że tam jest, ona sobie poradzi. Kochał ją, więc się przemógł.

– A morał tej historii jest taki, że… – skwitowała Jessie.

– Nie należy oceniać mężczyzny po jego gazecie – wtrącił ojciec Lenny, odrywając się od krzyżówki.

Jessie chciała poświęcić mu wystawę, zapragnęła opowiedzieć o cudzie którychś narodzin („To nawet pasuje, bo to nowy sklep i w ogóle"), ale Alejandro zareagował powściągliwie. Swoim cichym, uprzejmym głosem wyznał, że nie czuje się jeszcze stałym klientem sklepu. Jego ton był taki stanowczy, że Jessie się wycofała. I choć tryskała urokiem osobistym – Suzanna uważała, że byłaby w stanie flirtować z cegłą – Alejandro nie potwierdził żadnego stereotypu o latynoskich mężczyznach. Nie puszył się ani nie mierzył ich śmiałym wzrokiem. Nie wyglądał nawet na takiego, co miałby wrodzone poczucie rytmu.

– Pewnie to gej – oświadczyła Jessie, gdy pożegnał się uprzejmie i wyszedł.

– Nie – odparła Suzanna, choć nie była pewna, czy nie są to tylko jej pobożne życzenia.

Jessie zraniła się w rękę. Suzanna tego nie zauważyła, dopiero Arturro zwrócił uwagę, gdy wpadł na poranne espresso.

– Co ci się stało? – Uniósł dłoń dziewczyny z lady z delikatnością kogoś, kto z szacunkiem traktuje jedzenie, i odwrócił ją do światła, które ukazało duży purpurowo-brązowy siniak na trzech palcach.

– Przytrzasnęłam rękę drzwiami od samochodu – odparła Jessie, odsuwając dłoń z uśmiechem. – Ofiara ze mnie, no nie?

W sklepie zapadła nieoczekiwana skrępowana cisza. Siniak był straszny, stanowił krzykliwe przypomnienie czegoś, co musiało potwornie boleć. Suzanna zerknęła na twarz Arturra, zauważyła, że Jessie nie patrzy w oczy żadnemu z nich. Zawstydziła się, że wcześniej tego nie dostrzegła. Postanowiła zapytać, pomyślała, że może, jeśli podejdzie do tematu odpowiednio ostrożnie, Jessie się jej zwierzy, ale gdy przebiegła w myślach wszelkie możliwe wersje tego pytania, zrozumiała, że każda wariacja brzmi nie tylko nachalnie, ale też obcesowo i nieco protekcjonalnie.

– Krem z arniki – mruknęła w końcu. – Podobno szybciej schodzą po nim sińce.

– Och, nie martwcie się. Już nałożyłam. Mam tego w domu całą masę.

– Jesteś pewna, że nie złamałaś palców? – Arturro wciąż wpatrywał się w dłoń Jessie. – Wyglądają na spuchnięte.

– Nie, mogę nimi poruszać. Spójrz. – Poruszyła palcami, po czym odwróciła się do ściany. – No to kogo umieścimy w witrynie pierwszego? Naprawdę chciałam, żeby to był Alejandro, ale wydaje mi się, że historia o tym oddanym dziecku każdego doprowadzi do łez.

– To był on, prawda? – zapytała Suzanna później, gdy już zostały same.

– Kto? – Jessie rozpoczęła jednak prace nad witryną: obrała sobie za cel ojca Lenny'ego, który zgodził się na to z rozbawieniem, ale tylko jeśli Jessie wspomni, że pastor ma na sprzedaż niemal dwieście zasilanych bateriami przyrządów do masażu pleców. („Nie wyglądają mi na przyrządy do masażu pleców", mruknęła powątpiewająco Jessie, biorąc jeden z nich do ręki. „Jestem duchownym", zawołał ojciec Lenny. „Co innego mógłbym sprzedawać?").

– Twój chłopak. To przez niego masz te siniaki na palcach. – Wyczuwała to pomiędzy nimi przez całe popołudnie: potrzebę wyartykułowania tej wiedzy, nawet gdyby Jessie miała to źle odebrać.

– Przytrzasnęłam je drzwiami od samochodu – powtórzyła Jessie.

Zapadła krótka cisza, którą przerwała Suzanna:

– To znaczy, on ci je przytrzasnął.

Jessie pracowała nad witryną. Wstała z kolan i wycofała się z wąskiej wnęki, uważając, by nie strącić żadnego z wystawionych przedmiotów. Uniosła dłoń i spojrzała na nią, jakby widziała ją po raz pierwszy.

– To naprawdę trudno wytłumaczyć – powiedziała.

– Spróbuj.

– Podobało mu się, jak tylko siedziałam w domu z Emmą. To wszystko się zaczęło, gdy poszłam do szkoły wieczorowej. Traci panowanie nad sobą, bo czuje się niepewnie.

– Dlaczego go nie zostawisz?

– Zostawisz? – Jessie zrobiła szczerze zdumioną minę, może nawet nieco urażoną. – To nie jest jakiś damski bokser, Suzanno.

Suzanna uniosła brwi.

– Posłuchaj, znam go, on nie jest taki. Czuje się zagrożony, ponieważ dalej się kształcę, myśli, że kiedyś każę mu się przez to zmywać. Poza tym jest też to miejsce, również coś nowego. Wiem, że sama nie ułatwiam mu sprawy... Wiesz, że mam straszną słabość do rozmów z innymi ludźmi. Czasami chyba nie biorę pod uwagę, jak to może w jego oczach wyglądać... – Zerknęła z zadumą na swoją prawie skończoną wystawę. – Posłuchaj, jak już się przekona, że nic się nie zmieni, będzie znowu taki jak dawniej. Nie zapominaj, Suzanno, że ja go znam. Jesteśmy razem już dziesięć lat. To nie jest Jason, którego znam.

– Po prostu nie wydaje mi się, żeby można było jakoś to usprawiedliwić.

– Ja nie wymyślam usprawiedliwień. Ja ci coś tłumaczę. A to różnica. Posłuchaj, on wie, że źle zrobił. Nie myśl, że jestem jakąś tchórzliwą małą ofiarą. My się po prostu kłócimy, a jak się kłócimy, czasami robi się paskudnie. Ja też nie odpuszczam, zapewniam cię.

Zapadła długa cisza, atmosfera w sklepie stała się duszniejsza. Suzanna nic nie mówiła, bała się tego, jak mogłyby zabrzmieć jej słowa, choć wiedziała, że nawet jej milczenie można uznać za krytykę.

Jessie oparła się plecami o jeden ze stołów i spojrzała jej prosto w oczy.

– Okej, co tak naprawdę cię niepokoi?

– Wpływ, jaki to może mieć na Emmę? – odparła Suzanna cicho. – To, czego ją to nauczy?

– Myślisz, że pozwoliłabym komukolwiek tknąć Emmę palcem? Myślisz, że zostałabym w tym domu, gdybym myślała, że Jason ją uderzy?

– Nie powiedziałam tego.

– No to co powiedziałaś?

– Że... że... Sama nie wiem... Po prostu niekomfortowo się czuję, widząc przemoc – mruknęła Suzanna.

– Przemoc? Czy namiętność?

– Co?

Po raz pierwszy twarz Jessie spoważniała.

– Nie podoba ci się namiętność, Suzanno. Lubisz, jak wszystko jest schludnie zaszufladkowane. Lubisz mieć wszystko pod kontrolą. I w porządku. Twój wybór. Ale ja i Jason, my szczerze wyrażamy swoje uczucia... Gdy kochamy, naprawdę kochamy. A gdy walczymy, naprawdę walczymy. Nie ma żadnych półśrodków. I wiesz co? Bardziej mi to pasuje... Nawet jeśli czasami mam poranioną rękę – uniosła dłoń – niż ta druga opcja, czyli taka obojętność na siebie nawzajem, że prowadzicie ze sobą takie chłodne, uprzejme, równoległe życie. Seks raz w tygodniu. Cholera, raz w miesiącu. Kłócicie się na tyle cicho, żeby nie obudzić dzieci. Co to kogo nauczy o życiu?

– Te dwie sprawy niekoniecznie... – Suzanna urwała w pół zdania.

Nie miała wątpliwości, że mogłaby się spierać z sensem tego, co powiedziała Jessie, niezależnie od tego, z jakim przejęciem zostało to opisane, ale choć wiedziała, że przyjaciółka nie zrobiła tego złośliwie, w jej słowach było coś tak dogłębnie niepokojącego, że Suzanna zaniemówiła. W opisie związku, którego nie chciała Jessie, związku, który przerażał ją bardziej niż przemoc, niż połamana ręka, Suzanna wyraźnie dostrzegła siebie i Neila.

Niemal odetchnęły z ulgą, gdy tego popołudnia zjawiła się Vivi. Suzanna i Jessie, na pozór uprzejme, utraciły spontaniczność w relacjach, jakby ta rozmowa odbyła się zbyt wcześnie dla ich młodej przyjaźni, by przetrwała ona taką szczerość. Arturro wypił swoją drugą kawę wyjątkowo szybko, podziękował nerwowo i wyszedł. Dwoje innych klientów rozmawiało głośno w kącie, obojętnych na napiętą atmosferę – na szczęście tymczasowo zagłuszali przedłużające się milczenie. Gdy jednak wyszli, stało się boleśnie oczywiste, że typowa dla Jessie gadatliwość zamarła, a zastąpiło ją wrażenie, że waży każde swoje słowo. Suzanna podejmowała więc nietypowe dla siebie wysiłki, by rozmawiać z klientami i obejść tym samym wyczuwalne w powietrzu skrępowanie, aż w końcu powitała Vivi z wyjątkową jak na nią wylewnością, którą Vivi, zaczerwieniwszy się z radości po tym, jak została uściśnięta, z radością odwzajemniła.

– A więc to jest twój sklep! – zawołała kilka razy już od progu. – Aleś ty zdolna!

– Wcale nie – odparła Suzanna. – To tylko parę krzeseł i stolików.

– Ale spójrz tylko na te urocze kolory! Te wszystkie śliczne rzeczy! – Pochylała się i przeglądała zawartość półek. – To wszystko jest wyjątkowe. I tak ładnie zaaranżowane. Od dawna chciałam wpaść... Ale wiem, jak nie lubisz, kiedy cię wszyscy osaczamy. Parę razy przechodziłam obok, tyle że zawsze byłaś taka zajęta... W każdym razie. Pawi Zakątek – przeczytała powoli szyld. – Och, Suzanno, jestem z ciebie taka dumna. To naprawdę wyjątkowe miejsce.

Suzanna poczuła, jak ciepło, które ją wcześniej zalało, wyparowuje. Vivi nigdy nie potrafiła odpowiednio ocenić poziomu emocji – jej przesadny entuzjazm pozbawiał adresata wszelkiej możliwości przyjęcia komplementów z wdziękiem.

– Chcesz kawę? – Wskazała dłonią listę na tablicy, próbując ukryć swoje uczucia.

– Bardzo. Robisz je wszystkie sama?

Zwalczyła pokusę uniesienia brwi.

– Cóż. Tak.

Vivi usiadła ostrożnie na jednym z niebieskich krzeseł i zerknęła na poduszki leżące na ławce.

– Wykorzystałaś materiał ze strychu, który ci dałam.

– Ach, to. Tak.

– O wiele lepiej tu wygląda. Mógłby być niemal współczesny, prawda, ten wzór? Nie domyśliłabyś się, że ma ponad trzydzieści lat. To prezent od dawnego chłopaka. Mogę tu zostać? Nikomu nie przeszkadzam? – Trzymała torebkę przed sobą obiema dłońmi niczym nerwowa staruszka.

– To sklep, mamo. Możesz usiąść, gdzie tylko chcesz. O, Jessie, to moja mama, Vivi. Mamo, to Jessie.

– Bardzo mi miło. Zaparzę kawę – odparła Jessie, stając przy ekspresie. – Na co ma pani ochotę?

– A co by pani poleciła?

Och, na litość boską, pomyślała Suzanna.

– Latte jest dobra, jeśli nie lubi pani mocnej kawy. Robimy też mokkę, z czekoladą.

– W takim razie mokka. Zrobię sobie przyjemność.

– Trzeba uzupełnić wiórki czekoladowe, Suzanno. Mam to zrobić?

– Nie trzeba – odparła Suzanna, boleśnie świadoma nowej, oficjalnej nuty w głosie Jessie. – Ja pójdę.

– Żaden problem. Mogę iść nawet teraz.

– Nie, naprawdę. Ja pójdę. – Jej głos również brzmiał niewłaściwie, zbyt stanowczo... Jak głos szefowej.

– To jest doprawdy oszałamiające. Całkowicie odmieniłaś wygląd tego miejsca. Masz takie wyjątkowe oko! – Vivi rozglądała się wokół. – Podobają mi się zapachy, kawa i... Co to jest? Och, mydło. I perfumy. Czyż nie są piękne? Powiem wszystkim moim przyjaciółkom, żeby tutaj kupowały mydło.

W normalnych okolicznościach, zauważyła Suzanna, Jessie już usiadłaby obok Vivi i zasypała ją pytaniami. Zamiast tego skoncentrowała się na ekspresie do kawy, a siną dłoń ukryła w za długim rękawie.

Vivi wzięła córkę za rękę.

– Nie potrafię wyrazić, jakie to cudowne. I to wszystko twoja wizja. Świetna robota, skarbie. Moim zdaniem to niezwykłe, że wszystko to zrobiłaś sama.

– To dopiero początek. Nie przynosimy zysków ani nic takiego.

– Och, przyniesiecie. Jestem pewna. To wszystko jest takie... oryginalne.

Jessie podała kawę z milczącym uśmiechem, po czym oddaliła się, aby rozpakować biżuterię, która właśnie przyszła.

– Jeśli to ci nie przeszkadza, Suzanno.

– Oczywiście, że nie.

– Pyszna kawa. Dziękuję, Jessie. Zdecydowanie najlepsza kawa w Dere.

– To żadne osiągnięcie – zażartowała Suzanna w nadziei, że Jessie się uśmiechnie. Poczuła, że dłużej tego nie zniesie. Jednak może na to zasłużyła, biorąc pod uwagę jej nietaktowny krytycyzm. Co takiego zrobiła Jessie poza tym, że była szczera?

Suzanna zwróciła się do Vivi z ożywieniem.

– Wiesz co, mamo? Zabawimy się w Kupidyna. To pomysł Jessie. Połączymy razem dwa miejscowe samotne serca bez ich wiedzy.

Vivi ostrożnie sączyła kawę.

– Brzmi ekscytująco, skarbie.

– Zapomniałam ci powiedzieć, Jessie. Kupiłam coś. Pomyślałam, że mogłybyśmy to wykorzystać... No wiesz, tak jak mówiłaś. – Sięgnęła pod ladę i wyjęła małe, owinięte w złoto pudełko czekoladek. Jessie na nie spojrzała. – To naprawdę dobry pomysł. Myślę, że powinnaś to zrobić. Podrzuć je tam, no wiesz, zanim Liliane wyjdzie wieczorem. Albo jutro z samego rana.

Oczy Jessie rozbłysły pytająco, zaraz potem pomiędzy kobietami zapanowało nieme zrozumienie.

– Co sądzisz?

– Są idealne – odparła Jessie ze swoim starym szerokim uśmiechem. – Liliane będzie zachwycona.

Suzanna poczuła, że coś się w niej odpręża. Nawet sklep jakby odetchnął i poweselał.

– Może wszystkie napijemy się kawy – zaproponowała. – Ja zaparzę, Jess. I zjemy ciastka od Arturra. Dla ciebie cappuccino?

– Ja dziękuję. – Jessie włożyła czekoladki z powrotem pod ladę. – Lepiej je schowam, na wypadek gdyby wrócił. Teraz zna pani nasz sekret, pani Peacock. Nie wolno pani się zdradzić.

– Och, nie nazywam się Peacock – odparła Vivi łagodnie. – To nazwisko po mężu Suzanny.

– O. No to jak pani się nazywa?

– Fairley-Hulme.

Jess odwróciła się do Suzanny.

– Jesteś Fairley-Hulme?

Vivi pokiwała głową.

– Owszem, jest. Jedną z trojga.

– Z posiadłości Dereward? Nigdy nie mówiłaś.

Suzanna poczuła się osobliwie zdemaskowana.

– A dlaczego miałabym mówić? – odparła nieco ostro. – Nie mieszkam w posiadłości. Oficjalnie mam na nazwisko Peacock.

– No tak, ale…

– To tylko nazwisko. – Ulga Suzanny, że konflikt pomiędzy nią a Jessie został zażegnany, zniknęła. Poczuła się tak, jakby jej rodzina fizycznie na nią napadła.

Jessie przeniosła wzrok pomiędzy dwiema kobietami, po czym oparła się na ladzie.

– Niby tak. Ale teraz to wszystko ma sens. Uwielbiam ten obraz – powiedziała do Vivi.

– Obraz?

– Portret. Suzanna zamierzała go tu powiesić, ale wydaje jej się, że źle by tu wyglądał. Słyszałam o waszych rodzinnych portretach. Nadal pozwalacie ludziom je latem oglądać?

Jessie odwróciła się do obrazu, który nadal stał za ladą. Vivi zobaczyła go i oblała się rumieńcem.

– Och, nie, moja droga. To nie ja. To… To jest Athene…

– Vivi nie jest moją prawdziwą mamą – wtrąciła Suzanna. – Moja mama zmarła, gdy się urodziłam.

Jessie nie odpowiedziała, jakby czekała, aż ktoś doda coś jeszcze. Vivi wpatrywała się jednak w portret, a Suzannę pochłonęły jakieś rozmyślania.

– Nie, teraz to widzę. Inne włosy. I w ogóle… – Jessie urwała, gdy zauważyła, że nikt jej nie słucha.

W końcu to Vivi przerwała ciszę – oderwała wzrok od obrazu i wstała. Postawiła pustą filiżankę na ladzie przed Jessie.

– Tak, cóż. To ja już pójdę. Obiecałam, że zawiozę Rosemary z wizytą do przyjaciółki w Clare. Będzie się zastanawiała, gdzie się podziewam. – Ciaśniej owinęła szyję jedwabnym szalem. – Chciałam tylko wpaść i się przywitać.

– Miło było panią poznać, pani Fairley-Hulme. Proszę nas znów odwiedzić. Spróbuje pani jednej z naszych kaw smakowych.

Vivi podeszła do kasy, by zapłacić, ale Jessie pomachała ręką.

– Proszę się nie wygłupiać – powiedziała. – Należy pani do rodziny.

– Jesteś... Jesteś bardzo miła. – Vivi sięgnęła po torebkę i podeszła do drzwi. Odwróciła się do Suzanny. – Posłuchaj, skarbie, tak się zastanawiałam. Może wpadniecie z Neilem na kolację w któryś wieczór w tym tygodniu? Nic tak oficjalnego jak ostatnio. Zwykła kolacja. Wspaniale byłoby cię zobaczyć.

Suzanna układała magazyny na stojaku.

– Neil późno wraca z pracy.

– No to przyjedź sama. Bardzo byśmy się ucieszyli. Rosemary miała ostatnio... trudniejszy okres. Wiem, że podniosłabyś ją na duchu.

– Wybacz, mamo. Jestem bardzo zajęta.

– No to może tylko ty i ja?

Suzanna nie chciała warknąć, ale coś w całej tej sprawie z nazwiskami i być może z portretem sprawiło, że poczuła irytację.

– Posłuchaj, mamo, już ci mówiłam. Muszę się zajmować księgowością i całą masą różnych innych rzeczy po pracy. Nie mam całych wieczorów tylko dla siebie. Innym razem, dobra?

Vivi ukryła swoją konsternację za drżącym uśmiechem. Położyła dłoń na klamce i wprawiła w ruch rozkołysany mobil, gdy się cofnęła, tak że musiała odsunąć go sobie od głowy.

– Tak. Oczywiście. Miło było cię poznać, Jessie. Powodzenia ze sklepem.

Suzanna na powrót skryła się za magazynami, by nie patrzeć Jessie w oczy. Gdy Vivi wychodziła, usłyszały, jak mówi do siebie, choć już znalazła się za drzwiami.

– Tak, to wszystko wygląda naprawdę wspaniale...

– Jess – powiedziała Suzanna jakiś czas później. – Zrób coś dla mnie. – Podniosła głowę. Jessie nadal mierzyła ją spokojnym wzrokiem zza lady. – Nie mów o tym. Klientom, oczywiście. O tym, że jestem Fairley-Hulme. – Potarła grzbiet nosa. – Nie chcę... żeby to się rozniosło.

Twarz Jessie nic nie wyrażała.

– Ty tu jesteś szefem – odparła.

– Nigdy nie zgadniesz, dokąd się wybieram.

Neil wszedł do łazienki, a Suzanna, choć w dużej części ukryta pod pianą, poczuła się osobliwie obnażona. Konieczność dzielenia łazienki była jedną z najgorszych wad wyprowadzki z londyńskiego mieszkania. Zwalczyła pragnienie zapytania go, czy mógłby wyjść.

– Dokąd?

– Na polowanie. Z twoim bratem. – Uniósł ręce, odbezpieczając wyimaginowaną strzelbę.

– To nie ta pora roku.

– Nie teraz. W pierwszy dzień następnego sezonu. Zadzwonił do mnie dziś rano, powiedział, że zwolniło się miejsce. Pożyczy mi broń i cały sprzęt.

– Przecież ty nie umiesz strzelać.

– Twój brat wie, że jestem początkujący, Suze.

Zmarszczyła brwi, wpatrując się w swoje stopy, ledwo widoczne na drugim końcu wanny.

– To mi do ciebie nie pasuje.

Neil poluzował krawat, zrobił do siebie minę w lustrze i przyjrzał się bliżej staremu zadrapaniu po maszynce.

– Szczerze mówiąc, nie mogę się doczekać. Brakuje mi wychodzenia z domu i ćwiczeń, odkąd straciliśmy karnety na siłownię. Dobrze będzie zrobić coś aktywnego.

– Strzelanie to nie to samo co bieg na milę.

– Ale to też świeże powietrze. I będzie dużo chodzenia.

– A potem ogromny lunch. Pełno tłustych bankierów opychających się żarciem. Do formy raczej dzięki temu nie wrócisz.

Neil owinął dłoń krawatem, po czym usiadł na sedesie ustawionym obok wanny.

– Ale w czym widzisz problem? Przecież i tak nie bywasz w domu w weekendy. Wiecznie jesteś w sklepie.

– Uprzedzałam cię, że to będzie ciężka praca.

– Ja nie narzekam, tylko mówię, że równie dobrze mogę sobie coś na weekend zaplanować, skoro ty pracujesz.

– Dobrze.

– No to w czym problem?

Wzruszyła ramionami.

– Nie ma żadnego problemu. Tak jak powiedziałam, po prostu mi to do ciebie nie pasuje.

– Może wcześniej nie pasowało. Ale teraz mieszkamy na wsi.

– To nie znaczy, że musisz zacząć chodzić w tweedach i ględzić o strzelbach i rodzajach bażantów. Serio, Neil, nie ma nic gorszego niż mieszczuch udający, że urodził się w wiejskiej posiadłości.

– Ale jeśli ktoś daje mi szansę wypróbowania czegoś nowego, za darmo, byłbym głupi, gdybym nie skorzystał. Daj spokój, Suze, przecież nie mieliśmy ostatnio zbyt wielu rozrywek. – Przechylił głowę. – Wiesz co, może znajdziesz kogoś na zastępstwo w sklepie i pojedziesz ze mną? Mamy mnóstwo czasu, żeby to zorganizować. Mógłbyś być naganiaczem, czy jak oni to nazywają. – Wstał i zaczął wymachiwać rękami. – Nigdy nic nie wiadomo, widok ciebie z długim kijem – uśmiechnął się sugestywnie – mógłby zdziałać dla nas cuda...

– Uch. Moim zdaniem tak właśnie wygląda piekło. Dzięki, ale chyba przychodzi mi do głowy mnóstwo lepszych sposobów na spędzanie weekendu niż mordowanie małych upierzonych stworzeń.

– Przepraszam, Lindo McCartney. Może w takim razie uwolnię naszego pieczonego kurczaka?

Suzanna sięgnęła po ręcznik, po czym wstała, niemal nie pokazując nagości, zanim się osłoniła.

– Posłuchaj, to ty ciągle mnie oskarżasz o to, że jestem nudny i przewidywalny. Dlaczego mnie atakujesz, kiedy próbuję zrobić coś nowego?

– Po prostu nie lubię ludzi, którzy udają kogoś, kim nie są. To pozerstwo.

Neil stanął przed nią, pochylił się, żeby nie uderzyć głową w belkę sufitową.

– Suze, mam już dość przepraszania za wszystko. Za bycie sobą. Za każdą cholerną decyzję, którą podejmę. W końcu będziesz musiała zaakceptować fakt, że teraz mieszkamy tutaj. To jest nasz dom. I jeśli twój brat zaprasza mnie na polowanie, spacer albo pieprzoną strzyżę, to nie znaczy, że jestem pozerem. To znaczy, że próbuję akceptować to, co mnie spotyka. Dzięki temu przynajmniej raz na jakiś czas dobrze się bawię. Nawet jeśli ty zamierzasz do końca życia widzieć we wszystkim to, co najgorsze.

– Cóż, brawo dla pana, panie farmerze. – Nie zdołała wymyślić inteligentniejszej odpowiedzi.

Zapadła długa cisza.

– Wiesz co? – mruknął w końcu Neil. – Jeśli mam być naprawdę, naprawdę szczery, uważam od jakiegoś czasu, że ten sklep nie przyniósł nam nic dobrego. Cieszę się, że jesteś szczęśliwsza i nie chciałem nic mówić, bo wiem, jak wiele on dla ciebie znaczy, ale wydaje mi się, że to nam wcale nie pomaga. Przeczesał włosy palcami, po czym spojrzał jej prosto w oczy.

– A najzabawniejsze jest to, że nagle zacząłem się zastanawiać, czy to w ogóle ma jakikolwiek związek ze sklepem.

Suzanna patrzyła mu w oczy niemal całą wieczność. W końcu przecisnęła się obok niego i przebiegła wąskim korytarzem do sypialni, gdzie, ostentacyjnie hałasując, zaczęła suszyć włosy. Zaciskała mocno powieki, żeby nie popłynęły spod nich łzy.

Douglas znalazł Vivi w kuchni. Zapomniała, że obiecała ciasta na kiermasz Instytutu Kobiet w sobotę, niechętnie porzuciła więc usypiającą wygodę telewizora i kanapy. Plany Rosemary na następny poranek uniemożliwiały jej upieczenie ciast wtedy.

– Jesteś cała w mące – powiedział, zerkając na jej sweter.

Umówił się na drinka z jednym z miejscowych hurtowników zboża – wyczuła na nim piwo i dym z fajki, gdy pochylił się, by pocałować ją w policzek.

– Tak. Ona chyba wie, że nienawidzę piec. – Vivi wyrównała ciasto w blasze nożem.

– Nie wiem, dlaczego po prostu nie kupisz czegoś w supermarkecie. O wiele mniej zachodu.

– Starsze panie spodziewają się domowych wypieków. Zaczęłoby się gadanie, gdybym podała coś ze sklepu... – Objęła gestem kuchenkę. – Twoja kolacja jest w piekarniku. Nie byłam pewna, o której wrócisz.

– Przepraszam. Miałem zadzwonić. Nie jestem głodny, szczerze mówiąc. Najadłem się precelków, orzeszków i innych śmieci. – Otworzył górną szafkę, by wyjąć szklankę, po czym usiadł ciężko na stołku i nalał sobie whisky. – Ale zaryzykuję tezę, że Ben z chęcią weźmie dokładkę.

– Pojechał do miasta.

– Do Ipswich?

– Chyba do Bury. Wziął mój samochód. Naprawdę powinien sobie coś znaleźć.

– Chyba ma nadzieję, że jeśli dostatecznie długo zaczeka, oddam mu range rovera.

Na końcu korytarza rozległ się gniewny syk starego kota Rosemary, którego przydybał terier. Usłyszeli drapanie pazurów na kamiennych płytkach, zanim kot uciekł do drugiego pokoju. W kuchni znów zapadła cisza, przerywana tylko miarowym tykaniem wiedeńskiego zegara, który rodzice Vivi podarowali im z okazji ślubu – był to jeden z nielicznych prezentów, które z tej okazji otrzymali. To nie był taki rodzaj ślubu.

– Widziałam się dzisiaj z Suzanną – powiedziała Vivi, nadal wygładzając powierzchnię ciasta. – Potraktowała mnie dość chłodno. Ale sklep jest piękny.

– Wiem.

– Co? – Vivi podniosła wzrok.

Douglas pociągnął dług łyk whisky.

– Zamierzałem ci powiedzieć. Pojechałem ją odwiedzić w zeszłym tygodniu.

Vivi właśnie miała włożyć blachę z ciastem do piekarnika. Znieruchomiała.

– Nic nie mówiła.

– Tak. To był chyba wtorek… Uznałem, że ta niedorzeczna sprzeczka za długo już trwa. – Wpatrywał się w szklankę, którą obejmował obiema dłońmi. Były spierzchnięte od wiatru, czerwone, choć prawie nadeszło lato.

Vivi odwróciła się do piekarnika, włożyła blachę do środka i ostrożnie zamknęła drzwi.

– Pogodziliście się? – Próbowała ukryć oburzenie w swoim głosie, burzę uczuć, która rozszalała się w niej na wieść o tym wykluczeniu. Wiedziała, że zachowuje się dziecinnie, ale nie potrafiła określić, co zabolało ją bardziej: czy to, że po wszystkich jej obawach co do ich relacji, po wszystkich próbach budowania porozumienia ani ojciec, ani córka nie pomyśleli, że warto byłoby o tym wspomnieć, czy może fakt, że nie tylko Douglas był w tym sklepie przed nią, nawet jeśli nie chciała przyznać się do tego samej sobie. – Douglasie?

Znieruchomiał, a ona w przypływie szaleństwa zaczęła się zastanawiać, jak długo wpatrywał się w ten obraz.

– Nie – mruknął w końcu. – Nie bardzo.

Wydał z siebie nietypowo ponure westchnienie, po czym podniósł na nią wzrok. Jego twarz wyrażała zmęczenie i kruchość. Wiedziała, że czeka, by wzięła go w ramiona, by powiedziała coś kojącego, zapewniła go, że jego córka odzyska rozum, że słusznie postąpił. Że wszystko będzie dobrze. Ten jeden raz poczuła jednak, że nie ma na to ochoty.

Rozdział trzynasty

*Dzień, w którym uświadomiłem sobie,
że nie muszę być jak mój ojciec*

Przez całe swoje życie chyba ani razu nie widziałem ojca bez wypomadowanych włosów. W sumie nie wiem, jaki miały kolor – zawsze przypominały śliską ciemną muszlę podzieloną na rowki przez szylkretowy grzebień, który wystawał z tylnej kieszeni jego spodni. Pochodził z Florencji, mawiała moja babcia, jakby to tłumaczyło jego próżność. Moja matka wcale nie wyglądała jak włoska *mamma*, nie w typowo angielskim rozumieniu. Była bardzo szczupła, bardzo piękna, nawet gdy posunęła się w latach. To oni są na tym zdjęciu: wyglądali jak prosto z filmu, byli zbyt wytworni na naszą małą wioskę. Moja matka nigdy w życiu nie ugotowała żadnego posiłku.

Miałem sześć lat, gdy po raz pierwszy zostawili mnie u babci. Pracowali w mieście, miejscu nieodpowiednim dla dziecka, jak mi bezustannie powtarzali. Imali się różnych prac, często w jakiś sposób powiązanych z biznesem rozrywkowym, ale nigdy nie zarabiali dość pieniędzy – na pewno nie tyle, ile potrzebowali, by dbać o swoją urodę. Przesyłali koperty z lirami na moje utrzymanie – nie dość, żeby nakupić ziarna dla kur, mawiał lekceważąco mój dziadek. Uprawiał i hodował praktycznie całe nasze pożywienie – tylko dzięki temu, powtarzał, klepiąc mnie po plecach, mógł wyhodować sobie też zdrowego młodego człowieka.

Przyjeżdżali mniej więcej co pół roku, by mnie zobaczyć. Z początku ukrywałem się za spódnicą babci, ponieważ w ogóle ich nie znałem – ojciec cmokał z niezadowoleniem, a potem robił do mnie miny za jej plecami. Matka nuciła mi, głaskała mnie po włosach i beształa babkę za to, że ubiera mnie jak wieśniaka, podczas gdy leżałem na jej piersi, oddychałem zapachem jej perfum i zastanawiałem się, jak dwie tak egzotyczne istoty mogły stworzyć takie gamoniowate zwierzę jak ja. Takimi słowami opisywał mnie ojciec, gdy szczypał mnie po brzuchu i krzyczał na mnie, bo miałem podwójny podbródek. Matka beształa go za to i uśmiechała się, ale nie do mnie. Przez wiele lat nie wiedziałem, czy ich kocham, czy może nienawidzę. Wiedziałem tylko, że nigdy nie zdołam spełnić ich oczekiwań jako syn, że to zapewne z mojego powodu zawsze wyjeżdżali.

– Nie zwracaj na nich uwagi – mawiała moja babka. – Miasto sprawiło, że stali się ostrzy jak noże.

W roku moich czternastych urodzin przyjechali do babci z niczym, nie przywieźli żadnych pieniędzy na moje utrzymanie. Podobno po raz piąty z rzędu. Miałem się o tym nie dowiedzieć, odesłano mnie do mojego pokoju, ale przycisnąłem ucho do drzwi, próbując rozróżnić gniewnie uniesione głosy. Dziadek stracił cierpliwość i oskarżył mojego ojca o bycie nicponiem, a matkę nazwał prostytutką.

– Macie dość pieniędzy, żeby nakładać to gówno na swoje twarze, żeby czyścić nowe buty do połysku. A do niczego się nie nadajecie – oświadczył.

– Nie muszę tego wysłuchiwać – mruknął mój ojciec, zapalając papierosa.

– Owszem, musisz. I ty nazywasz siebie ojcem? Nawet kurczaka byś nie zabił, żeby nakarmić własnego syna.

– Myślisz, że nie zabiłbym kurczaka? – odparł ojciec, a ja wyobraziłem sobie, że wstaje i prostuje się na całą swoją wysokość w garniturze w prążki.

– Do niczego się nie nadajesz, tylko do odpicowania się jak ciota.

Trzasnęły drzwi salonu. Podbiegłem do okna i zobaczyłem kroczącego przez podwórze ojca. Po kilku próbach, przy wtórze przerażonego gdakania, zdołał schwytać Carmelę, jedną ze starszych kur, która dawno temu przestała znosić jaja. Odwrócił się twarzą do mojego dziadka, skręcił jej kark i swobodnym gestem cisnął jej ciałem przez podwórze pod jego stopy.

Zapadła cisza, a ja nagle odczytałem gest ojca jak groźbę. Dostrzegłem w nim coś, czego dotąd nie widziałem, coś złowrogiego i impulsywnego. Moja babka również to zobaczyła – załamała dłonie i gestem nakazała wszystkim wrócić do środka, by napić się grappy.

Moja matka przeniosła nerwowe spojrzenie z ojca na męża, jakby nie wiedziała, którego najpierw uspokajać.

Nawet powietrze znieruchomiało.

Nagle Carmela wydała zdławiony skrzek, podniosła się obok stóp mojego ojca z nieco przekrzywionym łbem i gniewną miną. Wahała się przez chwilę, po czym, kołysząc się na boki, minęła go, przeszła przez podwórze i schowała się w kurniku. Nikt nic nie powiedział.

Moja babcia wyciągnęła palec.

– Nasrała ci na garnitur – oświadczyła.

Ojciec opuścił wzrok i znalazł na swoich idealnie zaprasowanych spodniach coś, co było zapewne ostatnim protestem Carmeli.

Matka zaczęła chichotać, przyciskając dłoń do ust.

Dziadek uniósł głowę wysoko, okręcił się na pięcie i wszedł do domu, rzuciwszy przez ramię lekceważące „ha!".

– Nawet twój syn potrafi ukręcić łeb kurczakowi – mruknął.

Po tej przygodzie ojciec przestał przyjeżdżać. Mało mnie to obchodziło. Dziadek nauczył mnie wszystkiego o mięsie, o różnicach pomiędzy pancettą a prosciutto, pomiędzy dolcelatte a panna cottą, nauczył mnie, jak robić nadziewany figami pasztet w gęsim tłuszczu. Nigdy nie krytykował mojego wyglądu. Dziesięć lat później otworzyłem swój pierwszy sklep i od tego dnia to ja karmiłem dziadka, co czyniłem z radością aż do jego śmierci.

Carmela była jedyną kurą, której nigdy nie zjedliśmy.

Liliane włożyła klucz do zamka Unikatowego Butiku za dwadzieścia dziesiąta. Opuściła wzrok i pchnąwszy stopą drzwi, pochyliła się, by podnieść małe, owinięte w złoty papier pudełko czekoladek, które leżało na progu. Przyjrzała się mu uważnie, dwa razy obróciła je w dłoniach, po czym podniosła głowę i rozejrzała się po ulicy. Jej długi płaszcz wydymał się na wietrze. Cofnęła się o dwa kroki, puszczając drzwi, żeby w zasięgu jej wzroku znalazła się witryna delikatesów Arturra. Odczekała chwilę, po czym z czekoladkami i torebką przyciśniętymi do piersi weszła do swojego sklepu.

Po drugiej stronie drogi Suzanna i Jessie, które obserwowały wszystko zza zasłony witryny Arturra, spojrzały na siebie porozumiewawczo. Po chwili obie wybuchnęły dziecinnym śmiechem, jakby co najmniej jedna z nich była o dobrych dwadzieścia lat młodsza.

Był to czwarty podarunek, który zostawiły na stopniach Unikatowego Butiku – uznały, że raz w tygodniu wystarczy. Gdyby robiły to częściej, sprawa stałaby się oczywista, rzadsze prezenty mogłyby zostać uznane za przypadek. Nie była to ich jedyna inicjatywa. Być może pod wpływem fali upałów, pierwotnych instynktów, które nakazywały dziewczętom odsłaniać nogi i ramiona, a młodym mężczyznom krążyć bez celu po wąskich ulicach w grzmiących podrasowanych samochodach (starsi mieszkańcy miasteczka tylko zaciskali wargi z dezaprobatą), Suzanna i Jessie zaczęły uciekać się do całego wachlarza sztuczek, by zbliżyć do siebie Liliane i Arturra. Gdy w sklepie Liliane urwała się półka z torebkami, przekonały Arturra, by wpadł do niej ją naprawić, powołując się na zachwyt, który wzbudziły w kobiecie półki w jego delikatesach. Tyle razy zachwalały dobroczynny wpływ oliwy z oliwek na artretyzm, że Liliane wpadła do delikatesów po butelkę dla matki. Wymyślały powody – nagle zaczynały szorować stoliki albo odsuwały krzesła jako „wymagające napraw" – żeby tych dwoje usiadło razem, kiedy przychodzili na kawę. Od czasu do czasu spotykała je nagroda – przyłapywały parę na zerkaniu na siebie z nieśmiałą radością albo na przybieraniu zdziwionych min, kiedy jedno z nich wchodziło do Pawiego Zakątka i odkrywało, że to drugie tam już jest (co zdarzało się coraz częściej). Nasz plan działa, powtarzały sobie zachwyconym szeptem, gdy sklep pustoszał. A pod ladą ukrywały kolejne pudełka łakoci.

Vivi tymczasem pochłaniały jej własne problemy w Dere House – nie dawała jej spać lodówka Rosemary. W ostatnich tygodniach przy okazji opróżniania kosza na śmieci teściowej (Rosemary miała trudności z wyjmowaniem worków bez rozrywania ich) oprócz przechodzących w stan ciekły warzyw i starych buteleczek z lekami odkryła w niej także kilka otwartych jogurtów obok otwartych paczek bekonu i surowego kurczaka na talerzu, z którego kapała krew do otwartego kartonu mleka na półce niżej. Słowa „listerioza" i „salmonella" nabrały dla niej nagle przeraźliwie rzeczywistego znaczenia – podskakiwała nerwowo za każdym razem, gdy Rosemary mówiła, że zrobi sobie „małą kanapkę" albo zaraz coś przegryzie.

Chciała porozmawiać o tym z Douglasem, lecz mąż stał się ponury i mało komunikatywny od czasu swojej rozmowy z Suzanną, a sianokosy zatrzymywały go poza domem często do dziewiątej wieczorem. Vivi zastanawiała się, czy któraś jej koleżanka z miasteczka mogłaby pomóc, ale z żadną z nich nie łączyła jej relacja na tyle bliska, by zdobyła się na takie zaufanie – nigdy nie należała do kobiet otaczających się kręgiem znajomych, a szacunek dla nazwiska Fairley-Hulme w okolicy sprawiał, że każdą wzmiankę o problemach w domu uznałaby za brak lojalności ze swojej strony. Oglądała poranne programy telewizyjne, w których młodzi ludzie bez oporów zdradzali najintymniejsze szczegóły ze swojego życia erotycznego, opowiadali o kłopotach z narkotykami oraz alkoholem i nie mogła się temu nadziwić. Jak to możliwe, że jedno pokolenie wystarczyło, by z epoki, w której wszystko zostawało w czterech ścianach, przejść do takiej, jaka podobną dyskrecję uznawała za niezdrową? Ostatecznie zadzwoniła do Lucy – córka wysłuchała jej z analityczną obojętnością, dzięki której osiągnęła taki sukces w swoim zawodzie, po czym oświadczyła, że jej zdaniem Rosemary zbliża się już do takiego wieku, kiedy powinna się przenieść do domu opieki.

– Nie odważyłabym się zasugerować tego twojemu ojcu – odparła Vivi cicho, jakby obawiała się, że Douglas usłyszy o tej zdradzie na przeciwległym końcu szesnastohektarowego pola.

– Będziesz musiała coś zrobić – podkreśliła Lucy. – Salmonella może zabić. Może zatrudnisz pomoc domową?

Vivi nie lubiła wracać do przygody z ekspertką od nietrzymania moczu.

– Chodzi tylko o to, że ona jest bardzo uparta. Nie lubi, kiedy wchodzę do jej kuchni. Muszę wymyślać przeróżne wymówki, jeśli chcę wymienić jej jedzenie.

– Powinna być ci wdzięczna.

– Cóż, masz rację, kochanie, ale wiesz przecież, że to pojęcie nie funkcjonuje w słowniku Rosemary.

– Ciężka sprawa. Nie możesz po prostu owijać wszystkiego folią?

– Próbowałam, ale ona tej folii potem nie wyrzuca. Owinęła folią z kurczaka duży kawałek cheddara, który trafił przez to do kosza.

– Powiedz jej po prostu, że stanowi zagrożenie dla zdrowia was wszystkich.

– Próbowałam, kochanie. Naprawdę. Ale wpada wtedy w taką złość, że przestaje słuchać. Macha na mnie ręką i ucieka.

– Pewnie wie – mruknęła Lucy z zadumą – że coraz z nią gorzej.

Vivi westchnęła.

– Tak. Tak. Też tak uważam.

– Mnie też by to wkurzyło. A babcia nigdy nie była... łagodna z natury.

– Nie.

– Chcesz, żebym poruszyła ten temat?

– Z kim?

– Nie wiem. Z babcią? Z tatą? Czasami różnica pokoleń takie rzeczy ułatwia.

– Mogłabyś spróbować, kochanie, ale nie wiem, czy to coś da. Twój ojciec jest nieco... Cóż, wydaje mi się, że na razie ma dość mierzenia się z rodzinnymi problemami.

– Co masz na myśli?

Vivi urwała, znów czując się jak zdrajczyni.

– Och, no wiesz. Tę całą sprawę z Suzanną.

– Żartujesz. Oni jeszcze tego nie przeboleli?

– Suzanna poczuła się naprawdę zraniona. Obawiam się, że dotarli do tego okropnego etapu, kiedy nie mogą nic powiedzieć, żeby jeszcze nie pogorszyć sprawy.

– Och, na litość boską, nie mogę uwierzyć, że jeszcze się nie dogadali. Zaczekaj chwilę.

Vivi usłyszała w tle przyciszoną rozmowę, która zakończyła się porozumieniem. Po chwili jej córka wróciła na linię.

– Mamo, musisz coś z tym zrobić. Zachowują się jak dwoje idiotów. Są tak samo uparci.

– Ale co ja mogę?

– Nie wiem. Zderz ich głowami. Nie możesz pozwolić, żeby to się dalej ciągnęło. Będziesz musiała sama zrobić pierwszy krok. Posłuchaj, mamo, muszę kończyć. Zaraz mam spotkanie. Zadzwoń do mnie wieczorem, dobrze? Daj znać, co postanowiłaś w sprawie babci.

Rozłączyła się, zanim matka zdołała ją zapewnić, że ją kocha. Vivi siedziała, wpatrując się w szumiącą słuchawkę, i nagle poczuła wzbierającą w niej znajomą falę buntu. Dlaczego to jest moja odpowiedzialność?, pomyślała gniewnie. Dlaczego ja muszę wszystko załatwiać albo ponosić konsekwencje? Co ja takiego zrobiłam?

Nadine i Alistair Palmer postanowili się rozstać. Wieczory stawały się coraz dłuższe, a chwile odpoczynku Suzanny pomiędzy zamknięciem sklepu a powrotami Neila do domu, które najczęściej poświęcała na przeglądanie rachunków przy kuchennym stole z kieliszkiem wina w dłoni, coraz częściej przerywały telefony od Nadine.

– Nie mogę uwierzyć, że mi to robi... Jeśli myśli, że pozwolę dzieciom wyjechać na cały weekend, chyba oszalał... Wiesz co, prawnik uważa, że powinnam zażądać również letniego domku... To ja go urządziłam, nawet jeśli dzielimy go z jego bratem...

Z początku pochlebiło jej, że Nadine się odezwała – od pewnego czasu miała wrażenie, że przyjaciółka, która nadal mieszkała w Londynie, zapomniała o niej. Kilka tygodni później czuła się wyczerpana jej telefonami, niekończącymi się opowieściami o postmałżeńskiej niesprawiedliwości, tysiącami przykładów małostkowości, do której zniżała się kiedyś kochająca się para, żeby tylko ukarać siebie nawzajem.

– Nie wyobrażasz sobie, jak samotna się czuję nocami... Słyszę różne hałasy... Matka uważa, że powinnam kupić sobie psa, ale kto go będzie wyprowadzał, skoro muszę wrócić do pracy?

Nadine i Alistair byli pierwszymi osobami w ich kręgu znajomych, które się pobrały, zaledwie sześć tygodni przed Suzanną i Neilem. Podczas miesiąca miodowego odwiedzili tę samą część Francji. Ostatnio Nadine trzy razy spytała, czy u Suzanny i Neila wszystko w porządku, jakby rozpaczliwie pragnęła zapewnienia, że nie jest sama w swoim nieszczęściu. Suzanna za każdym razem odpowiadała tylko: „W porządku". W pierwszym odruchu poczuła się wstrząśnięta, ale Nadine i Alistair byli już czwartą parą pośród ich znajomych, która się rozwodziła, i Suzanna za każdym razem odczuwała mniejszy niepokój... I mniejsze zaskoczenie. Czasami, gdy odkładała słuchawkę, zastanawiała się nad nieuniknioną ścieżką, jaką podążały związki jej pokolenia – początkowy przypływ entuzjazmu przeradzał się w stabilniejszą relację z nieco mniejszą ilością seksu, potem małżeństwo, budowa domu, głód seksualny zastąpiony namiętnością do tapicerowanych mebli. Potem dziecko, po którym kobiety czuły się zafascynowane, spełnione, rozdrażnione, seks przechodził do historii, a kobiety i mężczyźni szli dalej osobno – ona coraz częściej żartobliwie, lecz znacząco napomykała, że mężowie i ojcowie są bezużyteczni, on się wycofywał, coraz więcej czasu spędzał w biurze, aż lądował w ramionach kogoś młodszego, bardziej entuzjastycznie nastawionego do seksu i mniej rozczarowanego życiem.

– Mówi, że już mu się nie podobam. Nie, odkąd pojawiły się dzieci. Powiedziałam mu, szczerze, że on nie podoba mi się od lat, ale nie na tym polega małżeństwo, prawda? Dwadzieścia dwa lata... Co on sobie wyobraża? Na litość boską, Suzanno, nie było jej jeszcze na świecie, kiedy Karol i Diana brali ślub.

Oczywiście w swoje lepsze dni Suzanna pamiętała, że to nie spotyka wszystkich, że dla niektórych małżeństw pojawienie się dzieci jest dodatkowym spoiwem i źródłem radości. W zasadzie nie była nawet pewna, czy przyjaciółki nie podkreślają wszystkich ujemnych stron macierzyństwa – bezsennych nocy, zrujnowanych ciał, plastikowych zabawek i wymiotów – ze źle pojmowanego współczucia, ponieważ ona jeszcze tego nie zaznała. Co ciekawe jednak, ta pesymistyczna litania żalów zaczęła zmieniać jej uczucia. Wysłuchiwanie Nadine, która łkała na myśl o tym, że jej małe dzieci będą spędzać czas z dziewczyną taty, że w domu bez nich będzie panowała cisza, gdy się obudzi, uświadomiło jej, że w powodzi domowych obowiązków, w prozaiczności i małostkowości płynie też głęboka, zazdrosna pasja. Pasja ta, a nawet głębia żalu Nadine skontrastowana z jej pieczołowicie budowanym letnim życiem, zaczynała ją coraz bardziej pociągać.

Neil po raz pierwszy zobaczył Suzannę, gdy podała mu sushi. Pracowała w restauracji w Soho. Odkrywszy, że kawałki surowej ryby z ryżem są niemal pozbawione tłuszczu, zaczęła egzystować na nich i paczkach marlboro light, próbując zejść z rozmiaru S do XS (teraz zastanawiała się, dlaczego zamiast zamartwiać się nieistniejącym cellulitem, nie przechodziła całej trzeciej dekady życia w bikini). Neil przyszedł tam z klientami. Dorastał w Cheam na nieskomplikowanej diecie zawodnika rugby w państwowej szkole, ale dzielnie spróbował wszystkiego, co zasugerowała, i dopiero później wyznał jej, że gdyby ktokolwiek inny próbował go przekonać do zjedzenia surowego jeżowca, założyłby mu nelsona.

Był wysoki, szeroki w barach i przystojny, parę lat starszy od niej, emanował blaskiem, który dowodził, że pensja w City i częste podróże zagraniczne mogą zwalczyć ziemistość cery i nudę korporacyjnego życia. Zostawił jej napiwek w wysokości niemal trzydziestu procent rachunku, a ona od razu zrozumiała, że adresatem tego gestu nie byli jego towarzysze. Obserwowała go przy stoliku, wysłuchała jego szeptanych wyznań, świadoma, że otwartość na eksperymenty gastronomiczne może wskazywać na otwartość również w innych kwestiach.

Neil, jak się przekonała w kolejnych miesiącach, był zdeterminowany, nieskomplikowany i w przeciwieństwie do jej poprzednich, tylko okazjonalnie wiernych chłopaków całkowicie godny zaufania. Kupował jej to, co teoretycznie powinni kupować partnerzy – kwiaty regularnie, wycieczki, gdy wracał z podróży, zdarzało się, że zapraszał ją gdzieś na weekend, a w stosownych odstępach czasu podarował jej imponujących rozmiarów klejnot zaręczynowy, ślubny i rocznicowy. Jej rodzice pokochali Neila. Jej przyjaciółki mierzyły go pytającymi spojrzeniami, kilka z nich na tyle uporczywie, że szybko pojęła, iż nie byłby długo sam. Miał mieszkanie z wysokimi oknami i widokiem na Barnes Bridge. Wkroczył w jej życie ze swobodą, która przekonała ją, że są sobie przeznaczeni.

Szybko wzięli ślub. Za szybko, martwili się jej rodzice, nie mając pojęcia o jej bujnym życiu uczuciowym. Zbyła ich troski z przekonaniem kogoś, kto wie, że jest kochany, kto nie pozostawia sobie miejsca na wątpliwości. Wyglądała oszałamiająco w kremowej jedwabnej sukni.

Jeśli nawet zastanawiała się później, czy kiedykolwiek poczuje jeszcze ten pierwszy przypływ podekscytowania, to niecierpliwe mrowienie z pożądania, potrafiła to sobie racjonalizować. Ktoś, kto miał tylu partnerów, ilu ona, musiał od czasu do czasu zatęsknić za posmakiem egzotyki. U boku mężczyzny, którego coraz częściej postrzegała w kategoriach irytującego starszego brata, a nie kochanka, musiała sobie pozwalać na ukradkowe spojrzenia w inne strony. Ona najlepiej ze wszystkich wiedziała, jak uzależniający jest urok nowości.

Po kłótni o polowanie Neil nabrał dystansu – nic ostentacyjnego, zwykłe ochłodzenie domowej atmosfery. Szybko zrozumiała, że to było mistrzowskie zagranie. Zawsze lepiej funkcjonowała, gdy musiała zabiegać o uwagę. Odrobina niepewności obudziła w niej przeświadczenie, że nie chce go stracić. Opowieści Nadine o horrorach bycia swataną na przyjęciach, o tym, jak inne pary musiały się opowiedzieć po jednej ze stron, jakby za dużo wysiłku umysłowego kosztowało je utrzymywanie przyjaźni z nimi dwojgiem, o tym, jak została zmuszona do przeprowadzki do „pierwszego domu" w niemodnej dzielnicy, budziły w niej taki sam proroczy dreszcz jak ten, który przeszedł ją, gdy po raz pierwszy usłyszała, jak Liliane opowiada o życiu ze swoją matką. W rezultacie, nawet jeśli Neil początkowo tego nie zauważył, ich relacje zaczęły się poprawiać, chociaż powoli. Osiągnęła pewien rodzaj równowagi. Nie chciała... Nie miała energii na budowanie życia od nowa.

Może Neil również to wiedział. Może dlatego z okazji jej urodzin zaprosił ją do Londynu na sushi.

– Zjem wszystko, co każesz – powiedział – o ile nie zmusisz mnie do spróbowania jednego z tych puddingów.

– Tych różowych kulek?

– O właśnie. – Otarł usta serwetką. – Pamiętasz, jak kazałaś mi to zjeść w Chinatown, a ja musiałem wypluć resztki do torby?

Uśmiechnęła się, zadowolona, że to wspomnienie nie budzi w niej odrazy ani irytacji.

– To przez strukturę. Nie rozumiem, jak ludzie mogą jeść coś, co ma konsystencję poduszki.

– Przecież jesz słodkie pianki.

– To co innego. Nie wiem dlaczego, ale tak jest.

Po raz pierwszy od bardzo dawna rozmawiali swobodnie, bez skrępowania, bez toczącej się równolegle pod powierzchnią niemej rozmowy pełnej oskarżeń. Zastanawiała się w duchu, czy to tylko radość powrotu do Londynu, aż doszła do wniosku, że większość jej problemów bierze się z przesadnego analizowania wszystkiego. Krótka pamięć i poczucie humoru – to był zdaniem jej babci klucz do udanego małżeństwa. Podkreślała to, chociaż sama nie posiadała żadnej z tych cech.

– Ładnie wyglądasz – powiedział Neil, przyglądając się jej nad zieloną herbatą.

Zdołała mu nawet wybaczyć, że użył tak banalnego słowa.

Piętnaście po dziesiątej, gdy spacerowali po ciepłym, tętniącym życiem Leicester Square, zdradził jej, że nie wracają tego wieczoru do Dere Hampton.

– Dlaczego? – musiała podnieść głos, ponieważ obok przechodzili krysznowcy z tamburynami. – Dokąd idziemy?

– To niespodzianka – odparł. – Ponieważ nasza sytuacja finansowa się poprawiła. Bo tak ciężko pracujesz. Bo moja żona zasługuje na to, by mieć w życiu trochę przyjemności.

Zaprowadził ją do dyskretnie luksusowego hotelu w Covent Garden, w którym skrzynki na kwiaty w oknach świadczyły o dobrym guście i oku do szczegółów gwarantującym miły pobyt, choć Suzanna już tryskała radością na myśl o tym, jak układał się jej wieczór. W pokoju czekała na nią walizka, którą Neil musiał spakować rano i tutaj przewieźć. Zapomniał tylko o kremie nawilżającym.

Namiętność w małżeństwie przypływała i odpływała. Wszyscy to mówili. Gdyby dla odmiany poświęciła mężowi całą swoją uwagę, gdyby spróbowała zapomnieć o wszystkim, co ją irytowało, co z uporem sączyło się w jej duszę i zatruwało wszelkie milsze uczucia, gdyby postanowiła skupić się na tym, co było dobre, może udałoby się im na nowo ją odnaleźć.

– Kocham cię – szepnęła i poczuła ogromną ulgę na myśl, że po tym wszystkim nadal naprawdę w to wierzyła.

Przytulił ją mocno, ale co nietypowe dla niego, nie odpowiedział.

Piętnaście po jedenastej, gdy sączyli dostarczonego przez obsługę hotelową do pokoju szampana, odwrócił się do niej twarzą. Narzuta ześliznęła się po jego nagiej skórze. Był taki blady, zauważyła. Ich pierwszy rok bez zagranicznych wakacji. Za piętnaście miesięcy skończy czterdzieści lat, powiedział.

I?

Od zawsze chciał zostać tatą przed osiągnięciem tego wieku.

Nie odpowiedziała.

Biorąc pod uwagę, że zajście w ciążę zajmuje średnio osiemnaście miesięcy, może powinni zacząć się starać już teraz? Nieco zaryzykować? On tylko chce być tatą, podkreślił cicho. Mieć rodzinę. Odstawił kieliszek, ujął jej twarz w ciepłe dłonie, w jego oczach rozbłysła obawa, jakby wiedział, że ta rozmowa narusza warunki ich umowy, jakby czuł, że może zburzyć ten kruchy spokój, dzięki któremu wieczór okazał się magiczny.

Nie wiedział jednak, że prosi ją o coś, co już postanowiła. Nie odpowiedziała, ale położyła się na plecach, odłożywszy swój kieliszek na drugi stolik.

– Nie musisz się bać – szepnął miękko.

W chmurze szampana poczuła się trochę jak ryba wyrzucona na brzeg. Oddychająca ciężko, z trudem łapiąca powietrze, ale w końcu pogodzona ze swoim losem.

Vivi szła przez korytarz, sapiąc pod nierówno rozłożonym ciężarem toreb z zakupami i zastanawiając się, gdzie się podziewa jej syn, kiedy jest potrzebny. Gdy dotarła do kuchni, wypuściła torby i uniosła ręce w blednącym świetle dnia, by przyjrzeć się czerwonym pręgom, które ucha odcisnęły w jej pulchnych dłoniach.

Zazwyczaj nie jeździła do supermarketu o tej porze, ale poczuła się w obowiązku zastąpić jedzenie, które tego ranka usunęła z lodówki Rosemary. Zaczęła to robić dwa razy w tygodniu. Tym razem zmierzyła się też z problemem górnych szafek, gdzie znalazła nie tylko kilka przeterminowanych od trzech lat puszek konserwy, ale też, co bardziej niepokojące, stos talerzy, które ewidentnie nie przeszły po drodze przez zmywarkę. Moczyła je w chlorze przez pół godziny, tak na wszelki wypadek. Potem, przerażona tym, co jeszcze może się kryć pod powierzchnią, weszła na stołek i wyszorowała wszystkie cztery szafki w środku, zanim zastąpiła ich zawartość.

Wszystko to oznaczało, że musiała odwołać cotygodniową sesję z paniami pomagającymi niepełnosprawnym w Walstock, ale na szczęście wykazały się zrozumieniem. Lynn Gardner, szefowa tej inicjatywy, właśnie oddała do domu opieki swojego ojca, a Vivi, nadal przygnieciona swoimi porannymi przygodami, zdecydowała się na odważny krok i zdradziła powód, dla którego nie mogła przyjechać.

– O Boże, biedactwo. Lepiej sprawdź szufladę pod piekarnikiem. Tę, w której podgrzewa się naczynia – huknęła Lynn

Gardner do słuchawki. – My w naszej znaleźliśmy gniazdo robaków. Wkładał tam brudne naczynia, jakby to była zmywarka.

Vivi posłała przerażone spojrzenie piekarnikowi.

– A lunatykuje już?

– Co?

– Och, zaczynają łazić po domu nocami. To trochę niepokojące, mówię ci. My zaczęliśmy w końcu podawać tacie leki… Tak się martwiłam, że jakimś cudem wyjdzie na zewnątrz i wyląduje w szopie z owcami.

Mężczyźni nie zdołali przenieść pustych kubków po kawie ze stołu do zlewu, więc Vivi, która już nawet nie wzdychała z rezygnacją na ten widok, zrobiła to za nich. Starła z blatów okruchy po lunchu, załadowała talerze do zmywarki i ułożyła w stos porozrzucane papiery. Gdy rozpakowywała zakupy, z salonu dobiegł ją władczy głos Rosemary, która toczyła tam stłumioną rozmowę z Douglasem. Jest o wiele bardziej zadufana w sobie, zbyt energiczna, pomyślała Vivi, by zachowywać się jak ojciec Lynn, upiorna zjawa włócząca się bez słowa po domu w piżamie. Przez chwilę nie była pewna, czy się z tego cieszy, czy też wręcz przeciwnie. Już miała zajrzeć do salonu, żeby się przywitać, gdy nagle uświadomiła sobie z poczuciem winy, że woli mieć dodatkowe pięć minut tylko dla siebie. Spojrzała na zegar i odnotowała z lekkim ukłuciem radości, że zdoła jeszcze wysłuchać końcówki *Archerów*.

– Będziemy się rozkoszować odrobiną spokoju, co, Mungo?

Terier, usłyszawszy swoje imię, zadygotał i wbił w nią intensywne spojrzenie, czekając niecierpliwie, aż ze stołu spadną jakieś reszki.

– Masz pecha, chłopcze – oświadczyła Vivi, przekładając różne rodzaje mięs do zamrażarki. – Tak się składa, że wiem, ile już dzisiaj zjadłeś.

Położyła kilka kotletów jagnięcych na tacy i pieczołowicie odkroiła tłuszcz z porcji dla Rosemary. Rosemary wiecznie narzekała na źle oprawione mięso. Potem nastawiła nowe ziemniaki do gotowania z kilkoma liśćmi mięty i zaczęła robić sałatę. Pewnie powiedzą, że kolacja trochę za lekka, ale kupiła też letni pudding, żeby im to zrekompensować. Jeśli wyjmie go z opakowania, Rosemary nie będzie mogła gadać o wyższości domowych deserów.

Gdy *Archerowie* dobiegli końca, Vivi jeszcze chwilę została przy oknie, przez które wyglądała, słuchając opery mydlanej emitowanej przez BBC. Jej ogród rozkwitał o tej porze roku, zioła napełniały swoim aromatem dom, lawenda, dzwonki i lobelie unosiły się powoli z rabatek, pnącza, które zimą wyglądały jak martwe zbrązowiałe szkielety, teraz wybuchały soczystą zielenią. Rosemary założyła ten ogród tuż po ślubie – była to jedna z niewielu rzeczy, za które Vivi była jej po prostu wdzięczna. Przez jakiś czas myślała, że zainteresuje się nim Suzanna – miała takie samo oko do kwiatów jak Rosemary, dar do takiego aranżowania roślin, by wydobywać z nich piękno.

Odetchnęła aromatem pierwiosnków, wsłuchując się w leniwe brzęczenie pszczół, gdy nagle przez łagodne odgłosy nadchodzącego wieczoru przedarła się nietypowo wojownicza nuta w głosie Rosemary. Douglas mówił ciszej, jakby coś jej tłumaczył. Vivi poczuła zakłopotanie na myśl, że mogą rozmawiać o niej. Może Rosemary obraziła się za generalne porządki w szafkach. A może nadal nie wybaczyła jej gwałtownie przerwanej wizyty ekspertki od nietrzymania moczu.

Odwróciła się od okna i położyła kotlety na kuchence. Wytarła dłonie w fartuch, po czym z ciężkim sercem podeszła do drzwi.

– Nie mogę uwierzyć, że w ogóle to rozważasz.

Rosemary siedziała w fotelu bujanym, choć zazwyczaj miała problem, żeby z niego wstać. Dłonie splotła ciasno na kolanach, twarz wykrzywioną z gniewu odwracała od syna, jakby podkreślając tym gestem, że nie zamierza go słuchać. Vivi zamknęła za sobą drzwi i zauważyła, że teściowa krzywo zapięła bluzkę. Od razu pożałowała, że nie będzie mogła o tym wspomnieć.

Douglas stał przy pianinie ze szklaneczką whisky w dłoni. Po jego lewej stronie zegar szafkowy należący do rodziny od narodzin Cyrila Fairleya-Hulme'a dyskretnie odmierzał kolejne kwadranse.

– Bardzo dużo o tym myślałem, mamo.

– To możliwe, Douglasie, ale tak jak już raz ci mówiłam, niekoniecznie wiesz, co leży w interesie tego majątku.

Na jego wargi wypłynął słaby uśmiech.

– Kiedy ostatni raz toczyliśmy tę rozmowę, mamo, miałem dwadzieścia siedem lat.

– Doskonale to pamiętam. I wtedy też miałeś głowę pełną głupich pomysłów.

– Moim zdaniem finansowo nie ma sensu, by Ben odziedziczył całą posiadłość. Nie chodzi tylko o tradycję, ale też o pieniądze.

– Czy ktoś mógłby mnie wtajemniczyć w to, co się dzieje? – Vivi przeniosła wzrok z męża na teściową, która nadal uparcie wpatrywała się w okno balkonowe. Już miała się uśmiechnąć, ale powstrzymało ją to, że nikt inny się nie uśmiecha.

– Miałem parę pomysłów i uznałem, że powinienem porozmawiać o nich z mamą…

– A ja ci mówię, Douglasie, że dopóki żyję i mam coś do powiedzenia w sprawach tego majątku, wszystko pozostanie tak, jak było.

– Ja tylko zasugerowałem kilka…

– Dobrze wiem, co sugerujesz. Powtórzyłeś to wystarczająco wiele razy. I mówię ci, że odpowiedź brzmi: nie.

– Odpowiedź na co? – Vivi podeszła do męża.

– Nie zamierzam dłużej o tym rozmawiać, Douglasie. Dobrze wiesz, jakie zdanie miał na ten temat twój ojciec.

– I jestem pewien, że tata nie chciałby, by ktokolwiek w tej rodzinie był nieszczęśliwy przez…

– Nie. Nie, nie pozwolę na to. – Rosemary położyła dłonie na kolanach. – Vivi, kiedy będzie kolacja? Myślałam, że jadamy o wpół do ósmej, a na pewno jest już później.

– Czy ktoś może mi w końcu powiedzieć, o czym rozmawiacie?

Douglas postawił szklankę na pianinie.

– Dużo myślałem. O zmianie testamentu. Może o ustanowieniu jakiegoś zarządu powierniczego, dzięki któremu dzieci będą odgrywały taką samą rolę w zarządzaniu posiadłością. Może nawet zanim umrę. Ale… – zniżył głos – mamie nie podoba się ten pomysł.

– Taka sama rola? Dla całej trójki? – Vivi spojrzała na męża.

– Czy ktoś pomoże mi wstać? Nie potrafię się wygramolić z tego niedorzecznego fotela.

Douglas wzruszył ramionami, na jego ogorzałej twarzy odmalowały się wyrzuty sumienia i irytacja.

– Próbowałem. Nie mogę powiedzieć, że odpowiada mi to, jak teraz wyglądają sprawy.

– Próbowałeś?

Rosemary zdołała podnieść się z siedziska, przenosząc cały swój ciężar na kościste ramiona. Zaraz potem poleciała do tyłu i stęknęła z frustracją.

– Musicie mnie ignorować? Douglas. Potrzebuję pomocy. Podaj mi rękę.

– To znaczy, że tak po prostu się poddasz?

– Ja się nie poddaję, staruszko. Po prostu nie chcę jeszcze pogorszyć sprawy. – Douglas podszedł do matki i podał jej rękę, by mogła się na niej wesprzeć.

– A czy sprawy mogą wyglądać jeszcze gorzej?

– To również decyzja matki, Vee. Wszyscy tutaj mieszkamy.

Rosemary, która już stała, spróbowała się wyprostować. Musiała włożyć w to trochę wysiłku.

– Twój pies – oświadczyła, patrząc na Vivi – leżał na moim łóżku. Znalazłam sierść.

– Musisz pamiętać, żeby zamykać drzwi, Rosemary – odparła Vivi cicho, nie odrywając wzroku od Douglasa. – Ale to by wszystko rozwiązało, kochanie. Suzanna byłaby o wiele szczęśliwsza. Ona chce tylko czuć się tak samo traktowana. Nie będzie przecież niczym zarządzać. A pozostali nie będą mieli nic przeciwko temu… Wydaje mi się, że od początku nie czuli się komfortowo z tym planem.

– Wiem, ale…

– Dość – wtrąciła Rosemary, kierując się ku drzwiom. – Dość tego. Chciałabym teraz zjeść. Nie będę dłużej o tym rozmawiać.

Douglas położył dłoń na ramieniu Vivi. Jego dotyk był taki lekki, że niemal niewyczuwalny.

– Wybacz, staruszko. Próbowałem.

Gdy Rosemary ją minęła, Vivi poczuła, że oddech więźnie jej w piersi. Douglas się odwrócił, żeby otworzyć matce drzwi, a ona pojęła, że ich zdaniem ta rozmowa już dobiegła końca, sprawa została zamknięta. Nagle usłyszała swój głos, na tyle donośny, by Rosemary zawróciła, i nietypowo gniewny jak na nią.

– Cóż, mam nadzieję, że oboje będziecie z siebie bardzo zadowoleni – oświadczyła – jak już całkowicie zrazicie tę biedną dziewczynę.

Upłynęło parę sekund, zanim jej słowa do nich dotarły.

– Co? – mruknęła Rosemary, wspierając się na ramieniu syna.

– Cóż, nigdy nie powiedzieliśmy jej prawdy, czyż nie? Nie patrzcie tak na mnie. Nikt nie powiedział jej prawdy o matce. A potem zastanawiamy się, dlaczego Susanna wyrosła na taką zagubioną i pełną złości kobietę. – W końcu przykuła ich uwagę. – Mam tego dość... Mam dość wszystkiego. Douglasie, albo uczynisz ją swoją spadkobierczynią bądź też wprowadzisz jakieś powiernictwo, albo powiesz jej prawdę o matce, łącznie z tym, czego nie wiemy. – Oddychała ciężko, po czym wymamrotała jakby do siebie: – I proszę. Powiedziałam to.

Zapadła cisza. Po chwili Rosemary uniosła głowę i zaczęła mówić powoli i wyraźnie, jakby zwracała się do kogoś ograniczonego umysłowo:

– Vivi, nie tak postępuje ta rodzina...

– Rosemary – przerwała jej Vivi – na wypadek gdyby umknęło to twojej uwadze, ja należę do tej rodziny. To ja przygotowuję posiłki, prasuję ubrania, utrzymuję dom w czystości, i robię to już ponad trzydzieści lat. Należę do tej cholernej rodziny.

Douglas lekko otworzył usta. Nie powstrzymało jej to. Czuła się tak, jakby opętało ją jakieś szaleństwo.

– O tak. To ja piorę wasze brudne gacie, to na mnie wszyscy wyładowują swoje złe nastroje, to ja sprzątam po waszych zwierzętach, to ja robię, co tylko mogę, by utrzymać to wszystko w kupie, do cholery. Należę do tej rodziny. Może byłam dla Douglasa drugim wyborem, ale to nie znaczy, że można mnie we wszystkim pomijać...

– Nikt nigdy nie powiedział, że...

– Zasługuję na to, by mieć opinię. Ja również zasługuję na to, by mieć opinię. – Jej oddech zaczął się rwać, poczuła pieczenie łez pod powiekami. – Suzanna należy do mnie tak samo jak do was i mam już dość, serdecznie dość, zapewniam was, tego, że tę rodzinę, moją rodzinę, podzieliło coś tak trywialnego jak dom i kilka hektarów cholernej ziemi. To naprawdę nie ma znaczenia. Tak, Rosemary, w porównaniu ze szczęściem moich dzieci, z moim szczęściem to nie ma znaczenia. No proszę, Douglasie, powiedziałam to. Dopisz Suzannę do testamentu albo powiedz jej cholerną prawdę. – Sięgnęła za plecy, by rozwiązać fartuch, zdjęła go przez głowę i cisnęła na podłokietnik kanapy. – I nie nazywaj mnie więcej „staruszką" – zwróciła się do męża. – Bardzo, bardzo tego nie lubię.

Po tych słowach, odprowadzana oszołomionymi spojrzeniami męża i teściowej, Vivi Fairley-Hulme przeszła przez kuchnię, w której stary kot Rosemary właśnie dobierał się do jagnięcych kotletów, i wymaszerowała na wieczorne słońce.

Rozdział czternasty

Dzień, w którym zrobili mojej mamie anielskie paznokcie

Moja mama miała bardzo krótkie paznokcie. Nigdy ich nie obgryzała – powiedziała mi, że kiedy zawodowo sprzątała, zamoczyła ręce w wybielaczu zbyt wiele razy i nigdy się już potem nie wzmocniły. Chociaż co wieczór je kremowała, białe końcówki nigdy nie wyszły poza opuszki palców. Bardzo często się też łamały, a wtedy mama przeklinała, a potem mówiła: „Ups! Tylko nie mów tacie, co powiedziałam". A ja nigdy nie mówiłam.

Czasami, jak byłam grzeczna, sadzała mnie naprzeciwko siebie i brała moją rękę tak jak w salonie, smarowała ją kremem, a potem piłowała mi paznokcie. Bardzo się wtedy śmiałam, bo to łaskocze. Potem pozwalała mi wybrać jedną ze swoich buteleczek z lakierem i nakładała mi go bardzo ostrożnie, tak, że nie było żadnych smug. Jak już sobie pomalujesz paznokcie, długo nie wolno ci brać niczego do ręki, żeby nie rozmazać lakieru, robiła mi więc coś do picia i dawała słomkę, a ja machałam rękami, żeby lakier szybciej wysychał.

Zawsze musiałyśmy go zmywać przed szkołą, ale pozwalała mi z nim spać, a czasami chodzić cały weekend. Gdy leżałam w łóżku, podnosiłam ręce i ruszałam palcami, bo wyglądały ślicznie nawet w ciemnościach.

Dzień przed śmiercią mama umówiła się na wizytę, żeby ktoś przykleił jej sztuczne paznokcie. Pokazała mi je w gazecie – były naprawdę długie i miały białe końcówki, więc nie było widać brudu, bo prawdziwe paznokcie zostawały pod nimi. Powiedziała mi, że zawsze podobały się jej długie paznokcie, a teraz, skoro trochę zarabia, zrobi sobie tę przyjemność. Nie zależy jej na ciuchach, powiedziała, butach ani modnych fryzurach. Ale zawsze chciała, naprawdę chciała mieć piękne paznokcie. Powiedziała, że weźmie mnie ze sobą po szkole. Może nie wiecie, ale jestem całkiem grzeczna. Mogę siedzieć, czytać i być cicho, i obiecałam, że nie będę hałasować w salonie, a ona odparła, że jest tego pewna, bo jestem jej kwiatuszkiem.

Gdy babcia odebrała mnie ze szkoły i powiedziała mi, że mama umarła, nie płakałam, ponieważ w to nie uwierzyłam. Pomyślałam, że coś im się pomyliło, bo mama podrzuciła mnie na kółko teatralne i powiedziała, że jak mnie potem odbierze, kupimy sobie frytki i zjemy razem późny podwieczorek. Dopiero gdy nauczycielka się zdenerwowała i rozpłakała, zrozumiałam, że to nie żart. Potem, gdy babcia mnie przytulała, zapytałam, co zrobimy z wizytą mamy w salonie paznokci. Może to śmieszne, ale zmartwiłam się, że nigdy tam już nie pójdzie, bo wiedziałam, że bardzo tego chciała.

Babcia długo mi się przyglądała, myślałam, że się rozpłacze, bo jej oczy zrobiły się bardzo mokre. Potem wzięła mnie za obie ręce i powiedziała:

– Wiesz co? Dopilnujemy, żeby twojej mamie zrobili te paznokcie, bo dzięki temu będzie ładnie wyglądała, jak już dotrze do nieba.

Nie widziałam mamy w trumnie w dniu pogrzebu, ale babcia powiedziała mi, że wyglądała ślicznie, jakby spała. Zapytałam, czy ktoś zrobił jej te długie paznokcie, a babcia zapewniła mnie, że była miła pani z salonu i że paznokcie są bardzo ładne, i jak nocą spojrzę na niebo, może zobaczę, jak migoczą. Nie odpowiedziałam, ale pomyślałam sobie, że jeśli mama nikogo nie będzie tam znała, będzie mogła przynajmniej pomachać ręką, tak jak ja kiedyś w łóżku, a ludzie się nie zorientują, że kiedyś była sprzątaczką.

Mój tata nie umie malować paznokci, chciałam go poprosić, ale mieszkam teraz z babcią. Powiedziała, że mi je pomaluje, jak już wszystko się trochę uspokoi. Dużo płacze. Słyszę ją, kiedy myśli, że śpię, ale zawsze udaje wesołość, kiedy wie, że słucham.

Czasami ja też płaczę. Bardzo tęsknię za mamą.

Steven Arnold mówi, że paznokcie mojej mamy wcale nie są teraz błyszczące. Mówi, że są czarne.

W sumie nie chcę już o tym pisać.

Rozdział piętnasty

Gdy Suzanna była nastolatką, w dni takie jak ten Vivi mawiała, że obudziła się w „nieco skomplikowanym" nastroju. Nie było to nic konkretnego, nie rezultat jakiegoś namacalnego nieszczęścia, ale zaczynała dzień z poczuciem, że wisi nad nią niewidzialna chmura, że wszechświat jest w jakiś sposób skrzywiony, a ją tylko włos dzieli od wybuchnięcia płaczem. W takie dni było wiadomo, że rzeczy martwe staną na wysokości zadania: kromka chleba zaklinowała się w tosterze, a Suzannę poraził prąd, gdy próbowała ją wyciągnąć widelcem. Odkryła mały przeciek pod rurą w łazience i uderzyła głową o framugę, gdy z niej wychodziła. Neil zapomniał wyrzucić śmieci, chociaż obiecał. Wpadła na Liliane w delikatesach, kiedy wybrała się tam, by kupić pudełko migdałów w cukrze, ponieważ Jessie uznała, że to powinien być kolejny „dowód miłości", i musiała wcisnąć je do torebki jak złodziejka, którą w sumie została, ponieważ wyszła ze sklepu, zapomniawszy za nie zapłacić. A gdy już dotarła do Zakątka, przydybała ją pani Creek, która z perwersyjnym zadowoleniem oświadczyła, iż czeka na zewnątrz już prawie dwadzieścia minut, i zapytała, czy Suzanna mogłaby podarować trochę swoich staroci na aukcję charytatywną na rzecz emerytów.

– Nie mam żadnych staroci – odparła Suzanna z naciskiem.

– Chyba mi nie powiesz, że cały ten towar jest na sprzedaż – mruknęła pani Creek, wpatrując się w półki na tylnej ścianie.

Następnie pani Creek bez wysiłku przerzuciła się na opowieści o kolacjach z tańcami w Ipswich i o tym, że jako nastolatka dokładała się do budżetu domowego, szyjąc sukienki przyjaciółkom.

– Gdy zaczęłam szyć własne ubrania, wszystkie wzorowałam na New Look. Szerokie spódnice z koła i rękawy trzy czwarte. Na te spódnice zużywało się mnóstwo materiału. Wiesz, gdy nastała ta moda, ludzie tutaj uznali ją za skandaliczną. Przez lata oszczędzaliśmy na materiałach podczas wojny. Nic nie dało się kupić. Nawet na kartki. Wiele dziewcząt chodziło na potańcówki w sukienkach uszytych z zasłon.

– Doprawdy? – mruknęła Suzanna, włączając światła i zastanawiając się, dlaczego Jessie się spóźnia.

– Swoją pierwszą w ogóle uszyłam ze szmaragdowego jedwabiu. To był niezwykły kolor, taki głęboki. Wyglądała jak jeden z kostiumów Yula Brynnera w filmie *Król i ja…* Wiesz, o którym mówię?

– Nie bardzo – odparła Suzanna. – Napije się pani kawy?

– To bardzo miło z twojej strony, moja droga. Z chęcią dotrzymam ci towarzystwa. – Usiadła na krześle obok magazynów i zaczęła wyjmować z torebki świstki papieru. – Mam tu gdzieś zdjęcia, na których widać, jak wyglądałyśmy. Ja i moja siostra. Wymieniałyśmy się wtedy sukienkami. Można nas było objąć dwiema dłońmi w pasie. – Wypuściła powietrze z płuc. – Męskimi dłońmi, oczywiście. Ja zawsze byłam wąska w talii. Rzecz jasna trzeba było prawie udusić się gorsetem, żeby wszystko odpowiednio leżało, ale dziewczyny zawsze będą cierpieć dla urody, prawda?

– Mhm – mruknęła Suzanna, przypomniawszy sobie, że powinna wyjąc migdały z torebki i położyć je pod ladą. Jessie je później zaniesie. O ile w ogóle się pojawi.

– Teraz ma kolostomię, biedactwo.

– Co?

– Moja siostra. Choroba Crohna. Straszne jej sprawia kłopoty, o tak. Możesz sobie nosić te wszystkie workowate ubrania, jeśli lubisz, ale musisz uważać, żeby na nikogo nie wpaść, rozumiesz, o czym mówię?

– Chyba tak. – Suzanna próbowała się skoncentrować na odmierzaniu kawy.

– A mieszka w Southall. I proszę… Katastrofa gwarantowana. Z drugiej strony zawsze może być gorzej. Kiedyś pracowała w autobusach.

– Przepraszam za spóźnienie – rozległ się głos Jessie. Miała na sobie obcięte dżinsy, a na głowie okulary przeciwsłoneczne w lawendowych oprawkach, wyglądała wiosennie i niemal nieznośnie ładnie. Tuż za nią do sklepu wszedł Alejandro, który zatrzymał się zaraz za progiem. – To jego wina – dodała Jessie wesoło. – Potrzebował namiarów na dobrego rzeźnika. Szokuje go jakość mięsa w supermarkecie.

– To akurat jest szokujące, ten supermarket – potwierdziła pani Creek. – Wiecie, ile wczoraj zapłaciłam za kawałek boczku?

– Przepraszam – wtrącił Alejandro, zauważywszy zaciśnięte usta Suzanny. – Trudno mi się rozglądać za takimi rzeczami po dyżurach. Moje godziny nie zgrywają się z niczym innym.

W jego oczach rozbłysła niema prośba, przez którą Suzanna poczuła się jednocześnie ułagodzona i poirytowana.

– Nadrobię ten czas – zadeklarowała Jessie, chowając torebkę pod ladę. – Wiem już wszystko o argentyńskich stekach. Podobno są nieco twardsze, ale smaczniejsze.

– W porządku – odparła Suzanna. – Nie trzeba. – Wolałaby nie uchwycić spojrzenia, które między sobą wymienili.

– Podwójne espresso? – upewniła się Jessie, stając obok ekspresu.

Alejandro pokiwał głową i usiadł przy małym stoliku obok lady.

– Dla ciebie też? – zwróciła się do Suzanny.

– Nie, dziękuję. – Żałowała, że włożyła te spodnie. Zbierały kłaczki i kurz, a dopiero teraz zauważyła, że przez swój krój wyglądają na tanie. Z drugiej strony czego się spodziewała? Były tanie. Nie kupiła sobie żadnych porządnych ubrań, odkąd wyjechali z Londynu.

– W sumie nie jadamy mięsa – mówiła Jessie. – W każdym razie nie w tygodniu. Wszystko poza kurczakiem jest za drogie… A nie lubię myśleć o tym, że siedzą w tych małych bateryjnych kurnikach. Emma nie przepada za mięsem. A ja uwielbiam pieczoną wołowinę. Na niedzielny lunch.

– Znajdę kiedyś porządną argentyńską wołowinę – oświadczył Alejandro. – Nasze zwierzęta hodujemy dłużej. Od razu poczujesz różnicę.

– Myślałam, że mięso ze starych wołów robi się łykowate – mruknęła Suzanna i zaraz tego pożałowała.

– Przecież mięso się ubija, moja droga – poinformowała ją pani Creek. – Ubijasz je takim drewnianym tłuczkiem.

– Jeśli mięso jest dobrej jakości – wtrącił Alejandro – nie wymaga ubijania.

– Można by pomyśleć, że ta biedna krowa dość się już nacierpiała.

– Łój wołowy – powiedziała pani Creek. – To jest coś, czego się już nie kupi w sklepie.

– Czy to nie to samo co smalec?

– Czy możemy zmienić temat? – Suzanna poczuła mdłości. – Jessie, zaparzyłaś już tę kawę?

– Nigdy nam nie opowiadałeś – Jessie odwróciła się do Alejandra i pochyliła nad ladą – o swoim życiu, zanim tu przyjechałeś.

– Nie ma o czym – mruknął Alejandro.

– Na przykład, dlaczego chciałeś zostać położnym. No wiesz, bez urazy, ale to nie jest normalnie robota dla faceta, prawda?

– A co jest normalne?

– Musisz się czuć bardzo swobodnie ze swoją kobiecą stroną w takim kraju *macho* jak Argentyna, jeśli robisz to, co robisz. No to jak to się zaczęło?

Alejandro sięgnął po swoją filiżankę i wrzucił do gęstego czarnego płynu dwie kostki cukru.

– Marnujesz się w sklepie, Jessie. Powinnaś zostać terapeutką. W moim kraju to najbardziej prestiżowy zawód, zaraz po chirurgu plastycznym, rzecz jasna… A może rzeźniku.

Bardzo sprytny sposób, żeby nie odpowiedzieć na pytanie, pomyślała Suzanna, rozpakowując karton z nowymi torebkami.

– Właśnie opowiadałam Suzannie, że kiedyś szyłam sukienki.

– Wiem – odparła Jessie. – Pokazywała mi pani zdjęcia. Były urocze.

– A te ci pokazywałam? – Pani Creek wyciągnęła wachlarz pomiętych fotografii.

– Piękne – potwierdziła Jessie posłusznie. – Ależ pani jest zdolna.

– Wtedy chyba lepiej radziłyśmy sobie z rękami. Wydaje mi się, że współczesne dziewczyny są… mniej zaradne. Ale my musiałyśmy być, przez wojnę i w ogóle.

– A ty co robiłaś, Suzanno, zanim otworzyłaś ten sklep? – Jego głos, z tym silnym akcentem, był taki niski i kojący. Wyobrażała sobie, jak dodaje nim otuchy kobietom podczas porodu. – Kim byłaś w poprzednim życiu?

– Tą samą osobą, którą jestem teraz – odparła, świadoma, że wcale nie wierzy w swoje słowa. – Skoczę do sklepu po mleko.

– Nikt nie jest przez całe życie taki sam – zaprotestowała Jessie.

– Ja byłam taka sama…Tyle że mniej zależało mi na tym, żeby ludzie pilnowali własnego nosa – mruknęła ostro, zatrzaskując szufladę kasy.

– Przychodzę tu głównie ze względu na atmosferę, wiesz? – wyznała pani Creek Alejandrowi.

– Dobrze się czujesz, Suzanno? – Jessie pochyliła się nad ladą, by lepiej widzieć minę przyjaciółki.

– Doskonale. Po prostu jestem zajęta, okej? Dzisiaj jest dużo do zrobienia.

Jessie pojęła aluzję i wykrzywiła twarz w skruszonym grymasie.

– Ta ryba – zwróciła się do Alejandra, gdy Suzanna zaczęła niepotrzebnie przestawiać kubki na półce nad kasą – ta, którą łowiłeś ze swoim tatą, ta pielęgniarka.

– Pielęgnica pawiooka?

– Słynie ze swojej zrzędliwości, prawda?

Pani Creek odkaszlnęła cicho za zasłoną swojej filiżanki. Zapadła cisza.

– Moim zdaniem musi być zrzędliwa, jak to nazywasz, żeby przetrwać w swoim środowisku – odparł Alejandro niewinnie.

Zaczekali, aż Suzanna, która zmierzyła ich po drodze ognistym spojrzeniem, zatrzaśnie za sobą drzwi. Odprowadzali ją wzrokiem, gdy szła ulicą ze spuszczoną głową, jakby stawiała opór porywistemu wiatrowi.

Jessie wypuściła wstrzymywane w płucach powietrze i z podziwem pokręciła głową, patrząc na mężczyznę.

– O rety, Ale, nie tylko ja marnuję się w swojej robocie.

Ojciec Lenny przeszedł przez Water Lane, skręcił w lewo i skinął głową przez szybę gościom Pawiego Zakątka, a gdy zobaczył roześmianą twarz okoloną blond warkoczami, pomachał energicznie. Wrócił myślami do rozmowy, którą przeprowadził tego ranka.

Chłopak – bo to był nadal tylko chłopak, niezależnie od tego, ile dojrzałości dodawało mu jego zdaniem ojcostwo – przywiózł grzejnik na plebanię. Centralne ogrzewanie do niczego się nie nadawało, a budżet diecezji nie pozwalał na remont. Pierwszeństwo miał dach kościoła. Wszyscy wiedzieli, jaką Lenny ma reputację, nikt nie wątpił, że jakoś zwiąże koniec z końcem dzięki swoim kontaktom. Po dwudziestu latach przymykali oko na te jego komercyjne przedsięwzięcia, które po bliższym zbadaniu mogły się wydać trochę niestosowne w porównaniu z typowymi działaniami sług Kościoła. Samochód dostawczy skręcił więc na podjazd, a Lenny stanął przed drzwiami, gotów osobiście wpuścić chłopaka.

To Cath Carter przyszła do niego po radę – Cath, która przy paru okazjach zaprosiła go do siebie na herbatę i „ploteczki", jak je nazywała, a w rzeczywistości chciała zasięgnąć jego opinii w kwestii coraz bogatszej kolekcji sińców i „wypadków" swojej córki. To nie jest tak, że dziewczyna jest potulna jak owca, oświadczyła, i skłamałaby, gdyby powiedziała, że ona i Ed nigdy nie wymierzyli sobie po razie przez te wszystkie wspólne lata, ale to było co innego. Chłopak przekroczył granicę. A ilekroć próbowała poruszyć ten temat z Jessie, dziewczyna warczała na nią, by pilnowała własnego nosa lub coś w tym rodzaju.

– Matki i córki, co? – mruknął ojczulek gładko, choć w zasadzie niewiele miał na ten temat do powiedzenia.

Cath była przekonana, że dziewczyna się obrazi, jeśli się dowie, że o niej rozmawiali, zabroniła mu więc zwracać się bezpośrednio do niej. Sytuacja nie jest też na tyle poważna, by wzywać policję, zawyrokowała. W dawnych czasach, kiedy Lenny był młodszy, paru facetów umawiało się, by ustawić takiego chłopaka do pionu, natrzeć mu trochę uszu – żeby wiedział, że ludzie wiedzą. Zazwyczaj to wystarczało. Eda Cartera nie było już jednak na świecie, a nikt spoza opieki społecznej raczej nie zechciałby się zmierzyć z tym problemem. Poza tym ani Cath, ani Jessie nie chciałyby nikogo więcej angażować. Miał więc związane ręce.

Aż tu nagle chłopak pojawił się na jego progu. Jakkolwiek by na to spojrzeć, nikt nie powiedział, że oni dwaj nie mogą zamienić paru słów.

– Podoba ci się nowa robota, co?

– Nie jest zła, ojcze. Stałe godziny pracy… Tylko pensja mogłaby być wyższa.

– No, to jest akurat uniwersalny postulat.

Chłopak zerknął na niego, jakby nie rozumiał, co ksiądz ma na myśli, po czym z godną podziwu swobodą przeniósł grzejnik do salonu, ignorując kartony z naczyniami z promocji i budzikami ustawione w stosach pod ścianą. Częściowo zasłaniały dwie Matki Boskie i Świętego Sebastiana.

– Mam dla ojca złożyć ten grzejnik? To mi zajmie pięć minut.

– Byłoby wspaniale. Nie mam daru majsterkowania. Poszukać śrubokrętów?

– Mam własny.

Chłopak sięgnął po narzędzie, a Lenny poczuł się nagle niekomfortowo, świadomy siły, która kryła się w tych ramionach, potencjału w tych ograniczonych teraz ruchach.

Jak na ironię to nie był zły chłopak – generalnie dobrze wychowany, uprzejmy, z porządnej dzielnicy. Jego rodzice nie chodzili do kościoła, ale byli przyzwoitymi ludźmi. Jego brat, przypomniał sobie Lenny, wyjechał na wolontariat za granicę. Była chyba też jakaś siostra, o ile pamiętał. Chłopak nigdy nie wpakował się w żadne kłopoty, nie należał do tych, których trzeba było czasami zbierać z rynku o wczesnej porze w niedzielę, nieprzytomnych od taniego cydru i Bóg wie czego jeszcze. Nigdy nie przyłapano go za kierownicą kradzionego samochodu na wiejskiej drodze.

To jednak nie znaczyło, że był dobry.

Duchowny obserwował, jak chłopak mocno przykręca metalowe nóżki do obudowy, jak sprawnie dokręca śruby i nakrętki. Gdy Jason chwycił za grzejnik, by go postawić, Lenny zapytał:

– A jak się podoba twojej kobiecie w nowej pracy?

Chłopak nie odrywał wzroku od grzejnika.

– Mówi, że się jej podoba.

– To ładny sklep. Dobrze widzieć w naszym miasteczku coś nowego.

Jason stęknął.

– I chyba dobrze, że zarabia jakieś pieniądze. W dzisiejszych czasach każdy grosz się liczy.

– Nieźle sobie radziliśmy, zanim zaczęła tam pracować. – Chłopak postawił grzejnik na dywanie i kopnął go, jakby próbował coś usunąć.

– O, na pewno.

Dwa samochody zablokowały się nawzajem na drodze za kościołem. Lenny widział je wyraźnie, żaden z kierowców nie zamierzał cofnąć na tyle, by przepuścić tego drugiego.

– Musi być jej ciężko.

Chłopak podniósł wzrok, chyba nie zrozumiał.

– Wyraźnie widać, że to bardziej fizyczna praca, niż się może wydawać. – Lenny patrzył Jasonowi w oczy, siląc się na swobodny ton. Ostrożnie dobierał słowa, wypowiadał je powoli, aby ich reperkusje tym głośniej wybrzmiały. – Musi tak być, biorąc pod uwagę, ile obrażeń tam odnosi.

Chłopak aż się poderwał, odwrócił wzrok, znów spojrzał na księdza, a w jego oczach rozbłysło zawstydzenie. Pochylił się po śrubokręt i włożył go do kieszeni. Choć jego twarz nie zdradzała żadnych emocji, koniuszki jego uszu zapłonęły głęboką czerwienią.

– To ja już pójdę – mruknął. – Mam inne dostawy.

– Bardzo ci jestem wdzięczny.

Lenny poszedł za nim wąskim korytarzem.

– Odpuść jej już – kontynuował, odprowadzając chłopaka. – To dobra dziewczyna. Wiem, że jeśli taki mężczyzna jak ty okaże jej wsparcie, liczba jej wypadków na pewno się zmniejszy.

Jason odwrócił się na werandzie. Na jego twarzy malowały się teraz uraza i wściekłość, zwiesił ramiona.

– To nie to, co ojciec…

– Oczywiście.

– Kocham Jess…

– Wiem. I są sposoby na to, żeby unikać takich rzeczy, prawda?

Chłopak nic więcej nie powiedział. Wypuścił powietrze z płuc, jakby rozważał, czy coś dodać, ale doszedł do wniosku, że lepiej nic nie mówić. Gdy szedł do samochodu, dziarsko stawiał kroki, jakby w wyrazie buntu.

– Nie chcemy przecież, żeby martwiło się o nią całe miasteczko, prawda? – zawołał za nim duchowny, machając ręką, gdy drzwi furgonetki trzasnęły.

Dociążony samochód z piskiem opon wyjechał z podjazdu na drogę.

Czasami tęsknię za bujniejszym życiem, szerszymi horyzontami, myślał Lenny w przypływie satysfakcji, gdy wracał do swojego zaniedbanego, od dawna nieremontowanego domu, dłonią osłaniając swoją bladą celtycką cerę przed słońcem. Czasami jednak mieszkanie w małym miasteczku miało swoje zalety.

Liliane MacArthur zaczekała, aż młodsi mężczyźni wyjdą z plecakami przewieszonymi beztrosko przez odziane w podkoszulki ramiona i dziarskim krokiem pokonają plac. Zajrzała do sklepu, by się upewnić, że Arturro jest sam, po czym lekko pchnęła drzwi i weszła do środka.

Arturro robił coś na zapleczu. Gdy usłyszał dzwonek, zawołał, że zaraz przyjdzie, stanęła więc wstydliwie pośrodku sklepu, wciśnięta pomiędzy przetwory a makaron, wsłuchując się w szum chłodziarek i wygładzając włosy.

Gdy się pojawił, wycierając dłonie w duży biały fartuch, na jego twarz wypłynął szeroki uśmiech.

– Liliane! – Wypowiedział jej imię w taki sposób, jakby wznosił toast.

Już miała odpowiedzieć mu uśmiechem, ale przypomniała sobie powód swojej wizyty. Sięgnęła do torebki i wyjęła z niej pudełko migdałów w cukrze, po czym zerknęła na nie, by się upewnić, że nie doznało uszkodzeń, przygniecione lekami na receptę, które właśnie odebrała z apteki.

– Ja… Ja chciałam tylko podziękować… Za czekoladki i całą resztę. Ale to już chyba za dużo.

Arturro zrobił zdumioną minę. Spojrzał na pudełko, które mu podała, i posłusznie podniósł rękę, by je od niej wziąć.

Wskazała czekoladki na półce i zniżyła głos, jakby kryła się przed innymi klientami.

– Jesteś bardzo miły, Arturro. I to… To było… Cóż, nieczęsto coś dostaję. To było bardzo miłe z twojej strony. Ale… Chciałabym, żebyś już przestał.

Przycisnęła torebkę do boku niczym kotwicę.

– Widzisz, nie jestem pewna, czego… Czego ode mnie oczekujesz. Muszę się opiekować matką, jak wiesz. Nie mogę… Nie istnieją takie okoliczności, w których mogłabym ją zostawić.

Arturro zrobił krok w jej stronę. Przeczesał włosy palcami.

– Uznałam, że uczciwie będzie ci powiedzieć. Ale jestem bardzo wzruszona. Chciałam, żebyś to wiedział.

Jego głos, gdy go już z siebie wydobył, był gruby, skrępowany.

– Przepraszam, Liliane...

Uniosła drżącą dłoń, zrobiła zaniepokojoną minę.

– Och nie. Nie chcę przeprosin... Ja tylko...

– ...ale nie rozumiem.

Zapadła cisza.

– Czekoladki? Te wszystkie upominki?

Patrzył na nią wyczekująco.

Przyjrzała się jego twarzy.

– Zostawiłeś mi czekoladki? Przed moimi drzwiami? – Jej ton stał się natarczywy.

Spojrzał na pudełko, które trzymał w dłoni.

– Są stąd... Tak.

Liliane oblała się rumieńcem. Zerknęła na pudełko, potem na niego.

– To nie byłeś ty? Nie ty mi to wszystko podarowałeś?

Powoli pokręcił głową.

Mimowolnie uniosła dłoń do ust. Rozejrzała się wokół i zatoczyła w stronę drzwi.

– Och! Wybacz mi. Ja... To nieporozumienie. Proszę... Proszę, zapomnij, że cokolwiek mówiłam... – Przyciskając torebkę do piersi jak koło ratunkowe, wybiegła z delikatesów, stukając obcasami o drewnianą podłogę.

Przez parę minut Arturro stał na środku pustego sklepu, wpatrując się w pudełko migdałów w cukrze. Jej słaby zapach nadal unosił się w powietrzu. Spojrzał na prawie pusty rynek, po którym w wydłużających się cieniach spacerowały gołębie. Ostatnie furgonetki szykowały się do odjazdu.

Po chwili przeniósł wzrok na trzy białe fartuchy porzucone niedawno na haczyku przy drzwiach, a jego twarz pociemniała.

Kilkaset metrów dalej Suzanna przygotowywała się do zamknięcia Pawiego Zakątka. Jessie wyszła przed prawie półgodziną, a Suzanna z pewnym zakłopotaniem przyjęła fakt, że Alejandro, który tego dnia chyba miał wolne, nie wyszedł z nią. Wypisał cały stos pocztówek, a teraz czytał gazetę i od czasu do czasu zerkał na ulicę, najwyraźniej błądząc myślami daleko stąd.

Z jakiegoś powodu jego obecność sprawiła, że Suzannę spotkało jeszcze więcej wypadków. Upuściła kolorową szklaną wazę, którą właśnie podawała klientce, i musiała bezpłatnie wymienić ją na inną. Potknęła się na dwóch ostatnich stopniach do piwnicy i prawie skręciła nogę w kostce. Siedziała na podłodze i przeklinała siebie cicho, zanim odzyskała równowagę na tyle, by wrócić do sklepu. Dwa razy oparzyła się ekspresem. Jeśli cokolwiek zauważył, nic nie powiedział. Siedział, powoli pił kawę i milczał.

– Nie masz dokąd iść? – zapytała, gdy zostali sami.

– Wyganiasz mnie?

Zaczerwieniła się na myśl o tym, jaka jest oczywista.

– Nie… Przepraszam. Zastanawiałam się tylko, czy masz jakiś dom.

Spojrzał na witrynę, marszcząc brwi.

– Nie jest to miejsce, w którym lubię spędzać czas.

Miał rzęsy jak kobieta. Ciemne, jedwabiste, kaligraficzne. Dopiero teraz zauważyła, jakie ma kobiece oczy.

– Czy szpital zapewnia ci zakwaterowanie? – Jej głos brzmiał jak podczas przesłuchania.

– Nie było tego w umowie.

Czekała.

– Ale szybko okazało się, że wynajmujący nie chcą mieć tutaj „obcokrajowców" za najemców. – Uśmiechnął się i uniósł brew, widząc jej troskę, jakby uznał, że zaczeka, aż w końcu dotrze do niej prawda. – Suzanno, jesteś jedną z nielicznych osób, które tu poznałem, niemającą blond włosów ani niebieskich oczu.

Sposób, w jaki na nią patrzył, przyprawił ją o rumieniec. Odepchnęła się od lady i zaczęła układać w równych rzędach słoiki z kolorowymi guzikami, różnobarwne magnesy, pudełka na szpilki. Nagle poczuła, że powinna się bronić.

– Przecież to nie Aryjskie Narody. Na pewno nie wszyscy tutaj tak się zachowują.

– To nic. Szpital zapewnił mi zakwaterowanie.

Miasteczko wokół nich popadało w późnopopołudniowe otępienie. Matki zapędziły swoich podopiecznych do domów i teraz potykały się o nich w kuchni, przygotowując się na wieczorny atak posiłków, kąpieli i łóżek. Emeryci nieśli siatkowe torby i prowadzili wózki na zakupy wypełnione warzywami z targu i porcjami mostka lub zapiekanek na jedną osobę. Gdzieś w oddali zatłoczone ulice szykowały się na godziny szczytu, pod stopami huczało metro, wypełniały się bary i puby, ich zatłoczone wnętrza zalewała powódź pracowników City, którzy rozpinali kołnierzyki, złaknieni odpoczynku i napitku.

Suzanna rozejrzała się po swoim sklepie i nagle poczuła się przygnieciona jego wystudiowaną doskonałością, jego zastojem.

– Jak ty to wszystko znosisz? – zapytała.

– Jak co znoszę? – Spojrzał na nią, przechylając głowę.

– Po Buenos Aires. Tę małomiasteczkowość. Tak jak powiedziałeś, ludzie się ciebie boją, bo jesteś inny.

Zmarszczył brwi, próbując ją zrozumieć.

– Tu wszyscy mają zdanie na każdy temat. Każdy czuje się uprawniony do tego, by wiedzieć o tobie wszystko. Jakby musieli cię jakoś zaszufladkować, przyporządkować do określonej kategorii, żeby poczuć się swobodnie. Nie tęsknisz za dużym miastem? Nie tęsknisz za wolnością, którą ono daje?

Odstawił pustą filiżankę po kawie.

– Być może ty i ja odmiennie pojmujemy wolność.

Poczuła się nagle bardzo małomiasteczkowa i naiwna. Nic nie wiedziała o Argentynie, pamiętała tylko okruchy informacji z wieczornych wiadomości – jakieś zamieszki, jakiś kryzys ekonomiczny. Madonnę jako Evę Perón. Boże, pomyślała gorzko. I ja oskarżam wszystkich innych o wąskie horyzonty.

Alejandro wstał i sięgnął po torbę, którą trzymał pod stolikiem. Wyjrzał przez szybę, która wciąż pałała blaskiem odbijających się w niej promieni wieczornego słońca – równoległoboki światła stopniowo zalewały witrynę, zanurzając wszystko w bladym złocie.

Coś w niej wezbrało.

– Ona z kimś mieszka, wiesz?

– Kto? – Nadal pochylał się nad swoją torbą.

– Jessie.

Prawie się nie zawahał.

– Wiem.

Odwróciła się i zaczęła szorować zlew, zła i zawstydzona.

– Nie stanowię zagrożenia dla Jessie.

Dziwne, że to powiedział, tym bardziej że zrobił to z naciskiem, jakby sam próbował siebie o tym przekonać.

– Nie chodziło mi… Przepraszam. – Pochyliła głowę nad zlewem.

Zwalczyła pragnienie, by powiedzieć mu o Jasonie, by wyjaśnić, by jakoś wynagrodzić mu dziecinną zazdrość, którą okazała. Nie chciała, by postrzegał ją tak, jak wszyscy wokół chyba ją postrzegali. Ale gdyby wtajemniczyła go w szczegóły związku Jessie, postawiłaby się w tym samym rzędzie co ludzi, których krytykowała… Tych, którzy wymieniali pomiędzy sobą domowe sekrety innych, jakby była to swego rodzaju społeczna waluta.

– Nienawidziłam tutaj mieszkać, dopóki nie otworzyłam sklepu – wyznała znienacka, polerując krany. – Byłam dziewczyną z miasta, wiesz? Lubię hałas, ruch, anonimowość. Trudno się żyje w miejscu, w którym człowiek dorastał... W takim małym miasteczku. Wszyscy wiedzą o tobie wszystko... O twoich rodzicach, gdzie chodziłeś do szkoły, gdzie pracowałeś, z kim się umawiałeś. Że spadłeś ze stołka, grając na pianinie podczas szkolnego koncertu.

Czuła na sobie jego wzrok, słowa wylewały się z niej niepowstrzymane, podczas gdy jakaś odległa zdrowa część jej umysłu zastanawiała się, skąd ta rozpaczliwa potrzeba zagłuszenia ciszy.

– I myślą, że skoro wiedzą o tym, co ci się przydarzyło, przynajmniej częściowo, to cię znają. Wydaje im się, że wiedzą, kim jesteś. Nie możesz być nikim innym. Tutaj jestem tą samą osobą, którą byłam, gdy miałam dwanaście, trzynaście, szesnaście lat. Zastygła jak w galarecie. Tak właśnie o mnie myślą. A najśmieszniejsze jest to, że wiem, iż jestem kimś zupełnie innym.

Urwała, położyła dłonie po obu stronach zlewu i lekko pokręciła głową jak ktoś, kto próbuje się pozbyć szumu w uszach. Odetchnęła głęboko, zbierając myśli. To wszystko zabrzmiało niedorzecznie nawet dla niej.

– W każdym razie sklep to wszystko zmienił – dodała. – Ponieważ nawet jeśli ja nie mogę być kimś innym, sklep może. Może być wszystkim, czego zechcę. Nikt nie ma co do niego żadnych oczekiwań. Wiem, że to nie do końca odpowiada powszechnej idei... komercyjnego przedsięwzięcia. Wiem, że wiele osób w okolicy myśli, że to głupota. Ale ma... Ma... – Nie była pewna, co próbuje powiedzieć.

Na ulicy powoli cofał samochód.

– Widziałem ją w szpitalu – powiedział Alejandro, stojąc nieruchomo z torbą przewieszoną przez ramię. – Czasami schodzę na izbę przyjęć, żeby odebrać stamtąd matki. Te w wózkach, które nie są już w stanie same chodzić. Widziałem… jak czeka.

W nierdzewnej stali kurków Suzanna dostrzegała swoje odbicie – powykręcane, odwrócone.

– W takim razie wiesz… że kocha Jasona – powiedziała, pochylając głowę.

Gdy nie odpowiedział, odwróciła się do niego twarzą.

Obserwował ją. Starannie dosunął swoje krzesło do stołu.

– Wiem tylko to, co widzę. – Wzruszył ramionami. – To nie jest mój rodzaj miłości.

– Nie – odparła.

W końcu stanęli twarzą w twarz. Alejandro położył dłonie na oparciu krzesła. Spowijał go cień, nie mogła więc zobaczyć jego miny.

Na ulicy trzasnęły tylne drzwi furgonetki, rozdzierając wątłe nici atmosfery. Alejandro odwrócił wzrok do szyby, potem podniósł go na Suzannę, ich oczy spotkały się na kilka sekund, zanim skierował się do drzwi.

– Dziękuję ci za twoją gościnność, Suzanno Peacock – powiedział.

Rozdział szesnasty

Douglas zamknął za sobą drzwi i z frustracją spojrzał na psa małżonki. Szukał Vivi, oprowadził zwierzę po ogrodach w nadziei, że ono ją znajdzie, obszedł nowe biura i mleczarnię, przeszedł nawet przez las na tyłach silosów na zboże. Przeklęty pies niczego nie wyniuchał.

Może potrzebny mi pies myśliwski, pomyślał, po czym westchnął, dostrzegając ironię. Potrzebny mi specjalistycznie szkolony pies, żebym odnalazł żonę. Ostatnio była taka zajęta, zostawiała mu posiłki z uprzejmymi wiadomościami, późno się kładła, ponieważ odkryła całe mnóstwo pilnych zadań w nieużywanych częściach domu. W ogóle już nie wiedział, gdzie można ją spotkać. Ani w jakim nastroju będzie, kiedy już ją odnajdzie. Czuł się wytrącony z równowagi niesprawiedliwością tego wszystkiego.

Pies wszedł mu pod nogi i pisnął, gdy Douglas się o niego potknął. Matka zawołała go po imieniu dwa razy zza drzwi aneksu, żeby sprawdzić, czy to on. Bolejąc nad swoją małostkowością, udał, że jej nie słyszy – nie chciał, by znów go do czegoś wykorzystała. Miał już dość, bo tego ranka musiał ją dwa razy zawieźć do miasteczka – po raz trzeci w tym tygodniu. Jego matka, nadal obrażona po zeszłotygodniowym wybuchu

Vivi, nie dopytywała już o nią, jakby werbalna rebelia synowej złamała jakąś niepisaną zasadę, uczyniła ją w jakiś sposób niewidzialną. Gdyby Douglas nie użalał się nad sobą tak bardzo, pewnie uznałby to za zabawne. To na to, pojął w końcu ze wstydem, narzekała jego żona w ostatnich miesiącach. Na to i na nienachalny, lecz ewidentnie nieprzyjemny zapaszek, który teraz unosił się nad siedzeniem pasażera w range roverze.

Douglas zignorował psa, który usiadł, słuchając jakiegoś niewypowiedzianego rozkazu, i w milczeniu zaczął żebrać o resztki. Zobaczył liścik na kuchennym stole. Nie było go tutaj, gdy rankiem wychodził z domu, ani godzinę temu, kiedy przywiózł Rosemary. Poczuł na jego widok zarówno irytację, jak i smutek – jakby jego małżeństwo zostało zarekwirowane przez dwie infantylne nieznajome osoby.

Vivi informowała go swoim schludnym pismem, że przez jakiś czas jej nie będzie. Lunch dla niego i Bena jest w piekarniku, wymaga tylko dwudziestominutowego odgrzania. Najwyraźniej nie potrafiła oszacować pory swojego powrotu z taką samą dokładnością.

Przeczytał liścik raz jeszcze, po czym zgniótł go w swojej szerokiej dłoni i rzucił przez kuchnię. Pies pobiegł za nim, ślizgając się po kamiennych płytach.

Gdy zauważył, że jej kluczyki od samochodu nadal wiszą na kołku, wyjrzał przez okno, wcisnął kapelusz na głowę i wyszedł z domu przez drzwi kuchenne, ignorując stłumiony władczy głos nawołujący go po imieniu.

Alejandro wyjął pocztę lotniczą ze swojej przegródki, zauważył znajomy znaczek i wepchnął listy do kieszeni, zmęczonym krokiem idąc przez teren szpitala do łóżka, które po raz ostatni widział dwadzieścia dwie godziny wcześniej. Nadal lądował na „nocnych zmianach", jak się o nich mówiło, ale choć szpital przy każdej okazji podkreślał, że jest organizacją promującą równe prawa dla wszystkich, on, ze względu na swoją płeć, wygrał los na mieszkaniowej loterii. Wszyscy się zgadzali, że pielęgniarki i położne nie czułyby się swobodnie, dzieląc miejsce zamieszkania z mężczyzną, nawet tak uprzejmym. Gdy stało się jasne, że znalezienie mu lokalu w okolicy będzie problematyczne (większość wynajmujących spodziewała się chyba czegoś innego, gdy zapowiadano im „położną"), ktoś wpadł na pomysł, by przekazać Alejandrowi mieszkanie dozorcy, którego szpital już nie zatrudniał. Może trzeba będzie odetkać jakiś zlew od czasu do czasu albo zmienić korki, zażartował menedżer do spraw zakwaterowania, na co Alejandro tylko wzruszył ramionami. W ojczyźnie nie było go stać na własne mieszkanie. Nie wiedział, czego powinien się spodziewać, gdy tu przyjechał, ale dwie sypialnie i kuchnię na tyle dużą, by stanął w niej stół, uznał za uczciwą ofertę w zamian za kilka dodatkowych obowiązków.

Po paru miesiącach okazało się jednak, że to miejsce go przygnębia, nawet w taki dzień jak ten, kiedy słońce zalewało wszystko swoim blaskiem. Nigdy nie rozumiał tej łatwości kobiet do odciskania swojego piętna na każdej przestrzeni – jego sytuacja mieszkaniowa była tymczasowa, więc on nie miał ochoty nawet spróbować. Nijaki beżowy wystrój i twarde meble sprawiały, że wnętrza wyglądały na niekochane i sterylne. Pustkę podkreślały nieustające odgłosy kroków, rozmów i chichotów kobiet, które spotykały się na schodach na zewnątrz. Tylko dwie osoby widziały dotąd to wnętrze – pielęgniarka, którą nieroztropnie zaprosił do siebie w pierwszych tygodniach (od tamtej pory ignorowała go, gdy mijali się na korytarzu) i Hiszpanka z miejscowej szkoły językowej, którą poznał w pociągu i która w chwili, kiedy zazwyczaj zapominał, gdzie się znajduje, poinformowała go, że ma chłopaka, a zaraz potem rozpłakała się i zawodziła przez niemal trzy kwadranse. Pieniądze, które dał jej na taksówkę do domu, wyżywiłyby przez miesiąc czteroosobową argentyńską rodzinę.

Gdy wyjeżdżałem, przychodziło mu do głowy częściej, niżby chciał, myślałem tylko o tym, przed czym uciekam.

Nalał sobie mrożonej herbaty do szklanki i usiadł na kanapie, podpierając głowę poduszką, świadomy odoru stęchłego potu na swoich ubraniach. Kości bolały go ze zmęczenia – druga matka na jego dyżurze miała znaczną nadwagę i rzucała się po sali niczym rozszalały słoń, ciągnąc go za sobą, gdy ją rzekomo wspierał. Jak zwykle w chwili narodzin czuł tylko ulgę. Dopiero teraz, kilka godzin później, odzywały się bóle i sińce. Wyjął list z kieszeni i spojrzał na adres. Otrzymał ich już kilka, lecz widok jego własnego nazwiska nad tymi obcymi angielskimi słowami nadal wytrącał go z równowagi.

Synu, zamierzałem napisać, że wszystko tu u nas w porządku, ale uświadamiam sobie, że jest to prawda tylko w odniesieniu do nielicznych wybrańców. Twój ojciec, Bogu niech będą dzięki, nadal należy do tej grupy. Podobno będzie nowy rząd, ale nie rozumiem, co by to miało zmienić. Teraz w pobliżu nas są dwie „rady sąsiedzkie", a wielu naszych sąsiadów bierze udział w tych nowych protestach – wygrażają budynkom rządowym. Nie wiem, co dobrego miałoby to przynieść, ale Vicente Trezza, który miał biuro obok mojego, chodzi tam codziennie z kluczami, garnkami, wszystkim, co hałasuje. Obawiam się o jego słuch. Twoja matka nie wychodzi z domu, odkąd nasz supermarket został obrabowany przez tłum z dzielnicy nędzy. Nie zrozum mnie źle, Synu, cieszę się, że mogę powiedzieć, iż Ty świetnie sobie radzisz w Anglii. Nie mogę się już doczekać naszej wyprawy na połów pstrąga.

Twój ojciec
PS Umówiła się do mnie dama, która prosiła Cię o pamięć, Sofia Guichane. Jest żoną tego nicponia Eduarda Guichane, tego z telewizji.

Zażyczyła sobie liposukcji i powiększenia piersi. Zgodziłem się tylko na liposukcję, ponieważ bierze pod uwagę ciążę w najbliższym czasie. Poza tym własne miała fantastyczne. Tylko nie mów matce, że tak napisałem.

Syneczku, moja własna kochana matka (niech spoczywa w pokoju) mawiała: „W Argentynie spluniesz na ziemię, a w tym miejscu wyrośnie kwiat". Teraz, powtarzam Milagros, kwiatek pakuje walizki i znika. Płaczę za Tobą codziennie. Santiago Lozano załatwił sobie pracę w szwajcarskim banku i przesyła ojcu co miesiąc dolary. Ana Laure, córka Duhalde'ów, leci do Stanów, zamieszka z siostrą swojego ojca. Pewnie jej nie pamiętasz. Mam wrażenie, że wkrótce nie będzie tu żadnych młodych ludzi.

Synowa Milagros spodziewa się bliźniaków. Modlę się, byś uczynił mnie babcią, jak już wrócisz do Argentyny. Tak mało miłości zostało w moim życiu, że proszę tylko o coś, co nada sens mojej egzystencji.

Prześlę Ci kilka opakowań mate, tak jak prosiłeś (kazałam Milagros iść do supermarketu, ale podobno na półkach pustki). Tymczasem przez oceany, które nas rozdzielają, przekazuję Ci inny cenny dar. Abyś pamiętał o swojej rodzinie. Uważaj na siebie. I na angielskie kobiety. Kocham Cię.

Twoja mama

Alejandro zaczął się zastanawiać, czy matka ma kłopoty z pamięcią. Próbował sobie przypomnieć, czy w jego przegródce były jakieś paczki, ale choć nie dosypiał, miał wrażenie, że czekał tam tylko ten lekki list. Miał nadzieję, że zapomniała – odczuwał wyrzuty sumienia, gdy przesyłała mu podarunki, nawet tanie paczki z jego ulubionym napojem. Obrócił list w dłoniach i potarł piekące oczy. Sięgnął po kopertę raz jeszcze i po namyśle ją rozerwał.

W rogu kryło się coś lekkiego jak piórko, na tyle nieduże-go, że to przeoczył. Owinięte cienką różową wstążką. Pukiel włosów Esteli.

Alejandro złożył kopertę i rzucił ją na stół z bijącym sercem. Za-pomniał o zmęczeniu, wstał, usiadł, znów wstał i podszedł do tele-wizora, przeklinając pod nosem. Przez kilka minut wpatrywał się w ekran, a potem rozejrzał się po pokoju, jakby szukał oznak cze-goś, co przeoczył. W końcu wziął klucze i wyszedł z mieszkania.

Vivi osłoniła oczy przed słońcem, gdy susami zaczęła zbliżać się ku niej znajoma postać; stawała się coraz większa i wyraź-niejsza, kroczyła tylko odrobinę sztywniej niż mężczyzna, któ-rego poślubiła ponad trzydzieści lat temu.

Przystanął, jakby się zastanawiał, czy powinien zapytać o po-zwolenie, po czym usiadł obok niej i strzepnął zabłąkane na-siona ze spodni.

– Twój lunch jest w piekarniku – powiedziała.

– Wiem. Dziękuję. Znalazłem twój liścik.

Na nosie miała okulary przeciwsłoneczne. Odwróciła się do słońca i obciągnęła spódnicę za kolano, jakby zawstydziła się, że przyłapał ją z odsłoniętymi nogami.

– Ładny dzień na coś takiego. To znaczy, na przebywanie na świeżym powietrzu.

Zmrużyła oczy, wpatrując się w jakiś punkt na horyzoncie, po czym odpędziła muchę, która przeleciała przed jej nosem.

Douglas mówił optymistycznym, swobodnym tonem.

– Nieczęsto cię tu widujemy.

– Nie, chyba nie.

– Urządziłaś sobie piknik?

– Nie. Po prostu chciałam tu przez chwilę posiedzieć.

Douglas zastanawiał się nad tym przez kilka minut, obser-wując ptaka, który krążył nad ich głowami.

– Spójrz na niebo – przerwał milczenie. – Zaskakuje każdego lata, prawda? Takie błękitne niebo.

– Douglasie, czy przyszedłeś aż tutaj, żeby porozmawiać ze mną o pogodzie?

– Hm... Nie.

Siedziała i czekała.

– Właśnie wróciłem do domu... Mama pyta, czy będziesz mogła w któryś dzień zawieźć jej kota do weterynarza.

– Czy już umówiła wizytę?

– Chyba miała nadzieję, że ty to zrobisz.

– Czy jest jakiś powód, dla którego ona albo ty nie mogliście podjąć się tego zadania?

Spojrzał na nią, urażony jej ostrym tonem, a potem przeniósł wzrok na ciemnobrązowe pola poniżej.

– Mam teraz dużo na głowie... kochanie.

– Ja również, Douglasie.

Po polu przesuwała się powoli w górę i w dół wielka czerwona rolnicza bestia, wzbijając chmury kurzu nad schludnymi okopanymi rzędami. Gdy maszyna zawróciła, kierowca zauważył siedzące na wzgórzu postaci i uniósł dłoń w geście pozdrowienia.

Douglas automatycznie uniósł swoją. Gdy ją opuścił, westchnął.

– Wiesz, Vivi, nie możesz nam tak po prostu nakazać, jak wszyscy powinniśmy się zachowywać. – Opuścił głowę, by sprawdzić, czy go usłyszała. – Vee?

Przesunęła okulary na czubek głowy, odsłaniając zaczerwienione ze zmęczenia oczy.

– Ja niczego tutaj nie mogę nakazać, Douglasie. Ani tobie, ani Rosemary, ani Suzannie, ani nawet temu przeklętemu psu.

– Nie powiedziałem...

– Ja tylko się staram, aby wszystko toczyło się gładko. I to mi wystarczało.

– Ale?

– Ale już nie wystarcza.

Odczekał parę chwil.

– Czego ode mnie oczekujesz?

Wzięła głęboki oddech, jakby przygotowywała się do wyrecytowania od dawna ćwiczonego przemówienia.

– Chcę, żebyś w końcu zrozumiał, że twoja matka to również twój obowiązek, i żebyś przekonał ją, że ja nie poradzę sobie sama z jej... jej problemami. Chcę, by pytano mnie o zdanie w sprawach tej rodziny, niezależnie od tego, czy ty lub twoja matka uważacie, że mam do tego prawo. Chcę czuć... chociaż czasami... że nie jestem tu tylko elementem wyposażenia. – Przyglądała się jego minie, jej oczy były pytające i gniewne, jakby oczekiwała sugestii, że to hormony przez nią przemawiają.

– Ja... N-nigdy nie myślałem o tobie jako...

Odsunęła włosy z twarzy.

– Chcę, żebyś przekazał komuś większość obowiązków związanych z zarządzaniem posiadłością.

– Co?

– Chciałabym spędzić z tobą trochę czasu. Sam na sam. Zanim za bardzo się zestarzeję, żeby się tym cieszyć. – A jeśli ty tego nie chcesz, pomyślała w przedłużającej się ciszy, powiesz mi tylko coś, czego w głębi ducha od dawna się obawiałam.

Siedział wpatrzony w przestrzeń. Vivi zamknęła oczy, próbując nie doszukiwać się niczego w milczeniu męża, próbując zebrać się na odwagę, by kontynuować.

– Co najważniejsze, Douglasie, musisz sprowadzić Suzannę z powrotem – dodała powoli. – Musisz sprawić, by poczuła, że jest równie ważna jak pozostali.

– Dopilnuję, by Suzanna miała równy finansowy...

– Nie, źle mnie zrozumiałeś. Tu nie chodzi o pieniądze. Musisz przekazać Suzannie to samo poczucie przynależności do rodziny.

– Nigdy nie dyskryminowałem...

– Nie słuchasz mnie, Douglasie.

– Zawsze kochałem Suzannę tak samo... Wiesz, że tak. – Jego głos był gniewny, pełen skruchy.

– Chodzi o Athene.

– Co?

– Musisz przestać się zachowywać tak, jakby „Athene" było brzydkim słowem.

Nie mogę być dobrym człowiekiem, powiedziała sobie Vivi w duchu. Rosemary mi to pokazała. Ale jest dziedzina, w której mogę postąpić słusznie. Mogę zignorować swoje uczucia i zrobić dobrze. Przypomniała sobie nagle, jak przedstawiono ją oficjalnie Athene w dzień pierwszego ślubu Douglasa. Jak ta dziewczyna, oszałamiająca i osobliwie eteryczna w swojej ślubnej sukni, uśmiechnęła się słabo i spojrzała na nią tak, jakby Vivi była niewidzialna.

Ryki maszyny na polu ucichły, zostały tylko szum wiatru, bzyczenie pszczół w oddali, śpiew ptaków i odgłosy ruchu drogowego.

Douglas położył dłoń na jej dłoni. Otworzyła oczy, czując znajomą szorstkość, sztywne palce otaczające jej palce. Odchrząknął, skrępowany, w drugą rękę.

– Nie wiem, czy to się da wyjaśnić, Vee... Ale źle mnie zrozumiałaś. Nie nienawidzę jej. Nawet po tym, co zrobiła. – Spojrzał na swoją żonę, zacisnął szczęki na wspomnienie bólu. – Masz rację... Nigdy nie chciałem rozmawiać o Athene... Ale nie dlatego, że czułem się przez to niekomfortowo, nie dlatego, że się obawiałem, iż Suzanna poczuje się przez to inna niż reszta... Cóż, może po części to był powód, ale przede wszystkim nie chciałem skrzywdzić ciebie. Celowo czy nie, Athene zraniła tak wiele osób. Ty... Ty chroniłaś nas przez te wszystkie lata. Złożyłaś to wszystko z powrotem w całość... Ja... – Zawahał się i przeczesał dłonią rzednące włosy. – Kocham cię, przecież wiesz. – Zacisnął mocno palce na jej ręce. – Naprawdę cię kocham. I nie chciałem dać jej okazji... By zraniła również ciebie.

Siedziała sama przed sklepem, długie blade nogi wystawiła do słońca, uniosła twarz ku bezkresnemu błękitowi nieba, rozkoszując się brakiem klientów. Pani Creek siedziała nad kawą z mlekiem od prawie godziny, narzekając ponuro na brak herbatników, podczas gdy Jessie opowiadała o jakimś kostiumie do szkolnego przedstawienia, który powinna uszyć, aż w końcu Suzanna wyprawiła je obie w świat, aby się tym zajęły. To nie było dobre popołudnie na pracę. Za gorąco. Zbyt wilgotno. Jakby nawet słońce wkładało zbyt wiele wysiłku w swoje ruchy. Straciłam część swoich londyńskich nawyków, rozmyślała, zauważając innych przedsiębiorców, którzy wystawili krzesła na zewnątrz i pętali się w progach, na pozór nie martwiąc się brakiem klientów, zadowoleni, że mogą cieszyć się chwilą. Wdawali się w pogawędki z przechodniami, którzy mogli, ale nie musieli, kiedyś w przyszłości coś u nich kupić. Nadal nie potrafiła wyjaśnić tego wszystkiego Neilowi: w stolicy sklepy oceniano po zyskach i stratach, po kolumnach cyfr, po liczbie klientów, obrocie i rozpoznawalności. Tutaj, rozmyślała, wspominając swoją rozmowę z Jessie, stanowiły bardziej usługę publiczną. Miejsce spotkań dla ludzi, którzy często toczyli samotne życie.

Gdy zobaczyła, że idzie swoim długim krokiem, zbyt pospiesznym, zbyt zdeterminowanym na takie senne popołudnie, podwinęła nogi pod siebie i poprawiła spódnicę, jakby przyłapano ją na czymś, czego nie powinna robić. Z końca ulicy dał jej znak, by nie wstawała z jego powodu. Zanim jednak dotarł do sklepu, ona już zniknęła w środku, już nastawiała ekspres w chłodnym półmroku.

Z wahaniem podniosła głowę, gdy usłyszała, że wszedł. Gdy to zrobiła, minę miała obojętną, od razu zauważyła, że wyglądał strasznie, nieogolony, z podkrążonymi ze zmęczenia oczami.

– Espresso?

– Tak. Nie. Masz jeszcze mrożoną herbatę?

Wprowadziła ją do oferty, gdy sprzedaż kawy zaczęła spadać przez upały.

– Pewnie.

Jak na kogoś, kto zawsze poruszał się z takim namysłem, kto zachowywał się tak spokojnie, wydawał się wyjątkowo rozkojarzony, nie mógł się uspokoić.

– Nie będzie ci przeszkadzało, że zapalę? – zapytał, gdy podała mu wysoką szklankę.

– Nie, jeśli zrobisz to na zewnątrz.

Spojrzał na nieotwartą paczkę papierosów, którą trzymał w dłoni, a potem wyszedł na zalaną światłem ulicę i chyba się rozmyślił.

– Nie ma Jessie?

– Poszła do domu szyć kostium stokrotki.

Uniósł brwi, ale szybko przeszła mu ciekawość, a Suzanna poczuła się niedorzecznie, że o tym w ogóle wspomniała. Wypił swoją herbatę spragnionymi haustami, po czym poprosił o więcej.

Może przez kontrast z jasnością na zewnątrz pogrążony w półmroku sklep jakby się skurczył. Suzanna poczuła nagle, że jest boleśnie świadoma własnych ruchów, tego, jak poruszała się za ladą, zarysów swoich palców, gdy nalewała drugą szklankę herbaty. Zerknęła na niego ukradkiem, zauważyła pomięty podkoszulek i mgiełkę potu. Na tle delikatnie pachnących mydełek i wazonu frezji obok kasy wyglądał niemal agresywnie męsko i niepokojąco. Nagle pożałowała, że nie ma żadnych innych klientów.

– Zapal tutaj, jeśli chcesz – zaproponowała radośnie. – Otworzę drzwi.

Pogłaskał się po brodzie.

– Wyglądasz, jakbyś tego potrzebował.

– Nie. Naprawdę nie. Już nie palę. Nie wiem, po co je kupiłem.

– Wszystko w porządku? – zapytała, popychając szklankę w jego stronę.

Wypuścił powietrze z płuc z głębokim westchnieniem.

– Kiepski dyżur?

– Coś w tym rodzaju.

– Będę na zewnątrz – zadeklarowała. Nie była pewna, dlaczego powinna go tam zostawić, ale powoli wyszła z powrotem na słońce.

W oczach przypadkowego przechodnia wyglądałaby na zrelaksowaną, opierając się na stoliku i sącząc wodę z lodem, obserwując mieszkańców miasta meandrujących powoli wokół rynku. Była jednak boleśnie świadoma każdej upływającej minuty, czuła lub też wyobrażała sobie, że czuje, każde spojrzenie na swoich ciepłych plecach rzucane przez ukrytą w sklepie postać. Gdy w końcu wyszedł więc na zewnątrz i usiadł obok niej, musiała zwalczyć pokusę, by odetchnąć głęboko, jakby właśnie zdała jakiś wymagający test.

– Kto to jest?

Wydawał się spokojniejszy. Zniknął ten niemal obłąkańczy błysk w jego oczach.

– Dziewczyna na obrazie? To nie ty. Twoja siostra?

Pokręciła głową.

– Nie, to moja matka. Moja prawdziwa matka. – Po raz pierwszy te słowa przyszły jej z łatwością.

– I nie trzymasz jej portretu w domu?

– To skomplikowane. – Patrzył na nią. – Wisiała w moim domu rodzinnym. W domu mojego ojca. Ponownie się ożenił. Ale gdy się tu przeprowadziłam, podarowali mi ją.

– Nie chcieli jej u siebie?

– Nie jestem pewna, czy właśnie o to chodziło…

– Ty nie chcesz jej w domu.

– To nie to… Chodzi o to… Ona po prostu już nigdzie nie pasuje.

Rozmowa szybko stała się mniej przyjemna. Suzanna pożałowała, że zostawiła portret odwrócony od ściany. Zaczęła się kręcić na krześle, sięgnęła po kapelusz z szerokim rondem, który trzymała pod ręką, by chronić cerę, i włożyła go tak, że jej twarz znalazła się w cieniu.

– Przepraszam. Nie chciałem urazić…

– Och, nic się nie stało. Jessie pewnie ci powiedziała. Wiem, że Jessie mówi ci… – od razu się poprawiła – wszystkim wszystko. Mamy z moim tatą skomplikowaną relację. A obecnie przechodzimy trudny okres.

Przesunął krzesło tak, by odwrócić się do niej twarzą. Ona również nieco się przesunęła, wiedząc, że zachowałaby się niegrzecznie, gdyby nadal siedziała plecami do ściany. Walczyła ze sprzecznymi emocjami – z jednej strony pragnęła już sobie iść, z drugiej odczuwała niemal fundamentalne pragnienie wyjaśnienia tego.

– To ma związek ze spadkiem – mruknęła w końcu. – Kto co dostanie.

Przyglądał się jej spokojnie.

– Moja rodzina ma tu dużą posiadłość. Mój tata nie chce, żebym ją odziedziczyła. Przypadnie mojemu młodszemu bratu. Może przerabiacie to samo w Argentynie?

– W Argentynie to nie byłby problem. – Uśmiechnął się kpiąco. – Synowie dziedziczą wszystko.

– Ewidentnie urodziłam się nie w tym kraju, co trzeba. Albo mój ojciec się urodził.

– To ci przeszkadza?

Zawstydziła się nieco.

– Myślisz, że to chciwość, prawda? Martwić się o coś, na co nie zasłużyłeś?

– Nie…

Wsłuchała się w swoje własne słowa, które wróciły do niej echem, jakby próbowała ocenić, jak jego zdaniem zabrzmiały.

– Nie jestem chciwa.

Czekał.

– To znaczy, jasne, lubię ładne rzeczy, ale tu nie chodzi o pieniądze. Chodzi… Chodzi o to, jak on mnie widzi.

Przytłaczała ją intensywność jego spojrzenia. Spuściła wzrok i zauważyła, że wypiła już całą wodę.

– Czasami wydaje mi się, że to wszystko przez to, jaka jestem do niej podobna. Widziałam inne podobizny, no wiesz, fotografie, i wyglądamy dokładnie tak samo. – Spojrzała na swoje blade kończyny, które nigdy się nie opalały, na końcówki prostych ciemnych włosów, które opadały gęstą kaskadą na jej ramiona.

– I?

– Mam wrażenie, że on mnie karze.

Dotknął jej dłoni, tak lekko, że potem spoglądała na miejsce, w którym ich skóra się zetknęła, jakby nie była pewna, czy to się w ogóle wydarzyło.

– Za to, że nie jesteś swoją matką?

Jej oczy z jakiegoś niewytłumaczalnego powodu wypełniły się łzami. Przygryzła wargę, próbując je powstrzymać.

– Nie zrozumiałbyś. – Prawie się roześmiała, skrępowana tym wybuchem emocji.

– Suzanno.

– Za to… Że jestem odpowiedzialna. Za jej śmierć. To przeze mnie umarła. – Jej głos stał się surowy, szorstki, jej twarz stężała pod maską uśmiechu. – Zmarła przy porodzie, wiesz? Nikt o tym nie mówi, ale tak było. Nadal by żyła, gdyby nie ja. – Potarła grzbiet nosa lekceważącym gestem. – Przepraszam – dodała energicznie. – Nie wiem, dlaczego ci to wszystko mówię. Pewnie dlatego, że jesteś położnym… Widziałeś takie rzeczy… Tak czy inaczej. Zazwyczaj się tak nie wzruszam.

Ulica była pusta, słońce odbijało się metalicznie od bruku. Odwróciła się do niego z dzielnym szerokim uśmiechem.

– Niezły spadek, co?

Z powodów, których nie pojmowała, ujął delikatnie jej dłoń w swoje dłonie, pochylił głowę nisko nad ich złączonymi palcami i oparł ją tam w geście pokory. Poczuła skórę jego czoła, elektryzującą twardość kryjącej się pod nią kości, i jej łzy obeschły w kontraście z osobliwością jego gestu.

Gdy w końcu podniósł wzrok, uznała, że przeprosi. On jednak tylko pokiwał głową nieznacznie, jakby potwierdzał to, co już wiedział, jakby przez cały ten czas czekał tylko, by to powiedziała.

Zapominając o manierach, wyrwała dłoń i przycisnęła ją do piersi, jakby została oparzona.

– Ja… Przyniosę nam jeszcze herbaty – oświadczyła, po czym skryła się w zaciszu swojego sklepu.

Alejandro wracał do szpitala tak powoli, jakby brodził w melasie. Miał do pokonania dwa i pół kilometra, a był taki zmęczony, że czuł mdłości. Wybrał skrót przez posiadłość Dere, stawiał stopy na rozgrzanym bruku jak automat. Wykrzyczała jego imię trzy razy, zanim ją usłyszał.

– Boże, wyglądasz strasznie.

Jessie i jej córka trzymały się za ręce, twarze miały radosne i uniesione do słońca. Odczuł ulgę na ich widok, były takie nieskomplikowane i dobre.

– Szyjemy kostiumy do sztuki na koniec semestru. Pani Creek nam pomaga.

Emma uniosła plastikową reklamówkę.

– Teraz idziemy do parku. Możesz iść z nami, jeśli chcesz. Pohuśtasz Emmę. Ja się do tego obecnie nie nadaję – dodała Jessie. – Stłukłam sobie ramię.

Już miał coś powiedzieć – często odczuwał taką pokusę – ale nie myślał jasno i nie wierzył, że zdołałby teraz przekazać to, o co mu chodziło.

– Przepraszam – mruknął. – Nie słyszałem was.

Jej włosy mieniły się atramentową czernią w popołudniowym słońcu. Jej oczy w odcieniu akwamaryny, gdy na niego spojrzała, były rozgniewane, jakby beształa go za jakieś wcześniejsze przewinienie. Nadal czuł jej skórę na swojej skórze, jej chłodna przejrzystość była jak rosa.

– Z trudem trzymasz się na nogach, biedaku. – Jessie położyła dłoń na jego ramieniu. – Spójrz na niego, Ems. Śpi na stojąco. Może pójdziesz do domu?

– Masz szorstką brodę. – Dziecko okręciło się wokół słupa, wymachując nogami ze zniecierpliwioną żywiołowością młodości. Posyłało tęskne spojrzenia w stronę wielobarwnego wyposażenia placu zabaw widocznego za linią drzew.

Nigdy wcześniej jej nie spotkałem, rozmyślał. Wiem, że nie mogłem jej wcześniej znać. Dlaczego więc…?

– Jakie dzieci dzisiaj przyszły na świat?

Jess pogłaskała córkę po włosach.

– Daj mu spokój, Ems. Jest zbyt zmęczony, by rozmawiać o dzieciach. Idź już, Ale. Idź do domu. Wyśpij się.

– Nie wiem… – wymamrotał pod nosem tak cicho, że gdy później opowiadała o tym matce, nie była pewna, co dokładnie powiedział. Dopiero później zrozumiała jego słowa, choć nie była pewna ich znaczenia. – Chyba nie wiem, gdzie jest dom.

Dotarła do domu o wiele później niż Neil, gdy cienie zaczęły się wydłużać, a jasny letni wieczór przeciągnął się niemal nieprzyzwoicie do późna. Domek, pomimo braku jej starań, wyglądał idyllicznie, klematis spływał kaskadami z belek tarasu, pomarańczowe słońce oblewało byliny, które uparcie podnosiły się z ziemi – sasanki, przywrotniki, naparstnice, jaskrawofioletowe, różowe i niebieskie – pomimo braku plewienia i nawożenia.

Nawet tego nie zauważyła. Weszła do środka i natknęła się na niego – opierał stopy na stoliku do kawy i gapił się w telewizor.

– Już miałem do ciebie dzwonić – oświadczył, sięgając po pilot. – Zapytać, czy a) utknęłaś w korkach, b) masz wcześniejszą bożonarodzeniową wyprzedaż, o której mi nie powiedziałaś, czy też c) utknęłaś pod jakimś ciężkim meblem i nie możesz dosięgnąć telefonu. – Oderwał wzrok od ekranu, uśmiechnął się do niej i posłał jej całusa. – Kolacja jest w piekarniku. Pomyślałem, że będziesz głodna. Ja już zjadłem, przepraszam.

– Co to?

– Nic specjalnego. Bolognese ze słoika. Nie czułem natchnienia.

– W sumie nie jestem jakoś bardzo głodna.

Zaczęła zdejmować buty, zastanawiając się, co to o niej mówi, że wkurza ją sam jego widok, jak siedzi tam taki zadowolony, podczas gdy nawet coś dla niej ugotował. „Czyż on nie jest wspaniały?", usłyszała, jak wołają do siebie rodzice. „Nawet dla niej gotuje. Ona chyba nie wie, jakie ma szczęście". Stała w kuchni przez chwilę lub dwie, opierając się o kredens i nakazując sobie siłą woli, że ma być miła, besztając się za to, że jak zawsze zauważyła na blacie okruchy po śniadaniu, zasłony w kwiatki, których nienawidziła, ale jakoś nie mogła się zmusić, żeby je wymienić (bo to równałoby się emocjonalnej inwestycji w to miejsce), usmarowane i pochlapane garnki i blaty, które opowiadały o kulinarnych przygodach Neila. Czy ja zawsze już będę taka okropna?, zapytała samą siebie. Czy zawsze będę taka niezadowolona?

– Jeśli chce ci się wziąć sobie kieliszek – zawołał z pokoju – otworzyłem wino.

Otworzyła szafkę, zacisnęła palce na nóżce kieliszka i wróciła z nim do salonu. Usiadła na kanapie obok męża i poklepała go po udzie.

– Miałaś udany dzień? – zapytał ze wzrokiem utkwionym w telewizor.

– W porządku.

– Jaka była tutaj pogoda? W Londynie było cudownie. O tej godzinie, kiedy udało mi się wyskoczyć na zewnątrz w każdym razie.

– Ładna. W sumie gorąco.

– Pięknie tutaj było, jak przyjechałem. Spójrz tylko na tego gościa. Ale z niego numer. – Wybuchnął śmiechem.

Zauważyła, że złapał trochę słońca. Wyszły mu piegi.

Siedziała obojętna na komika na ekranie, sącząc wino, które nalał jej mąż.

– Neil – powiedziała w końcu – czy ty się o nas czasami martwisz?

Odwrócił twarz od ekranu po chwili zwłoki, jakby niechętnie godząc się na to, że odbędą zaraz jedną z TYCH rozmów, i marząc w duchu, by jednak nie musiał brać w niej udziału.

– Już nie. A co? Powinienem?

– Nie.

– Zamierzasz uciec z jakimś farmerem, który mieszka na końcu drogi?

– Nie o to mi chodziło. Zastanawiasz się czasami... czy to jest to? Czy tylko tyle będziemy mieć?

– Tyle czego?

– Nie wiem. Szczęścia? Przygód? Pasji? – Wypowiedziała to ostatnie słowo ze świadomością, że może odczytać je jako zaproszenie.

Widziała, jak Neil walczy, by stłumić westchnienie. A może to było ziewnięcie. Jego wzrok raz po raz uciekał do telewizora.

– Chyba nie rozumiem.

– Spójrz na nas, Neil, zachowujemy się jak ludzie w średnim wieku, a ja mam wrażenie, że nie zdążyliśmy się wyszaleć. – Czekała, obserwując jego reakcję, zastanawiając się, czy ośmieli się znów spojrzeć na telewizor.

– Chcesz mi powiedzieć, że jesteś nieszczęśliwa?

– Nic takiego nie mówię. Tylko... Po prostu zastanawiałam się, co ty o tym sądzisz. O nas. Czy jesteś szczęśliwy.

Sięgnął po pilot i wyłączył telewizor.

– Czy jestem szczęśliwy? Nie wiem. Jestem szczęśliwszy, niż byłem.

– To ci wystarczy?

Lekko pokręcił głową, gest płynący z poirytowania.

– Chyba nie wiem, jakiej odpowiedzi oczekujesz.

Wykrzywiła twarz w niepewnym grymasie.

– Suze, myślisz czasami o tym, że możesz sama siebie uszczęśliwić? Albo unieszczęśliwić?

– Co?

– Te wszystkie pytania. To całe analizowanie siebie. Czy jestem szczęśliwa? Czy to mi wystarczy? Nie sądzisz, że możesz się tym martwić do samej śmierci? To jak... Ty wiecznie wyszukujesz sobie powody do zmartwień, wiecznie oceniasz siebie według standardów kogoś innego.

– Wcale nie.

– Chodzi o Nadine i Alistaira?

– Nie.

– Zanosiło się na to od lat. Nie powiesz, że tego nie widziałaś, jak się z nimi spotykaliśmy. W pewnym momencie komunikowali się tylko przez nianię.

– Nie chodzi o nich.

– Nie możemy cieszyć się chwilą? Faktem, że po raz pierwszy od wieków jesteśmy wypłacalni, oboje mamy pracę, mieszkamy w ładnym miejscu? Suzanno, nikt nie jest chory. Nic złego nie czai się na horyzoncie, tylko same dobre rzeczy, twój sklep, dziecko, nasza przyszłość. Myślę, że powinniśmy dziękować Bogu.

– Wiem.

– No to nie możemy skoncentrować się na tym, zamiast szukać problemów? Ten jeden raz?

Wpatrywała się w męża obojętnie, dopóki uspokojony nie odwrócił się z powrotem do telewizora i nie obudził go do życia pilotem.

– Pewnie – odparła, po czym wstała i cicho wyszła do kuchni.

Rozdział siedemnasty

Lato w końcu nadeszło w pełni, łagodnie zagarniając całe Dere Hampton w parnym uścisku. Wąskie uliczki pociły się i prażyły, samochody krążyły leniwie wokół rynku, grzęznąc w topiącym się asfalcie. Amerykańscy turyści spacerowali na obolałych stopach pomiędzy budynkami, podziwiając ozdobne fasady i krzycząc do swoich przewodników. Straganiarze na rynku przesiadywali pod markizami i żłopali napoje w puszkach, psy kładły się na środku chodników i niegrzecznie wywieszały różowe języki w kurz.

W sklepie panował bezruch – ci lepiej sytuowani wyjechali na wakacje do innych miasteczek, pozostali poświęcali czas opiece nad dziećmi szalejącymi z radości na myśl o sześciotygodniowej przerwie od intensywnej nauki. Suzanna i Jessie leniwie sprzątały półki, myły okna, aranżowały witrynę, gawędziły z turystami i robiły wielkie dzbanki mrożonej herbaty, w której z upływem popołudni tajały kostki lodu.

Suzanna czuła się coraz bardziej niezadowolona z układu sklepu i wściekła na siebie za to, że nie potrafiła określić, co jest nie tak. Pewnego ranka wywiesiły tabliczkę „zamknięte", przeniosły wszystkie stoły i krzesła na przeciwległą ścianę, a złotą rączkę znaną też jako ojciec Lenny zatrudniły do tego, by przerobił półki. Nie wyglądało to tak, jak Suzanna sobie wyobraziła, zapłaciła więc drugie tyle – ku rozpaczy Neila, gdy przejrzał księgi – za powrót do pierwotnego stanu. Postanowiła nie sprzedawać już więcej biżuterii (za dużo drobiazgów „ginęło" w kieszeniach ludzi, gdy była zajęta parzeniem kawy) i zniosła witrynę do piwnicy. Gdy tylko to zrobiła, co najmniej trzy kobiety odwiedziły sklep, szukając naszyjników. Zakleiła testamenty i zastąpiła je kolorowymi mapami północnej Afryki. Pomalowała tylną ścianę na blady turkus i zaraz tego pożałowała. Przez cały ten czas Athene stała w ramie na stopniach do piwnicy, uśmiechając się enigmatycznie jak Mona Lisa, nie pasując ani do sklepu, ani do domu, bezustannie przypominając Suzannie, że nie potrafi ukształtować swojego świata w sposób, który można by uznać za satysfakcjonujący.

W końcu pod wpływem szaleństwa Suzanna wzięła wolną sobotę i pojechała do Londynu. Początkowo miała się spotkać z Nadine, ale w ostatniej chwili wymówiła się kryzysem rodzinnym i poszła na Bond Street, gdzie zwiedzała sklepy z szybkością nietypową jak na takie temperatury. Kupiła sobie dwie pary sandałów, z których tylko jedne naprawdę na nią pasowały, szarą koszulę z krótkim rękawem, kolczyki, nowe okulary przeciwsłoneczne od znanego projektanta i bladoniebieski lniany kostium, który przydałby się, gdyby szła na jakiś ślub. Kupiła też flakonik swoich ulubionych perfum, szalenie drogi krem nawilżający i nową szminkę w odcieniu, który widziała w jakimś czasopiśmie o gwiazdach. Wszystko poza koszulą wzięła na kartę kredytową, którą według stanu wiedzy Neila dawno pocięła. Wytłumaczyła sobie, że będzie to wszystko stopniowo spłacać, i musiała powstrzymywać się od płaczu, gdy wracała pociągiem do domu.

Alejandro zniknął na trzy dni, a potem zaczął przychodzić codziennie. Czasami wynurzała się z piwnicy, a on już siedział przy stoliku z wyrazem wyczekiwania na swojej smagłej, wyrazistej twarzy. Oblewała się wtedy rumieńcem i ukrywała swoje skrępowanie za zbyt głośnymi uwagami o pogodzie, poziomie kawy w ekspresie, bałaganie, który wszędzie panuje! Potem nagle milkła i nerwowo odtwarzała w głowie swoje niestosowne odpowiedzi, przez co odnosiła wrażenie, że brzmiała jeszcze gorzej.

Jeśli w pobliżu była Jessie, Suzanna mówiła niewiele, zadowalało ją przysłuchiwanie się ich rozmowom, zbieranie strzępów informacji, które Jessie udawało się z niego wyciągnąć – ojciec do niego napisał, Ale ugotował angielski posiłek, na oddział położniczy przyjęto poprzedniego wieczoru „matkę", która pod koszulą nocną miała tylko poduszkę. Czasami Suzanna miała wrażenie, że za pośrednictwem Jessie Alejandro opowiada jej o sobie, przedstawia się krok po kroku. Czasami przyłapywała się na tym, że robi to samo, bywała wyjątkowo bezpośrednia tylko po to, by pokazać mu te części siebie, które powinien jej zdaniem zobaczyć – te lepsze aspekty, kogoś bardziej atrakcyjnego, bardziej poukładanego niż osoba, którą widywał zazwyczaj.

Kilka razy przyszedł w porze lunchu Jessie, a Suzannę niemal obezwładniało wtedy skrępowanie. Nawet jeśli w sklepie byli inni klienci, czuła się z nim osobliwie sama, zaczynała się jąkać, wynajdowała sobie zajęcia, żeby tylko nie musieć prowadzić z nimi konwersacji, a potem przeklinała ponuro, gdy wychodził. Czasami, gdy zaabsorbowała go gazeta lub książka, powoli dochodziła do siebie, a potem stopniowo zaczynali rozmawiać. Bywało, że gawędzili przez godzinę, zanim wróciła Jessie.

Raz powiedział jej, że chciałby odwiedzić muzeum miejskie, szpaler zagraconych pomieszczeń przedstawiających szczegółowo dość makabryczną średniowieczną historię Dere, a ona poszła z nim, zamknęła sklep na całą godzinę, by włóczyć się po zakurzonej wystawie i słuchać jego opowieści o historii Buenos Aires. Nie była to zapewne najlepsza praktyka biznesowa, ale Suzanna cieszyła się, że może poznać perspektywę kogoś innego. Przypomnieć sobie, że istnieją inne sposoby na życie, inne miejsca.

Gdy się uśmiechał, zmieniała się cała jego twarz.

Tak, dobrze było mieć nowego przyjaciela. Była niemal pewna, że ktoś kiedyś powiedział jej, iż nie można ich mieć zbyt wielu.

Jessie stała przy szybie, wieszała chińskie lampiony wokół witryny, od czasu do czasu machając przechodniom, gdy nagle zawołała:

– Idzie twój staruszek.

– Mój tata?

– Nie. Twój mąż. Wybacz. – Cofnęła się z szerokim uśmiechem, w ustach miała pełno pinezek. – Zapominam, że wywodzisz się z arystokracji.

– Czego on chce? – Suzanna wyszła przed drzwi i zauważyła, że Neil macha do niej, podchodząc coraz bliżej.

– Odwołane spotkanie. Muszę być w biurze dopiero na lunch – powiedział, całując ją w policzek. Zdjął marynarkę i przewiesił ją przez ramię. Zerknął na stoliki, przy których siedzieli gawędzący klienci, a potem na ścianę za ladą. – Sklep ładnie wygląda. Gdzie się podział portret?

– Nie uwierzyłbyś, gdybym ci powiedziała.

Sama nie była pewna, co o tym myśleć. Rodzice przyjechali dwa dni temu. Portretowi, zadecydowali, trzeba poświęcić trochę uwagi. Trzydzieści lat pleśniał na strychu, a teraz nagle domagał się pilnej renowacji. Dziwnie się zachowywali wobec niej. Ojciec ją pocałował i powiedział, że sklep wygląda wspaniale. Matka, co dla niej nietypowe, nie mówiła niemal nic, stała z boku i uśmiechała się szeroko, jakby to ona do tego doprowadziła. Zwierzyła się jej, że ojciec zgodził się na odkurzacz. „Nie rozumiem, dlaczego zajęło wam to tyle czasu", odparła Suzanna. Nie wspomnieli o tym, ale naszło ją podejrzenie, że wykorzystają obraz, by jakoś ją zbyć w sprawie testamentu.

– Ale co robisz tutaj? – zapytała Neila.

– Potrzebna mi jakaś wymówka? Żeby wypić kawę z żoną, zanim pojadę do pracy?

– Jakie to romantyczne – mruknęła Jessie, poprawiając jakąś wstążkę. – Następne będą kwiaty.

– Suzanna nie lubi kwiatów – poinformował ją Neil, siadając przy ladzie. – Kwiaty oznaczają, że musiałaby umyć wazon.

– Podczas gdy biżuteria…

– O nie. Na biżuterię musi sobie zasłużyć. Mówimy tu o całym systemie punktowym.

– Nie zapytam w takim razie, co musiała zrobić, żeby dostać ten pierścionek z brylantem.

– Ha! Gdyby system punktowy już wtedy istniał, do dzisiaj nosiłaby na palcu zawleczkę od puszki.

– Oboje jesteście przezabawni – mruknęła Suzanna, napełniając ekspres. – Można by pomyśleć, że nigdy nie słyszeliście o feminizmie.

Spotkali się zaledwie trzy razy, ale Suzanna była pewna, że Neil trochę podkochuje się w Jessie. Nie przeszkadzało jej to, prawie wszyscy znani jej mężczyźni mniej lub bardziej się w niej podkochiwali. Jessie była taka radosna i nieskomplikowana. Była ładna w dziewczęcy sposób – brzoskwiniowa cera i słodki uśmiech. Podnosiła im wszystkim poziom testosteronu – jej rozmiar i kruchość budziły w nich opiekuńczego jaskiniowca. W większości z nich w każdym razie. Poza tym rozumiała poczucie humoru Neila, a on uważał chyba, że ta jego cecha jest w domu bardzo niedoceniana.

– Nigdy nie myślałam o tobie jako o palaczce staników, Suzanno.

– Nie opisałbym swojej żony jako bojowniczki... Chyba że liczy się ten raz, kiedy zapomnieli otworzyć Harveya Nicholsa o właściwej porze.

– Niektórzy z nas – mruknęła Suzanna, podając mu kawę – ciężko pracują w przeciwieństwie do tych, którzy przesiadują tutaj i piją kawę.

– Pracują? – Neil uniósł brew. – Plotkując w sklepie? To nie do końca kopanie węgla.

Suzanna bezwiednie zacisnęła szczęki.

– Podczas gdy sprzedawanie produktów finansowych ewidentnie wymaga dublera kaskadera. Nikt tu nie plotkował, dopóki nie przyszedłeś, kochanie. – To „kochanie" mogłoby przecinać szkło.

– Ooo. A skoro mówimy o plotkach, wiecie co? Nasz *gaucho* nie jest gejem. Miał dziewczynę w Argentynie. Mężatkę, podobno. – Jessie znów weszła na witrynę i właśnie zmieniała układ, podwinąwszy pod siebie nogi zwinnie niczym kot.

– Co? Był żonaty?

– Nie, jego dziewczyna miała męża. Podobno jakiegoś argentyńskiego gwiazdora telewizyjnego. Nigdy byś się nie domyśliła, co?

– Wasz *gaucho*?

– To położny, który nas odwiedza. Z Argentyny. Wiem, super, no nie?

Neil wykrzywił twarz w pogardliwym grymasie.

– Koleś musi być dziwakiem. Który facet chciałby spędzać całe dnie, robiąc coś takiego?

– Przecież bardzo cię interesują porody.

– Poród mojej żony owszem, ale i tak wolałbym stać raczej w okolicach głowy, jeśli wiesz, co mam na myśli.

– Jesteś żałosny.

– Dobry stary ginekolog to co innego. Rozumiem, co się może podobać w tym zawodzie. Chociaż pojęcia nie mam, jak taki lekarz może się skupić na robocie.

Jessie zachichotała. Suzanna wzdrygnęła się z zażenowania.

– Trochę tajemnicza postać, co? Znaczy, Alejandro. Jason zawsze powtarza, że cicha woda brzegi rwie.

– Skąd to wszystko wiesz?

– Och… Spotkałyśmy go z Emmą w niedzielę w parku. Siedziałam na ławce, podszedł i zaczęliśmy rozmawiać.

– Co on tam robił?

– Chyba nic, o ile wiem. Po prostu cieszył się pogodą. Chociaż nie wyglądał, jakby się cieszył. Wydawał się wyjątkowo ponury, zanim się zjawiłam. – Podniosła wzrok na Suzannę. – Był pogrążony w tej swojej latynoskiej zadumie, no wiesz.

– Myślałem, że tylko kobieta może być położną. – Neil sączył kawę. – Chyba nie chciałbym mieć przy sobie położnej w męskim wydaniu, gdybym rodził.

– Gdybyś ty rodził, byłoby to najmniejsze z twoich zmartwień – syknęła na niego Suzanna, po czym zaczęła przyklejać zdjęcia polaroidowe klientów nad mapami północnej Afryki.

– Skoro już o tym mowa, chyba nie chciałbym, żeby przy tobie był mężczyzna położna.

– Gdybym miała przejść przez piekło wypychania ludzkiej istoty ze swojego ciała, decyzja nie należałaby do ciebie, skoro już o tym mowa.

– Poszukam tej kobiety w internecie, żeby zobaczyć, jak wygląda. Powiedział mi, jak się nazywa, ale dodał, że na pewno o niej nie słyszałam. – Jessie oparła drabinę o ścianę.

– Nadal ją kocha? – zapytała Suzanna.

– Tego nie powiedział. Ale wiesz co, Suze, zaczyna mi się wydawać, że on jest z tych, co lubią mężatki.

– Chyba mówiłaś, że tu się nie plotkuje – prychnął Neil.

– Żeby nie musiał się angażować emocjonalnie.

– Co masz na myśli? – Suzanna obserwowała, jak Jessie kieruje się z drabiną ku schodom.

– Cóż, jest dość wyluzowany, no nie? Nie wyobrażam go sobie, jak się za kimś ugania albo daje się porwać namiętności. Niektórzy faceci lubią sypiać z kobietami, które są związane z kimś innym. Tak jest dla nich bezpieczniej. Taka kobieta nie będzie im stawiać żadnych emocjonalnych żądań. Mam rację, Neil?

– Niezła strategia – przytaknął. – Sam nigdy jej nie stosowałem.

Suzanna pociągnęła nosem, próbując ukryć rumieniec, który wypłynął na jej policzki.

– Naczytałaś się gazet.

– To ty je tam wystawiłaś. – Jessie powiesiła torebkę na haczyku na drzwiach piwnicy i sięgnęła po wykrochmalony biały fartuszek. – Pani Creek go uszyła. Ładny, prawda? Chcesz, żebym ją poprosiła o taki sam dla ciebie?

– Nie. Tak. Jak uważasz.

Jessie obwiązała się tasiemkami w pasie, a potem wygładziła fartuszek na przodzie.

– Och, patrzcie, ta pani z dziećmi potrzebuje obsługi. Ja pójdę... Nie, na mnie on nie działa. Jest zbyt... Sama nie wiem. Po prostu wolę facetów, w których jest nieco więcej życia.

Przystanęła i zerknęła na Suzannę, która odwróciła wzrok. Neil przeglądał gazetę, nie zauważył więc spojrzenia Jessie ani tego, jak niewyraźnie uśmiechnęła się jego żona, próbując ukryć swój dyskomfort. Zaraz potem zaczęła przeglądać pudełko z pergaminami, które znalazła pod ladą, gdzie została parę minut dłużej, niż wymagało tego jej zajęcie.

Tu nie chodziło o Jasona pomimo problemów Jessie z wyrażeniem tego. Nie chodziło nawet o Neila. Żadna z nich tego nie powiedziała, ale obie były tego świadome.

Arturro zwolnił wszystkich sprzedawców ze swojego sklepu. Tak po prostu, bez żadnego ostrzeżenia, bez odprawy, bez niczego. Pani Creek odkryła to jako pierwsza po drodze na targ. Powiedziała o tym Suzannie i Jessie niedługo po wyjściu Neila.

– Słyszałam dużo krzyków i Bóg jeden wie czego, wściekał się jak rozjuszony byk. Chciałam wejść, kupić trochę dobrego sera, tego z kawałkami moreli, ale uznałam, że lepiej będzie dać Arturrowi nieco ochłonąć.

Jessie i Suzanna znieruchomiały, gdy tylko pani Creek zaczęła swoją opowieść – przeciągnęła ją znacznie, dodając modulację głosów i gesty, by w pełni wykorzystać nietypowo urzeczoną publiczność. Gdy skończyła, wymieniły spojrzenia.

– Ja pójdę – zadeklarowała Jessie.

– Ja będę mieć oko na Arturra – odparła Suzanna.

Nie przyszedł.

Jessie poszła odwiedzić Liliane – nie po to, by się wtrącać, rzecz jasna, lecz by wybadać atmosferę, jak to ujęła, dowiedzieć się, co się stało. Najpierw uznała, że pani Creek zapewne przesadziła. Liliane, choć wstrzemięźliwa jak zwykle, była opanowana i uprzejma. Jednak gdy tylko Jessie napomknęła o delikatesach, kobieta wyraźnie się zdenerwowała. Już nie będzie tam kupować, oświadczyła. Niektórzy ludzie w tym mieście uważają ich podejście do klienta za dość dyskusyjne. W zasadzie wręcz podłe.

– A tak konkretnie? – dopytywała Jessie.

– Powiedzmy tylko – Liliane zacisnęła wargi w ponurą kreskę – że są tacy, którzy powinni zachowywać się jak dżentelmeni, a tymczasem myślą tylko o płataniu figli bardziej nadających się na plac zabaw.

– O kurczę – mruknęła Jessie, gdy wróciła. – Mam złe przeczucia.

– Przyznajemy się? – zapytała Suzanna, czując lekkie mdłości.

– Jeśli chłopaki stracili posady, chyba będziemy musiały. To nasza wina.

Suzanna pomyślała o nich i zdumiało ją, jak może czuć taką obojętność w stosunku do młodych mężczyzn, którzy jakiś czas temu zajmowali ją w niezdrowym wręcz stopniu.

– Ty idź.

– Nie, ty.

Obie zaczęły nerwowo chichotać.

– To był twój pomysł.

– Ty kupiłaś migdały w cukrze. Wszystko było w porządku do migdałów w cukrze.

– Nie mogę uwierzyć, że mam trzydzieści pięć lat i czuję się tak, jakbym miała iść się do czegoś przyznać dyrektorce w szkole. Nie mogę tego zrobić. Naprawdę nie mogę. – Oparła się o ladę i pogrążyła w zadumie. – Może ci zapłacę? – Znów zachichotała.

Jessie oparła dłonie na biodrach.

– Dziesięć kawałków. To moja cena.

Suzanna wydała cichy teatralny okrzyk.

– Wiem... Jedna weźmie Arturra, a druga Liliane.

– Ale ty znasz ich lepiej ode mnie.

– Czyli mam więcej do stracenia.

– Ona mnie przeraża. I tak mnie chyba nie lubi. Nie, odkąd zaczęłam sprzedawać te podkoszulki. Chyba myśli, że kradnę jej klientów.

– Dlaczego? Coś mówiła?

– Nie chodzi o to, co mówiła, tylko o to, jak na nie patrzy, kiedy przychodzi.

– Suzanno Peacock, jesteś żałosna. Jesteś prawie dziesięć lat starsza ode mnie i...

– Raczej dziewięć. Mam trzydzieści pięć lat. Tylko trzydzieści pięć.

– Neil mówi, że masz trzydzieści pięć lat mniej więcej od dekady.

Ze strachu obie niemal wpadły w histerię. Rzuciły się sobie w ramiona, szeroko otwierając oczy i zanosząc się śmiechem.

– Och, niech będzie, ja pójdę... Jutro, jeśli pozwolisz mi dzisiaj wcześniej wyjść. Muszę kupić Emmie buty. A później nie dam rady, bo mam szkołę wieczorową.

– To szantaż.

– Chcesz, żebym pogadała z Arturrem? Jesteś mi winna przysługę, i to dużą. No to jutro. – Jessie zaczęła wypisywać metki z ceną długopisem w odcieniu fuksji. – Ale tylko jeśli do tego czasu sam nie ochłonie i nie przyjmie ich wszystkich z powrotem.

Następnego dnia Jessie jednak nie przyszła. Suzanna była w domu, suszyła włosy, gdy zadzwonił telefon.

– Przepraszam – powiedziała Jessie wyjątkowo przygaszona jak na nią. – Wiesz, że normalnie bym cię nie zawiodła, ale nie dam rady dzisiaj przyjść.

– Coś się stało Emmie? – W głowie Suzanny trwała gonitwa myśli. Zamierzała jechać do Ipswich na spotkanie z dostawcą. Będzie musiała zmienić plany.

Zapadła cisza.

– Nie, nie. Z Emmą wszystko w porządku.

– A co się stało? Przeziębiłaś się? To takie dziwne lato. Ojciec Lenny mówił wczoraj, że nie czuje się najlepiej. Tak jak ta kobieta z psami. – Jeśli teraz zadzwonię do dostawcy, rozmyślała, może zdołam odwołać spotkanie bez konsekwencji. W przeciwnym razie będę musiała zamknąć sklep na cały ranek.

– Wiesz co? W sumie będę chyba potrzebować paru dni...

Nagle Suzanna skupiła się w pełni na głosie po drugiej stronie słuchawki.

– Jess? Co się stało?

Znowu cisza.

– Chcesz... Chcesz, żebym zawiozła cię do lekarza?

– Potrzebuję paru dni wolnego. Obiecuję, że nigdy więcej cię nie zawiodę.

– Nie wygłupiaj się. Co się dzieje? Jesteś chora?

Znowu milczenie, a potem:

– Nie rób z tego afery, Suze, proszę.

Suzanna usiadła i wbiła wzrok w stolik nocny, w dłoni nadal trzymała suszarkę. Odłożyła ją i przełożyła słuchawkę do drugiego ucha.

– Zrobił ci krzywdę? – Z jej gardła dobył się tylko szept.

– Wygląda to gorzej, niż jest w rzeczywistości. Ale nie wygląda ładnie. Nie tak powinna się prezentować stylowa asystentka sprzedaży. – Jessie prychnęła drwiącym śmiechem.

– Co zrobił?

– Och, Suze, proszę, daj spokój. Sprawy wymknęły się trochę spod kontroli. Pójdzie na terapię, żeby nauczyć się panować nad złością. Tym razem mi to obiecał.

W małej sypialni powiało chłodem.

– Nie możesz dalej tego ciągnąć, Jess – wymamrotała Suzanna.

Głos Jessie stał się surowszy.

– Radzę sobie z problemem, okej? A teraz zrób coś dla mnie, Suzanno, odpuść już. A jeśli przyjdzie moja mama, nic jej nie mów. Powiedz, że wyszłam z klientem albo coś w tym rodzaju. Nie chcę, żeby ona też zaczęła gadać.

– Jess, ja…

Odłożyła słuchawkę.

Suzanna siedziała na krawędzi łóżka, wbijając wzrok w ścianę. Po chwili zebrała mokre włosy w koński ogon, zbiegła po klucze i szybko pokonała krótki dystans dzielący ją od centrum Dere Hampton.

Życie w takim małym miasteczku miało, zdaniem Suzanny, niewiele zalet, lecz jedną z nich była na pewno ograniczona liczba miejsc, w których bywają ludzie. Znalazła ojca Lenny'ego w herbaciarni, właśnie miał ugryźć kanapkę z bekonem. Na jej widok skulił się żartobliwie, jakby przyłapała go na zdradzie.

– Potem przyjdę na kawę – zadeklarował, gdy usiadła naprzeciwko. – Obiecuję. Od czasu do czasu muszę jednak przetestować konkurencję.

Zmusiła się do uśmiechu i do zrelaksowanej miny, choć wcale się tak nie czuła.

– Czy ojciec wie może, gdzie mieszka Jessie?

– Na osiedlu Meadville. Niedaleko matki. A co?

Przypomniała sobie ostrzeżenia Jessie.

– Nic takiego. Przeziębiła się, a ja zapomniałam wziąć od niej szczegóły pewnego zamówienia. Pomyślałam, że podjadę do niej z kwiatami i upiekę dwie pieczenie na jednym ogniu. – Uśmiechnęła się swobodnie.

Ojciec Lenny spojrzał jej w oczy, a gdy znalazł w nich już odpowiedź, której szukał, wbił wzrok w talerz z kanapką.

– To poważne przeziębienie? – zapytał powoli.

– Trudno powiedzieć. Myślę, że będzie potrzebowała kilku dni wolnego.

Pokiwał głową, jakby przyswajał tę informację.

– Czy będziesz potrzebować towarzystwa? – dodał ostrożnie. – Nie mam wielu planów na dzisiaj.

– O nie – odparła. – Poradzę sobie.

– Chętnie pojadę z tobą. Zostanę tylko parę minut, jeśli macie... sprawy do omówienia.

– To bardzo miłe, ale wie ojciec, jak to jest, kiedy ktoś się przeziębi. Nie chce, żeby mu przeszkadzać.

– Nie – mruknął ojciec Lenny. – Zazwyczaj nie chce. – Usiadł prosto i odepchnął od siebie talerz. – Mieszka na Crescent pod numerem czterdziestym szóstym. Zjeżdżasz za drogą na szpital, skręcasz w pierwszą w prawo i dom jest zaraz po lewej.

– Dzięki. – Suzanna zaczęła się podnosić z krzesła.

– Przekaż jej pozdrowienia ode mnie, dobrze? Powiedz, że nie mogę się już doczekać, kiedy wróci do sklepu.

– Przekażę.

– I, Suzanno...

– Co? – Nie chciała być niegrzeczna. – Przepraszam. Tak?

Ojciec Lenny pokiwał głową ze zrozumieniem.

– Cieszę się, że ma przyjaciółkę. – Zawahał się. – Kogoś, z kim może porozmawiać.

Zdobyć adres to jedno, uświadomiła sobie Suzanna, siedząc na stopniach przed sklepem. Pojechać tam i wepchnąć się do środka, do potencjalnego gniazda żmij, prawdopodobnie bez zaproszenia, to jednak coś innego. A co, jeśli on tam będzie? Nie wiedziałaby, co mu powiedzieć. Jaka etykieta obowiązywała w takich sytuacjach? Czy należało ignorować wygląd kobiety? Nawiązać uprzejmą pogawędkę? Przyjąć jego zaproszenie na herbatę? A jeśli on tam będzie i jej nie wpuści? Pogorszyłaby tylko sprawy, pojawiając się.

Do tej pory Suzanna tylko raz zetknęła się z przemocą domową – w szkole jej nauczycielka geografii, kobieta w okularach, która cała sobą przepraszała, że żyje, regularnie próbowała ukrywać fioletowe siniaki na twarzy i rękach. „Mąż ją bije", powtarzały dziewczęta przemądrzałym tonem, a potem szybko o tym zapominały. Jakby, uświadomiła sobie teraz Suzanna, powtarzały mądrości zasłyszane od rodziców. Takie rzeczy się zdarzały. Takie było życie. Pani Nathan wiecznie zachowywała się jak ofiara.

Tym razem było jednak inaczej.

Suzanna opuściła głowę na kolana. Poczuła się słaba i nieprzygotowana. Nie może tam tak po prostu pojechać. Jessie jej tam nie chciała. Tak byłoby łatwiej. Jessie wróci za dzień lub dwa. Ta ścieżka oznaczała jednak w jakimś stopniu współudział – od razu poczuła wstyd, że w ogóle to rozważa.

Wiadomo, że musiał się w tej sytuacji pojawić. Podniosła wzrok, przekładając klucze z ręki do ręki, i zobaczyła go przed sobą, jego długie nogi w jasnych spodniach, podkoszulek zamiast znajomego szpitalnego uniformu.

– Zatrzasnęłaś się i nie możesz wejść? – Wydawał się zrelaksowany, jakby wypoczął od ich ostatniego spotkania.

– Nie. – Uznała, że zaraz poprosi o kawę albo wejdzie do środka, ale on czekał, aż ona coś powie. – Chodzi o Jessie – dodała.

Podniósł wzrok i zajrzał do pustego sklepu.

– Nie wiem, czy powinnam do niej jechać. – Kopnęła zbłąkany kamyk. – Nie wiem... Na ile mam prawo się wtrącać. – Nie musiała mu tego wyjaśniać.

Kucnął przed nią z pochmurną miną.

– Boisz się?

– Nie wiem, czego ona chce. Chciałabym pomóc, ale tego chyba nie chce.

Spojrzał na koniec ulicy.

– Jess dużo mówi – kontynuowała – ale w rzeczywistości jest bardzo skryta. Nie wiem... czy w tej sytuacji... czy ona czuje się dobrze z tą sytuacją... Czy może w skrytości ducha rozpaczliwie pragnie, by ktoś wkroczył i jej pomógł. A... – Podrapała się po nosie. – Ja nie jestem dobra w wypytywaniu ludzi. W zwierzeniach, poufałościach i tym podobnych kwestiach. Szczerze mówiąc, Ale, w ogóle się na tym nie znam. I bardzo się boję, że coś zrobię źle. – Nie chciała mu zdradzać bardziej ponurych przemyśleń: że boi się zbliżyć do tego bałaganu, do tego ponurego nieszczęścia, że osiągnęła jakiś kruchy spokój we własnym życiu i nie chce, by popsuły go dramaty innych ludzi.

Dotknął jej kolana opuszkami palców, dodając jej otuchy tym delikatnym gestem.

Trwali tak przez kilka minut.

– Wiesz co? – powiedział, podnosząc się. Podał jej rękę. – Zamknij sklep. Myślę, że powinniśmy jechać.

Dom okazał się ładniejszy, niż Suzanna się spodziewała – ładniejszy wewnątrz, niżby się wydawało, biorąc pod uwagę jednakowo przygnębiającą aurę bijącą z sąsiednich budynków, jakby słońce, błękitne niebo, a nawet wspaniałe krajobrazy Suffolk otaczające osiedle nie robiły żadnego wrażenia na tym burym powojennym budownictwie.

Dom Jessie wyróżniały skrzynki na kwiaty w oknach i jaskrawofioletowe drzwi wejściowe. Suzanna spodziewała się strefy działań wojennych. Znalazła natomiast nieskazitelnie czysty salon z dużymi poduchami z kraciastej bawełny i pozbawionymi kurzu półkami. Skromne pokoje miały kolorowe ściany, stały w nich tanie, ale przerobione zgodnie z indywidualnymi potrzebami meble, miłość dodawała im uroku. Na ścianach wisiały rodzinne zdjęcia i obrazki namalowane ewidentnie przez Emmę na różnych etapach jej edukacji. Zabawne kartki urodzinowe ktoś ustawił na gzymsie kominka, na podłodze leżały śmieszne kapcie w kształcie pluszowych zwierzaków. Jedynym niepokojącym znakiem była gazeta ułożona obok zmiotki i szufelki, pod którą skrywało się zapewne rozbite szkło albo porcelana. Na pozór radosne wnętrze nie potrafiło jednak przysłonić atmosfery oszołomionego bezruchu, zdecydowanie innej niż spokojna cisza prawie pustego domu, jakby ściany nadal przeżywały to, co tu się wcześniej wydarzyło.

– Herbaty? – zapytała Jessie.

Suzanna usłyszała cichy okrzyk Alejandra, gdy dziewczyna otworzyła im drzwi. Wchodząc do środka, pospiesznie ukrył swoje zdziwienie. Jej twarz była opuchnięta, usta wykrzywione groteskowo, ponieważ cios zmiażdżył obie jej wargi. Na prawej kości policzkowej miała duży fioletowy siniak, palec wskazujący lewej ręki włożyła w prowizoryczne łubki.

– Nie jest złamany – powiedziała, poruszając nim, gdy zauważyła, gdzie padł wzrok Alejandra. – Pojechałabym do szpitala, gdybym myślała, że coś jest złamane.

Bez powodzenia starała się ukryć lekkie utykanie, gdy szła.

– Chodźcie dalej – dodała niczym prawdziwa gospodyni. – Usiądźcie i się rozgośćcie.

Dzieci jeżdżące po chodniku na rowerach hałasowały, zakłócając ciszę, która zapadła, gdy usiedli obok siebie na długiej kanapie przykrytej jasnym pledem. Suzanna próbowała nie myśleć o tym, jakie plamy na tapicerce trzeba tu zakrywać.

Jessie wróciła z tacą pełną kubków, odmówiła pomocy i usiadła twarzą do nich.

– Słodzicie? – zapytała grubym głosem. Mówienie ze stłuczonymi wargami wymagało wysiłku.

Suzanna czknęła znienacka, po czym zaczęła płakać. Obcierała policzki, próbując ukryć łzy. To wszystko wydawało się w jakiś sposób złe – widzieć Jessie w takim stanie. Nie należała przecież do kobiet, którym zazwyczaj się to przytrafiało.

Alejandro wyciągnął chusteczkę. Wzięła ją bez słowa, zawstydzona tym, że w obliczu takiego cierpienia to ona się rozpłakała.

– Przestań, proszę, Suze – powiedziała Jessie radośnie. – Wyglądam gorzej, niż się czuję, serio.

– Gdzie jest twoja córka?

– Została na noc u mojej mamy, dzięki Bogu. Muszę wymyślić coś, by tam jeszcze pobyła, ale bez budzenia podejrzeń u mamy.

– Chcesz, żebym obejrzał twoją rękę? – zaproponował Alejandro.

– To tylko siniak.

– Możliwe, że trzeba zszyć tę wargę.

– Nie. Nie rozdarł niczego w środku. Sprawdziłam.

– Przydałoby się też prześwietlenie, żeby się upewnić, że z twoją głową wszystko w porządku. – Alejandro stanął nad Jessie i zbadał jej twarz, odwracając ją delikatnie do światła. – Przynieść ci z pracy trochę plastrów do zamykania ran? Szybciej by się to zagoiło. Albo jakieś leki przeciwbólowe?

– Wiesz, co możesz dla mnie zrobić, Ale? Powiedz mi, jak szybko pozbyć się opuchlizny. Emma musi wrócić do domu, a ja nie chcę jej przestraszyć. Robiłam okłady z lodu i smarowałam się kremem z arniką, ale jeśli jest coś jeszcze...

Alejandro wciąż przyglądał się z bliska jej głowie.

– Nie ma nic, co by naprawdę zadziałało – odparł.

Zapadła cisza. Suzanna sięgnęła po swój kubek i wbiła w niego wzrok, nie wiedząc, co powiedzieć. Jessie, cierpiąca, lecz opanowana, wydawała się jej całkowicie obca w tej swojej najwyraźniej przećwiczonej reakcji.

– Chcesz, żebym z nim pogadał?

Suzanna podniosła wzrok. Alejandro miał ponurą minę, jego głos się rwał, jakby nie potrafił nad nim zapanować.

Jessie pokręciła głową.

– Powiedziałam mu – oświadczyła w końcu – że tym razem posunął się za daleko.

Dzieci na zewnątrz zaczęły się kłócić. Krzyczały na siebie na drugim końcu ulicy.

– Wiem, co sobie oboje myślicie, ale nie pozwolę, żeby to dalej trwało. Dla dobra Emmy i nie tylko. Powiedziałam mu, że jeśli znów podniesie na mnie rękę, będzie musiał się wynieść.

Alejandro wbił wzrok w swój kubek.

– Mówię poważnie – kontynuowała Jessie. – Nie spodziewam się, że mi uwierzycie, ale tak jest. Tylko chcę się przekonać, czy ta terapia gniewu zadziała, zanim naprawdę się spakuję i odejdę.

– Jessie, nie czekaj z tym, proszę. Proszę. Pomogę ci. Wszyscy pomożemy.

– Nie rozumiesz, Suze. To nie jest jakiś tam obcy człowiek, to mężczyzna, którego kocham, odkąd… W sumie odkąd sama byłam jeszcze dzieckiem. Wiem, jaki jest naprawdę, i nie jest taki. Nie mogę zaprzepaścić dziesięciu lat przez kilka trudnych miesięcy. Jest tatą Emmy, na litość boską. I, wierzcie lub nie, ale kiedy nie jest… taki, dobrze nam razem. Przez długie lata byliśmy szczęśliwi.

– Usprawiedliwiasz go.

– Tak, pewnie tak. I wiem, jak to waszym zdaniem wygląda. Ale żałuję, że nie poznaliście go, zanim to się zaczęło. Żałuję, że nie widzieliście nas razem.

Suzanna zerknęła na Alejandra. Uznała, że biorąc pod uwagę uczucia, które ewidentnie żywi do Jessie, wkurzy się, interweniuje w jej imieniu pomimo jej próśb, ale on tylko siedział, trzymał kubek w dłoniach i słuchał. Poczuła prawdziwą frustrację.

– Wiecie, nie boję się go. To znaczy, tak, to trochę przerażające, kiedy traci nad sobą kontrolę, ale przecież nie chodzę po domu na palcach, bojąc się, że go sprowokuję. – Jessie przeniosła wzrok z Suzanny na Alejandra. – Nie jestem głupia. To jest jego ostatnia szansa. A co sobą pokażę, jeśli mu jej nie dam? Że nikt nie zasługuje na szansę, żeby się zmienić?

– To nie…

– Wiecie, skąd się to wzięło, prawda? – Jessie sięgnęła po kubek uszkodzoną ręką, przełożyła go do zdrowej i upiła łyk. – To przez ojca Lenny'ego. Nagadał mu za to, że jest taki nerwowy. Jason poczuł, że wszyscy go osądzają. Uznał, że chodzę po mieście i się na niego skarżę i że wszyscy się przez to od niego odwrócą. Wiecie, jak tutaj jest. To straszne uczucie wiedzieć, że wszyscy patrzą na ciebie z góry… Zdaję sobie z tego sprawę, bo wiele osób nie chciało ze mną rozmawiać, gdy sprzątałam. Jakby to mnie jakoś zmieniło. – Odstawiła kubek. – Musicie pozwolić, żebym sama się z tym uporała. Nie pogarszajcie sprawy. Jeśli uznam, że naprawdę się zmienił, że zamienił się w kogoś, z kim nie czuję się bezpieczna, spakuję walizki i odejdę. – Spróbowała się uśmiechnąć. – Wprowadzę się do sklepu, Suzanno. I już nigdy się mnie nie pozbędziesz.

Wprowadź się teraz, zapragnęła powiedzieć Suzanna, ale powstrzymała ją determinacja malująca się na twarzy Jessie.

– To jest mój numer. – Alejandro napisał coś na świstku papieru. – Jeśli zmienisz zdanie w sprawie ręki, będziesz chciała trochę opatrunków, cokolwiek innego – Suzanna uznała, że położył znaczący nacisk na słowo „cokolwiek" – dzwoń do mnie, dobrze?

– Wrócę do pracy pojutrze.

– Jeśli poczujesz się gotowa. To nie jest ważne. – Suzanna wstała i uścisnęła Jessie, świadoma, że może przypadkiem urazić obrażenia w miejscach, o których nie wiedzieli. Cofnęła się i spojrzała na przyjaciółkę, próbując zasygnalizować jej swój niepokój. – Do mnie też możesz dzwonić. O każdej porze.

– Nic mi nie grozi. Serio. A teraz uciekajcie. Jedźcie otworzyć ten sklep, żebym miała do czego wracać. – Odprowadziła ich do wyjścia.

Suzanna zaprotestowałaby, ale wiedziała, że Jason może być już w drodze, że Jess może mieć swoje powody, dla których pragnie pozbyć się ich z domu.

– Do zobaczenia. – Radosny głos Jessie dobiegający zza firanek podążył za nimi na ulicę.

Doszli w milczeniu aż do wysokości hotelu Swan na głównej ulicy, każde z nich pogrążone w myślach. Ich kroki odbijały się miarowym echem od chodnika, który już emanował falami żaru, choć nie nastało jeszcze południe.

Suzanna przystanęła na zakręcie drogi prowadzącej do centrum miasteczka.

– Nie mam ochoty otwierać dzisiaj sklepu – powiedziała.

Alejandro wepchnął dłonie do kieszeni.

– No to dokąd idziemy? – zapytał.

Nie mieli ochoty na jedzenie, upał i wymowa tego poranka pozbawiły ich apetytu, przeszli więc spacerowym krokiem obok paru lokali oferujących lunche, po czym skręcili na rynek. Nie obrali żadnego konkretnego celu – nie chcieli tylko zostać sami ani wracać do swoich typowych zajęć. Tak przynajmniej powtarzała sobie Suzanna.

Spacerowali w zgodnym milczeniu pomiędzy kramami na rynku, pijąc butelkowaną wodę, aż w końcu Alejandro wyznał przepraszająco, że rynek już mu się znudził.

– Spaceruję tutaj za każdym razem, kiedy mam dzień wolny – oświadczył.

Dodał, że prawie niczego nie zwiedził, odkąd przyleciał do Anglii. Inaczej to miało wyglądać, zamierzał odwiedzać inne miasta i miejsca podczas swoich dni wolnych, ale podróże koleją okazały się szalenie kosztowne, a w wolnym czasie czuł się zazwyczaj zbyt zmęczony, by podejmować jakiś większy wysiłek. Pojechał więc tylko raz do Cambridge i wziął udział w wycieczce do Londynu zorganizowanej dla wszystkich położnych przez zarząd szpitala – błyskawicznie zwiedzili Muzeum Figur Woskowych, Tower i London Eye i nic już prawie nie pamiętał. Byli tak różnych narodowości, że z trudem rozumieli swoje akcenty, kobiety albo chichotały, zbijając się w grupki, albo zerkały na niego nieśmiało. Fakt, że był jedynym facetem w tym gronie, uniemożliwiał jakąkolwiek rozmowę.

– Tak się cieszyłem, kiedy znalazłem twój sklep – powiedział, wkładając ręce głęboko do kieszeni. – To jedyne miejsce... Po prostu jest inny niż wszystko.

– No to co chcesz zobaczyć? – zapytała, oblewając się bladym rumieńcem na myśl o tym, jak sugestywnie mogło zabrzmieć to zdanie.

– Pokaż mi, skąd jesteś – odparł. – Pokaż mi tę słynną posiadłość. Tę, która sprowokowała tyle problemów – dodał żartobliwie, a ona uśmiechnęła się wbrew sobie.

– To żadna *estancia* – uprzedziła go. – Ma około stu osiemdziesięciu hektarów. To pewnie niedużo jak na argentyńskie standardy. – Wystarczało jednak na przyzwoity popołudniowy spacer. – Zabiorę cię nad rzekę – dodała. – Jeśli lubisz łowić ryby, spodoba ci się nasza rzeka.

Zachowywali się tak, jakby podjęli niewyartykułowaną decyzję, by wyjść z cienia tego ranka, nie pozwolić, by sytuacja Jessie – gniew i bezradność, które oboje czuli – zaciążyły na tych godzinach. A może, rozmyślała Suzanna, gdy szli do lasu ścieżką konną, z której często zbaczała, by unikać kolein, nie sposób było za długo się martwić w taki dzień jak ten, kiedy niebo jest tak wspaniale niebieskie, kiedy ptaki współzawodniczą w śpiewaniu, kiedy płuca unoszą się ciężko od wysiłku, kiedy samo popołudnie przepełnia radość wagarowania, ukrywania się, podczas gdy wszyscy inni pracują.

Dwa razy wziął ją za rękę, by pomóc jej przejść przez ścieżkę. Za drugim razem musiała podjąć świadomy wysiłek, aby puścić jego dłoń.

Usiedli na szczycie szesnastohektarowego pola, z którego rozpościerał się widok na dolinę. Był to jeden z niewielu punktów, z których widać było niemal całą posiadłość, faliste wzgórza i ciemne plamy lasów przeplatały się aż po horyzont. Wskazała dom w oddali otoczony zabudowaniami gospodarczymi.

– To Philmore House. Teraz jest wynajmowany, ale moi rodzice mieszkali tam po ślubie. – Wstała i objęła gestem las osiem kilometrów na zachód od domu. – Ten musztardowy budynek... Widzisz go, prawda? To jest obecny dom moich rodziców. Mój młodszy brat Ben i moja babcia też tam mieszkają.

Przeszli trzecią część pola, które od tego miejsca opadało gwałtownie ku dolinie i rzece ukrytej za lasem, kiedy dodała:

– Przychodziłam tu z bratem, jak byliśmy mali. Turlaliśmy się po zboczu. Stawaliśmy tutaj, udając, że nie wiemy, co się zaraz stanie, a potem jedno z nas zwalało nas z nóg i staczaliśmy się na wyścigi aż na sam dół. Na koniec miałam trawę wszędzie, w ustach, we włosach... – Uniosła dłonie, chowając łokcie, jakby demonstrowała odpowiednią pozycję, zagubiona we wspomnieniach. – Pewnego roku tata postanowił wypasać na tym polu owce. Zapomnieliśmy o tym. Jak Ben stanął na dole, wyglądał jak bułeczka z rodzynkami. – Uświadomiła sobie, że sprowadziła tutaj swoją rodzinę, i nie chciała kontynuować. Czasami miała wrażenie, że nie ma przed nimi ucieczki.

Stanął obok niej i osłonił oczy przed słońcem, wpatrując się w horyzont.

– Pięknie tutaj.

– Ja już tego nie widzę. Chyba kiedy dorastasz w takim miejscu, przestajesz zwracać na to uwagę.

Nieco niżej w powietrzu znieruchomiał krogulec, namierzywszy jakąś niewidzialną ofiarę. Alejandro podążył za nim wzrokiem, gdy zanurkował ku ziemi.

– Chyba nawet w takie dni nadal wolę miasto.

Odwrócił się do niej.

– No to dlaczego pozwalasz, by to miejsce tak cię unieszczęśliwiało?

Patrzył na nią tak, jakby jej uczucia były na tyle dziwne, że stanowiły wręcz osobliwość.

– Nie jestem nieszczęśliwa. Wcale tak często o tym nie myślę. Po prostu nie zgadzam się z systemem, to wszystko.

Usiadła, sięgnęła po źdźbło długiej trawy i przygryzła je w zamyśleniu.

– To nie rządzi moim życiem ani nic takiego. Przecież nie siedzę gdzieś w ciemnym pokoju i nie wbijam szpilek w laleczkę wudu mojego brata.

Usłyszała jego śmiech, gdy usiadł koło niej i skrzyżował nogi. Trawa zaszeleściła cicho, gdy się poprawiał, ukradkiem obserwowała, jak jego nogi wyciągają się obok jej nóg.

– Ta posiadłość nigdy nie była twoja, prawda? Należy do twojego ojca?

– Tak jak należała do jego ojca. I ojca jego ojca.

– No więc nigdy nie była twoja i nigdy nie będzie twoja. Co z tego?

– Co z tego?

– Dokładnie. Co z tego?

Uniosła wzrok do nieba.

– Myślę, że jesteś trochę naiwny.

– Bo mówię ci, że ziemia twojej rodziny nie powinna zaprzepaścić twojego szczęścia?

– To nie jest takie proste.

– Dlaczego?

Strzepnęła owada, który usiadł na jej stopie.

– Och, wszyscy jesteście takimi ekspertami, co nie? Wszyscy wiecie, jak się czuję... Jak powinnam się czuć. Wszyscy myślicie, że powinnam po prostu zaakceptować rzeczy takimi, jakie są, i przestać się buntować. Cóż, Alejandro, to nie jest takie proste. To nie jest takie proste zmusić się, by przestać czegoś chcieć. Tu chodzi o rodzinę, o relacje, o historię, niesprawiedliwość i... – Urwała i zerknęła na niego ukradkiem. – Tu nie chodzi tylko o ziemię, okej? Gdyby chodziło o ziemię, sprawa rozwiązałaby się dawno temu.

– No to o co chodzi?

– Nie wiem. O wszystko.

Nagle przyszło jej do głowy, że na pewno zetknął się z większymi problemami, pomyślała o sytuacji Jessie i jej głos zabrzmiał dziecinnie, marudnie, nawet w jej uszach.

– Wiesz co, możemy już dać temu spokój?

Ugiął nogi w kolanach, objął je rękami i zerknął na nią ponad swoim ramieniem.

– Nie złość się, Suzanno Peacock.

– Nie jestem zła – odparła gniewnie.

– Okej... No to może musisz podjąć decyzję... Łatwo jest pozwolić, by pochłonęła cię twoja rodzina, jej historia.

– Teraz mówisz jak mój mąż. – Nie chciała wspominać o Neilu, poczuła, że jego obecność nie jest mile widziana w tym momencie.

Alejandro odsunął włosy z twarzy.

– No to w takim razie on i ja się zgadzamy. Żaden z nas nie chce, żebyś była nieszczęśliwa.

W końcu otwarcie na niego spojrzała, obserwowała jego profil, a gdy odwrócił się do niej twarzą, pozwoliła sobie zadawać nieme pytania tym brązowym oczom i świadomym ustom. Przez jego twarz przemknął cień konsternacji, jakby próbował coś zrozumieć.

Jesteś tylko kolejnym zauroczeniem, powiedziała sobie, po czym wzdrygnęła się z obawy, że wypowiedziała te słowa na głos.

– Nie jestem nieszczęśliwa – szepnęła. Naprawdę chciała go o tym przekonać.

– Okej – odparł.

– Nie chcę, żebyś myślał, że jestem.

Pokiwał głową.

Patrzył na nią tak, jakby rozumiał, jakby znał jej historię, jej poczucie winy, jej zgryzoty. Jakby je podzielał, jakby również nosił je w sobie.

To musi być zauroczenie, pomyślała, opierając nagle głowę na kolanach, by ukryć gwałtowne mruganie. Całkiem głupieję, przenosząc na niego uczucia, których chyba nawet nie posiada.

Siedziała z czołem na kolanach, dopóki nie poczuła jego dotyku, który zelektryzował jej ramię.

– Suzanno – powiedział.

Podniosła wzrok. Na tle słońca dostrzegała tylko rozmazaną, nienaturalnie szczupłą postać.

– Suzanno.

Wzięła go za rękę i zaczęła się podnosić. Jej oczy wciąż oswajały się z jaskrawym blaskiem słońca, a ona poczuła gotowość do zaakceptowania, że w to osobliwe senne popołudnie podążyłaby za tym mężczyzną wszędzie, że pozwoliłaby porwać się jego wirowi. Nie wstał, lecz lekko pociągnął ją na siebie i osunął się plecami na trawę. Oddech uwiązł jej w piersi, gdy spojrzała mu w oczy, w których kryły się swawolny ognik i jakieś zaproszenie. Nagle z dziecinnym okrzykiem rzucił się do przodu i zaczął turlać się w dół wzgórza – jego nogi obijały się o siebie, gdy nabierał prędkości.

Przez kilka sekund wpatrywała się z niedowierzaniem w oddalającą się od niej postać i nagle napięcie minionych chwil ustąpiło ze świstem, gdy rzuciła się w dół za nim, pozwalając, by niebo i ziemia rozmazały się wokół niej, by jej zmysły pochłonęły pędząca trawa, zapach ziemi, delikatne obijanie się kości o podłoże. Śmiała się przy tym, zagubiona w niedorzeczności tego pomysłu, wypluwała z ust trawę, stokrotki i Bóg wie co jeszcze, śmiała się, wyciągając ramiona ponad głową i lecąc w dół wzgórza, jakby znów była dzieckiem, ze świadomością, że na dole ktoś ją złapie.

Stanął nad nią, gdy leżała w trawie, zanosząc się śmiechem i dysząc, kręciło się jej w głowie od upadku. Zakołysał się, wyciągnął rękę, proponując jej pomoc, i znieruchomiał, aż dostrzegła jego rozpromienioną twarz i zielone plamy z trawy na jego jasnych spodniach.

– Teraz jesteś szczęśliwa, Suzanno Peacock?

Nie przyszła jej do głowy żadna racjonalna odpowiedź. Beztrosko opadła więc na plecy, wciąż chichocząc, i zamknęła oczy, odgradzając się od boleśnie błękitnego nieba.

Dotarli do centrum miasteczka tuż przed siódmą. Może udałoby im się wrócić wcześniej, ale za obopólną zgodą obrali miarowe tempo, może po to, by mieć więcej czasu na rozmowę, która teraz przychodziła im łatwo, jakby to infantylne fizyczne wyzwolenie coś w nich oswobodziło. Dowiedziała się o nim więcej – o jego nieopuszczającej domu matce, pokojówce, o sytuacji politycznej w Argentynie. On poznał historię jej rodziny – jej dzieciństwo, rodzeństwo, złość, że musiała opuścić miasto. Dopiero później przypomniała sobie, że choć rozmawiali przez kilka godzin, nie wspominali o Neilu i nie czuli się winni, że go pomijają.

Przechodzili przez rynek, gdy Suzanna zauważyła trzech młodych mężczyzn, którzy wychodzili z delikatesów pogrążeni w rozmowie, z torbami swobodnie przewieszonymi przez ramiona. Zerknęli na spodnie Alejandra, pogestykulowali, powiedzieli coś zapewne nieprzyzwoitego po włosku, po czym unieśli dłonie w geście pozdrowienia.

Alejandro i Suzanna odpowiedzieli tym samym.

– Przyjął ich z powrotem – szepnęła.

– Kto?

– Długo trzeba by to wyjaśniać, ale to dobra wiadomość. Jessie się ucieszy. – Nie mogła przestać się uśmiechać, szeroko i bez skrępowania. Jakby radość dnia jeszcze intensyfikował jego smutny początek.

– Muszę już iść – powiedział Alejandro, zerkając na zegarek. – Mam nocny dyżur.

– Ja pójdę chyba do sklepu – odparła, próbując ukryć zawód, który poczuła. – Sprawdzę, czy kurierzy zostawili jakieś przesyłki pod drzwiami. – Nie chciała się z nim rozstawać, ale ułatwiała jej to świadomość, że bariera, którą dzisiaj pokonali, nazajutrz nadal będzie pokonana.

Opuściła wzrok, po czym znów go na niego podniosła.

– Dziękuję – dodała w nadziei, że zrozumie znaczenie tego słowa w pełni. – Dzięki, Ale.

Stał przez chwilę nieruchomo, po czym odsunął włosy z jej czoła. Pachniał trawą i skórą skąpaną w słońcu.

– Wyglądasz jak twoja matka – powiedział.

Lekko zmarszczyła brwi.

– Chyba nie wiem, co to znaczy – odparła z wahaniem.

Nie odrywał od niej oczu.

– Chyba wiesz.

Nie było go w domu, gdy w końcu tam dotarła. Wiadomość na sekretarce głosiła, że wróci późno – umówił się na squasha z kolegami z pracy, mówił jej o tym rano, ale jest niemal pewien, że już zapomniała. Dodał żartobliwie, że powinna postarać się nie tęsknić za nim za bardzo.

Nie zjadła kolacji. Z jakiegoś powodu nadal nie miała apetytu. Usiadła przed telewizorem, by znaleźć, co by ją zainteresowało, a gdy to się nie udało, zaczęła kręcić się niespokojnie po domu i obserwować przez okno pola, po których tego dnia spacerowała, aż na zewnątrz zapadł zmrok.

W końcu weszła do swojej małej sypialni. Usiadła przed lustrem, które ledwie się zmieściło pod skosem dachu. Przez jakiś czas wpatrywała się w swoje odbicie, a potem niemal nieświadomie zebrała włosy do tyłu i upięła je na czubku głowy. Obwiodła oczy czarną kredką i pomalowała powieki cieniem najbardziej zbliżonym do charakterystycznego lodowatego błękitu.

Jej cery, bladej jak u matki, nie musnęło słońce. Jej włosy, wolne od chemicznych barwników i innych masek, były niemal nienaturalnie czarne. Spojrzała w swoje oczy i uniosła kąciki ust na podobieństwo tamtego uśmiechu.

Znieruchomiała, gdy z lustra spojrzała na nią Athene.

– Przepraszam – powiedziała do odbicia. – Tak bardzo, bardzo przepraszam.

Rozdział osiemnasty

Isadora Cameron miała na głowie rude sprężyny, których się już obecnie nie widuje – kiedyś powszechne u niemiłosiernie dręczonych z tego powodu uczniów, okiełznywane spinkami przez ponure ekspedientki w sklepach, szalone marchewkowe loki okalające twarz odeszły w niepamięć dzięki nowej generacji kosmetyków modelujących i odżywek w spreju. Pani Cameron nie miała chyba jednak nic przeciwko nim, od pierwszego dnia jej pracy w Dere House pozwalała, by podskakiwały swobodnie wokół jej głowy niczym rdzawa eksplozja, przesłaniając jej niemal okrągłą twarz.

– Ta kobieta wygląda jak zardzewiały zmywak do naczyń – prychnęła Rosemary w ten pierwszy dzień.

Wszyscy przeczuwali jednak, że staruszka znielubiłaby ją niezależnie od kondycji jej włosów.

Panią Cameron przedstawiono jej jako sprzątaczkę, kogoś, kto będzie pomagał Vivi, by mogła spędzać więcej czasu z Douglasem. Bądź co bądź był to duży dom. Zdumiewające, że Vivi tak długo obywała się bez pomocy. Dla wszystkich innych pani Cameron została kierowcą Rosemary, jej sprzątaczką, praczką jej bielizny i ogólną pomocą w domu.

– Kimś, kto nieco cię odciąży – oświadczył Douglas, informując małżonkę o jej zatrudnieniu.

Pani Cameron nie zrażały brak higieny w szafkach kuchennych ani niebezpieczne lodówki. Nie pozwalała, by zżerane przez mole koty i nieuczciwe teriery miały jakikolwiek wpływ na jej pogodne usposobienie. Pobrudzoną pościel i bieliznę uważała po prostu za część swojej pracy. W rezultacie przez cztery godziny dziennie, po raz pierwszy, odkąd Rosemary się przeprowadziła, a dzieci dorosły, być może po raz pierwszy w całym swoim małżeńskim życiu, Vivi zyskała czas dla siebie, w którym mogła robić, co tylko zechce.

Początkowo ta swoboda ją obezwładniła. Posprzątała w szafach, wypieliła ogród, piekła dodatkowe ciasta dla Instytutu Kobiet. („Przecież ty nawet nie lubisz piec", powiedział Ben. „Wiem"– odparła. „Ale gdyby nie to, miałabym wrażenie, że marnuję pieniądze twojego ojca"). Stopniowo nauczyła się cieszyć tymi wolnymi godzinami. Zaczęła pracować nad patchworkową narzutą z materiałów, które odkładała przez lata z ulubionych ubrań dzieci. Jeździła do miasta, sama, by wypić filiżankę herbaty, której nie musiała parzyć, i rozkoszować się luksusem przeczytania gazety bez żadnych zakłóceń. Wyprowadzała psa na porządne spacery, na nowo odkrywając posiadłość z tej perspektywy, ciesząc się ziemią, której nigdy tak naprawdę nie oglądała. Spędzała też czas z Douglasem – jadała z nim kanapki na traktorze i oblewała się rumieńcem radości, gdy słyszała, jak robotnicy komentują, że ona i „staruszek" zachowują się ostatnio jak para nowożeńców.

– Nie lubię jej – narzekała Rosemary swarliwie, gdy Vivi i Douglas wracali do domu. – Jest wyjątkowo impertynencka.

– Jest bardzo miła, mamo – odpowiadał Douglas. – Posunąłbym się nawet do stwierdzenia, że to skarb.

– Za bardzo się ze mną spoufala. I nie podoba mi się, jak sprząta.

Vivi i Douglas wymienili spojrzenia. Pani Cameron była całkowicie głucha na przytyki Rosemary, jej złośliwe narzekania traktowała z taką samą kojącą wesołością, z jaką podchodziła do staruszków w domu opieki, z którego ściągnął ją Douglas. Zwierzyła się Vivi, że cieszy ją zmiana pracy. Ci geriatryczni podopieczni byli słabi, ale nie na tyle, by jej nie podszczypywać, kiedy tylko nadarzyła się okazja. A ona nie mogła im nawet wymierzyć razu w odpowiedzi, bo przecież mogłaby ich połamać.

– Porozmawiam z nią w takim razie, mamo. Dopilnuję, żeby niczego nie omijała.

– Powinna też zrobić coś z włosami – wymamrotała Rosemary, wracając powoli do swojego aneksu. – Uważam za wyjątkowo irytujące, że nie potrafi się trochę ogarnąć. – Odwróciła się i zmierzyła syna i synową podejrzliwym spojrzeniem. – Dzieją się tu różne rzeczy – dodała. – Te włosy i w ogóle. To mi się nie podoba.

Tego ranka, pomyślała Vivi, gdy pani Cameron weszła do domu, Rosemary będzie mieć używanie. Parny żar poprzednich tygodni przerwała w końcu burza – niebo pociemniało w porze śniadania, a po okresie złowieszczego spokoju otworzyło się, zalewając świat strugami deszczu. Pani Cameron musiała zapomnieć parasola – na dystansie dzielącym jej samochód od drzwi jej włosy skręciły się w dzikie pierścionki wokół głowy, wyglądały niczym sprężyny uwolnione z wnętrzności popsutych zegarów. Dzieci rysowały dawniej lwy z takimi grzywami, rozmyślała Vivi, próbując się nie gapić.

– Widzieliście, co się dzieje? – zapytała pani Cameron, zdejmując z głowy szal, wycierając potoki wody ze swojej twarzy chusteczką i przyglądając się rękawom czerwonego swetra.

– Dziękuję za to Bogu – odparł Douglas, stając za nimi. – Trzeba byłoby zacząć nawadniać ziemię, gdyby dalej nie padało.

– Czy chce pani... Może chce pani pożyczyć suszarkę? – zapytała Vivi, obejmując gestem jej włosy.

– O Boże, nie. Jeśli myśli pani, że teraz wyglądają dziko, powinna je pani zobaczyć po paru woltach. Nie, niech sobie schną naturalnie. Położę tylko sweter obok pieca, jeśli to pani nie przeszkadza. – Pani Cameron podążyła dziarsko do kuchni, wyglądała niczym pulchny czerwony odwrócony wykrzyknik.

Douglas stanął przy oknie, a po chwili odwrócił się do żony.

– Pamiętasz, że jedziemy dzisiaj do Birmingham oglądać przyczepy? Na pewno możemy wziąć twój samochód?

Range rovera oddali do dorocznego przeglądu, więc by Douglas i Ben nie musieli odwoływać swoich planów, zaproponowała, że pożyczy im samochód.

– Poradzę sobie. Przy takiej pogodzie i tak będę się kręcić koło domu. A gdybym czegoś potrzebowała, zawsze mogę poprosić panią Cameron, by podjechała ze mną do Dere.

Uniósł dłoń do jej policzka – nic nie powiedział, lecz nie musiał. Zatrzymał ją tam na tyle długo, by Vivi się zaczerwieniła, po czym wskazał palcem schody do galerii.

– Dzwoniłaś do Suzanny? – Uśmiechnął się na widok jej rumieńca.

– Nie, jeszcze nie.

– Ściągniesz ją tutaj? Może dzisiaj będzie dobry dzień, biorąc pod uwagę deszcz. Zakładam, że nie będzie miała dużego ruchu.

– Och, nigdy nic nie wiadomo. Może jutro. – Nie odrywała wzroku od męża. – Ale uważam, że to ty powinieneś do niej zadzwonić. To będzie więcej znaczyć, jeśli wyjdzie od ciebie.

Włożył kapelusz i podszedł bliżej, aby ją przytulić. Poczuła, jak jego dłonie obejmują ją w talii, poczuła przyjemną ostoję jego piersi na swojej i nagle się zdziwiła, jak to możliwe, że na tym etapie życia może się czuć taka żenująco szczęśliwa.

– Jesteś niezwykłą kobietą, Vivi Fairley-Hulme – szepnął do jej ucha. Zaakcentował słowo „jesteś", jakby tylko ona mogła kiedykolwiek mieć co do tego jakieś wątpliwości.

– Idź już – odparła, odsuwając się i otwierając drzwi. Kamienna podłoga w holu od razu pociemniała do deszczu. – Zanim Ben gdzieś zniknie i będziesz go musiał szukać przez godzinę. Od śniadania czeka, żeby w końcu wyjść.

Zanim nadeszła pora lunchu, wszyscy mieli już dość deszczu. Nawet ci, którzy z radością powitali jego nadejście, powołując się na rozpaczliwe usychanie swoich ogródków i na przytłaczającą falę upałów, szybko uznali nieustępliwość i siłę żywiołu za nieco opresyjną. Nieliczni goście, którzy odwiedzili Pawi Zakątek tego ranka, porównywali go do tropikalnego sztormu, spoglądając na błotnistoszare niebo i jego odbicie na chodnikach.

– Byłam kiedyś w Hongkongu w porze deszczowej – oświadczyła pani Creek, która wpadła do sklepu po zjedzeniu cytrynowej soli i gotowanych ziemniaków w ramach piątkowego lunchu w Klubie Emeryta (Restauracyjna kuchnia! W kawiarnianych cenach!). – Lało tak bardzo, że woda przelewała się przez wierzchy moich butów. Musiałam je potem wyrzucić. Uznałam, że to pewnie kolejny sposób, by wyłudzić od nas więcej pieniędzy.

– Co? – mruknęła Suzanna, która szybko przestała udawać, że cokolwiek robi i teraz oglądała tylko ulewę przez szybę.

– Cóż, to dobry sposób na wymuszenie na tobie kupna nowych butów, prawda?

– Ale co… Zsyłanie deszczu? – Suzanna przewróciła oczami do Jessie.

– Nie wygłupiaj się. To chyba logiczne, nieprawdaż? Niezapewnienie odpowiedniego drenażu, żeby woda nie miała gdzie odpływać.

Suzanna oderwała wzrok od szyby, próbując skupić się na słowach pani Creek. Czekającemu czas się dłuży, mawiała jej matka. To jednak nie powstrzymało jej przed rozglądaniem się za szczupłą, smagłą postacią, która stała się nagle taka znajoma przez wspominanie, jeśli nie co innego. Postacią, która tego dnia jak na razie stanowczo odmawiała pokazywania się. Nie wolno mi tak myśleć, upomniała się chyba po raz trzydziesty od rana.

Cofnęła się ku przytulnemu wnętrzu sklepu, odnotowując z roztargnieniem łagodny jazz w tle i stłumione pogawędki kobiet w kącie, które z radością wykorzystały deszcz jako wymówkę do toczenia kilkugodzinnej rozmowy. Pani Creek przeglądała zawartość pudełka z zabytkowymi tkaninami – rozkładała każdy kawałek i mamrotała coś pod nosem, przyglądając się im uważnie w poszukiwaniu luźnych nitek i dziur, podczas gdy młoda para przetrząsała karton wiktoriańskich i modernistycznych koralików, których Suzanna nie zdołała jeszcze wycenić. Przy takiej pogodzie Pawi Zakątek wyglądał zazwyczaj jak egzotyczna kryjówka, błyszczał, przytulny i jasny, na tle szarej kostki brukowej na zewnątrz, dzięki czemu mogła sobie wyobrażać, że jest zupełnie gdzie indziej. Tego dnia jednak czuła się pobudzona, jakby szare chmury przywiane znad Morza Północnego przyniosły ze sobą jakiś odległy niepokój i wypełniły nim sklep.

Zerknęła na Jessie, która od pół godziny wypisywała metki z cenami na literach z różnokolorowego pleksi, choć Suzanna powiedziała jej, że to nie jest konieczne – mogły po prostu napisać „75 pensów za sztukę" na pudełku.

Gdy się nad tym zastanowiła, doszła do wniosku, że Jessie przez cały ranek mało co się odzywała. Odkąd wróciła do pracy, nie była całkiem sobą – nie wydawała się przygaszona, raczej rozkojarzona, wolniej włączała się w żarty, które dawniej sama by inicjowała. Na pozór całkiem zapomniała o Arturze i Liliane, swojej niedawnej obsesji, a zajęta swoimi sprawami Suzanna dopiero teraz to zauważyła. Zewnętrzne obrażenia się zagoiły, pomyślała, żałując swojej nieuwagi, ale te wewnętrzne potrzebowały na to więcej czasu.

– Jess? – napomknęła ostrożnie, gdy pani Creek wyszła. – Nie zrozum mnie źle, ale może chcesz wziąć więcej wolnego?

Jessie zmierzyła ją tak ostrym spojrzeniem, że Suzanna od razu zapragnęła się wycofać.

– Nie chodzi o to, że cię tutaj nie chcę. Pomyślałam tylko... Cóż, nie mamy teraz dużego ruchu, może więc chciałabyś spędzić więcej czasu z Emmą.

– Nie, nie. Nie trzeba.

– Serio. To żaden kłopot.

Jessie przez chwilę wpatrywała się w stół, po czym powoli pokręciła głową, rozejrzała się, gdzie siedzą klienci, oceniła, czy one dwie mają wystarczająco dużo prywatności, i w końcu z wahaniem zwróciła się do Suzanny:

– W sumie musimy porozmawiać – oświadczyła, nie patrząc jej w oczy.

Suzanna zawahała się, po czym w milczeniu wyszła zza lady i usiadła naprzeciwko przyjaciółki.

Dziewczyna podniosła wzrok.

– Będę musiała zrezygnować.

– Co?

Jessie westchnęła.

– Uznałam, że to nie jest warte zamieszania. Z nim jest coraz gorzej. Jesteśmy na liście oczekujących na terapię gniewu i terapię par, czy jak to się nazywa, ale to może zająć tygodnie, a nawet miesiące, a ja muszę zrobić coś, żeby wreszcie przemówić mu do rozumu. – Zrobiła skruszoną minę. – Bałam się poruszyć ten temat – wyznała. – Serio. Ale na pierwszym miejscu muszę stawiać najbliższych. Przy odrobinie szczęścia może się okazać, że to tymczasowe. No wiesz, dopóki trochę się nie uspokoi.

Suzanna siedziała w milczeniu. Na myśl o tym, że Jessie zniknie ze sklepu, poczuła mdłości. Nawet ze wszystkim, co ją teraz zaprzątało, to wnętrze nie wydawało się takie samo w te dni, kiedy Jessie nie było – Suzanna nie czuła takiego samego entuzjazmu, otwierając, godziny ciągnęły się bez końca, zamiast gnać przed siebie przy wtórze niedorzecznych żartów i intymnych zwierzeń. Jeśli Jessie odejdzie, rozmyślała ponuro, ilu klientów odejdzie razem z nią? Już teraz ledwie wychodziły na swoje, a Suzanna doskonale wiedziała, że to uśmiechnięta twarz dziewczyny i okazywane przez nią wszystkim zainteresowanie stanowiły magnes, którym ona nie mogłaby się nigdy stać.

– Nie gniewaj się na mnie, Suze.

– Nie gniewam się. Nawet tak nie żartuj. – Wyciągnęła rękę i położyła ją na dłoni Jessie.

– Zostanę jeszcze tydzień lub dwa, żeby nie zostawiać cię na lodzie. I zrozumiem, jeśli zatrudnisz kogoś innego. To znaczy, nie oczekuję, że zatrzymasz dla mnie to miejsce.

– Nie wygłupiaj się.

Suzanna zobaczyła łzę, która kapnęła na blat stolika.

– Ta posada jest twoja – zadeklarowała cicho. – Wiesz, że jest twoja.

Siedziały tak przez parę minut, wsłuchując się w pisk opon furgonetki zawracającej na mokrej drodze – woda trysnęła aż na krawężnik.

– Kto by pomyślał, co nie? – Na twarz Jessie powrócił uśmiech.

Suzanna trzymała ją za rękę, zastanawiając się, czy nadeszła pora dalszych zwierzeń. Nie była pewna, czy chce je usłyszeć.

– Co?

– Suzanna Peacock potrzebuje ludzi.

Deszcz siekł ulicę zapamiętale, świat za oknami spowiła spiżowa mgła.

– Nie ludzi – odparła, bez powodzenia siląc się na zrzędliwy ton, by ukryć ściskanie w gardle. – Może cierpisz na rozdwojenie jaźni, Jess, ale uważam, że nawet ciebie nie można uznać za ludzi w liczbie mnogiej.

Jessie uśmiechnęła się szeroko, w uśmiechu rozbłysło jej dawne ja. Powoli odsunęła rękę.

– Ale nie chodzi tylko o mnie, prawda?

Irytująca dziewczyna wyszła piętnaście po trzeciej, zabierając ze sobą wszystkie te włosy, które przez cały dzień sterczały, jakby ktoś przeciągnął ją przez żywopłot do góry nogami. Krzyczała do Rosemary, jakby była głucha, a Rosemary, wytrącona z równowagi, zaczęła krzyczeć w odpowiedzi, by pokazać jej, że to nie jest konieczne. Młodzi ludzie bywali tacy denerwujący.

Gdy dziewczyna wychodziła, Rosemary powiedziała jej, że jeśli chce zatrzymać przy sobie tego swojego męża, będzie musiała kupić pas wyszczuplający.

– Ogarnij się trochę – oświadczyła. – Żaden mężczyzna nie lubi oglądać wylewającego się na wszystkie strony sadła. – W duchu liczyła na to, że może dziewczyna się obrazi i rzuci posadę.

Ta jednak tylko położyła swoją małą pulchną dłoń na dłoni Rosemary (jeszcze więcej spoufalania się) i wybuchnęła śmiechem.

– Och, dzięki ci, Rosemary – odparła. – Prędzej zakuję swojego męża w gorset, niż zamówię coś takiego dla siebie. U niego na brzuchu też przelewa się parę zbędnych galonów chmielu.

Była doprawdy niemożliwa. I miała wyjść o drugiej. O drugiej, a nie piętnaście po trzeciej. Rosemary zerkała na zegarek co parę minut, nie mogąc się już doczekać jej wyjścia. Vivi codziennie po lunchu wyprowadzała psa na spacer, a Rosemary lubiła mieć wtedy dom dla siebie.

Zawołała synową, by się upewnić, że Vivi nie pojawi się w żadnych drzwiach, po czym sztywnym krokiem zaczęła powoli wspinać się na schody, podciągając się kościstymi dłońmi na balustradzie. Myśleli, że się nie dowie, dumała zgorzkniale. Uznali, że mogą ignorować jej życzenia tylko dlatego, że już nie wchodziła na górę. Jakby jej zaawansowany wiek oznaczał, że jej opinia nie ma już żadnego znaczenia. Ale ona nie była głupia. Dobrze wiedziała, w co sobie pogrywają: czyż nie obudzili jej podejrzeń już w dniu, kiedy jej syn przywołał całą tę sprawę podziału majątku? Miał sześćdziesiąt lat i nie więcej rozumu, niż kiedy się urodził – do dziś ulegał kaprysom i życzeniom kobiet.

Stanęła na przedostatnim stopniu i oparła się na poręczy, przeklinając bolące stawy i zawroty głowy, przez które z tęsknotą pomyślała o głębokim fotelu. Starość, co odkryła dawno temu, nie oznaczała obecnie mądrości i wyższego statusu, lecz całą serię upokorzeń i fizycznych upadków, co skutkowało tym, że człowiek nie tylko był coraz częściej ignorowany, ale też że zadania, które kiedyś wykonywał bez namysłu, teraz wymagały planowania i drobiazgowej oceny. Czy dosięgnie puszki pomidorów w tamtej szafce? A jeśli zdoła już wziąć ją do ręki zamiast fasoli z podobną etykietą, czy jej słabe nadgarstki przetrzymają próbę postawienia puszki na blacie i zdołają nie wypuścić jej na stopę?

Wzięła głęboki oddech i objęła spojrzeniem szerokie symetryczne piętro galerii. Jeszcze tylko dwa stopnie. Nie przeżyła dwóch wojen światowych po to, by dać się teraz pokonać paru schodkom. Uniosła podbródek, mocniej zacisnęła dłoń na balustradzie i ze stęknięciem weszła do galerii.

Wyprostowała się powoli, rozglądając się w miejscu, którego nie widziała od prawie siedmiu lat. Niewiele się tu zmieniło, pomyślała w przypływie satysfakcji, dywan był ten sam, tak jak podłączany do gniazdka grzejnik obok kredensu, zapach pszczelego wosku i starego brokatu. Nic poza portretem, niedawno powieszonym, który teraz jaśniał w nowej ramie radioaktywną złośliwością z miejsca naprzeciwko wysokiego okna.

Athene.

Athene Forster.

Nigdy nie zasługiwała na nazwisko Fairley-Hulme.

Rosemary spojrzała na płótno, na tę bladą, drwiąco wykrzywioną postać, która nawet teraz, po ponad trzydziestu latach, śmiała się z niej. Ta akurat śmiała się ze wszystkich. Ze swoich rodziców, którzy wychowali ją na małą latawicę, z Douglasa, który dał jej wszystko, a któremu odwdzięczała się, obnosząc się ze swoim niemoralnym zachowaniem po trzech hrabstwach, z Rosemary i Cyrila, którzy zrobili wszystko, by utrzymać ród Fairleyów-Hulme'ów i posiadłość nietknięte. I bez wątpienia znów z Douglasa, bo nie miał charakteru na tyle, by zabronić powieszenia jej portretu w rodzinnej galerii.

Patrzyła na tę dziewczynę, na jej sprytny uśmieszek, na oczy, w których już wtedy malowało się za mało szacunku, a za dużo wiedzy.

Deszcz bębnił o szyby, atmosfera wydawała się wilgotna, ociężała z determinacji.

Rosemary sztywno odwróciła się ku gotyckiemu wysokiemu krzesłu ustawionemu obok schodów i zmierzyła je spojrzeniem, kalkulując. Zerknęła na swoje nogi, po czym zaczęła powoli iść w jego kierunku. Zacisnęła sękate dłonie na podłokietnikach i pociągnęła krzesło po dywanie bliżej ściany, bolesny krok za bolesnym krokiem.

Upłynął jakiś czas, zanim pokonała tych parę metrów, a gdy w końcu dotarła do celu, musiała usiąść, by pokonać zawroty głowy i przygotować się do ostatecznego szturmu. Po chwili wstała, niemal pewna, że jest gotowa. Dla równowagi położyła dłoń na oparciu krzesła i spojrzała na dziewczynę, która wyrządziła tyle szkód, która nadal obrażała jej rodzinę.

– Nie zasługujesz na to, by tu być – oświadczyła na głos.

Choć przez dziesięć ostatnich lat nie robiła nic bardziej wymagającego fizycznie niż schylanie się, by napełnić kocią miskę, zacisnęła szczęki w wyrazie determinacji, uniosła chudą, powykręcaną artretyzmem stopę i zaczęła się chwiejnie wspinać na siedzisko krzesła.

Dochodziła za kwadrans czwarta, gdy przyszedł. Dawno już zrezygnowała z gapienia się na strumienie deszczu za oknem, doszła wręcz do etapu, w którym besztanie samej siebie uznała za bezcelowe. Postanowiła, że zrobi to, co odkładała od tygodni – posprząta w piwnicy. Sam sklep był nieskazitelny, ale weszło im z Jessie w nawyk zrzucanie pustych kartonów po schodach, wpychanie kasetek z towarem i puszek po kawie w każdą wolną przestrzeń, jaką znalazły. Trzeba jednak było zacząć myśleć o jesiennym towarze, duża dostawa była zapowiedziana na kolejny dzień, a Suzanna uświadomiła sobie, że nie zdołają upchnąć jej pomiędzy kartonami – i śmieciami – jeśli się lepiej nie zorganizują.

Przebywała na dole już niemal pół godziny, kiedy usłyszała okrzyk zaskoczenia i zachwytu Jessie – znieruchomiała na moment, podejrzewając, że może to być jeden z wielu innych klientów, którzy nadal wywoływali u przyjaciółki wybuchy natychmiastowej i głośnej radości. Po chwili jednak nawet przez szum deszczu usłyszała jego głos, niepewny i melodyjny, przepraszał za coś ze śmiechem. Porzuciła swoje zadanie i poprawiła włosy, próbując uciszyć trzepotanie w piersi. Przez jej głowę przemknęła myśl o wizycie lekarskiej, którą odbyła tego ranka, zamknęła oczy, czując przypływ wyrzutów sumienia, które mogła połączyć z jego obecnością. Potem wzięła głęboki oddech i wyszła na górę celowo powolnym krokiem.

– Och – powiedziała w drzwiach. – To ty. – Próbowała udać zaskoczoną, ale bez powodzenia.

Usiadł tam gdzie zwykle. Zamiast jednak zwrócić się do szyby, patrzył na ladę. Na Jess. Na Suzannę. Na jego włosach lśniły krople deszczu, jego rzęsy podzieliły się, tworząc roziskrzone punkty. Uśmiechnął się leniwie, czarująco, otarł wodę z twarzy mokrą dłonią.

– Witaj, Suzanno Peacock.

Vivi zapędziła psa do środka przez tylne drzwi, strząsnęła wodę z parasola na kuchenną podłogę, po czym przyzwała pupila, by nie pobiegł dalej i nie narobił mokrych plam na dywanach.

– Och, do nogi, ty niedorzeczne zwierzę – zawołała. Myślała, że w sznurowanych botkach i z parasolem jest ubrana odpowiednio do pogody, ale ten deszcz to była inna liga. Przemokła do suchej nitki. Będę musiała się przebierać aż do majtek, pomyślała, zerkając na ociekające wodą ubrania. Nastawię wodę na herbatę i może zdążę zmienić ubranie, zanim się zagotuje.

Pochmurne niebo sprawiło, że w kuchni zrobiło się wyjątkowo ciemno, włączyła kilka źródeł światła i zaczekała, aż wszystkie zamigoczą. Oparła parasol o drzwi, napełniła czajnik i zdjęła buty, po czym ustawiła je przy piecu, zastanawiając się, czy nie powinna włożyć do nich prawideł, by się nie zdefasonowały. Kot Rosemary spał, wyciągnięty nieruchomo na podłodze, a ona położyła dłoń na jego szyi, by sprawdzić, czy żyje. Ostatnio musiała się co do tego upewniać. Obawiała się, że jeśli kot umrze, upłynie kilka dni, zanim ktokolwiek to zauważy.

Wyciągnęła z szafki dzbanek, napełniła go gorącą wodą i postawiła na tacy, by się ogrzał, a z szafki wyjęła jeszcze dwie filiżanki i dwa spodki. Gdyby była sama, użyłaby kubka, ale Rosemary lubiła konwenanse, nawet kiedy były tylko we dwie, a Vivi czuła się od jakiegoś czasu na tyle przyjaźnie nastawiona, by jej w tej kwestii ulegać.

Zajrzała do kuchennego notatnika, gdy zdejmowała sweter, który następnie powiesiła na rączce pieca. Ben miał dzisiaj spotkanie swojego klubu rugby – bez wątpienia znów zechce pożyczyć jej samochód. Pani Cameron napisała, że potrzebuje nowych gumowych rękawic i spreju do kabin prysznicowych. Dzięki ci, Boże, za panią Cameron, pomyślała. Jak ja sobie radziłam bez niej? Jak coś tak prostego mogło wywołać taką zmianę?

Odwróciła się do czajnika, by zaparzyć herbatę.

– Rosemary – zawołała w kierunku aneksu – napijesz się herbaty?

Nie zdziwił jej brak odpowiedzi – Rosemary często przez swoją głuchotę lub upór wymagała kilku wezwań, zanim zaszczyciła ich swoją odpowiedzią, a Vivi wiedziała, że nie uzyskała jeszcze wybaczenia za swój wybuch. Po trzeciej próbie postawiła tacę z herbatą na piecu i zapukała do drzwi aneksu.

– Rosemary? – Przycisnęła ucho do drewnianego skrzydła. Po chwili nacisnęła klamkę i weszła do środka.

Rosemary nie było. Vivi sprawdziła wszystkie pomieszczenia dwukrotnie, po czym stanęła w holu, próbując zgadnąć, gdzie mogła się podziać teściowa. Pani Cameron już poszła, więc nie mogły nigdzie razem jechać. Nie wyszłaby do ogrodu w taką paskudną pogodę.

– Rosemary? – zawołała znów.

Nagle przez miarowe dudnienie deszczu usłyszała coś – stękanie w oddali, szuranie zwiastujące jakiś niewidoczny wysiłek. Odczekała chwilę, po czym odwróciła głowę, by lepiej ocenić kierunek, z jakiego dochodziły te dźwięki. Z niedowierzaniem podniosła wzrok na sufit.

– Rosemary?

Zapadła cisza, która miała ją prześladować jeszcze wiele tygodni później, a gdy podeszła do drzwi, rozległ się stłumiony okrzyk gdzieś na górze, króciutka pauza, a potem ten przerażający, przyprawiający o mdłości łomot, na który nałożył się wściekły, zdławiony szloch.

– Przyniosłem coś – powiedział Alejandro, patrząc przy tym na Suzannę, która nie była pewna, do kogo się zwrócił.

– Prezent? – zawołała podekscytowana Jessie. Ożywiła się, gdy przyszedł, z jakiegoś powodu od początku miał na nią taki wpływ.

– Nie do końca – odparł przepraszająco. – To argentyński napój narodowy. Mate. Nasza wersja waszej popołudniowej herbatki, jeśli wolicie. – Wyciągnął wielobarwny pakiecik z kieszeni mokrej kurtki i podał go Suzannie, która stanęła za ladą. – Gorzki, ale mam nadzieję, że wam zasmakuje.

– Mate – powtórzyła Jess, jakby wypróbowywała to słowo. – La Hoja Yerba Mate – odczytała na opakowaniu. – Masz ochotę na filiżankę mate, Suze? Z mlekiem i dwiema kostkami cukru, tak?

– Bez mleka – mruknął Alejandro, krzywiąc się z odrazą – ale możecie dodać cukier. Albo kawałki pomarańczy. Może cytrynę, grejpfrut.

– Mam przynieść dzbanek? – zapytała Suzanna.

– Nie, nie. Nie dzbanek. Proszę. – Wszedł za ladę, a Suzanna stała się nagle boleśnie świadoma jego bliskości. – Mate pije się w mate. O tak. – Z drugiej kieszeni kurtki wyciągnął pękaty srebrny dzbanuszek. – Pozwólcie, że ja zaparzę. Obie spróbujecie i powiecie mi, co myślicie. Dla odmiany ja was obsłużę.

– Wygląda jak chińska herbata – oświadczyła Jessie, przyglądając się zawartości paczuszki. – Nie lubię chińskiej herbaty.

– Wygląda jak kupa starych liści i gałązek – dodała Suzanna.

– Zrobię ją na słodko – zaproponował Alejandro, przesypując yerbę do dzbanuszka.

Suzanna stanęła plecami do tablicy, nie czując, że wypisane kredą dzisiejsze kawy dnia rozmazują się i odbijają na jej ciemnym podkoszulku. Stał tak blisko, że czuła jego zapach – mieszaninę mydła i deszczówki, a oprócz tego coś jeszcze, coś, co sprawiło, że jej mięśnie bezwiednie stężały. Poczuła się osobliwie krucha.

– M-muszę skończyć przesuwanie tych pudeł na dole – oświadczyła, rozpaczliwie szukając dla siebie miejsca. – Zawołajcie mnie, jak będzie gotowe. – Zerknęła na Alejandra i dodała niepotrzebnie: – M-mamy jutro dużą dostawę towaru. I nie mamy miejsca. Po prostu nie ma tu miejsca. – Zbiegła po krzywych schodach i usiadła na ostatnim z nich, przeklinając się w duchu za swoją słabość, gdy jej serce łomotało nieregularnie w jej piersi.

– Zazwyczaj nie ma cię tutaj o tej porze – powiedział Alejandro do Jessie.

Jego głos nie zdradzał żadnego wzburzenia. Suzanna nie miała przecież jednak pojęcia, co czuł. Co powinno się według mnie wydarzyć?, zastanawiała się, trzymając się za głowę. Przecież jestem mężatką, na litość boską, a lada chwila zanurkuję prosto w kolejne zauroczenie. Żeby tylko uniknąć tego, co naprawdę dzieje się w moim życiu.

– Emma ma kółko teatralne – odparła Jessie.

Suzanna słyszała kroki przyjaciółki na drewnianej podłodze, widziała, jak lekko uginają się deski, gdy Jessie przeszła z jednego końca sklepu na drugi.

– Pomyślałam, że zostanę dłużej, bo trochę mnie ostatnio nie było.

– A jak twoja głowa? Wygląda lepiej.

– Och, nic mi nie jest. Dosłownie oblepiłam się kremem z arniki. A rozcięcia na ustach w ogóle nie widać, jak mam szminkę... Zobacz.

Zapadła krótka cisza, zapewne, gdy Alejandro przyglądał się twarzy Jessie. Suzanna próbowała nie marzyć o tym, by to jej twarzy dotykał delikatnie czubkami palców. Usłyszała, że Jessie coś mamrocze, a Alejandro odpowiedział, że to nic, nic takiego.

I znowu zrobiło się cicho, a w umyśle Suzanny zapanowała pustka.

– To pachnie – powiedziała Jessie ze śmiechem – odrażająco.

Alejandro też zaczął się śmiać.

– Nie, czekaj, czekaj. Dodam cukru. I spróbujesz.

Muszę się wziąć w garść, pomyślała Suzanna, podnosząc ciężkie pudło z wiktoriańskimi albumami na zdjęcia, które kupiła na aukcji. Zamierzała powyjmować fotografie i oprawić je indywidualnie, ale jakoś się do tego nie zabrała. Aż podskoczyła, gdy u szczytu schodów pojawiła się twarz Jessie.

– Idziesz? Właśnie mamy zostać otrute.

– Nie powinnyśmy zadzwonić po kilkoro naszych ulubionych klientów – odparła Suzanna lekko – aby mogli do nas dołączyć?

– Nie, nie – zaprotestował Alejandro ze śmiechem. – Tylko wy dwie. Proszę. Chcę, żebyście spróbowały.

Suzanna wbiegła po schodach na górę i zauważyła, że deszcz nadal chłoszcze chodniki, szary i zdeterminowany, jak przez cały ten dzień. Sklep wydał jej się nagle jednak ciepły i przytulny, rzęsiście oświetlony na tle ponurej mokrej pogody, przesycony nieznanymi zapachami. Podeszła do półki, sięgnęła po kubki, ale Alejandro powstrzymał ją, dotykając jej ramienia.

– Nie – powiedział, gestem nakazując, by je odstawiła. – Nie tak się to pije.

Spojrzała na niego, a potem na dzbanuszek mate, z którego wystawała wygięta srebrna słomka.

– Sączysz napój przez słomkę – dodał.

– Co? My wszyscy? – mruknęła Jessie, wbijając wzrok w dzbanuszek.

– Po kolei. Ale tak, przez słomkę.

– To trochę niehigieniczne.

Alejandro pokiwał głową.

– Nic nam nie będzie. Mam wykształcenie medyczne.

– Nie masz opryszczki, co? – zwróciła się Jessie do Suzanny ze śmiechem.

– Wiecie co, jeśli odmówicie napicia się z kimś mate, może to zostać potraktowane jak obraza – wtrącił Alejandro.

Suzanna spojrzała na słomkę.

– Mnie to nie przeszkadza. – Odsunęła włosy z twarzy, po czym zassała do ust trochę płynu. Skrzywiła się, czując gorzki smak. – Jest... jest inna – powiedziała.

Znów podał jej słomkę.

– Przypomnij sobie, jak smakowała kawa, kiedy po raz pierwszy jej spróbowałaś. Powinnaś patrzeć na mate w taki sam sposób. Nie jest zła, tylko inna.

Patrząc mu prosto w oczy, Suzanna objęła słomkę ustami. Położyła dłoń na dzbanuszku, podtrzymując naczynie albo siebie, nie była pewna. Spojrzała na swoje palce, takie blade i gładkie obok jego palców, opalonych, obcych i bezdyskusyjnie męskich, osłoniętych przed światłem ciemną kurtyną jej włosów. Te dłonie przyjmowały na świat dzieci, ocierały łzy z kobiecych oczu, poznały narodziny i śmierć, żyły i pracowały w miejscach oddalonych stąd o milion kilometrów. Ręce opowiadają historię swojego właściciela, przyszło jej do głowy. Dłonie jej ojca były poznaczone bliznami i szorstkie po latach pracy fizycznej, dłonie Vivi postarzały się, dbając o innych. Jej dłonie były blade i efemeryczne, niezniszczone przez pracę ani człowieczeństwo. Dłonie, które niczego jeszcze nie przeżyły. Upiła kolejny łyk mate, gdy Jessie wymamrotała coś o konieczności dokupienia cukru. Jego szeroka dłoń przesunęła się o centymetr i spoczęła na jej dłoni.

Lekkość poprzednich chwil zastąpiło coś niepokojącego, coś elektryzującego. Suzanna próbowała przełknąć aromatyczny płyn, nie odrywała oczu od dłoni Alejandra, wszystkie jej zmysły skoncentrowały się na jego ciepłej, suchej skórze, musiała zwalczyć pragnienie dotknięcia jej wargami, przyciśnięcia do ust.

Zamrugała gwałtownie, próbując zebrać myśli. Może ten gest to przypadek, powiedziała sobie. To musiał być przypadek.

Wzięła głęboki drżący oddech i podniosła na niego wzrok. Patrzył na nią. Nie dostrzegła na jego twarzy rozbawionego współudziału, seksualnego zaproszenia ani nawet ignorancji, jak się spodziewała, lecz zdumienie, prośbę o odpowiedzi.

Gdy spojrzał jej w oczy, przeszył ją niemal bolesny dreszcz. Zakpił ze zdrowego rozsądku, przedarł się przez przekonania i wymówki. Ja też nie wiem, zapragnęła protestować. Nie rozumiem. Potem, jakby należały do kogoś innego, jej palce przesunęły się po dzbanuszku i splotły z jego palcami.

Usłyszała, jak Alejandro przełyka ślinę, spojrzała na Jess, która zdejmowała kubki z półek. Czuła zachwyt i wzburzenie tym, co zrobiła, nie była pewna, czy zdoła uporać się z emocjami, które najwyraźniej sprowokowała, ciężar tego nieznacznego ruchu niósł ze sobą ryzyko zmiażdżenia.

Nie przesunął ręki.

Niemal odetchnęła z ulgą, gdy ciszę w pomieszczeniu przerwał ostry dzwonek telefonu. Odsunęła dłoń, nie umiejąc spojrzeć na Alejandra. Otarła usta i odwróciła się do telefonu, ale Jessie dotarła do niego pierwsza. Kręciło się jej w głowie, czuła się zdezorientowana i tak boleśnie świadoma wzroku Alejandra na sobie, że z początku nie zrozumiała, co mówi jej przyjaciółka. W końcu, gdy jej zmysły powoli się otrząsnęły, sięgnęła po słuchawkę.

– To twoja mama – powiedziała Jessie z zaniepokojoną miną. – Podobno twoja babcia miała wypadek.

– Mama? – Suzanna przycisnęła słuchawkę do ucha.

– Suzanna? Och, kochanie, przepraszam, że zawracam ci głowę w pracy, ale Rosemary upadła i rozpaczliwie potrzebuję pomocy.

– Co się stało?

– Nie mam samochodu. Chłopcy wzięli mój, twój ojciec nie nosi przy sobie komórki, a ja muszę zawieźć Rosemary do szpitala. Chyba złamała sobie żebro.

– Przyjadę po was – zadeklarowała Suzanna.

– Och, kochanie, naprawdę? Nie prosiłabym cię, ale albo to, albo karetka, a Rosemary kategorycznie nie zgadza się na jej przyjazd. Problem polega na tym, że nie zdołam jej sama sprowadzić po schodach.

– Po schodach? A co ona robiła na górze?

– To długa historia. Och, Suzanno, jesteś pewna, że mogę cię o to prosić?

– Nie wygłupiaj się. Będę najszybciej, jak tylko się da.

Odłożyła słuchawkę.

– Muszę jechać – oświadczyła. – Jess, muszę pozamykać. O Boże, gdzie ja położyłam klucze?

– A co z kartonami? – zapytała Jess. – Masz jutro te wszystkie dostawy. Gdzie my to wszystko pomieścimy?

– Nie mogę teraz o tym myśleć. Muszę odwieźć babcię do szpitala. Będę musiała uporać się z tym jutro, jak przyjadą. Może wrócę wieczorem, jeśli nie będzie trzeba długo czekać na przyjęcie.

– Chcesz, żebym jechał z tobą? – zaproponował Alejandro.

– Nie, dzięki. – Uśmiechnęła się wbrew sobie, myśląc o tym, jak wyjaśniłaby jego obecność Rosemary.

– Zadzwonię do mamy – wtrąciła Jess. – Poproszę, żeby odebrała Emmę, a ja zostanę tutaj i zrobię wszystko za ciebie. Klucze podrzucę ci potem.

– Jesteś pewna? Poradzisz sobie? Niektóre z tych pudeł są naprawdę ciężkie.

– Ja jej pomogę – zadeklarował Alejandro. – Jedź. Nie martw się. Damy sobie radę.

Suzanna wybiegła ze sklepu do samochodu, unosząc ręce nad głową, by bez powodzenia osłonić się od deszczu, i zastanawiając się, jak to możliwe, że nawet w obliczu tak poważnego kryzysu rodzinnego, w obliczu wspaniałomyślności Jessie i jej ewidentnego oddania innemu mężczyźnie, znalazła w sobie miejsce na ukłucie zazdrości na myśl, że tych dwoje zostanie sam na sam w jej sklepie.

Obecna witryna była poświęcona Sarah Silver. Należało przyznać, że była to jedna z najmniej ciekawych witryn stworzonych przez Pawi Zakątek, koncentrowała się na dniu, w którym Sarah przeprowadziła się do swojej ośmiopokojowej plebanii w stylu georgiańskim – dawniej nazywanej Brightmere, teraz Brightmere Manor – na obrzeżach Dere Hampton. Sarah czekała w napięciu osiem dni, by dowiedzieć się, czy jej oferta na dom została przyjęta, długie męczące tygodnie poświęciła dobieraniu odpowiednich materiałów i tapicerowanych mebli (ach, te wybory!), a także przytłaczającym obowiązkom organizowania niekończących się charytatywnych śniadań i dorocznych wiejskich festiwali. W skład witryny weszła jedna z „tablic nastrojów" – stworzyła je dla każdego pomieszczenia w swojej posiadłości, a za inspirację posłużyły jej różne zamki i pałace, które zwiedziła dzięki łączącym ją z ich właścicielami wątłym niciom przyjaźni. Kilka linijek na samym dole opisu poświęciła dniowi swojego ślubu – hierarchia ta nie zaskoczyła nikogo, kto ją znał. Witryna istniała już od dwóch tygodni, a Suzanna i Jessie czerpały sekretną radość z dokonywania w niej subtelnych zmian: zmęczyły je już przechwałki Sarah i fakt, że codziennie „przypadkiem" po kilka razy przechodziła obok sklepu, by pochwalić się koleżankom, lecz żadnej z nich nie przyprowadziła do środka, by coś kupiły. Do tej pory wsunęły katalog taniego sklepu wysyłkowego i ulotkę o czyszczeniu szamba pomiędzy wybrane przez nią magazyny wnętrzarskie, podmieniły chirurga „drzew" na chirurga „plastycznego" w jej opisie wagi, jaką należy przykładać do wyboru ogrodnika, i dopisały kilka zer do ceny, którą zapłaciła za dom. Dla równowagi obok rozwlekłej relacji z jej pierwszego przyjęcia w roli pani domu Jess położyła puszkę pulpecików mięsnych Brain's Faggots.

– Nikomu innemu bym tego nie zrobiła – wyjaśniła Alejandrowi, wnosząc kolejny karton po schodach – ale to naprawdę najbardziej pompatyczna krowa, jaką kiedykolwiek spotkałam. Gdy tu przychodzi, nawet się do mnie nie odezwie, rozmawia tylko z Suzanną. Pewnego dnia wypsnęło mi się, że Suzanna należy do Fairleyów-Hulme'ów i panna Przemądrzała ubzdurała sobie, że obie należą do jakiejś wielkiej arystokratycznej rodziny. – Urwała. – A wiesz, na czym jej mąż zbił majątek? Na

347

internetowym porno. Według niej „pracuje w branży komputerowej". Nie umieściłybyśmy jej na witrynie w ogóle, ale brakowało mi tematu, a zapewniałam Suzannę, że ten projekt wypali.

Alejandro zerknął na wystawę.

– Co to jest to Brain's Faggots?

Było już po osiemnastej, wieczorne niebo przedwcześnie pociemniało przez burzową pogodę – Jess zaczęła palić światła w sklepie już w okolicy podwieczorku. Śmieci gromadziła w czarnych plastikowych workach, które łatwiej było nosić po schodach. Teraz jednak musiała zacząć przenosić kartony, z których większość była ciężka, załadowana naczyniami lub książkami.

– Bóg jeden wie, co ona znów nakupiła – mruknęła, wynosząc kolejny karton po schodach. Tylko dzięki temu robiło się miejsce, by przesunąć inne. – Sama pewnie tego nie wie. – Cicho krzyknęła z bólu.

Alejandro podbiegł, by wziąć od niej karton.

– Wszystko w porządku?

– Za dużo ciężaru przeniosłam na tę rękę. Nic mi nie jest – odparła Jessie, przyglądając się swojemu palcowi, który nadal tkwił w prowizorycznych łubkach.

Alejandro odłożył karton na podłogę i sięgnął po jej dłoń.

– Wiesz co, powinnaś to prześwietlić.

– Nie jest złamany. Spuchłby, gdybym go złamała.

– Niekoniecznie.

– Nie mam siły na kolejną wizytę w szpitalu, Ale. Czuję, że te wszystkie pielęgniarki patrzą na mnie jak na idiotkę. – Westchnęła. – To on jest idiotą! Nigdy nawet nie spojrzałam na innego faceta. No dobra, oczywiście, że spojrzałam, ale nigdy… No wiesz… Nigdy niczego nie zrobiłam. – Zmarszczyła nos. – Wiem, że wszyscy uważają mnie za flirciarę, ale ja naprawdę należę do tych nudnych ludzi, którzy wierzą, że jest tylko jeden mężczyzna dla jednej kobiety.

– Wiem. – Alejandro odwrócił jej dłoń i delikatnie rozdzielił palce. Siniak przybrał odcień zgniłej zieleni. – Jeśli jest złamany, a nikomu go nie pokażesz, możesz stracić trochę władzy w tym palcu.

– Zaryzykuję. – Zerknęła na palec, po czym z uśmiechem podniosła wzrok. – Hej, i tak nigdy na nic mi się w sumie nie przydał.

Pochylił się nad pudłem i podniósł je.

– Okej, od teraz ja dźwigam ciężary. Ty rozkazujesz. Dzięki temu oboje szybciej wrócimy do domu. Gdzie to postawić?

Usiadła na stołku przy ladzie.

– Na niebieskim stoliku. Wydaje mi się, że to towar na lato, a wiem, że Suzanna chce mieć większość letniego towaru albo na wyprzedaży, albo na dole.

Bez wysiłku przeniósł karton na drugi koniec sklepu, ożywcza swoboda jego ruchów sugerowała, że jest człowiekiem, który lubi mieć cel. Na zewnątrz nieoświetloną ulicę nadal smagał strumieniami deszcz, na tyle ulewny, by przesłonić widok nawet na budynki po drugiej stronie. Jessie zadygotała, gdy zauważyła, że woda zaczyna się wlewać pod drzwi.

– Nie martw się – powiedział Alejandro. – Nie powinna wpłynąć nigdzie dalej. Po prostu kanały są już pełne. – Lekko postukał ją w łokieć. – Hej, Jessie. Nie możesz tak sobie siedzieć, wiesz? Musisz mi pokazywać, które pudła mam przenosić.

Mniej więcej dziesięć metrów dalej w swojej furgonetce siedział Jason Burden, niezauważony przez osoby w sklepie. Wypił parę drinków, w zasadzie nie powinien siadać za kierownicą, ale gdy poszedł do Cath, by odebrać je obie, ta powiedziała, że Emma jest wciąż na kółku teatralnym, a Jessie podobno robi sobie paznokcie w jakimś salonie piękności. Lada chwila wrócą, powiedziała jej mama. Oczywiście może zaczekać, napić się z nią herbaty, mogą też razem iść po Emmę do szkoły. Zamiast tego poszedł do pubu.

Tak naprawdę nie wiedział, co skłoniło go do przyjazdu tutaj. Może to, że teraz nic nie wydawało się na swoim miejscu. Nic nie wydawało się bezpieczne jak do tej pory. Nie Jessie, ze swoimi nowymi znajomymi, swoimi książkami, odcinająca się od niego co wieczór przez swoją naukę, bez wątpienia przygotowując się, by zbudować sobie nowe życie z dala od niego. Nie Jessie, zbyt zmęczona, by wpaść z nim do pubu i się zabawić, bo przecież teraz pracowała, wiecznie gadała o ludziach, których nie znał, o jakiejś dziewczynie od Fairleyów-Hulme'ów, co ciągle zadzierała nosa. Cały czas próbowała ściągnąć go do tego sklepu, żeby poznał jej nowych „przyjaciół", żeby zrobić z niego kogoś, kim nie był. Nie Jessie, patrząca na niego z tym nowym wyrzutem w oczach, obnosząca się ze swoimi siniakami, jakby nie dość go już one raniły.

Może to, że zobaczył ojca Lenny'ego, który szedł w kierunku domu Cath takim krokiem, jakby całe to cholerne osiedle należało do niego. Posłał mu takie spojrzenie, jakby Jason wcale nie był lepszy niż błoto pod jego stopami, nawet jeśli próbował to ukryć za jakimś lipnym machaniem ręką.

Może to numer telefonu, który znalazł w jej kieszeni. Gdy na niego zadzwonił, odebrał jakiś obco brzmiący koleś.

Nie był pewien, co skłoniło go do przyjazdu tutaj.

Siedział w furgonetce, wsłuchując się w szum chłodzącego się silnika, w miarowy świst wycieraczek, które co parę sekund odsłaniały rzęsiście oświetlony sklep, to, czego nie chciał widzieć.

Mężczyznę, który trzymał ją za rękę.

Pochylał się nad nią tak, że ich twarze dzieliły tylko centymetry, i rozmawiał z nią.

Pokazywał jej gestem z uśmiechem, by zeszła do piwnicy, tam, gdzie Jason i Jessie wymienili swój pierwszy pocałunek. Tam, gdzie po raz pierwszy uczynił ją swoją.

Nie wyszli z powrotem na górę.

Jason oparł ociężałą głowę na kierownicy.

Całą wieczność później położył dłoń na kluczykach w stacyjce.

Ostatnie pudło wylądowało schludnie na prowizorycznej półce, a Alejandro wytarł dłonie w spodnie. Jessie siedziała na schodach nad nim (na dole nie było dość miejsca, by poruszały się tam dwie osoby, nie z tymi wszystkimi pudłami), zmierzyła piwnicę wzrokiem i uśmiechnęła się z satysfakcją.

– Będzie zadowolona.

– Mam nadzieję. – Uśmiechnął się do niej, podniósł świstek porwanego papieru ze stopnia i grzecznie wyrzucił go do śmieci.

Jessie obserwowała go, przechylając głowę.

– Jesteś taki sam jak on, wiesz?

– Twój chłopak? – zapytał z ewidentnym zdumieniem.

– Żaden z was nie potrafi powiedzieć, co czuje. Różnica polega na tym, że on ucieka się do przemocy, a ty dusisz wszystko w sobie.

– Nie rozumiem. – Podszedł do niej, by ich głowy znalazły się na tej samej wysokości.

– Nie gadaj bzdur. Powinieneś z nią porozmawiać, Ale. Jeśli żadne z was czegoś wkrótce nie zrobi, zemdleję pod ciężarem całego tego niewyartykułowanego pragnienia w powietrzu.

Przez jakiś czas spokojnie się w nią wpatrywał.

– Ona ma męża, Jess. A ja myślałem, że jesteś wielką zwolenniczką teorii o przeznaczeniu. Jeden mężczyzna dla jednej kobiety, tak?

– Bo jestem – odparła. – Ale to niczyja wina, jeśli za pierwszym razem źle trafisz.

Magnetofon odtwarzający jazzową kompilację gwałtownie umilkł, a w sklepie zapadła cisza. W akustycznej przestrzeni ponurym echem odbiła się nadchodząca burza.

– Jesteś romantyczką – powiedział.

– Nie. Uważam, że czasami ludzie potrzebują kopniaka. – Przesunęła się na stopniu. – Ja również. Chodź, zbierajmy się stąd. Moja Emma będzie się zastanawiała, gdzie jestem. Przyjdzie dziś wieczorem zobaczyć, jak robię sobie paznokcie. Po raz pierwszy w życiu. Nie mogę się zdecydować, czy iść w gustowny róż czy może w uroczą wyzywającą czerwień.

Podał jej rękę, a ona wsparła się na niej, by się podnieść.

– Boże – mruknęła, gdy stanęli w oświetlonym sklepie. – Jestem potwornie brudna.

Wzruszył ramionami na zgodę, otrzepał się i wyjrzał na deszcz.

– Masz parasol?

– Płaszcz przeciwdeszczowy – odparła, pokazując gestem plastikowe okrycie w odcieniu fuksji. – Obowiązkowy strój na angielskie lato. Nauczysz się. – Podeszła do drzwi.

– Myślisz, że powinniśmy zadzwonić do Suzanny? – zapytał Alejandro od niechcenia. – Sprawdzić, czy wszystko u niej w porządku.

– Na pewno utknie na izbie przyjęć na kilka godzin. – Jessie zerknęła na klucze, które trzymała w dłoni. – Ale muszę je potem jej podrzucić, więc wspomnę, że o nią pytałeś, jeśli chcesz… – Uśmiechnęła się, a w jej oczach rozbłysnął figlarny ognik.

Nie odpowiedział, tylko pokręcił głową z udawaną irytacją.

– Myślę, że powinnaś ograniczyć te swoje knowania do Arturra i Liliane. – Przystanął, żeby oderwać kawałek taśmy opakowaniowej, która jakimś cudem przykleiła się do nogawki jego spodni.

Powiedział później, że usłyszał tylko, jak Jessie zaczęła się śmiać, a jej śmiech nagle zagłuszył pęd powietrza, pisk, który przyspieszał i stawał się coraz głośniejszy niczym skrzek wielkiego gniewnego ptaka. Gdy Ale podniósł głowę, zobaczył białą niewyraźną plamę, rozległ się rozdzierający uszy trzask podobny do gromu, a potem witryna sklepu eksplodowała do wewnątrz w powodzi hałasu i drewna. Uniósł rękę, by osłonić się przed deszczem odłamków szkła, latających półek, talerzy, ramek na zdjęcia, zatoczył się aż na ladę, lecz zobaczył tylko, jedyne, co zobaczył, to nie Jessie, lecz błysk różowego plastiku, który zniknął niczym mokra reklamówka pod przednim zderzakiem furgonetki.

Była to jej czwarta kawa z automatu. Suzanna uświadomiła sobie, że jeśli wypije więcej, zaczną się jej trząść ręce. Byłoby jej jednak trudno zrezygnować, biorąc pod uwagę monotonię oczekiwania za parawanem i fakt, że wymykanie się po kawę było jedyną usprawiedliwioną drogą ucieczki przed nieprzemijająco złym humorem Rosemary.

– Jeśli jeszcze raz powie, że państwowa służba zdrowia nie jest już tym, czym była kiedyś – szepnęła do Vivi, siadając obok niej – zamachnę się na nią basenem.

– Co ty tam mówisz? – mruknęła swarliwie Rosemary z łóżka. – Mów głośniej, Suzanno.

– To nie miałoby żadnego sensu, kochanie – wymamrotała Vivi. – W dzisiejszych czasach robią je z tego samego materiału co wytłoczki do jajek.

Czekały już prawie trzy godziny. Najpierw Rosemary obejrzała pielęgniarka, potem odesłano ją na różne prześwietlenia i ostatecznie zdiagnozowano u niej pęknięte żebro, stłuczenie i skręcony nadgarstek. W konsekwencji spadła z listy najpilniejszych przypadków na sam koniec długiej kolejki pomniejszych obrażeń, co uznała za osobisty afront. Deszcz nie pomagał, jak powiedziała im młoda pielęgniarka, informując je, że oznacza to jeszcze co najmniej godzinę oczekiwania. Podczas deszczu zawsze jest więcej wypadków.

Suzanna co parę minut zerkała na swoją lewą dłoń, jakby bała się, że zobaczy tam widoczny dowód swojej dwulicowości. Jej serce zrywało się do galopu za każdym razem, gdy myślała o mężczyźnie, który zapewne nadal znajdował się w jej sklepie. Tak nie można, powtarzała sobie. Znów to robisz. Przekraczasz granicę. A potem czuła migotliwą galopadę swojego pulsu i znów pozwalała sobie odtworzyć w głowie wydarzenia ostatnich godzin.

Vivi pochyliła się ku niej.

– Jedź już, kochanie. Ja wrócę do domu taksówką.

– Nie zostawię cię tutaj, mamo. Serio, nie mogę cię tutaj tak po prostu zostawić. – Z nią, głosiło niedopowiedzenie.

Vivi z wdzięcznością uścisnęła jej rękę.

– Powinnam ci powiedzieć, jak Rosemary to zrobiła – szepnęła.

Suzanna odwróciła się do niej twarzą, a Vivi spojrzała na nią, już mając podzielić się informacją, gdy nagle zasłona przesunęła się ze świstem.

Stanął przed nimi policjant, jego krótkofalówka zasyczała, po czym gwałtownie umilkła. Szła za nim koleżanka policjantka, która rozmawiała przez swój aparat.

– Chyba powinniście zajrzeć za tę ostatnią zasłonę – oświadczyła Vivi, pochylając się konspiracyjnie. – To tam się kłócą.

– Suzanna Peacock? – zapytał policjant, przenosząc wzrok z jednej kobiety na drugą.

– Przyszliście mnie aresztować? – wtrąciła głośno Rosemary. – Od kiedy to wielogodzinne oczekiwanie w szpitalu jest przestępstwem?

– To ja – odparła Suzanna, myśląc: „Jest jak w filmie". – Chodzi... Chodzi o Neila?

– Był wypadek, proszę pani. Powinna pani pójść z nami.

Vivi uniosła dłoń do ust.

– To Neil? Miał wypadek?

Suzanna znieruchomiała, dręczona poczuciem winy.

– Co? Co się stało?

Policjant z wahaniem przeniósł wzrok na starsze kobiety.

– To moja rodzina – poinformowała go Suzanna. – Proszę mi powiedzieć, o co chodzi.

– To nie pani mąż miał wypadek. Chodzi o pani sklep. To tam zdarzył się poważny wypadek i chcielibyśmy, by pojechała pani z nami.

Rozdział dziewiętnasty

Suzanna spędziła niemal godzinę i czterdzieści minut w pokoju z sierżantem dochodzeniówki. Dowiedziała się, że pije czarną kawę, że jest w zasadzie wiecznie głodny, choć ma ochotę tylko na niezdrowe jedzenie, że uważa, iż do kobiet należy się zwracać „proszę pani", choć wypowiadał te słowa ze sztucznym szacunkiem, który sugerował, że wcale w to nie wierzy. Z początku nie zdradził jej, co się wydarzyło, jakby sądził, że nie powinna wiedzieć zbyt dużo, choć powtarzała z uporem, że to jej sklep, że w środku byli jej znajomi. Dozował jej informacje, podawał je niechętnie, ilekroć wracał do pokoju po tym, jak jakiś szepczący podwładny wywołał go zza biurka. Dowiedziała się tego wszystkiego tylko dlatego, że jedynym jej zmysłem, który nie przestał funkcjonować, była jej umiejętność zapamiętywania nieistotnych szczegółów. W zasadzie byłaby chyba w stanie opisać dokładnie każdy detal tego pomieszczenia – pomarańczowe plastikowe krzesła, składany stolik, tanie foliowe popielniczki leżące w stosie przy drzwiach.

Nie potrafiła natomiast zrozumieć, co do niej mówili.

Wypytywali ją o Jessie. Jak długo pracowała w sklepie. Czy miała jakieś – tu się zawahali, spojrzeli na nią znacząco – problemy w domu. Nie powiedzieli jej, co się stało, ale mało subtelny kierunek tych pytań kazał jej wnioskować, że musiało to mieć coś wspólnego z Jasonem. W głowie jej wirowało od tysięcy potencjalnych scenariuszy, nie chciała zdradzić zbyt wiele, dopóki nie porozmawia z Jessie, była świadoma, że niechęci, jaką żywi jej przyjaciółka do czynów Jasona, dorównuje tylko jej przerażenie na myśl, że dowiedzą się o tym ludzie.

– Czy jest ciężko ranna? – dopytywała regularnie. – Musicie mi powiedzieć, czy wszystko z nią w porządku.

– Wszystko w swoim czasie, pani Peacock – odparł sierżant, zapisując coś niewyraźnie w leżącym przed nim notesie. W kieszeni miał batonik Mars. – Czy pani Carter miała... – wahanie, znaczące spojrzenie – przyjaciół płci męskiej, o których pani wiedziała?

Ostatecznie powiedziała im wszystko, tłumacząc sobie w duchu, że tak będzie najlepiej dla Jessie. Kazała detektywowi przysiąc, że jeśli wyzna wszystko, co wie, on zdradzi jej, co przydarzyło się jej przyjaciółce. Bądź co bądź nie musiała być lojalna wobec Jasona. Wyrzucając z siebie słowa w pośpiechu, opowiedziała im o obrażeniach Jessie, o jej oddaniu i zastrzeżeniach co do partnera, o jej żarliwych staraniach, by rozpocząć terapię. Powiedziała im, choć obawiała się, że opis ten ukaże Jessie jako ofiarę, jaka zdeterminowana była dziewczyna, że się nie bała, jak bardzo kochało ją niemal całe ich małe miasteczko. Brakowało jej tchu, gdy skończyła, jakby słowa wyrywały się z niej bez dostatecznego namysłu. Zamilkła na parę minut, próbując analizować, czy w jej zeznaniu pojawiło się coś obciążającego.

Detektyw szczegółowo zapisał jej słowa, spojrzał na policjantkę, która siedziała obok niego, a gdy Suzanna już miała zapytać, gdzie jest toaleta, oświadczył – tonem dowodzącym, że dawno już nauczył się ukrywać zdumienie i przerażenie pod fasadą spokojnej troski – iż Jessie Carter zginęła na miejscu tego wieczoru, gdy ktoś wjechał furgonetką w witrynę sklepu, w którym pracowała.

Suzanna poczuła ucisk w żołądku. Wbiła niewidzące spojrzenie w dwie twarze naprzeciwko, dwie twarze, które, jak sobie uświadomiła dzięki jakiejś odległej, nadal funkcjonującej części jej mózgu, oceniały jej reakcję.

– Słucham? – wymamrotała, gdy już zdołała ułożyć wargi w słowa. – Czy może pan powtórzyć, co właśnie powiedział?

Za drugim razem doświadczyła nagłego uczucia spadania, jak gdy toczyła się w dół wzgórza z Alejandrem, tego wirującego osłupienia, kiedy Ziemia zbacza ze swojej osi. Tyle że tym razem nie towarzyszyły temu radość ani uniesienie, tylko przyprawiające o mdłości echo słów policjanta, gdy do niej wróciły.

– To chyba jakaś pomyłka – dodała.

Detektyw wstał, podał jej rękę i powiedział, że będzie musiała stawić się w sklepie, by określić, czy coś zginęło. Teraz zadzwonią po kogoś, jeśli chce. I zaczekają na tę osobę przy filiżance herbaty. Rozumieją, że to dla niej szok. Zauważyła, że mężczyzna pachniał chipsami o smaku sera i cebuli.

– Och, jeszcze jedno pytanie, czy zna pani Alejandra de Marenasa?

Odczytał imię ze świstka papieru, i to z błędem, a ona bezwolnie pokiwała głową, zastanawiając się przelotnie, czy ich zdaniem zrobił to Ale. Co zrobił?, poprawiła się. Popełniają błędy przez cały czas, powiedziała sobie, czując, że jej nogi ją unoszą, jakby nie były z nią połączone. Czwórka z Guildford, szóstka z Birmingham*. Chyba nikt nie powie, że policja za-

---

* Grupy mężczyzn w Guildford i Birmingham niesłusznie skazane przez brytyjskie sądy na kary wieloletniego więzienia za rzekome ataki bombowe na puby. Wyroki w obu sprawach zapadły w latach siedemdziesiątych ubiegłego wieku, lecz zostały uchylone w latach dziewięćdziesiątych.

wsze wie, co robi. Niemożliwe, żeby Jessie umarła. Nie umarła na śmierć.

Gdy wyszli na korytarz, w którym unosiło się stęchłe echo środków odkażających i starego dymu papierosowego, zauważyła go – siedział na plastikowym krześle, ciemną głowę trzymał w dłoniach, policjantka obok niego pocieszała go, klepiąc go niezręcznie po ramieniu.

– Ale? – powiedziała.

Kiedy uniósł głowę, głuchy szok, nowy krajobraz nagiej, rozdzierającej pustki na jego twarz, gdy ich oczy się spotkały, potwierdziły wszystko to, co powiedział policjant. Z jej piersi wyrwał się przeciągły gardłowy szloch, bezwiednie uniosła dłonie do ust, gdy odbił się echem w pustym korytarzu.

Reszta wieczoru całkiem zamazała się w jej wspomnieniach. Pamiętała, że odwieziono ją do sklepu, że stała rozdygotana za żółtą taśmą, a za jej plecami rozlegał się głos policjantki, że wpatrywała się w zapadniętą witrynę, rozbite okna, w których w górnych rzędach nadal trzymały się georgiańskie szybki, jakby przecząc rzeczywistości tego, co się stało poniżej. Instalacja elektryczna musiała przetrzymać uderzenie, ponieważ sklep nadal osobliwie jaśniał, niczym przerośnięty domek dla lalek; na tylnej ścianie półki pozostały nietknięte, tak jak mapy północnej Afryki, jakby nie zamierzały przyjąć do wiadomości rzezi pod nimi.

W pewnym momencie przestało padać, ale w chodnikach nadal odbijały się neonowe światła wozów strażackich. Dwaj strażacy stali pod czymś, co kiedyś było framugą, pokazywali sobie drewno i mówili coś zniżonymi głosami do dowodzącego akcją policjanta. Urwali, gdy policjantka poprowadziła Suzannę dalej.

– Proszę stanąć tutaj – poleciła jej funkcjonariuszka. – Na razie nie możemy podejść bliżej.

Wokół niej policjanci i strażacy zbierali się w grupy, rozmawiali przez krótkofalówki, robili zdjęcia z lampą, ostrzegali gapiów, by odsunęli się od miejsca przestępstwa, powtarzali, że nie ma tu na co patrzeć, naprawdę nie ma. Suzanna usłyszała, jak zegar na rynku wybija dziesiątą, i mocniej owinęła się płaszczem, idąc powoli po mokrym chodniku do miejsca, gdzie leżały jej notesy w zamszowych oprawach i brudne, ręcznie wyszywane chusteczki zasypane odłamkami szkła i cenami rozmazanymi przez deszcz. Nad jej głową wisiała połowa szyldu, drugą połowę, z napisem „Pawi", uderzenie musiało ponieść gdzieś dalej. Bezwiednie zrobiła krok do przodu, jakby chciała jej poszukać, po czym zatrzymała się, gdy kilka par oczu zerknęło na nią ostrzegawczo, mówiąc, że nie ma prawa iść dalej. To już nie był jej sklep.

To był dowód.

– Przesunęliśmy głębiej tyle towaru, ile tylko się dało – poinformowała ją policjantka – ale oczywiście dopóki nie dotrą monterzy rusztowań, nie możemy zagwarantować bezpieczeństwa w budynku. Dlatego nie może pani wejść do środka.

Nagle uświadomiła sobie, że wpatruje się w część wystawy o Sarah Silver. W katalog ze sklepu wysyłkowego, który Jessie uznała za świetny żart. Pochyliła się i podniosła go, po czym starła z okładki mokry odcisk swojej stopy.

– Jeśli nie zacznie znów padać, nie powinna pani odnotować większych strat. Zakładam, że jest pani ubezpieczona.

– Nie powinno jej tutaj być – odparła Suzanna. – Została tylko dlatego, że musiałam odwieźć babcię do szpitala.

Policjantka spojrzała na nią ze współczuciem i położyła dłoń na jej ramieniu.

– Nie powinna się pani obwiniać – oświadczyła osobliwie pewnym tonem. – To nie była pani wina. Dobrzy ludzie zawsze myślą, że w jakiś sposób muszą być odpowiedzialni.

Dobrzy?, pomyślała Suzanna. Nagle jej spojrzenie przykuła pomoc drogowa, która dziesięć metrów dalej z delikatnością wskazującą na cenny ładunek brała na hol rozbitą białą furgonetkę. Przednia szyba furgonetki wbiła się do szoferki, jakby użyto jakiejś potwornej siły. Suzanna podeszła bliżej, próbując odczytać napis na boku.

– Czy to furgonetka Jasona? Furgonetka jej chłopaka?

Policjantka zrobiła skonsternowaną minę.

– Naprawdę mi przykro. Nie wiem. Nawet gdybym wiedziała, pewnie nie mogłabym pani powiedzieć. To oficjalnie miejsce przestępstwa.

Suzanna spojrzała na katalog w swojej dłoni, powtarzając słowa kobiety w głowie, próbując nadać im jakieś znaczenie. Co powiedziałaby na to wszystko Jessie? Wyobraziła sobie jej twarz ożywioną z podekscytowania – na pewno szeroko otworzyłaby oczy z czystej radości, że coś w końcu stało się w jej rodzinnym miasteczku.

– Czy on żyje? – zapytała nagle.

– Kto?

– Jason.

– Naprawdę mi przykro, pani Peacock. Na chwilę obecną nie mogę pani nic więcej powiedzieć. Jeśli jutro zadzwoni pani na komisariat, na pewno uzyska pani jakieś informacje.

– Nie rozumiem, co się stało.

– Chyba nikt jeszcze nie jest do końca pewien, co tu się stało. Ale się dowiemy, proszę się nie martwić.

– Ona ma córeczkę – powiedziała Suzanna. – Ma córeczkę. – Znieruchomiała, gdy laweta przy wtórze kilku niezidentyfikowanych okrzyków i z pomocą policjanta, który wykonywał okrężne ruchy ręką, zaczęła holować nieszczęsną furgonetkę powoli po zalanej powodzią świateł ulicy. Ktoś wydał ostrym tonem rozkaz, by zawróciła, wokół szumiały i syczały policyjne radia.

– Czy są tam pani rzeczy osobiste? Coś ważnego, co chciałaby pani odzyskać? Kluczyki? Portfel?

Suzanna poczuła ukąszenia tych słów, po raz pierwszy usłyszała pytanie, na które nie było satysfakcjonującej odpowiedzi. Jej oczy były zbyt suche na łzy. Powoli odwróciła się do policjantki, ostrożnie kładąc katalog przy ścianie obok sklepu.

– Chciałabym stąd już iść – powiedziała.

Policja zadzwoniła do jej matki nieco wcześniej, by uprzedzić, że Suzanna spędzi na posterunku dłuższy czas. Vivi, upewniwszy się nerwowo, że Suzanna nie życzy sobie jej obecności ani też by przyjechał po nią ojciec, obiecała, że zadzwoni do Neila i da mu znać. W końcu funkcjonariusze poinformowali Suzannę, że może iść do domu. Zaproponowali, że ją odwiozą albo też wyślą z nią kogoś do towarzystwa, by z nią posiedział, jeśli czuje się wstrząśnięta. Dochodziła północ.

– Zaczekam – odparła.

Czterdzieści pięć minut później, gdy wyszedł z pokoju, nadal nie podnosząc głowy, z twarzą, zazwyczaj opaloną, a teraz poszarzałą i postarzałą od żalu, z krwią Jessie nadal groteskowo widoczną na ubraniach, delikatnie wzięła go pod zabandażowane ramię i powiedziała, że odprowadzi go do domu. Nie byłaby w stanie nikomu innemu tego wyjaśnić, nie byłaby w stanie znieść obecności innych osób. W każdym razie nie tego wieczoru.

Dziesięciominutowy spacer przez oświetlone lampami sodowymi miasteczko odbyli w milczeniu, ich kroki odbijały się echem na pustych ulicach, wszystkie okna były już ciemne, skrywały pogrążonych w błogim śnie ludzi nieświadomych wydarzeń tego wieczoru. Deszcz przyniósł słodki, organiczny zapach trawy i ożywionych kwiatów, a Suzanna odetchnęła nim z bezwiedną przyjemnością, myśląc o tym, że Jessie już nie będzie to dane. Wiedziała, że tak właśnie będzie się czuła od teraz – będzie nosić w sobie tę mieszaninę prozaiczności i surrealizmu, osobliwe poczucie normalności przerywane perwersyjnie głośnymi czknięciami przerażenia. Może nie jesteśmy w stanie przyjąć do wiadomości tego wszystkiego, rozmyślała, analizując swój spokój. Może człowiek potrafi znieść tylko określoną część czegoś takiego naraz. Nie wiedziała – bądź co bądź nie miała z czym tego porównać. Nigdy jeszcze nie zginął nikt, kogo by znała.

Zastanawiała się przez chwilę, jak bliscy zareagowali na śmierć jej matki. Nie umiała sobie tego wyobrazić. Vivi tak wiele lat stanowiła macierzyński rdzeń jej domowego ogniska, że nie potrafiła stworzyć w swoich myślach poczucia straty u rodziny, która funkcjonowała bez niej. Dotarli do hotelu pielęgniarskiego, gdzie ochroniarz patrolujący teren z wyrywającym się, skowyczącym psem pomachał Alejandrowi, który prowadził ją asfaltową ścieżką do wejścia. Pewnie nic wyjątkowego, pomyślała bezwiednie, wyobrażając sobie ich tak, jak widział to ochroniarz: pielęgniarka wraca z chłopakiem po zakrapianej imprezie. Alejandro przez chwilę siłował się z zamkiem, chyba nie mógł znaleźć kluczy. Wzięła je od niego i wpuściła ich oboje do cichego mieszkania. Rzuciła się jej w oczy pustka, bezosobowość, jakby Alejandro zamierzał być tutaj tylko tymczasowym gościem. A może czuł, że nie ma prawa odciskać tutaj swojego piętna.

– Zaparzę nam kawy – zaproponowała.

Umył się i przebrał, jak mu nakazała, a potem usiadł na kanapie, posłuszny niczym dziecko. Obserwowała go przez chwilę, zastanawiając się, jakiego horroru był świadkiem – nie zdobyła się dotąd na odwagę, by o to zapytać.

Jego paraliż dodał jej sił. Zostawiła go na kanapie i zajęła się kawą, zmyła naczynia, przetarła blaty w jego i tak czystej kuchni, sprzątała w przypływie łagodnego szaleństwa, jakby te czynności mogły nadać tej nocy jakiegoś ładu. W końcu wyszła z kuchni, usiadła obok niego, podała mu słodzoną kawę i postanowiła zaczekać, aż coś powie.

Nie odezwał się ani słowem, zagubiony w jakimś niedostępnym miejscu.

– Wiesz co? – powiedziała cicho, jakby do siebie. – Jess była chyba jedyną osobą na świecie, która lubiła mnie za to, jaka byłam. Nie miało to nic wspólnego z moją rodziną, z tym, co miałam albo czego nie miałam. Przez wiele miesięcy nie znała nawet mojego panieńskiego nazwiska. – Wzruszyła ramionami. – Dopiero dzisiaj to zrozumiałam, ale ona nie postrzegała mnie chyba jako problemu. Wszyscy inni tak właśnie mnie widzą, wiesz? Moja rodzina, mój mąż. Ja sama przez połowę czasu. Żyję w cieniu swojej matki. Ten sklep to jedyne miejsce, w którym mogłam być po prostu sobą.

Wygładziła wyimaginowane zagięcie na swoich spodniach.

– Powtarzałam sobie w twojej kuchni, że Jess już nie ma, sklepu już nie ma. Nic nie ma. Powiedziałam to nawet na głos. I wiem, że to dziwne, ale wciąż nie mogę w to uwierzyć.

Nie odpowiedział.

Na zewnątrz trzasnęły drzwi od samochodu, echo czyichś kroków odbiło się od bruku, rozległy się głosy, które stopniowo ucichły.

– Powiem ci coś zabawnego. Przez jakiś czas jej zazdrościłam. Tego, jak się dogadywaliście – dodała niemal nieśmiało. – Jess miała dar… Wiesz? Dogadywała się ze wszystkimi. Myślałam, że byłam zazdrosna, ale zazdrość to złe słowo. Nie można być zazdrosnym o Jessie, prawda?

– Suzanno… – Uniósł dłoń, jakby chciał ją powstrzymać.

– W pewnym momencie – kontynuowała z uporem, z determinacją – uznałam, że to moja wina. To, co się stało. Ponieważ przeze mnie została dłużej. Ale nawet ja wiem, że to prosta droga do szaleństwa.

– Suzanno.

– Ponieważ, patrząc na to bez ogródek, kazałam jej zostać. To ja postawiłam ją na drodze tej furgonetce. Ja. Ponieważ wyszłam wcześniej. Mogę widzieć to w ten sposób albo powtarzać sobie, że nie mogłam zrobić nic, by zmienić bieg dzisiejszych wydarzeń. Że jeśli to był Jason, doszłoby do tego tak czy inaczej. Może nawet w jakiś gorszy sposób.

Zamrugała, by odpędzić łzy.

– Będę musiała w to uwierzyć, prawda? Żeby nie oszaleć. Szczerze mówiąc, nie jestem pewna, czy to się uda.

– Suzanno…

W końcu podniosła wzrok.

– To moja wina – zadeklarował.

– Ale, nie…

– To moja wina – powtórzył z taką pewnością, jakby wiedział coś, czego ona nie wiedziała.

Ze zmęczeniem pokręciła głową.

– Ostatecznie w tym nie chodziło o żadne z nas. Wiesz równie dobrze jak ja, że to był Jason. Cokolwiek zrobił, to była jego decyzja, jego wina, nie moja, nie twoja.

Chyba jej nie usłyszał. Odwrócił się od niej i zwiesił ramiona. Obserwując go, poczuła narastający niepokój, jakby stał na krawędzi jakiejś wielkiej otchłani, której nie dostrzegała. Zaczęła znów mówić, kompulsywnie, szybko, nie wiedząc nawet, co zaraz powie.

– Jess kochała Jasona, Ale. Oboje to wiemy, robiliśmy wszystko, co w naszej mocy, by jej go wyperswadować. Ona zamierzała to wszystko poukładać. Przecież byliśmy w jej domu nie dalej niż tydzień temu, tak? Nic nie mogłeś zrobić. Nic.

Nie wiedziała, czy wierzy w swoje słowa, ale zamierzała zdjąć z niego ten ciężar, rozpaczliwie pragnęła zmusić go do jakiejś reakcji, czegoś takiego jak gniew lub bunt, do czegokolwiek innego niż ta ponura pewność.

– Uważasz, że Jessie chciałaby, byś tak myślał? Ona nie była zagubiona. Dobrze wiedziała, co się dzieje. A my zaufaliśmy jej osądowi. Nigdy nawet by nie pomyślała, że to miało cokolwiek wspólnego z tobą. Uwielbiała cię, Ale. Zawsze tak się cieszyła na twój widok. Wiesz, nawet ta policjantka powiedziała mi, że dobrzy ludzie zawsze próbują wziąć na siebie winę...

Zacisnął usta w ponurą kreskę.

– Suzanno...

– To nie twoja wina. To głupie, że tak mówisz.

– Nie rozumiesz...

– Rozumiem. Nikt nie rozumie lepiej ode mnie.

– Nie... rozumiesz. – Jego głos stał się ostrzejszy.

– Czego? Że masz monopol na nieszczęście? Posłuchaj, rozumiem, że widziałeś, jak to się stało, okej? Rozumiem, że tam byłeś. Możesz mi wierzyć, przeraża mnie myśl o tym, co widziałeś. Ale to w niczym nie pomaga. To nie pomoże żadnemu z nas.

– To moja wina...

– Ale, proszę... – Jej głos zadrżał. – Musisz przestać to powtarzać.

– Ty mnie nie słuchasz!

– Bo się mylisz! Mylisz się! – powtórzyła z desperacją. – Nie możesz tak po prostu...

– *Carajo!* Musisz mnie posłuchać! – Jego głos eksplodował w małym pokoju. Wstał nagle i podszedł do okna.

Wzdrygnęła się.

– Mówisz, że to ty prowadziłeś tę furgonetkę? Ty ją pobiłeś? Co?

Pokręcił głową.

– No to przestań…

– Suzanno, ja wszystkim przynoszę pecha.

Urwała, jakby nie była pewna, czy dobrze usłyszała.

– Co?

– Słyszałaś. – Stał tyłem do niej, jego ramiona stężały od wstrzymywanej furii.

Podeszła do niego.

– Mówisz poważnie? Och, na litość boską, Ale. Ty tego nie zrobiłeś. Tu nie chodzi o pecha. Nie wolno ci…

Przerwał jej, unosząc dłoń.

– Pamiętasz, jak Jess pytała mnie, dlaczego zostałem położnym?

Pokiwała głową w milczeniu.

– W sumie nie trzeba nawet być po psychologii, żeby to zrozumieć. Gdy się urodziłem, miałem siostrę bliźniaczkę. Przyszła na świat sina. Moja pępowina owinęła się wokół jej szyi.

Suzanna poczuła znajome wewnętrzne ukłucie.

– Zmarła? – szepnęła.

– Moja matka nigdy się po tym ciosie nie podniosła. Skręciła dla niej łóżeczko, kupowała ubranka. Otworzyła nawet dla niej konto w banku. Dla Esteli de Marenas. Konto nadal istnieje, chociaż nie wiem, czy jest coś warte. – W jego głosie pobrzmiewało zgorzknienie.

W oczach Suzanny wezbrały łzy. Zamrugała, by je odpędzić.

– Nigdy mi nie powiedzieli, że to moja wina. Nie w twarz. Ale fakty są takie, że do dziś nawiedza mój dom, moją rodzinę. Wszyscy dusimy się pod ciężarem jej nieobecności. – Ciszej dodał: – Sam nie wiem… Może gdyby moja matka urodziła kolejne dziecko… Może…

Potarł powieki, a w jego głos znów wkradł się gniew.

– Chciałem tylko odrobiny spokoju, wiesz? Przez jakiś czas myślałem, że go znalazłem. Myślałem, że tworząc życie, dając życie, sprawię, że to... że ona zniknie. A zamiast tego mam to, tę *fantasma*, która za mną chodzi... Byłem głupcem. – Spojrzał na nią. – W Argentynie, Suzanno, martwi mieszkają pośród nas. – Zaczął wolniej wypowiadać słowa, mówił z kontrolowaną cierpliwością nauczyciela, który tłumaczy jej coś, czego i tak by nie pojęła. – Ich duchy chodzą pomiędzy nami. Estela jest przy mnie zawsze. Czuję ją, jej obecność, nie daje o sobie zapomnieć, obwinia mnie...

– Przecież to nie była twoja wina. Akurat ty powinieneś to wiedzieć. – Wzięła go za rękę, pragnąc, by zrozumiał.

On jednak nadal kręcił głową, jakby nie potrafiła pojąć jego słów, uniósł dłoń, aby ją odepchnąć.

– Nie chcę się nawet do ciebie zbliżać, nie rozumiesz?

– To tylko przesąd...

– Dlaczego mnie nie słuchasz? – zapytał z rozpaczą.

– Byłeś dzieckiem.

Zapadła długa cisza.

– Byłeś... tylko... dzieckiem – powtórzyła zdławionym głosem. Powoli postawiła swoją filiżankę na stole. Pochyliła się i nieśmiało otoczyła go ramionami, poczuła przy sobie jego usztywnione ciało, rozpaczliwie pragnęła ulżyć mu w cierpieniu, jakby przez samą bliskość mogła wziąć część jego ciężaru na siebie. Usłyszała jego głos dobywający się gdzieś spomiędzy jej włosów.

Odsunął się, a ona poczuła, jak jej determinacja słabnie pod widocznym naciskiem jego żalu, bólu i poczucia winy w jego oczach.

– Czasami, Suzanno – powiedział – możesz ranić samym swoim istnieniem.

Pomyślała o matce. O białych koniach i pantoflach mieniących się w blasku księżyca. Przelotnie, zarażona nocą i szaleństwem, zastanawiała się, czy odziedziczyła duszę matki, czy to tak niepokoiło jej ojca. Przechyliła głowę, a jej głos załamał się pod wpływem świeżego żalu.

– W takim razie... Jestem tak samo winna jak ty.

Ujął jej twarz w dłonie i, jakby dopiero teraz ją zobaczył, uniósł zabandażowaną rękę. Otarł jej policzek kciukiem raz, drugi, nie mogąc powstrzymać jej łez. Zmarszczył brwi i pochylił się nad nią tak blisko, że dostrzegła w jego oczach złote plamki, usłyszała nierówne brzmienie jego oddechu. Znieruchomiał, a potem powoli opadł wargami na jej skórę, tam, gdzie były łzy, zamknął oczy i pocałował drugi policzek, zagarniając słoną ścieżkę. Zatopił palce w jej włosy, gdy próbował scałować toczące się po jej twarzy krople.

Zacisnąwszy mocno powieki, uniosła swoje dłonie do jego głowy i rozpłakała się, czując pod palcami jego miękką ciemną czuprynę i zarys kości pod nią. Poczuła na sobie jego usta, odetchnęła antyseptycznym echem policyjnego posterunku, zapachem jego starej skórzanej kurtki i sama zaczęła go całować, szukając go ze zniecierpliwieniem, desperacją, by wymazać wszystko, co dotąd zaszło. Słuchała swoich własnych słów, które odbijały się echem w ciszy wokół niej; gniewne, zagubione duchy krążyły naokoło nich, gdy się do siebie tulili.

Jestem tak samo winna jak ty.

Rozdział dwudziesty

Dwa dni zajęło firmie budowlanej zabezpieczenie frontu sklepu, a ubezpieczycielowi sporządzenie oficjalnej ekspertyzy, kolejne trzy upłynęły, zanim zaczęła się odbudowa. (Firma ubezpieczeniowa nie zgłaszała protestów – najwyraźniej w wypadku tak poważnych uszkodzeń strukturalnych naprawę podejmowano jak najszybciej). Choć ościeżnica drzwiowa została poważnie uszkodzona, a otaczające ją cegły i okna częściowo się rozsypały, początkowa bardziej katastroficzna wycena, w której była mowa o wymianie elementów nośnych i kilkumiesięcznym zamknięciu, okazała się nadmiernie pesymistyczna. Musiały minąć jeszcze tylko dwa dni, zanim Suzannie zezwolono rozpocząć żmudny proces sprzątania.

Przez cały ten czas przed sklepem przechodziła nieregularna procesja ludzi, którzy przynosili kwiaty, bukiety mniejsze i większe owinięte w celofan, by położyć je wzdłuż policyjnej taśmy. Wielu osobom łatwiej było oddać hołd nagłemu końcowi życia Jessie kwiatami niż ryzykowniejszymi słowami. Wiadomości były na początku tylko dwie, przyklejone samotnie do latarni w dzień po wypadku. Ci, którzy przystawali, by je przeczytać, wymieniali spojrzenia i mamrotali ze smutkiem do siebie, że to wszystko jest takie niesprawiedliwe. Gdy wieść rozeszła się po miasteczku, kwiatów spłynęło więcej. Miejscowa florystka z trudem nadążała za popytem, a jej bukiety utworzyły najpierw kępę, a potem kobierzec przed sklepem.

Jakby, rozmyślała Suzanna, jej żal znalazł swoje odbicie w żalu miasteczka. Powróciły błękitne niebo i wysokie temperatury, odbył się zgodnie z tradycją miejski festyn, ale w atmosferze wokół Dere Hampton brakowało radości, nikt nie cieszył się zgiełkiem rynku. Miasteczko odczuło skutki tego, co w większej metropolii przeszłoby niezauważone, niczym falę przypływu. Jessie znało zbyt wiele osób, by szok wywołany jej śmiercią szybko minął. Miejscowa gazeta wydrukowała tę historię na pierwszej stronie, nadmieniając tylko, że dwudziestoośmioletni podejrzany, miejscowy mężczyzna, jest przesłuchiwany przez policję. Wszyscy jednak wiedzieli – ci, którzy ją znali, i ci, którzy twierdzili, że ją znali, spekulowali o naturze jej związku, który stał się mieniem publicznym. Dyrektorka szkoły, do której chodziła Emma Carter, dwukrotnie zwróciła się do lokalnych reporterów z apelem, by nie wchodzili na teren placówki. Suzanna przejrzała artykuły i z obojętnością odnotowała, że ojciec byłby zadowolony, widząc, iż występuje w nich tylko jako „Peacock".

W tym pierwszym tygodniu przyszła do sklepu dwa razy, raz w towarzystwie sierżanta dochodzeniówki, który chciał z nią porozmawiać o środkach bezpieczeństwa, i raz z Neilem, który wielokrotnie powtórzył, że to „niewiarygodne, po prostu niewiarygodne". W pewnym momencie zainicjował rozmowę na temat finansowych konsekwencji tego wypadku dla sklepu, a Suzanna w odpowiedzi obrzucała go obelgami tak długo, aż wyszedł z pokoju, osłaniając głowę ręką niczym tarczą. Wiedziała, że za jej reakcję odpowiada poczucie winy. Jakiego konkretnie rodzaju, nie potrafiła określić. W końcu otrzymała klucze i pozwolenie, aby posprzątać, a nawet wznowić działalność. Gdy jednak stanęła w obramowanym stalą otworze na drzwi, mając po obu stronach zabite deskami okna, ze znakiem, który zrobił dla niej Neil, a który głosił, że już „otwarte", odkryła, że nie wie nawet, od czego zacząć. Jakby było to zadanie dla Jessie, jakby potrafiła się do tego zabrać tylko z nią, śmiejąc się razem z błahostek i razem machając miotłami i szufelkami.

Pochyliła się, by podnieść uszkodzony szyld, który ktoś oparł o drzwi. Przez chwilę trzymała go w dłoniach. Pawi Zakątek był jej sklepem. Tylko jej. Przytłoczył ją ogrom czekającego ją zadania, skrzywiła się, jakby miała się rozpłakać.

Ktoś odkaszlnął za jej plecami.

Był to Arturro, jego ciało blokowało dostęp światła.

– Pomyślałem, że przyda ci się pomoc – oświadczył.

W dłoni trzymał skrzynkę z narzędziami, pod pachą miał kosz, w którym były chyba kanapki i kilka butelek zimnych napojów. Poczuła, że słabnie, zaczęła sobie wyobrażać, jak by to było osunąć się w jego masywne, ciepłe ramiona, zaszlochać w jego fartuch przesycony aromatem sera i kawy. Pozwolić, by dodała jej otuchy jego solidność.

– Chyba nie dam rady – szepnęła.

– Musimy – odparł. – Ludzie będą potrzebować jakiegoś miejsca, do którego mogliby przyjść.

Przekroczyła więc próg, nie rozumiejąc, co chciał przez to powiedzieć. Zrozumiała po kilku godzinach. Pomimo niezachęcającej fasady, pomimo przeszkód w postaci bukietów kwiatów i policyjnych pachołków na zewnątrz w sklepie zapanował ruch jak nigdy. Z powodu braku innej opcji to tutaj spotkali się ludzie, którzy znali Jessie, ci, którzy pragnęli podzielić się swoimi uczuciami na myśl o jej odejściu. Przychodzili na kawę, by uronić kilka dyskretnych łez nad szczątkami jej witryny, by zostawić upominki dla jej rodziny i – w kilku mniej altruistycznych wypadkach – by się po prostu pogapić.

Suzanna nie miała wyboru, musiała im na to pozwolić.

Arturro stanął za ladą i przejął opiekę nad ekspresem, ewidentnie próbując uniknąć rozmów. Ilekroć ktoś go zagadał, stawał się coraz bardziej skrępowany, mrugał i odwracał się do maszyny. Suzanna ze szklistymi oczami i osobliwym wrażeniem, że funkcjonuje we wnętrzu bańki, sprzątała, odpowiadała na pytania, współczuła, zbierała pastelowe kartki i pluszowe zabawki dla Emmy, pozwalała ludziom ewidentnie ślepym na chaos otoczenia zrealizować niepowstrzymane pragnienie porozmawiania zdławionym głosem o ogólnej uprzejmości i niewinności Jessie, a ostrym oskarżycielskim szeptem o Jasonie. Spekulowali co do Alejandra – słyszeli, że przez dwadzieścia minut próbował ją ratować, że znaleziono go zalanego krwią i wciśniętego do połowy pod furgonetkę, gdy bezskutecznie próbował przywrócić dziewczynę do życia. Ci, którzy mieszkali w pobliżu, widzieli, jak go odciągano – wymachiwał pięściami i krzyczał coś niezrozumiale po hiszpańsku – od oszołomionego Jasona, gdy sobie uświadomił, że jego wysiłki spełzły na niczym. Siedzieli, płakali i rozmawiali – tak jak kiedyś rozmawialiby z Jessie.

Pod koniec dnia Suzanna poczuła się śmiertelnie zmęczona. Osunęła się na stołek, podczas gdy Arturro krzątał się wokół niej, przesuwał krzesła i przybijał ostatnie półki do ściany.

– Powinnaś już zamknąć – doradził, wkładając młotek do skrzynki. – Dostatecznie dużo dzisiaj zrobiłaś. Wiesz, że jutro będzie tego więcej.

Przez otwarte drzwi widziała kwiaty owinięte w celofan, który pobłyskiwał w popołudniowym słońcu, niektóre pociły się pod plastikiem. Zaczęła się zastanawiać, czy powinna je odpakować, by mogły oddychać. Uznała, że byłoby to nachalne.

– Chcesz, żebym jutro też przyszedł?

W jego głosie było coś... Suzanne pojaśniało w głowie, gdy odwróciła się do niego z wyrazem rozpaczy na twarzy.

– O Boże, Arturro, muszę ci powiedzieć coś strasznego.

Wycierał ręce w ścierkę do naczyń. Jego mina pytała, czy może być coś straszniejszego.

– Jess... Jess i ja – poprawiła się – miałyśmy ci powiedzieć... ale... – Żałowała, że nie może się znaleźć gdziekolwiek indziej, byle nie tutaj. – Czekoladki, te, które tak zdenerwowały Liliane. Te, przez które zwolniłeś chłopaków. Były od nas. Razem z Jessie podrzuciłyśmy je Liliane, żeby pomyślała, że są od ciebie. Chciałyśmy, żebyście się zeszli, wiesz? Jess... myślała... Powiedziała, że jesteście dla siebie stworzeni.

Teraz wydawało się to wręcz niedorzeczne, jakby zdarzyło się w innym życiu, innym ludziom, jakby ta frywolność stanowiła część innej egzystencji.

– Bardzo cię przepraszam – kontynuowała. – Chciałyśmy dobrze, naprawdę. Wiem, że odniosło to trochę odwrotny skutek, ale proszę, nie myśl o niej źle. Ona uważała po prostu, że bylibyście razem szczęśliwi. Miała powiedzieć wam prawdę, ale... coś się stało i... Cóż, teraz padło na mnie. Wiem, że to było głupie i nieprzemyślane, ale ja ją do tego zachęcałam. Jeśli chcesz kogoś winić, możesz winić mnie. – Nie odważyła się na niego spojrzeć, zastanawiała się, nawet gdy mówiła, czy dobrze robi. Był dla niej jednak taki dobry, taki szczodry. Nie poradziłaby sobie tego dnia bez niego. Zasługiwał, by poznać prawdę.

Pełna obaw czekała na legendarny wybuch, który opisywała pani Creek, ale Arturro nadal pakował narzędzia do skrzynki, a na koniec zatrzasnął wieczko. Położył dłoń na jej ramieniu.

– Powiem Liliane – mruknął, przełykając ślinę. Poklepał ją po ramieniu, po czym ciężkim krokiem podszedł do drzwi i otworzył je. – Do jutra, Suzanno.

Zamknęła o wpół do piątej, poszła do domu, położyła się na łóżku w ubraniu i spała do ósmej następnego ranka.

Alejandro nie przyszedł. I dobrze. Nie byłaby w stanie poradzić sobie z tym wszystkim jednego dnia.

Pogrzeb miał się odbyć u Świętego Bedy, w kościele katolickim na zachodniej stronie rynku. Cath Carter poinformowała początkowo ojca Lenny'ego, że życzy sobie prywatnej mszy, nie chciała, by wszyscy gapili się i spekulowali na temat przedwczesnej śmierci jej córki, zwłaszcza że dochodzenie policyjne trwało. Ojciec Lenny przekonał ją jednak delikatnie w kolejnych dniach, by wzięła pod uwagę siłę uczuć małego miasteczka – wiele osób pytało go, jak mogłyby pożegnać zmarłą. Zaznaczył, że pomogłoby to małej Emmie w tych okolicznościach, gdyby przekonała się, jak wielu ludzi kochało jej matkę.

Suzanna siedziała przy swojej toaletce, ściągała ciemne włosy w surowy węzeł. Ojciec Lenny oświadczył, że nabożeństwo będzie celebrować życie Jessie i że nie chce, by było ponure. Suzanna nie była jednak w nastroju do świętowania, co odbijało się w jej wyglądzie. Matka, która zapowiedziała, że pojawi się na mszy z ojcem zarówno ze względu na Suzannę, jak i na Jessie, pożyczyła jej czarny kapelusz.

– Moim zdaniem to ważne, byś postępowała w zgodzie ze sobą – powiedziała, kładąc dłoń na policzku córki – a formalny strój nigdy nie będzie niestosowny.

– Mówiłaś, że kupiłaś mi czarny krawat? – Neil schylił się z wypraktykowaną swobodą, przechodząc pod niską ościeżnicą. – Nie mogę go znaleźć.

– W torebce – odparła, wkładając kolczyki i przeglądając się w lustrze. Zazwyczaj nie nosiła kolczyków, zastanawiała się, czy nie sugerują one niestosownej wesołości.

Neil stał na środku pokoju, jakby miał nadzieję, że torebka sama na niego skoczy.

– Na balustradzie. – Usłyszała, że wyszedł z pokoju, deski podłogowe skrzypiały, gdy po nich kroczył.

– Uroczy dzień na pogrzeb. To znaczy, nie uroczy jako taki – poprawił się – ale nie ma nic gorszego niż pogrzeb, kiedy leje jak z cebra. To nie pasowałoby do Jessie.

Suzanna zamknęła oczy. Ilekroć myślała teraz o ulewnym deszczu, wracały do niej obrazy, które nosiła w głowie – ślizgające się furgonetki i piszczące hamulce, huk i deszcz szklanych odłamków. Alejandro powiedział, że nie słyszał krzyku, ale w wyobraźni Suzanny Jessie zobaczyła nadciągającą śmierć i…

– Znalazłem. O Chryste, popatrz… Chyba przydałoby się go przeprosić, zanim go założę.

Z trudem oderwała się od tej wizji i otworzyła szufladę, by wyjąć zegarek. Usłyszała, że Neil nuci pod nosem, mamrocze coś o desce do prasowania. Nagle zapadła cisza.

– Co to jest?

Miała nadzieję, że Jessie niczego nie widziała. Alejandro powiedział, że niemal na pewno nic nie poczuła, że jego zdaniem była martwa, gdy przedzierał się do niej przez drewno i szkło.

Neil stanął ponad jej ramieniem.

– Co to jest? – powtórzył. W ogóle nie przypominał siebie.

Odwróciła się na stołku i spojrzała na wizytówkę lekarza, którą trzymał w dłoni. Nagłówek głosił „Klinika Planowania Rodziny". Wiedziała, że na jej twarzy maluje się rezygnacja, poczucie winy, ale nie zdołała tego zmienić na nic bardziej satysfakcjonującego.

– Zamierzałam ci powiedzieć.

Nie odpowiedział, tylko wciąż wyciągał wizytówkę w jej stronę.

– Umówiłam się na wizytę.

Wizytówka była różowa – nagle kolor wydał się jej wyjątkowo nieodpowiedni.

– Żeby...

– Żeby założyć spiralę. Bardzo mi przykro.

– Spiralę?

Nieznacznie kiwnęła głową.

– Spiralę?

– Posłuchaj, jeszcze tam nie byłam. Przez Jess i to wszystko przeoczyłam wizytę.

– Ale pójdziesz – mruknął głucho.

– Tak. – Podniosła wzrok, lecz uciekła nim w bok, gdy spojrzała mu w oczy. – Tak, pójdę. Posłuchaj, nie jestem gotowa, Neil. Myślałam, że jestem, ale się myliłam. Za dużo się dzieje. Najpierw muszę się uporać z pewnymi sprawami.

– Musisz się uporać z pewnymi sprawami?

– Tak. Z tatą. Z mamą... Znaczy, z moją prawdziwą mamą.

– Musisz się uporać ze sprawą swojej prawdziwej mamy.

– Tak.

– Jak długo to twoim zdaniem potrwa?

– Co?

Uświadomiła sobie, że jest wściekły. Spojrzał na nią z miną szaleńca.

– Jak. Długo. To. Twoim. Zdaniem. Potrwa? – Jego ton był sarkastyczny.

– Skąd mam wiedzieć? Tyle, ile będzie trzeba.

– Tyle, ile będzie trzeba. Boże, mogłem się domyślić. – Krążył po pokoju niczym policyjny detektyw wyjaśniający genezę jakiejś wieloletniej zbrodni.

– Co?

– Chciałem tylko jednego. Myślałem, że się co do tego zgadzamy. Och, patrzcie, i nagle, jak już dostała wszystko, czego chciała, Suzanna zmieniła zdanie.

– Nie zmieniłam zdania.

– Nie? Nie? No to o co chodzi z zakładaniem cholernej spirali? Bo nie bardzo to współgra z ostrygami, szampanem i zachodzeniem w ciążę.

– Nie zmieniłam zdania.

– No to o co w tym chodzi, do cholery?

– Nie krzycz na mnie. Posłuchaj, przepraszam, okej? Przepraszam, Neil. Po prostu nie mogę tego teraz zrobić. Nie teraz.

– Oczywiście, że nie możesz...

– Nie rób tego, dobrze?

– Czego? Co ja ci robię, do cholery?

– Dręczysz mnie. Zaraz pochowam swoją najlepszą przyjaciółkę, okej? Nie wiem, czy pójdę, czy może...

– Swoją najlepszą przyjaciółkę? Znałaś ją niecałe pół roku.

– To teraz przyjaźń ma jakieś ograniczenia czasowe?

– Nie byłaś nawet pewna, czy chcesz ją zatrudnić, gdy zaczynała. Myślałaś, że cię wykorzystuje.

Suzanna wstała i przepchnęła się obok niego w kierunku drzwi.

– Nie mogę uwierzyć, że teraz o tym rozmawiamy.

– Nie, Suzanno, to ja nie mogę uwierzyć, że już myślałem, iż w końcu wróciliśmy na właściwą drogę, a ty znalazłaś jakiś sposób, żeby to wszystko znów zaprzepaścić. Wiesz co? Moim zdaniem tu chodzi o coś innego. Coś przede mną ukrywasz.

– Och, nie bądź śmieszny.

– Śmieszny? No to co mam powiedzieć, Suzanno? Och, czyli nie chcesz dziecka. Nie martw się, kochanie. W takim razie ja zaczekam... Jak zawsze!

– Nie rób tego, Neil. Nie teraz. – Sięgnęła po swój płaszcz i owinęła się nim szybko, wiedząc, że potem będzie jej w nim za gorąco.

Stanął przed nią i nawet nie drgnął, gdy zrobiła krok w jego stronę.

– No to kiedy będzie dobra pora, Suzanno? Kiedy przestanie chodzić tylko o ciebie, co? Kiedy w końcu zaczną się liczyć również moje uczucia?

– Neil, proszę…

– Nie jestem święty, Suzanno. Próbowałem być wobec ciebie cierpliwy, próbowałem być wyrozumiały, ale się pogubiłem. Serio. Nie mam pojęcia, jak przez to przejdziemy…

Spojrzała na jego skonsternowaną twarz. Podeszła bliżej i położyła dłoń na jego policzku, nieświadomie naśladując gest swojej matki.

– Porozmawiamy o tym po pogrzebie, dobrze? Obiecuję…

Odepchnął jej dłoń i podszedł do drzwi, gdy nadjeżdżająca taksówka zatrąbiła, by zasygnalizować swoje przybycie.

– Jak chcesz – mruknął. Wyszedł, nie oglądając się za siebie.

Wszyscy zgodzili się potem, że to był straszny pogrzeb. Nie chodziło o to, że ojciec Lenny się nie przygotował – wygłosił piękne, trafne i ważne kazanie z poczuciem humoru, dzięki któremu niektórzy żałobnicy nawet się uśmiechnęli. Nie chodziło o to, że kościół nie wyglądał ładnie – panie z supermarketu włożyły tyle wysiłku w udekorowanie go kwiatami, że przygodny obserwator pomyślałby, iż odbędzie się tam ślub. Nie chodziło o pogodę – słońce świeciło na bezchmurnym niebie, jakby chciało zapewnić wszystkich, że miejsce, do którego udała się Jessie, jest bez wątpienia wspaniałe, jasne, wesołe i przepełnione śpiewem ptaków. Wszyscy tak właśnie wyobrażali sobie niebo.

Chodziło o to, że niezależnie od otoczenia było coś potwornego, coś niewłaściwego w grzebaniu jej. W tym, że ktoś taki jak ona odszedł, choć żyło tyle osób mniej na to zasługujących. Chodziło o małą, drobną postać, która stała nieruchomo w pierwszej ławce, ściskając kurczowo dłoń babci, i o puste miejsce obok niej, które oznaczało, że została sierotą, choć zginęło tylko jedno z jej rodziców.

Cath poprosiła Suzannę, by przyjechała na cmentarz. Suzanna odparła, że będzie zaszczycona, po czym zajęła miejsce obok dalszych krewnych Jessie i jej przyjaciół ze szkoły, próbując nie czuć się jak oszustka, próbując nie myśleć o tym, gdzie Jess spotkała śmierć.

On oczywiście nie zamierzał się nawet pojawić. Ojciec Lenny uprzedził o tym Suzannę dzień wcześniej. Odwiedził chłopaka w szpitalu. Choć przeczyło to wszystkim jego instynktom, powiedział, jego praca polegała też na niesieniu otuchy grzesznikom. (A poza tym nikt inny go nie odwiedzał. Ojciec Lenny dosłownie stanął na głowie, by powstrzymać sąsiadów Jessie z osiedla przed samosądem).

Wstrząsnął nim stan chłopaka. Jego pozszywana i opuchnięta od wypadnięcia przez przednią szybę twarz, jego posiniaczona fioletowa skóra, jego obrażenia, które stanowiły niewygodne echo obrażeń Jessie sprzed paru tygodni. Nie chciał rozmawiać, powiedział tylko, że ją kochał i że furgonetka nie chciała się zatrzymać. Według lekarza w obecnym stanie psychicznym mógł nie dopuszczać do siebie myśli o tym, co zrobił.

– Byłoby lepiej dla wszystkich, gdyby on również zginął – mruknął ojciec Lenny, nietypowo jak na niego gorzkim tonem.

Zakończyła się znajoma liturgia o obracaniu się w proch. Suzanna zauważyła, że babcia przez cały czas trzymała dłonie na ramionach Emmy, wspierała ją i przytulała. Zastanawiała się, kto czerpie więcej pociechy z tego nieprzerwanego kontaktu fizycznego. Przypomniała sobie ten pierwszy dzień, kiedy ponownie otworzyła sklep, a dziewczynka i babcia stanęły przed nim na chodniku. Nic nie robiły, nie zgodziły się wejść do środka. Stały naprzeciwko, trzymając się za ręce, z poszarzałymi twarzami i szeroko otwartymi oczami, wpatrując się w potrzaskane wnętrze.

Emma będzie dorastała bez matki, pomyślała. Jak ja. Zerknęła na Vivi, która stała obok samochodu, i poczuła znajome ukłucie winy na myśl, że przyszło jej do głowy coś takiego.

Zauważyła go, gdy odeszli od grobu. Stał nieco z tyłu, za ojcem Lennym, odsuwał się właśnie od Cath, z którą ewidentnie wymienił kilka słów. Cath trzymała go za opalone dłonie, kiwała głową i słuchała z twarzą pełną godności i osobliwego zrozumienia w żalu. Podniósł wzrok na Suzannę, ich oczy na moment się spotkały, wymieniły pomiędzy sobą w ułamku sekundy cały ten żal, poczucie winy, szok... I sekretną radość minionego tygodnia. Zrobiła krok do przodu, jakby chciała do niego podejść. Przystanęła, gdy poczuła na ramieniu dłoń.

– Twoi rodzice zaprosili nas do siebie, Suze. – To był Neil. Spojrzała na niego, mrugając, jakby nie była pewna, kim jest. – Myślę, że powinniśmy do nich jechać.

Zmusiła się do tego, by nie oderwać od niego wzroku, próbując zebrać myśli.

– Do mamy? – Gdy dotarły do niej jego słowa, dodała: – Och, nie, Neil. Nie tam. Chyba nie zdołam dzisiaj tego znieść.

On jednak już się odwrócił.

– Ja jadę. Ty rób, co chcesz, Suzanno.

– Jedziesz?

Nie zatrzymał się, szedł przed siebie sztywny w swoim ciemnym garniturze, zostawiwszy ją na trawniku.

– To dzień dla rodziny – rzucił przez ramię na tyle głośno, by go usłyszała. – Twoi rodzice byli tak mili, że cię dzisiaj wsparli. I szczerze mówiąc, nie widzę sensu w tym, żebyśmy byli teraz sami. A ty?

Alejandro szedł przez cmentarz z Cath i Emmą. Odwróciła się w samą porę, by zobaczyć ich w bramie. Gdy tam dotarli, kucnął, by powiedzieć coś do Emmy, i wcisnął coś w jej dłoń. Gdy Suzanna zaczęła iść, chyba skinął jej głową. Trudno było to ocenić z tej odległości.

– Prawie sześćset osób przyszło na pogrzeb twojego ojca. Nie pomieścili się w kościele i musieli siedzieć na trawie. – Rosemary sięgnęła po drugą filiżankę herbaty. Mówiła do syna, który siedział w fotelu. – Trzeba było jednak skorzystać z katedry. Myślę, że gdybyśmy mieli więcej miejsca, przyszłoby jeszcze więcej ludzi.

Vivi uścisnęła dłoń Suzanny, siadając obok córki na kanapie. Dziewczyna była naprawdę potwornie blada.

– Doskonałe ciasto, pani Cameron – powiedziała. – Bardzo wilgotne. Czy dodała pani skórkę cytrynową?

– Arcybiskup zaproponował, że wygłosi kazanie. Pamiętasz, Douglasie? Okropny człowiek, seplenił.

Douglas pokiwał głową.

– I cztery jaja – odparła pani Cameron. – Z wolnego chowu. To stąd ten żółty odcień.

– Ja uważałam, że twój ojciec wolałby pastora. Był przyjacielem rodziny. A Cyril nigdy nie przepadał za pompą i ceremoniałem mimo swojej pozycji. – Pokiwała głową, jakby na potwierdzenie dla samej siebie, po czym spojrzała na panią Cameron, która zabrała dzbanek z herbatą, by go znów napełnić. – Nie smakowała mi ta szynka w kanapkach. To nie była prawdziwa szynka.

– Ależ była, Rosemary – zapewniła ją Vivi pobłażliwie. – Zamówiłam specjalnie całą u rzeźnika.

– Co?

– To była prawdziwa szynka – powtórzyła, podnosząc głos.

– Smakowała jak mielona. Zeskrobana z podłogi w fabryce i sklejona razem Bóg wie czym.

– Sama odkroiłam ją od kości, pani Fairley-Hulme. – Pani Cameron odwróciła się w drzwiach i mrugnęła do Vivi. – Następnym razem pokroję ją przy pani, jeśli pani chce.

– Nie pozwoliłabym ci zbliżyć się do mnie z nożem – mruknęła Rosemary, pociągając nosem. – Dużo się teraz słyszy o tak zwanych opiekunkach osób starszych. Każesz mi zmienić testament przez sen...

– Rosemary! – Vivi niemal wypluła herbatę.

– ...a potem dopilnujesz, żebym miała tak zwany wypadek, jak koleżanka Suzanny.

W pokoju zapadła pełna zdumienia cisza, gdy wszyscy próbowali określić, które ze stwierdzeń Rosemary było najbardziej obraźliwe. Pani Cameron roześmiała się tylko lekko, po czym zniknęła w kuchni, wszystkie spojrzenia padły więc na Suzannę, która chyba jednak nie słyszała. Wbijała wzrok w podłogę, pogrążona w tym samym nieszczęściu co jej milczący mąż.

– Mamo, nie wypada chyba... – Douglas się pochylił.

– Mam osiemdziesiąt sześć lat i będę mówić, co mi się podoba – odparła Rosemary, rozsiadając się w fotelu. – Wydaje mi się, że to jedyna zaleta posiadania aż tylu lat.

– Rosemary – wtrąciła Vivi łagodnie – proszę... Właśnie zmarła przyjaciółka Suzanny.

– A ja będę następna, więc myślę, że to daje mi większe prawo niż wam do rozmawiania o śmierci. – Rosemary oparła dłonie na kolanach, po czym powiodła wzrokiem po osłupiałych twarzach wokół. – Śmierć – oświadczyła w końcu. – Śmierć. Śmierć. Śmierć. Śmierć. Śmierć. I proszę, co wy na to?

– Och, na litość boską – mruknął Douglas, wstając.

– Co? – Podniosła wzrok na syna, na jej twarzy pomiędzy niewzruszonymi ścieżkami żył i zmarszczek pojawiło się wyzwanie. – Śmierć. Śmierć. Śmierć. – Każde słowo urywała gwałtownie, kłapiąc szczęką niczym rozgniewany żółw.

– Nie dzisiaj, mamo. Proszę. – Podszedł do niej. – Chcesz, żeby pani Cameron zabrała cię do ogrodu? Żebyś mogła popatrzeć na kwiaty?

– Coś ty powiedział? Niech ta kobieta się do mnie nie zbliża.

– Myślę, że odrobina świeżego powietrza dobrze ci zrobi – odparł Douglas. – Pani Cameron!

– Nie chcę iść do ogrodu – zaprotestowała Rosemary. – Douglasie, nie odsyłaj mnie do ogrodu.

Vivi odwróciła się do córki, nadal bezwolnie obojętnej na to, że matka trzyma ją za rękę.

– Kochanie, dobrze się czujesz? Nic nie powiedziałaś, odkąd wróciliśmy.

– Nic mi nie jest, mamo – mruknęła Suzanna.

Vivi zerknęła na Neila.

– Jeszcze herbaty, Neil? – zapytała. – Może zjesz kanapkę? To naprawdę jest szynka od kości. Nie kupiłabym konserwowej.

On przynajmniej zdobył się na uśmiech.

– Nie jestem głodny, dzięki, Vivi.

Z oddali dobiegały ich gniewne protesty woźonej wózkiem po ogrodzie Rosemary, które przerywały tylko radośnie obojętne okrzyki pani Cameron.

– Przepraszam – mruknął Douglas, wracając do pokoju. Potarł czoło. – Ostatnio bywa… trudna. Nie doszła jeszcze do siebie po wypadku.

– Chyba po prostu mówi prawdę – odparł Neil.

Vivi przysięgłaby, że gdy to mówił, spojrzał znacząco na Suzannę, ale odwrócił wzrok tak szybko, że nie była pewna.

Zerknęła na Douglasa, próbując milcząco dać mu do zrozumienia, że nie wie, co dalej. Podszedł do kanapy i wziął ją za rękę.

– W sumie – odchrząknął – zaprosiliśmy cię tutaj, Suzanno, z konkretnego powodu.

– Co?

– Wiem, że to był dla ciebie trudny dzień. Twoja matka i ja… Chcieliśmy ci coś pokazać.

Vivi poczuła, że budzi się w niej nadzieja. Wzięła córkę za rękę i uścisnęła ją, po czym zdjęła pustą filiżankę i spodek z jej kolan.

Suzanna zerknęła na Neila, potem na rodziców. Pozwoliła, by podnieśli ją z kanapy jak lunatyczkę. Vivi, świadoma wagi Neila w tej sprawie, otoczyła go ramieniem w pasie, żałując, że nigdy nie widziała, by Suzanna to robiła.

– Chodźmy na górę – powiedział Douglas, ponaglając ich gestem.

W milczeniu weszli do galerii. Vivi zobaczyła przez okno Rosemary, która pokręciła głową, gdy pani Cameron pochyliła się nad rabatą.

– Myślimy o zainstalowaniu tu nowego oświetlenia, prawda, kochanie? – dobiegł ją głos Douglasa. – Żeby trochę rozjaśnić to piętro. Zawsze było tu tak ponuro – zwrócił się do Neila.

Zatrzymali się u szczytu schodów, zbijając się w grupę. Suzanna nie reagowała, Neil zerknął na Vivi, szukając u niej podpowiedzi.

– Co? – zapytała w końcu Suzanna cienkim głosem.

Douglas spojrzał na córkę i uśmiechnął się.

– No co? – powtórzyła.

Gestem wskazał jej ścianę. I wtedy Suzanna to zobaczyła.

Vivi nie odrywała od niej wzroku, gdy dziewczyna znieruchomiała, wpatrując się w olejny portret swojej matki nienaruszony podczas utarczki z Rosemary, oblany światłem wąskiej mosiężnej lampki. Klasyczny profil Suzanny, tak jak profil Athene, był nieruchomy i blady niczym u greckiego posągu. Jej włosy, odsunięte z twarzy, wywołały u Vivi grymas. Nawet po tych wszystkich latach. Przypomniała sobie wszystkie błogosławieństwa, które ją spotkały, zwłaszcza te ostatnie. To dla Suzanny, powiedziała sobie. Żeby Suzanna była szczęśliwa.

Poczuła obok siebie Douglasa, otoczył ramieniem jej barki. Podniosła palce do jego dłoni, czerpiąc otuchę z tego gestu. Postąpili słusznie. Cokolwiek sądziła o tym Rosemary, postąpili słusznie.

Suzanna odwróciła się do nich, jej policzki pałały, oczy błyszczały z furii.

– A to… To ma wszystko naprawić?

Vivi spojrzała na zaciśnięte usta Suzanny, echo najgorszej, najbardziej zepsutej części Athene. Za późno uświadomiła sobie, że rana była zbyt głęboka, by ukoiło ją powieszenie obrazu.

– Uznaliśmy… – mruknął Douglas. Wrodzona pewność siebie go opuściła. – Uznaliśmy, że może to poprawi ci humor.

Neil wodził wzrokiem pomiędzy nimi trojgiem, jego wcześniejszą minę zastąpiło coś mniej określonego.

– Poprawi humor? – zapytała Suzanna.

– Jak zobaczysz, że obraz wisi tutaj – kontynuował Douglas.

Vivi wyciągnęła do niej rękę.

– Pomyśleliśmy, że to będzie ci przypominać…

Głos Suzanny przedarł się przez ciszę galerii.

– O kolejnej osobie, do której śmierci niechcący się przyczyniłam?

Douglas się wzdrygnął, Vivi mocniej ścisnęła jego dłoń.

– To nie ty…

– A może myślicie, że przebolałam jakoś to, co się jej stało, więc przeboleję też to, co przytrafiło się Jessie? O to chodzi?

Vivi przycisnęła dłoń do ust.

– Nie, nie, kochanie.

– A może doszliście do wniosku, że trzeba się zdobyć na jakiś znaczący gest, by wynagrodzić mi to, że nie wierzycie, iż jestem równie ważna co mój młodszy brat?

Douglas podszedł do niej.

– Suzanno, jesteś...

– Nie zostanę tu dłużej – oświadczyła. W jej oczach błyszczały łzy, gdy przepchnęła się pomiędzy nimi ku schodom.

Po sekundzie wahania Neil pobiegł za nią.

– Puszczaj! – zawołała, gdy dogonił ją na schodach. – Zostaw mnie w spokoju!

W jej słowach było tyle złości, że aż się wzdrygnął.

Nieczęsto Vivi odczuwała prawdziwe współczucie wobec swojej teściowej, ale widząc oszołomione cierpienie na twarzy Douglasa, który stał obok niej, słysząc stłumione odgłosy kłótni rozgrywającej się pomiędzy córką a zięciem na podjeździe, patrząc na ten drwiący uśmiech na ścianie, na te lodowato niebieskie oczy pałające świadomym rozbawieniem, jakby wiedziały, że nadal wywołują problemy, pomyślała, że chyba w końcu rozumie, jak czuła się kiedyś Rosemary.

Suzanna obeszła dookoła szesnastohektarowe pole. Przeszła ścieżką przez las, wspięła się na wzgórze wznoszące się za polem buraków i usiadła na jego szczycie, tam, gdzie siedziała z Alejandrem nie dalej niż dwa tygodnie temu.

Wieczór przyniósł znad wybrzeża chłodną, delikatną bryzę, która złagodziła dzienne upały. Ziemia przygotowywała się powoli do odpoczynku, pszczoły bzyczały leniwie nad łąkami, kaczki awanturowały się i kwakały na wodzie, nasiona traw wzbijały się przelotnie w niemal nieruchomym powietrzu, po czym powoli opadały.

Rozmyślała o Jessie. O Arturze i Liliane, których widziała razem przed kościołem, trzymali się pod rękę, gdy Arturro zatrzymał się, by zaproponować jej chusteczkę – żałowała, że Jessie nie mogła tego zobaczyć. Rozmyślała o tym, jak jej ojciec zamknął oczy, gdy się od niego odwróciła – z wyrazem niemej rozpaczy tak przelotnej, że chyba tylko ona ją dostrzegła. Rozpoznała ją jednak od razu – taką samą minę miał Neil tego ranka.

Parę metrów dalej szpak dziobał ziemię, jego śliskie pióra błyszczały w wieczornym słońcu, gdy skakał po spękanej glebie. Po drugiej stronie doliny rozległ się odległy odgłos dzwonu na rynku – wybił piątą, szóstą, siódmą, jak przez te wszystkie lata jej nieobecności, kiedy układała sobie życie wiele kilometrów stąd, jak przez te wszystkie lata, zanim przyszła na świat. Czas wstawać. Czas ruszyć dalej.

Oparła głowę na kolanach i odetchnęła głęboko, dziwiąc się liczbie osób w swoim życiu, które musiała przeprosić.

Tylko niektóre z nich mogły to jeszcze usłyszeć.

Rozdział dwudziesty pierwszy

Sklep pozostał zamknięty przez ponad tydzień. Suzanna przyszła go otworzyć dzień po pogrzebie, stała na progu przez niemal siedem minut – na tyle długo, by właścicielka sklepu zoologicznego na rogu zapytała z troską, czy dobrze się czuje – po czym wrzuciła klucz z powrotem do torebki i wróciła do domu. Dwaj dostawcy zadzwonili z pytaniem, czy jest jakiś problem. Uprzejmie odpowiedziała, że nie, ale że nie będzie przyjmować dostaw w najbliższej przyszłości. Ekipa remontowa zadzwoniła z pytaniem, czy można postawić kontener na gruz zaraz przy drzwiach, a ona zaskoczyła ich żarliwością, z jaką się na to zgodziła. Arturro zatelefonował na jej numer domowy, by upewnić się, że nic jej nie jest. Ogarnęło ją podejrzenie, że obawia się, iż jej również mogłoby się coś stać.

Niewiele zrobiła przez ten tydzień. Dokończyła w domu różne zadania, na które nigdy nie miała czasu, gdy sklep był otwarty – umyła okna, powiesiła zasłony, pomalowała nieskończoną część kuchni. Podjęła kilka pobieżnych prób odchwaszczenia ogrodu. Ugotowała kilka dań, z których przynajmniej jedno okazało się zarówno miłe dla oka, jak i jadalne, lecz nawet jego nie zdołała utrzymać w żołądku. Nie powiedziała Neilowi o tymczasowym zawieszeniu działalności. Gdy zorientował się sam kilka dni później – kolega, z którym dojeżdżał do pracy, zapytał, kiedy sklep znów będzie otwarty – nie poruszył tematu. Nie mówił też nic o tym, jaka jest milcząca. Był to osobliwy, trudny czas dla wszystkich. Żałoba to dziwna sprawa. Neil i Suzanna nadal odnosili się do siebie z rezerwą – od tej wymiany zdań na pogrzebie Jessie. Nawet on wiedział już, że są takie dni w małżeństwie, kiedy lepiej za dużo nie mówić.

W kolejny poniedziałek, dokładnie dziewięć dni później, Suzanna wstała o wpół do ósmej. Napuściła wody do wanny (w domku nie było prysznica), umyła głowę, nałożyła makijaż i wyprasowała bluzkę. W dzień na tyle wietrzny, by zmierzwić jej włosy i zaróżowić jej blade policzki, zgodziła się, by mąż podwiózł ją do Pawiego Zakątka (miał wolny poranek). Bez żadnego widocznego wahania włożyła klucz do zamka stalowych tymczasowych drzwi i otworzyła. Zaproponowała budowlańcom herbatę, przejrzała pocztę i z mieszanymi uczuciami odnotowała zniknięcie szerokiego kobierca starych kwiatów oraz przybycie kilku nowszych bukietów, w tym od Liliane, a następnie wyjęła z torebki wszystkie rzeczy, które zgromadziła przez ten tydzień, rzeczy, którym się przyglądała i którym poświęciła wiele namysłu, rzeczy, które zapamiętała i takie, które wybrała ze względu na ich wygląd. Rozłożyła je na różowym stoliku z miną wyrażającą intensywne skupienie, po czym zaczęła zbierać drobiazgi należące do Jessie.

Pani Creek, co chyba nietrudno było przewidzieć, zjawiła się jako pierwsza. Kilka minut, które upłynęły pomiędzy otwarciem sklepu a jej nadejściem, kazało się potem Suzannie zastanawiać, czy jej stała klientka spędziła ostatnie dni na ukradkowej obserwacji sklepu, czekając na moment, gdy drzwi znów się otworzą. Wyglądała na tak wysmaganą wiatrem, jak

Suzanna się czuła, jej siwe włosy sterczały pod szydełkowym beretem, jakby poraził ją prąd.

– Nie powiedziałaś nikomu, że zamykasz – oświadczyła oskarżycielsko, kładąc torebkę na stoliku obok siebie.

– Nie wiedziałam – odparła Suzanna, przesuwając kubki na półce, by znaleźć ten, który Jessie lubiła najbardziej.

– Tak nie zatrzymasz stałych klientów.

Znalazła. Niebiesko-czarny z rysunkiem buldoga i słowami *chien méchant* po drugiej stronie. Jessie powiedziała, że pies przypomina jej Jasona, gdy się rano obudzi. Uważała, że to bardzo śmieszne.

– Musiałam chodzić do Imbryczka z Kawą – kontynuowała pani Creek. – Nie smakują mi ich kanapki. Ale nie dałaś mi wyboru.

– Nie serwuję kanapek.

– Nie o to chodzi, moja droga. Tam nie możesz wypić kawy po wpół do dwunastej, jeśli nie zamierzasz niczego zjeść. Ich najtańsza kanapka z żółtym serem i pomidorem kosztuje ponad dwa funty, wyobraź sobie.

– Te zaklejone kartony chcesz przesunąć do tyłu? – Neil wynurzył się z piwnicy, zerknął na swoje spodnie, szukając na nich brudnych śladów. – Są podpisane „Gwiazdka", zakładam więc, że nie będą ci na razie potrzebne na górze.

Odwróciła się do niego.

– Nie – odparła. – Może być z tyłu. O ile dostanę się do innych rzeczy.

– Masz szczęście, że budowlańcy znieśli to wszystko za ciebie – dodał, obejmując gestem piwnicę, w której kartony z towarem tworzyły rozchybotane wieże. Nie było widać, że niedawno ktoś tu posprzątał i przeorganizował przestrzeń. – Są tacy, co wzięliby to dla siebie.

– Tutaj tak nie jest – oświadczyła, choć nie czuła żadnej wdzięczności. Zwłaszcza wobec budowlańców, którzy kosztowali ją już czterysta funtów ponad wartość jej ubezpieczenia, a niemal połowę tej sumy wypijali codziennie w postaci naparu z wybornych ziaren brazylijskiej kawy. – Napijesz się jeszcze czegoś czy musisz już iść?

– Na razie nic mi nie trzeba. Zrobię, ile się da, zanim będę się musiał zbierać. Będziesz miała więcej czasu, żeby posprzątać na górze. – Po tych słowach znów zniknął w piwnicy.

– To twój mąż? – Pani Creek przeglądała stare czasopismo. Patrzyła na schody tak, jakby Suzanna zrobiła coś obłudnego, zapraszając go tutaj, i wzbudziła tym u niej ogromną irytację.

– Tak – mruknęła Suzanna, po czym wróciła do swojej witryny.

– Widziałam go z tobą na pogrzebie.

– Och.

– Widziałaś ją?

– Kogo?

– Córkę, Emmę. Taka ładna dziewczynka. Uszyłam jej strój stokrotki.

– Wiem – mruknęła Suzanna do różowych kwiatów z papieru, które leżały przed nią.

– Pięknie na nią pasował. Uszyłam go ze starego kuponu chińskiej krepy. Nie szyłam sukienki z chińskiej krepy od dwudziestu… Nie, musi być już trzydzieści lat. – Powoli popijała kawę. – Biedna dziewczynka. To nie jest normalne.

Suzanna próbowała nie odrywać się od wizji witryny Jessie, którą miała w głowie. Gdy wychodziła z domu, dokładnie wiedziała, czego chce, ale jej pomysły już rozmywały się na brzegach, skażone rozmową.

– Suknie balowe i ślubne, do nich najlepiej pasowała chińska krepa. Oczywiście suknie ślubne szyje się jednak głównie z jedwabiu... Jeśli kogoś na to stać w każdym razie. Ale te lepsze materiały to męczarnia na warsztacie. Trzeba rozpruwać szwy po dwa, trzy, cztery razy, żeby nic się marszczyło ani nie zaciągało.

To, co zostało z jej wizji, wyparowało. Och, proszę, idź sobie już, pomyślała, zwalczając pokusę uderzenia głową w twardą powierzchnię lady. Daj mi święty spokój. Nie mogę dzisiaj wysłuchiwać twojego głędzenia.

Wiatr hulał po ulicy, tworząc z papierowych kubków i pierwszych suchych liści nieregularne wiry. Po drugiej stronie przepierzenia ze sklejki usłyszała nawołujących się robotników, ich rozmowy przerywał od czasu do czasu huk wiertarek. Okna będą w przyszłym tygodniu, powiedzieli. Robione na zamówienie przez miejscowego stolarza. Nawet lepsze niż te stare. Przekornie doszła do wniosku, że podoba jej się to gołe drewno, przyćmione światło. Nie była pewna, czy jest gotowa, by znów pokazać się światu.

– Może zaparzysz nam jeszcze kawy, co, skarbie? – Najstarszy budowlaniec, mężczyzna o siwych włosach i wysokim mniemaniu o własnym uroku, zajrzał do środka przez szparę w drzwiach. – Zrobiło się zimno, chętnie bym się trochę rozgrzał.

Zmusiła się do uśmiechu. Tak jak zmusiła się do niego dla pani Creek.

– Jasne – odparła. – Już podaję.

Kilka minut później drzwi znów się otworzyły. Gdy jednak w końcu odwróciła się od ekspresu, to nie budowlaniec w nich stał.

– Suzanno – powiedział.

Na chwilę zniknęło wszystko poza nim, poza jego niebieskim szpitalnym uniformem, wysłużoną torbą podręczną, intymnym spojrzeniem opuszczonych oczu. Rozejrzał się wokół, zauważył panią Creek bez reszty pochłoniętą lekturą i wyciągnął do Suzanny dłoń ponad ladą.

– Sklep był wiecznie zamknięty – dodał cicho. – Nie wiedziałem, jak się z tobą skontaktować.

Jego niespodziewana bliskość pozbawiła ją tchu. Zamrugała gwałtownie do stojących przed nią kaw.

– Muszę je zanieść – oświadczyła łamiącym się głosem.

– Muszę z tobą porozmawiać.

Zerknęła na panią Creek, a potem na niego.

– Mam duży ruch – powiedziała z naciskiem, próbując mu coś przekazać swoim tonem… Sama nie wiedziała co.

Pani Creek zawołała z drugiego końca sali:

– Liczysz tym mężczyznom pełną cenę za kawę?

Suzanna oderwała od niego wzrok.

– Co? Nie – odparła. – Nic im nie liczę.

– To niesprawiedliwe.

Wzięła głęboki oddech.

– Jeśli pomoże mi pani wymienić okna, pani Creek, złoży za mnie wniosek o odszkodowanie albo poprowadzi mi rachunki, z radością dam pani darmową kawę.

– Suzanno – mruknął do jej lewego ucha z naciskiem.

– Nieszczególnie przyjazna, co? – wymamrotała pani Creek. – Nie sądzę, by Jess… – Nagle zmieniła zdanie. – Widać, że wszystko wraca do tego, co było. – Jej ton nie pozostawiał żadnych wątpliwości co do jej opinii na ten temat.

– Nie mogę przestać o tobie myśleć… – kontynuował cicho.

Koncentrowała się na jego ustach, które poruszały się kilka centymetrów od niej. – Prawie nie spałem, odkąd… Mam wyrzuty sumienia, że jest we mnie tyle radości, tyle… W chwili, kiedy wszystko jest takie… takie okropne. – Pomimo wagi tych słów z jego barków zniknął ciężar, jego twarz promieniała.

Przeniosła wzrok z jego warg na panią Creek, która czytała w kącie. Na ulicy rozległy się jakieś głosy, ekipa budowlana coś odpowiedziała, zaczęła się zastanawiać, czy ktoś przyniósł więcej kwiatów. Słyszała też pogwizdywanie Neila kilka metrów pod nimi. Gwizdał *You Are My Sunshine*.

– Myślisz, że to złe? – Alejandro dotknął jej dłoni, lekko niczym piórko. – Że jestem taki szczęśliwy?

– Ale… Ja…

– Mówiłaś mi, co mam zrobić z tym workiem? Mógłbym zapytać chłopaków na zewnątrz, czy pozwolą mi wyrzucić go do kontenera.

Podskoczyła, zabrała rękę i okręciła się na pięcie do Neila, który stał parę kroków dalej. Potarł nos palcami, a potem spojrzał na nie, jakby się spodziewał, że zobaczy brud.

– Och – mruknął przyjaźnie. – Przepraszam, że wam przerwałem.

Suzanna robiła, co mogła, by powstrzymać rumieniec. Poczuła raczej, niż zobaczyła, że Alejandro odsuwa się od lady. Pożałowała, że mimowolnie stała się częścią jego zdumienia.

– Nic się nie stało – odparł sztywno. – Chciałem tylko kawę.

Neil wpatrywał się w niego przez chwilę.

– Hiszpański akcent – powiedział. – Ty musisz być *gaucho*. Przepraszam, dziewczyny mówiły mi, jak masz na imię.

Knykcie Suzanny pobielały na rączkach tacy. Zmusiła się, by rozluźnić uścisk.

– Alejandro.

– Alejandro. Pracujesz w szpitalu, prawda?

– Prawda.

– Świetna robota – oświadczył Neil. – Świetna – powtórzył. – Tak, Jessie wszystko mi o tobie powiedziała. – Urwał. – Bardzo cię lubiła ta nasza Jess.

– Ja również bardzo ją lubiłem.

Alejandro wpatrywał się w niego intensywnie, jakby go oceniał, szacował jego wartość, siłę jego roszczeń do Suzanny. Coś się zmieniło w jego postawie, pojawiła się w niej nuta czujnej rywalizacji, gdy wyprostował plecy. Zmysły Suzanny wibrowały tak, że była niemal pewna, iż to widać, czuła się zarówno zachwycona, jak i oburzona tym wszystkim, świadoma ślepoty Neila. Zapragnęła wynieść tacę na zewnątrz, znaleźć się gdziekolwiek indziej, byle nie tu. Ale jej stopy wrosły w podłogę.

– Straszne – powiedział Neil. – Straszne. – Na zewnątrz ktoś zaczął walić w coś młotkiem. – Odsunę tylko te półki, zanim pójdę – zwrócił się do Suzanny. – Jakimś cudem wylądowała za nimi kupa gruzu. Cholera wie jak. – Zszedł po schodach, pogwizdując.

Alejandro spojrzał ponad jej ramieniem na drzwi piwnicy, za którymi rozległ się szelest przesuwanych pudeł, po czym podszedł bliżej.

– Muszę ci powiedzieć – szepnął – co czuję. Muszę z tobą porozmawiać. Po raz pierwszy naprawdę przemówiłem.

Podniosła głowę, jej ciało odruchowo sobie przypomniało.

– Proszę, nie…

– Ona to dostrzegła, Suzanno. Zobaczyła to przed nami.

– Mam męża, Ale.

Zerknął lekceważąco na drzwi.

– Tyle że nie tego, co trzeba.

Pani Creek z zainteresowaniem obserwowała wszystko z drugiego końca sklepu. Suzanna cofnęła się ku półkom i zaczęła przestawiać syropy do kawy, by utworzyły równy rząd.

– Suzanno.

– Jestem mężatką – powtórzyła cicho. – Może nawet noszę jego dziecko.

Spojrzał na jej brzuch, po czym pokręcił głową.

– Nie mogę tak po prostu tego zignorować, Ale. Przykro mi.

Podszedł bliżej, jego głos musnął jej ucho, gdy mruknął:

– Co próbujesz mi powiedzieć? Że z nim zostaniesz? Po tym wszystkim?

– Przepraszam. – Odwróciła się do niego, plecami do ściany.

– Nie rozumiem.

Jego głos podniósł się niebezpiecznie. Zerknęła na panią Creek, która teraz wpatrywała się w gazetę z intensywnym skupieniem kogoś, kto próbuje – lub udaje, że próbuje – nie podsłuchiwać.

Spojrzała na niego błagalnie.

– Posłuchaj, nigdy nie zrobiłam nic dobrego, Ale, nigdy. – Przypomniała sobie ubiegłą noc, jak leżała z otwartymi oczami w pokoju gościnnym, a o wpół do czwartej wróciła do ich łóżka, zwinęła się w kłębek, objęła się ramieniem Neila, próbując go nakłonić, by uznał ją za swoją, oddając mu się w ramach przeprosin. Potem się kochali i było w tym coś smutnego i apatycznego. Modliła się przez cały czas, by się nie odezwał.

Głos Neila wypłynął na górę po schodach.

– Te plakaty mają tu zostać, Suze? Te koło wózka?

Suzanna próbowała zapanować nad swoim głosem.

– Czy możesz je tam zostawić? – zawołała. – Dużo myślałam – szepnęła do Alejandra. – I zrozumiałam, że pewne rzeczy muszą się zmienić. Ja muszę się zmienić.

– Powiedziałaś mi, Suzanno. Ty mi powiedziałaś... że nadchodzi pora, by uwolnić się od przeszłości, od duchów. Pokazałaś mi, że nadeszła pora, by żyć. – Wziął ją za ręce, nie dbał o to, że są obserwowani. – Nie możesz zawrócić. Dobrze to wiesz. Nie możesz. Ja nie mogę.

– Mogę. – Spojrzała na ich dłonie. Jakby należały do innych ludzi.

– Wszystko się zmieniło, Suzanno.

– Nie.

– Posłuchaj mnie.

– Ale... Ja cię nie znam. Nic o tobie nie wiem. Ty nic nie wiesz o mnie. Wiedzieliśmy tylko, że kochaliśmy tę samą dziewczynę i że ją straciliśmy. Trudno na tym opierać związek, nie sądzisz? – Odsunęła się na bok, słysząc kroki Neila w piwnicy, jego cichy okrzyk, gdy coś upadło z hukiem.

– Naprawdę myślisz, że tak jest? Myślisz, że tylko tym jesteśmy? – Puścił jej dłonie, wpatrywał się w nią z niedowierzaniem. Udało jej się zapanować nad głosem.

– Przykro mi. Ale postępowałam tak przez całe swoje życie. Postępowałam tak przez całe swoje małżeństwo... Nie jesteś pierwszą osobą, w której się zadurzyłam.

– Zadurzyłaś? Myślisz, że się we mnie zadurzyłaś?

Dzieliły ich już tylko centymetry. Czuła zapach jego skórzanej kurtki, słabą gorycz mate w jego oddechu. Budowlańcy zaczęli przybijać coś do sklejki, a Suzannę przeszyły wibracje uderzeń.

– Znam cię, Suzanno. – Przyparł ją do zabitego deskami okna, trzymał dłonie na jej ramionach, na jego twarzy malowała się ledwie wstrzymywana furia.

– Nie – odparła. – Nie znasz mnie.

– Owszem, znam. Znam cię równie dobrze jak samego siebie. Poznałem cię w chwili, w której cię zobaczyłem, taką piękną i... i rozgniewaną, uwięzioną za ladą twojego sklepu.

Kręciła głową, wibracje młotka rozchodziły się po niej echem, wypełniały sklep, przesłaniały wszystko poza nim, poza zapachem jego skóry, jego przerażającą bliskością.

– Nie mogę...

– Powiedz mi, że mnie nie znasz – szepnął.

Płakała cicho, nie dbając już nawet o to, że pani Creek patrzy.

– Powiedz mi. Powiedz mi, że nie wiesz, kim jestem. – Jego głos był ochrypły, naglący.

– Nie... Ja...

Uderzył dłonią w deskę obok jej głowy, walenie młotka na chwilę ustało.

– Suzanno, proszę. Powiedz mi, że mnie nie znasz.

W końcu pokiwała głową, wykrzywiła twarz w płaczliwym grymasie, zamknęła oczy, zatraciła się w jego zapachu, w jego bliskości.

– Znam cię... Znam cię, Ale. Znam.

Pomszczony, odwrócił się od niej z ostrym okrzykiem, pocierając twarz ręką.

Za jego plecami rozległ się niepewny głos:

– Ale to nie znaczy, że to jest dobre.

Wyszedł niecałą minutę później, na widok urazy i wściekłości na jego twarzy uznała, że zaraz uschnie i umrze. Wolałaby to, niż by znów tak na nią spojrzał. Gdy tylko trzasnęły stalowe drzwi, pojawił się Neil, zakurzony i zadowolony.

– Ucieszysz się, jak wrócą te twoje – mruknął, machając rękami wokół uszu. – Te wydają takie dźwięki, jakby zamykali cię w więzieniu za każdym razem, gdy ktoś nimi trzaśnie. Dobra, skończyłem. Chcesz odebrać robotę?

– Nie – odparła, powstrzymując łzy. – Ufam ci.

– Tym gorzej dla ciebie, co? – powiedział Neil, puszczając oko do pani Creek. Przed wyjściem uścisnął jeszcze żonę na pocieszenie. – Wyglądasz na zmęczoną – dodał z sympatią. – Może poszukasz kogoś do pomocy na kilka kolejnych tygodni? To ciężka praca, prowadzenie tego wszystkiego w pojedynkę.

Nie wiedział, dlaczego na te słowa znów wybuchnęła płaczem.

Część trzecia

Rozdział dwudziesty drugi

Nieliczni, którym udało się przeżyć, utrzymują, że ostatnie chwile przed utonięciem są całkiem przyjemne. Gdy walka dobiega końca, a woda zalewa płuca, ofiara wkracza w pasywny stan akceptacji, dostrzega nawet swego rodzaju perwersyjne piękno w tym doświadczeniu.

Suzanna często o tym myślała w kolejnych tygodniach. Czasami miała wrażenie, że tonie. Czasami, że lunatykuje, jakby na oślep wykonywała z góry ustalone ruchy, jakby nie do końca kontrolowała to, co robiła i mówiła. Niektórzy powiedzieliby, rozmyślała cierpko, że to postęp. Dom utrzymywała w porządku, a lodówkę dobrze zaopatrzoną, przestała nawet narzekać na belki na suficie. Odnosili się do siebie z Neilem łagodnie, troskliwie, jakby oboje zdawali sobie sprawę, że te ostatnie tygodnie w jakiś sposób ich uszkodziły, jakby nie chcieli brać odpowiedzialności za kolejne krzywdy. Raz dziennie powtarzała, że go kocha, a on niezwłocznie zapewniał ją o tym samym. Zabawne, jak w małżeństwie uczucie, które rozwijało się od pytania, a nawet prowokacji, staje się ostatecznie czymś w rodzaju łagodnego zapewnienia.

Rzadko myślała o Alejandrze. W każdym razie świadomie. Nocami często budziła się z płaczem i z obawą zastanawiała się wtedy, co mówiła przez sen. Neil przypisywał te nocne napady lęku śmierci Jessie, a Suzanna odczuwała wyrzuty sumienia i w duchu przepraszała Jessie, że nie wyprowadza go z błędu.

Alejandro nie przyszedł do sklepu. Niewiele osób przychodziło. Gdy szok związany ze śmiercią Jessie przeminął, kwiaty usunięto, a plotkarze i gapie zniknęli, została tylko garstka stałych klientów. Wśród nich pani Creek – Suzanna podejrzewała, że przychodziła nadal, ponieważ nie była mile widziana w większości innych miejsc. Kiedyś usłyszała jej nazwisko w kawiarni przy rynku, a zaraz potem rozmawiający przewrócili oczami. Ogarnęło ją współczucie dla starszej kobiety. Tyle że niekończące się opowieści pani Creek o niej samej i jej niestosowne żądania sprawiały, że współczucie nigdy nie trwało długo.

Był ojciec Lenny, który uroczystym tonem oświadczył, że gdyby Suzanna kiedykolwiek chciała porozmawiać, naprawdę porozmawiać (tu znacząco uniósł brwi), on zawsze jej wysłucha. Och, i gdyby chciała kupić lampy z koralików w okazyjnej cenie, naprawdę ładne, wie, gdzie można takie dostać. Liliane wpadała od czasu do czasu, promieniejąc aurą nowej miłości – kupiła między innymi skórzany portfel dla Arturra i kilka ręcznie robionych pocztówek. Nie odzywała się do Suzanny więcej niż to absolutnie konieczne – pomimo najwyraźniej pozytywnego rezultatu ich knowań Suzanna wiedziała, że jeszcze nie wybaczono jej tych czekoladek, nawet jeśli Jessie została rozgrzeszona.

Arturro przychodził co najmniej raz dziennie na espresso, ale podejrzewała, że to się wkrótce skończy. Plotki głosiły, że rozważa zakup własnego ekspresu, a powstrzymuje go tylko lojalność wobec Suzanny i przekonanie, że jej sklep dość już wycierpiał. Był dla niej nieskończenie miły, pytał, czy trzeba dokonać jakichś napraw, proponował, że przypilnuje jej interesu, aby mogła pójść na lunch. Nieczęsto korzystała z tej oferty. Rzadko odczuwała taki głód, który zmusiłby ją do podjęcia wysiłku i kupienia czegoś, a poza tym obawiała się, że gdyby za długo przebywał w jej towarzystwie, Liliane zaczęłaby mierzyć ją jeszcze bardziej złowrogim spojrzeniem niż do tej pory.

Czasami przyłapywała go na wpatrywaniu się w nią tymi smutnymi, zaniepokojonymi oczami – zmuszała się wtedy do szerokiego uśmiechu. Uśmiechu, który mówił: nic mi nie jest, serio. Uśmiechu, do którego uciekała się w ostatnim czasie tak często, że niemal zapomniała, jak wygląda ten prawdziwy.

Neil powiedział jej, że sklep pada. Nie użył dokładnie tych słów. Zapewne nie chciał jej dodatkowo smucić. Zaglądał do ksiąg rachunkowych co kilka dni, a sposób, w jaki opierał czoło na ręce, gdy przeglądał rachunki, zdradził jej wszystko, co musiała wiedzieć.

Uświadomiła sobie, że powinna się tym bardziej przejmować, ale świeżo odmalowane wnętrze, plakaty, które powiesiła, by zakryć paskudne płyty we wnękach okiennych, nie miały już takiego uroku jak dawniej – ani dla niej, ani dla nikogo innego. Różnokolorowe stoliki wydawały się smutne i prowizoryczne, napoje zostawiały na nich kolorowe plamy, jeśli nie wytarła ich dość szybko. Nagie ściany, na których nie zdołała dotąd zastąpić fotografii ani obrazów, biała emulsja, którą pewnego popołudnia pod wpływem osobliwego przymusu zamalowała mapy, brak witryny – to wszystko sprawiało, że w sklepie zapanowała inna atmosfera. Mniej serdeczna. Mniej zwrócona do ludzi. Coraz mniej przypominająca jej wizję sprzed niemal roku.

Znała powód. Tak jak znali go wszyscy inni. Może ckliwie to brzmiało, ale serce sklepu odeszło.

Pogoda, o czym doniosły panie z Instytutu Kobiet Vivi, gdy jak co tydzień pojechała tego ranka na rynek odebrać swoje zamówione warzywa, zdecydowanie będzie się zmieniać. Na pozór niekończące się tygodnie nieskazitelnie błękitnego nieba i bezwietrznych upałów zastępowały powoli – najpierw na parę godzin, teraz już na całe dnie – silniejsze wiatry, szare chmury i przelotne deszcze. Kwiaty już dawno przekwitły, ich główki zbrązowiały i zwiędły, stopniowo na powrót chowały się w ziemi, podczas gdy drzewa przedwcześnie gubiły liście, zasypując wyblakłą zielenią i złotem chodniki i pobocza. Być może za takie lato, jakie mieli, rozmyślała Vivi, zawsze trzeba zapłacić cenę. Postanowiła nie wywieszać już prania na zewnątrz.

– Wszystko gotowe? – Douglas stanął za nią, oparł dłonie na jej biodrach i pocałował ją w policzek.

– Na tyle, na ile to możliwe. Powiedziałeś, że nie chcesz typowego lunchu.

– Wystarczą kanapki w gabinecie – odparł. – Nie sądzę, żeby chcieli zostać dłużej. Cóż, Lucy by mogła, gdyby wzięła wolny dzień.

– Nie, powiedziała mi, że wróci popołudniowym pociągiem, żeby jeszcze zdążyć do biura.

– Ta dziewczyna to pracoholiczka – mruknął Douglas, podchodząc do kanapek. – Ciekawe, po kim to ma.

Stodoły były już pełne siana i słomy. Pola pszenicy i jęczmienia zostały skoszone i zaorane. Vivi obserwowała męża, który wpatrywał się niewidzącym wzrokiem w kuchenne okno, szukając na ciemniejącym niebie oznak deszczu – robił to po kilka razy dziennie przez całe swoje dorosłe życie. Pierwsze krople uderzyły o szybę, a ona poczuła melancholię na myśl o tym, że lato dobiegło końca. Na wsi zima trwała o wiele dłużej. Wszystko było mroczne i zimne, bezkresne błoto i naga brązowa ziemia, wieczne zawijanie się i odwijanie, by obronić się przed gryzącym chłodem. Nic dziwnego, że tylu rolników popadało w przygnębienie. W tym roku jednak perspektywa coraz krótszych dni i coraz dłuższych nocy wydawała jej się mniej niepokojąca niż w latach ubiegłych.

– Rozmawiałeś z mamą? – zapytała, wyjmując z opakowania kupne ciasto. Nie zniżyła głosu, słuch Rosemary tak się pogorszył, że rzadko nadążała za normalną konwersacją.

– Tak – odparł Douglas. – Powiedziałem jej, że wbrew temu, co uważa, nie ignorujemy jej życzeń. Że to coś na kształt szczęśliwego kompromisu, że jeśli się nad tym zastanowi, na pewno to dostrzeże.

– I?

– I że najważniejsze jest szczęście tej rodziny. Do której się zalicza.

– I?

– Zatrzasnęła mi drzwi przed nosem – mruknął.

– Biedactwo. – Podeszła do męża, by go uściskać, po czym pacnęła go w rękę, gdy włożył szorstki palec w polewę na cieście.

Suzanna przyjechała jako pierwsza, Vivi nastąpiła na kota, gdy pobiegła do drzwi, by jej otworzyć. Zwierzę wydało z siebie pisk tak słaby, że pomyślała, iż pewnie nie ma już nawet siły narzekać.

– Prawdopodobnie właśnie zmiażdżyłam kota Rosemary – oświadczyła, otwierając drzwi.

Suzanna chyba jej nie usłyszała.

– Nie mogę zostać długo – powiedziała, całując matkę w policzek. – Po południu muszę znów otworzyć sklep.

– Wiem, kochanie, bardzo miło, że to dla nas zrobiłaś. Tata nie zajmie ci dużo czasu, obiecuję. Przygotowałam kanapki, żebyście mogli zjeść, jak będzie mówił. Rzucisz okiem na kota Rosemary i powiesz, czy twoim zdaniem coś mu złamałam?

– Trudno stwierdzić. – Suzanna zmusiła się do uśmiechu. – Zawsze miał trochę krzywe łapy. Patrz, podnosi się. Chyba nie musisz się martwić.

Była taka chuda, zauważyła Vivi, idąc za Suzanną do kuchni, gdzie pani Cameron nakrywała tacę. I nie chodziło tylko o to – wydawała się poszarzała, pokonana, jakby wypłukano z niej całą esencję. Vivi żałowała, że w swoim nieszczęściu córka nie szuka pociechy u Neila. Z drugiej strony od jakiegoś czasu zastanawiała się, czy Neil po części nie stanowi problemu.

– Czy mam przygotować coś innego dla pani Fairley-Hulme? O ile dobrze pamiętam, nie przepada za kanapkami – powiedziała pani Cameron.

– Poznała już pani Suzannę? To moja najstarsza córka. Suzanno, to pani Cameron. W zasadzie miałam zapytać, czy nie zrobiłaby jej pani jajecznicy. – Zniżyła głos. – Nie wychodzi dzisiaj z aneksu.

– To jakiś protest? – zapytała Suzanna, opierając się o piec, jakby próbowała wchłonąć jego ciepło.

– Wydaje mi się, że całe życie Rosemary to protest – odparła Vivi i od razu poczuła się jak zdrajca. – Skończę tylko koszule i przygotuję dla niej tacę.

Kilka minut później zaniosła ją do aneksu, a następnie zajęła się kolejną, stawiając na niej imbryczek na herbatę i cztery kubki. Gdy wróciła do kuchni, Suzanna wyglądała przez okno. Smutek na jej twarzy sprawił, że Vivi poczuła się nagle przygnębiona i świadoma, że ta emocja towarzyszyła jej zbyt często i zbyt długo. Nie ma czegoś takiego jak szczęście, pomyślała, jeśli jedno z twoich dzieci jest nieszczęśliwe. Wytarła dłonie w fartuch, po czym rozwiązała go i powiesiła na drzwiach, walcząc z pragnieniem objęcia córki, tak jak niedawno przytulała męża.

– Zastanawiałaś się może, kochanie, czy chcesz, byśmy pozostawili portret Athene w galerii?

– Nie. Nie miałam czasu, żeby o tym myśleć.

– Nie, oczywiście, że nie. Cóż, jeśli chciałabyś ją odwiedzić, wiesz, gdzie jest.

– Dzięki, mamo, ale nie dzisiaj.

Słysząc ten zimny, przygnębiony głos, Vivi zastanawiała się, czy córka nadal opłakuje przyjaciółkę. Bądź co bądź wypadek wydarzył się stosunkowo niedawno. Pamiętała, jaki wpływ miała na wszystkich śmierć Athene – wiadomość o niej odbiła się echem w rodzinie, w ograniczonym gronie osób, które znały prawdę o jej „przedłużonych wakacjach za granicą". Choć sama nie czuła się zapewne tak smutna, jak powinna (bo kto się czuł?, pomyślała z wyrzutem), nadal pamiętała ten przytłaczający szok na myśl o tym, że umarł ktoś tak młody i piękny... Matka...

Ogarnęło ją znajome uczucie własnej niedoskonałości, gdy zastanawiała się, czy mogłaby jakoś złagodzić ból córki. Chciała zapytać, co się stało, doradzić jakieś lekarstwo, wesprzeć ją. Gorzkie doświadczenie nauczyło ją jednak, że Suzanna powie coś, dopiero gdy poczuje się gotowa. W wypadku Vivi oznaczało to w zasadzie brak rozmowy.

– Lucy powinna się zjawić lada chwila – powiedziała, otwierając szufladę z tekstyliami kuchennymi i wyjmując z niej serwetki. – Ben pojechał po nią na stację.

Vivi nie zamierzała brać udziału w ich małej naradzie – i tak znała temat. Douglas oświadczył jednak, że chce, by tam była, usiadła więc pod ścianą i oparła się o biblioteczkę, rozkoszując się satysfakcją matki, która widzi przed sobą troje swoich dzieci. Włosy Bena pojaśniały przez lato i całodzienną pracę na powietrzu, wyglądał jak parodia karmionego kukurydzą syna rolnika. Lucy, która usiadła po jego prawej stronie, była opalona i zgrabna, właśnie wróciła z jednego ze swoich egzotycznych urlopów. Siedząca po drugiej stronie Suzanna nie mogłaby bardziej się wyróżniać ze swoją bladą, mleczną cerą, ciemnymi włosami i podkrążonymi oczami. Zawsze będzie piękna, rozmyślała Vivi, ale tego dnia wyglądała jak ktoś, kto bardzo stara się nie być.

– Miałem do ciebie dzwonić, Suze – oświadczył Ben, napychając sobie usta kanapką. – Powiedz Neilowi, że przygotowuję listę na pierwsze polowanie. Zarezerwuję mu miejsce, jeśli będzie chciał.

– Nie jestem pewna, czy nas na to stać – odparła cicho.

– Nie będę brał od niego pieniędzy – mruknął Ben. Jego oburzenie wydawało się wymuszone, miał zbyt pogodną naturę, by wypadło prawdziwie. – Wiesz co, jeśli to go martwi, powiedz, że może mi oddać dług, sprzątając stare zagrody dla świń.

– Albo twój pokój. – Lucy szturchnęła go łokciem. – No bo co to za różnica. Kiedy się wyprowadzisz, maminsynku?

– Kiedy będziesz mieć chłopaka?

– Kiedy będziesz mieć dziewczynę?

– Kiedy będziesz mieć jakieś życie?

– Hmm – mruknęła Lucy teatralnie. – Osiemdziesiąt tysięcy rocznie plus premie, biuro z widokiem na Tamizę, własne mieszkanie, członkostwo w dwóch prywatnych klubach i wakacje na Malediwach. Albo kieszonkowe od mamy i taty, pokój, który zajmujesz, odkąd skończyłeś dwanaście lat, samochód tak bezużyteczny, że wiecznie musisz pożyczać od mamy, i wieczory na dyskotece dla młodych farmerów. Hmm, ciekawe, kto tu naprawdę musi sobie załatwić jakieś życie.

Vivi wiedziała, że to ich sposób na ponowne rozpoznanie siebie, na odnowienie więzi. Jednak gdy Lucy i Ben dalej się przekomarzali, Suzanna nie powiedziała nic, zerknęła tylko na zegarek, a potem na ojca, który szukał okularów pomiędzy papierami na biurku.

– No to o co chodzi, tato? – zapytała w końcu Lucy. – *Król Lear*? Mogę grać Kordelię?

Douglas znalazł okulary, włożył je ostrożnie i spojrzał na młodszą córkę przez cienkie srebrne oprawki.

– Bardzo zabawne, Lucy. Doszedłem do wniosku, że już pora, bym częściej konsultował z wami wszystkimi kwestie zarządzania posiadłością. Zmieniłem testament tak, że choć majątkiem będzie zarządzał Ben, każde z was będzie miało w nim udziały, a także głos w sprawie jego przyszłości. Myślę więc, że będzie lepiej, na wypadek gdyby coś mi się przytrafiło, jak będziecie mieli jakieś pojęcie na temat tego, co się dzieje.

Lucy zrobiła zaciekawioną minę.

– Mogę zobaczyć księgi? Zawsze się zastanawiałam, ile to miejsce zarabia.

– Wątpię, żeby wyprawiło cię na Malediwy – mruknął jej ojciec sucho. – Zrobiłem kopie. Leżą tam, w niebieskiej teczce. Proszę tylko, byście ich nigdzie nie zabierali. Czułbym się lepiej, wiedząc, że wszystkie informacje finansowe są w jednym miejscu.

Lucy podeszła do stolika i zaczęła przeglądać arkusze kalkulacyjne, które dla Vivi zawsze stanowiły czarną magię. Wiedziała, że żony niektórych farmerów pełnią funkcję księgowych swoich mężów i na samym początku ostrzegła Douglasa, że ona nie widzi różnicy między debetem a kredytem.

– Najważniejsze, co chciałem wam powiedzieć, to że uzyskaliśmy pozwolenie na przebudowanie stodół obok Philmore House na domki letniskowe.

Ben zaczął się wiercić na krześle, dając wszystkim do zrozumienia, że już to wie. Lucy lekko skinęła głową. Twarz Suzanny nie wyrażała niczego.

– Myślimy, że istnieje potencjał rynkowy i że przy odpowiednim obłożeniu koszt przebudowy zwróci się w ciągu kilku lat.

– Goście weekendowi – wtrąciła Lucy. – Celujcie w górną półkę, a będziecie zadowoleni.

– I w ludzi, którzy przyjeżdżają na cały tydzień. Mniej prania i sprzątania – dodał Ben.

– Mój szef skarży się, że brakuje ładnych domków weekendowych dla tych, którzy mają pieniądze. Mówi, że wszędzie są tylko plastikowe sztućce i nylonowe prześcieradła.

– Mamo, zanotuj, że nie chcemy nylonowych prześcieradeł.

Vivi się pochyliła.

– Wydaje mi się, że już ich nawet nie sprzedają. Były okropne. Strasznie się przez nie człowiek pocił.

– Ben nadzoruje prace budowlane i nimi zarządza. – Douglas spojrzał na całą trójkę. – Zajmie się też rezerwacjami, sprzątaniem i wydawaniem kluczy, a także kwestiami finansowymi. Jeśli mu się nie uda, każemy go, rzecz jasna, zastrzelić.

– Zaoszczędzimy na kosztach hodowania bażantów.

– Teraz mam w głowie wizję nagiego Bena, który ucieka przez las, ścigany przez odzianych w tweed bankierów. – Lucy wybuchnęła śmiechem. – I straciłam całą ochotę na kanapki.

– Jędza – mruknął Ben. – Podaj mi taką z serem i ogórkiem.

– Są też inne kwestie, a jedna z nich to dopłaty. Nie będę was nimi dzisiaj zanudzał, ponieważ żadne z was nie ma na to czasu. Jest jednak sprawa, Suzanno, którą chciałbym poruszyć zwłaszcza z tobą.

Siedziała z kubkiem herbaty na kolanach. Vivi zauważyła, że nawet nie tknęła jedzenia.

– Gdy zastanawiałem się, co zrobić ze stodołami, odbyłem długą pogawędkę z Alanem Randallem... No wiesz, z agentem nieruchomości. Powiedział mi, że właściciel twojego sklepu myśli o sprzedaży. Zastanawialiśmy się, czy chciałabyś, abyśmy zainwestowali.

Suzanna ostrożnie odstawiła kubek na stolik.

– Co?

– W Pawi Zakątek. Neil powiedział mi, że nie najlepiej ci się teraz wiedzie, a ja wiem, że bardzo ciężko na to pracowałaś. Myślę, że to dobry biznes, że ma potencjał i chciałbym przyczynić się do tego, by miał przyszłość.

Vivi obserwowała córkę i w zasadzie gdy tylko Douglas zaczął mówić, zrozumiała, że znów postąpili niewłaściwie.

Suzanna z trudem przełknęła ślinę, po czym uniosła głowę, jej mina dowodziła, że ledwie nad sobą panuje.

– Nie musisz tego robić, tato.

– Czego?

– Rekompensować mi. Tego, jak było. Domków letniskowych Bena. Niczego.

– Suzanno... – wtrąciła Lucy z irytacją.

– To uczciwa propozycja biznesowa – oświadczył Douglas.

– Nie próbuję być niegrzeczna. Naprawdę. Ale wolałabym, żebyście wszyscy trzymali się z daleka od mojego biznesu. To ja zadecyduję, co się z nim stanie.

– Jezu, Suzanno – mruknął podenerwowany Ben. – Oni tylko próbują pomóc.

Głos Suzanny był lodowato uprzejmy.

– Wiem. I to bardzo miło, że o mnie pomyśleliście, ale nie potrzebuję żadnej pomocy. Serio. Wolałabym, żebyście dali mi spokój. – Rozejrzała się po pokoju. – Ja nie próbuję robić wam na złość – dodała z osobliwym opanowaniem. – Wolałabym tylko, żebyście zostawili to mnie i Neilowi.

Douglas zacisnął szczęki.

– Dobrze, Suzanno – powiedział, pochylając głowę nad papierami. – Jak sobie życzysz.

Lucy znalazła Suzannę tam, gdzie się spodziewała, na kamiennych stopniach z widokiem na biura. Suzanna paliła, kucnąwszy jak ktoś, kto próbuje pozbyć się bólu brzucha. Gdy Lucy zamknęła za sobą drzwi, pokiwała głową, dając jej znać, że ją słyszy.

– Ładna fryzura – powiedziała Lucy.

Suzanna uniosła dłoń do włosów.

– Dlaczego je obcięłaś? Myślałam, że lubisz długie.

Suzanna zmarszczyła nos.

– Potrzebowałam odmiany. W sumie – zgasiła papierosa – to nie jest cała prawda. Miałam już dość ludzi porównujących mnie z tym głupim portretem.

– Och. – Lucy czekała, by usłyszeć więcej. Wyciągnęła rękę i wyjęła papierosa z paczki siostry.

– Neilowi się podoba – dodała Suzanna po chwili. – Zawsze wolał mnie w krótkich włosach.

Niebo było zachmurzone, zapowiadało kolejne opady, obie otuliły się mocniej kurtkami i zaczęły się wiercić, gdy chłód kamiennego stopnia przedzierał się nieustępliwie przez ich ubrania.

Lucy mocno się zaciągnęła.

– Rzuciłam dwa lata temu, a ten jeden raz na sto lat nadal smakuje wybornie.

– Tak jak dziewiętnaście pozostałych – odparła Suzanna.

W jej tonie było coś osobliwego. Lucy zmieniła zdanie, zgasiła niedopałek i wrzuciła dowód za doniczkę, jak kiedy były nastolatkami.

– Zamierzasz mnie ochrzanić?

– Za co?

– Że nie przyjęłam pomocy taty. Jak Ben.

– A dlaczego ja miałabym cię ochrzanić?

– Nikt inny się jakoś nie powstrzymuje.

Siedziały przez chwilę w milczeniu, pogrążone w myślach. Obserwowały chmury pędzące po niebie, które od czasu do czasu odsłaniały plamę błękitu.

– Co się dzieje, Suze?

– Nic. – Suzanna wpatrywała się w stodoły.

Zapadła długa cisza.

– Słyszałam, co się stało w sklepie. Dzwoniłam parę razy... Żeby się upewnić, że wszystko z tobą w porządku.

– Wiem. Przepraszam. Wiecznie zapominam oddzwonić.

– Wróciłaś już w pełni do pracy?

– Teoretycznie. Neil mówi, że w obecnej sytuacji nie pociągnę długo. W zasadzie nie zarabiam. To trudne... Trudno mi się domyślać, co zrobić, żeby przyciągnąć ludzi. – Uśmiechnęła się do siostry przepraszająco. – Chyba nie jestem teraz najlepszym towarzystwem. Nawet w najlepszej formie nie bywam. Dlatego w sumie nie widzę sensu, żeby tata w to inwestował.

Lucy pochyliła się i przyciągnęła kolana do piersi.

– A co u ciebie i Neila?

– W porządku.

– Zakładam, że papierosy oznaczają, iż mały Peacock jeszcze się nie pcha na świat...

– Myślę, że oboje się zgodziliśmy, iż „co się stanie, to się stanie". Chyba bardziej się postaram, jak już poczuję się trochę... lepiej. – Całkiem ściszyła głos.

– Bardziej się postarasz? – Lucy zrobiła minę. – W kogo próbujesz się zamienić? W jakąś stepfordzką żonę? – Przyglądała się profilowi siostry, jej uśmiech zbladł, gdy zrozumiała, że nie padnie cięta riposta. – Nie brzmisz jak ty, Suze. Brzmisz jak... – Nie potrafiła znaleźć właściwych słów. – Mężatka, dla odmiany?

Gdy Suzanna odwróciła się do niej, Lucy ze zdumieniem zauważyła, że oczy siostry wypełniły się łzami.

– Nie drwij ze mnie, Luce. Ja się staram. Naprawdę. Robię, co mogę. – Jej włosy, zmierzwione przez wiatr, uniosły się i teraz sterczały brzydko po jednej stronie.

Lucy Fairley-Hulme wahała się tylko przez chwilę, po czym otoczyła ramionami swoją piękną, targaną problemami, skomplikowaną siostrę i przytuliła ją tak mocno, jak kiedy były jeszcze dziećmi.

Suzanna postanowiła zamknąć sklep. Niepotrzebnie wróciła do niego po lunchu u rodziców. Podróż samochodem kosztowała pewnie więcej niż całodzienny zysk ze sprzedaży kawy. Niebo ciemniało stopniowo, zwiastując przedwczesny zmrok, wiatr się wzmógł i ponuro dzwonił pustymi puszkami w rynsztokach.

Wiedziała, że sklep jest równie niezachęcający jak atmosfera, która w nim panowała. Pomimo obietnic ekipy remontowej nowe okna nadal nie nadeszły, a deski wstawione w otwory okienne wyblakły i wybrudziły się, przypominając wszystkim o losie Jessie. Poprzedniego dnia Suzanna musiała zedrzeć z nich kilka naklejek oferujących „pracę w domu", dzięki której można zarobić „dziesiątki tysięcy", jeśli tylko kandydat zadzwoni na podany w ulotce numer kontaktowy, a także prymitywny plakat reklamujący giełdę rzeczy używanych organizowaną przed Białym Jeleniem.

Nie potrafiła wykrzesać energii, by ponaglić budowlańców. Wpatrywała się w niechciany towar, w puste miejsca na półkach, których nie zapełniła jeszcze rzeczami z nowych dostaw, zastanawiała się, jak bardzo by tęskniła, gdyby to wszystko zniknęło. Pogodziła się już z faktem, że zniknie. Gdyby jej choć trochę zależało, uznałaby propozycję ojca za ostatnią deskę ratunku. Zamiast tego potraktowała ją jako ostatni z długiej serii afrontów – nie miała już nawet siły, by się tym zdenerwować.

Sprawdziła, czy w lodówce jest mleko, i bardziej z przyzwyczajenia niż z konieczności napełniła ekspres, odnotowując obojętnie, że jeśli matki dzieci w wieku szkolnym wróciły już do domów, mało prawdopodobne, by coś jeszcze tego dnia sprzedała. Nie dbała o to. Czuła się zmęczona. Pomyślała o swoim chłodnym łóżku, o znieczulającej pociesze powrotu do domu i wczołgania się pod kołdrę. Nastawi budzik na wpół do ósmej, żeby wstać przed powrotem Neila. Ostatnio całkiem nieźle się to sprawdzało.

Drzwi się otworzyły.

– Widziałaś ten korek na rynku? – zapytała pani Creek.

– Właśnie miałam zamykać.

– Samochody całkowicie się zablokowały. Przez jedno miejsce parkingowe. Teraz wszyscy na siebie wrzeszczą. – Zdjęła czapkę i usiadła przy błękitnym stoliku. – Właściciele straganów się z nich śmieją. Zabawni starzy głupcy. Wszystko dlatego, że nie chcą zapłacić czterdziestu pensów za miejsce za kościołem. – Rozsiadła się wygodnie i zerknęła na tablicę, mrużąc powieki, jakby cokolwiek mogło się na niej zmienić od poprzedniego dnia, jakby Suzanna kiedykolwiek sprzedawała coś innego niż siedem różnych rodzajów kawy. – Poproszę cappuccino, z kostkami brązowego cukru na spodeczku. Tymi z ładnego pudełka. Smakują zupełnie inaczej niż to, co można kupić w supermarkecie.

Nie było sensu protestować. Suzanna nie była nawet pewna, czy zdołałaby na tyle podnieść głos. Pomyślała o tym, jak pokaże Neilowi paragony z tego dnia, powie mu, że tego popołudnia sprzedała aż trzy kawy, po jednej na każdą godzinę otwarcia sklepu.

Zaczęła nastawiać ekspres, pozornie przysłuchując się ględzeniu pani Creek i potakując, kiedy wymagały tego okoliczności. Pani Creek rzadko potrzebowała zachęty – Jessie i Suzanna dawno temu uznały, że rozpaczliwie pragnie jakiejkolwiek publiczności. „Potakuj i uśmiechaj się" – doradziła jej kiedyś Jessie. W ten sposób udawały, że słuchają.

– Mówiłam ci, że poproszono mnie o uszycie sukni ślubnej?

Suzanna nigdy nie zapytała, czy Jessie chciałaby wyjść za mąż. Mogła ją sobie wyobrazić w roli panny młodej, w jakiejś szalonej jaskraworóżowej kreacji ozdobionej koralikami, piórami i kwiatami. Przypomniała sobie, co Cath Carter mówiła na pogrzebie o paznokciach Jessie, i nagle pożałowała, że przyjaciółka nie miała nigdy okazji włożyć sukni ślubnej. Tyle że to jeszcze bardziej związałoby ją z Jasonem. Jego imię znów przywołało wizję furgonetki wbijającej się w witrynę sklepu – i tak nawiedzała ją kilka razy dziennie, Suzanna odepchnęła więc od siebie ten obraz.

– Zapomniałaś o cukrze. Tym z pudełka, proszę.

– Co?

– Cukier, Suzanno. Prosiłam o dwie kostki.

Doszła do wniosku, że osiągnęła już taki stan, kiedy nic nie może jej dotknąć. Ból po śmierci Jessie nie osłabł, ale wiedziała, że stopniowo coraz bardziej oddziela ją od niego obezwładniające odrętwienie, wrażenie, że nic nie jest ważne, że wszystko naprawdę znajduje się poza jej kontrolą. Różne rzeczy się jej po prostu wymykały, a ona nie miała już siły, by o nie walczyć. Łatwiej było pozwolić, by uniosły ją te dziwaczne nowe fale. Co za ironia, pomyślała, że weszła w ten pasywny stan, kiedy Alejandro wyrwał się ze swojego. Nadal czuła dzwonienie w uszach po tym, jak trzasnął dłonią w deskę obok jej głowy, świst powietrza, który powiedział jej, że stał się kimś innym. Ale też rzadko myślała teraz o Alejandrze.

– To dla tej dziewczyny z biblioteki. Tej z zębami… Znasz ją? Okropne włosy, ale dziewczęta nie przejmują się już chyba takimi rzeczami jak dawniej. Kiedyś układałyśmy włosy u fryzjera dwa razy w tygodniu, wiesz?

– Naprawdę? – Suzanna postawiła kawę przed panią Creek, po czym podeszła do jedynego ocalałego okna. Przechodnie szli przed siebie ze zwieszonymi głowami, poły ich płaszczy powiewały na wietrze.

– Wiesz, nie szyłam sukni ślubnej od… Boże, to musi być prawie trzydzieści pięć lat. Rozmawiałam z nią o książce w bibliotece. Wszystkie te hollywoodzkie gwiazdy lat pięćdziesiątych, wiesz? Powiedziała mi, że właśnie na takiej stylizacji jej zależy, ale nigdzie nie znalazła nic odpowiedniego. Odparłam więc, że ja mogę jej uszyć suknię. Wyjdzie taniej niż w tych wszystkich sklepach. Nie uwierzyłabyś, ile sobie teraz liczą za suknię ślubną.

Znów zaczęło padać. Tak jak padało w ten dzień, kiedy Alejandro przyszedł i kazał im pić mate. Obejrzała się za siebie i zobaczyła, że srebrny dzbanuszek nadal stoi na półce, wepchnięty za stos różnych rzeczy do posortowania po tym, co wszyscy uprzejmie nazywali „wypadkiem". Nie mogła uwierzyć, że wcześniej go nie zauważyła.

– Tak, trzydzieści pięć lat. Ostatnią też uszyłam na ślub w miasteczku.

– Mhm – mruknęła Suzanna. Sięgnęła po dzbanuszek z wahaniem, wzięła go w obie dłonie, zbadała jego ciężar, jego gładkie srebrne kontury. – Przepraszam, Ale – szepnęła.

– To była piękna suknia. Biały jedwab, ukośne cięcia. Bardzo prosta, trochę jak te współczesne. Uszyłam ją na wzór sukni, którą nosiła Rita Hayworth w… Och, jaki tytuł miał ten film, w którym grała prawdziwego wampa? *Gilda*, tak?

– Nie wiem – odparła Suzanna. Uniosła dzbanuszek i przycisnęła go do policzka, chłód przeniknął jej skórę, ale srebro szybko zaczęło się ogrzewać. Ta transformacja była pocieszająca.

– Jak się nad tym zastanowić, Rita Hayworth to chyba nie był przypadek. Z panny młodej też był niezły numer. Uciekła… No ile? Ze dwa lata po ślubie?

– Och. – Suzanna zamknęła oczy.

– Jak ona się nazywała? Miała takie nietypowe imię. Atalanta? Ariadne? Athene jakaś tam. O właśnie. Wyszła za Fairleya--Hulme'a.

Upłynęło kilka sekund, zanim imię dotarło do Suzanny. Powoli odwróciła głowę do pani Creek, która w błogiej nieświadomości mieszała swoją kawę. Wełniana czapka leżała obok niej na stoliku.

– Co pani powiedziała?

– Śliczna dziewczyna. Miała romans z jakimś domokrążcą i zostawiła męża z dzieckiem. Tyle że to nie było jego dziecko. Och, próbowali uciszyć plotki, ale wszyscy wiedzieli.

Czas się zatrzymał. Suzanna poczuła, że sklep gdzieś ucieka, coraz dalej od niej. Słowa pani Creek zawisły ciężko w przestrzeni pomiędzy nimi.

– A, już pamiętam. Athene Forster. Ty pewnie nic nie wiesz o Fairleyach-Hulme'ach, bo długo mieszkałaś w Londynie i w ogóle. Byli tutaj znaną farmerską rodziną za mojej młodości. – Upiła łyk kawy, nie zwracając uwagi na nieruchomą postać przy oknie. – To była piękna suknia. Byłam z niej bardzo dumna. Chyba mam gdzieś nawet zdjęcie. Ale potem czułam się strasznie, bo tak się spieszyłam, żeby ją skończyć, że zapomniałam wszyć niebieską wstążkę na brzegu. Kiedyś tak się robiło, wiesz? Na szczęście. Coś starego, coś nowego... – Starsza kobieta zarechotała piskliwie. – Lata później, jak usłyszałam, że dziewczyna zwiała, powiedziałam do męża: „I proszę. To pewnie moja wina...".

Rozdział dwudziesty trzeci

Kot Rosemary umierał. Fakt, że wszyscy wiedzieli, co nad-chodzi, że spodziewali się tego od kilku lat, wcale nie łagodził smutku. Zmęczone kościste zwierzę, teraz lekkie jak piórko, niemal całkowicie pożarte przez różne guzy w środku, spało praktycznie bez przerwy, budziło się tylko, by chwiejnym kro-kiem podreptać do miski z wodą, i często brudziło przy tym podłogę. Vivi nie narzekała, że musi po nim sprzątać, choć jej małżonek uważał, że to odrażające. Wiedziała, że Rosemary czuje, iż kota należy uśpić, ale widząc niemal obezwładnia-jący żal staruszki, nie chciała wywierać na nią jeszcze więk-szej presji.

Po śniadaniu w poranek po wizycie dzieci, gdy wiatr zawo-dził na zewnątrz, a nietypowo niska temperatura zmusiła ich do napalenia w kominkach po raz pierwszy tej jesieni, Rose-mary stanęła w drzwiach aneksu i zapytała, czy Vivi mogła-by zadzwonić po weterynarza. Gdy lekarz przyjechał, popro-siła synową, by ułożyła kota w jej ramionach. Przez jakiś czas trzymała go na rękach, głaszcząc go powykręcanymi artrety-zmem palcami. Potem mruknęła szorstko, że teraz już sobie po-radzi. Jest zdolna do tego, by samodzielnie porozmawiać z le-karzem, dziękuje bardzo.

Vivi się wycofała, wymieniając z lekarzem przelotne porozumiewawcze spojrzenie. Zamknęła za sobą drzwi, czując niewytłumaczalny smutek.

Lekarz spędził w aneksie nieprzyzwoicie mało czasu, gdy wyszedł, zapowiedział, że prześle rachunek, i dodał, że Rosemary poinstruowała go, by zostawił ciało w specjalnym worku przy drzwiach na podwórze. Zaproponował, że sam się go pozbędzie, ale staruszka oświadczyła, że wolałaby, by kot został pochowany w jej ogrodzie.

– Ben mi pomoże – odparła Vivi.

Ignorując deszcz i wiatr, włożyli wiatrówki, wykopali dziurę na tyle głęboką, by nie zainteresowały się nią lisy, i złożyli w niej stare zwierzę pod czujnym okiem Rosemary.

– Pewnie myślisz, że postąpiłam samolubnie, trzymając go tak długo przy życiu – oświadczyła potem staruszka, gdy Vivi nalewała herbatę w salonie z uszami nadal zaróżowionymi od wiatru.

Vivi postawiła spodek z filiżanką na stoliku obok teściowej, na tyle blisko, by Rosemary mogła po niego sięgnąć, nie zmieniając ułożenia w fotelu.

– Nie, Rosemary. Moim zdaniem tylko ty mogłaś wiedzieć, kiedy poczuje się gotowy, by odejść. – Zastanawiała się, czy powinna poprosić Lucy, by zadzwoniła do Suzanny. Dziewczynki chyba się do siebie zbliżyły. Może Suzanna się jej zwierzyła.

– Na tym właśnie polega kłopot, wiesz? Nikt z nas tego nie wie.

Jej słowa wyrwały Vivi z zamyślenia.

– Wiedział, że jest ciężarem – kontynuowała Rosemary, odwróciwszy twarz do okna – wiedział, że tylko włazi wszystkim pod nogi i robi bałagan. Ale czasami bardzo trudno... jest się rozstać z pewnymi rzeczami.

Dzbanek parzył dłoń Vivi. Odstawiła go ostrożnie na tacę, zapominając, że sobie również miała nalać herbaty.

– Rosemary…

– To, że coś jest stare, nie znaczy od razu, że jest bezuży-teczne. Pewnie i tak czuje się bardziej bezużyteczne, niż wszy-scy sobie myślą.

Na podwórzu jeden z traktorów wjeżdżał tyłem przez bramę, przygotowując się do zaparkowania w stodole za domem. Sły-szały słabe skrzypienie biegów, które zagłuszały wesoły trzask ognia w kominku i regularne tykanie szafkowego zegara.

– Nikt nie myślał, że twój kot jest bezużyteczny – odpar-ła Vivi ostrożnie. – Chyba… Wszyscy chyba woleliśmy go pa-miętać, gdy był zdrowy i szczęśliwy.

– No tak. Cóż. – Rosemary odstawiła filiżankę na stolik. – Nikt nie myśli, że właśnie tak skończy.

– Nie.

– Okropny stan.

– Tak.

Rosemary uniosła podbródek.

– Ugryzł mnie, wiesz? Jak ukłuła go igła.

– Lekarz mi powiedział. Podobno to dość nietypowe.

Drżący głos Rosemary stał się wyzywający.

– Ucieszyłam się, że jeszcze ma siłę… Powiedzieć wszyst-kim, żeby szli do diabła. Do ostatniej chwili… miał coś w so-bie. – Jej zapadnięte oczy wbiły się w Vivi, jakby chciały jej coś przekazać.

– Wiesz, Rosemary? – Vivi odkryła, że ma trudności z prze-łykaniem. – Ja też się bardzo cieszę.

Rosemary zasnęła w swoim fotelu. Zapewne od tych wszyst-kich emocji, oświadczyła z zadumą pani Cameron. Śmierć ma taki wpływ na ludzi. Gdy zmarł pudel jej siostry, rodzina robiła, co mogła, żeby siostra nie położyła się do grobu razem z nim. Z drugiej strony ona zawsze miała świra na punkcie tego psa, oprawiała jego zdjęcia w ramki, kupowała mu ubranka i takie tam. Pochowała go na jednym z tych specjalnych cmentarzy, uwierzyłaby pani? A wie pani, że nawet konia można tam pochować? Vivi pokiwała głową, a potem nią pokręciła, czując, że smutek staruszki wsącza się w ściany domu niczym wilgotna aura.

Miała tuzin rzeczy do zrobienia, kilka w miasteczku – została między innymi zaproszona na spotkanie miejscowej organizacji charytatywnej, która zarządzała miejskimi przytułkami dla ubogich. Douglas umieścił ją w zarządzie, gdy się pobrali. Nie chciała jednak wychodzić z pokoju, jakby wątłość Rosemary po śmierci ukochanego kota napełniła ją strachem o teściową. Nie powiedziała nic pani Cameron, ale kobieta musiała coś zauważyć, bo zapytała taktownie:

– Czy wolałaby pani, abym tutaj przeniosła się z prasowaniem? Żeby mieć na wszystko oko?

Śmiesznie by się czuła, tłumacząc swój niepokój. Odparła więc z zamierzoną wesołością w głosie, że jej zdaniem to doskonały pomysł. Po czym, by uciec przed złymi przeczuciami, poszła do spiżarni posortować jabłka, które odłożyła do mrożenia.

Siedziała tam od niemal dwudziestu minut na starej skrzyni i dzieliła plastikowe worki z jabłkami na te do wykorzystania w kuchni i te zbyt nadgniłe, by dały się uratować, czerpiąc pociechę z tego niewymagającego myślenia dorocznego rytuału, gdy nagle usłyszała dzwonek do drzwi, a potem pogwizdywanie pani Cameron, która pobiegła do holu otworzyć. Odbyła się krótka stłumiona wymiana zdań – Vivi wrzuciła wyjątkowo robaczywy egzemplarz do kartonowego pudła i zaczęła się zastanawiać, czy może pani, która zostawiła torby na dary do napełnienia, przyjechała po nie dzień wcześniej.

– Tutaj? – Po drugiej stronie drzwi rozległ się głos, władczy i naglący.

Vivi wzdrygnęła się, gwałtownie się prostując.

– Suzanna?

Drzwi otworzyły się z hukiem i stanęła w nich jej córka. Jej oczy płonęły w trupio bladej twarzy. Po obu stronach nosa miała niebieskie smugi, jej włosy sterczały, wskazując na burzliwą, bezsenną noc.

– Kochanie, wszystko...

– To prawda? Uciekła od taty i urodziła dziecko?

– Co? – Na widok palącego przekonania na twarzy córki Vivi poczuła, że historia wykonała skok do przodu prosto na nią, i zrozumiała, że złe przeczucia nie miały nic wspólnego z kotem. Wstała i zatoczyła się do przodu, rozsypując jabłka po podłodze.

– Moja matka. Czy ona mówiła o mojej matce?

Stały w małym pomieszczeniu przesyconym aromatami detergentów i gnijących jabłek. Vivi usłyszała głos Rosemary, choć zastanawiała się, czy sobie tego nie wyobraziła.

– Widzisz? Prowokuje problemy nawet po śmierci.

Z rękami wiszącymi bezwładnie po bokach wzięła głęboki oddech, próbując uspokoić głos. Zawsze wiedziała, że ten dzień nadejdzie, ale nie spodziewała się, że gdy to się już stanie, będzie musiała stawić mu czoła samotnie.

– Suzanno, chcieliśmy ci z Douglasem powiedzieć już od jakiegoś czasu. – Zerknęła na skrzynię, na której siedziała. – W sumie chcieliśmy ci powiedzieć we wtorek. Mam po niego iść? Orze na Page Hill.

– Nie. Ty mi powiedz.

Zapragnęła zaznaczyć, że to nie jest jej opowieść, że ten ciężar zawsze był dla niej zbyt przytłaczający. A w obliczu rozgorączkowanego, oskarżycielskiego spojrzenia Suzanny – że to nie ona ponosi winę. Na tym jednak polega rodzicielstwo, nieprawdaż? Na zapewnieniach o miłości, że wszyscy chcieli dobrze, że myśleli, iż tak będzie dla wszystkich najlepiej... Na świadomości, że miłość to często za mało.

– Ty mi powiedz.

– Kochanie, ja...

– Tutaj. Teraz. Natychmiast. Ja po prostu muszę wiedzieć – podkreśliła Suzanna.

W jej oczach malowała się rozpacz, w jej drżącym głosie pobrzmiewało coś smutniejszego i dziwniejszego niż wszystko, co Vivi dotąd słyszała.

Powoli osunęła się na skrzynię, wskazując córce gestem, by zajęła pustą drugą połowę.

– Dobrze, Suzanno. Lepiej będzie, jak usiądziesz.

Telefon zadzwonił, gdy Douglas najmniej się tego spodziewał, przy tej rzadkiej okazji, kiedy powrócił do budynku, który przez dwa krótkie lata nazywał domem. Wszedł do pustego holu, żeby poszukać tweedowej marynarki, starał się nie myśleć za długo o otoczeniu, gdy nagle aparat na stoliku ożył krzykliwie. Wpatrywał się w niego przez kilka sekund, po czym z wahaniem podszedł bliżej. Nikt inny by tutaj do niego nie dzwonił. Wszyscy wiedzieli, że już tu nie mieszka.

– Douglas? – powiedziała.

Gdy usłyszał to wypowiedziane niskim, rozdzierającym serce głosem pytanie, nagle poczuł, że stracił całą władzę w nogach.

– Gdzie jesteś? – zapytał, osuwając się na krzesło.

Chyba nie usłyszała.

– Od tygodni próbuję się do ciebie dodzwonić. Straszny z ciebie włóczęga!

Jakby byli dwiema osobami flirtującymi na przyjęciu. Jakby wcale go nie zniszczyła, nie wbiła mu noża w serce i nie zamieniła jego przyszłości, jego życia w proch.

Z trudem przełknął ślinę.

– Są sianokosy. To długie dniówki. Jak wiesz.

– Myślałam, że jednak wyjechałeś do Włoch – odparła lekko. – Żeby uciec przed tą paskudną angielską pogodą. – Jej głos brzmiał dziwnie, zagłuszał go ruch uliczny, jakby dzwoniła z budki. – Czyż nie jest paskudnie? Nie masz już tego dość?

Wyobrażał sobie tę chwilę od tak dawna, przećwiczył w głowie tyle argumentów, przeprosin, scenariuszy pojednań, a teraz znajdowała się na drugim końcu linii. Z trudem oddychał.

– Douglasie?

Zauważył, że jego oparta na udzie dłoń drży.

– Tęskniłem za tobą – wychrypiał.

Nastąpiła króciutka pauza.

– Douglas, kochanie, nie mogę długo rozmawiać. Musimy się spotkać.

– Wróć do domu. Przyjedź tutaj.

Odparła słodko, że gdyby nie miał nic przeciwko, wolałaby spotkać się gdzieś indziej. Może w Londynie? Gdzieś, gdzie mogliby porozmawiać na osobności?

– Restauracja rybna Huntleya – zasugerował, gdy jego mózg w końcu podjął pracę. Były tam loże, w których mogliby rozmawiać w zasadzie niezauważeni.

– Aleś ty mądry, kochanie – pochwaliła go, najwyraźniej nieświadoma sposobu, w jaki to pieszczotliwe określenie, którym tak szafowała, rozpaliło płomień jego nadziei. A więc Huntley. W czwartek.

Teraz, cztery ciągnące się niemal bez końca dni później, siedział w loży na tyłach restauracji, w najdyskretniejszym miejscu, jak zapewnił go kelner, który mrugnął do niego impertynencko niczym wspólnik w tym występku.

– Spotykam się z żoną – oświadczył Douglas chłodno.

– Oczywiście, proszę pana, oczywiście – odparł kelner.

Przyjechał niemal pół godziny wcześniej, przeszedł obok restauracji kilka razy, opierając się pokusie wejścia do środka. Wiedział, że robotnicy na rusztowaniu powyżej mają go pewnie za wariata. Jakaś jego część obawiała się jednak, że się miną, że interweniuje przeznaczenie i nie pozwoli, by ich drogi się skrzyżowały, kupił więc gazetę i usiadł przy stoliku sam, siłą woli próbując powstrzymać pocenie się dłoni, żałując, że nie jest w stanie dostrzec żadnego sensu w druku przed swoimi oczami.

Na zewnątrz piętrowy autobus mozolnie oddalał się od krawężnika, wprawiając w wibracje szyby w oknach. Dziewczyny przechodziły chodnikiem w krótkich spódniczkach, ich wielokolorowe płaszcze kontrastowały z szarością londyńskiego nieba i ulic, prowokując stłumione pogwizdywania. Przelotnej otuchy dodała mu myśl, że Athene zgodziła się z nim spotkać tutaj, w miejscu, gdzie jego garnitur nie wydawał się prowincjonalny, sztywny w obowiązującej nowomowie, w miejscu, w którym nie musiał się czuć jak amalgamat wszystkich irytujących ją cech.

– Coś do picia, proszę pana, skoro pan czeka?

– Nie. A w sumie tak. Wodę proszę. – Zerknął na drzwi, które otworzyła kolejna szczupła ciemnowłosa kobieta. Ta przeklęta restauracja wydawała się gościć tylko takich klientów.

– Z lodem i cytryną, proszę pana?

Douglas potrząsnął gazetą z irytacją.

– Och, na litość boską – syknął – wszystko jedno... – skwitował, biorąc się w garść. Odsunął włosy z twarzy, poprawił krawat i postanowił uspokoić oddech.

Nie powiedział rodzicom, dokąd jedzie... Wiedział, jak skomentowałaby to matka. Zabroniła wymawiania imienia Athene w domu w dniu, w którym poinformował ją o wyjeździe żony. Przeprowadził się do rodziców kilka miesięcy temu, zostawiając

Philmore House niczym *Mary Celeste**, dokładnie w takim stanie, w jakim był, gdy żona go opuściła, nie opróżnił nawet popielniczki, którą wypełniła pobrudzonymi szminką niedopałkami. Służba otrzymała surowy rozkaz, by niczego tam nie zmieniać.

Nie, dopóki się nie dowie.

Nie, dopóki nie zyska pewności.

– W sumie – mruknął do kelnera, gdy ten przyniósł mu szklankę wody na srebrnej tacy – podaj mi brandy, dobrze? Dużą.

Kelner patrzył na niego sekundę dłużej, niż wymagała tego całkowicie obojętna obsługa.

– Jak pan sobie życzy – odparł, po czym zniknął.

Spóźniała się, czego się spodziewał. Dopił tę brandy i kolejną w pół godziny, które upłynęło od wyznaczonej pory ich spotkania. Gdy oderwał wzrok od gazety i zobaczył ją przed sobą, alkohol zdążył już przytępić jego niepokój.

– Douglasie – powiedziała.

Wpatrywał się w nią przez parę minut, nie mogąc się uporać z jej realną postacią, z żywą wersją zjawy, która od prawie roku nawiedzała go w snach.

– Bardzo elegancko wyglądasz.

Spojrzał na swój garnitur w obawie, że czymś go poplamił. A potem spojrzał na nią – był świadomy, że przekracza jakąś niewidzialną granicę, lecz nie zdołał się powstrzymać.

– Usiądźmy – powiedziała z nerwowym kpiącym uśmiechem. – Ludzie zaczynają się gapić.

_____

* Amerykański statek, który wyruszył z portu w Nowym Jorku 5 listopada 1872 roku, a 4 grudnia został dostrzeżony około 400 mil morskich (740 km) od Gibraltaru – płynął bez załogi, za to w niemal idealnym stanie: nie brakowało żadnej szalupy ratunkowej, tylko żagle były częściowo uszkodzone. Nie udało się ustalić przyczyn zniknięcia załogi. Do dziś pozostaje ono jedną z największych zagadek marynistyki.

– Oczywiście – mruknął, po czym wrócił do loży.

Athene wyglądała inaczej, choć nie potrafił stwierdzić, czy to dlatego, że w jego wspomnieniach, w jego wyobraźni, stała się istotą doskonałą. Kobieta naprzeciwko, choć piękna, choć bez wątpienia będąca jego Athene, nie przypominała bogini, którą sobie wyimaginował. Wydawała się zmęczona, jej skóra mniej lśniła, stała się bardziej naprężona niż kiedyś. Włosy zebrała w niedbały kok. Miała na sobie, co zauważył ze zdumieniem, kostium, który kupiła podczas ich miesiąca miodowego. Włożyła go raz, uznała za „obrzydlistwo" i przysięgła, że go wyrzuci. Na tle wielobarwnych kreacji dziewcząt na ulicy wyglądała staroświecko. Zapaliła papierosa. Z ulgą odnotował, że jej dłonie drżą.

– Zamówisz mi coś do picia, kochanie? – poprosiła. – Wiesz, marzę o drinku.

Pomachał dłonią na kelnera, który przyglądał się kobiecie z dyskretnym zainteresowaniem. Dopiero gdy chłopak spojrzał ostentacyjnie na jej lewą dłoń, Douglas uświadomił sobie z przerażeniem, że Athene nie ma na palcu ślubnej obrączki. Upił łyk własnego drinka, próbując nie myśleć o tym, co to może oznaczać.

Najważniejsze, że teraz była tutaj.

– Czy… dobrze się miewasz? – zapytał.

– Wspaniale. Tylko ta okropna pogoda…

Próbował odczytać jakieś wskazówki z jej wyglądu, zdobyć się na odwagę, by zadać pytania bezlitośnie wirujące w jego głowie.

– Często bywasz w Londynie?

– Och, znasz mnie, Douglasie. Teatry, nocne kluby. Jestem wielkomiejską dziewczyną. – W jej głosie kryła się krucha wesołość.

– Byłem na ślubie Tommy'ego Gardnera. Myślałem, że cię tam spotkam.

– Tommy'ego Gardnera? – Lekceważąco wypuściła dym przez pomalowane wargi. – Uch. Nie mogłam znieść ich obojga.

– Pewnie byłaś zajęta.

– Tak – potwierdziła. – Tak, byłam.

Kelner przyniósł jej drinka i dwie karty dań w skórzanych oprawach. Zamówiła gin z tonikiem, ale gdy szklanka stanęła na stole, całkiem straciła zainteresowanie.

– Może coś zjesz? – zaproponował, modląc się, by nie chciała od razu wychodzić, by nie okazało się, że już ją rozczarował.

– Zamów coś dla mnie, kochanie. Nie mam ochoty przedzierać się przez te wszystkie wybory.

– Poproszę solę – powiedział kelnerowi, niechętnie odrywając wzrok od małżonki, by oddać karty. – Dwie sole. Dziękuję.

Zauważył w niej osobliwy niepokój. Choć siedziała całkowicie nieruchomo, gestykulowała oszczędnie jak zawsze, biło z niej wyraźne napięcie, jakby rozciągnęła się pomiędzy dwoma naprężonymi drutami. Może denerwuje się tak jak ja, pomyślał, próbując powstrzymać przypływ nadziei, który sprowokowała ta refleksja.

Zapadła bolesna cisza, gdy siedzieli naprzeciwko siebie, od czasu do czasu patrząc sobie w oczy i uśmiechając się z napięciem, niezręcznie. W loży obok nich grupa biznesmenów wybuchnęła głośnym śmiechem, a Athene lekko uniosła brwi – jej mina mówiła, że są po prostu zbyt niedorzeczni, by wyrazić to słowami.

– Nawet mi nie powiedziałaś – mruknął, siląc się na lekki ton łagodnego wyrzutu. – Tylko zostawiłaś liścik.

Lekko zacisnęła szczęki.

– Wiem, kochanie. Zawsze byłam beznadziejna w tego typu rozmowach.

– W tego typu rozmowach?

– Nie róbmy tego, Douglasie. Nie dzisiaj.

– Dlaczego nie spotkaliśmy się w Dere? Mogłem też przyjechać do domu twoich rodziców, gdybyś zechciała.

– Nie mam ochoty się z nimi widywać. Nie mam ochoty z nikim się widywać. – Odpaliła drugiego papierosa od pierwszego i zmięła pustą paczkę w dłoni. – Douglasie, bądź tak miły i zamów mi paczkę, dobrze? Nie mam drobnych.

Zrobił to bez wahania.

– Jesteś kochany – wymamrotała, a on zaczął się zastanawiać, czy Athene wie, co mówi.

Przyniesiono ich dania, ale ich nie tknęli. Dwie ryby leżały na stole, tonąc w krzepnącym maśle, aż Athene odepchnęła swój talerz i zapaliła kolejnego papierosa.

Douglas przeraził się, że może to oznaczać jej nieuniknione wyjście. Nie mógł dłużej czekać. Nie miał nic do stracenia.

– Dlaczego zadzwoniłaś? – zapytał łamiącym się głosem.

Spojrzała mu w oczy, jej źrenice zogromniały.

– Nie wolno mi już nawet z tobą rozmawiać? – odparła. Próbowała flirtować, lecz utrudniało jej to napięcie w oczach, przelotne spojrzenia, które rzucała ku wejściu do restauracji.

– Czekasz na kogoś? – zapytał. Nagle obezwładnił go lęk, że On też tu jest. Że może to jakiś misterny plan zrobienia z Douglasa jeszcze większego głupca.

– Nie żartuj, kochanie.

– Nie mów do mnie „kochanie", Athene. Nie mogę tak dłużej. Naprawdę nie mogę. Muszę wiedzieć, dlaczego tutaj jesteś.

– Wiesz, cudownie widzieć, jak dobrze wyglądasz. Zawsze wyglądałeś wspaniale w tym garniturze.

– Athene! – zaprotestował.

Do ich stolika podeszła kobieta, szatniarka. Zaczął się zastanawiać, czy przyszła, by im powiedzieć, że jest telefon do

Athene, i co powinien zrobić, jeśli to się już stanie. To musiałby być On, rzecz jasna. Czy powinien wyrwać jej słuchawkę? Zażądać, by ten drugi zostawił jego żonę w spokoju? Czy co?

– Przepraszam, proszę pani, ale pani dziecko płacze. Będzie pani musiała je zabrać.

Upłynęło kilka sekund, zanim dotarło do niego, co powiedziała kobieta.

Athene wpatrywała się w niego, na jej twarzy malowała się nagość, bezbronność. Po chwili opanowała się i odwróciła do kobiety z idealnie wyważonym uśmiechem.

– Bardzo przepraszam. Czy byłaby pani tak miła i przyniosła mi ją? Nie zostanę długo.

Dziewczyna zniknęła.

Athena zaciągnęła się papierosem. Jej oczy błyszczały, były nieodgadnione.

– Douglasie, musisz coś dla mnie zrobić – oświadczyła chłodno.

– Dziecko? – zapytał, chwytając się za głowę.

– Musisz się zaopiekować Suzanną.

– Co? Dziecko? Nigdy nie…

– Naprawdę nie mogę teraz o tym rozmawiać. To dobre dziecko. Na pewno będzie cię uwielbiać.

Dziewczyna wróciła z niemowlęciem niemal całkowicie schowanym pod kocykiem. Stworzenie kwiliło, jakby przeżyło właśnie jakąś potworną burzę. Athene zgasiła papierosa i wyciągnęła po nie ręce, nie patrząc na jego twarz. Podrzuciła je lekko w ramionach, wpatrując się w Douglasa.

– Jej wózek stoi przy wejściu. Ma wszystko, czego będzie potrzebowała przez jakiś czas. Nie sprawi ci kłopotu, Douglasie, naprawdę.

Patrzył na nią z niedowierzaniem.

– Czy to… czy to jakiś żart? Ja nie wiem, co się robi z dzieckiem.

Niemowlę znów zaczęło marudzić, Athene poklepała je po plecach, nadal nie patrząc mu w twarz.

– Athene, nie wierzę…

Wstała i podała mu dziecko przez stół. Nie miał wyboru, musiał odebrać od niej tobołek. Jej głos był naglący, natarczywy.

– Proszę, proszę, Douglasie, kochany. Nie mogę ci tego wyjaśnić. Naprawdę. – Jej błagalne spojrzenie przywołało dawne czasy. – O wiele lepiej będzie jej z tobą.

– Nie możesz tak po prostu zostawić mi dziecka…

– Na pewno ją pokochasz.

– Athene, nie mogę tak…

Położyła chłodną dłoń na jego ramieniu.

– Douglas, kochanie, nigdy cię o nic nie prosiłam. Prawda?

Zaniemówił. Kątem oka zauważył, że biznesmeni z loży obok gapią się na nich.

– A co z tobą? – wybełkotał, nie wiedząc nawet, co mówi. – Co z nami? Nie mogę tak po prostu wrócić do domu z dzieckiem.

Ona jednak już się od niego odwróciła, pakowała torebkę, grzebała w niej za czymś, może za puderniczką.

– Naprawdę muszę już iść. Będziemy w kontakcie, Douglasie. Bardzo ci dziękuję.

– Athene, nie możesz zostawić mnie z…

– Wiem, że będziesz dla niej wspaniałym ojcem. Jesteś o wiele lepszy ode mnie w takich sprawach.

Spojrzał na niewinną twarz otuloną kocykiem. Dziewczynka zdołała odnaleźć swój kciuk i teraz ssała go gniewnie z wyrazem nabożnego skupienia. Miała kruczoczarne rzęsy Athene i jej wygięte w łuk usta.

– Nawet się nie pożegnasz? – zapytał.

Ona była jednak już w połowie restauracji, jej obcasy stukały jak szpilki na wykafelkowanej podłodze, wyprostowała ramiona w odrażającym kostiumie.

– Wózek jest w szatni – zawołała jeszcze, po czym wyszła, nie oglądając się za siebie.

Nigdy więcej jej nie zobaczył.

Opowiedział Vivi tę historię kilka miesięcy później. W międzyczasie rodzina Douglasa powtarzała wszystkim, że Athene przebywała za granicą przez jakiś czas, ale uznała angielski klimat za korzystniejszy dla dziecka. Dodawali „dla dziecka" od niechcenia, jakby wszyscy od początku wiedzieli, że ono istnieje. Niektórzy uwierzyli, że kiedyś im o tym powiedziano i jakimś cudem zapomnieli. Jeśli ktoś nie akceptował tej wersji wydarzeń, nie mówił nic. Biedny facet został już dostatecznie upokorzony.

Opowiedział o tym Vivi spokojnie, nie patrząc w jej oczy, niedługo po tym, jak usłyszeli o śmierci Athene. Tuliła go, gdy wylewał łzy gniewu, upokorzenia i żalu. Dopiero później uświadomiła sobie, że nigdy nie zapytał, czy dziecko jest jego.

Suzanna siedziała na skrzyni nieruchomo, jeszcze bledsza, o ile to możliwe, niż gdy przyjechała. Siedziała tak przez dłuższą chwilę, a Vivi nic nie mówiła, dając jej czas, by oswoiła się z faktami.

– To znaczy, że nie umarła przy porodzie? – zapytała w końcu.

Vivi wyciągnęła do niej rękę.

– Nie, kochanie, ona…

– Uciekła ode mnie? Tak po prostu mnie oddała? W cholernej restauracji rybnej?

Vivi przełknęła ślinę, żałując, że nie ma przy tym Douglasa.

– Może zrozumiała, że nie będzie matką, jakiej potrzebowałaś. Znałam ją trochę w młodości, miała dość burzliwy charakter. Nie dogadywała się z rodzicami. Możliwe, że mężczyzna, z którym uciekła, nakłonił ją do tego… Niektórzy mężczyźni nie lubią dzieci, zwłaszcza gdy... gdy te dzieci nie są ich. Douglas zawsze uważał, że ten człowiek mógł ją źle traktować. Widzisz więc, że nie powinnaś oceniać jej zbyt surowo. – Żałowała, że te słowa nie brzmią bardziej przekonująco. – To były inne czasy.

Gdy tylko Athene uciekła, Vivi wróciła do Dere. Nie w nadziei, że zgarnie Douglasa dla siebie – zawsze wiedziała, że on pragnie powrotu żony, że nigdy nie spojrzy na inną kobietę, dopóki istniała taka możliwość. Ubóstwiała go jednak, odkąd byli dziećmi, i czuła, że przynajmniej tyle może zrobić – jakoś go wesprzeć.

– Musiałam wysłuchiwać wielu opowieści o tym, jak bardzo kochał twoją matkę – dodała rzeczowo – ale potrzebował pomocy. Nie mógł się zająć dzieckiem. Nie przy wszystkich swoich obowiązkach. A jego rodzice na samym początku nie byli szczególnie... – próbowała znaleźć odpowiednie słowo – pomocni. – Dwa miesiące po śmierci Athene poprosił Vivi o rękę. Odsunęła włosy z twarzy. – Przepraszam, że wcześniej nie powiedzieliśmy ci prawdy. Przez długi czas wszyscy wierzyliśmy, że w ten sposób chronimy twojego ojca. Wycierpiał tyle upokorzeń, tyle bólu. A potem... Sama nie wiem... Może uznaliśmy, że chronimy ciebie. Wtedy nie było takiej presji, by wszyscy wiedzieli wszystko, jak teraz. – Wzruszyła ramionami. – Zrobiliśmy to, co uznaliśmy za najlepsze.

Suzanna płakała już od kilku minut.

Vivi ostrożnie uniosła ku niej dłoń.

– Bardzo cię przepraszam.

– Przecież musiałaś mnie nienawidzić – wyszlochała Suzanna.

– Co?

– Przez cały ten czas stałam ci na drodze, wiecznie ci o niej przypominałam.

Vivi poczuła w końcu przypływ odwagi, objęła córkę i przytuliła ją mocno.

– Nie wygłupiaj się, skarbie – powiedziała. – Kochałam cię. Może nawet bardziej niż własne dzieci.

Suzanna miała oczy zapuchnięte od łez.

– Nie rozumiem.

Vivi położyła dłonie na zbyt chudych ramionach córki, próbując jej przekazać, co czuła. Jej głos był zdeterminowany, wyjątkowo jak na nią stanowczy.

– Kochałam cię, ponieważ byłaś najładniejszym dzieckiem, jakie kiedykolwiek widziałam – zadeklarowała, po czym objęła ją mocno. – Kochałam cię, ponieważ to nie była twoja wina. Kochałam cię, ponieważ od chwili, gdy cię zobaczyłam, nie mogłam przestać cię kochać. – Urwała, gdy jej oczy również wypełniły się łzami. – I w jakiś sposób, Suzanno, kochałam cię, ponieważ bez ciebie, moje najdroższe, najdroższe dziecko, nigdy nie zdobyłabym jego.

Później, gdy już wyswobodziła się z objęć Suzanny, Vivi opowiedziała jej, jak naprawdę zmarła jej matka, a Suzanna znów się rozpłakała, myśląc o Emmie, o Alejandrze i przede wszystkim o Athene, za której śmierć wcale nie była odpowiedzialna.

Rozdział dwudziesty czwarty

Pierwsza noc, którą Suzanna Fairley-Hulme spędziła ze swoją rodziną w posiadłości Dere, obfitowała we wstrząsy, burze emocji i bezsenność, niepokój, nerwowość i ledwie skrywany strach. Po dziecku wyrwanym z otoczenia, w którym spędziło swoje pierwsze miesiące, w którym znało wszystkich i wszystko, spodziewano się marudzenia, ale dziewczynka spała spokojnie od zmroku do niemal wpół do ósmej następnego ranka. To nowi dorośli w jej życiu w zasadzie nie zmrużyli oka.

Rosemary Fairley-Hulme, przyzwyczajona do obecności syna w domu rodzinnym, wpadła w panikę, gdy nie wrócił aż do późnego wieczoru, a jej panika jeszcze się zwielokrotniła, gdy okazało się, że ani ona, ani mąż nie mają pojęcia, gdzie Douglas spędził ten dzień. Aż do północy spacerowała po skrzypiącej podłodze z desek, na próżno wyglądając przez okna z szybkami w ołowianych ramkach w nadziei, że zobaczy podwójne reflektory sunące powoli po podjeździe. Gospodyni, którą wyrwali z łóżka, powiedziała, że widziała, jak panicz Douglas wsiadł do taksówki na dworzec o dziesiątej rano. Zawiadowca, do którego zadzwonił Cyril, dodał, że chłopak miał na sobie porządny garnitur.

– Pojechał na jakiś występ, co? – zapytał jowialnie. – Dobrze mu zrobi, jak się trochę zabawi.

– Coś w tym rodzaju, Tom – mruknął Cyril Fairley-Hulme, po czym odłożył słuchawkę.

Na tym etapie zadzwonili do Vivi, choć bez przesadnej nadziei, bo choć przyjeżdżała do Dere House kilka razy w tygodniu, Douglas nie zwracał na nią większej uwagi niż na meble. Uznali jednak, że może postanowił w końcu zabrać ją do miasta.

– Nie ma go? – zapytała Vivi. Poczuła ukłucie strachu, gdy zrozumiała, że Douglas, jej Douglas, który przez ostatnie miesiące wypłakiwał się skrycie na jej ramieniu, powierzał jej swoje najmroczniejsze uczucia związane z odejściem żony, coś przed nią ukrywał.

– Mieliśmy nadzieję, że jest z tobą. Nie wrócił do domu na noc. Cyril pojechał go szukać – odparła Rosemary.

– Zaraz będę – zadeklarowała Vivi i pomimo dyskomfortu poczuła cień satysfakcji na myśl, że Rosemary uznała to za dopuszczalne o tak późnej porze.

Vivi popędziła do posiadłości, nie wiedząc, czy bardziej powinna obawiać się tego, że Douglas leży ranny w jakimś rowie, czy może tego, że jego zniknięcie może być powiązane z powrotem kogoś innego. Nadal kochał Athene, wiedziała o tym. Dostatecznie często to powtarzał przez ostatnie miesiące. Było to jednak do zniesienia, kiedy mogła wierzyć, że jego uczucia wygasają niczym żar ognia – ognia, który jej zdaniem nie mógł zostać wskrzeszony. Tak przynajmniej sądziła, gdy już poznała wszystkie szczegóły.

Pomiędzy północą a świtem, podzieleni na mniejsze grupy i uzbrojeni w latarki, przeczesali całą posiadłość, na wypadek gdyby wracał pijany do domu i wpadł do rowu. Coś podobnego już się w okolicy zdarzyło – parę lat temu chłopak utonął w ten sposób, a wspomnienie jego ciała leżącego twarzą w dół w stojącej wodzie wciąż nawiedzało Cyrila.

– Upijał się tylko na początku – mruknął, gdy szli przez pola, wpadając na siebie delikatnie w blasku księżyca. – Chłopak najgorsze ma już za sobą. O wiele bardziej przypomina siebie.

– Na pewno odwiedza znajomych, panie Fairley-Hulme. Założę się, że wychylił parę kieliszków i został na noc w Londynie. – Leśniczy przechadzający się po Rowney Wood ze zwinnością i pewnością siebie kogoś doskonale obeznanego z nawigowaniem pomiędzy gałęziami i korzeniami drzew w ciemnościach był optymistycznie nastawiony do sprawy. Już czterokrotnie powtórzył, że facet to jednak facet.

– Może pojechał do Larkside – mruknął jeden z robotników. – Większość wcześniej czy później ląduje w Larkside.

Vivi wykrzywiła twarz w grymasie niezadowolenia – o domu na obrzeżach miasteczka mówiło się szeptem lub w pijackich żartach, a myśl, że Douglas mógłby się zniżyć do takiego poziomu, że mógłby zwrócić się do takich kobiet, podczas gdy ona czekała tylko na jedno jego słowo...

– Chyba ma więcej rozumu.

– Nie, jeśli kompletnie się zalał. Radzi sobie sam już od ponad roku.

Usłyszała głuche uderzenie, gdy but leśniczego zderzył się z materiałem spodni, a zaraz potem ciche przekleństwo.

– To bez sensu – oświadczył Cyril. – Przeklęty, przeklęty Douglas. Cholerny nierozsądny chłopak.

Vivi podniosła wzrok i zauważyła jego zaciśnięte szczęki. Szła obok niego owinięta swetrem, który nie chronił jej już przed zimnem. Wiedziała, że to potępianie Douglasa ma na celu ukryć jego niepokój. Cyril, tak jak Vivi, znał głębię rozpaczy Douglasa.

– Wróci – zapewniła go cicho. – Jest taki odpowiedzialny. Naprawdę.

Nikt nie pomyślał, by zajrzeć do Philmore House. Po co, jeśli Douglas praktycznie tam nie bywał, odkąd go zostawiła? Dopiero godzinę po wschodzie słońca, gdy dwie grupy poszukiwawcze spotkały się w zimnym świetle poranka, przemarznięte i milczące, przed stodołami Philmore, ktoś wpadł na taki pomysł.

– Światło się pali, panie Fairley-Hulme – powiedział jeden z robotników, pokazując dom palcem. – W oknie na górze. Proszę spojrzeć.

Gdy stali w wysokiej, pokrytej rosą trawie z oczami wzniesionymi ku górnemu poziomowi starego domu, a wokół nich rozlegały się coraz głośniejsze ptasie trele, frontowe drzwi się otworzyły. Douglas stanął w nich z podkrążonymi oczami, dowodzącymi, że sam też nie spał, w pomiętych spodniach od garnituru i z podwiniętymi rękawami koszuli. W jego ramionach spokojnie spało dziecko.

– Douglasie! – W okrzyku Rosemary mieszały się szok i ulga.

Zapadła krótka cisza, gdy grupka osób dokładnie przyjrzała się temu, co działo się przed nimi.

Douglas opuścił wzrok i otulił dziecko szalem.

– Co się tu dzieje, synu?

– To... jest Suzanna – odparł cicho. – Athene mi ją dała. To wszystko, co mam do powiedzenia na ten temat. – Wydawał się zarówno pokonany, jak i wyzywający.

Vivi otworzyła usta ze zdumienia, po czym je zamknęła. Usłyszała, że leśniczy przeklina żywiołowo pod nosem.

– A my myśleliśmy... Och, Douglasie, co, na miłość boską, się...

Cyril, nie odrywając wzroku od syna, uciszył małżonkę, kładąc dłoń na jej ramieniu.

– Nie teraz, Rosemary.

– Ależ, Cyrilu! Spójrz na…

– Nie teraz, Rosemary. – Skinął głową na syna, po czym zawrócił w stronę domu. – Wszyscy musimy odpocząć. Chłopak jest bezpieczny.

Vivi poczuła, że delikatnie popycha ją przez trawnik – po niej również oczekiwano, że odejdzie.

– Dziękuję wam wszystkim – usłyszała głos Cyrila, gdy obejrzała się na Douglasa, który nadal wpatrywał się w oblaną łagodnym światłem twarzyczkę dziecka. – Zapraszam do Dere House, chyba wszystkim nam przyda się gorąca kawa. Będzie mnóstwo czasu na rozmowy, jak się trochę prześpimy.

Przenocował w Philmore House – znacznie później wyznał Vivi, że chciał być sam, nie był pewien, czy nawet samemu sobie jest w stanie wytłumaczyć, co się wydarzyło tego dnia. Może poszedł tam, ponieważ z dzieckiem Athene na rękach czuł jakąś prymitywną potrzebę, by znaleźć się bliżej jego matki, zabrać je w miejsce noszące jej ślad, miejsce, które znała. W każdym razie został tam tylko dwa dni, zanim doszedł do wniosku, że samotna opieka nad niemowlęciem go przerasta.

Rosemary wybuchnęła gniewem. Krzyczała, że nie życzy sobie dziecka tej kobiety pod swoim dachem, gdy Douglas wszedł. Nie mogła uwierzyć, że jest taki głupi, taki łatwowierny. Nie mogła uwierzyć, że wystawi się na takie pośmiewisko. I co dalej? Może będą musieli udzielić schronienia również kochankom Athene?

Na tym etapie Cyril polecił jej, by wyszła na spacer i nieco ochłonęła. Spokojniejszym i cichszym głosem próbował przemówić synowi do rozumu. Musiał wiedzieć, że to bez sensu, nieprawdaż? Był młodym człowiekiem, nie mógł się obarczać wychowywaniem dziecka. Przecież miał przed sobą całe życie. Zwłaszcza że było to dziecko, które… Te słowa pozostały niewypowiedziane. Coś w nieustępliwym spojrzeniu Douglasa nakazało mu przerwać w połowie zdania.

– Ona zostaje tutaj – oświadczył Douglas. – Koniec dyskusji. – Już trzymał ją na rękach z wypraktykowaną zręcznością młodego ojca.

– A jak ją utrzymasz? – zapytał Cyril. – Nie możesz oczekiwać, że to my weźmiemy na siebie ten ciężar. Nie, biorąc pod uwagę ogrom prac w majątku. Twoja matka się tego nie podejmie. Wiesz, że nie ulegnie.

– Coś wymyślę – mruknął Douglas.

Później wyznał Vivi, że jego spokojna determinacja nie wynikała tylko z pragnienia zatrzymania tego dziecka, choć zdążył je już pokochać. Nie chciał przyznać przed ojcem, że nawet gdyby chciał oddać Suzannę, gdyby postanowił ulec życzeniom rodziny, nie pomyślał, by zapytać Athene, jak może się z nią skontaktować.

Pierwsze dni przypominały farsę. Rosemary ignorowała obecność dziecka, zajęła się ogrodem. Małżonki dzierżawców okazały się bardziej wyrozumiałe, przynajmniej na pozór, i gdy usłyszały nowinę, zaczęły przynosić wysokie krzesełka, śliniaki i tetrę, cały arsenał artykułów pierwszej potrzeby – nie przyszło mu nawet do głowy, że jedna mała istota może potrzebować aż tylu rzeczy. Ubłagał Bessie, by nauczyła go podstawowych czynności, a ona przez cały ranek wyjaśniała mu, jak prawidłowo założyć pieluchę, jak najlepiej ogrzać butelki z mlekiem, jak uczynić stałe pokarmy strawnymi, rozgniatając je widelcem. Obserwowała go z daleka, a dezaprobata mieszała się w niej z niepokojem o dziecko, gdy niezdarnie próbował je nakarmić, przeklinał i wycierał jedzenie z ubrań, gdy dziewczynka odpychała łyżkę od twarzy.

Po paru dniach poczuł się wyczerpany. Ojciec tracił cierpliwość, ponieważ nie mógł pracować, góra papierów rosła w gabinecie, a robotnicy w polu narzekali na brak wskazówek.

– I co zrobisz? – zapytała Vivi, obserwując, jak żonglował dzieckiem, które trzymał pod pachą, i telefonem, przez który negocjował z hurtownikiem paszą. – Może zatrudnisz jej mamkę, czy kogo potrzebują takie małe dzieci?

– Ona jest już za duża na mamkę – warknął. Niedobór snu sprawił, że stał się nerwowy. Nie powiedział tego, co oboje pomyśleli: że dziecko potrzebuje matki.

– Dobrze się czujesz? Wyglądasz na potwornie zmęczonego.

– Nic mi nie jest – mruknął.

– Przecież nie zdołasz sobie z tym wszystkim poradzić sam.

– Nie zaczynaj, Vee. Nie męcz mnie tak jak wszyscy inni.

Najeżyła się, urażona jego założeniem, że należy do tej samej grupy co „wszyscy inni". Przyglądała mu się w milczeniu, gdy spacerował po pokoju, wymachując kluczami przed nosem zaintrygowanego nimi dziecka i mamrocząc jakąś listę rzeczy do zrobienia.

– Pomogę ci – zadeklarowała.

– Co?

– Obecnie nie pracuję. Zajmę się nią. – Nie wiedziała, co nakazało jej to powiedzieć.

Szeroko otworzył oczy, przez jego twarz przemknął cień nadziei.

– Ty?

– Zajmowałam się dwulatkami. To znaczy, byłam nianią. Gdy mieszkałam w Londynie. Opieka nad dzieckiem w jej wieku nie może być o wiele trudniejsza.

– Naprawdę byś to zrobiła?

– Dla ciebie tak. – Zaczerwieniła się, słysząc, jak zabrzmiały te słowa, ale on chyba tego nie zauważył.

– Och, Vee. Naprawdę się nią zajmiesz? Codziennie? To znaczy, dopóki czegoś nie wykombinuję, rzecz jasna. Dopóki nie zadecyduję, co robić. – Podszedł do niej, jakby już nie mógł się doczekać, by przekazać jej Suzannę.

Zawahała się, nagle dostrzegając w tych ciemnych satynowych włosach i wielkich niebieskich oczach wspomnienie bolesnej przeszłości. Po chwili podniosła wzrok na niego i zobaczyła ulgę i wdzięczność malujące się na jego twarzy.

– Tak – odparła. – Zajmę się nią.

Jej rodzice byli oburzeni.

– Nie możesz tego zrobić – oświadczyła jej matka. – To przecież nie jest nawet twoje dziecko.

– Nie wolno nam obarczać dzieci winami ojców, mamo – odparła z pewnością siebie, której nie czuła. – To bardzo miłe dziecko. – Zadzwoniła do pana Holsteina, by powiedzieć mu, że nie wróci do Londynu.

Pani Newton była tak poruszona, że odwiedziła Rosemary Fairley-Hulme. Ze zdumieniem odkryła, że ona również gorąco sprzeciwia się całemu temu żałosnemu planowi. Ci młodzi ludzie chyba postradali rozumy, zawołała Rosemary z rozpaczą. Douglasa nie udało się jej przekonać.

– Kochanie, ale pomyśl tylko. Przecież ona może w każdej chwili wrócić. A ty masz swoją pracę, karierę. To może się ciągnąć latami. – Pani Newton była bliska łez. – Pomyśl, Vivi. Pomyśl, jak cię kiedyś zranił.

– Nie dbam o to. Douglas mnie potrzebuje – powiedziała cicho, rozkoszując się poczuciem zjednoczenia z nim przeciwko całemu światu. – To mi wystarczy.

Ostatecznie wszyscy złagodnieli. Musieli: Kto mógłby długo darzyć niechęcią roześmiane, piękne, niewinne dziecko? Vivi zauważyła, że – z upływem miesięcy, gdy obecność Suzanny w domu coraz mniej rzucała się w oczy, a w miasteczku coraz rzadziej dyskutowano o tym, skąd się wzięła – od czasu do czasu słysząc płacz dziecka, Rosemary wychodziła z kuchni, by „sprawdzić tylko, czy wszystko jest w porządku", że gdy Cyril widział dziewczynkę w ramionach syna przed kąpielą, głaskał ją po policzku i robił do niej śmieszne miny. Vivi tymczasem dała się całkowicie oczarować, jej zmęczenie ustępowało pod naporem niepohamowanych uśmiechów, ciekawskich rączek i ślepego zaufania. Suzanna zbliżyła ją też do Douglasa – każdego wieczoru, gdy wracał z pola, siadali nad ginem z tonikiem i śmiali się z jej małych dziwactw, załamywali ręce nad jej rosnącymi zębami i gwałtownymi zmianami nastrojów. Gdy postawiła pierwsze kroki, Vivi przebiegła przez całe szesnastohektarowe pole, by go znaleźć, i pędem razem wrócili do domu, zziajani i zniecierpliwieni, do dziewczynki, która została pod opieką gospodyni i rozglądała się wokół siebie z radosną miną kogoś, kto wie, że jest kochany. Zdarzył się też jeden doskonały dzień, kiedy poszli razem na spacer z wielkim starym wózkiem, a następnie urządzili sobie piknik, jakby, rozmyślała Vivi w skrytości ducha, byli prawdziwą rodziną.

Douglas był tego dnia w wybornym humorze, tulił do siebie dziecko, pokazywał mu stodoły, traktor, ptaki krążące po niebie. Cała ta perfekcja, jej własne szczęście zmusiły Vivi do zadania pytania, które cisnęło się jej na usta:

– Czy ona będzie chciała ją z powrotem?

Obniżył wyciągnięty palec.

– Powiem ci coś, Vee. Coś, czego nikomu dotąd nie powiedziałem. – Jego oczy, jeszcze przed chwilą błyszczące i wesołe, spochmurniały.

Posadził dziecko pomiędzy nimi i opowiedział jej ze szczegółami, jak Suzanna trafiła pod jego opiekę, jak naiwnie wybrał się do tej restauracji z nadzieją, że Athene pragnie się z nim zobaczyć z całkiem innego powodu, jak nawet w obliczu własnej ignorancji, własnej głupoty nie zdołał jej niczego odmówić.

Vivi zrozumiała, że Douglas kocha dziecko tak bardzo, ponieważ to nieprzemijająca więź łącząca go z byłą żoną: wierzył, że dopóki będzie się nim opiekował, dbał o nie, istniała szansa, że Athene wróci. I że niezależnie od tego, jak często zwierzał się Vivi, jak bardzo na niej polegał, ile czasu spędzali, rozmawiając o dzieciach i zachowując się jak prawdziwa rodzina, ona nigdy nie zdoła pokonać tej bariery.

Nie mogę jej zazdrościć, rozmyślała, udając, że coś wpadło jej do oka i dlatego odwróciła głowę. Nie mogę zazdrościć dziecku matki, na litość boską. Musi mi wystarczyć to, że on mnie potrzebuje, że nadal jestem częścią jego życia.

Nie mogła jednak nic na to poradzić. Nie chodziło już bowiem tylko o Douglasa, dumała, kładąc Suzannę w łóżeczku tego wieczoru, obsypując jej twarz pocałunkami, gdy zasypiała, z zadowoleniem ssąc palce. Nie oddałaby już ani ojca, ani córki.

Sześć miesięcy co do dnia po pojawieniu się Suzanny Rosemary zatelefonowała tuż przed śniadaniem. Wiedziała, że Vivi planuje jechać do miasta, ale czy mogłaby jednak wziąć do siebie Suzannę na cały dzień? Jej głos brzmiał opryskliwie.

– Oczywiście, Rosemary – odparła Vivi, w głowie przepisując swoje plany. – Czy coś się stało?

– Był... Jest...

Dopiero później Vivi uświadomiła sobie, że nawet w takiej chwili Rosemary nie potrafiła się zmusić do wypowiedzenia jej imienia.

– Otrzymaliśmy telefon. To wszystko jest nieco trudne. – Urwała. – Athene... odeszła.

Zapadła zdumiona cisza. Oddech utknął Vivi w gardle. Kręcąc głową, odparła, że przeprasza, ale chyba nie rozumie.

– Ona nie żyje, Vivi. Właśnie dzwonili Forsterowie. – Brzmiało to tak, jakby za każdą próbą Rosemary zyskiwała więcej pewności siebie, aż w końcu mogła podejść do tego całkiem rzeczowo.

Vivi osunęła się na krzesło w holu, nie zwracając uwagi na matkę, która stała obok niej w szlafroku i próbowała odgadnąć, co się stało.

– Dobrze się czujesz, kochanie? – mamrotała raz po raz, starając się spojrzeć córce w oczy.

Athene nie wróci. Nie przyjedzie, by odebrać jej Douglasa i Suzannę. Vivi była oszołomiona, ale szybko poczuła, że jej szok jest zabarwiony czymś, co niewygodnie przypomina uniesienie.

– Vivi? Jesteś tam?

– Co z Douglasem?

Zawsze już miała czuć się winna, że to on stanowił główny przedmiot jej troski, że nie zapytała nawet o okoliczności śmierci Athene.

– Poradzi sobie – odparła Rosemary. – Dziękuję, że pytasz, Vivi. Poradzi sobie. Podrzucimy dziecko za pół godziny.

Douglas opłakiwał ją przez dwa miesiące, przejawiał ogrom żalu, który wiele osób z jego otoczenia uznało za przesadny, biorąc pod uwagę, że jego żona zwiała ponad rok temu i wszyscy wiedzieli, że związała się z innym mężczyzną.

Vivi go rozumiała. Vivi uważała, że jego żałoba jest wzruszająca, że to dowód głębokości, żarliwości jego uczuć. Mogła sobie pozwolić na wspaniałomyślność w tej sytuacji, ponieważ Athene odeszła. Nie rozmyślała dużo o jej śmierci, nie potrafiła osiągnąć właściwej równowagi pomiędzy współczuciem a potępieniem, dlatego też skoncentrowała się na Suzannie, jakby mogła zadośćuczynić za swoje podłe myśli powodzią miłości do tego dziecka. Na wiele tygodni przejęła całkowitą opiekę nad dziewczynką, zauważyła, że gdy zniknęła groźba powrotu Athene, przelewała niemal szokującą część siebie w małą sierotę.

Suzanna odpowiedziała na niepohamowane uczucie Vivi i stała się jeszcze weselsza niż wcześniej, przyciskała swój miękki, ciepły policzek do jej policzka, zaciskała pulchne palce na jej palcach. Vivi przyjeżdżała tuż po wpół do ósmej i zabierała dziecko na długie spacery po posiadłości, odsuwając je od żałoby Douglasa, która zawisła nad domem niczym ciemna chmura, i od toczonych szeptem przez jego rodziców i służbę rozmów, w których obecność Suzanny w domu przedstawiano jako coraz bardziej naglący problem.

– Nie możemy się jej teraz pozbyć – dobiegł ją pewnego dnia głos Rosemary, gdy przechodziła obok gabinetu. – Wszystkim już powiedzieliśmy, że to dziecko Douglasa.

– To jest dziecko Douglasa – odparł Cyril. – To on będzie musiał zadecydować, co z nią zrobi. Powiedz chłopakowi, żeby wziął się w garść. Musi podjąć pewne decyzje.

W Philmore House trwały porządki. Dom, który pozostawał świątynią Athene – to jej suknie wylewały się z szaf, to ślady jej szminki nadal nosiły niedopałki w popielniczkach – trafił na listę obowiązków Rosemary. Douglas i Suzanna zostali oficjalnie przeniesieni do Dere House. Rosemary, która od dawna pragnęła pozbyć się wszelkich fizycznych dowodów obecności „tej dziewczyny" w posiadłości, wykorzystała nowy, pasywny stan syna, by się z tym uporać.

Vivi stała na grzbiecie wzgórza, przytrzymywała dłonią kapelusz i obserwowała procesję mężczyzn, którzy nosili naręcza wielobarwnych sukien i układali je na trawniku, podczas gdy kobiety, klęcząc na dywanach i chroniąc się przed chłodem, przeglądały torebki, kasetki z biżuterią i kosmetyki, zachwycając się ich jakością.

Jak na kogoś, kto utrzymywał, że nie zależy mu na dobrach doczesnych, Athene miała dosłownie górę rzeczy – nie tylko sukien, płaszczy i butów, ale też płyt, obrazów, lamp, pięknych drobiazgów kupowanych bez namysłu i porzucanych, prezentów, o których szybko zapominała.

– Bierzcie, co tylko chcecie. Cała reszta trafi na stos do spalenia.

Usłyszała głos Rosemary, czysty, rozkazujący, optymistyczniejszy, odkąd odzyskała pełnię panowania. Kobieta weszła do domu, by wynieść z niego kolejne pudło. Vivi zastanawiała się, czy ona również odczuwa ten sam słaby dreszcz podekscytowania na myśl o ostatecznym wymuszonym usunięciu Athene. Słaby, podły dreszcz, do którego nie potrafiła się przyznać nawet samej sobie. To samo małoduszne uczucie, które przywiodło ją tu, by patrzyła niczym stara wiedźma na egzekucję.

– A ty coś chcesz? – zawołała Rosemary, gdy zauważyła, że Vivi powoli idzie w jej stronę, pchając wózek.

Vivi spojrzała na podróżny kostium Athene, na wyszywane koralikami pantofle, które miała na sobie na tamtym balu myśliwskim – wszystko to leżało teraz na kupie przy rabacie z geranium, od czasu do czasu unoszone przez chłodną bryzę.

– Nie – odparła. – Nie, dziękuję.

Ojciec i matka Athene nie chcieli niczego. Vivi podsłuchała rozmowę swoich rodziców, którą toczyli w ukryciu. Forsterowie byli zawstydzeni zachowaniem córki, chcieli zdystansować się od niej nawet po śmierci. Skremowali ją podczas skromnej ceremonii, nie zamieścili nawet klepsydry w „Timesie", zauważyła pani Newton zszokowanym szeptem. Nie chcieli poznać własnej wnuczki. Te słowa, których używali w stosunku do Suzanny...

Vivi powoli przeszła z wózkiem pomiędzy stosami rzeczy, zatrzymała się, by zajrzeć do śpiącego dziecka, upewnić się, że jest osłonięte przed podmuchami wiatru. Zawahała się i wykrzywiła, gdy dostrzegła zawartość szuflady z bielizną Athene, przezroczyste skrawki koronki i jedwabiu świadczące o nocach pełnych szeptanych sekretów, nieznanych rozkoszach, teraz obnażone i porzucone. Jakby żadna część niej nie zasługiwała na szacunek.

Myślała, że może to przyniesie jej jakąś ukrytą satysfakcję. Ale pospieszne, gruntowne pozbywanie się rzeczy Athene wydawało się niemal nieprzyzwoite. Jakby wszyscy zamierzali wymazać ją z pamięci. Douglas już o niej nie mówił. Rosemary i Cyril zabronili wymawiania jej imienia. Suzanna była za mała, by ją zapamiętać – wiek umożliwił jej swobodne przejście do kolejnego etapu, to dzięki niemu zaakceptowała miłość obcych ludzi wokół niej jako szczęśliwy substytut. Z drugiej strony nikt przecież nie wiedział, jak bardzo była kochana wcześniej.

Vivi przeszła obok stosu kosztownych wełnianych płaszczy i stanęła na brzegu trawnika, gdy jeden z mężczyzn rzucił na ziemię obok niej pudło fotografii. Po wszystkim nie była pewna, co ją do tego zmusiło. Może myśl o braku korzeni Suzanny, może jej własny dyskomfort na widok tego, co wydawało się niemal żarliwym pragnieniem tych, którzy znali Athene, by całkowicie wymazać ją nawet z historii. Może ta cała piękna bielizna, obnażona, wyrzucona, jakby ona również została przez nią skażona.

Pochyliła się, wzięła z pudełka garść fotografii i wycinków z gazet, po czym wepchnęła je na spód wózka, pod swoją torebkę. Nie była pewna, co z nimi zrobi. Nie była nawet pewna, czy chce je mieć. Uznała jednak, że to istotne, by gdy Suzanna dorośnie i zacznie zadawać pytania – nieważne jak trudne do przełknięcia i jak wstydliwe – miała jakiekolwiek pojęcie, skąd się wzięła.

– Kto jest moją śliczną dziewczynką? – Gdy Vivi uznała, że czas wracać na wzgórze, Suzanna zaczęła płakać. Wyjęła ją więc z wózka i okręciła w powietrzu, a jej policzki szybko zaróżowiły się z zimna. – Kto jest moją śliczną, śliczną dziewczynką?

– Bez wątpienia ona.

Okręciła się na pięcie i zauważyła Douglasa, który stał tuż za nią. Oblała się rumieńcem.

– Przepraszam – wyjąkała. – Nie wiedziałam... Nie wiedziałam, że tu jesteś.

– Nie przepraszaj. – Uniósł tweedowy kołnierz, by ochronić się przed zimnem, oczy miał zmęczone i zaczerwienione. Podszedł bliżej i poprawił Suzannie wełnianą czapeczkę. – Jak ona się ma?

– Dobrze. – Vivi się rozpromieniła. – Jest taka grzeczna. Zje wszystko, co zobaczy, prawda, skarbie? – Dziecko uniosło pulchną rączkę i pociągnęło za jeden z blond loków wystających spod kapelusza Vivi. – Miewa... miewa się bardzo dobrze.

– Przepraszam. Zaniedbałem ją. Was obie.

Vivi znów się zaczerwieniła.

– Nie musisz... Nie masz za co przepraszać.

– Dziękuję – odparł cicho. Spojrzał w dół wzgórza na trawnik, na którym już sprzątano. – Za wszystko. Dziękuję.

– Och, Douglasie... – Nie była pewna, co może dodać.

Rozłożył swój płaszcz na ziemi, siedzieli na nim w milczeniu przez jakiś czas. Patrzył na dom, na trawnik, na siedzące na kolanach Vivi dziecko, którego palce otwierały się i zaciskały na źdźbłach trawy.

– Mogę ją potrzymać?

Podała mu córkę. Wydaje się spokojniejszy, pomyślała. Jakby wrócił z dobrowolnego wygnania.

– Cały czas mam wrażenie, że to moja wina – wyznał. – Że gdybym był lepszym mężem... Że gdyby została tutaj, nic takiego...

– Nie, Douglasie. – Jej głos zabrzmiał wyjątkowo ostro. – Nic nie mogłeś zrobić. Nic.

Wbił wzrok w ziemię.

– Douglasie, ona odeszła od ciebie dawno temu. Na długo przed tym. Musisz to wiedzieć.

– Wiem.

– Najgorsze, co mógłbyś teraz zrobić, to uczynić jej tragedię własną. – Zastanowiła ją siła, determinacja własnych słów. Ostatnimi czasy coraz łatwiej przychodziła jej ta pewność. Czuła przyjemność, wspierając go. – Suzanna cię potrzebuje – dodała, wyciągając grzechotkę z kieszeni. – Dla niej musisz być wesoły. Musisz jej pokazać, jakim wspaniałym jesteś tatą.

Prychnął drwiąco.

– Jesteś, Douglasie. Prawdopodobnie jesteś jedynym ojcem, jakiego zna, i kocha cię do szaleństwa.

Zerknął na nią z ukosa.

– To ciebie kocha do szaleństwa.

Poczerwieniała z radości.

– Ja ją kocham. Nie sposób jej nie kochać.

Obserwowali sztywną postać Rosemary, która maszerowała pomiędzy ostatnimi stosami, dowodząc wszystkimi z militarną precyzją. A potem ognisko, które rozpalono nieco dalej – słup dymu wskazywał nieunikniony koniec rządów Athene w tym domu. Gdy szara kolumna zyskała większą moc, utraciła swoją przejrzystość, Vivi poczuła, jak dłoń Douglasa skrada się ku niej po trawie. Uścisnęła ją z otuchą w odpowiedzi.

– Co z nią będzie? – zapytała.

Spojrzał na siedzące pomiędzy nimi dziecko i powoli wypuścił powietrze z płuc.

– Nie wiem. Nie zdołam sam się nią zająć.

– Nie.

Vivi poczuła, że coś się w niej zmienia, rośnie w niej pewność siebie, której nigdy dotąd nie czuła. Przekonanie, że po raz pierwszy w swoim życiu jest niezastąpiona.

– Zostanę tutaj – zadeklarowała – jak długo będziesz mnie potrzebował.

Podniósł na nią wzrok, jego oczy – za stare i zbyt smutne na tę młodzieńczą twarz – dostrzegły ją jakby po raz pierwszy. Spojrzał na ich złączone dłonie, po czym lekko pokręcił głową, jakby coś przeoczył i teraz beształ się za to w duchu. To znaczy, postanowiła, że tak to zapamięta.

Oddech uwiązł jej w piersi, gdy uniósł dłoń do jej policzka niemal takim samym gestem, jakim obdarzył dziecko. Vivi uniosła swoją w odpowiedzi, a na jej twarz wypłynął słodki, szczodry uśmiech przelewający w niego moc, radość, miłość, jakby mogła przekazać mu to wszystko samą siłą woli. Gdy więc ich usta się spotkały, nie było to zaskoczenie. Choć pieszczota ta nareszcie zasklepiła jakąś część niej, która zawsze była niczym otwarta rana, nie było to zaskoczenie.

– Kochanie – powiedziała, dziwiąc się determinacji, pewności, jakie pociągała za sobą odwzajemniona miłość. Jej krew zakipiała, gdy odpowiedział jej w taki sam sposób, zamknął ją w uścisku, który dowodził, że jego pragnienie dorównuje jej pragnieniu. Może nie była to chwila jak z bajki, ale wcale nie stała się przez to mniej doniosła, mniej prawdziwa.

Zostanę tutaj.

Rozdział dwudziesty piąty

Pasażerowie wyłaniający się z rękawa samolotu BA7902 z Buenos Aires rzucali się w oczy przez swoją urodę. Nie żeby Argentyńczycy generalnie nie byli dobrze wyglądającym narodem, zauważył potem Jorge de Marenas (zwłaszcza w porównaniu z tymi hiszpańskimi *gallego*), ale nie dziwiło, że stu pięćdziesięciu członków konferencji chirurgii plastycznej – wraz z małżonkami – wybijało się jeszcze na tym tle: opalone kobiety Amazonii o figurach klepsydry i włosach w odcieniu kosztownych torebek, mężczyźni o jednakowo gęstych ciemnych czuprynach i nienaturalnie stanowczych liniach szczęki. Jorge de Marenas należał do tych nielicznych, których wygląd korelował z wiekiem biologicznym.

– Graliśmy z Martinem Sergio w taką małą grę – powiedział Alejandrowi, gdy siedzieli na tylnym siedzeniu taksówki, pędząc w stronę Londynu. – Rozglądasz się i zgadujesz, kto miał co zrobione. W wypadku kobiet to łatwe. – Przyłożył do piersi dwie wyimaginowane piłki, po czym wydął wargi. – Używają za dużo wszystkiego. Zaczynają od małej korekty tu i tam, a potem chcą wyglądać jak Barbie. Za to mężczyźni... Próbowaliśmy rozpuścić plotkę, że samolotowi kończy się paliwo, by zobaczyć, kto jeszcze potrafi zmarszczyć brwi. Większość wyglądała tak… – Jego twarz zastygła w wyrazie łagodnego przyzwolenia. – Jesteś pewien? To straszne. Wszyscy zginiemy! – Wybuchnął gromkim śmiechem i uderzył dłonią w udo syna.

Podróż samolotem i perspektywa spotkania z ukochanym Alejandrem uczyniły go gadatliwym, mówił, odkąd padli sobie w ramiona w hałaśliwym holu przylotów, i dopiero gdy dotarli na przedmieścia Chiswick, a taksówka zwolniła na autostradzie, uświadomił sobie, że syn się prawie nie odzywa.

– No to ile masz urlopu? – zapytał. – Jedziemy na ryby?

– Wszystko zarezerwowane, tato.

– Dokąd jedziemy?

– Do miejsca oddalonego o jakąś godzinę jazdy od szpitala. Zrobiłem rezerwację na czwartek. Powiedziałeś, że konferencja skończy się w środę, tak?

– Doskonale. *Buenísimo*. A co będziemy łowić?

– Pstrąga tęczowego – odparł Alejandro. – Kupiłem muchy w Dere Hampton, tam, gdzie mieszkam. I pożyczyłem dwie wędki od jednego z lekarzy. Potrzebne ci będą tylko twój kapelusz i wodery.

– Wszystko spakowane. – Jorge machnął ręką na bagażnik. – Pstrąg tęczowy, co? Zobaczymy, czy dadzą nam jakiś odpór. – Nie zwracał szczególnej uwagi na płaski krajobraz zachodniego Londynu o coraz gęstszej zabudowie za szybą, myślami był już przy czystych angielskich rzekach, przy terkocie linki, gdy wylatywała w powietrze i lądowała w wodzie daleko od niego.

– Jak się czuje mama?

Jorge z żalem porzucił wzburzone wody. Przez większą część lotu zastanawiał się, ile powiedzieć synowi.

– Znasz swoją mamę – napomknął ostrożnie.

– Była gdzieś ostatnio? Wychodzi z tobą z domu?

– Nadal… nadal nieco martwi ją wysoka przestępczość. Nie mogę jej przekonać, że sytuacja się polepsza. Ogląda za dużo

Cronica, czyta „El Guardian", „Noticias", takie rzeczy. To nie służy jej nerwom. Milagros przeniosła się do nas na stałe... Mówiłem ci?

– Nie.

– Twoja mama chyba lubi mieć kogoś obok, gdy mnie nie ma w domu. Dzięki temu czuje się... swobodniej.

– Nie chciała przylecieć z tobą? – Jego syn wbijał wzrok w szybę, a po jego głosie Jorge nie potrafił poznać, czy cieszy się z tego powodu, czy też tego żałuje.

– Nie przepada ostatnio za samolotami. Nie martw się, synu. Dogadują się z Milagros doskonale.

Prawdę mówiąc, cieszył się, że mógł zrobić sobie małą przerwę. Jego żonę opętała myśl o jego rzekomym romansie z Agostiną, sekretarką, a jednocześnie gromiła go za jego brak zainteresowania sobą. Gdyby tylko zgodził się zwęzić jej talię, podnieść policzki, może uznałby ją za bardziej atrakcyjną. Nie bronił się za bardzo – lata doświadczenia nauczyły go, że to tylko pogarsza sprawy – ale też nigdy nie zdobyłby się na wyznanie prawdy: nie tylko nie miał romansu, on wręcz nie czuł potrzeby fizycznego kontaktu. Lata krojenia tych młodych dziewcząt, przekształcania ich, ujędrniania i wydrążania, misternego rzeźbienia ich najintymniejszych części sprawiły, że na kobiece ciało patrzył jak obojętny artysta.

– Tęskni za tobą – dodał. – Nie mówię ci tego, żebyś czuł się winny. Boże kochany, powinieneś się trochę zabawić, póki jesteś młody, zobaczyć trochę świata. Ale tęskni za tobą. Zapakowała do mojej walizki trochę mate dla ciebie, nowe koszule i parę rzeczy, które jej zdaniem chciałbyś przeczytać. – Urwał. – Chyba ucieszyłaby się, gdybyś częściej pisał.

– Wiem – odparł Alejandro. – Przepraszam. To był... dziwny czas.

Jorge zmierzył syna uważnym spojrzeniem. Zamierzał ponaciskać, ale zmienił zdanie. Mieli cztery dni dla siebie, w tym co najmniej jeden na rybach. Jeśli Alejandra coś dręczyło, wiedział, że wcześniej czy później o tym usłyszy.

– Czyli Londyn, co? Spodoba ci się Lansdowne Hotel. Nocowaliśmy tam z twoją matką w latach sześćdziesiątych, niedługo po tym, jak się pobraliśmy, i bawiliśmy się wybornie. Tym razem zarezerwowałem nam jeden pokój. Nie ma sensu się rozstawać, nie po tych wszystkich miesiącach. Ja i mój syn, co?

Alejandro uśmiechnął się do niego, a Jorge poczuł znajomą radość płynącą z przebywania w towarzystwie przystojnego syna. Przypomniał sobie, jak Alejandro mocno go uścisnął, jak wziął go w ramiona przy bramkach, pocałował w policzki, co stanowiło diametralny postęp w stosunku do wstrzemięźliwych uścisków dłoni, jakie zazwyczaj rozdawał – nawet jako mały chłopiec, gdy przyjeżdżał do domu ze szkoły z internatem. Podobno podróżowanie zmienia człowieka, rozmyślał Jorge. Może w tym zimnym klimacie jego syn w końcu trochę odtajał.

– To będzie taki męski wypad, nie? Odwiedzimy najlepsze restauracje, kilka nocnych klubów. Pożyjemy trochę. Mamy dużo do nadrobienia, Turco, i na pewno będziemy się przy tym dobrze bawić.

Konferencja Jorgego kończyła się codziennie o szesnastej trzydzieści i podczas gdy inni delegaci spotykali się w barach, podziwiali błyszczące zdjęcia swoich dzieł i oskarżali kolegów za plecami o efekty pracy godne rzeźnika, Jorge i jego syn rzucili się w wir wieczornych rozrywek. Odwiedzili przyjaciela Jorgego, który mieszkał w ozdobionym sztukaterią domu w St. John's Wood, poszli zobaczyć przedstawienie na West Endzie, choć żaden z nich nie lubił teatru, wypili drinka w barze hotelu Savoy, a także herbatę w Ritzu, gdzie Jorge uparł się, by kelner zrobił im zdjęcie („Tylko o to prosiła twoja mama", oświadczył, gdy Alejandro próbował się schować pod stołem). Rozmawiali o praktykowaniu medycyny, o argentyńskiej polityce, pieniądzach i wspólnych znajomych. Pijani, klepali się nawzajem po plecach i powtarzali, jak świetnie się bawią, jak dobrze znów być razem, jak to najlepiej bawią się faceci, gdy są sami. Gdy upili się jeszcze bardziej, popadali w łzawy sentymentalny nastrój, żalili się na to, że nie ma z nimi matki Alejandra. Jorge, choć cieszył się, widząc nietypowe dla syna przejawy emocji, podejrzewał też, że nie wszystko zostało powiedziane. Alejandro zdradził tylko, że zmarła jego koleżanka, co mogło poniekąd tłumaczyć tę zmianę charakteru, swego rodzaju smutek, który go otaczał, ale nie wyjaśniało napięcia, nikłego, lecz narastającego niepokoju, który nawet Jorge, mężczyzna o emocjach konia pociągowego, jak często powtarzała mu małżonka, potrafił wyczuć.

Nie zapytał jednak o nic wprost.

Nie był nawet pewien, czy chce znać odpowiedź.

Cath Carter mieszkała dwa domy dalej od zmarłej córki – pozostałość po czasach, kiedy rada miasta lokowała członków rodziny blisko siebie. Jessie opowiadała Suzannie o rodzinach, których członkowie okupowali całe ulice, babcie obok matek, siostry i bracia, których dzieci tworzyły amorficzną jednostkę społeczną, biegając po wszystkich domach w okolicy z pewnością siebie członków jednej dużej rodziny.

Dom Cath nie mógłby jednak bardziej się różnić od domu jej córki. Frontowe drzwi i zasłony z kraciastej bawełny Jessie mówiły o ezoterycznym guście, o słabości do tego, co kolorowe i krzykliwe, o obojętności na zasady, która przejawiała się w jej charakterze, podczas gdy dom Cath świadczył o kobiecie pewnej swojej pozycji. Schludne kwiatowe bordiury i równa warstwa farby zdradzały słabość do porządku. Tak myśli kobieta pogrążona w chaosie, dumała Suzanna, odrywając wzrok od drzwi Jessie. Nie chciała wspominać swojej ostatniej wizyty w tym domu. Nie była przekonana, czy w ogóle chce tu być. Matki właśnie odwiozły dzieci do szkoły i teraz spacerowały po ulicach z wózkami, niosły gazety i kartony z mlekiem kupione w minimarkecie na końcu drogi. Suzanna szła przed siebie, dłonie trzymała głęboko w kieszeniach płaszcza, pod palcami czuła kopertę, którą przygotowała pół godziny temu. Jeśli Cath nie będzie, zastanawiała się, czy powinnam wsunąć ją pod drzwi? A może takie rozmowy należy odbywać twarzą w twarz?

W oknie stało zdjęcie Jessie uczesanej w kucyki, ze znajomym uśmiechem na twarzy. Miało czarną obwódkę. Naokoło niego naliczyła co najmniej czterdzieści kartek z kondolencjami. Oderwała od nich wzrok i nacisnęła dzwonek, świadoma ciekawskich spojrzeń przechodniów.

Cath Carter całkiem posiwiała. Suzanna wbiła wzrok w jej włosy, próbując sobie przypomnieć, jaki miały odcień. Dopiero po chwili się zreflektowała.

– Witaj, Suzanno – powiedziała Cath.

– Przepraszam, że was dotąd nie odwiedziłam – odezwała się. – Chciałam, ale…

– Nie wiedziałaś, co powiedzieć?

Oblała się rumieńcem.

– Nie przejmuj się. Nie ty jedyna. Przynajmniej w końcu przyszłaś, w przeciwieństwie do innych. Wejdź.

Cath cofnęła się, otwierając szerzej drzwi, a Suzanna weszła do środka, stawiając ciężkie kroki na nieskazitelnym chodniku w przedpokoju.

Została poproszona do salonu i posadzona na kanapie, z której widziała tyły oprawionego zdjęcia i kartek – kilka z nich odwrócono inskrypcją w stronę pokoju. Rozkład pomieszczeń był taki sam jak w domu Jessie, wnętrze nieskazitelnie czyste, a atmosfera nabrzmiała smutkiem.

Cath przeszła ciężko przez pokój, po czym usiadła w fotelu naprzeciwko i ułożyła spódnicę pod zniszczonymi od pracy dłońmi.

– Emma jest w szkole? – zapytała Suzanna.

– Wróciła w tym tygodniu. Była przerwa semestralna.

– Przyszłam... zapytać... jak się czuje – mruknęła Suzanna niezręcznie.

Cath pokiwała głową, mimowolnie zerkając na zdjęcie córki.

– Radzi sobie – odparła.

– I żeby powiedzieć... Jeśli tylko mogę jakoś pomóc...

Cath pytająco przechyliła głowę.

Na gzymsie kominka za jej plecami stało zdjęcie rodziny, z mężczyzną, który musiał być ojcem Jessie i który trzymał małą Emmę na rękach.

– Ja... czuję się odpowiedzialna.

Cath stanowczo pokręciła głową.

– Nie jesteś odpowiedzialna. – W niewypowiedzianych przez nią słowach krył się olbrzymi ciężar.

– Naprawdę się zastanawiałam... może mogłabym... – sięgnęła do kieszeni i wyjęła z niej kopertę – jakoś was wesprzeć?

Cath spojrzała na wyciągniętą ku niej dłoń.

– Finansowo. To niewiele. Ale pomyślałam, że gdyby był jakiś fundusz powierniczy albo coś takiego... dla Emmy, znaczy się...

Cath zacisnęła dłoń na małym krzyżyku, który nosiła na szyi. Spochmurniała.

– Nie potrzebujemy pieniędzy od nikogo, dziękuję – odparła szorstko. – Emma i ja jakoś sobie radzimy.

– Bardzo przepraszam, nie chciałam pani urazić. – Suzanna wcisnęła kopertę do kieszeni, gromiąc się za brak taktu.

– Nie uraziłaś mnie. – Cath wstała, a Suzanna zaczęła się zastanawiać, czy zaraz zostanie wyproszona, ale starsza kobieta podeszła tylko do okienka pomiędzy salonem a kuchnią, wyciągnęła rękę i włączyła czajnik. – Jest coś, co mogłabyś zrobić – dodała, stojąc plecami do pokoju. – Kompletujemy dla Emmy skrzynię wspomnień. Jej nauczycielka to zasugerowała. Różni ludzie spisują swoje wspomnienia o Jessie... Miłe rzeczy, sama rozumiesz. Miłe rzeczy, które się wydarzyły. Dobre dni. Żeby gdy Emma dorośnie, miała... pełny obraz tego, jaka była jej mama. Co wszyscy o niej myśleli.

– To uroczy pomysł. – Suzanna pomyślała o półce w sklepie, która stanowiła mały ołtarzyk na rzeczy Jessie.

– Też tak sądzę.

– Trochę jak nasze witryny.

– Tak. Jessie była w tym dobra, prawda?

– Lepsza niż ja. Podejrzewam, że nie zabraknie wam takich wspomnień. To znaczy, tych dobrych.

Cath Carter nie odpowiedziała.

– P-postaram się zrobić coś, co będzie pasowało, co odda jej sprawiedliwość.

Starsza kobieta odwróciła się do niej.

– Jessie żyła pełnią życia, wiesz? – powiedziała. – Nie było to życie na wielką skalę, niektórzy uznaliby je pewnie za bardzo skromne. Wiem, że tak naprawdę nic wielkiego nie zrobiła, nigdzie nie była. Ale kochała ludzi, kochała swoją rodzinę i była wierna sobie. Nie ograniczała się. – Cath wpatrywała się w zdjęcie nad kominkiem.

Suzanna siedziała na kanapie nieruchomo.

– Nie... Nie ograniczała się. Dzieliła ludzi na sączki i kaloryfery, wiedziałaś o tym? Sączek to taki wiecznie nieszczęśliwy typ, który lubi opowiadać ci o swoich problemach, wysysa z ciebie życie... A kaloryfer to właśnie Jess. Rozgrzewała nas wszystkich.

Suzanna z niepokojem uświadomiła sobie, do której kategorii ona zapewne należy. Cath nie mówiła już do niej, zwracała się do zdjęcia, jej twarz złagodniała.

– Wbrew temu durniowi zamierzam nauczyć Emmę tego samego. Nie pozwolę, by dorastała przerażona, bojąca się wszystkiego, tylko z powodu tego, co się stało. Chcę, by była silna, odważna i... taka jak jej matka. – Poprawiła ramkę, przesuwając ją o centymetr na gzymsie. – Tego właśnie chcę. Żeby była taka jak jej matka. – Strzepnęła niewidzialne kłaczki ze spódnicy. – Wracając do herbaty...

Alejandro wstał nagle w małej łódce, sprawiając, że niebezpiecznie się zakołysała, po czym z odrazą odrzucił wędkę. Siedzący na drugim końcu ojciec spojrzał na niego z konsternacją.

– Co się stało? Przestraszysz ryby!

– Nic nie bierze. Nic.

– A wypróbowałeś tę nową przynętę? – Jorge wziął do ręki jedną z wielobarwnych much. – Lepiej biorą na mniejsze wabiki.

– Próbowałem.

– No to może linka tonąca? Ta twoja chyba nie jest najlepsza.

– Nie chodzi o linkę. Ani o przynętę. To nie jest dzień na ryby. Jorge zsunął kapelusz na czubek głowy.

– Nie chcę cię martwić, synu, ale to jedyny dzień, jaki mamy.

– Nie umiem już łowić ryb.

– Bo wiercisz się jak pies, którego pchły oblazły. – Jorge pochylił się i zabezpieczył wędkę Alejandra, po czym odłożył swoją obok sieci pełnej oszołomionych błyszczących ryb. Niemal osiągnął swój biletowany limit sześciu sztuk. Lada chwila będzie musiał skorzystać z limitu syna.

Przesunął się na ławeczce i sięgnął do kosza po piwo, które podał Alejandrowi niczym gałązkę oliwną.

– Co się dzieje? Zawsze radziłeś sobie lepiej ode mnie. Zachowujesz się dzisiaj jak pięciolatek. Gdzie się podziała twoja cierpliwość?

Alejandro usiadł i zwiesił ramiona. Otaczająca go dawniej aura ospałości zniknęła w ostatnich dniach, rozeszła się niczym zmarszczki na powierzchni jeziora, które wywołał ruchem łódki.

– No już – mruknął Jorge, kładąc dłoń na jego ramieniu. – Już, już. Zjedz coś. Napij się piwa… Chyba że wolisz coś mocniejszego? – Poklepał piersiówkę whisky, którą nosił w kieszeni kamizelki wędkarskiej. – Prawie nic dzisiaj nie zjadłeś.

– Nie jestem głodny.

– Cóż, a ja jestem. Jeśli dalej będziesz się tak rzucał, spłoszysz wszystko w promieniu kilometra.

W milczeniu zjedli kanapki, które przygotował Alejandro. Łódka dryfowała na środku jeziora. To całkiem ładne mieszkanie, powiedział mu Jorge. Przestronne. Jasne. Dużo ślicznych młodych pielęgniarek w okolicy. (Tego ostatniego akurat nie powiedział). Owszem, urzekła go okolica, pagórkowaty krajobraz, urocze chatki, niskie sufity w angielskich pubach. Spodobał mu się spokój tego jeziora, fakt, że Anglicy byli na tyle uprzejmi, by co roku je zarybiać. Anglia się nie zmienia, oświadczył. To budujące – zwłaszcza w porównaniu z dumnymi kiedyś krajami takimi jak Argentyna, które schodzą na psy – że istnieją miejsca, w których cywilizowane standardy i odrobina godności nadal mają znaczenie. To wtedy Alejandro opowiedział mu o właścicielach mieszkań, którzy nie chcieli podpisać z nim umowy najmu, ponieważ miał ciemną skórę. Jorge oniemiał, a potem wybełkotał, że to miejsce ewidentnie pełne jest półgłówków i ignorantów. „I to się nazywa cywilizowany kraj", wymamrotał. „A połowa kobiet chodzi tu w męskich butach".

Alejandro przez jakiś czas wpatrywał się w taflę wody, po czym podniósł wzrok na ojca.

– Możesz powiedzieć mamie – odetchnął głęboko – że wracam do domu.

– Co jest złego w ładnym kobiecym bucie? Dlaczego kobiety tutaj uważają, że muszą wyglądać jak mężczyźni? – Jorge urwał i przełknął ostatni kęs kanapki. – Co?

– Złożyłem wypowiedzenie. Wracam za trzy tygodnie.

Jorge uznał, że chyba się przesłyszał.

– Twoja matka będzie zadowolona – odparł ostrożnie. Wytarł wąsy i włożył chusteczkę do kieszeni. – Co się stało? Marnie płacą?

– Dobrze płacą.

– Praca ci się nie podoba?

– Praca jest w porządku. Jest dosyć uniwersalna, jak dobrze wiesz. – Alejandro się nie uśmiechnął.

– Nie możesz się przyzwyczaić? Chodzi o twoją matkę? Zadręcza cię? Powiedziała mi o tych włosach… Przepraszam cię, synu. Ona nie rozumie. Nie widzi tego tak jak inni ludzie. To dlatego, że za mało wychodzi z domu, wiesz? Za dużo myśli o różnych rzeczach… – Jorgego nagle przygniotło poczucie winy. Dlatego właśnie lepiej się czuł, gdy zachowywał powściągliwość. Rozmowy zawsze prowadziły do niezręczności. – Nie powinieneś pozwalać, by cię zamęczała.

– To przez kobietę, tato. Dobija mnie.

Ponieważ znajdowali się na środku dwunastohektarowego jeziora, nikt nie zobaczył, jak oczy Jorgego rozszerzają się lekko, a potem unoszą do nieba w niemym „Dzięki ci, Boże!".

– Kobieta! – powiedział, próbując powstrzymać ewidentną radość w swoim głosie. – Kobieta!

Alejandro oparł czoło na kolanach.

Jorge zrobił obojętną minę.

– I to jest problem?

– Jest mężatką – mruknął Alejandro do swoich kolan.

– I?

Alejandro podniósł zdumiony wzrok.

Słowa wylały się z Jorgego szeroką falą.

– Jesteś coraz starszy, synu. Coraz mniej prawdopodobne, że znajdziesz taką, która nie będzie miała jakiejś... historii. – Musiał się z całych sił powstrzymywać, by nie odtańczyć gigi wokół syna. Kobieta!

– Historii? To tylko część problemu.

Kobieta. Był gotów śpiewać, dźwięki wyrywały się z jego płuc. Poniosłyby się po jeziorze, odbiły od brzegu i wróciły do niego. Kobieta!

Alejandro znów schował twarz, zgiął plecy, jakby przygniatał go uporczywy ból. Jorge wziął się w garść, postanowił skupić się na nieszczęściu syna, przybrał poważniejszy ton.

– A więc. Ta kobieta.

– Suzanna.

– Suzanna – powtórzył imię nabożnie. Suzanna. – Za-zależy ci na niej?

Głupie pytanie. Alejandro uniósł głowę, a Jorge przypomniał sobie, jak kiedyś sam był młody, jak przeżywał tę agonię, wzloty i upadki miłości.

Głos jego syna łamał się i rwał.

– Ona... jest wszystkim. Nie potrafię dostrzec niczego poza nią, wiesz? Nawet gdy z nią jestem. Nie chcę nawet mrugać, kiedy jest obok, ponieważ nie chcę przegapić...

Gdyby to był ktoś inny, Jorge uciekłby się do komunałów o pierwszej miłości – że z czasem jest łatwiej, że świat nie kończy się na tej jednej dziewczynie... i że są też takie, o czym wiedział, z piersiami jak dojrzałe melony, u których nawet nie widać blizn. Ale to był jego syn, i Jorge, który nadal próbował opanować ulgę, dobrze go znał.

– Tato? Co mam robić? – Alejandro wyglądał, jakby miał wybuchnąć z frustracji i żalu, jakby wyznanie, co go gnębi, nie przyniosło mu ulgi, lecz jeszcze większe cierpienie.

Jorge de Marenas wyprostował plecy, wyprężył ramiona i przybrał godną ojcowską minę.

– Powiedziałeś jej o swoich uczuciach?

Alejandro pokiwał głową.

– Wiesz, co ona czuje do ciebie?

Młody mężczyzna spojrzał na wodę. Po chwili odwrócił się do ojca i wzruszył ramionami.

– Chce zostać?

Otworzył usta, żeby odpowiedzieć, ale zamknął je, zanim padły jakiekolwiek słowa.

Gdyby siedzieli obok siebie, Jorge otoczyłby syna ramieniem. Dodający otuchy, bezceremonialny uścisk dwóch heteroseksualnych facetów. Zamiast tego pochylił się i położył dłoń na jego kolanie.

– W takim razie masz rację. Czas wracać do domu.

Woda obmywała burtę łodzi. Jorge poprawił wiosła, otworzył kolejne piwo i podał je synowi.

– Miałem ci powiedzieć. Ta Sofia Guichane... Ta, która prosiła, żebyś o niej pamiętał. – Usiadł wygodniej, w duchu dziękując Bogu za radość wędkowania. – W „Gente" piszą, że ona i Eduardo Guichane się rozwodzą.

Po wyjściu od Cath Suzanna wpadła na ojca Lenny'ego. Szedł chodnikiem z torbą pod pachą i sutanną na ramieniu.

– Jak ona się miewa? – zapytał, kiwając głową na dom Cath.

Suzanna wykrzywiła usta, nie umiejąc ubrać w słowa tego, co czuła.

– Cieszę się, że przyszłaś – dodał. – Mało osób przychodzi. Szkoda, doprawdy.

– Nie wiem, czy w jakikolwiek sposób pomogłam – odparła.

– A co słychać w sklepie? Jedziesz tam teraz? Zauważyłem, że ostatnio często bywa zamknięty.

– Było… ciężko.

– Trzymaj się. Może zrobi się łatwiej, gdy zakończy się dochodzenie.

Poczuła znajome ukłucie dyskomfortu. Nie cieszyła się na składanie zeznań.

– Zeznawałem już kilka razy – dodał, zamykając za sobą furtkę. – Nie jest tak źle. Serio.

Zmusiła się do dzielnego uśmiechu, choć wcale się taka nie czuła.

– Ten twój mężczyzna też się do tego nie kwapi, z tego, co mi mówił.

– Co?

– Alejandro. Powiedział mi, że leci do Argentyny.

– Wraca do domu?

– Szkoda, prawda? Miły chłopak. Ale trudno się mu dziwić. Nie jest to najłatwiejsze miasto do mieszkania. A on napotkał po drodze więcej wybojów niż inni.

Tej nocy Suzanna prawie nie zmrużyła oka. Myślała o Cath Carter, o Jessie, o swoim zniszczonym pustym sklepie. Obserwowała, jak wstaje dzień, niebieskie światło sączyło się przez szparę w zasłonach, których nigdy nie lubiła, śledziła wzrokiem srebrne ślady samolotów bezszelestnie przecinających niebo.

Gdy Neil siedział w kuchni i zajadał tosty, jednocześnie szukając na blacie swoich spinek do mankietów, powiedziała mu, że odchodzi.

Nie dosłyszał.

– Co? – zapytał.

– Odchodzę. Przykro mi, Neil.

Znieruchomiał z kawałkiem tostu w ustach. Poczuła się skrępowana.

W końcu wyjął grzankę z ust.

– Czy to jakiś żart?

Pokręciła głową.

Patrzyli na siebie przez parę minut. W końcu odwrócił się i zaczął pakować rzeczy do aktówki.

– Nie będę teraz o tym rozmawiał, Suzanno. Muszę złapać pociąg, mam ważne spotkanie. Pogadamy wieczorem.

– Już mnie tu nie będzie – poinformowała go cicho.

– O co chodzi? – Na jego twarzy malowało się niedowierzanie. – To z powodu twojej matki? Posłuchaj, wiem, że to był dla ciebie szok, ale musisz dostrzegać też zalety. Nie musisz już żyć z poczuciem winy. Myślałem, że wszyscy się teraz lepiej rozumiecie. Mówiłaś, że twoim zdaniem idzie ku dobremu.

– To prawda.

– No to o co chodzi? O dziecko? Przecież się wycofałem, wiesz, że tak. Nie wywołuj we mnie wyrzutów sumienia z tego powodu.

– To nie…

– To głupota podejmować tak ważne życiowe decyzje, gdy nie myślisz jasno.

– Myślę.

– Posłuchaj, wiem, że nadal jesteś wstrząśnięta z powodu przyjaciółki. Mnie też jest smutno. To była miła dziewczyna. Ale niedługo poczujesz się lepiej, obiecuję. – Pokiwał głową, jakby na potwierdzenie tych słów. – Mieliśmy kilka trudniejszych miesięcy. Ten sklep cię wykańcza, wiem. To musi być przygnębiające, pracować w nim, gdy wygląda... Cóż, gdy nadal ci to wszystko przypomina. Ale przecież okna przyjeżdżają... Kiedy?

– We wtorek.

– Wtorek. Wiem, że jesteś nieszczęśliwa, Suzanno, ale nie przesadzaj, dobrze? Spójrzmy na to wszystko z właściwej perspektywy. Nie opłakujesz tylko Jessie, ale też to, co uznawałaś za swoją rodzinną historię, pewnie nawet swoją matkę. I swój sklep. Swój sposób na życie.

– Neil... Ja nie chciałam sklepu.

– Chciałaś mieć ten sklep. W kółko o tym gadałaś. Nie mów mi teraz, że go nie chciałaś.

Usłyszała nutę paniki w jego głosie. Jej głos był niemal nienaturalnie spokojny, gdy powiedziała:

– Zawsze chodziło o coś innego. Teraz to wiem. Chodziło o... wypełnienie pustki.

– Wypełnienie pustki?

– Neil, naprawdę mi przykro. Ale oszukiwaliśmy samych siebie. Oszukujemy się od lat.

W końcu wziął jej słowa na poważnie. Osunął się ciężko na kuchenny stołek.

– Jest ktoś inny?

Zawahała się tylko na tyle, by odpowiedzieć z przekonaniem:

– Nie.

– No to o co chodzi? Co próbujesz mi powiedzieć?

Wzięła głęboki oddech.

– Nie jestem szczęśliwa, Neil, i nie uszczęśliwiam ciebie.

– Ach – mruknął sarkastycznie. – Wspaniałe „to nie twoja wina, tylko moja". Do tego się zniżyliśmy.

– To wina nas obojga – odparła. – My... już do siebie nie pasujemy.

– Co?

– Neil, czy możesz powiedzieć, że jesteś szczęśliwy? Tak naprawdę?

– Tylko nie to, znowu. Czego ty oczekujesz, Suzanno? Mieliśmy trudny okres. To był ciężki rok. Ludzie trafiają do psychiatryka przy mniejszym stresie niż ten, z którym musieliśmy się uporać. Nie możesz oczekiwać, że przez cały czas będziesz szczęśliwa.

– Ja nie mówię o wesołości. Ani o tryskaniu radością.

– No to o czym?

– Mówię o... Sama nie wiem, o swego rodzaju zadowoleniu, o wrażeniu, że wszystko jest w porządku.

– Suzanno, wszystko jest w porządku! Ale jesteśmy małżeństwem... To nie zawsze są serduszka i kwiaty. – Wstał i zaczął krążyć po kuchni. – Nie możesz tak po prostu wszystkiego wyrzucić i dalej się rozglądać tylko dlatego, że nie budzisz się każdego ranka ze śpiewem na ustach. W życiu trzeba nad pewnymi rzeczami pracować, trzymać się ich. Takie jest życie, Suze, chodzi w nim o wytrwałość. O trzymanie się razem. I czekanie, aby te lepsze czasy wróciły. Byliśmy szczęśliwsi, Suzanno, i znowu będziemy. Musisz tylko mieć trochę wiary. Musisz być realistką w swoich oczekiwaniach.

Gdy nie odpowiedziała, znów usiadł, przez jakiś czas milczeli razem. Na ulicy jeden z sąsiadów trzasnął drzwiami do samochodu, krzyknął coś rozkazująco do dziecka i odjechał.

– Będziesz mieć swoją rodzinę, Neil – powiedziała cicho. – Masz jeszcze mnóstwo czasu, nawet jeśli wydaje ci się, że jest inaczej.

Wstał i podszedł do niej. Kucnął i wziął ją za ręce.

– Nie rób tego, Suze. Proszę. – W jego brązowych oczach malowały się ból i strach. – Suze.

Wpatrywała się w swoje buty.

– Kocham cię. Czy to nic nie znaczy? Dwanaście lat razem? – Pochylił głowę, próbując dojrzeć jej twarz. – Suzanno?

Podniosła na niego spokojne oczy, w których było zbyt mało żalu. Pokręciła głową.

– To nie wystarczy, Neil.

Spojrzał na nią, najwyraźniej usłyszał pewność w jej głosie, dostrzegł ją na jej twarzy, bo uwolnił jej dłonie.

– W takim razie tobie nigdy nic nie wystarczy, Suzanno. – Jego słowa zabrzmiały gorzko, wysyczał je, gdy uświadomił sobie, że to naprawdę koniec. Że Suzanna mówiła poważnie. – Prawdziwe życie nigdy ci nie wystarczy. To, czego szukasz, to bajka. I będziesz przez to bardzo nieszczęśliwa. – Wstał i szarpnięciem otworzył drzwi. – I wiesz co? Gdy to już zrozumiesz, nie wracaj do mnie z płaczem, bo ja mam już dość. Rozumiesz? Mam serdecznie dość.

Zraniła go na tyle, by tego nie mówić – wiedziała już, w końcu sobie uświadomiła, że wolałaby podjąć to ryzyko, niż trwać w takim rozczarowaniu.

Rozdział dwudziesty szósty

Suzanna leżała na łóżku, w którym spała jako dziecko, dźwięki niosące się echem przez całe jej dzieciństwo odbijały się od ścian. Słyszała skowyt psa matki, skrobanie pazurów na płytkach na dole, lawinę wysokich pisków dowodzących jakiegoś niewidocznego skandalu. Absorbowała stłumione odgłosy telewizora Rosemary, która zwiększyła głośność, żeby obejrzeć poranne wiadomości. Indeks FTSE wzrósł o cztery punkty, pochmurnie z przelotnymi opadami, powtórzyła, uśmiechając się do siebie kpiąco na myśl o tym, że tynk w żaden sposób nie blokuje dowodów pogarszającego się słuchu babci. Na podjeździe jej ojciec rozmawiał z jednym z robotników, obgadywali jakiś problem ze zsypem na ziarno. Wszystkie te dźwięki aż do tej pory dowodziły tylko, że to dla niej obce środowisko. Po raz pierwszy jednak przynosiły jej pociechę.

Przyjechała późno, dwa wieczory temu, spakowała się, gdy Neil był w pracy. Wbrew temu, co powiedział, miał nadzieję – wiedziała o tym – że Suzanna zmieni zdanie pod jego nieobecność. Że przyzna, iż jej słowa stanowiły nieszczęsny skutek uboczny żałoby. Ale ona czuła pewność. I myślała, o czym on w głębi serca zapewne również wiedział, że żałoba tylko opóźniła decyzję, przysłoniła pewność, że należy tak postąpić.

To Vivi otworzyła drzwi, słuchała bez słowa, gdy Suzanna oświadczyła z płaczem (myślała, że opuści chatkę bez cienia żalu, zaskoczyła ją burza emocji, która jej towarzyszyła, gdy pakowała ubrania), dlaczego przyjechała. Co zaskakujące, Vivi nie starała się jej przekonać, by spróbowała jeszcze raz, nie powtarzała, jakim wspaniałym mężczyzną jest Neil – nawet gdy Neil się pojawił, czego Suzanna się spodziewała, pijany i gadający bez ładu i składu jeszcze tej samej nocy. Vivi zrobiła mu kawę i pozwoliła mu ciskać gromy, mówić i płakać. Potem wyznała, że powiedziała mu, jak bardzo jej przykro, i że nie tylko może zostać w chatce, jak długo będzie chciał, ale też że pozostanie członkiem ich rodziny, dopóki będzie tego potrzebował. Potem odwiozła go do domu.

– Przepraszam, że cię na to naraziłam – mruknęła Suzanna.

– Nie ma za co przepraszać – odparła Vivi, po czym zaparzyła jej herbaty.

Suzanna miała wrażenie, że pozostawała w miejscu od lat – wpatrywała się w pączki róż na tapecie, zauważyła róg obok szafy, gdzie w okresie dojrzewania nabazgrała, że nienawidzi rodziców. Teraz, niejako uwolnione przez jej decyzję, sprawy toczyły się szybko, jakby sam czas zadecydował, że ma za dużo do nadrobienia.

Rozległo się pukanie do drzwi.

– Tak? – Podniosła się i ze zdumieniem zauważyła, że jest już prawie dziesięć po dziesiątej.

– Wstawaj, leniuchu. Czas rozprostować nogi. – W drzwiach pojawiła się blond głowa Lucy, która uśmiechała się nieśmiało.

– O, cześć. – Suzanna usiadła i potarła powieki. – Przepraszam. Nie wiedziałam, że przyjedziesz tak wcześnie.

– Wcześnie? Niewiele ci trzeba, żeby wrócić do starych nawyków. – Lucy podeszła bliżej i uściskała siostrę. – Jak się czujesz?

– Mam wrażenie, że powinnam przepraszać wszystkich za to, iż nie jestem wrakiem.

To okazało się najgorsze – jak łatwo było odejść. Czuła wyrzuty sumienia, rzecz jasna, ponieważ stała się przyczyną nieszczęścia Neila, i smutek związany z koniecznością zerwania z pewnym nawykiem, ale nie pojawiło się przygniatające poczucie żalu, którego oczekiwała. Zastanawiała się nawet, czy to dowód jakiejś jej emocjonalnej ułomności.

– Dwanaście lat i za mało zawodzenia i zgrzytania zębami. Myślisz, że jestem dziwna?

– Nie, tylko szczera. To znaczy, że dobrze zrobiłaś – odparła Lucy pragmatycznie.

– Cały czas czekam, że coś poczuję… To znaczy, coś jeszcze.

– Może poczujesz. Ale nie ma sensu tego szukać ani zmuszać się do uczuć, których nie ma. – Usiadła na łóżku Suzanny i zaczęła przetrząsać torebkę. – Nadeszła pora, by ruszyć dalej. – Wyjęła z niej kopertę. – A skoro już o tym mowa, mam twoje bilety.

– Już?

– Jak nie teraz, to kiedy? Myślę, że powinnaś po prostu lecieć, Suze. Poradzimy sobie ze sklepem. To nie byłoby w porządku wobec Neila, gdyby musiał cię wszędzie spotykać. Bądź co bądź to małe miasteczko, które od zawsze uwielbia plotki.

Suzanna wzięła bilety i spojrzała na daty.

– Ale to mniej niż dziesięć dni. Gdy rozmawiałyśmy, miałam na myśli w przyszłym miesiącu. Może nawet za parę miesięcy.

– A po co chcesz tu siedzieć?

Suzanna przygryzła wargę.

– Jak oddam ci pieniądze? Nie będę miała czasu nawet na wyprzedaż towaru.

– Ben pomoże. On również uważa, że powinnaś jechać.

– Pewnie ucieszyłby się, gdyby pozbył się mnie z domu. Chyba średnio mu się podoba, że wróciłam.

– Nie wygłupiaj się. – Lucy uśmiechnęła się do siostry. – Szalenie mi się podoba, że będziesz podróżować z plecakiem – dodała. – To przekomiczne. Kusi mnie, żeby też lecieć. Tylko po to, żeby to zobaczyć.

– Bardzo bym chciała, żebyś poleciała. Szczerze mówiąc, trochę się denerwuję.

– Australia to nie koniec świata. – Zachichotały. – Okej, to jest koniec świata. Ale nie... no wiesz... Trzeci Świat. Nie będziesz musiała kopać własnej latryny.

– Rozmawiałaś z koleżanką? Zgodziła się przenocować mnie przez parę dni?

– Jasne. Pokaże ci Melbourne. Pomoże na początek. Nie może się doczekać, kiedy cię pozna.

Suzanna próbowała wyobrazić sobie siebie w obcym kraju, jej życie po raz pierwszy stanowiło czystą kartę, czekało, by zapełniła je nowymi ludźmi, nowymi doświadczeniami. Lucy namawiała ją na taką przygodę wiele lat temu. To było przerażające.

– Od lat nie robiłam nic na własną rękę. Neil wszystko organizował.

– Neil cię infantylizował.

– Chyba trochę przesadzasz.

– Pewnie tak. Ale pozwalał ci zachowywać się trochę jak rozpieszczone dziecko. Tylko się na mnie nie wkurzaj, że to powiedziałam – dodała szybko – nie podczas naszej siostrzanej integracji.

– To jest nasza siostrzana integracja?

– No. Piętnaście lat po terminie. Chodź, pokaż mi, gdzie masz walizki, a ja pomogę ci posortować rzeczy. – Lucy z determinacją rozpięła dużą czarną torbę. – O cholera! Ile par butów na obcasie posiadasz, Imeldo? – Zamknęła torbę i cisnęła nią przez pokój. – To nie będzie ci potrzebne. Poproś tatę, żeby przechował to na strychu. Gdzie są twoje ubrania?

Suzanna podciągnęła kolana pod kołdrą i objęła je, myśląc o nieskończonych możliwościach, które się przed nią otwierały. I o tych, które się jej wymknęły. Próbowała zwalczyć wrażenie, że jest ponaglana, że powinna posiedzieć przez jakiś czas nieruchomo i zrobić remanent swojego życia. Ale jej siostra miała rację. Dość cierpienia już przysporzyła Neilowi. Przynajmniej tyle mogła zrobić.

– Wstaniesz dzisiaj w ogóle, ty leniu?

Oparła podbródek na kolanach, obserwując, jak blond bob Lucy podskakuje, gdy siostra przegląda jej ubrania – ubrania, które nagle zaczęły wyglądać, jakby nie należały do niej.

– Powiedziałam mamie, że nie było nikogo innego – mruknęła w końcu.

Lucy znieruchomiała ze zwiniętymi skarpetkami w dłoni. Odłożyła je na stos po swojej lewej. Gdy podniosła głowę, jej twarz nie wyrażała niczego.

– Nie mogę powiedzieć, że mnie zaskoczyłaś.

– Był pierwszy.

– Nie o to mi chodziło. Po prostu myślałam, że będzie trzeba czegoś naprawdę radykalnego, by wyrwać cię z tego twojego kokonu.

– Myślisz, że to był kokon? – Suzanna uświadomiła sobie, że rośnie w niej potrzeba obrony jej małżeństwa. Trwało znacznie dłużej, wytrzymało o wiele więcej ciosów niż większość.

– Nie tylko.

Suzanna spojrzała na siostrę.

– To nie było przelotne zauroczenie.

– Było?

Suzanna się zawahała.

– Tak – odparła w końcu.

– Nie wydajesz się przekonana.

– Był taki czas, kiedy… kiedy myślałam, że to może być to… Ale wszystko się zmieniło. Tak czy inaczej powinnam przez jakiś czas pobyć sama. Żeby się odnaleźć. Neil powiedział coś, co skłoniło mnie do refleksji.

– Powiedziałaś o nim Neilowi?

– Boże, nie. Dość go już zraniłam. Tylko ty wiesz. Myślisz, że jestem okropna? Wiem, że lubiłaś Neila.

– To nie znaczy, że kiedykolwiek uważałam, że do siebie pasujecie.

– Nigdy?

Lucy pokręciła głową.

Suzanna poczuła ulgę, ale też urazę na widok ewidentnego przekonania siostry. Jednak nawet gdyby Lucy coś kiedyś mówiła, nie zwróciłaby na to uwagi – od wielu lat ignorowała opinie rodziny.

– Neil to prosty człowiek – dodała Lucy. – Miły, bezpośredni facet.

– A ja jestem skomplikowaną starą krową.

– Potrzebna mu jakaś miła dziewczyna z okolic Londynu, z którą będzie wiódł miłe, proste życie.

– Dziewczyna taka jak ty.

Naprawdę tak myślisz?, zapytały oczy Lucy, a Suzanna uświadomiła sobie, że nie wie, ponieważ nigdy nie poświęcała temu dość uwagi.

Lucy milczała przez chwilę, jakby dokładnie ważyła słowa.

– Jeśli to poprawi ci humor, Suze, pewnego dnia pewnie ja też zrzucę swoją małą bombę na mamę i tatę. To, że moje życie wydaje się proste, nie znaczy, że ja taka jestem.

Powiedziała to lekkim tonem, ale Suzanna, wpatrując się w młodą kobietę naprzeciwko siebie, myślała o jej dzikiej ambicji, o tym, z jaką determinacją strzegła swojej prywatności, o jej braku chłopaków. Gdy coś zaświtało jej w głowie, pojęła też, jaka była ślepa i skoncentrowana tylko na sobie.

Zsunęła się z materaca, uklękła obok Lucy i zmierzwiła jej krótkie blond włosy.

– No cóż – mruknęła – tylko jak będziesz ją zrzucała, moja siostro marnotrawna, pamiętaj, że chcę przy tym być.

Znalazła ojca obok stodół Philmore. Wybrała dłuższą drogę ścieżką konną przez las Rowney, niosła kosz przygotowany przez Vivi, który jej matka zamierzała podrzucić robotnikom samochodem. Nie trzeba, oświadczyła Suzanna, mam ochotę na spacer. Szła zadumana, ignorując słaby deszcz, świadoma rozjarzonej powodzi jesiennych barw na ziemi wokół siebie.

Usłyszała to, zanim zobaczyła – zgrzyt i huk buldożerów, trzeszczenie i pękanie drewna, aż musiała na chwilę zamknąć oczy. Na szczęście takie odgłosy nie zawsze oznaczały katastrofę. Gdy jej oddech już się wyrównał, podeszła bliżej domu. Stanęła na obrzeżach dawnego podwórza i obserwowała, jak buldożer przedziera się przez przegniłe belki i obala je na ziemię. Obok stały inne zrujnowane budynki – choć znajdowały się tam od wieków, nawet najbardziej zagorzały obrońca zabytków z rady miejskiej przyznał, że nie są warte tego, by je ocalić.

Jej ojciec i brat stali po drugiej stronie, pokazywali coś mężczyznom w buldożerach, ojciec podchodził od czasu do czasu do dwóch innych, z których jeden nadzorował kontenery na gruz.

Gdy przyszła, dwa budynki leżały już w gruzach – ich metamorfoza od schronienia do kupy kamieni odbyła się zaskakująco szybko. Poczerniałe deski wystawały z nich na znak ostatecznego obscenicznego protestu, a ona doszła do wniosku, że po takich dużych budynkach można by się spodziewać większego rumowiska.

Ben ją zauważył. Wskazał gestem ojca pytająco, a gdy pokiwała głową, podszedł do niego, by przerwać mu rozmowę. Ben i ojciec mieli taki sam chód, swego rodzaju sztywny krok z lekko pochylonymi ramionami, jakby byli zawsze gotowi na jakąś bitwę. Ojciec nadstawił ucho do syna, zakończył rozmowę, po czym podążył za wzrokiem Bena i przywołał Suzannę gestem. Nawet nie drgnęła, żeby nie musieć nawiązywać uprzejmych pogawędek. W końcu wyczuł chyba jej wahanie, ponieważ podszedł do niej. Miał na sobie cienką bawełnianą koszulę, którą pamiętała z czasów swojej młodości – zawsze zachowywał się tak, jakby żywioły się go nie imały.

– Lunch – powiedziała, wręczając mu kosz. Już miał jej podziękować, gdy dodała: – Masz może chwilę?

Wskazał jej ostatnią stodołę, po czym przekazał kanapki przechodzącemu Benowi.

Była w domu od dwudziestu czterech godzin, ale jeszcze się nie widzieli. Ojciec dużo czasu spędzał z ekipą rozbiórkową, a ona w swoim pokoju, głównie śpiąc. Wskazał jej stary worek na nawóz – usiadła na nim, a on przyniósł sobie drugi.

Zapadła pełna wyczekiwania cisza. Suzanna nie rozmawiała z nim o okolicznościach swoich narodzin ani o tym, że odeszła od Neila, ale wiedziała, że Vivi na pewno poruszyła z nim te tematy. O ile się orientowała, Vivi nigdy nie ukrywała niczego przed Douglasem.

– Dziwnie to wygląda bez tych środkowych stodół.

Spojrzał na dziurawe dachy.

– Chyba tak.

– Kiedy zaczynacie prace nad nowymi domkami?

– Upłynie jeszcze trochę czasu. Najpierw będziemy musieli splantować teren, założyć nową kanalizację, takie sprawy. W tych stodołach, które ocalały, trzeba będzie wymienić praktycznie wszystkie drewniane elementy. – Podał jej kanapkę, ale pokręciła głową. – Szkoda – kontynuował. – Na początku myśleliśmy, że uda nam się ocalić je wszystkie. Ale czasami trzeba się pogodzić z tym, że lepiej zacząć od nowa.

Siedzieli, stykając się ramionami. Ojciec oderwał się od kanapki, by napić się herbaty z termosu. Suzanna wbiła wzrok w jego dłonie. Przypomniała sobie, jak Neil powiedział kiedyś, że gdy zmarł jego ojciec, największy szok przeżył, uświadomiwszy sobie, że nigdy już nie zobaczy jego dłoni. Takich znajomych, takich zwyczajnych, a jednak szokująco nieobecnych.

Spojrzała też na swoje. Nie potrzebowała obrazu, by wiedzieć, że wyglądają jak dłonie jej matki.

Włożyła je między kolana i spojrzała na robotników, którzy przerwali pracę, by zjeść lunch. W końcu odwróciła się do ojca.

– Mam do ciebie prośbę. – Gdy złożyła dłonie, poczuła, że jej skóra jest zaskakująco chłodna. – Chciałam cię zapytać, czy miałbyś coś przeciwko temu, żebym podjęła teraz część swoich udziałów w posiadłości.

W jego spojrzeniu wyczytała, że nie tego się spodziewał. Że spodziewał się czegoś gorszego. W jego oczach odmalowało się zarówno pytanie, jak i ulga, gdy sprawdzały, czy naprawdę o to jej chodzi. Zrozumiała, że tym pytaniem przekazała mu, iż zaakceptowała pewne rzeczy.

– Potrzebujesz ich teraz?

Pokiwała głową.

– Ben zrobi tutaj dobre rzeczy. Ma… ma to we krwi.

Zapadła krótka cisza, gdy słowa zawisły pomiędzy nimi. W milczeniu wyjął z kieszeni książeczkę czekową, wpisał sumę, po czym podał jej świstek.

Suzanna utkwiła wzrok w czeku.

– To zbyt dużo.

– Masz do tego prawo. – Urwał. – Mniej więcej tyle wydaliśmy na studia Lucy i Bena.

Dojadł kanapkę. Zmiął papier śniadaniowy, w który była zapakowana, i odłożył go do kosza.

– Równie dobrze mogę ci powiedzieć – oświadczyła – że zamierzam wyjechać dzięki nim za granicę. Rozwinąć skrzydła.

Była świadoma jego milczenia, ciszy, którą porozumiewał się z nią przez całe jej życie.

– Lucy kupiła mi bilet. Lecę do Australii. Przez jakiś czas zamieszkam u jej przyjaciółki, dopóki sama nie stanę na nogi.

Jej ojciec się przesunął.

– Niewiele zrobiłam dotąd ze swoim życiem, tato.

– Jesteś taka jak ona – odparł.

Poczuła, że wzbiera w niej gniew.

– Ja nie uciekam, tato. Ja próbuję po prostu zrobić coś, co będzie dobre dla wszystkich.

Pokręcił głową, a ona uświadomiła sobie, że to nie potępienie maluje się na jego twarzy.

– Nie o to mi chodziło – powiedział powoli. – Musisz... się wybić. Znaleźć własny sposób robienia różnych rzeczy. – Pokiwał głową, jakby przekonywał samego siebie. – Jesteś pewna, że te pieniądze ci wystarczą?

– Boże, oczywiście. Lucy mówi, że podróżowanie z plecakiem jest tanie. Szczerze mówiąc, mam nadzieję nie wydać zbyt wiele. Większość zostawię tutaj, w banku.

– Dobrze.

– A ojciec Lenny pomoże mi wyprzedać resztę towaru. Spłynie więc jeszcze trochę więcej, mam nadzieję.

– Poradzi sobie?

– Tak sądzę. Wszyscy mi mówią, że bez niego nie zdołam się tego pozbyć.

Obserwowali Bena, który wszedł pomiędzy dwa buldożery, najwyraźniej po to, by przekazać instrukcje. Po chwili przerwał, by odebrać telefon, i wybuchnął gromkim śmiechem.

Ojciec wpatrywał się w niego przez chwilę, po czym odwrócił się do niej.

– Wiem, że nie zawsze się między nami układało, Suzanno, ale musisz coś wiedzieć. – Jego knykcie zbielały na termosie. – Nigdy nie robiłem testów, wiesz? Nie mieliśmy w tamtych czasach DNA ani niczego takiego... Ale od początku wiedziałem, że jesteś moja.

Nawet w cieniu stodoły czuła na sobie intensywność jego spojrzenia, słyszała miłość w jego słowach. Uświadomiła sobie, że nawet on utknął w przeszłości, nawet jego ograniczały wpojone mu przekonania co do krwi i dziedzictwa. Były sposoby, żeby się co do takich rzeczy upewnić. Zrozumiała jednak nagle, że to nie ma znaczenia.

– W porządku, tato – odparła.

Milczeli przez jakiś czas, świadomi przepaści, która pogłębiała się przez lata bolesnych słów i nieporozumień, przez ducha, który zawsze stawał pomiędzy nimi.

– Może cię odwiedzimy. Jak będziesz w Australii – dodał. Znów siedział na tyle blisko, by ich ramiona się stykały. – Twoja matka zawsze chciała podróżować. A ja nie wytrzymałbym długo... bez ciebie.

– Nie – odparła, pozwalając, by ogarnęło ją jego ciepło. – Ja też nie.

Znalazła Vivi w galerii, matka wpatrywała się w portret.

– Jedziesz do swojego sklepu?

Do mojego sklepu, pomyślała Suzanna. Nie czuła już, by te słowa trafnie opisywały sytuację.

– Najpierw pojadę do Neila po resztę swoich ubrań. Uczciwiej będzie, jak zrobię to pod jego nieobecność.

– Tylko po ubrania?

– Może po kilka książek. I biżuterię. Resztę zostawię. – Zmarszczyła brwi. – Będziesz miała na niego oko, gdy wyjadę?

Vivi pokiwała głową.

Pewnie dawno temu postanowiła, że będzie nad nim czuwać.

– Nie jestem całkowicie pozbawiona serca. Przecież wiesz, że mi na nim zależy – mruknęła Suzanna. Pragnęła dodać, że chciała, by był szczęśliwy. Cieszyła się jednak, że nie będzie jej tutaj, by to zobaczyć. Jej bezinteresowność nie sięgała tak daleko.

– Będziesz tam szczęśliwa?

Pomyślała o Australii, o nieznajomym kontynencie na drugim końcu globu. Pomyślała o swoim maleńkim świecie, o tym, co kiedyś było jej sklepem. O Alejandrze.

– Szczęśliwsza niż byłam – odparła, nie umiejąc wyjaśnić dokładnie, co czuła. – Na pewno szczęśliwsza.

– To jakiś początek.

– Chyba tak.

Suzanna podeszła krok bliżej, stanęły ramię w ramię przed portretem w złoconej ramie.

– Powinna tu zostać – oświadczyła Vivi. – Jeśli ci to nie przeszkadza, Suzanno, kochanie, ja zawisnę na ścianie naprzeciwko. Twój ojciec, zabawny stary wariat, uważa, że ja też powinnam tu być.

Suzanna otoczyła Vivi ramieniem w pasie.

– Wiesz co? Może to powinnaś być tylko ty. W przeciwnym razie chyba dziwnie by to wyglądało. A ta jej rama i tak nie pasuje do otoczenia.

– Och nie, kochanie. Athene ma prawo tu być. Ona też musi mieć swoje miejsce.

Błyszczące oczy kobiety na obrazie na chwilę sparaliżowały Suzannę.

– Zawsze byłaś dla nas taka dobra – powiedziała. – Opiekowałaś się nami wszystkimi.

– Dobroć nie ma tu nic do rzeczy – odparła Vivi. – Po prostu tak zostaliśmy stworzeni... Ja zostałam tak stworzona.

Suzanna odwróciła się od portretu do kobiety, która ją kochała, zawsze ją kochała.

– Dzięki, mamo – szepnęła.

– Och, tak przy okazji – mruknęła Vivi, gdy skierowały się ku schodom – gdy cię nie było, dostałaś przesyłkę. Dostarczył ją niezwykły starszy mężczyzna. Uśmiechał się, jakby mnie znał.

– Starszy mężczyzna?

Vivi spojrzała na blat stołu, potarła powierzchnię palcem.

– O tak. Dobrze po sześćdziesiątce. Obcokrajowiec z wyglądu, z wąsem. Nie widziałam go dotąd w miasteczku.

– Co to było?

– Nie zdradził, od kogo jest ta przesyłka. Ale to roślina. Moim zdaniem to *roscoea purpurea*.

Suzanna wpatrywała się w matkę.

– Roślina? Jesteś przekonana, że to dla mnie?

– Może to od jednego z twoich klientów. W każdym razie postawiłam ją w schowku. – Zeszła po schodach, po czym zawołała przez ramię. – Kiedyś mówiliśmy na nią „pawie oko". Szczerze mówiąc, nie należy do moich ulubionych. Oddam ją Rosemary, jeśli ty jej nie chcesz.

Suzanna wydała z siebie coś przypominającego okrzyk, po czym przepchnęła się obok matki i pobiegła na dół.

Rozdział dwudziesty siódmy

Myślała, że wie o Jessie niemal wszystko. Po półtoragodzinnym dochodzeniu sądowym dowiedziała się, że zmarła Jessica Mary Carter miała dokładnie sto pięćdziesiąt osiem centymetrów wzrostu, ponad dziesięć lat temu usunięto jej wyrostek robaczkowy i migdałki, miała znamię na krzyżu, a palec wskazujący jej lewej ręki był złamany co najmniej trzykrotnie, po raz ostatni stosunkowo niedawno. Wśród jej obrażeń, którym Suzanna postanowiła się nie przysłuchiwać, wymieniono też siniaki niebędące wynikiem wypadku w noc jej śmierci. Opis ten nie przypominał Jessie – brzmiał niczym amalgamat fizycznych elementów, skóry i kości, a także skatalogowanych uszkodzeń. To właśnie było najbardziej niepokojące: nawet nie liczba obrażeń, o których nie wiedziała, lecz fakt, że w dochodzeniu nie uwzględniono niczego ważnego o Jessie.

Przyjaciele i krewni Jessie w budynku sądu – ci, którzy odważyli się przyjść na przesłuchanie, po części dlatego, że nie mogli pogodzić się z jej śmiercią, po części, bo w skrytości ducha cieszyli się, że mogą wziąć udział w największym wydarzeniu w Dere Hampton od pamiętnego pożaru sklepu zoologicznego w 1996 roku – mamrotali do siebie albo cicho łkali w chusteczki, przytłoczeni okolicznościami. Suzanna wierciła się na krzesełku, próbując dojrzeć ze swojego miejsca na skraju galerii drugie drzwi. Walczyła z podejrzeniem, że Alejandro siedzi teraz na ławce na zewnątrz z kopcącymi jak smoki siostrami Cath Carter. Okazałaby jednak brak szacunku, gdyby raz po raz wychodziła z sali, by to sprawdzić.

Nie było go, gdy przyjechała, nie zauważyła go też, gdy wyszła do toalety dwadzieścia minut temu. Musiał jednak złożyć zeznanie jako jedyny naoczny świadek wypadku.

Musiał przyjechać.

Poprawiła włosy, czując znajomy ucisk w żołądku, zwijającą się spiralę podekscytowania i strachu, które opanowały ją ponad dobę temu. Dwukrotnie, by dodać sobie otuchy, zajrzała do torebki, w której przyniosła swoje osobliwe skarby. Była tam etykieta z rośliny, którą dostarczono tamtego pierwszego dnia, potem na adres jej rodziców przyszedł w nieoznaczonej kopercie papierowy motyl – Ben, motylolog amator w młodości, rozpoznał w nim *Inachis io**. Napisała nazwę na odwrocie. Poprzedniego dnia, gdy pojechała do sklepu, by dokończyć porządki, zanim odda klucze, znalazła wielkie pawie pióro wetknięte pomiędzy drzwi a futrynę. Teraz sterczało niedorzecznie z jej torebki. Nie było żadnych wiadomości. Wiedziała jednak, że on musi mieć z nimi coś wspólnego. Te rzeczy musiały mieć jakieś znaczenie.

Starała się nie myśleć za dużo o tym, że mogą pochodzić od Neila.

Koroner zakończył odczytywanie raportu z sekcji zwłok. Pochylił się z troską ponad swoim pulpitem i zapytał Cath Carter, czy chciałaby coś dodać. Cath, wciśnięta pomiędzy ojca Lenny'ego a niezidentyfikowaną kobietę w średnim wieku, pokręciła głową. Koroner wrócił więc do listy świadków, która leżała przed nim.

---

* Rusałka pawik.

Zbliżała się jej kolej. Suzanna spojrzała na reportera w okularach, który siedział w kącie i skrupulatnie zapisywał wszystko w notesie. Wcześniej poruszyła z ojcem Lennym kwestię swojego wahania co do wyznania koronerowi tego, co wiedziała, wszystkiego. Nie chciała, by Jessie została przedstawiona w mediach jako ofiara przemocy domowej. Ona na pewno nie chciałaby być postrzegana jako ofiara, podkreśliła Suzanna w rozmowie. Czy nie są jej winni chociaż tyle? Odparł, że Cath miała podobne opory.

– Ale w tym wypadku w grę wchodzi pewna zasadnicza kwestia – dodał – czyli gdzie twoim zdaniem powinna dorastać Emma. Bo choć podczas tego posiedzenia nie zapadnie wyrok, możesz być pewna, że to, co zostanie tutaj powiedziane, prokuratura wykorzysta potem do zbudowania sprawy kryminalnej. Myślę, że nawet Jessie nie miałaby nic przeciwko poświęceniu części swojej prywatności dla... stabilności życiowej swojej córki. – Ostrożnie dobierał słowa.

Ostatecznie więc rozwiał jej wątpliwości. Usłyszała, że wywołują jej nazwisko, i wstała. W odpowiedzi na zaskakująco delikatne ponaglenia koronera opowiedziała spokojnym tonem o obrażeniach Jessie w okresie, kiedy pracowała w Pawim Zakątku, o sekwencji wydarzeń, które poprzedziły wieczór jej śmierci, o jej towarzyskości i wspaniałomyślności, które pośrednio się do tej śmierci przyczyniły. Nie potrafiła spojrzeć na Cath, gdy mówiła, nadal czuła, jakby zdradzała zaufanie rodziny, gdy jednak opuszczała miejsce dla świadka, ich oczy się spotkały, a Cath pokiwała głową. Jakby dziękowała.

Nie przyszedł.

Wróciła na swoje miejsce całkiem sflaczała, jakby wstrzymywała oddech przez cały ten czas, kiedy mówiła.

– W porządku? – wymamrotał ojciec Lenny, obracając się w swoim krześle.

Pokiwała głową, próbując powstrzymać wzrok przed bieganiem ku drewnianym drzwiom. Które lada chwila musiały się otworzyć. Po raz czterdziesty wygładziła swoje za krótkie włosy.

Zeznania złożyły jeszcze trzy osoby: lekarz Jessie, który potwierdził, że jego zdaniem Jess nie cierpiała na depresję, zamierzała za to odejść od swojego partnera, ojciec Lenny, który jako bliski przyjaciel rodziny opowiedział o swoich próbach zaradzenia tej „sytuacji", jak ją nazywał, i o determinacji Jessie, by uporać się z tym samodzielnie, i kuzynka Jessie, której Suzanna dotąd nie poznała. Ta ostatnia wybuchnęła płaczem i wbiła oskarżycielski palec w matkę Jasona Burdena – ona wiedziała, co się dzieje, i powinna była to powstrzymać, powstrzymać jego, tego drania. Koroner zasugerował chwilę przerwy, by dziewczyna zapanowała nad sobą. Suzanna przysłuchiwała się temu wszystkiemu kątem ucha, próbując zidentyfikować każdy stłumiony głos na korytarzu i zastanawiając się, kiedy będzie mogła bez podejrzeń znów opuścić salę.

– Teraz oddamy głos jedynemu naocznemu świadkowi – oświadczył koroner – panu Alejandrowi de Marenasowi narodowości argentyńskiej, do niedawna rezydentowi szpitala Dere Hampton, gdzie pracował na oddziale położniczym...

Serce Suzanny zamarło.

– ...który przygotował pisemne oświadczenie. Przekażę je w tej chwili urzędnikowi sądowemu, który odczyta je na głos.

Urzędniczka sądowa, pulchna kobieta o entuzjastycznie pofarbowanych włosach, wstała, po czym jednostajnym tonem standardową angielszczyzną odczytała zeznanie.

Pisemne oświadczenie. Suzanna zgięła się wpół, jakby zaparło jej dech. Słowa Alejandra praktycznie do niej nie docierały, słowa, które wyszeptał do jej ucha w noc śmierci Jessie, słowa wyrzucane w powodzi łez i pocałunków, słowa, które uciszyła własnymi wargami.

Spojrzała na kobietę, która zajęła miejsce Alejandra, i musiała siłą powstrzymać jęk rozpaczy, gdy zaczął w niej narastać.

Nie potrafiła siedzieć nieruchomo. Wierciła się w krzesełku, rozgorączkowana i zdesperowana, a gdy tylko kobieta skończyła czytać, szybko zsunęła się z ławki i kiwając przepraszająco głową, uciekła na korytarz, gdzie siedziały dwie ciotki Jessie, jej kuzynka i przyjaciółka ze szkoły.

– Drań i morderca – mruknęła jedna z nich, zapalając papierosa. – Jak jego matka śmie się tu pokazywać?

– Lynn mówi, że chłopaki go dorwą, jeśli tylko spróbuje wrócić do Dere. Jej najstarszy wozi kij bejsbolowy w samochodzie, na wypadek gdyby go gdzieś zobaczył.

– Dalej siedzi. Raczej go nie wypuszczą.

– To nie jest wina Sylvii – wtrąciła inna. – Wiecie, że jest zdruzgotana.

– Ale nadal go odwiedza, no nie? Jeździ do niego co tydzień.

Starsza kobieta poklepała po ramieniu dziewczynę.

– Każda matka by tak zrobiła – podkreśliła. – To jej syn, prawda? Nieważne, co zrobił. Dobrze się czujesz, skarbie? – zawołała do Suzanny. – Ciężko się tego słucha, no nie?

Suzanna oparła się o ścianę, nie mogąc wydobyć z siebie głosu. Oczywiście nie przyjechał. Dlaczego miałby to zrobić po tym wszystkim, co powiedziała? Może właśnie wsiadał do samolotu, podczas gdy ona siedziała tutaj, z próżności poprawiając włosy. Co za arogancja kryła się w jej pewności siebie! Stała tak przez chwilę, wykrzywiając twarz w płaczliwym grymasie, uniosła dłonie do głowy, jakby musiała fizycznie ją podtrzymywać. Poczuła, że otacza ją nieznajome kobiece ramię, dobiegł ją gryzący zapach właśnie wypalonego papierosa.

– Nie przejmuj się, kochanie. Ona jest już w niebie, no nie? Właśnie rozmawiałyśmy, że na pewno jest w niebie. Nie ma sensu teraz się tak przejmować.

Suzanna mruknęła coś w odpowiedzi, po czym wyszła. Nie musiała wiedzieć, czy to, co się stało, zostanie uznane za nieszczęśliwy wypadek, nieumyślne spowodowanie śmierci czy może orzeczenie pozostanie otwarte. Jessie odeszła. To był jedyny istotny fakt.

Mogła się tylko modlić, by Alejandro jeszcze tego nie zrobił.

Doszło do kilku opóźnień przypisywanych między innymi problemom z silnikami, kwestiom bezpieczeństwa i złej pogodzie, a w rezultacie na lotnisku Heathrow zrobiło się tłoczno, ludzie kręcili się po halach, ciągnąc za sobą walizki na kółkach lub ustawione na wózkach w wysokie stosy, które kołysały się złowieszczo na błyszczącym linoleum. Podłoga skrzypiała pod ciężarem nieskończonych par butów na miękkich podeszwach. Zmęczeni podróżni wyciągali się władczo na rzędach kresełek, niemowlęta płakały, a małe dzieci robiły, co mogły, by zgubić się w rzęsiście oświetlonych kawiarniach, nadszarpując już napięte nerwy rodziców.

Jorge de Marenas, wypiwszy już zbyt wiele kubków lotniskowej kawy, podniósł wzrok na tablicę odlotów, wstał i sięgnął po walizkę. Poklepał kieszeń marynarki, sprawdzając, czy ma bilet i paszport, a potem gestem wskazał bramkę, do której już ustawiła się kręta kolejka jego rodaków czekających cierpliwie z kartami pokładowymi w dłoniach.

– Jesteś pewien, że tego właśnie chcesz? – zwrócił się do syna. – Nie chcę, żebyś robił to ze względu na mnie. Albo na matkę. Tu powinno chodzić tylko o ciebie, o to, czego ty chcesz.

Alejandro spojrzał na tablicę odlotów, tak jak jego ojciec.

– Wiem, tato – odparł.

Hotel pielęgniarski szpitala Dere Hampton okazał się większy, niż Suzanna zapamiętała. Miał dwa wejścia, które wydały się jej znajome, otaczał go szeroki trawnik usiany wybujałymi krzewami, których nie pamiętała w ogóle. Wyglądał całkiem inaczej w świetle dnia, z ludźmi, przysypany jesiennymi liśćmi – praktycznie nie rozpoznawała w nim miejsca, które stało się tłem jej snów.

Kiedy jednak była tu ostatnio, nie myślała przecież o otoczeniu. Stała przez kilka minut przed budynkiem, zastanawiając się gorączkowo, z którego wejścia skorzystać. Frustrował ją brak pamięci wizualnej, niemożność określenia, gdzie znajdowało się mieszkanie Alejandra. Gdzieś na parterze, tyle wiedziała, przeszła więc po trawie zajrzeć do kilku okien, próbując określić, co kryje się za firankami będącymi standardowym chyba wyposażeniem tego bloku.

Trzecie mieszkanie wydało jej się prawdopodobne. Rozpoznała kanapę, białe ściany, bukowy stolik. Puste wnętrze i słaba widoczność uniemożliwiały jednak określenie, czy ktoś obecnie tam mieszka.

– Cholera jasna, dlaczego tu jest tyle przeklętych firanek? – wymamrotała.

– Żeby ludzie nie zaglądali do środka przez okna. – Za jej plecami rozległ się głos.

Zaczerwieniła się. Stały za nią dwie pielęgniarki, jedna ruda, druga Hinduska.

– Nie uwierzyłabyś, jak bardzo niektórych ludzi podnieca myśl o budynku pełnym pielęgniarek – oświadczyła ciemnoskóra kobieta.

– Ja nie podglądałam...

– Zgubiłaś się? – zapytała.

– Szukam kogoś. Mężczyzny.

Zauważyła ich rozbawione spojrzenia, zrozumiała, że tylko nanosekundy dzielą ją od kiepskiego żartu.

– Konkretnego mężczyzny. Pracuje tutaj.

– To jest hotel dla kobiet.

– Ale miałyście tu jednego faceta. Położnego. Nazywał się Alejandro de Marenas. Argentyńczyk?

Pielęgniarki wymieniły spojrzenia.

– A... Ten.

Suzanna poczuła, że jest oceniana, jakby powiązanie z Alejandrem postawiło ją w nowym świetle.

– To faktycznie jest jego mieszkanie, ale chyba go nie ma. Nie widujemy go już od jakiegoś czasu, prawda?

– Jesteś pewna?

– Obcokrajowcy nie wytrzymują długo – poinformowała ją Hinduska. – Dostają same najgorsze dyżury.

– I szybko zaczyna doskwierać im samotność – dodała Irlandka. – Cóż. – Spojrzała na Suzannę z nieodgadnioną miną. – Nie jestem pewna, czy on był samotny.

Suzanna zamrugała gwałtownie, aby nie zemdleć przed tymi kobietami.

– Jest tutaj ktoś, kto mógłby wiedzieć więcej? Na przykład, czy wyjechał?

– Spróbuj w administracji – doradziła jej Irlandka.

– Albo w kadrach. Trzecie piętro w głównym budynku.

– Dziękuję – odparła Suzanna, obdarzając nieznajome nienawiścią za ich wszystkowiedzące spojrzenia. – Bardzo dziękuję. – Po tych słowach uciekła.

Kobieta w kadrach była uprzejma, lecz ostrożna, jakby nie dziwiły jej już sytuacje, w których różni ludzie domagali się informacji odnośnie do miejsca pobytu jej personelu.

– Mieliśmy kilka wypadków, kiedy zagraniczny personel zgromadził znaczny dług podczas swojego pobytu tutaj – powiedziała tytułem wyjaśnienia. – Czasami osoby z krajów Trzeciego Świata dają się ponieść nowemu stylowi życia.

– On nie zaciągnął u mnie żadnych długów – odparła Suzanna. – U nikogo nie narobił sobie długów. Ja tylko... Ja naprawdę muszę wiedzieć, gdzie jest.

– Obawiam się, że nie możemy udostępniać prywatnych danych osobowych personelu.

– Ja znam jego prywatne dane. Muszę tylko wiedzieć, czy nadal tu jest.

– To jest już kwestia jego zatrudnienia w szpitalu.

Suzanna próbowała zapanować nad oddechem.

– Proszę posłuchać, miał dzisiaj rano zeznawać w ramach dochodzenia sądowego badającego przyczyny śmierci miejscowej dziewczyny w moim sklepie. Muszę wiedzieć, dlaczego go nie było.

– W takim razie powinna pani porozmawiać z policją.

– To przyjaciel.

– Oni wszyscy są przyjaciółmi.

– Proszę posłuchać – oświadczyła Suzanna. – Jeśli chce mnie pani upokorzyć...

– Nikt nie chce pani upokorzyć...

– Ja go kocham, okej? Nie powiedziałam mu tego, choć miałam szansę, a teraz boję się, że już za późno. Muszę mu powiedzieć, zanim wyjedzie. Bo nigdy go nie znajdę w Argentynie. Nigdy. Nie wiedziałabym nawet, gdzie jej szukać na mapie.

Kobieta wbiła w nią wzrok.

– Nie wiem nawet, czy to bliżej Patagonii czy może Portoryko. Wiem tylko, że mają tam mnóstwo krów, ich herbata smakuje jak gałązki namoczone w wodzie, a w ich rzekach mieszkają strasznie wredne ryby i że ten kraj jest naprawdę, naprawdę duży. Jeśli on wyjedzie, marne szanse, żebym go tam znalazła. Nie wiem nawet, czy zdobyłabym się na odwagę, żeby spróbować. Proszę. Proszę mi tylko powiedzieć, czy nadal tu jest.

Kobieta wpatrywała się w Suzannę przez chwilę, po czym przeszła na tyły biura i wyjęła teczkę z przepełnionej szuflady.

Stanęła nad nią i przeczytała ją uważnie. Niestety była za daleko, by Suzanna zauważyła, co tam jest napisane.

– Prawo zabrania nam ujawniania prywatnych szczegółów akt pracowniczych. Mogę tylko pani powiedzieć, że nie jest już pracownikiem tego szpitala.

– Czyli już dla was nie pracuje?

– Właśnie to powiedziałam.

– No to może mi pani powiedzieć też, gdzie jest. Skoro już tu nie pracuje, to znaczy, że nie należy do personelu szpitala.

– Bardzo sprytnie – odparła kobieta. – Proszę spróbować w jego agencji. To ona go tutaj sprowadziła i nam zarekomendowała. – Napisała numer telefonu na kartce i podała ją Suzannie.

– Dzięki. – Był to londyński numer. Istniała szansa, że może znalazł przez tę agencję inną pracę.

– Graniczy z Urugwajem.

– Co?

– Argentyna. Graniczy z Brazylią i Urugwajem. – Kobieta uśmiechnęła się do siebie, po czym odwróciła się od biurka i na powrót zajęła się aktami.

Arturro go nie widział. Zapytał swoich trzech młodych pomocników, którzy teatralnie pokręcili głowami, nie przestając z gracją żonglować dużymi kawałkami stiltona, słoikami galaretki z pigwy i pesto. Określili ją jako osiem przecinek trzy, co w innych okolicznościach uznałaby za satysfakcjonujące. Arturro nie widział go od ponad tygodnia. Nie widziała go też pani Creek ani Liliane, ani ojciec Lenny, kobieta prowadząca kiosk z antykami, chudy właściciel Kubka Kawy ani sprzedawcy w kawiarni za garażem, gdzie dawniej regularnie kupował gazetę.

– Około metra osiemdziesiąt? Opalony? Ciemnowłosy? – zaczepiła pielęgniarkę przed kioskiem z gazetami, licząc na łut szczęścia.

– Możesz dać mu mój numer, jak już go znajdziesz. – Kobieta uśmiechnęła się znacząco.

Gdy zaczęło się ściemniać, Suzanna wróciła do domu.

– Spakowana? – zapytała Vivi, podając jej kubek z herbatą. – Lucy dzwoniła powiedzieć, że przyjedzie jutro w południe. Zastanawiałam się, czy mogłabyś posiedzieć trochę z Rosemary, zanim wyjedziesz. To by wiele dla niej znaczyło, wiesz?

Suzanna siedziała na kanapie i zastanawiała się, czy szaleństwem byłoby pojechać teraz na Heathrow. Miejscowe lotnisko nie oferowało lotów do Argentyny, ale na Heathrow nie zgodziliby się podać jej nazwisk z listy pasażerów. Podobno była to kwestia bezpieczeństwa.

– Nie ma sprawy – odparła.

– Och, a pamiętasz, jak się skarżyłaś, że nie mogłaś się wcześniej gdzieś dodzwonić? – dodała Vivi. – Wyobraź sobie, że oddzwonili. Agencja pracy dla pielęgniarek, tak się przedstawili. To z nimi chciałaś rozmawiać? Uznałam, że to pomyłka.

Suzanna zeskoczyła z kanapy i wyrwała świstek papieru z rąk matki.

– To nie pomyłka – oświadczyła.

– Agencja pracy dla pielęgniarek?

– Dzięki – mruknęła Suzanna. – Dzięki, dzięki. – Wyciągnęła się na kanapie ku aparatowi telefonicznemu, nie zważając na zdumione spojrzenie matki.

– Ja chyba nigdy nie zrozumiem tej dziewczyny – powiedziała Vivi, gdy obierała w kuchni ziemniaki na zapiekankę pasterską.

– Co znowu zrobiła? – Rosemary przeglądała starą książkę o ogrodnictwie. Ewidentnie zapomniała już, której rośliny szukała, lecz z radością zagłębiła się w ilustracje.

– Myślałam, że leci do Australii. Najwyraźniej jednak zaczęła się zastanawiać, czy nie zostać pielęgniarką.

– Co? – Rosemary z wrażenia wypluła wino.

– Pielęgniarką.

– Ona nie chce być pielęgniarką!

– Też tak myślałam. Ale teraz rozmawia przez telefon z agencją. Wydaje mi się, że traktuje to szalenie poważnie. – Vivi pochyliła się i ponownie napełniła kieliszek Rosemary. – Sama nie wiem, w tym domu wszystko tak szybko się zmienia. Już nie nadążam.

– Będzie okropną pielęgniarką – mruknęła Rosemary. – Okropną. Na widok pierwszego basenu zniknie niczym szczur w kanale.

Mężczyzna z agencji okazał się bardzo miły. Niemal zbyt miły. Alejandro de Marenas wykreślił się jednak z ich rejestru dwa tygodnie temu. Opłacił ich honorarium, nie miał więc obowiązku utrzymywać kontaktów. Zapewne wrócił już do Argentyny. Położne spędzały w Anglii przeciętnie około roku. Dłużej zostawały tylko te z biedniejszych krajów, a o ile pamiętał, pan de Marenas był całkiem nieźle sytuowany.

– Zapiszę pani numer, jeśli pani chce – zaproponował. – Jeśli się z nami skontaktuje, przekażę mu go. Czy jest pani urzędniczką NHS?

– Nie – odparła, wpatrując się w pawie pióro, które trzymała w dłoni. Przynosiły pecha. Właśnie sobie przypomniała. Nie należało trzymać ich w domu, ponieważ przynosiły pecha. – Dziękuję, ale nie – dodała szeptem. Odłożyła słuchawkę, położyła głowę na telefonie i zaniosła się płaczem.

Dochodziła dziewiąta trzydzieści – niewielki wzrost liczby pieszych oznaczający w Dere Hampton godziny szczytu powoli opadał, otworzyły się ostatnie sklepy, a matki dowożące dzieci do szkoły właśnie wracały do domów.

Suzanna stała w drzwiach Pawiego Zakątka po raz ostatni. Okna były już zamontowane, ich ramy świeżo pomalowane, szyld obwieszczał jednodniową wyprzedaż asortymentu w przyszłym tygodniu. „Cały towar za pół ceny lub mniej", głosiły wielkie czarne litery. To w lewym oknie. Prawe miało posłużyć zupełnie innemu celowi.

Zerknęła na zegarek i odnotowała, że Lucy powinna się zjawić za dwie i pół godziny. Zaprosiła tylko parę osób: Arturra i Liliane, ojca Lenny'ego, panią Creek, tych, którzy mieli z Jessie codzienny kontakt, tych, dla których te drobiazgi mogły mieć znaczenie, którzy również pragnęli ją pamiętać.

Stanęła za oknem w sklepie, wyjrzała przez zwiewną firankę, którą zawiesiła tego ranka – bolesne przypomnienie o firankach sprzed paru dni – i zobaczyła, że jej goście zebrali się w grupkę. Zastanawiała się, czy to właściwa pora na coś takiego, ale ojciec Lenny, jedyna osoba, którą wtajemniczyła w swój plan, oświadczył, że lepszej pory nie będzie. Wziął udział w kilku dochodzeniach sądowych. Wiedział, że po śmierci pojawiają się obrazy, słowa, które należy zablokować, przesłonić czymś milszym.

– Gotowi? – wyszeptała do niego przez drzwi.

Gdy pokiwał głową, podeszła do okna, uniosła firankę i wyszła na zewnątrz, gdzie stali jej goście. Zerkała na nich z niepokojem, kiedy przyglądali się witrynie.

Wypełniła ją różowymi gerberami, na górze przypięła szablony meksykańskich dekoracji, które Jessie planowała kupić do swojego domu dzięki zniżce pracowniczej, i białe światełka, które wcześniej ozdabiały półki.

Na tym tle ułożyła: skrzydełka z siatki, które Jessie nosiła pewnego razu przez cały dzień, ponieważ przegrała zakład, torebkę z cekinów, która szalenie się jej podobała, lecz nie mogła sobie pozwolić na zakup, okrągłe pudełko czekoladek w różowych papierkach. Z boku leżało kilka numerów „Vogue'a" i „Hello!", a także zadanie domowe Jessie ze szkoły wieczorowej z uwagą „bardzo obiecujące" wypisaną na marginesie czerwonym długopisem. Była tam płyta CD z salsą, którą Jessie odtwarzała tak często, że Suzanna zaczęła błagać o litość, i rysunek Emmy, który wcześniej wisiał nad kasą. Pośrodku stały dwie fotografie – jedną wykonał ojciec Lenny, przedstawiała roześmiane Suzannę i Jessie, a także rozpromienionego Arturra w tle, na drugiej były Jessie i Emma, siedziały obok siebie w różowych okularach przeciwsłonecznych. Centrum aranżacji stanowił arkusz kremowego pergaminu, na którym Suzanna napisała kursywą atramentem w odcieniu fuksji:

Jessie Carter miała uśmiech ciepły jak sierpniowy dzień i najsprośniejsze poczucie humoru od czasów Sida Jamesa. Uwielbiała batony lodowe mars, jaskrawy róż, ten sklep i swoją rodzinę, niekoniecznie w tej kolejności. Najbardziej na świecie kochała swoją córkę Emmę, a w wypadku kogoś tak pełnego miłości to naprawdę dużo znaczy.

Nie otrzymała dość czasu, by osiągnąć wszystko, czego pragnęła, ale odmieniła mój sklep i odmieniła mnie. Jestem przekonana, że odmieniła każdego, kogo spotkała w tym mieście.

Witryna jaśniała światłem i jarmarcznym przepychem, kontrastując z nagością cegieł i drewna wokół. Z przodu stały dwa kubki na kawę. Jeden z nich był symbolicznie pusty.

Wszyscy milczeli. Po kilku minutach Suzanna zaczęła się niepokoić, zerknęła więc na ojca Lenny'ego, szukając u niego wsparcia.

– Witryny to był pomysł Jessie – powiedziała, przerywając ciszę – uznałam więc, że to by się jej spodobało.

Nadal nikt się nie odzywał. Nagle poczuła się chora, jakby wróciła do dawnej siebie, która zawsze mówiła i robiła nie to, co należy. Znów się pomyliła. Poczuła, że narasta w niej panika, musiała stoczyć bój, by utrzymać ją na wodzy.

– Witryna nie miała pokazywać wszystkiego, czym była... Powiedzieć o niej wszystkiego. Chciałam tylko jakoś uczcić jej pamięć. Czymś weselszym niż to, co... – Urwała, gdy poczuła się bezużyteczna i omylna.

Ktoś położył dłoń na jej ramieniu – gdy opuściła wzrok, zauważyła szczupłe zadbane palce Liliane, a potem jej twarz w pełnym makijażu złagodzoną przez coś, co być może zobaczyła na witrynie, a może przez coś całkowicie innego.

– To jest piękne, Suzanno – powiedziała. – Miałaś uroczy pomysł.

Suzanna zamrugała gwałtownie.

– Jest prawie tak dobra jak witryny Jessie – dodała pani Creek, która pochyliła się, by lepiej widzieć. – Trzeba było dołożyć paczkę tych cukierków w kształcie serc. Zawsze się nimi zajadała.

– Byłaby zachwycona – oświadczył ojciec Lenny, obejmując ramieniem Cath Carter. Uścisnął ją i mruknął coś do jej ucha.

– To bardzo miłe – szepnęła Cath. – Bardzo.

– Zrobiłam parę zdjęć do skrzyni pamięci Emmy – oświadczyła Suzanna. – Bo trzeba będzie... to zdjąć. Jak już zamknę sklep. Ale do tego czasu to wszystko tutaj zostanie.

– Powinnaś ściągnąć tu kogoś z gazety – wtrąciła pani Creek. – Żeby zrobili zdjęcie i je zamieścili.

– Nie – zaprotestowała Cath. – Nie chcę tego w gazetach.

– Podoba mi się to zdjęcie – zauważył ojciec Lenny. – Zawsze podobały mi się te okulary. Wyglądały tak, jakby dało się je zjeść.

– Smakowałyby chyba okropnie – mruknęła pani Creek.

Suzanna zauważyła, że stojący za nimi Arturro jest bliski łez, odwrócił się do nich masywnymi plecami, próbując ukryć swój smutek. Liliane podeszła do niego i objęła go, po czym wyszeptała kilka słów pociechy.

– Hej... wielkoludzie. – Ojciec Lenny pochylił się. – No weź...

– Nie chodzi tylko o Jessie – wyjaśniła Liliane. Uśmiechnęła się pobłażliwie. – Chodzi o... wszystko. Naprawdę będzie tęsknił za twoim sklepem.

Suzanna zauważyła, że szczupłe ramię Liliane sięga tylko do połowy jego pleców.

– Wszyscy będziemy tęsknić za tym sklepem – dodał ojciec Lenny. – Miał w sobie... coś.

– Mnie się podobała atmosfera. Gdy tylko człowiek wszedł. – Arturro wytarł nos. – Podobało mi się nawet to słowo. Zakątek. – Wymówił je powoli, rozkoszując się każdą sylabą.

– Możesz zmienić nazwę swoich delikatesów na Zakątek Arturra – zaproponowała pani Creek. Zjeżyła się, gdy wszyscy zmierzyli ją nierozumiejącymi spojrzeniami.

– Mamy wiele powodów, by czuć sympatię do twojego sklepu – oświadczyła powoli Liliane.

– A mnie się wydaje, że to był bardziej sklep Jessie – powiedziała Suzanna.

– Nie chciałbym, aby ckliwie to zabrzmiało – wtrącił ojciec Lenny – ale myślę sobie, że gdzieś tam jest inny sklep, w którym obsługuje Jessie.

– To zabrzmiało bardzo ckliwie – mruknęła Cath.

– Obsługuje i mówi – dodała Suzanna.

– O tak – zgodził się ojciec Lenny. – Zdecydowanie mówi.

Cath Carter szturchnęła go łokciem z bladym uśmiechem dumy.

– Zaczęła mówić, gdy miała dziewięć miesięcy – oświadczyła. – Pewnego ranka otworzyła usta i nigdy ich już nie zamknęła.

Suzanna już miała coś odrzec, gdy nagle podskoczyła, słysząc znajomy głos.

– Czy mogę coś dodać? – zapytał.

Poczuła się tak, jakby silny cios pozbawił ją tchu – takie wrażenie zrobiła na niej jego zwykła fizyczna obecność. Gdy go ostatni raz widziała, emanował zniecierpliwieniem, gniewem, aż trzeszczało powietrze wokół niego. Teraz jego ruchy były swobodne i płynne, jego oczy – wtedy oskarżycielskie i niedowierzające – łagodne.

Nie odrywał od niej wzroku, czekając na odpowiedź.

Nie mogąc wydobyć z siebie głosu, niemo pokiwała głową.

Wszedł do sklepu, zdjął z półki srebrny dzbanuszek do mate i postawił go w kącie witryny.

– Myślę, że powinniśmy się cieszyć – zadeklarował cicho, gdy znów wyszedł na ulicę. – Była moją pierwszą przyjaciółką w tym kraju. Umiała się cieszyć. Moim zdaniem chciałaby, aby wszyscy pamiętali ją z radością.

Nie potrafiła oderwać od niego wzroku, nadal nie mogła uwierzyć, że jest tutaj, że stoi przed nią.

– Racja – oświadczył ojciec Lenny z determinacją w głosie.

Zapadła cisza, na tyle długa, by stopniowo stała się niezręczna. Liliane przestąpiła z nogi na nogę w swoich szpilkach, pani Creek wymamrotała coś do siebie pod nosem. Suzanna usłyszała, że ojciec Lenny mówi coś do Alejandra – gdy na nich spojrzała, zauważyła, że odpowiedź Alejandra sprowokowała pastora, by spojrzał prosto na nią. Znów oblała się rumieńcem.

– Musimy już iść – rozległ się głos Cath.

Wyrwana z zadumy Suzanna uświadomiła sobie, że nic nie powiedziała jeszcze osoba, której opinia najbardziej się liczyła. Odwróciła się, by poszukać blond głowy. Zawahała się, po czym kucnęła i zapytała:

– Może być?

Dziewczynka nie poruszyła się ani nie odpowiedziała.

– Witryna zostanie tu jeszcze co najmniej dwa tygodnie. Ale zmienię ją, jeśli chcesz, jeśli uważasz, że czegoś brakuje. Albo zdejmę, jeśli ci się nie podoba. Mam czas, zanim będę musiała iść – dodała niskim głosem.

Emma spojrzała na witrynę, a potem na Suzannę. Oczy miała suche.

– Czy mogę coś napisać i tam dodać?

Mówiła z lodowatym spokojem dzieciństwa. Suzanna poczuła ból w głębi serca.

Pokiwała głową.

– Chcę to zrobić teraz – oświadczyła Emma. Spojrzała na babcię, a potem znów na Suzannę.

– Dam ci długopis i papier.

Suzanna wyciągnęła dłoń. Mała dziewczynka puściła rękę babci i chwyciła tę drugą. Odprowadzane wzrokiem przez milczącą grupę na chodniku, razem weszły do sklepu.

– To byłeś ty, prawda?

Sklep był pusty. Suzanna właśnie przytwierdziła słowa Emmy do witryny. Walczyła z pokusą wykreślenia ostatnich pełnych cierpienia zdań z jej tekstu. Ważne jednak, by mówić prawdę. Zwłaszcza w obliczu śmierci. Wyprostowała się i cofnęła.

– Tak – odparł.

Tak po prostu. Lakoniczne potwierdzenie.

– To przynosi pecha. Powinieneś to wiedzieć.

– To tylko pióro. Nie musi nic znaczyć. – Zerknął na opalizujące oko wystające z jej torebki. – A poza tym jest piękne. – Jego słowa zawisły w powietrzu pomiędzy nimi, gdy powoli spacerował po sklepie.

– A te inne rzeczy? Motyl? Roślina? – Musiała walczyć z pokusą rzucania mu nieśmiałych spojrzeń, uważać, by jej oczy nie rozbłysły z czystej radości, że jest blisko niej.

– Rusałka pawik. I pawie oko.

– Nie zrozumiałam – odparła. – Znaczy, tego motyla. Sprawdziliśmy tylko jego łacińską nazwę.

– W takim razie dobrze, że nie złowiłem dla ciebie pielęgnicy.

Zamilkli na chwilę. Suzanna zastanawiała się, jak to możliwe, że przez lata egzystowała w czymś na kształt ubogiej neutralności, a teraz jej uczucia zmieniały się dramatycznie od rozpaczy do uniesienia i z powrotem do czegoś o wiele mniej wyraźnego i nieskończenie bardziej zagmatwanego. Grupa młodych dziewcząt stanęła przed witryną, z przesadną sentymentalnością zaczęły komentować słowa Emmy.

– To piękne, co zrobiłaś – powiedział Alejandro, kiwając głową na witrynę.

– Ona lepiej by sobie poradziła.

Miała trudności z wyrażaniem swoich emocji, to, co teraz czuła, wydawało jej się zawstydzające, wyolbrzymione.

– Myślałam, że jesteś w Argentynie – dodała, siląc się na niezobowiązujący ton. Teraz był tutaj, a ona czuła się nagle skrępowana, jakby jej poszukiwania poprzedniego dnia okazały się przesadzone, jakby zbyt wiele zdradzały. – Nie przyjechałeś złożyć zeznań. Myślałam, że już wyjechałeś.

– Zamierzałem wyjechać. Ale… Postanowiłem poczekać.

Oparł się o drzwi, jakby specjalnie je barykadował. Gdy podniosła wzrok, zauważyła, że przygląda się jej w skupieniu. Jego spojrzenie w połączeniu z powoli docierającym do niej znaczeniem jego słów sprawiły, że znów oblała się rumieńcem.

Wstała i zaczęła zamiatać podłogę, musiała coś zrobić, nie mogła tracić koncentracji.

– Jasne – odparła, nie wiedząc dlaczego. – Jasne. – Zacisnęła dłonie na trzonku miotły. Poruszała nią krótkimi pociągnięciami, czując na sobie żar jego spojrzenia. – Posłuchaj, pewnie już wiesz, że odeszłam od Neila, ale musisz też wiedzieć, że nie odeszłam od niego dla ciebie. To znaczy, nie mówię, że nic dla mnie nie znaczyłeś... że nic dla mnie nie znaczysz... – Zdawała sobie sprawę, że już zaczęła pleść od rzeczy. – Odeszłam od niego, żeby pobyć ze sobą.

Pokiwał głową, nadal opierał się o drzwi.

– Nie chodzi o to, że nie pochlebiły mi twoje słowa. Bo pochlebiły. Ale tyle się wydarzyło w ostatnich dniach... Rzeczy, o których nawet ty nie wiesz. Związane z moją rodziną. Dopiero zaczynam to wszystko sobie układać. Kim jestem, co chcę zrobić ze swoim życiem.

Wpatrywał się w witrynę... A może w szybę. Nie potrafiła stwierdzić.

– Chcę więc tylko, żebyś wiedział, że jesteś... zawsze będziesz... naprawdę dla mnie ważny. Pewnie nawet nie wiesz, pod iloma względami. Ale myślę, że już czas, bym trochę dojrzała. Stanęła na własnych nogach. – Przestała zamiatać. – Rozumiesz?

– Nie uciekniesz od tego, Suzanno – odparł.

Zdumiała ją jego pewność siebie, brak wcześniejszej powściągliwości. Powściągliwości, która zawsze podsycała jej powściągliwość.

– Dlaczego się uśmiechasz?

– Bo jestem szczęśliwy?

Wydała z siebie poirytowane prychnięcie.

– Posłuchaj, ja próbuję ci coś powiedzieć. Po raz pierwszy w życiu próbuję zachować się jak dorosły człowiek.

Przechylił głowę, jakby dzieliła się z nim jakimś prywatnym żartem.

– Obcięłaś w ten sposób włosy, żeby się ukarać?

Doszła do wniosku, że na pewno się przesłyszała.

– Co? Za kogo ty się masz?

Jego uśmiech jej to powiedział.

Jej serce zerwało się do galopu. Jego dziwaczna reakcja sprawiła, że cały gniew minionych tygodni, wszystkie emocje, które musiała w sobie dusić, nagle się z niej wylały.

– Nie wierzę, że to słyszę. Serio! Czyś ty oszalał?

Zaczął się śmiać.

– Boże, ty arogancki... Ty arogancki...

– Nie jest tak źle. – Podszedł do niej i uniósł dłoń, jakby chciał ich dotknąć. – Moim zdaniem nadal wyglądasz pięknie.

– To śmieszne! – Uchyliła się. – Ty jesteś śmieszny! Nie wiem, co ci się stało, Alejandro, ale chyba nie rozumiesz. Nie rozumiesz nawet połowy z tego, co przeszłam. Próbowałam być miła. Próbowałam ci wytłumaczyć, ale nie zamierzam oszczędzać uczuć kogoś, kto jest zbyt uparty, by ich słuchać.

– Ja nie słucham swoich uczuć?

Teraz już zwyczajnie się śmiał, a ten nieznany dźwięk wywołał w niej jeszcze większą wściekłość. Niemal nieświadomie zaczęła go popychać, siłą wypraszać ze sklepu. Wiedziała tylko, że musi się znaleźć daleko od niego, że musi narzucić dystans, aby odzyskać spokój umysłu.

– Co ty robisz, Suzanno Peacock? – zapytał, gdy próbowała wypchnąć go za drzwi.

– Idź sobie – odparła. – Wracaj do przeklętej Argentyny. Po prostu zostaw mnie w spokoju. Nie potrzebuję tego, okej? Nie potrzebuję jeszcze tego do kompletu.

– Potrzebujesz...

– Idź sobie.

– Potrzebujesz mnie.

Zatrzasnęła mu drzwi przed nosem, jej urywany oddech niebezpiecznie skłaniał się ku płaczowi. Gdy znalazł się tutaj, gdy stał się realny, poczuła, że nie jest na to gotowa. Pragnęła go takiego, jaki był wcześniej. Pragnęła, by sprawy toczyły się powoli, by mogła się upewnić co do swoich uczuć, upewnić się, że nie zrozumiała tego wszystkiego w niewłaściwy sposób. Nic już nie wydawało się stabilne w jej życiu – jego elementy nurkowały i wzbijały się pod nią niczym pokład miotanego sztormami statku, grożąc, że ją przygniotą.

– Nie mogę tak po prostu... Nie mogę być taka jak ty. Nie mogę tego wszystkiego zostawić.

Nie była pewna, czy ją usłyszał. Oparła się o drzwi, poczuła, jak przenikają je wibracje jego głosu.

– Nigdzie się nie wybieram. – Krzyczał, ewidentnie nie dbając o to, że ktoś może go usłyszeć. – Nigdzie się nie wybieram, Suzanno Peacock.

Sklep zaczął się kurczyć. Usiadła, gdy zmniejszał się wokół niej, stłumiony głos Alejandra odbijał się echem w jej wnętrzu, wypełniając pozostałą przestrzeń.

– Będę cię prześladował, Suzanno – krzyczał. – Będę cię prześladował jeszcze bardziej niż one kiedykolwiek. Bo to nie są twoje duchy. To duchy twojej matki i ojca, Jasona i biednej Emmy. Ale to nie twoje duchy. Ja nim jestem. – Urwał. – Słyszysz? To ja nim jestem.

W końcu wstała i podeszła do okna. Widziała go przez małe łukowate szybki, stał parę kroków od drzwi, zwracał się do nich z żarliwą determinacją, jego twarz była spokojna, jakby już wiedział, jak to się skończy. Za jego plecami dostrzegła w oddali Arturra i Liliane, którzy obserwowali to wszystko ze zdumieniem, stojąc w progu Unikatowego Butiku.

– Słyszysz mnie? Będę cię prześladował, Suzanno.

Jego głos niósł się echem po brukowanej ulicy, odbijał od krzemiennych ścian i fontanny. Oparła się o ramę okienną, czując, że opuszcza ją wola walki, że coś się w niej poddaje.

– Jesteś niedorzeczny – powiedziała. Otarła oczy, gdy na nią spojrzał. – Niedorzeczny – powtórzyła głośniej, by ją usłyszał. – Zachowujesz się jak szaleniec.

Spojrzał jej prosto w oczy i uniósł brwi.

– Szaleniec – krzyknęła.

– No to mnie wpuść – odparł i po latynosku wzruszył ramionami.

Był to tak nietypowy dla niego gest, że przeszedł ją dreszcz. Podeszła do drzwi i je otworzyła.

Spojrzał na nią, ten obcokrajowiec z drugiego końca świata, bardziej nieznany, a jednocześnie bardziej znajomy niż wszystko, co sobie wyobrażała. Gdy tak stał, na jego twarz wypłynął powoli szeroki nieskrępowany uśmiech, uśmiech mówiący o wolności i nieskomplikowanej przyjemności, uśmiech kryjący obietnice, których nie trzeba wyjaśniać. Uśmiech, na który w końcu odpowiedziała własnym.

– Teraz już rozumiesz? – zapytał cicho.

Pokiwała głową, a potem wybuchnęła śmiechem, miała wrażenie, że zachłyśnie się emocjami. Przez jakiś czas stali w drzwiach sklepu do niedawna zwanego Pawim Zakątkiem – ludzie, którzy znali ich w tym małym miasteczku, i ci, którzy ich nie znali, tygodniami rozmawiali o tym później z lekceważeniem lub ciekawością. Prawie się nie dotykali, obserwowani przez kilka osób, które do niedawna były klientami sklepu. Smagły mężczyzna i kobieta o krótkich czarnych włosach, kobieta, która, biorąc pod uwagę wszystko, co się wydarzyło, nie powinna tak się cieszyć, powinna być bardziej dyskretna. Śmiała się, odchylając głowę, odbicie swojej matki.

Znacznie, znacznie później Suzanna stanęła na pomalowanych schodach sklepu, zamknęła drzwi po raz ostatni i rozejrzała się wokół. Alejandro siedział niedaleko i bawił się papierowym motylem, czekając, aż sprawdzi wszystko po raz siedemnasty.

– Wiesz, że mam lecieć do Australii? Za niecałą godzinę. Mam już bilet i wszystko.

Wyciągnął rękę i gdy do niego podeszła, otoczył ramieniem jej nogi w nieco zaborczym geście.

– Argentyna jest bliżej.

– Nie chcę się z niczym spieszyć, Ale.

Uśmiechnął się do papierowego motyla.

– Mówię poważnie. Nawet jeśli polecę do Argentyny, nie jestem pewna, czy będziemy razem, w każdym razie jeszcze nie. Dopiero zakończyłam małżeństwo. Chcę na jakiś czas polecieć gdzieś, gdzie moja historia nie ma znaczenia.

– Historia zawsze ma znaczenie.

– Nie dla ciebie. Nie dla nas.

Usiadła obok niego i opowiedziała mu o swojej matce, która uciekła.

– Chyba powinnam ją nienawidzić – skwitowała, czując ciepło jego dłoni na swojej skórze, rozkoszując się myślą o tym, że zostanie tam na dłużej. – Ale nie nienawidzę. Czuję tylko ulgę, że nie przyczyniłam się do jej śmierci.

– Cóż. Masz matkę, która cię kocha.

– Och, wiem. A Athene Forster – spojrzała na zdjęcie, które podarowała jej Vivi, a które leżało na wierzchu kartonowego pudła – wyglądam jak ona, wiem, ale wydaje mi się, że nic nas nie łączy. Nie mogę opłakiwać kogoś, kto porzucił mnie bez chwili wahania.

Uśmiech Alejandra zbladł, gdy przypomniał sobie dziecko z oddziału położniczego w Buenos Aires porwane przez blondynkę tak zdecydowanie obojętną na cierpienie innej kobiety.

– Może nigdy nie chciała cię zostawić – szepnął. – Może nigdy nie poznasz całej historii.

– Och, wiem już dostatecznie dużo. – Zaskoczył ją jej brak wrogości. – Uważałam ją za tę wspaniałą postać, nad którą wisiało fatum. Wydaje mi się, że trochę zakochałam się w idei bycia taką jak ona. Teraz mam wrażenie, że Athene Forster była raczej głupią, rozpieszczoną małą dziewczynką. Kimś, kto nie miał żadnych zadatków na matkę.

Wstał i podał jej rękę.

– Czas, żebyś była szczęśliwa, Suzanno Peacock – oświadczył. Próbował zachować uroczystą minę. – Ze mną lub beze mnie.

Uśmiechnęła się w odpowiedzi, akceptując tę prawdę.

– Wiesz co? – powiedziała. – Twoje prezenty były zupełnie nietrafione. Ponieważ nie ma Suzanny Peacock. Już nie. – Urwała. – Tak żebyś wiedział. Nazywam się Suzanna Fairley-Hulme.

Rozdział dwudziesty ósmy

Dziewczyna w niebieskim kostiumie z bouclé wysiadła z pociągu tyłem, siłując się z masywnym wózkiem, którego koła utknęły na jakimś progu. Był to nieporęczny sprzęt, jeszcze z lat czterdziestych. Dziewczyna skinęła głową, dziękując kierownikowi pociągu, który pomógł jej przenieść go na peron, i pomyślała o właścicielce mieszkania, która od tygodni narzekała na obecność wózka w wąskim korytarzu. Dwa razy zażądała jego usunięcia, ale dziewczyna wiedziała, że starszą kobietę onieśmiela jej akcent, używała go więc z miażdżącym rezultatem. Tak jak teraz wobec kierownika pociągu – mężczyzna uśmiechnął się do niej, sprawdził jeszcze, czy nie ma żadnego dodatkowego bagażu, z którym należałoby jej pomóc, po czym posłał jej długim, szczupłym nogom spojrzenie pełne podziwu, gdy odchodziła.

Dzień był wietrzny, kiedy wyszła ze stacji, pochyliła się więc i lepiej otuliła kocem boki wózka. Poprawiła włosy i postawiła kołnierzyk, tęsknie zerkając na ostatnią z kilku taksówek, które przemknęły obok niej. Od restauracji dzieliło ją co najmniej dwa i pół kilometra, a pieniędzy miała tylko tyle, by wystarczyło na bilet powrotny. I paczkę papierosów.

Wiedziała, że te papierosy będą jej potrzebne.

Gdy dotarła do Piccadilly, oczywiście zaczęło padać. Postawiła budkę wózka i zaczęła iść szybciej, chowając głowę przed wiatrem. Nie włożyła pończoch, więc te niedorzeczne buty obcierały jej pięty. Uprzedzał, żeby ich nie wkładała, że wygodniej jej będzie w innych. Resztki próżności sprawiły jednak, że nie chciała wystąpić w tanich tenisówkach. Nie dzisiaj.

Restauracja znajdowała się w bocznej uliczce za teatrem, jej ciemnozielona fasada i witrażowe szybki świadczyły o dyskretnej jakości, ambicji bycia miejscem spotkań lepiej sytuowanych i bardziej wymagających. Zwolniła, gdy ją zobaczyła, jakby wcale nie chciała dotrzeć do celu, stanęła przed drzwiami i wbiła wzrok w kartę, jakby próbowała zdecydować, czy wejść do środka. Na rusztowaniu nad jej głową stali robotnicy, chwilowo przerwali pracę, by schronić się tam przed deszczem, jeden z nich gwizdał *Walk On By* Dionne Warwick, która płynęła też z trzeszczącego radia tranzystorowego. Obserwowali z nieskrywanym zainteresowaniem, gdy próbowała na nowo upiąć włosy, na przekór wiatrowi i bez lustra, po czym zerknęła w pobliską szybę, by sprawdzić, czy nie rozmazał się jej makijaż.

Zapaliła papierosa i wykończyła go krótkimi, naglącymi haustami, przestępując z nogi na nogę i popatrując od czasu do czasu na drugi koniec ulicy, jakby jeszcze nie podjęła decyzji, czy chce tu być. W końcu pochyliła się nad wózkiem i spojrzała na śpiące dziecko. Nagle znieruchomiała, z wyrazem skupienia na twarzy, obojętna na robotników i na okropną pogodę. Nie było to spojrzenie podobne do rzucanych od niechcenia, pełnych miłości spojrzeń innych matek. Wyciągnęła rękę, jakby chciała dotknąć twarzy dziecka, a drugą zacisnęła na rączce wózka, jakby musiała się na niej oprzeć. Potem pochyliła się nad budką tak nisko, że jej twarz przestała być widoczna.

Jakiś czas później wyprostowała się, wydała powolne, drżące westchnienie i wymamrotała coś do siebie pod nosem. W końcu pchnęła wózek ku drzwiom restauracji.

– Rozchmurz się, kochanie – zawołał ktoś z góry, gdy wchodziła do środka. – Może do tego nie dojdzie.

– Och – mruknęła na tyle cicho, by nikt jej nie usłyszał –
i tu bardzo, bardzo się mylisz.

Gruba dziewczyna z trwałą ondulacją opierała się pomysłowi
tymczasowego przejęcia opieki nad wózkiem, sapała i mruczała
coś na temat polityki restauracji, Athene została więc zmuszona
do użycia swojego najbardziej zdeterminowanego arystokratycz-
nego tonu, a także do wręczenia jej napiwku w postaci pieniędzy
na papierosy i obietnicy, że nie potrwa to dłużej niż pół godziny.
– Ona śpi, skarbie – oświadczyła, zmuszając się do uśmiechu. – Nic nie będziesz musiała robić. A ja będę tuż obok, gdybyś mnie potrzebowała.

W konfrontacji z megawatowym zdeterminowanym urokiem dziewczyna nie zdobyła się na odwagę, by odmówić, posłała jej jednak spojrzenie sugerujące, że wie, iż Athene nie jest
tym, za kogo się podaje – ktoś, kto nosi kostium sprzed dwóch
sezonów i przychodzi z wózkiem do takiej restauracji, na pewno nie jest tym, kogo sugeruje taki akcent.

Athene spędziła w toalecie prawie dziesięć minut, zanim
zapanowała nad oddechem.

Na początku było wesoło. Nigdy nie żyła w ten sposób,
z dnia na dzień, nie wiedząc, gdzie będzie spać ani nawet w jakim mieście wyląduje – to była przygoda. Chroniona przed
mniej przyjemnymi aspektami – nędznymi pokojami i odrażającym jedzeniem – w pierwszym porywie namiętności rozkoszowała się czystą skandalicznością tego wszystkiego. Śmiała się
na myśl o matce rozpaczliwie próbującej wyjaśnić jej zniknięcie podczas środowej partyjki brydża, o ojcu prychającym nad
gazetą, gdy dumał nad jej ostatnim karygodnym postępkiem,
o Rosemary, skwaszonej, pełnej dezaprobaty Rosemary, która
tak jawnie ferowała wyroki, która pierwszym spojrzeniem powiedziała Athene, że wie, co z niej za dziewczyna, choć sama
Athene zadecydowała, że taka nie jest.

O Douglasie starała się nie myśleć. Dobrali się z Tonym jak w korcu maku. Od chwili, kiedy stanął w jej drzwiach i uśmiechnął się krzywo, gdy mu otworzyła, wiedziała, że żyła dotąd w złym miejscu. Bo przecież tak właśnie było, czyż nie?

Dokończyła papierosa i powoli wyszła z toalety prosto do hałaśliwej sali restauracyjnej, gdzie Douglas już czekał, wpatrując się w gazetę.

Zawsze wyglądał przystojnie w porządnym garniturze – ten krojem i kolorem przywoływał niewygodne wspomnienia z dnia ich ślubu. Gdy podniósł wzrok, zauważyła, że nowe zmarszczki doświadczenia (lub cierpienia?) dodały jego twarzy atrakcyjnej dojrzałości.

– Douglasie? – powiedziała, a on się wzdrygnął, jakby zabolało go już samo to słowo. – Bardzo elegancko wyglądasz – dodała, rozpaczliwie pragnąc wypełnić ciszę, wpłynąć na palącą intensywność jego spojrzenia. Usiadła, rozpaczliwie pragnęła się napić.

Kelner, który przyniósł jej drinka, szturchnął jej nogę.

– Czy… dobrze się miewasz? – zapytał.

Wykrzywiła się w duchu, słysząc ból w jego głosie. Wyjąkała coś pozbawionego znaczenia w odpowiedzi i w rezultacie wdali się w przerażająco błahą pogawędkę. Zdumiało ją, że jest w stanie wydawać z siebie jakiekolwiek dźwięki.

– Często bywasz w Londynie?

Przez chwilę zastanawiała się, czy próbuje z niej zadrwić. Douglas nigdy jednak nie był biegły w tych kwestiach. Nie tak jak Tony.

– Och, znasz mnie, Douglasie. Teatry, nocne kluby. Jestem wielkomiejską dziewczyną. – Rozbolała ją głowa. Odkąd usiadła, wysilała słuch, wyczulona na płacz Suzanny, sygnał, że się obudziła.

Zamówił dla niej solę. W pociągu umierała z głodu, nic nie jadła od poprzedniego dnia. Nagle jednak okazało się, że nie jest w stanie tego przełknąć – krzepnące masło i intensywny zapach ryby przyprawiały ją o mdłości. Douglas próbował nawiązać rozmowę, ale ledwo go słyszała. Przyszło jej do głowy, gdy patrzyła na jego poruszające się wargi, że wcale nie musi tego robić. Że może po prostu usiąść, zjeść z Douglasem posiłek, a potem wrócić do domu. Nikt jej do niczego nie zmuszał. Przecież wszystko się ułoży, prawda? Wróciła myślami do rozmowy telefonicznej, którą odbyła z rodzicami na początku tygodnia, zanim zadzwoniła do niego.

– Nawarzyłaś sobie piwa, Athene – oświadczyła jej matka – to teraz musisz je wypić. – Dodała, że nie dostanie od nich ani pensa. Ojciec okazał się jeszcze mniej wyrozumiały: zhańbiła rodzinę, powiedział, więc niech się nawet nie zastanawia nad powrotem. Jakby swoimi postępkami nie dokonał o wiele większych szkód. Uznała, że nie ma sensu mówić im o dziecku.

Pomyślała o dolnej szufladzie okropnej sosnowej komody, która służyła Suzannie za łóżeczko, o pieluchach porozwieszanych w całym pokoju, o gospodyni, która regularnie groziła im eksmisją. O rozpaczy Tony'ego, który nie mógł znaleźć nowej pracy.

Tak będzie lepiej.

– Douglasie, bądź tak miły i zamów mi paczkę papierosów, dobrze? – poprosiła, zmuszając się do uśmiechu. – Nie mam drobnych.

Kelner położył papierosy na stole, a obok nich resztę Douglasa. Spojrzała na pieniądze, świadoma, że za taką sumę mogłaby ich żywić przez kilka dni. Albo zapłacić za kąpiel. Naprawdę gorącą kąpiel, z odrobiną bąbelków. Wpatrywała się w pieniądze, myśląc o dniach, nie tak dawno temu, kiedy nawet by ich nie zauważyła, kiedy tak mała suma byłaby dla niej bez znaczenia. Tak jak jej płaszcz, buty, nowy kapelusz były bez znaczenia – łatwo przyszło, łatwo poszło. Spojrzała na nie, potem na Douglasa i uświadomiła sobie, że jest jeszcze jedna odpowiedź na jej problemy, której dotąd nie brała pod uwagę. Bądź co bądź był przystojny. I najwyraźniej nadal darzył ją uczuciem – zdradziła to już ich krótka rozmowa przez telefon. Tony poradzi sobie bez niej. Poradziłby sobie całkiem sam.

– Dlaczego zadzwoniłaś?

– Nie wolno mi już nawet z tobą rozmawiać? – zapytała wesoło.

Spojrzała, naprawdę na niego spojrzała i w końcu dostrzegła ból i rozpacz na jego twarzy. Miłość. Po tym wszystkim, co mu zrobiła. Wtedy zrozumiała, że nie mogłaby uciec się do tego, co rozwiązałoby wszystkie jej problemy.

– Nie mów do mnie „kochanie", Athene. Nie mogę tak dłużej. Naprawdę nie mogę. Muszę wiedzieć, dlaczego tutaj jesteś.

Zezłościł się, jego twarz się zaróżowiła. Próbowała skupić się na tym, co mówi, ale nagle rozległy się w niej jakieś metaliczne wibracje, była nastrojona na niewidzialną macierzyńską częstotliwość. I straciła wątek.

– Wiesz, cudownie widzieć, jak dobrze wyglądasz – oświadczyła dzielnie, zastanawiając się, czy powinna po prostu wstać i wyjść. Mogłaby uciec nawet teraz, porwać Suzannę z tego okropnego starego wózka i zniknąć. Nikt by się nie dowiedział. Mogłyby jechać do Brighton. Pożyczyć pieniądze i wyjechać za granicę. Do Włoch. Włosi kochali dzieci. Głos płynął z jej ust, jakby należał do kogoś innego, w jej głowie trwała gonitwa myśli. – Zawsze wyglądałeś wspaniale w tym garniturze.

– Athene! – zaprotestował.

Nagle zjawiła się ta gruba dziewczyna, stanęła przed nią ze swoją bezczelną miną, zauważyła brak obrączki i nietknięty posiłek na stole.

– Przepraszam, proszę pani – powiedziała – ale pani dziecko płacze. Będzie pani musiała je zabrać.

Po wszystkim okazało się, że niewiele zapamiętała z kolejnych minut. Majaczyła jej w pamięci zszokowana twarz

Douglasa, z której kolor odpłynął niemal na jej oczach, pamiętała, że podano jej Suzannę, że gdy wzięła ją na ręce, uświadomiła sobie, że to ostatni raz, że nigdy nie spojrzy już na jej twarzyczkę. Suzanna chyba coś przeczuwała, ponieważ była niespokojna, a Athene ucieszyła się z konieczności podrzucania jej na kolanie – dzięki temu mogła ukryć mimowolnie trzęsące się ręce.

Potem nadeszła chwila, o której pragnęła zapomnieć, chwila, która już zawsze nawiedzała ją na jawie i w snach, po której jej ramiona pozostały puste, a w jej sercu powstała wyrwa wielkości niemowlęcia.

Nie dowierzając temu, co robi, Athene Fairley-Hulme wzięła dziecko, które pokochała z czystą nieskomplikowaną siłą, o jakiej wcześniej się nie podejrzewała, i wepchnęła drobne, lekkie ciałko, owinięte kocykiem kończyny, w ramiona mężczyzny siedzącego naprzeciwko niej.

– Athene, nie wierzę…

– Proszę, proszę, Douglasie, kochany. Nie mogę ci tego wyjaśnić. Naprawdę. – Słowa ciążyły jak ołów na jej wargach, jej puste dłonie stanowiły dowód jej toksycznej zdrady.

– Nie możesz tak po prostu zostawić mi dziecka…

– Na pewno ją pokochasz. – Ze słabą przeszywającą wdzięcznością odnotowała, że podtrzymuje ją ostrożnie. Wiedziała, że tak będzie. O Boże, wybacz mi, powiedziała w duchu. Nagle poczuła, że zaraz zemdleje.

– Athene, nie mogę tak…

Poczuła przypływ paniki na myśl o tym, że odmówi. Nie było alternatywy. Tony powtórzył jej to wiele, wiele razy.

Gdy nawarzysz sobie piwa…

Położyła dłoń na jego ramieniu, próbując przekazać mu wszystko jednym błagalnym spojrzeniem.

– Douglas, kochanie, nigdy cię o nic nie prosiłam. Prawda?

Podniósł na nią wzrok, jego słabnąca konsternacja, przelotna nagość jego spojrzenia powiedziały jej, że go przekonała. Że zaopiekuje się nią dla niej. Że będzie ją kochał, tak jak jego kochano w dzieciństwie. Tak będzie lepiej, powtórzyła sobie w duchu. Tak będzie lepiej. Jakby to zaklęcie powtórzone dostatecznie wiele razy mogło sprawić, że w nie uwierzy. Zmusiła się, by wstać, po czym zaczęła iść, siłą woli powstrzymywała się przed upadkiem, trzymała głowę wysoko. Próbowała nie myśleć, żeby nie wracać pamięcią do tego, co zostało za nią, koncentrowała się na stawianiu nogi za nogą, gdy odgłosy restauracji wokół niej zacierały się w pustkę. Chciała coś jej zostawić, cokolwiek. Mały dowód, że była kochana. Ale niczego nie mieli. Wszystko zostało sprzedane, bo przecież musieli jeść.

Pa, kochanie, powiedziała w duchu, gdy drzwi restauracji znalazły się już całkiem blisko, jej obcasy stukały na płytkach na podłodze. Wrócę po ciebie, gdy sytuacja się polepszy. Obiecuję.

Tak będzie lepiej.

– Nawet się nie pożegnasz? – zawołał za nią.

Czując, że słabną resztki jej determinacji, uciekła.

Przedziwna rzecz, powiedziała potem szatniarka do jednego z kelnerów. Ta snobka, ta z ciemnymi włosami, wyszła za róg, usiadła na chodniku i rozpłakała się tak, jakby pękało jej serce. Zauważyła ją, gdy wyszła na przerwę. Kuliła się przy ścianie, wyła jak pies, nie przejmowała się tym, że ktoś może ją zobaczyć.

– Ja bym ją pocieszył – mruknął kelner, mrugając lubieżnie, a szatniarka pokręciła głową z udawanym oburzeniem, po czym wróciła do swoich płaszczy.

Gdy weszła do mieszkania, Tony leżał na łóżku. Nie zaskoczyło jej to, choć było dopiero późne popołudnie – w ich małym pokoiku nie było gdzie usiąść. Poprosili o krzesło, myśląc, że zdołają wcisnąć jedno koło okna, ale gospodyni oświadczyła, że dwa tygodnie spóźniają się z czynszem i już mieszkają u niej dłużej, niż zapowiadali, więc nie zamierza teraz rozdawać im prezentów. Chyba logiczne, prawda?

Athene otworzyła drzwi. Tony wzdrygnął się, jakby spał, po czym usiadł i zamrugał, wpatrując się w jej twarz. W pokoju pachniało kurzem, nie mieli pieniędzy na to, by zanieść pościel do pralni, a okno nie otwierało się na tyle, by mogli porządnie wywietrzyć. Przeczesał włosy szerokimi, gładkimi dłońmi.

– I? – zapytał.

Nie mogła mówić. Podeszła do łóżka i położyła się na nim plecami do niego, nawet nie podnosząc gazety z pomiętej pluszowej narzuty. Zsunęła szpilki z zakrwawionych pięt.

Położył dłoń na jej ramieniu i uścisnął je z wahaniem.

– Dobrze się czujesz?

Nie odpowiedziała. Wpatrywała się w przeciwległą ścianę, w zieloną tapetę z wypukłym wzorem, która zaczynała się łuszczyć przy listwach przypodłogowych, w grzejnik, którego nie mogli nakarmić monetami, ponieważ ich nie mieli, w komodę z dolną szufladą wyłożoną starymi swetrami Athene i jej jedyną jedwabną bluzką, najdelikatniejszym materiałem, jaki posiadała, bo tylko taki mógł jej zdaniem mieć kontakt ze skórą Suzanny.

– Słusznie postąpiłaś, wiesz? – mruknął Tony. – Wiem, że to trudne, ale słusznie postąpiłaś.

Miała wrażenie, że już nigdy nie zdoła unieść głowy z tej poduszki. Czuła się taka zmęczona, jakby aż do tej chwili nie pojmowała, czym jest zmęczenie.

Jak przez mgłę poczuła, że Tony całuje ją w ucho. Jej powściągliwość obudziła w nim pragnienie.

– Skarbie?

Nie potrafiła zdobyć się na odpowiedź.

– Skarbie? – powtórzył.

– Tak – wyszeptała. Nic innego nie przyszło jej do głowy.

– Rozglądałem się za robotą – oświadczył, jakby próbował przekazać jej coś dobrego, pokazać, że dotrzymuje swojej części umowy. – Firma w Stanmore poszukuje kogoś do sprzedaży. Z prowizją i bonusami. Pomyślałem, że zadzwonię do nich później. Nigdy nic nie wiadomo, co?

– Nie.

– Wszystko się ułoży, Thene. Serio. Już ja tego dopilnuję.

Powinna być już w Dere Hampton, jeśli pojechali pociągiem. Douglas miałby problemy z wózkiem tak jak ona. Wyobrażała sobie teraz, jak żąda od kierownika pociągu, by pomógł mu go wnieść do wagonu, jak siłuje się z budką, z masywną rączką. Jak w przedziale pochyla się nad dzieckiem, by się upewnić, że wszystko jest w porządku. Pochyla się w swoim eleganckim wełnianym garniturze z łagodną troską na twarzy. Proszę, nie pozwól, by za długo płakała za mną, pomyślała, a po jej policzku na poduszkę potoczyła się duża samotna łza.

– Z nim będzie jej lepiej. Przecież wiesz. – Tony głaskał jej zimne, białe ramię, jakby to miało ją pocieszyć. Usłyszała jego głos w swoim uchu, naglący, przekonujący, a jednak chłodny. – Nie poradzilibyśmy sobie z dwójką, nie tutaj. Ledwie nas stać na to, by wyżywić siebie… Athene? – dodał, gdy cisza stała się dla niego nie do zniesienia.

Leżała na pomiętych ogłoszeniach drobnych, od jej twarzy spoczywającej na brudnej bawełnianej poszewce bił chłód, nie odrywała wzroku od drzwi.

– Nie – odparła.

Athene leżała w łóżku przez cztery dni i noce, nie wychodziła z małej kawalerki, szlochała bezradnie, nie chciała jeść, nic nie mówiła, jej oczy pozostawały niepokojąco otwarte, aż piątego dnia w obawie o jej zdrowie i stan umysłu Tony wziął sprawy w swoje ręce i wezwał lekarza. Gospodyni, która lubiła małe dramaty, stanęła u szczytu schodów, gdy lekarz przyjechał, i oświadczyła głośno, że prowadzi przyzwoity dom, czysty i stosowny.

– Nie ma tu żadnych chorób – dodała. – Nic nieczystego. – Zajrzała przez drzwi do środka w nadziei, że zauważy, co jest nie tak z dziewczyną.

– Jestem przekonany – odparł lekarz, mierząc lepką wykładzinę w holu wzrokiem pełnym odrazy.

– Nigdy nie miałam tu pary bez ślubu – kontynuowała – i to na pewno ostatni raz. Za dużo z tym problemów.

– Jest tutaj – wtrącił Tony.

– Nie chcę niczego zaraźliwego w moim domu – zawołała kobieta z podekscytowaniem. – Żądam, by mnie powiadomiono, jeśli to coś zaraźliwego.

– Nic się nie stanie, chyba że rozdartą gębą można się zarazić – mruknął młody mężczyzna, po czym zamknął drzwi.

Lekarz zmierzył wzrokiem mały pokoik z wilgocią na ścianach i brudnymi oknami, zmarszczył nos, gdy dotarł do niego zapach stęchłej brudnej wody w wiadrze z namoczonym praniem w kącie, zaczął się zastanawiać, ile osób w tej dzielnicy stale przebywa w warunkach bardziej odpowiednich dla zwierząt. Wysłuchał nerwowych wyjaśnień młodego człowieka, po czym zwrócił się do kobiety na łóżku.

– Jakieś dolegliwości bólowe? – zapytał, odsuwając kołdrę, by zbadać brzuch, który powoli zaczynał rosnąć. Gdy odpowiedziała, zaskoczył go nieco jej arystokratyczny akcent w kontekście tego bezceremonialnego mężczyzny z północy. Ale tak właśnie się sprawy miały w tych czasach. Tak zwane społeczeństwo bezklasowe. – Jakieś problemy z drogami moczowymi? Ból gardła? Bóle brzucha?

Badanie nie trwało długo – ewidentnie nie było żadnego fizycznego problemu. Zdiagnozował depresję, nic dziwnego, biorąc pod uwagę warunki, w jakich żyła.

– Wiele kobiet popada w histerię w czasie ciąży – powiedział do młodego mężczyzny, zamykając torbę. – Proszę zapewnić jej spokój. Może zabrać na spacer do parku. Dobrze by jej zrobiło trochę świeżego powietrza. Wypiszę receptę na żelazo w tabletkach. Proszę się postarać przywrócić nieco koloru na jej policzki.

Młody mężczyzna odprowadził go do drzwi, po czym stanął w progu małego pokoju i wcisnął dłonie głęboko do kieszeni, najwyraźniej całkowicie przytłoczony tą sytuacją.

– Ale co ja mam robić? – powtarzał. – Ona w ogóle mnie nie słucha.

Lekarz podążył za niespokojnym spojrzeniem mężczyzny ku łóżku, na którym dziewczyna właśnie zasnęła. Podejrzewał gruźlicę pod czterdziestym siódmym, musiał opatrzyć odleżyny, a także haluksy pani Baker, które zostały z wczoraj, i choć współczuł tej parze, nie miał czasu, by go tu marnować.

– Dla niektórych kobiet macierzyństwo okazuje się nieco trudniejsze niż dla innych – mruknął, włożył kapelusz na głowę stanowczym ruchem i wyszedł.

– Ale powiedzieliście mi, że moja matka zmarła przy porodzie – oświadczyła Suzanna, gdy Vivi wyznała jej wszystko, co wiedziała o ostatnich dniach Athene. Przecież między innymi z tego powodu miała opory przed zajściem w ciążę.

– Zmarła przy porodzie, kochanie. – Vivi wzięła ją za rękę delikatnym macierzyńskim gestem. – Tyle że nie twoim.

Rozdział dwudziesty dziewiąty

Moja córka przyszła na świat w noc przerwy w dostawie energii elektrycznej, kiedy to cały szpital i połowa miasta pogrążyły się w ciemnościach. Lubię myśleć, że to miało znaczenie – że jej pojawienie się na tym świecie było na tyle ważne, iż musiało zostać jakoś podkreślone. Światła na ulicach gasły pokój po pokoju, budynek po budynku, znikały w całym mieście niczym bąbelki w szampanie, gdy pędziliśmy samochodem przed siebie, aż nocne niebo wyszło nam na spotkanie u bram szpitala.

Śmiałam się histerycznie pomiędzy skurczami, aż położna o silnej szczęce, która nie rozumiała ani słowa z tego, co mówiłam, uznała, że pewnie coś jest ze mną nie tak. Nie potrafiłam tego wytłumaczyć. Śmiałam się, ponieważ chciałam urodzić ją w domu, ale on powiedział, że nie mogę, że nie zniósłby myśli o ryzyku. Była to jedna z niewielu kwestii, co do których mieliśmy odmienne zdanie. W rezultacie wylądowaliśmy tutaj, on przepraszał, ja się śmiałam i sapałam w drzwiach, a pielęgniarki wrzeszczały i przeklinały, gdy pacjenci zderzali się ze sobą w ciemnościach.

Nie wiem, dlaczego tyle się śmiałam. Potem powiedzieli mi, że jeszcze nigdy nie widzieli, żeby ktoś tak się śmiał przy porodzie, nie bez dobroczynnych właściwości entonoxu. Może wpadłam w histerię. Może cała ta sprawa była po prostu tak niewiarygodna, że nie potrafiłam zaakceptować, iż to się dzieje. Może nawet trochę się bałam, choć w to akurat trudno mi uwierzyć, ponieważ obecnie rzadko się czegoś boję.

Przestałam się tak śmiać, gdy zaczęło naprawdę boleć. Potem zaciskałam zęby na ustniku, spragniona gazu i powietrza, i krzyczałam, oburzona i zdradzona, że nikt mnie nie ostrzegł, iż tak to będzie wyglądało. Ostatniego etapu nie pamiętam – zamienił się w wir bólu, potu i dłoni, pokrzepiających głosów, które przekonywały mnie w półmroku, że jeszcze trochę, że nie wolno mi się poddawać, że dam radę.

Wiedziałam, że dam. Pomimo bólu, dziwacznych i szokujących doznań zwiastujących poród nie potrzebowałam żadnej zachęty. Wiedziałam, że zdołam wypchnąć z siebie to dziecko. Nawet gdybym była sama. Kiedy spojrzałam na swoje nagie ciało w ostatnich minutach naszej jedności, zaciskając dłonie na prześcieradle tak mocno, że aż zrobiły się białe, ona wyśliznęła się ze mnie z taką samą determinacją, taką samą wiarą we własne siły, z uniesionymi w geście zwycięstwa rękami.

Wyszedł jej na spotkanie. Nie wiem jak, nie zauważyłam, żeby się ruszał. Kazałam mu wcześniej obiecać, że nie będzie tam stał, że nie popsuje sobie swojego romantycznego spojrzenia na mnie. Wybuchnął śmiechem i powiedział, że gadam od rzeczy. Był tam więc, gdy po raz pierwszy wzięła oddech na tym świecie, a ja nawet w półmroku dostrzegłam łzy lśniące na jego policzkach, gdy przeciął pępowinę i podniósł naszą córeczkę wyżej do świecy, bym też mogła ją zobaczyć, uwierzyć w nią.

Położna, która chyba zamierzała się nią zająć, cofnęła się dyskretnie, gdy trzymał ją na rękach, całował czule jej twarz, wycierał krew z jej kończyn i ciemnych włosów, nucąc przy tym piosenkę miłosną, której nie rozumiałam. Wymówił jej imię, imię, które razem dla niej wybraliśmy – Veronica de Marenas.

Jakby za sprawą magii w tej samej chwili rozbłysły światła, zalały całe miasto, dzielnica po dzielnicy, ożywiając spokojne ulice. Gdy włączyły się też w naszej małej sali, ostre i oślepiające, położna podeszła szybko do kontaktu i je pogasiła. W naszym mroku kryło się piękno, magia, którą nawet ona dostrzegła.

Kiedy kobieta mnie obmywała, szorstko i czule zarazem, obserwowałam swojego męża i córkę, którzy spacerowali po pokoju. Światło świec igrało na ich twarzach, a ja w końcu zaczęłam płakać. Nie wiem dlaczego, czy z wyczerpania, czy może z tych wszystkich emocji. Z niedowierzania, że zdołałam wyprodukować tę idealną, piękną małą dziewczynkę w swoim własnym ciele, że zostałam mimowolnym stwórcą takiej radości.

– Nie płacz, *amor* – powiedział Alejandro, choć sam również miał głos zdławiony od łez. Podszedł do łóżka. Zawahał się, spojrzał na nią, po czym pochylił się i przekazał mi ją ostrożnie. Jego oczy wypełniły się miłością, lecz jego dłonie poruszały się powoli, jakby nie chciał się z nią rozstać.

A gdy ona na nas spojrzała, mrugając w ten mądry, nieświadomy sposób, przytulił mnie mocno, tak, że wszyscy znaleźliśmy się w jednym uścisku.

– Nie ma powodów do płaczu. Będziemy ją kochać.

Jego słowa przedarły się przez wszystko, nie pozostawiły żadnych ciemnych kątów i nadal tak działają.

Będziemy ją kochać.

Przeczytaj, co o książce sądzą inni czytelnicy, i oceń ją na

lubimyczytać.pl

E-book dostępny na

woblink.com